21 世纪高师文科系列教材

中国现代文学作品导读

王家平　主编

图书在版编目(CIP)数据

中国现代文学作品导读/王家平主编.—北京：北京大学出版社，2005.8
(21世纪高师文科系列教材)
ISBN 978-7-301-07628-6

Ⅰ.中… Ⅱ.王… Ⅲ.现代文学-文学欣赏-中国 Ⅳ.I206.6

中国版本图书馆 CIP 数据核字(2004)第 078841 号

本书有多位作者，由于种种困难，我社未能都联系上，请有关作者见书后主动告知通信地址，以便奉寄稿酬。

书　　　　名：	中国现代文学作品导读
著作责任者：	王家平　主编
责 任 编 辑：	严胜男
标 准 书 号：	ISBN 978-7-301-07628-6/I・0682
出 版 发 行：	北京大学出版社
地　　　　址：	北京市海淀区成府路 205 号　100871
网　　　　址：	http://www.pup.cn
电　　　　话：	邮购部 62752015　发行部 62750672　编辑部 62753374 出版部 62754962
电 子 邮 箱：	zpup@pup.pku.edu.cn
印　刷　者：	北京飞达印刷有限责任公司
经　销　者：	新华书店 890 毫米×1240 毫米　A5　17.375 印张　660 千字 2005 年 8 月第 1 版　2019 年 6 月第 9 次印刷
定　　　价：	30.00 元

未经许可，不得以任何方式复制或抄袭本书之部分或全部内容。
版权所有，侵权必究　　举报电话：010—62752024
电子邮箱：fd@pup.pku.edu.cn

编写说明

《中国现代文学作品导读》为"21世纪高师文科系列教材"之一,由首都师范大学文学院王家平教授主编,编写者以资深教授、副教授为主,他们从教多年,具有丰富的教学经验和突出的科研水平。

本书以对中国现代文学代表性作品的品评和鉴赏为中心内容,力求通过引导学生和其他读者阅读这些作品,培养他们的文学审美能力和分析作品的能力。

本书分为"引论"、"作品选"和"作品导读"三个部分。

引论:在本书开头安排了一万余字的"概述",分别对中国现代文学的学科性质、历史进程、基本特征及其得失等方面,作了学术性的阐释。

作品选:根据文学史的评价和课程教学的需要,选取兼具审美价值和时代特色的文学作品。

作品导读:为本书的主体部分,包括三方面的内容——

(1) 作家介绍:对作家的生卒年、籍贯、代表作等基本情况作简短的介绍。

(2) 作品分析:对作品的思想命意、核心人物、文气意境、艺术手段等进行分析,力求抓住每篇作品最鲜明的特色,作个性化的阐释,力避面面俱到。

(3) 延伸性阅读书目:列出学术界对所选作品的重要研究成果2—5篇(部),为读者进一步理解和领会该作品提供具体的指导。

本书适用性强,应用面广,既可以用作高校中文专业中国现代文学史课程的配套教材,也可以用作高校非中文专业的选修课教材,同时可以供文学爱好者阅读和自修。

目　录

引论　中国现代文学概观……………………………王家平(1)

第一编　小说

狂人日记……………………………………………鲁　迅(17)
阿Q正传……………………………………………鲁　迅(27)
在酒楼上……………………………………………鲁　迅(56)
理水(存目)…………………………………………鲁　迅(65)
沉沦(节选)…………………………………………郁达夫(68)
缀网劳蛛……………………………………………许地山(80)
潘先生在难中(存目)………………………………叶圣陶(95)
莎菲女士的日记(节选)……………………………丁　玲(98)
二月(存目)…………………………………………柔　石(109)
家(存目)……………………………………………巴　金(112)
憩园(存目)…………………………………………巴　金(115)
子夜(存目)…………………………………………茅　盾(117)
春蚕(存目)…………………………………………茅　盾(120)
边城(节选)…………………………………………沈从文(122)
骆驼祥子(存目)……………………………………老　舍(135)
月牙儿………………………………………………老　舍(138)
山峡中(存目)………………………………………艾　芜(158)
春阳…………………………………………………施蛰存(160)
上海的狐步舞………………………………………穆时英(168)
桥(存目)……………………………………………废　名(178)
华威先生(存目)……………………………………张天翼(180)

在其香居茶馆里(存目)	沙　汀(182)
鬼恋(节选)	徐　訏(184)
呼兰河传(存目)	萧　红(196)
金锁记(节选)	张爱玲(198)
财主底儿女们(存目)	路　翎(213)
围城(存目)	钱钟书(216)
小二黑结婚	赵树理(219)
荷花淀	孙　犁(232)

第二编　诗歌

鸽子	胡　适(241)
月夜	沈尹默(243)
相隔一层纸	刘半农(245)
凤凰涅槃	郭沫若(247)
炉中煤	郭沫若(263)
蕙的风	汪静之(266)
繁星(四首)	冰　心(268)
春水(二首)	冰　心(269)
我是一条小河	冯　至(272)
蛇	冯　至(275)
雪花的快乐	徐志摩(277)
再别康桥	徐志摩(280)
死水	闻一多(283)
发现	闻一多(286)
弃妇	李金发(288)
雨巷	戴望舒(291)
我用残损的手掌	戴望舒(295)
别了,哥哥	殷　夫(298)
预言	何其芳(302)
断章	卞之琳(306)
寂寞	卞之琳(308)

老马	臧克家	(310)
大堰河——我的保姆	艾　青	(312)
手推车	艾　青	(318)
我爱这土地	艾　青	(321)
街头诗二首	田　间	(323)

　　一、假使我们不去打仗
　　二、义勇军

无题	阿　垅	(326)
诗与真	绿　原	(329)
在牢狱	牛　汉	(333)
我的家	牛　汉	(336)
在寒冷的腊月的夜里	穆　旦	(339)
诗八首	穆　旦	(342)
金黄的稻束	郑　敏	(347)
王贵与李香香(存目)	李　季	(350)

第三编　散文

阿长与《山海经》	鲁　迅	(355)
女吊	鲁　迅	(361)
影的告别	鲁　迅	(367)
过客	鲁　迅	(370)
故乡的野菜	周作人	(377)
关于三月十八日的死者(存目)	周作人	(381)
奴才礼赞	周作人	(383)
笑	冰　心	(385)
往事(二)	冰　心	(388)
零余者	郁达夫	(391)
北戴河海滨的幻想	徐志摩	(397)
祝土匪	林语堂	(401)
观火	梁遇春	(405)
暴风雨之前(存目)	瞿秋白	(409)

威尼斯………………………………………	朱自清(411)
梦痕………………………………………	丰子恺(416)
独语………………………………………	何其芳(421)
鹰之歌……………………………………	丽　尼(425)
萤火虫……………………………………	贾祖璋(429)
一九三六年春在太原(存目)……………	宋之的(433)
囚绿记……………………………………	陆　蠡(435)
银杏(存目)………………………………	郭沫若(439)
春联儿……………………………………	叶圣陶(441)
孩子………………………………………	梁实秋(445)
窗…………………………………………	钱钟书(449)
更衣记……………………………………	张爱玲(453)

第四编　戏剧

赵阎王(存目)……………………………	洪　深(463)
一只马蜂…………………………………	丁西林(465)
获虎之夜…………………………………	田　汉(481)
雷雨(节选)………………………………	曹　禺(501)
北京人(节选)……………………………	曹　禺(513)
上海屋檐下(存目)………………………	夏　衍(540)
放下你的鞭子(存目)……………………	集体创作(543)
屈原(存目)………………………………	郭沫若(545)

引论　中国现代文学概观

王家平

一

中国文学从洪荒远古的神话时代流来，向着不可测知的未来深处流去。中国现代文学只是中国文学历史长河中短短三十余年的流段，却在中国文学的整体流变中占据着承上启下的重要地位：历史在这里拐了个大弯，中国现代文学是中国文学由"传统"走向"现代"的转型时期。转型性、过渡性，便是对中国现代文学基本属性的简略表述。

但学术史上对中国现代文学性质的界定却令人惊讶地复杂。自从20世纪50年代初中国现代文学成为高等院校中文系核心课程开始，文学史专家动用了"新民主主义文学"、"社会主义现实主义文学"、"无产阶级领导的文学"、"启蒙的文学"、"现代化的文学"等等称谓来界说这一学科。这众多的界说自然有其程度不同的合理性，但共有一个局限，即：未能从文学本身来谈中国现代文学，而是赋予了中国现代文学太多的外在属性。

就文学本身而言，中国现代文学是中国转型期过渡形态的文学。"中国现代文学"这一称谓揭示了它自身的双重属性：对于世界文学而言，它是"中国的"文学，这就从空间维度上凸显了中国现代文学的民族特性；对于中国传统文学而言，它是"现代的"文学，这就从时间维度上标示了中国现代文学的时代属性。

从时间维度上说，中国现代文学跨越1917—1949年的三十二年。中国现代文学的时段下限划在1949年已成共识，因为正是这一年10月1日成立的中华人民共和国改变了20世纪中国文学的历史进程;把上限划在 1917 年是因为这一年发生的"文学革命"正式揭开了中国现代文学的序幕。当然,中国现代文学的胚胎并非在短短的一年内成形,它经历了二十来年的孕育过程。从 19 世纪 90 年代中期以后,中国文坛上出现了"诗界革命"和"文界革命"的主张,出现了梁启超的"新文体"创作、林纾的翻译小说,以及大量的白话报纸和刊物,它们成为五四新文化运动和"文学革命"的先导。

从外延来说,中国现代文学的范围涵盖了 1917—1949 年间的文学创作、文学运动、文学思潮和社团流派等领域,其中文学创作占据了最主要的空间。应该说中国现代文学有着一个比较宽广的领地;但是自 20 世纪 50 年代初到 70 年代末,学术界不断把中国现代文学的范围狭窄化,通常人们把那些用白话创作的、具有革命和进步倾向的文学视为中国现代文学的主流,而把其他文学创作贬为支流、逆流而加以排斥和否定。

自 20 世纪 80 年代以来,学术界不断地拓宽着中国现代文学的疆域:从政治倾向来说,不仅要看重革命文学、进步文学,也要重视"中间状态的文学",而且不应完全忽视"反动文学"的存在;从创作方法说,既可以突出现实主义的文学,也应该重新评价浪漫主义文学,尤其应该重视现代主义文学;从体式上说,除了继续强调白话文学的主体地位外,也应该关注旧体诗词等文言创作现象;从审美趣味上看,不要忘记在面向精英的雅文学之外,还有大量面向市井和乡村百姓的通俗文学、民间文学;在族系问题上,过去把汉族文学等同于中国文学,忽视了中国是个多民族国家的事实,把少数民族文学纳入中国文学版图成为当务之急;从区域来看,以往只讨论中国大陆的文学,如今台湾文学和港澳文学也成为中国现代文学的有机组成部分。如此,中国现代文学才能够在横向上建立起足够开阔的空间。

学术界通常把纵向伸展了三十余年的中国现代文学分为三个时段,用来描述它的演变轨迹及其基本面貌,这三个时段为 1917—1927 年,1927—1937 年,1937—1949 年,它们是中国现代文学的三个生长期。

二

生长一期(1917—1927)是中国现代文学的诞生和成长阶段,此阶段文学可以简称为第一个十年的文学,又被称作"五四"时期的文学。它的主要文学运动、文学思潮和文学事件有:

1917年1月和2月,胡适和陈独秀分别在《新青年》发表《文学改良刍议》《文学革命论》,"文学革命"思潮风起云涌,标志着中国现代文学的正式诞生。文学革命的倡导者与林纾为代表的国粹派,以及学衡派、甲寅派等文化保守主义思潮进行了坚决的斗争,巩固了新文化运动的基础。

1917年2月,胡适率先在《新青年》上发表八首用白话创作的新诗;1920年3月他的《尝试集》出版,成为中国现代第一部新诗集。1918年以后的两年间,发表白话新诗的作者有刘半农、沈尹默、周作人、俞平伯、康白情、刘大白等十多位,白话新诗创作蔚然成风,显示了文学革命的实绩。1921年8月,郭沫若的《女神》出版,标志着白话新诗领域已经出现了开始趋于成熟的作品。

1918年5月,鲁迅发表第一篇白话小说《狂人日记》,标志着文学革命在短时期内取得了重大创作收成。1921年10月,郁达夫的《沉沦》出版,成为中国现代文学史上第一部面世的白话短篇小说集。

从1921年起,外国文学的翻译和介绍形成高潮,而受不同外国文学思潮影响的中国作家,又聚集为众多的文学社团,形成不同的文学流派。1921—1925年,文学研究会、创造社、新月社、语丝社、浅草社、沉钟社等一百多个文学社团如雨后春笋涌现出来,这些社团的作家创办大批文学刊物,发表大量文学作品,标志着文学界全面进入建设新文学的阶段。

本阶段各种文体的创作都取得了巨大的成就。在小说创作领域,鲁迅的《呐喊》《彷徨》以超拔的思想高度和非凡的艺术创造力,开创了中国小说发展的新时代,他的《阿Q正传》等作品也已经在国门之外产生了巨大影响,成为世界文学的经典之作。本时期其他重要的小说家还有擅写病态心理的郁达夫、冷静解剖社会的叶绍钧、幽怨地述说人生悲苦的庐隐、热烈地抒发着爱与美理想的王统照、执著地探寻宗教哲思的许地山,以及诗意地表现田园生活的废名等。此外,冰心的"问题小说",王鲁彦、许杰等的乡土小说都是值得注意的创作现象。

本时期诗歌创作蔚为大观。郭沫若的《女神》等诗集以神奇的想像、壮美的意象和张力弥满的气势,开辟了中国一代浪漫主义的雄奇诗风。冯至诗集《昨日之歌》中的诗篇寄幽婉于沉思,冯至被鲁迅称为"中国最为杰出的抒情诗人"。徐志摩和闻一多堪称新月派诗人的双璧,前者的诗飞动轻灵,后者的诗精练凝重,辉映成趣,极大地丰富了中国现代诗歌园地。湖畔派冯雪峰、应修人、潘漠华、汪静之对爱情的纯真表白,冰心、宗白华等"小诗"派对刹那间感受的捕捉,象征派诗人李金发作品的怪异,都引人注目。

此外,朱自清的《毁灭》是20世纪20年代初不可多得的抒情长诗佳作;新月派诗人朱湘长达900行的《王娇》是中国现代早期叙事诗的可喜收获;而蒋光慈的诗集《新梦》、《哀中国》的出版,标志着"普罗诗派"(无产阶级诗派)的诞生。

在散文创作方面,出现了鲁迅和周作人两位大师级作家。《野草》是鲁迅痛苦生命体验的幽秘独语,是他深邃心灵哲学的诗性传达;《朝花夕拾》在相对从容的心态下娓娓讲述作者自己童年、少年的生活经历,是人到中年的鲁迅借助回忆往事进行的"精神回乡";鲁迅这时期创作的《坟》、《热风》等杂文集致力于对中国传统文化的清理和批判,常有石破天惊的卓见闪现,有着重大的思想史价值。周作人的散文以平和冲淡的文字表达人情物理,姿态悠闲,文风清苦,趣味横生,开辟了中国现代知识性、趣味性散文的传统。20年代深受周作人影响的散文家有俞平伯、废名、钟敬文等。

20年代是散文创作人才辈出的时期,各种风格竞现文坛。冰心散文的清新纯洁,朱自清散文的浓淡相宜,许地山散文的澄澈空灵,郁达夫散文的恣肆放达,徐志摩散文的浓艳华丽,以及梁遇春散文的绅士风度,丰子恺散文的佛理讲述,这一切都给读者提供了充足的艺术享受。

《新青年》"随感录"栏目在"五四"时期率先刊载杂文,形成了以陈独秀、李大钊、刘半农、钱玄同为代表的作家群。同样都是创办于20年代中期的《语丝》和《现代评论》都刊登过大量的杂文。"语丝派"杂文作家群有鲁迅、周作人、林语堂、钱玄同等,形成了"任意而谈,无所顾忌"的共同风格;"现代评论派"主角是陈西滢,他的杂文以闲话语式评述时事,语多讽刺讥嘲。

由于话剧作为新的艺术形式传入中国的历史还比较短暂,这时期话剧的总体创作水平还不是很高。主要话剧作家有洪深、田汉、丁西林、熊佛西等,其中田汉的浪漫主义悲剧和丁西林的幽默喜剧有较高的艺术价值。

三

生长二期(1927—1937)是中国现代文学的深化和发展阶段,此阶段文学简称为第二个十年的文学,又有人称它为30年代文学。它的主要文学运动、文学思潮和文学事件有:

从1928年开始,创造社作家和太阳社作家开始倡导无产阶级革命文学,并与鲁迅、茅盾等作家发生激烈的论争。几乎与此同时,针对无产阶级文艺运动,国民党打出"三民主义文艺"的旗号,发动了一场"民族主义文艺运动"。

1930年3月,中国左翼作家联盟(简称"左联")在上海成立。左联文学家大力翻译和介绍马克思文艺理论,推动文艺大众化运动,并同国民党的文化"围剿"和民族主义文艺运动展开针锋相对的斗争,把无产阶级革命文学运动推向高潮。

从20年代末到30年代中期,左翼文坛与自由主义文坛进行了多次文学思想论争,比较主要的有同新月派作家关于文学的阶级性和人性的论争,同"自由人"、"第三种人"关于创作自由的论争,同"论语派"关于小品文的论争。

1936年,文艺界掀起抗日救亡运动,左翼作家内部发生了关于"两个口号"的论争,周扬等原"左联"领导人提出"国防文学"的口号,鲁迅等作家则提出"民族革命战争的大众文学"口号,两个口号的提出者之间因见解不同而展开了论争。

本时期的小说创作获得巨大的丰收。首先是涌现了一批大师级的小说家：茅盾在《子夜》和《春蚕》等作品中，以深刻的社会剖析力，展示了中国现代都市和乡村壮阔的社会图景；巴金的《家》等作品交织着青年人对新生活的热情讴歌和对旧家庭的愤激诅咒，堪称那个年代"青春写作"的经典；老舍奉献了充满"京味"的《骆驼祥子》《月牙儿》等小说，成为北京市民文化不朽的表现者和批判者；沈从文的《边城》等小说在优美的风光和淳朴的民俗背景下，展示着湘西边地健康、自然而不悖乎人性的人生样式。

其次是多种风格互相竞争，形成不同的小说流别：左翼小说可谓兵强马壮，柔石、蒋光慈、张天翼、丁玲、艾芜、沙汀、萧红、萧军等作家从各个角度和层面表现着中国社会的现实人生；京派小说家废名、芦焚、萧乾、凌叔华等着力开掘传统生活方式的诗意，与新感觉派小说家施蛰存、刘呐鸥、穆时英刻意展示上海十里洋场的五光十色，形成了鲜明的对照。此外，鲁迅本时期出版的历史小说集《故事新编》也是别具一格的创造，这八篇小说对中国传统上一些著名的神话传说和历史事实进行全新的演绎，尤其是古今杂糅艺术手法的运用制造出了独特的审美效果。

本阶段诗歌沿着上一时期诗歌的脉流继续向前推进。殷夫的政治抒情诗和蒲风等"中国诗歌会"诗人的作品，是对第一个十年末期蒋光慈开创的"普罗诗歌"的新开拓。臧克家、陈梦家等后期新月派诗人，接受和超越闻一多等前辈诗人的影响，写出了精美的诗篇。

现代派诗歌是上一阶段象征派诗歌的新发展，他们试图用现代主义的诗歌形式，抒写现代人在现代生活中所感受的现代情绪，成为本时期艺术水平最高的诗派。现代派诗篇中，戴望舒的《雨巷》音韵悠扬，意境凄美，成为脍炙人口之作；卞之琳以《断章》等诗篇，显示了智性诗歌别样的风采；何其芳诗集《预言》里的作品意象丰赡、辞藻绚烂，是抒写青春和爱情的华美诗篇。

鲁迅在本时期出版的十多部杂文集是散文领域最重要的收获，它们批判一切奴役人、压迫人的体制和话语，捍卫生命个体的精神自由和人格尊严,显示现代知识分子在中国社会转型期开始形成了强大的批判力量。本时期有特色的杂文家还有瞿秋白、聂绀弩、徐懋庸、唐弢等,瞿秋白的杂文文风辛辣、样式多变,这些作品主要收在《乱弹及其他》里。

30年代围绕林语堂创办的刊物《论语》,形成了写作闲情小品文的"论语派",主要作家有林语堂、周作人、刘半农、俞平伯等,以林语堂本人的特色最突出,他的小品文格调幽默闲适,行文从容不迫,开拓了中国现代散文新的艺术表现领域。郁达夫在30年代写出了《屐痕处处》、《达夫游记》两个游记散文集,这些作品展示了人与山水对话的亲和关系,是献给大自然的赞美诗。何其芳作于大学时代的散文集《画梦录》,氤氲着镜花水月式的朦胧诗意,在当时和后世都颇能够打动校园青春学子的心灵。此外,丰子恺、巴金、李广田、萧红、陆蠡、丽尼等也是在本阶段写出优美篇章的散文家。

报告文学在上一时期逐渐成形,瞿秋白的两部访问俄苏的通讯集《饿乡纪程》、《赤都心史》于1924年出版,是中国现代报告文学的开山之作。报告文学在第二个十年获得长足的发展,夏衍的《包身工》是本时期公认的优秀报告文学作品,它真实地记录了上海东洋纱厂工人非人的生活境遇。当时比较重要的报告文学作家还有宋之的、邹韬奋、范长江等。

在这个十年里,话剧创作进入了收获阶段,出现了曹禺这样已经超越了对西方作品的模仿,真正具有原创力的大师级作家,他的《雷雨》、《日出》、《原野》等作品,以丰沛的戏剧冲突、宏伟的戏剧结构、诗意盎然的人物台词,成为中国现代话剧的经典,标志着中国话剧开始形成自己的独特风格。

这时期,田汉的剧作由早期的浪漫开始转向写实,《名优之死》等话剧显示了这种新变。洪深的《农村三部曲》不再像前一时期的《赵阎王》表现幻觉和心理错乱,而是平实地描写农村的现实。夏衍是本时期成长起来的优秀剧作家,他的《上海屋檐下》冷静地再现着下层市民社会的灰色庸常生活,是现代话剧史上的力作。当时值得关注的话剧作家还有李健吾、师陀等。

四

生长三期(1937—1949)是中国现代文学的转折和裂变阶段,此阶段文学简称为第三个十年的文学(实际为12年),又被称作40年代文学。它的主要文学运动、文学思潮和文学事件有:

1937年七七事变后,中国现代文学的整体格局因全国形成了四个不同的政治区域而分化为四个区域的文学,它们是国统区(国民党统治的地区)文学、解放区(共产党控制的抗日根据地)文学、沦陷区(日本侵略者占领地区)文学,以及上海"孤岛"(指1937年11月上海沦陷到1941年12月珍珠港事件爆发,日军进入租界为止,外国租界地像孤岛一样存在)文学。

1938年3月,中华全国文艺界抗敌协会(简称"文协")在武汉成立,组成了最广泛的文艺界抗日民族统一战线。文协成立后,提出"文章下乡,文章入伍"口号,鼓励作家深入战争现实生活。

从1938年至1948年,文学界发生过多次不同文学思想之间的论争,比较重要的有:1938年底在国统区围绕梁实秋的"文艺与抗战无关论"展开的论争;1940年后国统区文学界对"战国策派"的批判;从30年代末持续到40年代初,先在解放区后在国统区进行的关于"民族形式"的论争;贯穿40年代,在左翼作家内部展开的关于现实主义和"主观论"的论争。

1942年5月,延安文艺座谈会召开,毛泽东作《在延安文艺座谈会上的讲话》,对"五四"以来的新文学运动进行批判性回顾和总结,并确立了"文艺为工农兵服务"的基本方针,对此后中国文学的发展方向形成了决定性的影响。

本时期不同区域的小说呈现着丰富多样的姿态。上一时期已经获得巨大成就的四位小说大师,此阶段在国统区继续推出重要作品,茅盾的《腐蚀》、巴金的《寒夜》和《憩园》、老舍的《四世同堂》、沈从文的《长河》等杰作便是在这一时期诞生。国统区讽刺小说创作相当繁盛,张天翼的《华威先生》、沙汀的《在其香居茶馆里》等皆为其中的代表作,钱钟书的《围城》更是被誉为"新儒林外史"。国统区还有一类具有鲜明抒情色彩的小说,代表作是路翎创作的表现知识分子在抗战动荡时代流浪生活和情怀的80万字巨著《财主底儿女们》,以及萧红那部用乡情织就的东北小镇优美风俗画小说《呼兰河传》。

沦陷区和"孤岛"上海出现了几位风格独特的小说家。张爱玲的《金锁记》、《倾城之恋》等作品以充分感官化的都会意象表现上海市民的日常生活,而在《鬼恋》、《风萧萧》等小说里,徐訏用现代主义的叙述手法叙写俗文学中常见的浪漫传奇,这使他们的小说蒙上一层奇异的色彩。

解放区小说家创作成就最高的是赵树理和孙犁。赵树理的《小二黑结婚》、《李有才板话》等作品,借鉴中国传统评书的艺术手法,讲述解放区农村日新月异的变化,塑造翻身后的农民新人形象,散发着浓郁的三晋乡土气息,把由鲁迅开创、中经沈从文传递的中国现代乡土小说推进到一个崭新的高度。孙犁的《荷花淀》、《芦花荡》等小说突出地描绘抗战严酷环境下北方农村妇女美好的精神世界,他的作品致力于发掘日常生活中的诗意,在普遍以平实为底色的解放区小说中显得独树一帜。解放区表现土地改革巨变的长篇小说代表作是丁玲的《太阳照在桑干河上》和周立波的《暴风骤雨》。

抗战初期,诗坛上涌现了大量"战歌",其中的代表作是田间的诗集《给战斗者》,它用短促的诗句制造着激越的节奏,以唤醒全民的抗战意志。绿原、牛汉等"七月派"诗人在表现"力之美"上接近田间,他们更注重将诗人的人格、情感扩张到客观物象中,使主体和客体达到互相拥抱的境地。如果说"七月诗人"是游走在祖国旷野上的行吟歌手,那么"九叶诗人"就是诗歌家园的守望者,他们与属于师辈的诗人冯至在西南联大互相应和,构筑了20世纪40年代校园诗歌的美丽风景。冯至的《十四行集》与"九叶诗人"穆旦和郑敏的作品都富于沉思的品格,承接上了30年代卞之琳等人智性诗的传统。解放区的主要抒情诗人是何其芳,写有《夜歌》等诗集,李季的《王贵与李香香》和阮章竞的《漳河水》则是解放区叙事长诗的代表作。

本时期重要的诗人是艾青和穆旦。艾青的诗大多写就于民族危难时刻,感情深沉、基调忧郁,产生了撼人灵府的艺术力量,他的诗篇具有敏锐的感觉、壮阔的意象、散文化的形式,把胡适、郭沫若开创的自由体诗歌提升到一个崭新的境界。穆旦在诗的美学、诗的艺术表达和诗的语言上,以彻底告别中国传统诗歌意象、意境和套语的绝决姿态,抒写现代人在现代文明社会的现代性体验,成为一个真正意义上的"现代"诗人。

抗战前期,战地报告文学大量涌现,丘东平、宋之的、范长江、萧乾、碧野的创作代表了这类作品的水平。"孤岛"上海的杂文家有柯灵、阿英、唐弢等。围绕国统区的刊物《野草》,形成了聂绀弩、秦似、宋云彬等"野草"杂文家群。

在散文创作方面,茅盾、何其芳是解放区散文作家的代表。丰子恺、李广田等在国统区继续散文创作;小说家沈从文、巴金、萧红等也都写出了散文佳作;梁实秋的《雅舍小品》笔锋犀利、风趣,是国统区自成风格的散文集;钱钟书的《写在人生边上》收十篇散文,文字生动,尽显幽默的风采。"孤岛"上海散文的主要收获是陆蠡的文集《囚绿记》;张爱玲是本时期新出现的作家,她的散文主要收在《流言》集里,其作品注重以独特的感觉去品味人生,显得机智活泼。

郭沫若的《屈原》是本时期历史剧创作的重要收成,也是他一生话剧创作最有分量的作品。同时期历史剧值得注意的还有阿英的《碧血花》、阳翰笙的《天国春秋》等。曹禺的《北京人》完成于这个时期,是作家中年时期话剧的一座高峰。夏衍的《法西斯细菌》和《芳草天涯》,于伶的《长夜行》等社会问题剧,丁西林的《三块钱国币》和《妙峰山》,陈白尘的《升官图》等讽刺喜剧,都在国统区产生过较大的影响。

沦陷区作家杨绛的《称心如意》、《弄假成真》以喜剧笔法表现市井人生,值得注意。解放区掀起过大规模的新秧歌运动,创作并演出了《兄妹开荒》、《夫妻识字》等剧目。在新秧歌运动影响下创作出来的《白毛女》,融会贯通了西方歌剧和中国传统戏曲的艺术养分,促进了中国歌剧的民族化。

五

　　中国现代文学走过了三十多年的风雨历程,它一直在矛盾丛生的原野上开辟着自己的发展道路。正像一位文学史家所言,"不仅现代政治(其核心是国家的文化体制,国家与政党的文化政策、意识形态)、经济(特别是市场经济所产生的商业文化和消费文化)、军事(包括现代战争),而且现代出版文化、现代教育、学术与现代科技都深刻地影响与制约着现代文学的发展";"从借助外国文学的冲击力量开始民族传统文学变革,到以现代民族文学的崭新特色在世界文学中获得自己的位置,这就是中国现代文学所走过的道路"(钱理群等著《中国现代文学三十年》1998年版"前言"和1987年版"绪论")。因此,中国现代文学是在文学的民族化、传统化与文学的世界化、现代化之间的矛盾张力中艰难行进着的。

　　在中国现代文学民族化与世界化巨大的张力场中,出现过两种偏差,形成了两种桎梏:或者一头扎进民族传统的框框中,回到旧日的桎梏里;或者无条件地接纳来自异域的一切,于是外来的文学又成为新的桎梏。鲁迅对这种偏差有过恳切的批评,并以青年画家陶元庆的创作为例,提出了如何在民族化与现代化矛盾之间获得平衡的原则:"他以新的形,尤其是新的色来写出他自己的世界,而且其中仍有中国向来的灵魂",使"内外两面,都和世界的时代思潮合流,而又并未梏亡中国的民族性",以此"出而参与世界的事业"。(《当陶元庆君的绘画展览时》)鲁迅在1934年4月19日致画家陈烟桥的信中说:"现在的文学也一样,有地方色彩的,倒容易成为世界的,即为别国所注意。"在鲁迅的艺术思维里,文学的民族性与世界性并非总是处在冰炭不容的状态,他本人和其他优秀中国现代文学作家的成功实践证明,文学的这两重属性完全可以达致互动互利的局面。

　　20世纪上半叶展开的中国现代文学已经逐渐隐入历史的烟霭,但回望来路,它的光荣与梦想、挫折与困顿都还大体清晰可辨,它的一个比较突出的遗憾是未能合理地调整"载道"和"言志"的关系;换句话说,没有实现工具价值与艺术价值之间的平衡,是中国现代文学的一个缺陷。七十多年前,周作人在其《中国新文学源流》一书中,以"载道"和"言志"两种文学倾向的此消彼长,描述中国古代文学和现代文学的运行轨迹,他批判清代"桐城派"文学的"载道"传统,力主五四新文学回归明末公安派、竟陵派的"言志"传统。

然而,中国现代文学后来的运行并没有完全像周作人设想的那样走向"言志"的轨道,它的主体应该属于"载道"的文学,而这又是由20世纪上半期中华民族所处的危机境遇决定的。中国现代文学孕育之际,华夏古国正面临着庚子事变前后八国联军瓜分中国的危机;而中国现代文学的下半段完全是在抗击日寇侵略的紧张状态下展开的。这一切决定了中国现代文学不可能只追求纯粹的艺术价值,而拒绝参与拯救民族危亡的行动,在20世纪前期的艰难时世中,中国现代文学在它本来最重要的审美职能之外负载起了教化的、宣传的甚至是战斗的职能。正如一位文学史家所言,中国现代从事文学创作的人大多不是"为艺术而艺术"的纯文学家,"不少作家都同时兼有革命家、思想家与作家,或者学者与作家,或者革命家、学者、作家三者合一的品格,他们的政治活动、学术活动、文学活动往往纠结为一体,哲学、政治学、伦理学、历史学……对于文学的渗透是一个普遍的现象"(钱理群等著《中国现代文学三十年》1987年版"绪论")。其结果是使得文学的思想性与艺术性的关系失去平衡,文学的教化功能、宣传功能、战斗功能压抑了文学的审美功能,有一部分作品几乎就成为标语口号式的文字。中国现代文学的这些粗糙和缺陷再次证明,它还处在未完成状态,属于过渡型的文学,它有着巨大的发展空间和难以估量的生命力。

所幸的是,中国现代文学园地里走出了鲁迅、郁达夫、沈从文、老舍、茅盾、巴金、萧红、钱钟书、张爱玲、赵树理、孙犁等优秀的小说家,走出了郭沫若、冯至、徐志摩、闻一多、戴望舒、卞之琳、何其芳、艾青、穆旦等优秀的诗人,走出了鲁迅、周作人、林语堂、朱自清等优秀的散文家,走出了曹禺、田汉、夏衍等优秀的剧作家。在创作过程中,他们虽然也同样面临过艺术价值与工具价值的矛盾带来的困惑,但是,这些优秀的作家或者通过艰苦的艺术劳动,或者充分发挥个人的艺术创造天赋,或者把上述二者完好地结合起来,使得文学的实用价值与审美价值互相依托、趋于融合,达到所谓的"寓教于乐"的理想境界。

真正的文学爱好者都能够设想这样的境况:如果没有上述杰出的中国现代文学作家及其作品的存在,20世纪中国人的精神世界就可能显得相对比较灰暗、沉寂、荒芜。文学经典是滋润民族精神的甘泉,是吹拂人类心田的春风。没有文学经典的民族是值得同情的,有了文学经典却不知珍惜的民族更令人悲哀。《诗经》、楚辞、汉魏六朝散文、唐诗、宋词、元杂剧、明清小说,早已被当做中华民族古代文学经典来诵读,但请不要轻视20世纪前期形成的中国现代文学经典,它们同样可以成为照亮人们心灵世界的灯火,成为提升人们精神境界的坐标。

希望我们能够成为你的伙伴,与你一道踏上阅读中国现代文学经典的旅途,与你分享精神探险带来的辛劳、惊讶和愉悦。

第一编

小 说

狂人日记

鲁 迅

某君昆仲,今隐其名,皆余昔日在中学校时良友;分隔多年,消息渐阙。日前偶闻其一大病;适归故乡,迂道往访,则仅晤一人,言病者其弟也。劳君远道来视,然已早愈,赴某地候补矣。因大笑,出示日记二册,谓可见当日病状,不妨献诸旧友。持归阅一过,知所患盖"迫害狂"之类。语颇错杂无伦次,又多荒唐之言;亦不著月日,惟墨色字体不一,知非一时所书。间亦有略具联络者,今撮录一篇,以供医家研究。记中语误,一字不易;惟人名虽皆村人,不为世间所知,无关大体,然亦悉易去。至于书名,则本人愈后所题,不复改也。七年四月二日识。

一

今天晚上,很好的月光。

我不见他,已是三十多年;今天见了,精神分外爽快。才知道以前的三十多年,全是发昏;然而须十分小心。不然,那赵家的狗,何以看我两眼呢?

我怕得有理。

二

今天全没月光,我知道不妙。早上小心出门,赵贵翁的眼色便怪:似乎怕我,似乎想害我。还有七八个人,交头接耳的议论我,又怕我看见。一路上的人,都是如此。其中最凶的一个人,张着嘴,对我笑了一笑;我便从头直冷到脚跟,晓得他们布置,都已妥当了。

我可不怕,仍旧走我的路。前面一伙小孩子,也在那里议论我;眼色也同赵贵翁一样,脸色也都铁青。我想我同小孩子有什么仇,他也这样。忍不住大声说,"你告诉我!"他们可就跑了。

我想:我同赵贵翁有什么仇,同路上的人又有什么仇;只有廿年以前,把古久先生的陈年流水簿子,踹了一脚,古久先生很不高兴。赵贵翁虽然不认识他,一定也听到风声,代抱不平;约定路上的人,同我作冤对。但是小孩子呢?那时候,他们还没有出世,何以今天也睁着怪眼睛,似乎怕我,似乎想害我。这真教我怕,教我纳罕而且伤心。

我明白了。这是他们娘老子教的!

三

晚上总是睡不着。凡事须得研究,才会明白。

他们——也有给知县打枷过的,也有给绅士掌过嘴的,也有衙役占了他妻子的,也有老子娘被债主逼死的;他们那时候的脸色,全没有昨天这么怕,也没有这么凶。

最奇怪的是昨天街上的那个女人,打他儿子,嘴里说道,"老子呀!我要咬你几口才出气!"他眼睛却看着我。我出了一惊,遮掩不住;那青面獠牙的一伙人,便都哄笑起来。陈老五赶上前,硬把我拖回家中了。

拖我回家,家里的人都装作不认识我;他们的眼色,也全同别人一样。进了书房,便反扣上门,宛然是关了一只鸡鸭。这一件事,越教我猜不出底细。

前几天,狼子村的佃户来告荒,对我大哥说,他们村里的一个大恶人,给大家打死了;几个人便挖出他的心肝来,用油煎炒了吃,可以壮壮胆子。我插了一句嘴,佃户和大哥便都看我几眼。今天才晓得他们的眼光,全同外面的那伙人一模一样。

想起来,我从顶上直冷到脚跟。

他们会吃人,就未必不会吃我。

你看那女人"咬你几口"的话,和一伙青面獠牙人的笑,和前天佃户的话,明明是暗号。我看出他话中全是毒,笑中全是刀。他们的牙齿,全是白厉厉的排着,这就是吃人的家伙。

照我自己想,虽然不是恶人,自从踹了古家的簿子,可就难说了。他们似乎别有心思,我全猜不出。况且他们一翻脸,便说人是恶人。我还记得大哥教我做论,无论怎样好人,翻他几句,他便上几个圈;原谅坏人几句,他便说"翻天妙手,与众不同"。我那里猜得到他们的心思,究竟怎样;况且是要吃的时候。

凡事总须研究,才会明白。古来时常吃人,我也还记得,可是不甚清楚。

我翻开历史一查,这历史没有年代,歪歪斜斜的每叶上都写着"仁义道德"几个字。我横竖睡不着,仔细看了半夜,才从字缝里看出字来,满本都写着两个字是"吃人"!

书上写着这许多字,佃户说了这许多话,却都笑吟吟的睁着怪眼睛看我。

我也是人,他们想要吃我了!

四

早上,我静坐了一会。陈老五送进饭来,一碗菜,一碗蒸鱼;这鱼的眼睛,白而且硬,张着嘴,同那一伙想吃人的人一样。吃了几筷,滑溜溜的不知是鱼是人,便把他兜肚连肠的吐出。

我说,"老五,对大哥说,我闷得慌,想到园里走走。"老五不答应,走了;停一会,可就来开了门。

我也不动,研究他们如何摆布我;知道他们一定不肯放松。果然!我大哥引了一个老头子,慢慢走来;他满眼凶光,怕我看出,只是低头向着地,从眼镜横边暗暗看我。大哥说,"今天你仿佛很好。"我说"是的。"大哥说,"今天请何先生来,给你诊一诊。"我说,"可以!"其实我岂不知道这老头子是刽子手扮的!无非借了看脉这名目,揣一揣肥瘠:因这功劳,也分一片肉吃。我也不怕;虽然不吃人,胆子却比他们还壮。伸出两个拳头,看他如何下手。老头子坐着,闭了眼睛,摸了好一会,呆了好一会;便张开他鬼眼睛说,"不要乱想。静静的养几天,就好了。"

不要乱想,静静的养!养肥了,他们是自然可以多吃;我有什么好处,怎么会"好了"?他们这群人,又想吃人,又是鬼鬼祟祟,想法子遮掩,不敢直捷下手,真要令我笑死。我忍不住,便放声大笑起来,十分快活。自己晓得这笑声里面,有的是义勇和正气。老头子和大哥,都失了色,被我这勇气正气镇压住了。

但是我有勇气,他们便越想吃我,沾光一点这勇气。老头子跨出门,走不多远,便低声对大哥说道,"赶紧吃罢!"大哥点点头。原来也有你!这一件大发见,虽似意外,也在意中:合伙吃我的人,便是我的哥哥!

吃人的是我哥哥!

我是吃人的人的兄弟!

我自己被人吃了,可仍然是吃人的人的兄弟!

五

　　这几天是退一步想：假使那老头子不是刽子手扮的，真是医生，也仍然是吃人的人。他们的祖师李时珍做的"本草什么"上，明明写着人肉可以煎吃；他还能说自己不吃人么？

　　至于我家大哥，也毫不冤枉他。他对我讲书的时候，亲口说过可以"易子而食"；又一回偶然议论起一个不好的人，他便说不但该杀，还当"食肉寝皮"。我那时年纪还小，心跳了好半天。前天狼子村佃户来说吃心肝的事，他也毫不奇怪，不住的点头。可见心思是同从前一样狠。既然可以"易子而食"，便什么都易得，什么人都吃得。我从前单听他讲道理，也胡涂过去；现在晓得他讲道理的时候，不但唇边还抹着人油，而且心里满装着吃人的意思。

六

　　黑漆漆的，不知是日是夜。赵家的狗又叫起来了。
　　狮子似的凶心，兔子的怯弱，狐狸的狡猾，……

七

　　我晓得他们的方法，直捷杀了，是不肯的，而且也不敢，怕有祸祟。所以他们大家连络，布满了罗网，逼我自戕。试看前几天街上男女的样子，和这几天我大哥的作为，便足可悟出八九分了。最好是解下腰带，挂在梁上，自己紧紧勒死；他们没有杀人的罪名，又偿了心愿，自然都欢天喜地的发出一种呜呜咽咽的笑声。否则惊吓忧愁死了，虽则略瘦，也还可以首肯几下。

　　他们是只会吃死肉的！——记得什么书上说，有一种东西，叫"海乙那"的，眼光和样子都很难看；时常吃死肉，连极大的骨头，都细细嚼烂，咽下肚子去，想起来也教人害怕。"海乙那"是狼的亲眷，狼是狗的本家。前天赵家的狗，看我几眼，可见他也同谋，早已接洽。老头子眼看着地，岂能瞒得我过。

　　最可怜的是我的大哥，他也是人，何以毫不害怕；而且合伙吃我呢？还是历来惯了，不以为非呢？还是丧了良心，明知故犯呢？

　　我诅咒吃人的人，先从他起头；要劝转吃人的人，也先从他下手。

八

其实这种道理,到了现在,他们也该早已懂得,……

忽然来了一个人;年纪不过二十左右,相貌是不很看得清楚,满面笑容,对了我点头,他的笑也不像真笑。我便问他,"吃人的事,对么?"他仍然笑着说,"不是荒年,怎么会吃人。"我立刻就晓得,他也是一伙,喜欢吃人的;便自勇气百倍,偏要问他。

"对么?"

"这等事问他什么。你真会……说笑话。……今天天气很好。"

天气是好,月色也很亮了。可是我要问你,"对么?"

他不以为然了。含含胡胡的答道,"不……"

"不对?他们何以竟吃?!"

"没有的事……"

"没有的事?狼子村现吃;还有书上都写着,通红斩新!"

他便变了脸,铁一般青。睁着眼说,"也许有的,这是从来如此……"

"从来如此,便对么?"

"我不同你讲这些道理;总之你不该说,你说便是你错!"

我直跳起来,张开眼,这人便不见了。全身出了一大片汗。他的年纪,比我大哥小得远,居然也是一伙;这一定是他娘老子先教的。还怕已经教给他儿子了;所以连小孩子,也都恶狠狠的看我。

九

自己想吃人,又怕被别人吃了,都用着疑心极深的眼光,面面相觑。……

去了这心思,放心做事走路吃饭睡觉,何等舒服。这只是一条门槛,一个关头。他们可是父子兄弟夫妇朋友师生仇敌和各不相识的人,都结成一伙,互相劝勉,互相牵掣,死也不肯跨过这一步。

十

大清早,去寻我大哥;他立在堂门外看天,我便走到他背后,拦住门,格外沉静,格外和气的对他说,

"大哥,我有话告诉你。"

"你说就是,"他赶紧回过脸来,点点头。

"我只有几句话,可是说不出来。大哥,大约当初野蛮的人,都吃过一点人。后来因为心思不同,有的不吃人了,一味要好,便变了人,变了真的人。有的却还吃,——也同虫子一样,有的变了鱼鸟猴子,一直变到人。有的不要好,至今还是虫子。这吃人的人比不吃人的人,何等惭愧。怕比虫子的惭愧猴子,还差得很远很远。

"易牙蒸了他儿子,给桀纣吃,还是一直从前的事。谁晓得从盘古开辟天地以后,一直吃到易牙的儿子;从易牙的儿子,一直吃到徐锡林;从徐锡林,又一直吃到狼子村捉住的人。去年城里杀了犯人,还有一个生痨病的人,用馒头蘸血舐。

"他们要吃我,你一个人,原也无法可想;然而又何必去入伙。吃人的人,什么事做不出;他们会吃我,也会吃你,一伙里面,也会自吃。但只要转一步,只要立刻改了,也就人人太平。虽然从来如此,我们今天也可以格外要好,说是不能!大哥,我相信你能说,前天佃户要减租,你说过不能。"

当初,他还只是冷笑,随后眼光便凶狠起来,一到说破他们的隐情,那就满脸都变成青色了。大门外立着一伙人,赵贵翁和他的狗,也在里面,都探头探脑的挨进来。有的是看不出面貌,似乎用布蒙着;有的是仍旧青面獠牙,抿着嘴笑。我认识他们是一伙,都是吃人的人。可是也晓得他们心思很不一样,一种是以为从来如此,应该吃的;一种是知道不该吃,可是仍然要吃,又怕别人说破他,所以听了我的话,越发气愤不过,可是抿着嘴冷笑。

这时候,大哥也忽然显出凶相,高声喝道,

"都出去!疯子有什么好看!"

这时候,我又懂得一件他们的巧妙了。他们岂但不肯改,而且早已布置;豫备下一个疯子的名目罩上我。将来吃了,不但太平无事,怕还会有人见情。佃户说的大家吃了一个恶人,正是这方法。这是他们的老谱!

陈老五也气愤愤的直走进来。如何按得住我的口,我偏要对这伙人说,

"你们可以改了,从真心改起!要晓得将来容不得吃人的人,活在世上。

"你们要不改,自己也会吃尽。即使生得多,也会给真的人除灭了,同猎人打完狼子一样!——同虫子一样!"

那一伙人,都被陈老五赶走了。大哥也不知那里去了。陈老五劝我回屋子里去。屋里面全是黑沉沉的。横梁和椽子都在头上发抖;抖了一会,就大起来,堆在我身上。

万分沉重,动弹不得;他的意思是要我死。我晓得他的沉重是假的,便挣

扎出来，出了一身汗。可是偏要说，

"你们立刻改了，从真心改起！你们要晓得将来是容不得吃人的人，……"

十一

太阳也不出，门也不开，日日是两顿饭。

我捏起筷子，便想起我大哥；晓得妹子死掉的缘故，也全在他。那时我妹子才五岁，可爱可怜的样子，还在眼前。母亲哭个不住，他却劝母亲不要哭；大约因为自己吃了，哭起来不免有点过意不去。如果还能过意不去，……

妹子是被大哥吃了，母亲知道没有，我可不得而知。

母亲想也知道；不过哭的时候，却并没有说明，大约也以为应当的了。记得我四五岁时，坐在堂前乘凉，大哥说爷娘生病，做儿子的须割下一片肉来，煮熟了请他吃，才算好人；母亲也没有说不行。一片吃得，整个的自然也吃得。但是那天的哭法，现在想起来，实在还教人伤心，这真是奇极的事！

十二

不能想了。

四千年来时时吃人的地方，今天才明白，我也在其中混了多年；大哥正管着家务，妹子恰恰死了，他未必不和在饭菜里，暗暗给我们吃。

我未必无意之中，不吃了我妹子的几片肉，现在也轮到我自己，……

有了四千年吃人履历的我，当初虽然不知道，现在明白，难见真的人！

十三

没有吃过人的孩子，或者还有？

救救孩子……

一九一八年四月。

（原载 1918 年 5 月《新青年》第 4 卷第 5 号）

【作者介绍】

鲁迅(1881—1936)，原名周树人，字豫才，浙江绍兴人。中国现代伟大的文学家、翻译家和新文学运动的奠基人。他在旧体诗创作等领域也做出了一流的成绩。他的全部作品（包括书信、日记等）收入《鲁迅全集》（共16卷）。

【作品分析】

《狂人日记》最初发表在《新青年》上，后收进《呐喊》集中。是作家首次以"鲁迅"的笔名、首次采用白话文创作的小说，也被看做中国现代文学的奠基之作。鲁迅本人用"意在暴露家族制度和礼教的弊害"，来说明《狂人日记》的写作意图。作品以"吃人"二字来揭示中国传统道德和文化的本质，成为批判封建专制意识形态的石破天惊之作。历史上的吃人有两种基本形态：一种是生存性危机下的吃人，如战争、饥荒中出现的"易子而食"，这种因客观环境的恶劣造成的吃人现象，在世界各国历史上都曾普遍存在过；另一种则是打着仁义道德的神圣旗号进行的吃人，它只存在于为数不多的国度，中国古代的孝道传统就曾反复赞美"刮股疗亲"的变相吃人行为。鲁迅以极端叛逆的姿态出现，大呼猛进地发起掀翻"吃人的筵宴"的行动，成为最有力度的中国传统文明批判者。

狂人到底是真疯还是佯狂？这可能是读者比较关心的问题，学术界也曾经为此长期争论不休。对于狂人的疯狂，鲁迅似乎不准备作非此即彼的抉择，他的高明就在于艺术地把握了狂人似疯非疯、亦狂亦醒的独特心理状态，尤其是对狂人异常敏感的受迫害幻觉的表现，达到了精神分析学所揭示的令人惊心动魄的心理深度。出现在狂人心理屏幕上的是赵贵翁和他家的狗怪怪的眼睛，是老医生越过眼镜框偷窥的眼神，是青面獠牙的路人白厉厉地排着的牙齿，是看客们用布蒙着的脸，是噩梦中屋顶发抖的横梁和椽子。狂人吃了几口煮熟后仍张着白眼和大嘴的鱼，想起大哥偷偷掺在饭菜里的小妹妹身上切下的肉片，便兜肚连肠地呕吐起来，狂人的恶心既源于生理又是道德腐烂引发的心理反应。狂人的作呕，是真正的现代性体验，显示了一个现代人在生理和心理晕眩下的精神撕裂倾向。

通常人们把作品结尾"救救孩子"的呐喊看做是狂人对未来的殷切期望,这样理解自然无妨;然而问题并不那么简单,在这希望的呼唤中也透露着狂人的焦虑和绝望。"救救孩子……"前还有一句"没有吃过人的孩子,或者还有?"它的确流露了狂人对新一代的希望,但一个"或者"和一个"?"号,表明狂人对自己的希望是不确信的。他确实不可能太确信,因为作品多次写到路上的孩子和大人一样脸色铁青地对狂人恶眼相向,爹娘们可能已经把吃人的坏心思教给了孩子们,吃人的恶习似乎具有了遗传性。狂人是矛盾的:一方面,他在劝大哥放弃吃人的心思时说,野蛮人经过进化,出现了不再互相吞食的"真的人";另一方面,他最终发现连小孩,连他这样有如"赤子"的人也不可避免地成为吃人传统的子孙,于是他发出了"难见真的人"的沉重感喟。也许是意识到即使在孩子那里也难见"真的人",他最后发出的"救救孩子……"的呐喊,更像深陷沼泽的人发出的绝望呼告,人们依稀还可以看见沼泽上仅存的狂人那双无助地挣扎的手。

狂人的绝望也源于他对自身罪恶的体认。他最初以为在这个吃人罪恶横行的社会里,自己是为数不多的无罪者。但后来他发现大哥也参与了吃人的阴谋,他恍然中悟到自己就是"吃人的人的兄弟";他最终还意识到自己身上"有了四千年吃人履历"的罪恶。如果说基督徒是由于他们的始祖夏娃和亚当偷吃禁果,被上帝赋予了"原罪",那么狂人的原罪感则是因为他意识到,无论他怎样抨击传统,他也还是这个"四千年来时时吃人"的民族的子孙。一边激烈地反抗祖先的传统,一边却为祖先的血腥传统负罪,这就是狂人内心剧烈的精神分裂创痛。

很自然地,读者还可能要关心狂人最终的命运。作品"显在的文本"——13则白话日记在狂人发出"救救孩子"的呐喊后就戛然而止;但作品的文言"序"则暗示了狂人的最后结局。序言其实隐藏了一个关于狂人从狂病中康复,以及康复后赴某地担任候补官员的"潜在文本"。按照清代官制,狂人获得了候补官员资格,他不是参加了科举考试,就是花大笔钱捐官去了。不管他是通过什么方式成为候补官员的,他都与自己原先对抗的封建专制政治和文化媾和(即所谓的病"愈")了。值得注意的是,这个序言是用纯粹的文言文写就的,与作品正文 13 则白话日记形成了对立,而这种文、白语言的对立更好地暗示着狂人病愈前和病愈后对传统文化截然不同的态度。从表面看,序言写出了狂人终于病愈并且"发迹"的喜剧性结局;但其实这是一个真正的悲剧收尾,试想:连狂人这样具有大智慧和大勇气的人,最终也无法逃脱回归传统文化的命运,这种文化宿命所包含的苍凉悲怆不正喷薄而出吗?

【延伸阅读文献】

曹聚仁:《鲁迅评传》,上海东方出版中心 1999 年版。

王富仁:《中国反封建思想革命的一面镜子——〈呐喊〉〈彷徨〉综论》,北京师范大学出版社 1986 年版。

汪晖:《反抗绝望——鲁迅的精神结构与〈呐喊〉〈彷徨〉研究》,上海人民出版社 1991 年版。

温儒敏、旷新年:《狂人日记:反讽的迷宫》,《鲁迅研究月刊》1990 年第 8 期。

(王家平)

阿 Q 正 传

鲁　迅

第一章　序

　　我要给阿 Q 做正传,已经不止一两年了。但一面要做,一面又往回想,这足见我不是一个"立言"的人,因为从来不朽之笔,须传不朽之人,于是人以文传,文以人传——究竟谁靠谁传,渐渐的不甚了然起来,而终于归结到传阿Q,仿佛思想里有鬼似的。

　　然而要做这一篇速朽的文章,才下笔,便感到万分的困难了。第一是文章的名目。孔子曰,"名不正则言不顺"。这原是应该极注意的。传的名目很繁多:列传,自传,内传,外传,别传,家传,小传……,而可惜都不合。"列传"么,这一篇并非和许多阔人排在"正史"里;"自传"么,我又并非就是阿 Q。说是"外传","内传"在那里呢?倘用"内传",阿 Q 又决不是神仙。"别传"呢,阿 Q 实在未曾有大总统上谕宣付国史馆立"本传"——虽说英国正史上并无"博徒列传",而文豪迭更司也做过《博徒别传》这一部书,但文豪则可,在我辈却不可的。其次是"家传",则我既不知与阿 Q 是否同宗,也未曾受他子孙的拜托;或"小传",则阿 Q 又更无别的"大传"了。总而言之,这一篇也便是"本传",但从我的文章着想,因为文体卑下,是"引车卖浆者流"所用的话,所以不敢僭称,便从不入三教九流的小说家所谓"闲话休题言归正传"这一句套话里,取出"正传"两个字来,作为名目,即使与古人所撰《书法正传》的"正传"字面上很相混,也顾不得了。

　　第二,立传的通例,开首大抵该是"某,字某,某地人也",而我并不知道阿Q 姓什么。有一回,他似乎是姓赵,但第二日便模糊了。那是赵太爷的儿子进了秀才的时候,锣声镗镗的报到村里来,阿 Q 正喝了两碗黄酒,便手舞足蹈的说,这于他也很光采,因为他和赵太爷原来是本家,细细的排起来他还比秀才长三辈呢。其时几个旁听人倒也肃然的有些起敬了。那知道第二天,地保便叫阿 Q 到赵太爷家里去;太爷一见,满脸溅朱,喝道:

"阿Q,你这浑小子!你说我是你的本家么?"

阿Q不开口。

赵太爷愈看愈生气了,抢进几步说:"你敢胡说!我怎么会有你这样的本家?你姓赵么?"

阿Q不开口,想往后退了;赵太爷跳过去,给了他一个嘴巴。

"你怎么会姓赵!——你那里配姓赵!"

阿Q并没有抗辩他确凿姓赵,只用手摸着左颊,和地保退出去了;外面又被地保训斥了一番,谢了地保二百文酒钱。知道的人都说阿Q太荒唐,自己去招打;他大约未必姓赵,即使真姓赵,有赵太爷在这里,也不该如此胡说的。此后便再没有人提起他的氏族来,所以我终于不知道阿Q究竟什么姓。

第三,我又不知道阿Q的名字是怎么写的。他活着的时候,人都叫他阿Quei,死了以后,便没有一个人再叫阿Quei了,那里还会有"著之竹帛"的事。若论"著之竹帛",这篇文章要算第一次,所以先遇着了这第一个难关。我曾经仔细想:阿Quei,阿桂还是阿贵呢?倘使他号叫月亭,或者在八月间做过生日,那一定是阿桂了;而他既没有号——也许有号,只是没有人知道他,——又未尝散过生日征文的帖子:写作阿桂,是武断的。又倘若他有一位老兄或令弟叫阿富,那一定是阿贵了;而他又只是一个人:写作阿贵,也没有佐证的。其余音Quei的偏僻字样,更加凑不上了。先前,我也曾问过赵太爷的儿子茂才先生,谁料博雅如此公,竟也茫然,但据结论说,是因为陈独秀办了《新青年》提倡洋字,所以国粹沦亡,无可查考了。我的最后的手段,只有托一个同乡去查阿Q犯事的案卷,八个月之后才有回信,说案卷里并无与阿Quei的声音相近的人。我虽不知道是真没有,还是没有查,然而也再没有别的方法了。生怕注音字母还未通行,只好用了"洋字",照英国流行的拼法写他为阿Quei,略作阿Q。这近于盲从《新青年》,自己也很抱歉,但茂才公尚且不知,我还有什么好办法呢。

第四,是阿Q的籍贯了。倘他姓赵,则据现在好称郡望的老例,可以照《郡名百家姓》上的注解,说是"陇西天水人也",但可惜这姓是不甚可靠的,因此籍贯也就有些决不定。他虽然多住未庄,然而也常常宿在别处,不能说是未庄人,即使说是"未庄人也",也仍然有乖史法的。

我所聊以自慰的,是还有一个"阿"字非常正确,绝无附会假借的缺点,颇可以就正于通人。至于其余,却都非浅学所能穿凿,只希望有"历史癖与考据癖"的胡适之先生的门人们,将来或者能够寻出许多新端绪来,但是我这《阿Q正传》到那时却又怕早经消灭了。

以上可以算是序。

第二章　优胜记略

　　阿Q不独是姓名籍贯有些渺茫，连他先前的"行状"也渺茫。因为未庄的人们之于阿Q，只要他帮忙，只拿他玩笑，从来没有留心他的"行状"的。而阿Q自己也不说，独有和别人口角的时候，间或瞪着眼睛道：
　　"我们先前——比你阔的多啦！你算是什么东西！"
　　阿Q没有家，住在未庄的土谷祠里；也没有固定的职业，只给人家做短工，割麦便割麦，舂米便舂米，撑船便撑船。工作略长久时，他也或住在临时主人的家里，但一完就走了。所以，人们忙碌的时候，也还记起阿Q来，然而记起的是做工，并不是"行状"；一闲空，连阿Q都早忘却，更不必说"行状"了。只是有一回，有一个老头子颂扬说："阿Q真能做！"这时阿Q赤着膊，懒洋洋的瘦伶仃的正在他面前，别人也摸不着这话是真心还是讥笑，然而阿Q很喜欢。
　　阿Q又很自尊，所有未庄的居民，全不在他眼睛里，甚而至于对于两位"文童"也有以为不值一笑的神情。夫文童者，将来恐怕要变秀才者也；赵太爷钱太爷大受居民的尊敬，除有钱之外，就因为都是文童的爹爹，而阿Q在精神上独不表格外的崇奉，他想：我的儿子会阔得多啦！加以进了几回城，阿Q自然更自负，然而他又很鄙薄城里人，譬如用三尺长三寸宽的木板做成的凳子，未庄叫"长凳"，他也叫"长凳"，城里人却叫"条凳"，他想：这是错的，可笑！油煎大头鱼，未庄都加上半寸长的葱叶，城里却加上切细的葱丝，他想：这也是错的，可笑！然而未庄人真是不见世面的可笑的乡下人呵，他们没有见过城里的煎鱼！
　　阿Q"先前阔"，见识高，而且"真能做"，本来几乎是一个"完人"了，但可惜他体质上还有一些缺点。最恼人的是在他头皮上，颇有几处不知起于何时的癞疮疤。这虽然也在他身上，而看阿Q的意思，倒也似乎以为不足贵的，因为他讳说"癞"以及一切近于"赖"的音，后来推而广之，"光"也讳，"亮"也讳，再后来，连"灯""烛"都讳了。一犯讳，不问有心与无心，阿Q便全疤通红的发起怒来，估量了对手，口讷的他便骂，气力小的他便打；然而不知怎么一回事，总还是阿Q吃亏的时候多。于是他渐渐的变换了方针，大抵改为怒目而视了。
　　谁知道阿Q采用怒目主义之后，未庄的闲人们便愈喜欢玩笑他。一见面，他们便假作吃惊的说：
　　"哙，亮起来了。"

阿Q照例的发了怒,他怒目而视了。

"原来有保险灯在这里!"他们并不怕。

阿Q没有法,只得另外想出报复的话来:

"你还不配……"这时候,又仿佛在他头上的是一种高尚的光荣的癞头疮,并非平常的癞头疮了;但上文说过,阿Q是有见识的,他立刻知道和"犯忌"有点抵触,便不再往底下说。

闲人还不完,只撩他,于是终而至于打。阿Q在形式上打败了,被人揪住黄辫子,在壁上碰了四五个响头,闲人这才心满意足的得胜的走了,阿Q站了一刻,心里想,"我总算被儿子打了,现在的世界真不像样……"于是也心满意足的得胜的走了。

阿Q想在心里的,后来每每说出口来,所以凡有和阿Q玩笑的人们,几乎全知道他有这一种精神上的胜利法,此后每逢揪住他黄辫子的时候,人就先一着对他说:

"阿Q,这不是儿子打老子,是人打畜生。自己说:人打畜生!"

阿Q两只手都捏住了自己的辫根,歪着头,说道:

"打虫豸,好不好?我是虫豸——还不放么?"

但虽然是虫豸,闲人也并不放,仍旧在就近什么地方给他碰了五六个响头,这才心满意足的得胜的走了,他以为阿Q这回可遭了瘟。然而不到十秒钟,阿Q也心满意足的得胜的走了,他觉得他是第一个能够自轻自贱的人,除了"自轻自贱"不算外,余下的就是"第一个"。状元不也是"第一个"么?"你算是什么东西"呢!?

阿Q以如是等等妙法克服怨敌之后,便愉快的跑到酒店里喝几碗酒,又和别人调笑一通,口角一通,又得了胜,愉快的回到土谷祠,放倒头睡着了。假使有钱,他便去押牌宝,一堆人蹲在地面上,阿Q即汗流满面的夹在这中间,声音他最响:

"青龙四百!"

"咳~~开~~啦!"桩家揭开盒子盖,也是汗流满面的唱。"天门啦~~角回啦~~!人和穿堂空在那里啦~~!阿Q的铜钱拿过来~~!"

"穿堂一百——一百五十!"

阿Q的钱便在这样的歌吟之下,渐渐的输入别个汗流满面的人物的腰间。他终于只好挤出堆外,站在后面看,替别人着急,一直到散场,然后恋恋的回到土谷祠,第二天,肿着眼睛去工作。

但真所谓"塞翁失马安知非福"罢,阿Q不幸而赢了一回,他倒几乎失败了。

这是未庄赛神的晚上。这晚上照例有一台戏,戏台左近,也照例有许多的赌摊。做戏的锣鼓,在阿Q耳朵里仿佛在十里之外,他只听得桩家的歌唱了。他赢而又赢,铜钱变成角洋,角洋变成大洋,大洋又成了叠。他兴高采烈得非常:

"天门两块!"

他不知道谁和谁为什么打起架来了。骂声打声脚步声,昏头昏脑的一大阵,他才爬起来,赌摊不见了,人们也不见了,身上有几处很似乎有些痛,似乎也挨了几拳几脚似的,几个人诧异的对他看。他如有所失的走进土谷祠,定一定神,知道他的一堆洋钱不见了。赶赛会的赌摊多不是本村人,还到那里去寻根柢呢?

很白很亮的一堆洋钱!而且是他的——现在不见了!说是算被儿子拿去了罢,总还是忽忽不乐;说自己是虫豸罢,也还是忽忽不乐:他这回才有些感到失败的苦痛了。

但他立刻转败为胜了。他擎起右手,用力的在自己脸上连打了两个嘴巴,热剌剌的有些痛;打完之后,便心平气和起来,似乎打的是自己,被打的是别一个自己,不久也就仿佛是自己打了别个一般,——虽然还有些热剌剌,——心满意足的得胜的躺下了。

他睡着了。

第三章　续优胜记略

然而阿Q虽然常优胜,却直待蒙赵太爷打他嘴巴之后,这才出了名。

他付过地保二百文酒钱,愤愤的躺下了,后来想:"现在的世界太不成话,儿子打老子……"于是忽而想到赵太爷的威风,而现在是他的儿子了,便自己也渐渐的得意起来,爬起身,唱着《小孤孀上坟》到酒店去。这时候,他又觉得赵太爷高人一等了。

说也奇怪,从此之后,果然大家也仿佛格外尊敬他。这在阿Q,或者以为因为他是赵太爷的父亲,而其实也不然。未庄通例,倘若阿七打阿八,或者李四打张三,向来本不算一件事,必须与一位名人如赵太爷者相关,这才载上他们的口碑。一上口碑,则打的既有名,被打的也就托庇有了名。至于错在阿Q,那自然是不必说。所以者何? 就因为赵太爷是不会错的。但他既然错,为什么大家又仿佛格外尊敬他呢? 这可难解,穿凿起来说,或者因为阿Q说是赵太爷的本家,虽然挨了打,大家也怕有些真,总不如尊敬一些稳当。否则,也如孔庙里的太牢一般,虽然与猪羊一样,同是畜生,但既经圣人下箸,先儒们便不敢妄动了。

　　阿Q此后倒得意了许多年。

　　有一年的春天，他醉醺醺的在街上走，在墙根的日光下，看见王胡在那里赤着膊捉虱子，他忽然觉得身上也痒起来了。这王胡，又癞又胡，别人都叫他王癞胡，阿Q却删去了一个癞字，然而非常渺视他。阿Q的意思，以为癞是不足为奇的，只有这一部络腮胡子，实在太新奇，令人看不上眼。他于是并排坐下去了。倘是别的闲人们，阿Q本不敢大意坐下去。但这王胡旁边，他有什么怕呢？老实说：他肯坐下去，简直还是抬举他。

　　阿Q也脱下破夹袄来，翻检了一回，不知道因为新洗呢还是因为粗心，许多工夫，只捉到三四个。他看那王胡，却是一个又一个，两个又三个，只放在嘴里毕毕剥剥的响。

　　阿Q最初是失望，后来却不平了：看不上眼的王胡尚且那么多，自己倒反这样少，这是怎样的大失体统的事啊！他很想寻一两个大的，然而竟没有，好容易才捉到一个中的，恨恨的塞在厚嘴唇里，狠命一咬，劈的一声，又不及王胡响。

　　他癞疮疤块块通红了，将衣服摔在地上，吐一口唾沫，说：

　　"这毛虫！"

　　"癞皮狗，你骂谁？"王胡轻蔑的抬起眼来说。

　　阿Q近来虽然比较的受人尊敬，自己也更高傲些，但和那些打惯的闲人们见面还胆怯，独有这回却非常武勇了。这样满脸胡子的东西，也敢出言无状么？

　　"谁认便骂谁！"他站起来，两手叉在腰间说。

　　"你的骨头痒了么？"王胡也站起来，披上衣服说。

　　阿Q以为他要逃了，抢进去就是一拳。这拳头还未达到身上，已经被他抓住了，只一拉，阿Q踉踉跄跄的跌进去，立刻又被王胡扭住了辫子，要拉到墙上照例去碰头。

　　"'君子动口不动手'！"阿Q歪着头说。

　　王胡似乎不是君子，并不理会，一连给他碰了五下，又用力的一推，至于阿Q跌出六尺多远，这才满足的去了。

　　在阿Q的记忆上，这大约要算是生平第一件的屈辱，因为王胡以络腮胡子的缺点，向来只被他奚落，从没有奚落他，更不必说动手了。而他现在竟动手，很意外，难道真如市上所说，皇帝已经停了考，不要秀才和举人了，因此赵家减了威风，因此他们也便小觑了他么？

　　阿Q无可适从的站着。

远远的走来了一个人,他的对头又到了。这也是阿Q最厌恶的一个人,就是钱太爷的大儿子。他先前跑上城里去进洋学堂,不知怎么又跑到东洋去了,半年之后他回到家里来,腿也直了,辫子也不见了,他的母亲大哭了十几场,他的老婆跳了三回井。后来,他的母亲到处说,"这辫子是被坏人灌醉了酒剪去的。本来可以做大官,现在只好等留长再说了。"然而阿Q不肯信,偏称他"假洋鬼子",也叫作"里通外国的人",一见他,一定在肚子里暗暗的咒骂。

阿Q尤其"深恶而痛绝之"的,是他的一条假辫子。辫子而至于假,就是没有了做人的资格;他的老婆不跳第四回井,也不是好女人。

这"假洋鬼子"近来了。

"秃儿。驴……"阿Q历来本只在肚子里骂,没有出过声,这回因为正气忿,因为要报仇,便不由的轻轻的说出来了。

不料这秃儿却拿着一支黄漆的棍子——就是阿Q所谓哭丧棒——大踏步走了过来。阿Q在这刹那,便知道大约要打了,赶紧抽紧筋骨,耸了肩膀等候着,果然,拍的一声,似乎确凿打在自己头上了。

"我说他!"阿Q指着近旁的一个孩子,分辩说。

拍!拍拍!

在阿Q的记忆上,这大约要算是生平第二件的屈辱。幸而拍拍的响了之后,于他倒似乎完结了一件事,反而觉得轻松些,而且"忘却"这一件祖传的宝贝也发生了效力,他慢慢的走,将到酒店门口,早已有些高兴了。

但对面走来了静修庵里的小尼姑。阿Q便在平时,看见伊也一定要唾骂,而况在屈辱之后呢?他于是发生了回忆,又发生了敌忾了。

"我不知道我今天为什么这样晦气,原来就因为见了你!"他想。

他迎上去,大声的吐一口唾沫。

"咳,呸!"

小尼姑全不睬,低了头只是走。阿Q走近伊身旁,突然伸出手去摩着伊新剃的头皮,呆笑着,说:

"秃儿!快回去,和尚等着你……"

"你怎么动手动脚……"尼姑满脸通红的说,一面赶快走。

酒店里的人大笑了。阿Q看见自己的勋业得了赏识,便愈加兴高采烈起来:

"和尚动得,我动不得?"他扭住伊的面颊。

酒店里的人大笑了。阿Q更得意,而且为满足那些赏鉴家起见,再用力的一拧,才放手。

他这一战,早忘却了王胡,也忘却了假洋鬼子,似乎对于今天的一切"晦气"都报了仇;而且奇怪,又仿佛全身比拍拍的响了之后更轻松,飘飘然的似乎要飞去了。

"这断子绝孙的阿Q!"远远地听得小尼姑的带哭的声音。

"哈哈哈!"阿Q十分得意的笑。

"哈哈哈!"酒店里的人也九分得意的笑。

第四章　恋爱的悲剧

有人说:有些胜利者,愿意敌手如虎,如鹰,他才感到胜利的欢喜;假使如羊,如小鸡,他便反觉得胜利的无聊。又有些胜利者,当克服一切之后,看见死的死了,降的降了,"臣诚惶诚恐死罪死罪",他于是没有了敌人,没有了对手,没有了朋友,只有自己在上,一个,孤另另,凄凉,寂寞,便反而感到了胜利的悲哀。然而我们的阿Q却没有这样乏,他是永远得意的:这或者也是中国精神文明冠于全球的一个证据了。

看哪,他飘飘然的似乎要飞去了!

然而这一次的胜利,却又使他有些异样。他飘飘然的飞了大半天,飘进土谷祠,照例应该躺下便打鼾。谁知道这一晚,他很不容易合眼,他觉得自己的大拇指和第二指有点古怪:仿佛比平常滑腻些。不知道是小尼姑的脸上有一点滑腻的东西粘在他指上,还是他的指头在小尼姑脸上磨得滑腻了?……

"断子绝孙的阿Q!"

阿Q的耳朵里又听到这句话。他想:不错,应该有一个女人,断子绝孙便没有人供一碗饭,……应该有一个女人。夫"不孝有三无后为大",而"若敖之鬼馁而",也是一件人生的大哀,所以他那思想,其实是样样合于圣经贤传的,只可惜后来有些"不能收其放心"了。

"女人,女人!……"他想。

"……和尚动得……女人,女人!……女人!"他又想。

我们不能知道这晚上阿Q在什么时候才打鼾。但大约他从此总觉得指头有些滑腻,所以他从此总有些飘飘然;"女……"他想。

即此一端,我们便可以知道女人是害人的东西。

中国的男人,本来大半都可以做圣贤,可惜全被女人毁掉了。商是妲己闹亡的;周是褒姒弄坏的;秦……虽然史无明文,我们也假定他因为女人,大约未必十分错;而董卓可是的确给貂蝉害死了。

阿Q本来也是正人,我们虽然不知道他曾蒙什么明师指授过,但他对于

"男女之大防"却历来非常严；也很有排斥异端——如小尼姑及假洋鬼子之类——的正气。他的学说是：凡尼姑，一定与和尚私通；一个女人在外面走，一定想引诱野男人；一男一女在那里讲话，一定要有勾当了。为惩治他们起见，所以他往往怒目而视，或者大声说几句"诛心"话，或者在冷僻处，便从后面掷一块小石头。

谁知道他将到"而立"之年，竟被小尼姑害得飘飘然了。这飘飘然的精神，在礼教上是不应该有的，——所以女人真可恶，假使小尼姑的脸上不滑腻，阿Q便不至于被蛊，又假使小尼姑的脸上盖一层布，阿Q便也不至于被蛊了，——他五六年前，曾在戏台下的人丛中拧过一个女人的大腿，但因为隔一层裤，所以此后并不飘飘然，——而小尼姑并不然，这也足见异端之可恶。

"女……"阿Q想。

他对于以为"一定想引诱野男人"的女人，时常留心看，然而伊并不对他笑。他对于和他讲话的女人，也时常留心听，然而伊又并不提起关于什么勾当的话来。哦，这也是女人可恶之一节：伊们全都要装"假正经"的。

这一天，阿Q在赵太爷家里舂了一天米，吃过晚饭，便坐在厨房里吸旱烟。倘在别家，吃过晚饭本可以回去的了，但赵府上晚饭早，虽说定例不准掌灯，一吃完便睡觉，然而偶然也有一些例外：其一，是赵大爷未进秀才的时候，准其点灯读文章；其二，便是阿Q来做短工的时候，准其点灯舂米。因为这一条例外，所以阿Q在动手舂米之前，还坐在厨房里吸旱烟。

吴妈，是赵太爷家里唯一的女仆，洗完了碗碟，也就在长凳上坐下了，而且和阿Q谈闲天：

"太太两天没有吃饭哩，因为老爷要买一个小的……"

"女人……吴妈……这小孤孀……"阿Q想。

"我们的少奶奶是八月里要生孩子了……"

"女人……"阿Q想。

阿Q放下烟管，站了起来。

"我们的少奶奶……"吴妈还唠叨说。

"我和你困觉，我和你困觉！"阿Q忽然抢上去，对伊跪下了。

一刹时中很寂然。

"阿呀！"吴妈楞了一息，突然发抖，大叫着往外跑，且跑且嚷，似乎后来带哭了。

阿Q对了墙壁跪着也发楞，于是两手扶着空板凳，慢慢的站起来，仿佛觉得有些糟。他这时确也有些忐忑了，慌张的将烟管插在裤带上，就想去舂米。蓬的一声，头上着了很粗的一下，他急忙回转身去，那秀才便拿了一支大竹杠站在他面前。

"你反了，……你这……"

大竹杠又向他劈下来了。阿Q两手去抱头，拍的正打在指节上，这可很有一些痛。他冲出厨房门，仿佛背上又着了一下似的。

"忘八蛋！"秀才在后面用了官话这样骂。

阿Q奔入舂米场，一个人站着，还觉得指头痛，还记得"忘八蛋"，因为这话是未庄的乡下人从来不用，专是见过官府的阔人用的，所以格外怕，而印象也格外深。但这时，他那"女……"的思想却也没有了。而且打骂之后，似乎一件事也已经收束，倒反觉得一无挂碍似的，便动手去舂米，舂了一会，他热起来了，又歇了手脱衣服。

脱下衣服的时候，他听得外面很热闹，阿Q生平本来最爱看热闹，便即寻声走出去了。寻声渐渐的寻到赵太爷的内院里，虽然在昏黄中，却辨得出许多人，赵府一家连两日不吃饭的太太也在内，还有间壁的邹七嫂，真正本家的赵白眼，赵司晨。

少奶奶正拖着吴妈走出下房来，一面说：

"你到外面来，……不要躲在自己房里想……"

"谁不知道你正经，……短见是万万寻不得的。"邹七嫂也从旁说。

吴妈只是哭，夹些话，却不甚听得分明。

阿Q想："哼，有趣，这小孤孀不知道闹着什么玩意儿了？"他想打听，走近赵司晨的身边。这时他猛然间看见赵大爷向他奔来，而且手里捏着一支大竹杠。他看见这一支大竹杠，便猛然间悟到自己曾经被打，和这一场热闹似乎有点相关。他翻身便走，想逃回舂米场，不图这支竹杠阻了他的去路，于是他又翻身便走，自然而然的走出后门，不多工夫，已在土谷祠内了。

阿Q坐了一会，皮肤有些起粟，他觉得冷了，因为虽在春季，而夜间颇有余寒，尚不宜于赤膊。他也记得布衫留在赵家，但倘若去取，又深怕秀才的竹杠。然而地保进来了。

"阿Q，你的妈妈的！你连赵家的用人都调戏起来，简直是造反。害得我晚上没有觉睡，你的妈妈的！……"

如是云云的教训了一通，阿Q自然没有话。临末，因为在晚上，应该送地保加倍酒钱四百文，阿Q正没有现钱，便用一顶毡帽做抵押，并且订定了五条件：

一、明天用红烛——要一斤重的——一对，香一封，到赵府上去赔罪。

二、赵府上请道士祓除缢鬼，费用由阿Q负担。

三、阿Q从此不准踏进赵府的门槛。

四、吴妈此后倘有不测,惟阿Q是问。

五、阿Q不准再去索取工钱和布衫。

阿Q自然都答应了,可惜没有钱。幸而已经春天,棉被可以无用,便质了二千大钱,履行条约。赤膊磕头之后,居然还剩几文,他也不再赎毡帽,统统喝了酒了。但赵家也并不烧香点烛,因为太太拜佛的时候可以用,留着了。那破布衫是大半做了少奶奶八月间生下来的孩子的衬尿布,那小半破烂的便都做了吴妈的鞋底。

第五章　生计问题

阿Q礼毕之后,仍旧回到土谷祠,太阳下去了,渐渐觉得世上有些古怪。他仔细一想,终于省悟过来:其原因盖在自己的赤膊。他记得破夹袄还在,便披在身上,躺倒了,待张开眼睛,原来太阳又已经照在西墙上头了。他坐起身,一面说道,"妈妈的……"

他起来之后,也仍旧在街上逛,虽然不比赤膊之有切肤之痛,却又渐渐的觉得世上有些古怪了。仿佛从这一天起,未庄的女人们忽然都怕了羞,伊们一见阿Q走来,便个个躲进门里去。甚而至于将近五十岁的邹七嫂,也跟着别人乱钻,而且将十一岁的女儿都叫进去了。阿Q很以为奇,而且想:"这些东西忽然都学起小姐模样来了。这娼妇们……"

但他更觉得世上有些古怪,却是许多日以后的事。其一,酒店不肯赊欠了;其二,管土谷祠的老头子说些废话,似乎叫他走;其三,他虽然记不清多少日,但确乎有许多日,没有一个人来叫他做短工。酒店不赊,熬着也罢了;老头子催他走,噜苏一通也就算了;只是没有人来叫他做短工,却使阿Q肚子饿:这委实是一件非常"妈妈的"的事情。

阿Q忍不下去了,他只好到老主顾的家里去探问,——但独不许踏进赵府的门槛,——然而情形也异样:一定走出一个男人来,现了十分烦厌的相貌,像回复乞丐一般的摇手道:

"没有没有!你出去!"

阿Q愈觉得稀奇了。他想,这些人家向来少不了要帮忙,不至于现在忽然都无事,这总该有些蹊跷在里面了。他留心打听,才知道他们有事都去叫小Don。这小D,是一个穷小子,又瘦又乏,在阿Q的眼睛里,位置是在王胡之下的,谁料这小子竟谋了他的饭碗去。所以阿Q这一气,更与平常不同,当气愤愤的走着的时候,忽然将手一扬,唱道:

"我手执钢鞭将你打!……"

几天之后,他竟在钱府的照壁前遇见了小 D。"仇人相见分外眼明",阿 Q 便迎上去,小 D 也站住了。

"畜生!"阿 Q 怒目而视的说,嘴角上飞出唾沫来。

"我是虫豸,好么?……"小 D 说。

这谦逊反使阿 Q 更加愤怒起来,但他手里没有钢鞭,于是只得扑上去,伸手去拔小 D 的辫子。小 D 一手护住了自己的辫根,一手也来拔阿 Q 的辫子,阿 Q 便也将空着的一只手护住了自己的辫根。从先前的阿 Q 看来,小 D 本来是不足齿数的,但他近来挨了饿,又瘦又乏已经不下于小 D,所以便成了势均力敌的现象,四只手拔着两颗头,都弯了腰,在钱家粉墙上映出一个蓝色的虹形,至于半点钟之久了。

"好了,好了!"看的人们说,大约是解劝的。

"好,好!"看的人们说,不知道是解劝,是颂扬,还是煽动。

然而他们都不听。阿 Q 进三步,小 D 便退三步,都站着;小 D 进三步,阿 Q 便退三步,又都站着。大约半点钟,——未庄少有自鸣钟,所以很难说,或者二十分,——他们的头发里便都冒烟,额上便都流汗,阿 Q 的手放松了,在同一瞬间,小 D 的手也正放松了,同时直起,同时退开,都挤出人丛去。

"记着罢,妈妈的……"阿 Q 回过头去说。

"妈妈的,记着罢……"小 D 也回过头来说。

这一场"龙虎斗"似乎并无胜败,也不知道看的人可满足,都没有发什么议论,而阿 Q 却仍然没有人来叫他做短工。

有一日很温和,微风拂拂的颇有些夏意了,阿 Q 却觉得寒冷起来,但这还可担当,第一倒是肚子饿。棉被、毡帽、布衫,早已没有了,其次就卖了棉袄;现在有裤子,却万不可脱的;有破夹袄,又除了送人做鞋底之外,决定卖不出钱。他早想在路上拾得一注钱,但至今还没有见;他想在自己的破屋里忽然寻到一注钱,慌张的四顾,但屋内是空虚而且了然。于是他决计出门求食去了。

他在路上走着要"求食",看见熟识的酒店,看见熟识的馒头,但他都走过了,不但没有暂停,而且并不想要。他所求的不是这类东西了;他求的是什么东西,他自己不知道。

未庄本不是大村镇,不多时便走尽了。村外多是水田,满眼是新秧的嫩绿,夹着几个圆形的活动的黑点,便是耕田的农夫。阿 Q 并不赏鉴这田家乐,却只是走,因为他直觉的知道这与他的"求食"之道是很辽远的。但他终于走到静修庵的墙外了。

庵周围也是水田,粉墙突出在新绿里,后面的低土墙里是菜园。阿 Q 迟疑了一会,四面一看,并没有人。他便爬上这矮墙去,扯着何首乌藤,但泥土仍然簌簌的掉,阿Q的脚也索索的抖;终于攀着桑树枝,跳到里面了。里面真是郁郁葱葱,但似乎并没有黄酒馒头,以及此外可吃的之类。靠西墙是竹丛,下面许多笋,只可惜都是并未煮熟的,还有油菜早经结子,芥菜已将开花,小白菜也很老了。

阿Q仿佛文童落第似的觉得很冤屈,他慢慢走近园门去,忽而非常惊喜了,这分明是一畦老萝卜。他于是蹲下便拔,而门口突然伸出一个很圆的头来,又即缩回去了,这分明是小尼姑。小尼姑之流是阿Q本来视若草芥的,但世事须"退一步想",所以他便赶紧拔起四个萝卜,拧下青叶,兜在大襟里。然而老尼姑已经出来了。

"阿弥陀佛,阿Q,你怎么跳进园里来偷萝卜!……阿呀,罪过呵,阿唷,阿弥陀佛!……"

"我什么时候跳进你的园里来偷萝卜?"阿Q且看且走的说。

"现在……这不是?"老尼姑指着他的衣兜。

"这是你的?你能叫得他答应你么?你……"

阿Q没有说完话,拔步便跑;追来的是一匹很肥大的黑狗。这本来在前门的,不知怎的到后园来了。黑狗哼而且追,已经要咬着阿Q的腿,幸而从衣兜里落下一个萝卜来,那狗给一吓,略略一停,阿Q已经爬上桑树,跨到土墙,连人和萝卜都滚出墙外面了。只剩着黑狗还在对着桑树嗥,老尼姑念着佛。

阿Q怕尼姑又放出黑狗来,拾起萝卜便走,沿路又检了几块小石头,但黑狗却并不再出现。阿Q于是抛了石块,一面走一面吃,而且想道,这里也没有什么东西寻,不如进城去……

待三个萝卜吃完时,他已经打定了进城的主意了。

第六章 从中兴到末路

在未庄再看见阿Q出现的时候,是刚过了这年的中秋。人们都惊异,说是阿Q回来了,于是又回上去想道,他先前那里去了呢?阿Q前几回的上城,大抵早就兴高采烈的对人说,但这一次却并不,所以也没有一个人留心到。他或者也曾告诉过管土谷祠的老头子,然而未庄老例,只有赵太爷钱太爷和秀才大爷上城才算一件事。假洋鬼子尚且不足数,何况是阿Q:因此老头子也就不替他宣传,而未庄的社会上也就无从知道了。

但阿Q这回的回来,却与先前大不同,确乎很值得惊异。天色将黑,他睡眼朦胧的在酒店门前出现了,他走近柜台,从腰间伸出手来,满把是银的和铜的,在柜上一扔说,"现钱!打酒来!"穿的是新夹袄,看去腰间还挂着一个大搭连,沉钿钿的将裤带坠成了很弯很弯的弧线。未庄老例,看见略有些醒目的人物,是与其慢也宁敬的,现在虽然明知道是阿Q,但因为和破夹袄的阿Q有些两样了,古人云,"士别三日便当刮目相待",所以堂倌,掌柜,酒客,路人,便自然显出一种疑而且敬的形态来。掌柜既先之以点头,又继之以谈话:

"嚄,阿Q,你回来了!"

"回来了。"

"发财发财,你是——在……"

"上城去了!"

这一件新闻,第二天便传遍了全未庄。人人都愿意知道现钱和新夹袄的阿Q的中兴史,所以在酒店里,茶馆里,庙檐下,便渐渐的探听出来了。这结果,是阿Q得了新敬畏。

据阿Q说,他是在举人老爷家里帮忙。这一节,听的人都肃然了。这老爷本姓白,但因为合城里只有他一个举人,所以不必再冠姓,说起举人来就是他。这也不独在未庄是如此,便是一百里方圆之内也都如此,人们几乎多以为他的姓名就叫举人老爷的了。在这人的府上帮忙,那当然是可敬的。但据阿Q又说,他却不高兴再帮忙了,因为这举人老爷实在太"妈妈的"了。这一节,听的人都叹息而且快意,因为阿Q本不配在举人老爷家里帮忙,而不帮忙是可惜的。

据阿Q说,他的回来,似乎也由于不满意城里人,这就在他们将长凳称为条凳,而且煎鱼用葱丝,加以最近观察所得的缺点,是女人的走路也扭得不很好。然而也偶有大可佩服的地方,即如未庄的乡下人不过打三十二张的竹牌,只有假洋鬼子能够叉"麻酱",城里却连小乌龟子都叉得精熟的。什么假洋鬼子,只要放在城里的十几岁的小乌龟子的手里,也就立刻是"小鬼见阎王"。这一节,听的人都赧然了。

"你们可看见过杀头么?"阿Q说,"咳,好看。杀革命党。唉,好看好看,……"他摇摇头,将唾沫飞在正对面的赵司晨的脸上。这一节,听的人都凛然了。但阿Q又四面一看,忽然扬起右手,照着伸长脖子听得出神的王胡的后项窝上直劈下去道:

"嚓!"

王胡惊得一跳,同时电光石火似的赶快缩了头,而听的人又都悚然而且欣然了。从此王胡瘟头瘟脑的许多日,并且再不敢走近阿Q的身边;别的人也一样。

阿Q这时在未庄人眼睛里的地位，虽不敢说超过赵太爷，但谓之差不多，大约也就没有什么语病的了。

然而不多久，这阿Q的大名忽又传遍了未庄的闺中。虽然未庄只有钱赵两姓是大屋，此外十之九都是浅闺，但闺中究竟是闺中，所以也算得一件神异。女人们见面时一定说，邹七嫂在阿Q那里买了一条蓝绸裙，旧固然是旧的，但只花了九角钱。还有赵白眼的母亲，——一说是赵司晨的母亲，待考，——也买了一件孩子穿的大红洋纱衫，七成新，只用三百大钱九二串。于是伊们都眼巴巴的想见阿Q，缺绸裙的想问他买绸裙，要洋纱衫的想问他买洋纱衫，不但见了不逃避，有时阿Q已经走过了，也还要追上去叫住他，问道：

"阿Q，你还有绸裙么？没有？纱衫也要的，有罢？"

后来这终于从浅闺传进深闺里去了。因为邹七嫂得意之余，将伊的绸裙请赵太太去鉴赏，赵太太又告诉了赵太爷而且着实恭维了一番。赵太爷便在晚饭桌上，和秀才大爷讨论，以为阿Q实在有些古怪，我们门窗应该小心些；但他的东西，不知道可还有什么可买，也许有点好东西罢。加以赵太太也正想买一件价廉物美的皮背心。于是家族决议，便托邹七嫂即刻去寻阿Q，而且为此新辟了第三种的例外：这晚上也姑且特准点油灯。

油灯干了不少了，阿Q还不到。赵府的全眷都很焦急，打着呵欠，或恨阿Q太飘忽，或怨邹七嫂不上紧。赵太太还怕他因为春天的条件不敢来，而赵太爷以为不足虑：因为这是"我"去叫他的。果然，到底赵太爷有见识，阿Q终于跟着邹七嫂进来了。

"他只说没有没有，我说你自己当面说去，他还要说，我说……"邹七嫂气喘吁吁的走着说。

"太爷！"阿Q似笑非笑的叫了一声，在檐下站住了。

"阿Q，听说你在外面发财，"赵太爷踱开去，眼睛打量着他的全身，一面说。"那很好，那很好的。这个，……听说你有些旧东西，……可以都拿来看一看，……这也并不是别的，因为我倒要……"

"我对邹七嫂说过了。都完了。"

"完了？"赵太爷不觉失声的说，"那里会完得这样快呢？"

"那是朋友的，本来不多。他们买了些，……"

"总该还有一点罢。"

"现在，只剩了一张门幕了。"

"就拿门幕来看看罢。"赵太太慌忙说。

"那么，明天拿来就是，"赵太爷却不甚热心了。"阿Q，你以后有什么东西的时候，你尽先送来给我们看，……"

"价钱决不会比别家出得少！"秀才说。秀才娘子忙一瞥阿Q的脸，看他感动了没有。

"我要一件皮背心。"赵太太说。

阿Q虽然答应着，却懒洋洋的出去了，也不知道他是否放在心上。这使赵太爷很失望，气愤而且担心，至于停止了打呵欠。秀才对于阿Q的态度也很不平，于是说，这忘八蛋要提防，或者竟不如吩咐地保，不许他住在未庄。但赵太爷以为不然，说这也怕要结怨，况且做这路生意的大概是"老鹰不吃窝下食"，本村倒不必担心的；只要自己夜里警醒点就是了。秀才听了这"庭训"，非常之以为然，便即刻撤消了驱逐阿Q的提议，而且叮嘱邹七嫂，请伊万不要向人提起这一段话。

但第二日，邹七嫂便将那蓝裙去染了皂，又将阿Q可疑之点传扬出去了，可是确没有提起秀才要驱逐他这一节。然而这已经于阿Q很不利。最先，地保寻上门了，取了他的门幕去，阿Q说是赵太太要看的，而地保也不还，并且要议定每月的孝敬钱。其次，是村人对于他的敬畏忽而变相了，虽然还不敢来放肆，却很有远避的神情，而这神情和先前的防他来"嚓"的时候又不同，颇混着"敬而远之"的分子了。

只有一班闲人们却还要寻根究底的去探阿Q的底细。阿Q也并不讳饰，傲然的说出他的经验来。从此他们才知道，他不过是一个小脚色，不但不能上墙，并且不能进洞，只站在洞外接东西。有一夜，他刚才接到一个包，正手再进去，不一会，只听得里面大嚷起来，他便赶紧跑，连夜爬出城，逃回未庄来了，从此不敢再去做。然而这故事却于阿Q更不利，村人对于阿Q的"敬而远之"者，本因为怕结怨，谁料他不过是一个不敢再偷的偷儿呢？这实在是"斯亦不足畏也矣"。

第七章 革 命

宣统三年九月十四日——即阿Q将搭连卖给赵白眼的这一天——三更四点，有一只大乌篷船到了赵府上的河埠头。这船从黑魆魆中荡来，乡下人睡得熟，都没有知道；出去时将近黎明，却很有几个看见的了。据探头探脑的调查来的结果，知道那竟是举人老爷的船！

那船便将大不安载给了未庄，不到正午，全村的人心就很摇动。船的使命，赵家本来是很秘密的，但茶坊酒肆里却都说，革命党要进城，举人老爷到我们乡下来逃难了。惟有邹七嫂不以为然，说那不过是几口破衣箱，举人老爷想来寄存的,却已被赵太爷回复转去。其实举人老爷和赵秀才素不相能,在理本不能有"共患难"的情谊,况且邹七嫂又和赵家是邻居,见闻较为切近,所以大概该是伊对的。

然而谣言很旺盛,说举人老爷虽然似乎没有亲到,却有一封长信,和赵家排了"转折亲"。赵太爷肚里一轮,觉得他总不会有坏处,便将箱子留下了,现就塞在太太的床底下。至于革命党,有的说是便在这一夜进了城,个个白盔白甲:穿着崇正皇帝的素。

阿Q的耳朵里,本来早听到过革命党这一句话,今年又亲眼见过杀掉革命党。但他有一种不知从那里来的意见,以为革命党便是造反,造反便是与他为难,所以一向是"深恶而痛绝之"的。殊不料这却使百里闻名的举人老爷有这样怕,于是他未免也有些"神往"了,况且未庄的一群鸟男女的慌张的神情,也使阿Q更快意。

"革命也好罢,"阿Q想,"革这伙妈妈的的命,太可恶!太可恨!……便是我,也要投降革命党了。"

阿Q近来用度窘,大约略略有些不平;加以午间喝了两碗空肚酒,愈加醉得快,一面想一面走,便又飘飘然起来。不知怎么一来,忽而似乎革命党便是自己,未庄人却都是他的俘虏了。他得意之余,禁不住大声的嚷道:

"造反了!造反了!"

未庄人都用了惊惧的眼光对他看。这一种可怜的眼光,是阿Q从来没有见过的,一见之下,又使他舒服得如六月里喝了雪水。他更加高兴的走而且喊道:

"好,……我要什么就是什么,我欢喜谁就是谁。

得得,锵锵!

悔不该,酒醉错斩了郑贤弟,

悔不该,呀呀呀……

得得,锵锵,得,锵令锵!

我手执钢鞭将你打……"

赵府上的两位男人和两个真本家,也正站在大门口论革命。阿Q没有见,昂了头直唱过去。

"得得,……"

"老Q,"赵太爷怯怯的迎着低声的叫。

"锵锵,"阿Q料不到他的名字会和"老"字联结起来,以为是一句别的话,与己无干,只是唱。"得,锵,锵令锵,锵!"

"老Q。"

"悔不该……"

"阿 Q!"秀才只得直呼其名了。

阿 Q 这才站住,歪着头问道,"什么?"

"老 Q,……现在……"赵太爷却又没有话,"现在……发财么?"

"发财?自然。要什么就是什么……"

"阿……Q 哥,像我们这样穷朋友是不要紧的……"赵白眼惴惴的说,似乎想探革命党的口风。

"穷朋友?你总比我有钱。"阿 Q 说着自去了。

大家都怃然,没有话。赵太爷父子回家,晚上商量到点灯。赵白眼回家,便从腰间扯下搭连来,交给他女人藏在箱底里。

阿 Q 飘飘然的飞了一通,回到土谷祠,酒已经醒透了。这晚上,管祠的老头子也意外的和气,请他喝茶;阿 Q 便向他要了两个饼,吃完之后,又要了一支点过的四两烛和一个树烛台,点起来,独自躺在自己的小屋里。他说不出的新鲜而且高兴,烛火像元夜似的闪闪的跳,他的思想也进跳起来了:

"造反?有趣,……来了一阵白盔白甲的革命党,都拿着板刀,钢鞭,炸弹,洋炮,三尖两刃刀,钩镰枪,走过土谷祠,叫道,'阿 Q!同去同去!'于是一同去。……

"这时未庄的一伙鸟男女才好笑哩,跪下叫道,'阿 Q,饶命!'谁听他!第一个该死的是小 D 和赵太爷,还有秀才,还有假洋鬼子,……留几条么?王胡本来还可留,但也不要了。……

"东西,……直走进去打开箱子来:元宝,洋钱,洋纱衫,……秀才娘子的一张宁式床先搬到土谷祠,此外便摆了钱家的桌椅,——或者也就用赵家的罢。自己是不动手的了,叫小 D 来搬,要搬得快,搬得不快打嘴巴。……

"赵司晨的妹子真丑。邹七嫂的女儿过几年再说。假洋鬼子的老婆会和没有辫子的男人睡觉,吓,不是好东西!秀才的老婆是眼胞上有疤的。……吴妈长久不见了,不知道在那里,——可惜脚太大。"

阿 Q 没有想得十分停当,已经发了鼾声,四两烛还只点去了小半寸,红焰焰的光照着他张开的嘴。

"荷荷!"阿 Q 忽而大叫起来,抬了头仓皇的四顾,待到看见四两烛,却又倒头睡去了。

第二天他起得很迟,走出街上看时,样样都照旧。他也仍然肚饿,他想着,想不起什么来;但他忽而似乎有了主意了,慢慢的跨开步,有意无意的走到静修庵。

庵和春天时节一样静,白的墙壁和漆黑的门。他想了一想,前去打门,一只狗在里面叫。他急急拾了几块断砖,再上去较为用力的打,打到黑门上生出许多麻点的时候,才听得有人来开门。

阿Q连忙捏好砖头,摆开马步,准备和黑狗来开战。但庵门只开了一条缝,并无黑狗从中冲出,望进去只有一个老尼姑。

"你又来什么事?"伊大吃一惊的说。

"革命了……你知道?……"阿Q说得很含胡。

"革命革命,革过一革的,……你们要革得我们怎么样呢?"老尼姑两眼通红的说。

"什么?……"阿Q诧异了。

"你不知道,他们已经来革过了!"

"谁?……"阿Q更其诧异了。

"那秀才和洋鬼子!"

阿Q很出意外,不由的一错愕;老尼姑见他失了锐气,便飞速的关了门,阿Q再推时,牢不可开,再打时,没有回答了。

那还是上午的事。赵秀才消息灵,一知道革命党已在夜间进城,便将辫子盘在顶上,一早去拜访那历来也不相能的钱洋鬼子。这是"咸与维新"的时候了,所以他们便谈得很投机,立刻成了情投意合的同志,也相约去革命。他们想而又想,才想出静修庵里有一块"皇帝万岁万万岁"的龙牌,是应该赶紧革掉的,于是又立刻同到庵里去革命。因为老尼姑来阻挡,说了三句话,他们便将伊当作满政府,在头上很给了不少的棍子和栗凿。尼姑待他们走后,定了神来检点,龙牌固然已经碎在地上了,而且又不见了观音娘娘座前的一个宣德炉。

这事阿Q后来才知道。他颇悔自己睡着,但也深怪他们不来招呼他。他又退一步想道:

"难道他们还没有知道我已经投降了革命党么?"

第八章　不准革命

未庄的人心日见其安静了。据传来的消息,知道革命党虽然进了城,倒还没有什么大异样。知县大老爷还是原官,不过改称了什么,而且举人老爷也做了什么——这些名目,未庄人都说不明白——官,带兵的也还是先前的老把总。只有一件可怕的事是另有几个不好的革命党夹在里面捣乱,第二天便动手剪辫子,听说那邻村的航船七斤便着了道儿,弄得不像人样子了。但这却还不算大恐怖,因为未庄人本来少上城,即使偶有想进城的,也就立刻变了计,碰不着这危险。阿Q本也想进城去寻他的老朋友,一得这消息,也只得作罢了。

但未庄也不能说是无改革。几天之后,将辫子盘在顶上的逐渐增加起来了,早经说过,最先自然是茂才公,其次便是赵司晨和赵白眼,后来是阿Q。倘在夏天,大家将辫子盘在头顶上或者打一个结,本不算什么稀奇事,但现在是暮秋,所以这"秋行夏令"的情形,在盘辫家不能不说是万分的英断,而在未庄也不能说无关于改革了。

赵司晨脑后空荡荡的走来,看见的人大嚷说,

"嚄,革命党来了!"

阿Q听到了很羡慕。他虽然早知道秀才盘辫的大新闻,但总没有想到自己可以照样做,现在看见赵司晨也如此,才有了学样的意思,定下实行的决心。他用一支竹筷将辫子盘在头顶上,迟疑多时,这才放胆的走去。

他在街上走,人也看他,然而不说什么话,阿Q当初很不快,后来便很不平。他近来很容易闹脾气了;其实他的生活,倒也并不比造反之前反艰难,人见他也客气,店铺也不说要现钱。而阿Q总觉得自己太失意;既然革了命,不应该只是这样的。况且有一回看见小D,愈使他气破肚皮了。

小D也将辫子盘在头顶上了,而且也居然用一支竹筷。阿Q万料不到他也敢这样做,自己也决不准他这样做!小D是什么东西呢?他很想即刻揪住他,拗断他的竹筷,放下他的辫子,并且批他几个嘴巴,聊且惩罚他忘了生辰八字,也敢来做革命党的罪。但他终于饶放了,单是怒目而视的吐一口唾沫道"呸!"

这几日里,进城去的只有一个假洋鬼子。赵秀才本也想靠着寄存箱子的渊源,亲身去拜访举人老爷的,但因为有剪辫的危险,所以也就中止了。他写了一封"黄伞格"的信,托假洋鬼子带上城,而且托他给自己绍介绍介,去进自由党。假洋鬼子回来时,向秀才讨还了四块洋钱,秀才便有一块银桃子挂在大襟上了;未庄人都惊服,说这是柿油党的顶子,抵得一个翰林;赵太爷因此也骤然大阔,远过于他儿子初隽秀才的时候,所以目空一切,见了阿Q,也就很有些不放在眼里了。

阿Q正在不平,又时时刻刻感着冷落,一听得这银桃子的传说,他立即悟出自己之所以冷落的原因了:要革命,单说投降,是不行的;盘上辫子,也不行的;第一着仍然要和革命党去结识。他生平所知道的革命党只有两个,城里的一个早已"嚓"的杀掉了,现在只剩了一个假洋鬼子。他除却赶紧去和假洋鬼子商量之外,再没有别的道路了。

钱府的大门正开着,阿Q便怯怯的蹩进去。他一到里面,很吃了惊,只

见假洋鬼子正站在院子的中央,一身乌黑的大约是洋衣,身上也挂着一块银桃子,手里是阿Q曾经领教过的棍子,已经留到一尺多长的辫子都拆开了披在肩背上,蓬头散发的像一个刘海仙。对面挺直的站着赵白眼和三个闲人,正在必恭必敬的听说话。

阿Q轻轻的走近了,站在赵白眼的背后,心里想招呼,却不知道怎么说才好:叫他假洋鬼子固然是不行的了,洋人也不妥,革命党也不妥,或者就应该叫洋先生了罢。

洋先生却没有见他,因为白着眼睛讲得正起劲:

"我是性急的,所以我们见面,我总是说:洪哥!我们动手罢!他却总说道No!——这是洋话,你们不懂的。否则早已成功了。然而这正是他做事小心的地方。他再三再四的请我上湖北,我还没有肯。谁愿意在这小县城里做事情。……"

"唔,……这个……"阿Q候他略停,终于用十二分的勇气开口了,但不知道因为什么,又并不叫他洋先生。

听着说话的四个人都吃惊的回顾他。洋先生也才看见:

"什么?"

"我……"

"出去!"

"我要投……"

"滚出去!"洋先生扬起哭丧棒来了。

赵白眼和闲人们便都吆喝道:"先生叫你滚出去,你还不听么?"

阿Q将手向头上一遮,不自觉的逃出门外;洋先生倒也没有追。他快跑了六十多步,这才慢慢的走,于是心里便涌起了忧愁:洋先生不准他革命,他再没有别的路;从此决不能望有白盔白甲的人来叫他,他所有的抱负,志向,希望,前程,全被一笔勾销了。至于闲人们传扬开去,给小D王胡等辈笑话,倒是还在其次的事。

他似乎从来没有经验过这样的无聊。他对于自己的盘辫子,仿佛也觉得无意味,要侮蔑;为报仇起见,很想立刻放下辫子来,但也没有竟放。他游到夜间,赊了两碗酒,喝下肚去,渐渐的高兴起来了,思想里才又出现白盔白甲的碎片。

有一天,他照例的混到夜深,待酒店要关门,才踱回土谷祠去。

拍,吧~~~!

他忽而听得一种异样的声音,又不是爆竹。阿Q本来是爱看热闹,爱管闲事的,便在暗中直寻过去。似乎前面有些脚步声;他正听,猛然间一个人从对面逃来了。阿Q一看见,便赶紧翻身跟着逃。那人转弯,阿Q也转弯,既转弯,那人站住了,阿Q也站住。他看后面并无什么,看那人便是小D。

"什么?"阿Q不平起来了。

"赵……赵家遭抢了!"小D气喘吁吁的说。

阿Q的心怦怦的跳了。小D说了便走;阿Q却逃而又停的两三回。但他究竟是做过"这路生意"的人,格外胆大,于是蹩出路角,仔细的听,似乎有些嚷嚷,又仔细的看,似乎许多白盔白甲的人,络绎的将箱子抬出了,器具抬出了,秀才娘子的宁式床也抬出了,但是不分明,他还想上前,两只脚却没有动。

这一夜没有月,未庄在黑暗里很寂静,寂静到像羲皇时候一般太平。阿Q站着看到自己发烦,也似乎还是先前一样,在那里来来往往的搬,箱子抬出了,器具抬出了,秀才娘子的宁式床也抬出了,……抬得他自己有些不信他的眼睛了。但他决计不再上前,却回到自己的祠里去了。

土谷祠里更漆黑;他关好大门,摸进自己的屋子里。他躺了好一会,这才定了神,而且发出关于自己的思想来:白盔白甲的人明明到了,并不来打招呼,搬了许多好东西,又没有自己的份,——这全是假洋鬼子可恶,不准我造反,否则,这次何至于没有我的份呢?阿Q越想越气,终于禁不住满心痛恨起来,毒毒的点一点头:"不准我造反,只准你造反?妈妈的假洋鬼子,——好,你造反!造反是杀头的罪名呵,我总要告一状,看你抓进县里去杀头,——满门抄斩,——嚓!嚓!"

第九章 大团圆

赵家遭抢之后,未庄人大抵很快意而且恐慌,阿Q也很快意而且恐慌。但四天之后,阿Q在半夜里忽被抓进县城里去了。那时恰是暗夜,一队兵,一队团丁,一队警察,五个侦探,悄悄地到了未庄,乘昏暗围住土谷祠,正对门架好机关枪;然而阿Q不冲出。许多时没有动静,把总焦急起来了,悬了二十千的赏,才有两个团丁冒了险,踰垣进去,里应外合,一拥而入,将阿Q抓出来;直待擒出祠外面的机关枪左近,他才有些清醒了。

到进城,已经是正午,阿Q见自己被搀进一所破衙门,转了五六个弯,便推在一间小屋里。他刚刚一跄踉,那用整株的木料做成的栅栏门便跟着他的脚跟阖上了,其余的三面都是墙壁,仔细看时,屋角上还有两个人。

阿Q虽然有些忐忑,却并不很苦闷,因为他那土谷祠里的卧室,也并没有比这间屋子更高明。那两个也仿佛是乡下人,渐渐和他兜搭起来了,一个说是举人老爷要追他祖父欠下来的陈租,一个不知道为了什么事。他们问阿Q,阿Q爽利的答道,"因为我想造反。"

他下半天便又被抓出栅栏门去了,到得大堂,上面坐着一个满头剃得精光的老头子。阿Q疑心他是和尚,但看见下面站着一排兵,两旁又站着十几个长衫人物,也有满头剃得精光像这老头子的,也有将一尺来长的头发披在背后像那假洋鬼子的,都是一脸横肉,怒目而视的看他;他便知道这人一定有些来历,膝关节立刻自然而然的宽松,便跪了下去了。

"站着说!不要跪!"长衫人物都吆喝说。

阿Q虽然似乎懂得,但总觉得站不住,身不由己的蹲了下去,而且终于趁势改为跪下了。

"奴隶性!……"长衫人物又鄙夷似的说,但也没有叫他起来。

"你从实招来罢,免得吃苦。我早都知道了。招了可以放你。"那光头的老头子看定了阿Q的脸,沉静的清楚的说。

"招罢!"长衫人物也大声说。

"我本来要……来投……"阿Q胡里胡涂的想了一通,这才断断续续的说。

"那么,为什么不来的呢?"老头子和气的问。

"假洋鬼子不准我!"

"胡说!此刻说,也迟了。现在你的同党在那里?"

"什么?……"

"那一晚打劫赵家的一伙人。"

"他们没有来叫我。他们自己搬走了。"阿Q提起来便愤愤。

"走到那里去了呢?说出来便放你了。"老头子更和气了。

"我不知道,……他们没有来叫我……"

然而老头子使了一个眼色,阿Q便又被抓进栅栏门里了。他第二次抓出栅栏门,是第二天的上午。

大堂的情形都照旧。上面仍然坐着光头的老头子,阿Q也仍然下了跪。

老头子和气的问道,"你还有什么话说么?"

阿Q一想,没有话,便回答说,"没有。"

于是一个长衫人物拿了一张纸,并一支笔送到阿Q的面前,要将笔塞在他手里。阿Q这时很吃惊,几乎"魂飞魄散"了:因为他的手和笔相关,这回是初次。他正不知怎样拿;那人却又指着一处地方教他画花押。

"我……我……不认得字。"阿Q一把抓住了笔,惶恐而且惭愧的说。

"那么,便宜你,画一个圆圈!"

阿Q要画圆圈了,那手捏着笔却只是抖。于是那人替他将纸铺在地上,阿Q伏下去,使尽了平生的力画圆圈。他生怕被人笑话,立志要画得圆,但这可恶的笔不但很沉重,并且不听话,刚刚一抖一抖的几乎要合缝,却又向外一耸,画成瓜子模样了。

阿Q正羞愧自己画得不圆,那人却不计较,早已掣了纸笔去,许多人又将他第二次抓进栅栏门。

他第二次进了栅栏,倒也并不十分懊恼。他以为人生天地之间,大约本来有时要抓进抓出,有时要在纸上画圆圈的,惟有圈而不圆,却是他"行状"上的一个污点。但不多时也就释然了,他想:孙子才画得很圆的圆圈呢。于是他睡着了。

然而这一夜,举人老爷反而不能睡:他和把总呕了气了。举人老爷主张第一要追赃,把总主张第一要示众。把总近来很不将举人老爷放在眼里了,拍案打凳的说道,"惩一儆百!你看,我做革命党还不上二十天,抢案就是十几件,全不破案,我的面子在那里?破了案,你又来迂。不成!这是我管的!"举人老爷窘急了,然而还坚持,说是倘若不追赃,他便立刻辞了帮办民政的职务。而把总却道,"请便罢!"于是举人老爷在这一夜竟没有睡,但幸而第二天倒也没有辞。

阿Q第三次抓出栅栏门的时候,便是举人老爷睡不着的那一夜的明天的上午了。他到了大堂,上面还坐着照例的光头老头子;阿Q也照例的下了跪。

老头子很和气的问道,"你还有什么话么?"

阿Q一想,没有话,便回答说,"没有。"

许多长衫和短衫人物,忽然给他穿上一件洋布的白背心,上面有些黑字。阿Q很气苦;因为这很像是带孝,而带孝是晦气的。然而同时他的两手反缚了,同时又被一直抓出衙门外去了。

阿Q被抬上了一辆没有篷的车,几个短衣人物也和他同坐在一处。这车立刻走动了,前面是一班背着洋炮的兵们和团丁,两旁是许多张着嘴的看客,后面怎样,阿Q没有见。但他突然觉到了:这岂不是去杀头么?他一急,两眼发黑,耳朵里喤的一声,似乎发昏了。然而他又没有全发昏,有时虽然着急,有时却也泰然;他意思之间,似乎觉得人生天地间,大约本来有时也未免要杀头的。

他还认得路,于是有些诧异了:怎么不向着法场走呢?他不知道这是在游街,在示众。但即使知道也一样,他不过便以为人生天地间,大约本来有时也未免游街要示众罢了。

他省悟了,这是绕到法场去的路,这一定是"嚓"的去杀头。他惘惘的向左右看,全跟着蚂蚁似的人,而在无意中,却在路旁的人丛中发见了一个吴妈。很久违,伊原来在城里做工了。阿 Q 忽然很羞愧自己没志气:竟没有唱几句戏。他的思想仿佛旋风似的在脑里一回旋:《小孤孀上坟》欠堂皇,《龙虎斗》里的"悔不该……"也太乏,还是"手执钢鞭将你打"罢。他同时想将手一扬,才记得这两手原来都捆着,于是"手执钢鞭"也不唱了。

"过了二十年又是一个……"阿 Q 在百忙中,"无师自通"的说出半句从来不说的话。

"好!"从人丛里,便发出豺狼的嗥叫一般的声音来。

车子不住的前行,阿 Q 在喝采声中,轮转眼睛去看吴妈,似乎伊一向并没有见他,却只是出神的看着兵们背上的洋炮。

阿 Q 于是再看那些喝采的人们。

这刹那中,他的思想又仿佛旋风似的在脑里一回旋了。四年之前,他曾在山脚下遇见一只饿狼,永是不近不远的跟定他,要吃他的肉。他那时吓得几乎要死,幸而手里有一柄斫柴刀,才得仗这壮了胆,支持到未庄;可是永远记得那狼眼睛,又凶又怯,闪闪的像两颗鬼火,似乎远远的来穿透了他的皮肉。而这回他又看见从来没有见过的更可怕的眼睛了,又钝又锋利,不但已经咀嚼了他的话,并且还要咀嚼他皮肉以外的东西,永是不远不近的跟他走。

这些眼睛们似乎连成一气,已经在那里咬他的灵魂。

"救命,……"

然而阿 Q 没有说。他早就两眼发黑,耳朵里嗡的一声,觉得全身仿佛微尘似的迸散了。

至于当时的影响,最大的倒反在举人老爷,因为终于没有追赃,他全家都号啕了。其次是赵府,非特秀才因为上城去报官,被不好的革命党剪了辫子,而且又破费了二十千的赏钱,所以全家也号啕了。从这一天以来,他们便渐渐的都发生了遗老的气味。

至于舆论,在未庄是无异议,自然都说阿 Q 坏,被枪毙便是他的坏的证据;不坏又何至于被枪毙呢?而城里的舆论却不佳,他们多半不满足,以为枪毙并无杀头这般好看;而且那是怎样的一个可笑的死囚呵,游了那么久的街,竟没有唱一句戏:他们白跟一趟了。

一九二一年十二月。

(原载 1921 年 12 月 4 日至 1922 年 2 月 12 日《晨报副刊》)

【作品分析】

《阿Q正传》是鲁迅最重要的代表作之一。它最初分章在《晨报副刊》"开心话"栏目连载,不久移到"新文艺"和"文艺"栏目,署名"巴人",后收进《呐喊》集中。谈及《阿Q正传》的创作动因,鲁迅说他是试图"画出这样沉默的国民的灵魂来"(俄文译本《阿Q正传·序》),以此"暴露国民的弱点"(《再谈保留》)。

作品通过阿Q这一典型人物,展开了对国民性的批判。阿Q是上无片瓦、下无分地的流民,以替人打短工为生,"割麦便割麦,舂米便舂米,撑船便撑船",一直过着潦倒而漂泊的生活。阿Q身上集结了种种可笑悖谬的人性矛盾。他虽是单身的穷光蛋,却常吹嘘"我们先前比你阔多了",并畅想"我的儿子会阔得多啦"的美好未来。由于进过几趟城,阿Q很是瞧不起未庄那些没有见过世面的乡巴佬;但他又认为城里人太可笑了,因为他们把长凳叫做条凳,并且给油煎的大头鱼加上切细的葱丝。阿Q头上长着癞疮疤,受尽人们的嘲弄和侮辱;但为了保持"尊严",他竟然声称那些嘲笑他的人不配长癞疮疤。阿Q虽然手无缚鸡之力,但却相当好斗,每次被打败受尽屈辱后,他便安慰自己说"我总算被儿子打了"。阿Q在赛神会上赌博赢得大把的钱却遭抢,他狠狠批了自己几个嘴巴,觉得是打了另外一个人,于是就心满意足了。为改善自己的恶劣处境,阿Q做了种种努力,但却一再失败,于是只能通过精神上的胜利来劝慰自己。阿Q的精神胜利法是以心理上的虚幻胜利来补偿现实中的失意和挫折,是一种自欺欺人的精神游戏。

阿Q的悖论还表现在,他是个受尽专制道统压制的"草民",却偏偏是个封建"卫道士",其道德观"样样合于圣经贤传",十分讲究"男女之大防";然而,他毕竟是三十多岁的男人,有基本的生理需要,除了在戏台下拧女人的大腿外,情急之下,他跪在吴妈面前求欢,导致自己被未庄社会所不容的下场。阿Q一方面以为革命便是造反,造反就是与他为难,但当他看到革命让举人老爷和他的仇敌们如惊弓之鸟后,他在未庄率先发表造反宣言,并希望加入白盔白甲的革命队伍;可阿Q参加革命的动机是在未庄复仇,还要瓜分富户的财产和霸占村里的女人。阿Q参加革命不成,反而被当做强盗成了替死鬼,在审讯大堂上,他还为自己画押时画的圆圈不够圆而羞愧和懊悔;在示众的敞篷刑车上,阿Q仍然泰然地想着"人生天地间,大约有时也未免要杀头",还说出"过了二十年又是一个……"的豪语。

当然,阿Q在临终前还是有点醒悟的。面对那些看客的眼睛,阿Q想起了他在旷野里遇见的恶狼,看客们的眼睛像狼眼一样要嚼碎他的皮肉和灵魂。阿Q感到了莫大的恐惧而高喊着"救命",在刹那而来的恐惧中,阿Q中弹而死。

阿Q是个荒昧可笑的人物,但这一典型身上所蕴含的审美意味是丰富复杂的。据有的专家分析:阿Q身上有一股屡败屡战的气概,每次跌倒,他都试图自己爬起来,因此,在他的渺小中透出崇高,滑稽中显示着严肃;从审美类型看,阿Q典型集中了悲剧和喜剧的因素,其悲剧性来自他的种种人生追求基本都是合理的与这些追求无法在现实中实现之间的矛盾;其喜剧性来自于他追求自身需要的方式,这些方式几乎都带来与初衷相悖的结果。(参见黄鸣奋等《价值批评与阿Q十八面》)因此,每当读到阿Q在追求自身价值而丑态百出时,我们往往忍不住要发笑;但如果设身处地想想,我们可能就笑不出来了,因为,阿Q追求自身价值的方式固然是他特有的,但他那诸多未能实现的需要也是全人类共有的,而且事与愿违、种瓜得豆的尴尬和痛苦几乎人人都经历过。所以,嘲笑阿Q可能就是嘲笑我们自己。从这个意义上说,阿Q形象是人类生存处境和文化命运的象征。

在写法上,《阿Q正传》与鲁迅其他大多数小说有比较明显的不同。鲁迅谈到自己着手写小说,"大约所仰仗的全在先前看过的百来篇外国作品和一点医学上的知识"(《我怎么做起小说来》)。他的多数小说在结构上借鉴了西方短篇小说利用横断面表现社会生活的手法,侧重于塑造人物、渲染氛围,告别了中国小说对故事完整性过度迷恋的叙事传统。由于《阿Q正传》是鲁迅惟一一篇在报纸上连载的小说,作家不能不考虑如何吸引读者持续关注的办法(鲁迅写此小说时还没有具备后来那么巨大的影响力,何况这部小说的作者署名为巴人),他吸收了中国话本小说的叙述特点,除了注重讲述主人公命运的升降起伏以制造情节的波澜外,还撰写了"序",在全面展开主人公命运前,说了一通"闲话"。一位外国学者把鲁迅这种手法与中国传统话本小说相比较:"如果鲁迅真是在茶馆里说书,这种设计就可以充当等待顾客时一段绝妙的填充的段子。顾客如果在说第二段时才走进茶馆,对主要故事也不会听漏多少,花的钱还是值得。也许鲁迅在开始同意写这篇连载小说时,便已经意识到范围受限制,不得不采用传统技巧了。很自然的,他在其他那些受西方影响较深的小说中常用的结构设计,在《阿Q正传》中就少用了。"(威廉·莱尔)在"序"后面正式展开阿Q的故事后,作品仍然不时出现叙述者的幽默风趣的议论,这与中国传统话本小说常见的"评书人语"所起的功能是一样的,即:这些议论的插入是为了吸引读者的注意力。

《阿Q正传》面世八十余年,已经形成世界性的影响。早在1926年,法国大作家罗曼·罗兰读到《阿Q正传》的法文译本时就对人说:"这是一篇明确的富于讽刺的现实主义艺术杰作","阿Q的可怜的形象将长久地留在人们的记忆里"。日本作家新岛淳良认为,阿Q可以与世界文学史上不朽的典型哈姆雷特、堂吉诃德一样,成为人们"普遍使用的名词"。如今,《阿Q正传》已经译成英、法、德、俄、日、阿拉伯等五六十种文字,被世界众多的读者所接受。

【延伸阅读文献】

彭小苓、韩蔼丽编:《阿Q七十年》,十月文艺出版社1993年版。

〔日〕丸尾常喜:《"人"与"鬼"的纠缠——鲁迅小说论析》,人民文学出版社1995年版。

黄鸣奋、林拓:《价值批评与阿Q十八面》,新疆人民出版社

1995年版。

张梦阳:《阿Q新论》,陕西人民教育出版社1996年版。

钱理群:《心灵的探寻》,北京大学出版社1999年版。

(王家平)

在 酒 楼 上

鲁　迅

我从北地向东南旅行,绕道访了我的家乡,就到S城。这城离我的故乡不过三十里,坐了小船,小半天可到,我曾在这里的学校里当过一年的教员。深冬雪后,风景凄清,懒散和怀旧的心绪联结起来,我竟暂寓在S城的洛思旅馆里了;这旅馆是先前所没有的。城圈本不大,寻访了几个以为可以会见的旧同事,一个也不在,早不知散到那里去了;经过学校的门口,也改换了名称和模样,于我很生疏。不到两个时辰,我的意兴早已索然,颇悔此来为多事了。

我所住的旅馆是租房不卖饭的,饭菜必须另外叫来,但又无味,入口如嚼泥土。窗外只有渍痕斑驳的墙壁,帖着枯死的莓苔;上面是铅色的天,白皑皑的绝无精采,而且微雪又飞舞起来了。我午餐本没有饱,又没有可以消遣的事情,便很自然的想到先前有一家很熟识的小酒楼,叫一石居的,算来离旅馆并不远。我于是立即锁了房门,出街向那酒楼去。其实也无非想姑且逃避客中的无聊,并不专为买醉。一石居是在的,狭小阴湿的店面和破旧的招牌都依旧;但从掌柜以至堂倌却已没有一个熟人,我在这一石居中也完全成了生客。然而我终于跨上那走熟的屋角的扶梯去了,由此径到小楼上。上面也依然是五张小板桌;独有原是木棂的后窗却换嵌了玻璃。

"一斤绍酒。——菜?十个油豆腐,辣酱要多!"

我一面说给跟我上来的堂倌听,一面向后窗走,就在靠窗的一张桌旁坐下了。楼上"空空如也",任我拣得最好的坐位:可以眺望楼下的废园。这园大概是不属于酒家的,我先前也曾眺望过许多回,有时也在雪天里。但现在从惯于北方的眼睛看来,却很值得惊异了:几株老梅竟斗雪开着满树的繁花,仿佛毫不以深冬为意;倒塌的亭子边还有一株山茶树,从暗绿的密叶里显出十几朵红花来,赫赫的在雪中明得如火,愤怒而且傲慢,如蔑视游人的甘心于远行。我这时又忽地想到这里积雪的滋润,著物不去,晶莹有光,不比朔雪的粉一般干,大风一吹,便飞得满空如烟雾。……

"客人,酒。……"

堂倌懒懒的说着,放下杯,筷,酒壶和碗碟,酒到了。我转脸向了板桌,排好器具,斟出酒来。觉得北方固不是我的旧乡,但南来又只能算一个客子,无论那边的干雪怎样纷飞,这里的柔雪又怎样的依恋,于我都没有什么关系了。我略带些哀愁,然而很舒服的呷一口酒。酒味很纯正;油豆腐也煮得十分好;可惜辣酱太淡薄,本来S城人是不懂得吃辣的。

大概是因为正在下午的缘故罢,这虽说是酒楼,却毫无酒楼气,我已经喝下三杯酒去了,而我以外还是四张空板桌。我看着废园,渐渐的感到孤独,但又不愿有别的酒客上来。偶然听得楼梯上脚步响,便不由的有些懊恼,待到看见是堂倌,才又安心了,这样的又喝了两杯酒。

我想,这回定是酒客了,因为听得那脚步声比堂倌的要缓得多。约略料他走完了楼梯的时候,我便害怕似的抬头去看这无干的同伴,同时也就吃惊的站起来。我竟不料在这里意外的遇见朋友了,——假如他现在还许我称他为朋友。那上来的分明是我的旧同窗,也是做教员时代的旧同事,面貌虽然颇有些改变,但一见也就认识,独有行动却变得格外迂缓,很不像当年敏捷精悍的吕纬甫了。

"阿,——纬甫,是你么?我万想不到会在这里遇见你。"

"阿阿,是你?我也万想不到……"

我就邀他同坐,但他似乎略略踌蹰之后,方才坐下来。我起先很以为奇,接着便有些悲伤,而且不快了。细看他相貌,也还是乱蓬蓬的须发;苍白的长方脸,然而衰瘦了。精神很沉静,或者却是颓唐;又浓又黑的眉毛底下的眼睛也失了精采,但当他缓缓的四顾的时候,却对废园忽地闪出我在学校时代常常看见的射人的光来。

"我们,"我高兴的,然而颇不自然的说,"我们这一别,怕有十年了罢。我早知道你在济南,可是实在懒得太难,终于没有写一封信。……"

"彼此都一样。可是现在我在太原了,已经两年多,和我的母亲。我回来接她的时候,知道你早搬走了,搬得很干净。"

"你在太原做什么呢?"我问。

"教书,在一个同乡的家里。"

"这以前呢?"

"这以前么?"他从衣袋里掏出一支烟卷来,点了火衔在嘴里,看着喷出的烟雾,沉思似的说,"无非做了些无聊的事情,等于什么也没有做。"

他也问我别后的景况;我一面告诉他一个大概,一面叫堂倌先取杯筷来,使他先喝着我的酒,然后再去添二斤。其间还点菜,我们先前原是毫不客气的,但此刻却推让起来了,终于说不清那一样是谁点的,就从堂倌的口头报告上指定了四样菜:茴香豆,冻肉,油豆腐,青鱼干。

"我一回来,就想到我可笑。"他一手擎着烟卷,一只手扶着酒杯,似笑非笑的向我说。"我在少年时,看见蜂子或蝇子停在一个地方,给什么来一吓,即刻飞去了,但是飞了一个小圈子,便又回来停在原地点,便以为这实在很可笑,也可怜。可不料现在我自己也飞回来了,不过绕了一点小圈子。又不料你也回来了。你不能飞得更远些么?"

"这难说,大约也不外乎绕点小圈子罢。"我也似笑非笑的说。"但是你为什么飞回来的呢?"

"也还是为了无聊的事。"他一口喝干了一杯酒,吸几口烟,眼睛略为张大了。"无聊的。——但是我们就谈谈罢。"

堂倌搬上新添的酒菜来,排满了一桌,楼上又添了烟气和油豆腐的热气,仿佛热闹起来了;楼外的雪也越加纷纷的下。

"你也许本来知道,"他接着说,"我曾经有一个小兄弟,是三岁上死掉的,就葬在这乡下。我连他的模样都记不清楚了,但听母亲说,是一个很可爱念的孩子,和我也很相投,至今她提起来还似乎要下泪。今年春天,一个堂兄就来了一封信,说他的坟边已经渐渐的浸了水,不久怕要陷入河里去了,须得赶紧去设法。母亲一知道就很着急,几乎几夜睡不着,——她又自己能看信的。然而我能有什么法子呢?没有钱,没有工夫:当时什么法也没有。

"一直挨到现在,趁着年假的闲空,我才得回南给他来迁葬。"他又喝干一杯酒,看着窗外,说,"这在那边那里能如此呢?积雪里会有花,雪地下会不冻。就在前天,我在城里买了一口小棺材,——因为我预料那地下的应该早已朽烂了,——带着棉絮和被褥,雇了四个土工,下乡迁葬去。我当时忽而很高兴,愿意掘一回坟,愿意一见我那曾经和我很亲睦的小兄弟的骨殖:这些事我生平都没有经历过。到得坟地,果然,河水只是咬进来,离坟已不到二尺远。可怜的坟,两年没有培土,也平下去了。我站在雪中,决然的指着他对土工说,'掘开来!'我实在是一个庸人,我这时觉得我的声音有些希奇,这命令也是一个在我一生中最为伟大的命令。但土工们却毫不骇怪,就动手掘下去了。待到掘着圹穴,我便过去看,果然,棺木已经快要烂尽了,只剩下一堆木丝和小木片。我的心颤动着,自去拨开这些,很小心的,要看一看我的小兄弟。然而出乎意外!被褥,衣服,骨骼,什么也没有。我想,这些都消尽了,向来听说最难烂的是头发,也许还有罢。我便伏下去,在该是枕头所在的泥土里仔仔细细的看,也没有。踪影全无!"

我忽而看见他眼圈微红了,但立即知道是有了酒意。他总不很吃菜,单是把酒不停的喝，早喝了一斤多，神情和举动都活泼起来，渐近于先前所见的吕纬甫了。我叫堂倌再添二斤酒，然后回转身，也拿着酒杯，正对面默默的听着。

"其实，这本已可以不必再迁，只要平了土，卖掉棺材，就此完事了的。我去卖棺材虽然有些离奇，但只要价钱极便宜，原铺子就许要，至少总可以捞回几文酒钱来。但我不这样，我仍然铺好被褥，用棉花裹了些他先前身体所在的地方的泥土，包起来，装在新棺材里，运到我父亲埋着的坟地上，在他坟旁埋掉了。因为外面用砖砌，昨天又忙了我大半天：监工。但这样总算完结了一件事，足够去骗骗我的母亲，使她安心些。——阿阿，你这样的看我，你怪我何以和先前太不相同了么？是的，我也还记得我们同到城隍庙里去拔掉神像的胡子的时候，连日议论些改革中国的方法以至于打起来的时候。但我现在就是这样了，敷敷衍衍，模模胡胡。我有时自己也想到，倘若先前的朋友看见我，怕会不认我做朋友了。——然而我现在就是这样。"

他又掏出一支烟卷来，衔在嘴里，点了火。

"看你的神情，你似乎还有些期望我，——我现在自然麻木得多了，但是有些事也还看得出。这使我很感激，然而也使我很不安：怕我终于辜负了至今还对我怀着好意的老朋友。……"他忽而停住了，吸几口烟，才又慢慢的说，"正在今天，刚在我到这一石居来之前，也就做了一件无聊事，然而也是我自己愿意做的。我先前的东边的邻居叫长富，是一个船户。他有一个女儿叫阿顺，你那时到我家里来，也许见过的，但你一定没有留心，因为那时她还小。后来她也长得并不好看，不过是平常的瘦瘦的瓜子脸，黄脸皮；独有眼睛非常大，睫毛也很长，眼白又青得如夜的晴天，而且是北方的无风的晴天，这里的就没有那么明净了。她很能干，十多岁没了母亲，招呼两个小弟妹都靠她；又得服侍父亲，事事都周到；也经济，家计倒渐渐的稳当起来了。邻居几乎没有一个不夸奖她，连长富也时常说些感激的话。这一次我动身回来的时候，我的母亲又记得她了，老年人记性真长久。她说她曾经知道顺姑因为看见谁的头上戴着红的剪绒花，自己也想有一朵，弄不到，哭了，哭了小半夜，就挨了她父亲的一顿打，后来眼眶还红肿了两三天。这种剪绒花是外省的东西，S城里尚且买不出，她那里想得到手呢？趁我这一次回南的便，便叫我买两朵去送她。

"我对于这差使倒并不以为烦厌，反而很喜欢；为阿顺，我实在还有些愿意出力的意思的。前年，我回来接我母亲的时候，有一天，长富正在家。不知怎的我和他闲谈起来了。他便要请我吃点心，荞麦粉，并且告诉我所加的是白糖。你想，家里能有白糖的船户，可见决不是一个穷船户了，所以他也吃得很阔绰。我被劝不过，答应了，但要求只要用小碗。他也很识世故，便嘱咐阿顺说，'他们文人，是不会吃东西的。你就用小碗，多加糖！'然而等到调好端来的时候，仍然使我吃一吓，是一大碗，足够我吃一天。但是和长富吃的一碗比起来，我的也确乎算小碗。我生平没有吃过荞麦粉，这回一尝，实在不可口，却是非常甜。我漫然的吃了几口，就想不吃了，然而无意中，忽然间看见阿顺远远的站在屋角里，就使我立刻消失了放下碗筷的勇气。我看她的神情，是害怕而且希望，大约怕自己调得不好，愿我们吃得有味。我知道如果剩下大半碗来，一定要使她很失望，而且很抱歉。我于是同时决心，放开喉咙灌下去了，几乎吃得和长富一样快。我由此才知道硬吃的苦痛，我只记得还做孩子时候的吃尽一碗拌着驱除蛔虫药粉的沙糖才有这样难。然而我毫不抱怨，因为她过来收拾空碗时候的忍着的得意的笑容，已尽够赔偿我的苦痛而有余了。所以我这一夜虽然饱胀得睡不稳，又做了一大串恶梦，也还是祝赞她一生幸福，愿世界为她变好。然而这些意思也不过是我的那些旧日的梦的痕迹，即刻就自笑，接着也就忘却了。

"我先前并不知道她曾经为了一朵剪绒花挨打，但因为母亲一说起，便也记得了荞麦粉的事，意外的勤快起来了。我先在太原城里搜求了一遍，都没有；一直到济南……"

窗外沙沙的一阵声响，许多积雪从被他压弯了的一枝山茶树上滑下去了，树枝笔挺的伸直，更显出乌油油的肥叶和血红的花来。天空的铅色来得更浓；小鸟雀啾唧的叫着，大概黄昏将近，地面又全罩了雪，寻不出什么食粮，都赶早回巢来休息了。

"一直到了济南，"他向窗外看了一回，转身喝干一杯酒，又吸几口烟，接着说。"我才买到剪绒花。我也不知道使她挨打的是不是这一种，总之是绒做的罢了。我也不知道她喜欢深色还是浅色，就买了一朵大红的，一朵粉红的，都带到这里来。

"就是今天午后，我一吃完饭，便去看长富，我为此特地耽搁了一天。他的家倒还在，只是看去很有些晦气色了，但这恐怕不过是我自己的感觉。他的儿子和第二个女儿——阿昭，都站在门口，大了。阿昭长得全不像她姊姊，简直像一个鬼，但是看见我走向她家，便飞奔的逃进屋里去。我就问那小子，知道长富不在家。'你的大姊呢？'他立刻瞪起眼睛，连声问我寻她什么事，而且恶狠狠的似乎就要扑过来，咬我。我支吾着退走了，我现在是敷敷衍衍……

"你不知道，我可是比先前更怕去访人了。因为我已经深知道自己之讨厌，连自己也讨厌，又何必明知故犯的去使人暗暗地不快呢？然而这回的差使是不能不办妥的,所以想了一想,终于回到就在斜对门的柴店里。店主的母亲,老发奶奶,倒也还在,而且也还认识我,居然将我邀进店里坐去了。我们寒暄几句之后,我就说明了回到 S 城和寻长富的缘故。不料她叹息说:

"'可惜顺姑没有福气戴这剪绒花了。'

"她于是详细的告诉我,说是'大约从去年春天以来,她就见得黄瘦,后来忽而常常下泪了,问她缘故又不说;有时还整夜的哭,哭得长富也忍不住生气,骂她年纪大了,发了疯。可是一到秋初,起先不过小伤风,终于躺倒了,从此就起不来。直到咽气的前几天,才肯对长富说,她早就像她母亲一样,不时的吐红和流夜汗。但是瞒着,怕他因此要担心。有一夜,她的伯伯长庚又来硬借钱,——这是常有的事,——她不给,长庚就冷笑着说:你不要骄气,你的男人比我还不如!她从此就发了愁,又怕羞,不好问,只好哭。长富赶紧将她的男人怎样的挣气的话说给她听,那里还来得及?况且她也不信,反而说:好在我已经这样,什么也不要紧了。'

"她还说,'如果她的男人真比长庚不如,那就真可怕呵!比不上一个偷鸡贼,那是什么东西呢?然而他来送殓的时候,我是亲眼看见他的,衣服很干净,人也体面;还眼泪汪汪的说,自己撑了半世小船,苦熬苦省的积起钱来聘了一个女人,偏偏又死掉了。可见他实在是一个好人,长庚说的全是诳。只可惜顺姑竟会相信那样的贼骨头的诳话,白送了性命。——但这也不能去怪谁,只能怪顺姑自己没有这一份好福气。'

"那倒也罢,我的事情又完了。但是带在身边的两朵剪绒花怎么办呢?好,我就托她送了阿昭。这阿昭一见我就飞跑,大约将我当作一只狼或是什么,我实在不愿意去送她。——但是我也就送了她,对母亲只要说阿顺见了喜欢的了不得就是。这些无聊的事算什么?只要模模胡胡。模模胡胡的过了新年,仍旧教我的'子曰诗云'去。"

"你教的是'子曰诗云'么?"我觉得奇异,便问。

"自然。你还以为教的是 ABCD 么?我先是两个学生,一个读《诗经》,一个读《孟子》。新近又添了一个,女的,读《女儿经》。连算学也不教,不是我不教,他们不要教。"

"我实在料不到你倒去教这类的书,……"

"他们的老子要他们读这些;我是别人,无乎不可。这些无聊的事算什么?只要随随便便,……"

他满脸已经通红,似乎很有些醉,但眼光却又消沉下去了。我微微的叹息,一时没有话可说。楼梯上一阵乱响,拥上几个酒客来:当头的是矮子,臃肿的圆脸;第二个是长的,在脸上很惹眼的显出一个红鼻子;此后还有人,一叠连的走得小楼都发抖。我转眼去看吕纬甫,他也正转眼来看我,我就叫堂倌算酒账。

"你借此还可以支持生活么?"我一面准备走,一面问。

"是的。——我每月有二十元,也不大能够敷衍。"

"那么,你以后预备怎么办呢?"

"以后?——我不知道。你看我们那时豫想的事可有一件如意?我现在什么也不知道,连明天怎样也不知道,连后一分……"

堂倌送上账来,交给我;他也不像初到时候的谦虚了,只向我看了一眼,便吸烟,听凭我付了账。

我们一同走出店门,他所住的旅馆和我的方向正相反,就在门口分别了。我独自向着自己的旅馆走,寒风和雪片扑在脸上,倒觉得很爽快。见天色已是黄昏,和屋宇和街道都织在密雪的纯白而不定的罗网里。

一九二四年二月一六日。

(原载 1924 年 5 月《小说月报》第 15 卷第 5 号)

【作品分析】

《在酒楼上》最初发表在《小说月报》上,后收进《彷徨》集中。这是一篇具有浓郁抒情色彩的小说,它传达了 20 世纪 20 年代前期五四新文化运动由高潮转向沉寂阶段知识分子的苦闷、颓唐情绪。对于当时的时代氛围和知识人的情绪状态,鲁迅曾经作过这样的描述:"后来《新青年》的团体散掉了,有的高升,有的退隐,有的前进,我又经验了一回同一战阵中的伙伴还是会这么变化,并且落得一个'作家'的头衔,依然在沙漠中走来走去";"见过辛亥革命,见过二次革命,见过袁世凯称帝,张勋复辟,看来看去,就看得怀疑起来,于是失望,颓唐得很了"。(《〈自选集〉自序》)

青年吕纬甫身上充满着青春活力。作为学生的他曾与同学一道勇敢地冲进城隍庙拔掉神像的胡须,他曾与朋友们纵横评说中国社会的改革方略,因意见不一而老拳相向。总之,那时的吕纬甫是个充满青春朝气、富有理想、敢作敢为的青年人。然而,时代的迁移,生活的变故足以使一个人变得面目全非,在随后的十多年里,吕纬甫仅仅为了谋生,四处奔走,为了养家糊口,放弃了青年时代的叛逆立场,成了一名教孩子读《论语》、《孟子》、《女儿经》的家庭教师。这种变故给了他沉重的精神打击,他由敏捷精悍、神采飞扬的年轻人变成为神色颓败、敷敷衍衍的中年人。吕纬甫的悲哀在于他已经意识到自己的现实处境和精神状况,但却无力改变这一切,"人生最痛苦的是梦醒了无路可以走"(鲁迅《娜拉走后怎样》)。吕纬甫式的孤独的觉醒者在鲁迅的《彷徨》中时有出现,《伤逝》中的涓生、《孤独者》里的魏连殳等就是吕纬甫的"精神兄弟"。

当然,小说也没有止于写吕纬甫的颓唐和绝望。小说写吕纬甫回故乡S城办了两件事,其一给早夭的小弟弟迁坟,其二是给顺姑送花。尽管吕纬甫本人反复声称自己大老远回来给死去多年的弟弟迁坟仅仅是为了安慰老母亲,并以此来证明自己的无聊,但是,他对迁坟的细致认真安排和打开弟弟坟墓后"心的颤动",都让人感到在他敷衍冷漠的外表下,仍然葆有一些热情和活力。吕纬甫同样把自己遵母亲之嘱,给邻居女孩顺姑买剪绒花当做无聊之举;但从他乐此不疲地四处搜求和挑选绒花,从他对自己与顺姑简短的交往的真情回顾来看,他仍然能够心怀善良和诚意待人。不仅青春飞扬的吕纬甫与中年颓唐的吕纬甫构成了对比,而且经历变故后的吕纬甫性格坐标上仍然并存着敷衍与郑重、冷漠与热忱——好的小说就应该这样展示多维的人性。

小说对叙述者"我"之漂泊感受的表现具有动人的力量。"我"回到久别的故乡S城,发现往日同游的友人都烟消云散,只有"我"一人在酒楼独饮闷酒,"我"真正成为S城的生客。在冬天的黄昏里,小鸟纷纷归巢休息,雪片飞向大地的怀抱,目睹此番"归家"的景象,一种无家可归的心酸和悲怆悄然爬上"我"心。"我"终于意识到:"北方固不是我的旧乡,但南来又只能算一个客子,无论那边的干雪怎样纷飞,这里的柔雪又怎样的依恋,于我都没有什么关系了。"游子永远丧失了故乡温暖的怀抱,惟有在人生长夜中孤独地前行。

主人公吕纬甫那个关于蜂蝇的比喻也相当意味深长。吕纬甫说:"我在少年时,看见蜂子或蝇子停在一个地方,给什么来一吓,即刻飞去了,但是飞了一个小圈子,便又回来停在原地点,便以为这实在很可笑,也可怜。可不料现在我自己也飞回来了,不过绕了一点小圈子。又不料你也回来了。你不能飞得更远些么?"苍蝇和蜜蜂的飞行呈现为"向着出发点回归"的圆圈图式,以此来比拟吕纬甫以及与他有着相似经历的知识分子的人生遭际,渲染出了深深的悲剧意味。

作品的雪中植物描写苍劲有力、风骨毕现:

> 几株老梅竟斗雪开着满树的繁花,仿佛毫不以深冬为意;倒塌的亭子边还有一株山茶树,从暗绿的密叶里显出十几朵红花来,赫赫的在雪中明得如火,愤怒而且傲慢,如蔑视游人的甘心于远行。

作品所描摹的雪景图的语言,从总体上看是清峻峭拔的,但又于阳刚中交织着柔韧,老辣而苍凉,是一种别具风骨的文体。青年时代,鲁迅因受业师章太炎的影响,对六朝文章洒脱自然的文笔细心揣摩和吸收,而他终身喜爱的魏晋作家嵇康诗文清逸脱俗的境界对他的创作影响更深。

【延伸阅读文献】

乐黛云编:《国外鲁迅研究论集》,北京大学出版社1981年版。

范伯群、曾华鹏:《鲁迅小说新论》,人民文学出版社1986年版。

钱理群:《走近当代的鲁迅》,北京大学出版社1999年版。

吴晓东:《鲁迅小说的第一人称叙事视角》,《鲁迅研究动态》1989年第1期。

(王家平)

理 水（存目）

鲁 迅

【作品分析】

《理水》写于1935年11月，编入《故事新编》前，没有在报刊上公开发表过。《故事新编》为鲁迅的第三个小说集，1936年1月由上海文化生活出版社出版，内收鲁迅1922—1935年间创作的八篇小说。鲁迅本人称这些作品是"神话，传说及史实的演义"（《〈自选集〉自序》），文学史通常把这些作品称为历史小说。《理水》，据1935年11月29日的鲁迅日记，原名《治水》，作品以上古大禹治水的神话传说为依据，塑造了一位劳形苦心、埋头苦干的民族脊梁形象。

大禹，又称夏禹，中国上古时代夏后氏部落的首领，夏朝的建立者，为彻底根治洪水，多年在外奔波的他三过家门而不入，他的这种公而忘私为后世所称颂。据《史记·夏本纪》载：禹东巡"至于会稽而崩"，葬于会稽山。会稽是绍兴的古称，鲁迅从少年时代起就对大禹怀有好感，他经常到绍兴郊区的禹陵去游玩。在绍兴任教时，鲁迅多次带学生去那里采集生物标本。1912年，鲁迅在《〈越铎〉出世辞》里赞美故乡的民众"复存大禹卓苦勤劳之风"。大禹和墨子、玄奘等都是最为鲁迅所推崇的人物，鲁迅把这些"埋头苦干的人"、"拼命硬干的人"、"为民请命的人"、"舍身求法的人"称做"中国的脊梁"。（《中国人失掉自信力了吗》）

出现在《理水》里的大禹是一个摩顶放踵的实干家形象。他和同僚终日为治水劳顿奔走，作品写他们的外表是"一群乞丐似的大汉,面目黧黑,衣服破旧"。大禹重视实地调研,四处查看山川的情形,他广泛征集民众的意见,不顾水利局众多昏官的反对,坚决改变父亲鲧所用的"湮"的方法,采用正确的"导"的治水方法,终于根治了祸害已久的水灾。作品中还出现了几类与大禹形成对比的人物。首先是文化山上的学者群像,在洪水滔天的日子里,学者们享用了从"奇肱国"用飞车运来的粮食后,大发奇谈怪论:遗传学者说什么鲧治水失败了,而大禹是鲧的儿子,因此他治水也不可能成功;考据学家根据"禹"字中有"虫"字,认定大禹不是人而是一条虫。其次是水利局官僚的群丑图,这些肠肥脑满的官员借"视察"水灾之名,吃喝玩乐,作威作福,给灾区百姓增添了巨大的苦难。此外,作品还活灵活现地刻画了"下民代表"的奴才相。

《理水》的结构布局比较独特,作品共有四节:第一、第二节以漫画手法勾画了文化山上的学者和水利局考察大员的丑态;第三、第四节写大禹与水利局官员的冲突,写大禹治水成功后所受到的崇敬。这样,官员、学者与大禹及其同僚构成了两组相互衬托的形象,作品的两部分故事情节构成了前后互相对比的关系,这样的结构框架艺术地呈现了鲁迅所说的"一方面是庄严的工作,另一方面却是荒淫无耻"的社会生活本质。作品的结局安排意味深长:京城的百姓倾城出动围观治水成功归来的大禹,大禹一切"庄严的工作"也就成为看客们眼中的"戏剧"和他们无聊的谈资,大禹治水的意义在一定程度上被消解了。

《理水》比较令读者困惑的是它的古今杂糅的"油滑"表现手法。《理水》和《故事新编》的其他历史小说程度不同地出现了现代语言和现代生活场景,因此,曾经有人提出《故事新编》违背了历史真实的观点;而鲁迅本人在《故事新编·序言》里把这种手法称做"油滑",因此他还对自己的作品表示"不满"。如何解释这个艺术难题呢?已故的老一辈学者王瑶在其《〈故事新编〉散论》中,对这个问题进行了深入的阐发,该文的主要观点是:现代语言和现代生活场景基本用在作品次要的喜剧性"穿插人物"身上,他们大都出于虚构,用油滑笔法表现他们,不会影响作品的历史真实性原则;作品主要人物的言行、性格大多依据古籍记载,其中某些虚构的部分也是可能发生的,这就遵循了历史真实性原则;鲁迅作品中这种油滑的手法,是直接从中国传统戏曲和绍兴地方戏的丑角艺术中借鉴来的,它除了能够对现实产生讽刺和批判作用外,并没有使作品整体蒙受损害,反而使作者所描写的主要人物和故事更"活"了,这是鲁迅力求不"将古人写得更死"的成功艺术尝试。

《理水》的油滑笔法用到了文化山上的学者身上,作品写学者们开口 OK,闭口莎士比亚,这些场景自然不可能出现在大禹那个时代,但它们的出现,突出了文化山上众学者的荒谬与可笑,从而更加能够映衬出主人公大禹质朴、务实的性格特征。这种古今杂糅的油滑笔法也能够通过制造喜剧性的笑,给读者造成一种布莱希特所说的"间离效果",使读者时刻与作品中的情境保持一定的距离,并对现实中的可笑丑恶事物保持批评性的反省立场。

【延伸阅读文献】

王瑶:《〈故事新编〉散论》,《鲁迅作品论集》,人民文学出版社1984年版。

孟广来、韩日新编:《〈故事新编〉研究资料》,山东文艺出版社1984年版。

郑家建:《被照亮的世界——〈故事新编〉诗学研究》,福建教育出版社2001年版。

(王家平)

沉 沦(节选)

郁达夫

二

他的忧郁症愈闹愈甚了。

他觉得学校里的教科书,真同嚼蜡一般,毫无半点生趣。天气清朗的时候,他每捧了一本爱读的文学书,跑到人迹罕至的山腰水畔,去贪那孤寂的深味去。在万籁俱寂的瞬间,在天水相映的地方,他看看草木虫鱼,看看白云碧落,便觉得自家是一个孤高傲世的贤人,一个超然独立的隐者。有时在山中遇着一个农夫,他便把自己当作了 Zarathustra①,把 Zarathustra 所说的话,也在心里对那农夫讲了。他的 megalomania② 也同他的 hypochondria③ 成了正比例,一天一天的增加起来。在这样的时候,也难怪他不愿意上学校去,去作那同机械一样的工夫去。他竟有连续四五天不上学校去听讲的时候。

有时候他到学校里去,他每觉得众人都在那里凝视他的样子。他避来避去想避他的同学,然而无论到了什么地方,他的同学的眼光,总好像怀了恶意,射在他背脊上的样子。

上课的时候,他虽然坐在全班学生的中间,然而总觉得孤独得很:在稠人广众之中感得的这种孤独,倒比一个人在冷清的地方感得的那种孤独还更难受。看看他的同学们,一个个都是兴高采烈的在那里听先生的讲义,只有他一个人身体虽然坐在讲堂里头,心思却同飞云逝电一般,在那里作无边无际的空想。

好容易下课的钟声响了! 先生退去之后,他的同学说笑的说笑,谈天的

---

① 古代波斯的国教祆教的始祖(公元前一千年左右)。为尼采著《查拉图斯屈拉如是说》一书之主人公。
② 夸大妄想狂。
③ 忧郁症。

谈天,个个都同春来的燕雀似的,在那里作乐;只有他一个人锁了愁眉,舌根好像被千钧的巨石锤住的样子,兀的不作一声。他也很希望他的同学来对他讲些闲话,然而他的同学却都自家管自家的去寻欢作乐去,一见了他那一副愁容,没有一个不抱头奔散的,因此他愈加怨他的同学了。

"他们都是日本人,他们都是我的仇敌,我总有一天来复仇,我总要复他们的仇。"一到了悲愤的时候,他总这样的想的,然而到了安静之后,他又不得不嘲骂自家说:

"他们都是日本人,他们对你当然是没有同情的,因为你想得他们的同情,所以你怨他们,这岂不是你自家的错误么?"

他的同学中的好事者,有时候也有人来向他说笑的,他心里虽然非常感激,想同那一个人谈几句知心的话,然而口中总说不出什么话来;所以有几个解他的意的人,也不得不同他疏远了。

他的同学日本人在那里欢笑的时候,他总疑他们是在那里笑他,他就一霎时的红起脸来。他们在那里谈天的时候,若有偶然看他一眼的人,他又忽然红起脸来,以为他们是在那里讲他。他同他同学中间的距离,一天一天的远背起来。他的同学都以为他是爱孤独的人,所以谁也不敢来近他的身。

有一天放课之后,他挟了书包回到他的旅馆里来,有三个日本学生同他同路的。将要到他寄寓的旅馆的时候,前面忽然来了两个穿红裙的女学生。在这一区市外的地方,从没有女学生看见的,所以他一见了这两个女子,呼吸就紧缩起来。他们四个人同那两个女子擦过的时候,他的三个日本人的同学都问她们说:

"你们上那儿去?"

那两个女学生就作起娇声来回答说:

"不知道!"

"不知道!"

那三个日本学生都高声笑起来,好像是很得意的样子;只有他一个人似乎是他自家同她们讲了话似的,匆匆跑回旅馆里来。进了他自家的房,把书包用力的向席上一丢,他就在席上躺下了——日本室内都铺的席子,坐也席地而坐,睡也睡在席上的——他的胸前还在那里乱跳;用了一只手枕着头,一只手按着胸口,他便自嘲自骂的说:

"You coward fellow, you are too coward!"①

"你既然怕羞,何以又要后悔?"

---

① 英语:"你这懦夫,你太怯懦!"

"既要后悔,何以当时你又没有那样的胆量,不同她们去讲一句话?"
"Oh, coward, coward!"①

说到这里,他忽然想起刚才那两个女学生的眼波来了。

那两双活泼泼的眼睛!

那两双眼睛里,确有惊喜的意思含在里头。然而再仔细想了一想,他又忽然叫起来说:

"呆人呆人!她们虽有意思,与你有什么相干?她们所送的秋波,不是单送给那三个日本人的么?唉!唉!她们已经知道了,已经知道我是支那人了,否则她们何以不来看我一眼呢!复仇复仇,我总要复她们的仇。"

说到这里,他那火热的颊上忽然滚了几颗冰冷的眼泪下来。他是伤心到极点了。这一天晚上,他记的日记说:

> 我何苦要到日本来,我何苦要求学问。既然到了日本,那自然不得不被他们日本人轻侮的。中国呀中国!你怎么不富强起来。我不能再隐忍过去了。
>
> 故乡岂不有明媚的山河,故乡岂不有如花的美女?我何苦要到这东海的岛国里来!
>
> 到日本来倒也罢了,我何苦又要进这该死的高等学校。他们留了五个月学回去的人,岂不在那里享荣华安乐么?这五六年的岁月,教我怎么能捱得过去。受尽了千辛万苦,积了十数年的学识,我回国去,难道定能比他们来胡闹的留学生更强么?
>
> 人生百岁,年少的时候,只有七八年的光景,这最纯最美的七八年,我就不得不在这无情的岛国里虚度过去,可怜我今年已经是二十一了。
>
> 槁木的二十一岁!
> 死灰的二十一岁!
> 我真还不如变了矿物质的好,我大约没有开花的日子了。
> 知识我也不要,名誉我也不要,我只要一个能安慰我体谅我的"心"。
> 一副白热的心肠!从这一副心肠里生出来的同情!
> 从同情而来的爱情!
> 我所要求的就是爱情!
> 若有一个美人,能理解我的苦楚,她要我死,我也肯的。
> 若有一个妇人,无论她是美是丑,能真心真意的爱我,我也愿意为她

---

① 英语:"啊,怯懦!怯懦!"

死的。

　　我所要求的就是异性的爱情！

　　苍天呀苍天，我并不要知识，我并不要名誉，我也不要那些无用的金钱，你若能赐我一个伊甸园①内的"伊扶"②，使她的肉体与心灵全归我有，我就心满意足了。

五

　　秋天又到了。浩浩的苍空，一天一天的高起来。他的旅馆旁边的稻田，都带起黄金色来。朝夕的凉风，同刀也似的刺到人的心骨里去，大约秋冬的佳日，来也不远了。

　　一礼拜前的有一天午后，他拿了一本 Wordsworth 的诗集，在田塍路上逍遥漫步了半天。从那一天以后，他的循环性的忧郁症，尚未离他的身过。前几天在路上遇着的那两个女学生，常在他的脑里，不使他安静；想起那一天的事情，他还是一个人要红起脸来。

　　他近来无论上什么地方去，总觉得有坐立难安的样子。他上学校去的时候，觉得他的日本同学都似在那里排斥他。他的几个中国同学，也许久不去寻访了，因为去寻访了回来，他心里反觉得空虚。他的几个中国同学，怎么也不能理解他的心理。他去寻访的时候，总想得些同情回来的，然而谈了几句之后，他又不得不自悔寻访错了。有时候讲得投机，他就任了一时的热意，把他的内外的生活都讲了出来，然而到了归途，他又自悔失言，心理的责备，倒反比不去访友的时候更加厉害。他的几个中国朋友，因此都说他是染了神经病了。他听了这话之后，对了那几个中国同学，也同对日本学生一样，起了一种复仇的心。他同他的几个中国同学，一日一日的疏远起来。虽在路上，或在学校里遇见的时候，他同那几个中国同学，也不点头招呼。中国留学生开会的时候，他当然是不去出席的。因此他同他的几个同胞，竟宛然成了两家仇敌。

　　他的中国同学的里边，也有一个很奇怪的人：因为他自家的结婚有些道德上的罪恶，所以他专喜讲人的丑事，以掩己之不善，说他是神经病，也是这一位同学说的。

　　他交游离绝之后，孤冷得几乎到将死的地步，幸而他住的旅馆里，还有一

---

①　伊甸园是亚当和夏娃最初生活的地方（见《旧约》）。
②　"伊扶"即夏娃，圣经故事中上帝所造的女人。

个主人的女儿,可以牵引他的心,否则他真只能自杀了。他旅馆的主人的女儿,今年正是十七岁,长方的脸儿,眼睛大得很,笑起来的时候,面上有两颗笑靥,嘴里有一颗金牙看得出来,因为她的笑容是非常可爱,所以她也时常在那里笑的。

他心里虽然非常爱她,然而她送饭来或来替他铺被的时候,他总装出一种兀不可犯的样子来。他心里虽想对她讲几句话,然而一见了她,他总不能开口。她进他房里来的时候,他的呼吸竟急促到吐气不出的地步。他在她的面前实在是受苦不起了,所以近来她进他的房里来的时候,他每不得不跑出房外去。然而他思慕她的心情,却一天一天的浓厚起来。有一天礼拜六的晚上,旅馆里的学生都上 N 市去行乐去。他因为经济困难,所以吃了晚饭,上西面池上去走了一回,就回来了。

回家来坐了一会,他觉得那空旷的二层楼上,只有他一个人在家。静悄悄的坐了不耐烦起来的时候,他又想跑出外面去。然而要跑出外面去,不得不由主人的房门口经过,因为主人和他女儿的房,就在大门的边上。他记得刚才进来的时候,主人和他的女儿正在那里吃饭。他一想到经过她面前的时候的苦楚,就把跑出外面去的心思丢了。

拿出了一本 G.Gissing① 的小说来读了三四页之后,静寂的空气里,忽然传了几声煞煞的泼水声音过来。他静静儿的听了一听,呼吸又一霎时的急了起来,面色也涨红了。迟疑了一会,他就轻轻的开了房门,拖鞋也不拖,幽脚幽手的走下扶梯去。轻轻的开了便所的门,他尽兀兀的站在便所的玻璃窗口偷看。原来他旅馆里的浴室,就在便所的间壁,从便所的玻璃窗里看去,浴室里的动静了了可见。他起初以为看一看就可以走的,然而到了一看之后,他竟同被钉子钉住的一样,动也不能动了。

那一双雪样的乳峰!

那一双肥白的大腿!

这全身的曲线!

呼气也不呼,仔仔细细的看了一会,他面上的筋肉都发起痉来。愈看愈颤得厉害,他那发颤的前额部竟同玻璃窗冲击了一下。被蒸气包住的那赤裸裸的"伊扶"便发了娇声问说:

"是谁呀⋯⋯"

他一声也不响。急忙跳出了便所,就三脚两步的跑上楼上去了。

他跑到了房里,面上同火烧的一样,口也干渴了。一边他自家打自家的

---

① 吉辛(1857—1903),英国十九世纪小说家。

嘴巴,一边就把他的被窝拿出来睡了。他在被窝里翻来覆去,总睡不着,便立起了两耳,听起楼下的动静来。他听听泼水的声音也息了,浴室的门开了之后,他听见她的脚步声好像是走上楼来的样子。用被包着了头,他心里的耳朵明明告诉他说:

"她已经立在门外了。"

他觉得全身的血液都往上奔注的样子。心里怕得非常,羞得非常,也喜欢得非常,然而若有人问他,他无论如何,总不肯承认说,这时候他是喜欢的。

他屏住了气息,尖着了两耳听了一会,觉得门外并无动静,又故意咳嗽了一声,门外亦无声响。他正在那里疑惑的时候,忽听见她的声音,在楼下同她的父亲在那里说话。他手里捏了一把冷汗,拚命想听出她的话来,然而无论如何总听不清楚。停了一会,她的父亲高声的笑了起来,他把被蒙头的一罩,咬紧了牙齿说:

"她告诉了他了!她告诉了他了!"

这一天的晚上,他一睡也不曾睡着。第二天的早晨,天亮的时候,他就惊心吊胆的走下楼来。洗了手面,刷了牙,趁主人和他的女儿还没有起来之先,他就同逃也似的出了那个旅馆,跑到外面来。

…………

六

搬进了山上梅园之后,他的忧郁症(hypochondria)又变起形状来了。

他同他的北京的长兄,为了一些儿细事,竟生起龃龉来。他发了一封长长的信,寄到北京,同他的长兄绝了交。

那一封信发出之后,他呆呆的在楼前草地上想了许多时候。他自家想想看,他便是世界上最不幸的人了。其实这一次的决裂,是发始于他的。同室操戈,事更甚于他姓之相争,自此之后,他恨他的长兄竟同蛇蝎一样。他被他人欺侮的时候,每把他长兄拿出来作比:

"自家的弟兄尚且如此,何况他人呢!"

他每达到这一个结论的时候,必尽把他长兄待他苛刻的事情,细细回想出来。把各种过去的事迹列举出来之后,就把他长兄判决是一个恶人,他自家是一个善人。他又把自家的好处列举出来,把他所受的苦处夸大的细数起来。他证明得自家是一个世界上最苦的人的时候,他的眼泪就同瀑布似的流下来。他在那里哭的时候,空中好像有一种柔和的声音对他说:

"啊吓,哭的是你么?那真是冤屈了你了。像你这样的善人,受世人的那样的虐待,这可是真冤屈了你了。罢了罢了,这也是天命,你别再哭了,怕伤害了你的身体!"

他心里一听到这一种声音,就舒畅起来。他觉得悲苦的中间,也有无穷的甘味在那里。

他因为想复他长兄的仇,所以就把所学的医科丢弃了,改入文科里去。他的意思,以为医科是他长兄要他改的,仍旧改回文科,就是对他长兄宣战的一种明示。并且他由医科改入文科,在高等学校须迟卒业一年。他心里想,迟卒业一年,就是早死一岁,你若因此迟了一年,就到死可以对你长兄含一种敌意。因为他恐怕一二年之后,他们兄弟两人的感情,仍旧和好起来;所以这一次的转科,便是帮他永久敌视他长兄的一个手段。

气候渐渐儿的寒冷起来,他搬上山来之后,已经有一个月了。几日来天气阴郁,灰色的层云,天天挂在空中。寒冷的北风吹来的时候,梅林的树叶已将凋落起来。

初搬来的时候,他卖了些旧书,买了许多炊饭的器具,自家烧了一个月饭,因为天冷了,他也懒得烧了。他每天的伙食,就一切包给了山脚下的园丁家包办,他近来只同退院的闲僧一样,除了怨人骂己之外,更没有别的事了。

有一天早晨,他侵早的起来。把朝东的窗门开了之后,他看见前面的地平线上有几缕红云,在那里浮荡。东天半角,反照出一种银红的灰色。因为昨天下了一天微雨,所以他看了这清新的旭日,比平日更添了几分欢喜。他走到山的斜面上,从那古井里汲了水,洗了手面之后,觉得满身的气力,一霎时回复转来的样子。他便跑上楼去,拿了一本黄仲则① 的诗集下来,一边高声朗读,一边尽在那梅林的曲径里,跑来跑去的跑圈子。不多一会,太阳起了。

从他住的山顶向南方看去,眼下看得出一大平原。平原里的稻田都尚未收割起。金黄的谷色,以绀碧的天空作了背景,反映着一天太阳的晨光,那风景正同看密来(Millet)② 的田园清画一般。

他觉得自家好像已经变了几千年前的原始基督教徒的样子,对了这自然的默示,他不觉笑起自家的气量狭小起来。

"饶赦了!饶赦了!你们世人得罪于我的地方,我都饶赦了你们吧!来,你们来,都来同我讲和罢!"

手里拿着了那一本诗集,眼里浮着了两泓清泪,正对了那平原的秋色呆

---

① 清代诗人。
② 法国十九世纪画家,现在普遍译为米勒。

呆的立在那里想这些事情的时候,他忽听见他的近边,有两人在那里低声的说:

"今晚上你一定要来的哩!"

这分明是男子的声音。

"我是非常想来的,但是恐怕……"

他听了这娇滴滴的女子的声音之后,好像是被电气贯穿了的样子,觉得自家的血液循环都停止了。原来他的身边有一丛长大的苇草生在那里。他立在苇草的右面,那一对男女,大约是在苇草的左面,所以他们两个还不晓得隔着苇草,有人站在那里。那男人又说:

"你心真好,请你今晚来罢,我们到如今还没在被窝里××。"

"……"

他忽然听见两人的嘴唇,喞喞的好像在那里吮吸的样子。他正同偷了食的野狗一样,就惊心吊胆的把身子屈倒去听了。

"你去死罢,你去死罢,你怎么会下流到这样的地步。"

他心里虽然如此的在那里痛骂自己,然而他那一双尖着的耳朵却一言半语也不愿意遗漏,用了全副精神在那里听着。

地上的落叶索息索息的响了一下。

解衣带的声音。

男人嘶嘶的吐了几口气。

舌尖吮吸的声音。

女人半轻半重,断断续续的说:

"你!……你!……你快……快××罢。……别……别……别被人……被人看见了。"

他的面色,一霎时的变了灰色了。他的眼睛同火也似的红了起来。他的上颚骨同下颚骨呷呷的发起颤来。他再也站不住了。他想跑开去,但是他的两只脚,总不听他的话。他苦闷了一场,听听两人出去了之后,就同落水的猫狗一样,回到楼上房里去,拿出被窝来睡了。

八

一醉醒来,他看看自家睡在一条红绸的被里,被上有一种奇怪的香气。这一间房间也不很大,但已不是白天的那一间房间了。房中挂着一盏十烛光的电灯,枕头边上摆着了一壶茶,两只杯子。他倒了二三杯茶,喝了之后,就跟跟跄跄的走到房外去。他开了门,却好白天的那侍女也跑过来了。她问他说：

"你！你醒了么？"

他点了一点头，笑微微的回答说：

"醒了。厕所是在什么地方的？"

"我领你去罢。"

他就跟了她去。他走过日间的那道夹道的时候，电灯点得明亮得很。远近有许多歌唱的声音，三弦的声音，大笑的声音，传到他的耳朵里来。白天的情节，他都想了出来。一想到酒醉之后，他对那侍女说的那些话的时候，他觉得面上又发起烧来。

从厕所回到房里之后，他问那侍女说：

"这被是你的么？"

侍女笑着说：

"是的。"

"现在是什么时候了？"

"大约是八点四五十分的样子。"

"你去开了账来罢！"

"是。"

他付清了账，又拿了一张纸币给那侍女，他的手不觉微颤起来。那侍女说：

"我是不要的。"

他知道她是嫌少了。他的面色又涨红了，袋里摸来摸去，只有一张纸币了，他就拿了出来给她说：

"你别嫌少了，请你收了罢。"

他的手震动得更加厉害，他的话声也颤动起来了。那侍女对他看了一眼，就低声的说：

"谢谢！"

他一直的跑下了楼，套上了皮鞋，就走到外面来。

外面冷得非常，这一天，大约是旧历的初八九的样子。半轮寒月，高挂在天空的左半边。淡青的圆形天盖里，也有几点疏星，散在那里。

他在海边上走了一会，看看远岸的渔灯，同鬼火似的在那里招引他。细浪中间，映着了银色的月光，好像是山鬼的眼波，在那里开闭的样子。不知是什么道理，他忽想跳入海里去死了。

他摸摸身边看，乘电车的钱也没有了。想想白天的事情看，他又不得不痛骂自己。

"我怎么会走上那样的地方去的,我已经变了一个最下等的人了。悔也无及,悔也无及。我就在这里死了吧。我所求的爱情,大约是求不到了。没有爱情的生涯,岂不同死灰一样么?唉,这干燥的生涯,这干燥的生涯。世上的人又都在那里仇视我,欺侮我,连我自家的亲弟兄,自家的手足,都在那里挤我出去到这世界外去。我将何以为生,我又何必生存在这多苦的世界里呢!"

想到这里,他的眼泪就连连续续的滴下来。他那灰白的面色,竟同死人没有分别了。他也不举起手来揩揩眼泪,月光射到他的面上,两条泪线倒变了叶上的朝露一样放起光来。他回转头来,看看他自家的那又瘦又长的影子,不觉心痛起来。

"可怜你这清影,跟了我二十一年,如今这大海就是你的葬身地了。我的身子,虽然被人家欺辱,我可不该累你也瘦弱到这地步的。影子呀影子,你饶了我吧!"

他向西面一看,那灯台的光,一霎变了红一霎变了绿的,在那里尽它的本职。那绿的光射到海面上的时候,海面就现出一条淡青的路来。再向西天一看,他只见西方青苍苍的天底下,有一颗明星,在那里摇动。

"那一颗摇摇不定的明星的底下,就是我的故国,也就是我的生地。我在那一颗星的底下,也曾送过十八个秋冬。我的乡土呀,我如今再不能见你的面了。"

他一边走着,一边尽在那里自伤自悼的想这些伤心的哀话。走了一会,再向那西方的明星看了一眼,他的眼泪便同骤雨似的落下来。他觉得四边的景物,都模糊起来。把眼泪揩了一下,立住了脚,长叹了一声,他便断断续续的说:

"祖国呀祖国!我的死是你害我的!

"你快富起来,强起来罢!

"你还有许多儿女在那里受苦呢!"

一九二一年五月九日改作

(选自小说集《沉沦》,泰东书局1921年版)

【作者介绍】

郁达夫(1896—1945),原名郁文,字达夫,浙江富阳县人,生于破落书香世家。代表作有:短篇小说《沉沦》、《春风沉醉的晚上》、

《薄奠》、《迟桂花》;散文《给一个文学青年的公开状》、《钓台的春昼》。其作品收入《郁达夫文集》(共 12 卷)。

【作品分析】

《沉沦》中的主人公"他"是一个正在日本留学,孤独落寞的"零余者"。作品没有曲折的故事情节,只是浓墨重彩地抒写其忧郁的心理,感伤的情怀。

"他"本是个"心思太活"的人,因追求自由和个性解放,被学校开除,又为社会所不容,这在其心中种下忧郁的根苗。后赴日留学,"他"又受到民族歧视,被日本人视若猪狗,周围恶意的眼光,使其每天像站在断头台上一样难受,从而加重了忧郁。处于青春期的"他",在孤独中,渴望异性的抚慰:"若有一个妇人,无论她是美是丑,能真心真意的爱我,我愿意为她死的。""我所要求的就是异性的爱情!"但是得到的却是日本女人的冷眼。于是,性苦闷使"他的忧郁症,愈闹愈甚了"。极度苦闷的"他",只好寻求肉体的麻醉:偷看房东女儿洗澡;私听青年男女幽会;在被窝里进行手淫;到娼寮酗酒嫖妓。可是他的内心不甘沉沦,又不断自谴自责,"切齿的痛骂自己,畜生!狗贼!卑怯的人!"无情地审判自己:"你去死罢,你去死罢,你怎么会下流到这样的地步!"灵与肉的激烈冲突,使其陷入无可自拔的绝望和痛苦,终于蹈海自尽。自杀前,"他"隔海遥望故土,高喊:"祖国呀,祖国!我的死是你害我的!""你快富起来,强起来罢!""你还有许多儿女在那里受苦呢!"显而易见,"他"不是一般的忧郁症患者,而是"五四"时期实现了人的觉醒,追求个性解放、民族复兴、爱情幸福而不得的"活人的颓唐",因而具有深刻的社会、民族、时代内涵。作品通过留日学生"他"的忧郁心理,折射出了社会、民族、时代的苦闷,表达了要求自由解放、渴望祖国富强的心声。

郁达夫主张"文学作品,都是作家的自叙传",所以小说具有浓重的"自叙传"色彩。主人公成为作者的化身,坦白率真,无所顾忌,大胆暴露个人的生活与心境,包括私生活中的性苦闷和病态性心理,从人性、人道的角度向虚伪的封建礼教挑战。正如郭沫若在《论郁达夫》中所指出的:"他的清新的笔调,在中国枯槁的社会里面好像吹来了一股春风,立刻吹醒了当时无数青年的心。他那大胆的自我暴露,对于深藏在千年万年的背甲里面的士大夫的虚伪,完全是一种暴风雨的闪击,把一些假道学、假才子们震惊得至于狂怒了。为什么?就因为有这样露骨的真率,使他们感受着作假的困难。"

郁达夫还提倡"小说的表现重在情感",因此作品充满强烈的抒情,感伤的咏叹,情绪的流动,可谓嬉笑怒骂皆成文章,感情溢于言表。再加上情景交融的景物描写清新自然,更增添了作品的审美情趣。

【延伸阅读文献】

温儒敏:《郁达夫名作欣赏》,中国和平出版社1998年版。
许子东:《郁达夫新论》,浙江文艺出版社1984年版。

(王晓琴)

缀网劳蛛

许地山

"我像蜘蛛,
　　命运就是我的网。"
我把网结好,
　　还住在中央。

呀,我的网甚时节受了损伤!
　　这一坏,教我怎地生长?
生的巨灵说:"补缀补缀罢,
　　世间没有一个不破的网。"

我再结网时,
　　要结在玳瑁梁栋
　　　　珠玑帘栊;
或结在断井颓垣
　　荒烟蔓草中呢?
生的巨灵按手在我头上说:
　　"自己选择去罢,
　　你所在的地方无不兴隆、亨通。"

虽然,我再结的网还是像从前那么脆弱,
　　敌不过外力冲撞;
我网的形式还要像从前那么整齐——
　　平行的丝连成八角、十二角的形状吗?
他把"生的万花筒"交给我,说:
"望里看罢,

你爱怎样,就结成怎样。"

呀,万花筒里等等的形状和颜色
　　仍与从前没有什么差别!
求你再把第二个给我,
　　我好谨慎地选择。
"咄咄!贪得而无智的小虫!
　　自而今回溯到濛鸿,
从没有人说过里面有个形式与前相同。
去罢,生的结构都由这几十颗'彩琉璃屑'幻成种种,
不必再看第二个生的万花筒。"

　　那晚上的月色格外明朗,只是不时来些微风把满园的花影移动得不歇地作响。素光从椰叶下来,正射在尚洁和她的客人史夫人身上。她们二人的容貌,在这时候自然不能认得十分清楚,但是二人对谈的声音却像幽谷的回响,没有一点模糊。

　　周围的东西都沉默着,像要让她们密谈一般:树上的鸟儿把喙插在翅膀底下;草里的虫儿也不敢做声;就是尚洁身边那只玉狸,也当主人所发的声音为催眠歌,只管躺躹地沉睡着。她用纤手抚着玉狸,目光注在她的客人身上,懒懒地说:"夺魁嫂子,外间的闲话是听不得的。这事我全不计较——我虽不信定命的说法,然而事情怎样来,我就怎样对付,毋庸在事前预先谋定什么方法。"

　　她的客人听了这场冷静的话,心里很是着急,说:"你对于自己的前程太不注意了!若是一个人没有长久的顾虑,就免不了遇着危险,外人的话虽不足信,可是你得把你的态度显示得明了一点,教人不疑惑你才是。"

　　尚洁索性把玉狸抱在怀里,低着头,只管摩弄。一会儿,她才冷笑了一声,说:"吓吓,夺魁嫂子,你的话差了,危险不是顾虑所能闪避的。后一小时的事情,我们也不敢说准知道,哪里能顾到三四个月、三两年那么长久呢?你能保我待一会不遇着危险,能保我今夜里睡得平安么?纵使我准知道今晚上会遇着危险,现在的谋虑也未必来得及。我们都在云雾里走,离身二三尺以外,谁还能知道前途的光景呢?经里说:'不要为明日自夸,因为一日要生何事,你尚且不能知道。'这句话,你忘了么?……唉,我们都是从渺茫中来,在渺茫中住,望渺茫中去。若是怕在这条云封雾锁的生命路程里走动,莫如止住你的脚步;若是你有漫游的兴趣,纵然前途和四围的光景暧昧,不能使你赏

心快意,你也是要走的。横竖是往前走,顾虑什么?

"我们从前的事,也许你和一般侨寓此地的人都不十分知道。我不愿意破坏自己的名誉,也不忍教他出丑。你既是要我把态度显示出来,我就得略把前事说一点给你听,可是要求你暂时守这个秘密。

"论理,我也不是他的……"

史夫人没等她说完,早把身子挺起来,作很惊讶的样子,回头用焦急的声音说:"什么?这又奇怪了!"

"这倒不是怪事,且听我说下去。你听这一点,就知道我的全意思了。我本是人家的童养媳,一向就不曾和人行过婚礼——那就是说,夫妇的名分,在我身上用不着。当时,我并不是爱他,不过要仗着他的帮助,救我脱出残暴的婆家。走到这个地方,依着时势的境遇,使我不能不认他为夫……"

"原来你们的家有这样特别的历史,……那么,你对于长孙先生可以说没有精神的关系,不过是不自然的结合罢了。"

尚洁庄重地回答说:"你的意思是说我们没有爱情么?诚然,我从不曾在别人身上用过一点男女的爱情;别人给我的,我也不曾辨别过那是真的,这是假的。夫妇,不过是名义上的事;爱与不爱,只能稍微影响一点精神的生活,和家庭的组织是毫无关系的。

"他怎样想法子要奉承我,凡认识我的人都觉得出来。然而我却没有领他的情,因为他从没有把自己的行为检点一下。他的嗜好多,脾气坏,是你所知道的。我一到会堂去,每听到人家说我是长孙可望的妻子,就非常的惭愧。我常想着从不自爱的人所给的爱情都是假的。

"我虽然不爱他,然而家里的事,我认为应当替他做的,我也乐意去做。因为家庭是公的,爱情是私的。我们两人的关系,实在就是这样。外人说我和谭先生的事,全是不对的。我的家庭已经成为这样,我又怎能把它破坏呢?"

史夫人说:"我现在才看出你们的真相,我也回去告诉史先生,教他不要多信闲话。我知道你是好人,是一个纯良的女子,神必保佑你。"说着,用手轻轻地拍一拍尚洁的肩膀,就站立起来告辞。

尚洁陪她在花荫底下走着,一面说:"我很愿意你把这事的原委单说给史先生知道。至于外间传说我和谭先生有秘密的关系,说我是淫妇,我都不介意。连他也好几天不回来啦。我估量他是为这事生气,可是我并不辩白。世上没有一个人能够把真心拿出来给人家看;纵然能够拿出来,人家也看不明白,那么,我又何必多费唇舌呢?人对于一件事情一存了成见,就不容易把真相观察出来。凡是人都有成见,同一件事,必会生出歧异的评判,这也是难怪的。我不管人家怎样批评我,也不管他怎样疑惑我,我只求自己无愧,对得住天上的星辰和地下的蟋蚁便了。你放心罢,等到事情临到我身上,我自有方法对付。我的意思就是这样,若是有工夫,改天再谈罢。"

她送客人出门,就把玉狸抱到自己房里。那时已经不早,月光从窗户进来,歇在椅桌、枕席之上,把房里的东西染得和铅制的一般。她伸手向床边按了一按铃子,须臾,女佣妥娘就上来。她问:"佩荷姑娘睡了么?"妥娘在门边回答说:"早就睡了。消夜已预备好了,端上来不?"她说着,顺手把电灯拧着,一时满屋里都着上颜色了。

在灯光之下,才看见尚洁斜倚在床上。流动的眼睛,软润的颔颊,玉葱似的鼻,柳叶似的眉,桃绽似的唇,衬着蓬乱的头发……凡形体上各样的美都凑合在她头上。她的身体,修短也很合度。从她口里发出来的声音,都合音节,就是不懂音乐的人,一听了她的话语,也能得着许多默感。她见妥娘把灯拧亮了,就说:"把它拧灭了吧。光太强了,更不舒服。方才我也忘了留史夫人在这里消夜。我不觉得十分饥饿,不必端上来,你们可以自己方便去。把东西收拾清楚,随着给我点一支洋烛上来。"

妥娘遵从她的命令,立刻把灯灭了,接着说:"相公今晚上也许又不回来,可以把大门扣上吗?"

"是,我想他永远不回来了。你们吃完,就把门关好,各自歇息去罢,夜很深了。"

尚洁独坐在那间充满月亮的房里,桌上一支洋烛已燃过三分之二,轻风频拂火焰,眼看那支发光的小东西要泪尽了。她于是起来,把烛光移到屋角一个窗户前头的小几上。那里有一个软垫,几上搁几本经典和祈祷文。她每夜睡前的功课就是跪在那垫上默记三两节经句,或是诵几句祷词。别的事情,也许她会忘记,惟独这圣事是她所不敢忽略的。她跪在那里冥想了许久,睁眼一看,火光已不知道在什么时候从烛台上逃走了。

她立起来,把卧具整理妥当,就躺下睡觉。可是她怎能睡着呢?呀,月亮也循着宾客的礼,不敢相扰,慢慢地辞了她,走到园里和它的花草朋友、木石知交周旋去了!

月亮虽然辞去,她还不转眼地望着窗外的天空,像要诉她心中的秘密一般。她正在床上辗来转去,忽听园里"嚯哗"一声,响得很厉害。她起来,走到窗边,往外一望,但见一重一重的树影和夜雾把园里盖得非常严密,教她看不见什么。于是她蹑步下楼,唤醒妥娘,命她到园里去察看那怪声的出处。妥娘自己一个人哪里敢出去;她走到门房把团哥叫醒,央他一同到围墙边察一察。团哥也就起来了。

妥娘去不多会,便进来回话。她笑着说:"你猜是什么呢?原来是一个塞运的窃贼摔倒在我们的墙根。他的腿已摔坏了,脑袋也撞伤了,流得满地都是血,动也动不得了。团哥拿着一枝荆条正在抽他哪。"

尚洁听了,一霎时前所有的恐怖情绪一时尽变为慈祥的心意。她等不得回答妥娘,便跑到墙根。团哥还在那里,"你这该死的东西……不知厉害的坏种!……"一句一鞭,打骂得很高兴。尚洁一到,就止住他,还命他和妥娘把受伤的贼扛到屋里来。她吩咐让他躺在贵妃榻上。仆人们都显出不愿意的样子,因为他们想着一个贼人不应该受这么好的待遇。

尚洁看出他们的意思,便说:"一个人走到做贼的地步是最可怜悯的,若是你们不得着好机会,也许……"她说到这里,觉得有点失言,教她的佣人听了不舒服,就改过一句说话:"若是你们明白他的境遇,也许会体贴他。我见了一个受伤的人,无论如何,总得救护的。你们常常听见'救苦救难'的话,遇着忧患的时候,有时也会脱口地说出来,为何不从'他是苦难人'那方面体贴他呢?你们不要怕他的血沾脏了那垫子,尽管扶他躺下罢。"团哥只得扶他躺下,口里沉吟地说:"我们还得为他请医生去吗?"

"且慢,你把灯移近一点,待我来看一看。救伤的事,我还在行。妥娘,你上楼去把我们那个'常备药箱'捧下来。"又对团哥说:"你去倒一盆清水来罢。"

仆人都遵命各自干事去了。那贼虽闭着眼,方才尚洁所说的话,却能听得分明。他心里的感激可使他自忘是个罪人,反觉他是世界里一个最能得人爱惜的青年。这样的待遇,也许就是他生平第一次得着的。他呻吟了一下,用低沉的声音说:"慈悲的太太,菩萨保佑慈悲的太太!"

那人的太阳边受了一伤很重,腿部倒不十分厉害。她用药棉蘸水轻轻地把伤处周围的血迹涤净,再用绷带裹好。等到事情做得清楚,天早已亮了。

她正转身要上楼去换衣服,蓦听得外面敲门的声很急,就止步问说:"谁这么早就来敲门呢?"

"是警察罢。"

妥娘提起这四个字,教她很着急。她说:"谁去告诉警察呢?"那贼躺在贵妃榻上,一听见警察要来,恨不能立刻起来跪在地上求恩。但这样的行动已从他那双劳倦的眼睛表白出来了。尚洁跑到他跟前,安慰他说:"我没有叫人去报警察……"正说到这里,那从门外来的脚步已经踏进来。

来的并不是警察,却是这家的主人长孙可望。他见尚洁穿着一件睡衣站在那里和一个躺着的男子说话,心里的无明业火已从身上八万四千个毛孔里发射出来。他第一句就问:"那人是谁?"

这个问实在教尚洁不容易回答,因为她从不曾问过那受伤者的名字,也不便说他是贼。

"他……他是受伤的人……"

可望不等说完,便拉住她的手,说:"你办的事,我早已知道。我这几天不回来,正要侦察你的动静,今天可给我撞见了。我何尝辜负你呢?……一同上去罢,我们可以慢慢地谈。"不由分说,拉着她就往上跑。

妥娘在旁边,看得情急,就大声嚷着:"他是贼!"

"我是贼,我是贼!"那可怜的人也嚷了两声。可望只对着他冷笑,说:"我明道你是贼。不必报名,你且歇一歇罢。"

一到卧房里,可望就说:"我且问你,我有什么对你不起的地方?你要入学堂,我便立刻送你去;要到礼拜堂听道,我便特地为你预备车马。现在你有学问了,也入教了;我且问你,学堂教你这样做,教堂教你这样做么?"

他的话意是要诘问她为什么变心,因为他许久就听见人说尚洁嫌他鄙陋不文,要离弃他去嫁给一个姓谭的。夜间的事,他一概不知,他进门一看尚洁的神色,老以为她所做的是一段爱情把戏。在尚洁方面,以为他是不喜欢她这样待遇窃贼。她的慈悲性情是上天所赋的,她也觉得这样办,于自己的信仰和所受的教育没有冲突,就回答说:"是的,学堂教我这样做,教会也教我这样做。你敢是……"

"是吗?"可望喝了一声,猛将怀中小刀取出来向尚洁的肩膀上一击。这不幸的妇人立时倒在地上,那玉白的面庞已像渍在胭脂膏里一样。

她不说什么,但用一种沉静的和无抵抗的态度,就足以感动那愚顽的凶手。可望当此情景,心中恐怖的情绪已把凶猛的怒气克服了。他不再有什么动作,只站在一边出神。他看尚洁动也不动一下,估量她是死了;那时,他觉得自己的罪恶压住他,不许再逗留在那里,便溜烟似地望外跑。

妥娘见他跑了,知道楼上必有事故,就赶紧上来。她看尚洁那样子,不由得"啊,天公!"喊了一声,一面上去,要把她搀扶起来。尚洁这时,眼睛略略睁开,像要对她说什么,只是说不出。她指着肩膀示意,妥娘才看见一把小刀插在她肩上。妥娘的手便即酥软,周身发抖,待要扶她,也没有气力了。她含泪对着主妇说:"容我去请医生罢。"

"史……史……"妥娘知道她是要请史夫人来,便回答说:"好,我也去请史夫人来。"她教团哥看门,自己雇一辆车找救星去了。

医生把尚洁扶到床上,慢慢施行手术;赶到史夫人来时,所有的事情都弄清楚啦。医生对史夫人说:"长孙夫人的伤不甚要紧,保养一两个星期便可复原。幸而那刀从肩胛骨外面脱出来,没有伤到肺叶——那两个创口是不要紧的。"

医生辞去以后,史夫人便坐在床沿用法子安慰她。这时,尚洁的精神稍微恢复,就对她的知交说:"我不能多说话,只求你把底下那个受伤的人先送到公医院去;其余的,待我好了再给你说。……唉,我的嫂子,我现在不能离开你,你这几天得和我同在一块儿住。"

史夫人一进门就不明白底下为什么躺着一个受伤的男子。妥娘去时,也没有对她详细地说。她看见尚洁这个样子,又不便往下问。但尚洁的颖悟性从不会被刀所伤,她早明白史夫人猜不透这个闷葫芦,就说:"我现在没有气力给你细说,你可以向妥娘打听去。就要速速去办,若是他回来,便要害了他的性命。"

史夫人照她所吩咐的去做;回来,就陪着她在房里,没有回家。那四岁的女孩佩荷更不知道这是怎么一回事,还是啼啼笑笑,过她的平安日子。

一个星期,两个星期,在她病中嘿嘿地过去。她也渐次复原了。她想许久没有到园里去,就央求史夫人扶着她慢慢走出来。她们穿过那晚上谈话的柳荫,来到园边一个小亭下,就歇在那里。她们坐的地方满开了玫瑰,那清静温香的景色委实可以消灭一切忧闷和病害。

"我已忘了我们这里有这么些好花,待一会,可以折几枝带回屋里。"

"你且歇歇,我为你选择几枝罢。"史夫人说时,便起来折花。尚洁见她脚下有一朵很大的花,就指着说:"你看,你脚下有一朵很大、很好看的,为什么不把它摘下?"

史夫人低头一看,用手把花提起来,便叹了一口气。

"怎么啦?"

史夫人说:"这花不好。"因为那花只剩地上那一半,还有一边是被虫伤了。她怕说出伤字,要伤尚洁的心,所以这样回答。但尚洁看的明明是一朵好花,直教递过来给她看。

"夺魁嫂,你说它不好么?我在此中找出道理咧!这花虽然被虫伤了一半,还开得这么好看,可见人的命运也是如此——若不把他的生命完全夺去,虽然不完全,也可以得着生活上一部分的美满,你以为如何呢?"

史夫人知道她联想到自己的事情上头,只回答说:"那是当然的,命运的偃蹇和亨通,于我们的生活没有多大关系。"

谈话之间,妥娘领着史夺魁先生进来。他向尚洁和他的妻子问过好,便坐在她们对面一张凳上。史夫人不管她丈夫要说什么,头一句就问:"事情怎样解决呢?"

史先生说:"我正是为这事情来给长孙夫人一个信。昨天在会堂里有一个很激烈的纷争,因为有些人说可望的举动是长孙夫人迫他做成的,应当剥夺她赴圣筵的权利。我和我奉真牧师在席间极力申辩,终归无效。"他望着尚洁说:"圣筵赴与不赴也不要紧。因为我们的信仰决不能为仪式所束缚;我们的行为,只求对得起良心就算了。"

"因为我没有把那可怜的人交给警察,便责罚我么?"

史先生摇头说:"不,不,现在的问题不在那事上头。前天可望寄一封长信到会里,说到你怎样对他不住,怎样想弃绝他去嫁给别人。他对于你和某人、某人往来的地点、时间都说出来。且说,他不愿意再见你的面;若不与你离婚,他永不回家。信他所说的人很多,我们怎样申辩也挽不过来。我们虽然知道事实不是如此,可是不能找出什么凭据来证明。我现在正要告诉你,若是要到法庭去的话,我可以帮你的忙。这里不像我们祖国,公庭上没有女人说话的地位。况且他的买卖起先都是你拿资本出来;要离异时,照法律,最少总得把财产分一半给你。……像这样的男子,不要他也罢了。"

尚洁说:"那事实现在不必分辩,我早已对嫂子说明了。会里因为信条的缘故,说我的行为不合道理,便禁止我赴圣筵——这是他们所信的,我有什么可说的呢!"她说到末一句,声音便低下了。她的颜色很像为同会的人误解她和误解道理惋惜。

"唉,同一样道理,为何信仰的人会不一样?"

她听了史先生这话,便兴奋起来,说:"这何必问?你不常听见人说:'水是一样,牛喝了便成乳汁,蛇喝了便成毒液'吗?我管保我所得能化为乳汁,哪能干涉人家所得的变成毒液呢?若是到法庭去的话,倒也不必。我本没有正式和他行过婚礼,自毋须乎在法庭上公布离婚。若说他不愿意再见我的面,我尽可以搬出去。财产是生活的赘瘤,不要也罢,和他争什么?……他赐给我的恩惠已是不少,留着给他……"

"可是你一把财产全部让给他,你立刻就不能生活。还有佩荷呢?"

尚洁沉吟半晌便说:"不妨,我私下也曾积聚些少,只不能支持到一年罢了。但不论如何,我总得自己挣扎。至于佩荷……"她又沉思了一会,才续下去说:"好罢,看他的意思怎样,若是他愿意把那孩子留住,我也不和他争。我自己一个人离开这里就是。"

他们夫妇二人深知道尚洁的性情,知道她很有主意,用不着别人指导。并且她在无论什么事情上头都用一种宗教的精神去安排。她的态度常显出十分冷静和沉毅,做出来的事,有时超乎常人意料之外。

史先生深信她能够解决自己将来的生活,一听了她的话,便不再说什么,只略略把眉头皱了一下而已。史夫人在这两三个星期间,也很为她费了些筹划。他们有一所别业在土华地方,早就想教尚洁到那里去养病;到现在她才开口说:"尚洁妹子,我知道你一定有更好的主意,不过你的身体还不甚复原,不能立刻出去做什么事情,何不到我们的别庄里静养一下,过几个月再行打算?"史先生接着对他妻子说:"这也好。只怕路途远一点,由海船去,最快也得两天才可以到。但我们都是惯于出门的人,海涛的颠簸当然不能制服我们。若是要去的话,你可以陪着去,省得寂寞了长孙夫人。"

尚洁也想找一个静养的地方,不意他们夫妇那么仗义,所以不待踌躇便应许了。她不愿意为自己的缘故教别人麻烦,因此不让史夫人跟着前去。她说:"寂寞的生活是我尝惯的。史嫂子在家里也有许多当办的事情,哪里能够和我同行? 还是我自己去好一点。我很感谢你们二位的高谊,要怎样表示我的谢忱,我却不懂得;就是懂,也不能表示得万分之一。我只说一声'感激莫名'便了。史先生,烦你再去问他要怎样处置佩荷,等这事弄清楚,我便要动身。"她说着,就从方才摘下的玫瑰中间选出一朵好看的递给史先生,教他插在胸前的钮门上。不久,史先生也就起立告辞,替她办交涉去了。

土华在马来半岛的西岸,地方虽然不大,风景倒还幽致。那海里出的珠宝不少,所以住在那里的多半是搜宝之客。尚洁住的地方就在海边一丛棕林里。在她的门外,不时看见采珠的船往来于金的塔尖和银的浪头之间。这采珠的工夫赐给她许多教训。因为她这几个月来常想着人生就同入海采珠一样;整天冒险入海里去,要得着多少,得着什么,采珠者一点把握也没有。但是这个感想决不会妨害她的生命。她见那些人每天迷蒙蒙地搜求,不久就理会她在世间的历程也和采珠的工作一样。要得着多少,得着什么,虽然不在她的权能之下,可是她每天总得入海一遭,因为她的本分就是如此。

她对于前途不但没有一点灰心,且要更加奋勉。可望虽是剥夺她们母女的关系,不许佩荷跟着她,然而她仍不忍弃掉她的责任,每月要托人暗地里把吃的用的送到故家去给她女儿。

她现在已变主妇的地位为一个珠商的记室了。住在那里的人,都说她是人家的弃妇,就看轻她,所以她所交游的都是珠船里的工人。那班没有思想的男子在休息的时候,便因着她的姿色争来找她开心。但她的威仪常是调伏这班人的邪念,教他们转过心来承认她是他们的师保。

她一连三年,除干她的正事之外,就是教她那班朋友说几句英吉利语,念些少经文,知道些少常识。在她的团体里,使令、供养,无不如意。若说过快活日子,能像她这样,也就不劣了。

虽然如此,她还是有缺陷的。社会地位,没有她的份;家庭生活,也没有她的份;我们想想,她心里到底有什么感觉? 前一项,于她是不甚重要的;后一项,可就缭乱她的衷肠了!史夫人虽常寄信给她,然而她不见信则已,一见了信,那种说不出来的伤感就加增千百倍。

她一想起她的家庭,每要在树林里徘徊,树上的昭蟟常要幻成她女儿的声音对她说:"母思儿耶?母思儿耶?"这本不是奇迹,因为发声者无情,听音者有意;她不但对于那些小虫的声音是这样,即如一切的声音和颜色,偶一触着她的感官,便幻成她的家庭了。

她坐在林下,遥望着无涯的波浪,一度一度地掀到岸边,常觉得她的女儿踏着浪花踊跃而来,这也不止一次了。那天,她又坐在那里,手拿着一张佩荷的小照,那是史夫人最近给她寄来的。她翻来翻去地看,看得眼昏了。她猛一抬头,又得着常时所现的异象。她看见一个人携着她的女儿从海边上来,穿过林樾,一直走到跟前。那人说:"长孙夫人,许久不见,贵体康健啊!我领你的女儿来找你哪。"

尚洁此时,展一展眼睛,才理会果然是史先生携着佩荷找她来。她不等回答史先生的话,便上前用力搂住佩荷;她的哭声从她爱心的深密处殷雷似地震发出来。佩荷因为不认得她,害怕起来,也放声哭了一场。史先生不知道感触了什么,也在旁边只尽管擦眼泪。

这三种不同情绪的哭泣止了以后,尚洁就呜咽地问史先生说:"我实在喜欢。想不到你会来探望我,更想不到佩荷也能来!……"她要问的话很多,一时摸不着头绪。只搂定佩荷,眼看着史先生出神。

史先生很庄重地说:"夫人,我给你报好消息来了。"

"好消息?"

"你且镇定一下,等我细细地告诉你。我们一得着这消息,我的妻子就教我和佩荷一同来找你。这奇事,我们以前都不知道,到前十几天才听见我奉真牧师说的。我牧师自那年为你的事卸职后,他的生活,你已经知道了。"

"是,我知道。他不是白天做裁缝匠,晚间还做制饼师吗?我信得过,神必要帮助他,因为神的儿子说:'为义受逼迫的人是有福的。'他的事业还顺利吗?"

"倒没有什么过不去的地方。他不但日夜劳动,在合宜的时候,还到处去传福音哪。他现在不用这样地吃苦,因为他的老教会看他的行为,请他回国仍旧当牧师去,在前一个星期已经动身了。"

"是吗!谢谢神!他必不能长久地受苦。"

"就是因为我牧师回国的事,我才能到这里来。你知道长孙先生也受了他的感化么?这事详细地说起来,倒是一种神迹。我现在来,也是为告诉你这件事。"

"前几天,长孙先生忽然到我家里找我。他一向就和我们很生疏,好几年也不过访一次,所以这次的来,教我们很诧异。他第一句就问你的近况如何,且诉说他的懊悔。他说这反悔是忽然的,是我牧师警醒他的。现在我就将他的话,照样地说一遍给你听——

"'在这两三年间,我牧师常来找我谈话,有时也请我到他的面包房里去听他讲道。我和他来往那么些次,就觉得他是我的好师傅。我每有难决的事情或疑虑的问题,都去请教他。我自前年生事,二人分离以后,每疑惑尚洁官的操守,又常听见家里佣人思念她的话,心里就十分懊悔。但我总想着,男人说话将军箭,事已做出,哪里还有脸皮收回来?本是打算给它一个错到底的。然而日子越久,我就越觉得不对。到我牧师要走,最末次命我去领教训的时候,讲了一章经,教我很受感动。散会后,他对我说,他盼望我做的是请尚洁官回来。他又念《马可福音》十章给我听,我自得着那教训以后,越觉得我很卑鄙、凶残、淫秽,很对不住她。现在要求你先把佩荷带去见她,盼望她为女儿的缘故赦免我。你们可以先走,我随后也要亲自前往。'

"他说懊悔的话很多,我也不能细说了。等他来时,容他自己对你细说罢。我很奇怪我牧师对于此事,以前一点也没有对我说过,到要走时,才略提一提;反教他来到我那里去,这不是神迹吗?"

尚洁听了这一席话,却没有显出特别愉悦的神色,只说:"我的行为本不求人知道,也不是为要得人家的怜恤和赞美;人家怎样待我,我就怎样受,从来是不计较的。别人伤害我,我还饶恕,何况是他呢?他知道自己的卤莽,是一件极可喜的事。——你愿意到我屋里去看一看吗?我们一同走走罢。"

他们一面走,一面谈。史先生问起她在这里的事业如何,她不愿意把所经历的种种苦处尽说出来,只说:"我来这里,几年的工夫也不算浪费,因为我已找着了许多失掉的珠子了!那些灵性的珠子,自然不如入海去探求那么容易,然而我竟能得着二三十颗。此外,没有什么可以告诉你。"

尚洁把她的事情结束停当,等可望不来,打算要和史先生一同回去。正要到珠船里和她的朋友们告辞,在路上就遇见可望跟着一个本地人从对面来。她认得是可望,就堆着笑容,抢前几步去迎他,说:"可望君,平安哪!"可望一见她,也就深深地行了一个敬礼,说:"可敬的妇人,我所做的一切事都是伤害我的身体,和你我二人的感情,此后我再不敢了。我知道我多多地得罪你,实在不配再见你的面,盼望你不要把我的过失记在心中。今天来到这里,为的是要表明我悔改的行为;还要请你回去管理一切所有的。你现在要到哪里去呢?我想你可以和史先生先行动身,我随后回来。"

尚洁见他那番诚恳的态度,比起从前,简直是两个人,心里自然满是愉快,且暗自谢她的神在他身上所显的奇迹。她说:"呀!往事如梦中之烟,早已在虚幻里消散了,何必重行提起呢?凡人都不可积聚日间的怨恨、怒气和一切伤心的事到夜里,何况是隔了好几年的事?请你把那些事情搁在脑后罢。我本想到船里去,向我那班同工的人辞行。你怎样不和我们一起回去,还有别的事情要办么?史先生现时在他的别业——就是我住的地方——我们一同到那里去罢,待一会,再出来辞行。"

"不必,不必。你可以去你的,我自己去找他就可以。因为我还有些正当的事情要办。恐怕不能和你们一同回去;什么事,以后我才教你知道。"

"那么,你教这土人领你去罢,从这里走不远就是。我先到船里,回头再和你细谈。再见哪!"

她从土华回来,先住在史先生家里,意思是要等可望来到,一同搬回她的旧房子去。谁知等了好几天,也不见他的影。她才知道可望在土华所说的话意有所含蓄。可是他到哪里去呢?去干什么呢?她正想着,史先生拿了一封信进来对她说:"夫人,你不必等可望了,明后天就搬回去罢。他寄给我这一封信说,他有许多对不起你的地方,都是出于激烈的爱情所致,因他爱你的缘故,所以伤了你。现在他要把从前邪恶的行为和暴躁的脾气改过来,且要偿还你这几年来所受的苦楚,故不得不暂时离开你。他已经到槟榔屿了。他不直接写信给你的缘故,是怕你伤心,故此写给我,教我好安慰你;他还说从前一切的产业都是你的,他不应独自霸占了许久,要求你尽量地享用,直等到他回来。"

"这样看来,不如你先搬回去。我这里派人去找他回来如何?唉,想不到他一会儿就能悔改到这步田地!"

她遇事本来很沉静,史先生说时,她的颜色从不曾显出什么变态,只说:"为爱情么?为爱而离开我么?这是当然的,爱情本如极利的斧子,用来剥削命运常比用来整理命运的时候多一些。他既然规定他自己的行程,又何必费工夫去寻找他呢?我是没有成见的,事情怎样来,我怎样对付就是。"

尚洁搬回来那天,可巧下了一点雨,好像上天使园里的花木特地沐浴得很妍净来迎接它们的旧主人一样。她进门时,妥娘正在整理厅堂,一见她来,便嚷着:"奶奶,你回来了!我们很想念你哪!你的房间乱得很,等我把各样东西安排好再上去。先到花园去看看罢,你手植各样的花木都长大了。后面那棵释迦头长得像罗伞一样,结果也不少,去看看罢。史夫人早和佩荷姑娘来了,他们现时也在园里。"

她和妥娘说了几句话,便到园里。一拐弯,就看见史夫人和佩荷坐在树荫底下一张凳上——那就是几年前,她要被刺那夜,和史夫人坐着谈话的地方。她走来,又和史夫人并肩坐在那里。史夫人说来说去,无非是安慰她的话。她像不信自己这样的命运不甚好,也不信史夫人用定命论的解释来安慰她,就可以使她满足。然而她一时不能说出合宜的话,教史夫人明白她心中毫无忧郁在内。她无意中一抬头,看见佩荷拿着树枝把结在玫瑰花上一个蜘蛛网撩破了一大部分。她注神许久,就想出一个意思来。

她说:"呀,我给这个比喻,你就明白我的意思。

"我像蜘蛛,命运就是我的网。蜘蛛把一切有毒无毒的昆虫吃入肚里,回头把网组织起来。它第一次放出来的游丝,不晓得要被风吹到多么远;可是等到粘着别的东西的时候,它的网便成了。

"它不晓得那网什么时候会破,和怎样破法。一旦破了,它还暂时安安然然地藏起来;等有机会再结一个好的。

"它的破网留在树梢上,还不失为一个网。太阳从上头照下来,把各条细丝映成七色;有时粘上些少水珠,更显得灿烂可爱。

"人和他的命运,又何尝不是这样?所有的网都是自己组织得来,或完或缺,只能听其自然罢了。"

史夫人还要说时,妥娘来说屋子已收拾好了,请她们进去看看。于是,她们一面谈,一面离开那里。

园里没人,寂静了许久。方才那只蜘蛛悄悄地从叶底出来,向着网的破裂处,一步一步,慢慢补缀。它补这个干什么?因为它是蜘蛛,不得不如此!

(原载 1922 年《小说月报》第 13 卷第 2 号)

【作者介绍】

许地山(1893—1941),笔名落花生,原籍台湾,后寄籍福建龙溪。1921 年与沈雁冰等人发起成立文学研究会。后在美国哥伦比亚大学和英国牛津大学研究宗教学、人类学。1935 年起任香港大学中国文学教授。代表作有:短篇小说《命命鸟》、《商人妇》、《缀网劳蛛》、《春桃》等;散文诗集《空山灵雨》。

【作品分析】

《缀网劳蛛》是许地山早期的作品,然而已经展示了他小说创作的基本特色。

主人公尚洁是一个基督徒,宗教精神是她思想的归依和处世的原则。她的命运可谓是对基督精神的文学演绎,她身上处变不惊的态度和与世无争的原则是基督精神的完美体现。虽然有宗教的训导,她也是在探求真谛的一个旅者。在经历了人生的变故后,她来到了大海边("大海"是许地山的小说中常出现的一个意象),与采珠工人一起生活。她从采珠的工作中得到许多启示;在家庭花园中看见蜘蛛结网也从中感悟生命的哲理。在她的身上还可以看见中国古典美学理想。小说一再强调人生的不可预知性,尚洁从不为将来筹算,因为觉得无法预料,计算也是徒劳。然而她并不因此就完全等待着命运的安排,她不怨天尤人,不自暴自弃,而是在生活的进行中思考着人生,把握着自己的命运。同时在她身上还有一种以柔克刚的精神,这不同于逆来顺受,不是在社会和丈夫的不理解和排斥下屈服的那种柔弱,而是用包容一切的宽厚使侵害者折服,自有一种威仪。这来自于她的自尊自爱和对他人的爱,是一种糅合着宗教精神与传统美德的人性美。

《缀网劳蛛》具有的异域特色是它的独特之处。在这篇小说中,基督教会、马来半岛的采珠船、大海等都为情节的展开提供了独特的背景。以域外生活为题材或背景的小说无论在古典小说还是在现代小说中都不占主流。而许地山似乎偏爱异域风情,也许是因为不同于中原文化的宗教氛围和人文习养能给他独特的思想以自由驰骋的空间。客观上,如《命命鸟》、《缀网劳蛛》、《商人妇》、《枯杨生花》等小说都给现代文坛增加了特殊的光色和审美特征。

《缀网劳蛛》还显现出许地山把声韵音律运用于文学创作的艺术才华。开头的富于韵律的短诗如主题曲,其中"命运就是我的网"在小说中多次重复出现,造成一唱三叹的效果。"我"和"生的巨灵"的对话,以"生的巨灵"坚定的指示结束,而小说中又对究竟在哪里结网给予了不同于诗的答案,构成了复调的音乐效果。结尾处人物都离开舞台,最后上场或说最后的定音鼓仍是蜘蛛。结尾写道:"它补这个干什么?因为它是蜘蛛,不得不如此。"在客观冷静的描述后,有一个耐人寻味、含蓄清奇的结尾,好像电影中的渐出和特写镜头。这种对类似"曲终人不见,江上数峰青"境界的营造,使他的小说不论从思想上还是艺术上都具有佛家思想的美学感染力。对音律艺术运用于小说写作的功力来源于许地山的音乐修养,他的夫人周俟松在《许地山传略》中记载:"先生晓音律,会一手好琵琶,爱好奥诹,课余钻研乐理和制谱学。"不仅在追求像音乐一样的表现力方面力求大音希声的效果,在视觉上也有对优美的诗意的追求。尚洁的形象是由优美达到完美,无论是外形还是心灵都被赋予了神的光辉。故事发生的地点——月光下有人静静交谈的花园、面临浪花波光的树林,都使优美的人物和景物达到了和谐的统一,构成了和谐的意境。

《缀网劳蛛》体现了许地山的佛学思想和中国古典美学的审美情趣,使我们见出作家的独特之处,也使我们见出中国传统文化是怎样被承继,外来思潮是怎样冲击着"五四"时期的知识分子的。

【延伸阅读文献】

宋益乔:《许地山传》,海峡文艺出版社1998年版。
王盛:《落花生新探》,南京大学出版社1998年版。

(曹颖新)

潘先生在难中（存目）

叶圣陶

【作者介绍】

叶绍钧（1894—1988），字圣陶，江苏苏州人。1921 年，参与发起文学研究会，后来成为著名的语文教育家。代表作有：短篇小说《潘先生在难中》、《夜》；长篇小说《倪焕之》；童话《稻草人》。作品收入《叶圣陶集》（共 25 卷）。

【作品分析】

《潘先生在难中》1924 年发表于《小说月报》第 16 卷第 1 号。作品以军阀混战为背景，通过上海附近让里小镇的小学校长潘先生逃难的悲喜剧，讽刺性地表现了小市民知识分子卑琐自私、随遇而安的灰色灵魂，也揭露了军阀混战给人民带来的灾难。

潘先生对人生的最高追求，就是保住自家"四条性命一个皮包"。他在逃难中的一言一行、一颦一笑，以及所有的痛苦与欢乐，都是紧紧围绕这一核心运转。正如茅盾所精辟概括的："他们在虚惊来了时，最先张皇失措，而在略感到安全的时候，他们又是最先哈哈地笑；是一些没有勇气和环境抗争，揉揉肚子就把他的'理想'折扣成零的妥协者。"（《中国新文学大系·小说一集·导言》）因此，他称赞该作"把城市小资产阶级的没有社会意识，卑谦的利己主义，precaution（可译为'拘谨'、'畏葸'等意），琐屑，临虚惊而失色，暂苟安而心喜，等等心理，描写得很透彻"（《王鲁彦论》）。必须指出的是,潘先生的庸俗猥琐、"差堪自慰"的满足,也是旧中国小资产阶级知识分子朝不保夕的悲惨命运的真实写照。其实,他也并非"乐意于这种卑微的生存"。当他"从厉害远近种种方面着想","狠心"地把妻儿撇在上海,只身返回让里时,"不仅深深地发恨:恨这人那人调兵遣将,预备作战,恨教育局长主张照常开学"。在战事停止后,他也曾自我反省,"恨自己到底没有先见之明;不然,这一笔冤枉的逃难费可以省下,又免得几十天的孤单"。最后,为获胜军阀歌功颂德,当他写到"德隆恩溥"的"溥"字时,眼前闪过的是"拉夫,开炮,烧房屋,淫妇人,菜色的男女,腐烂的死尸"等惨不忍睹的"许多影片"。所有这些,都形象地说明了潘先生无论是"临虚惊而失色",带领全家逃难到上海,还是百般逢迎上司,赶回让里写开学通知,乃至为讨军阀欢心,"很有点滋味"地写欢迎字幅,都是被迫而为的。是强大的社会黑暗势力,迫使他随波逐流,自我麻醉,"没有勇气和环境抗争"。从潘先生这个可悲可笑,既令人厌恶又令人同情的弱者身上,透视出小资产阶级知识分子的"灰色的人生"和卑微的心灵,从而"讽了这一面","所期待的是在那一面,就可以不言而喻了"。

  作者"把自己表示主张的部分减到最少的限度"。他没有一句话诅咒军阀,但又处处都在诅咒军阀。他把对军阀的诅咒,交织在现实生活的场景和艺术形象的描绘中,融会在故事的情节和事件中,让读者自己去体味、感受和咀嚼。战时车站的拥挤混乱,潘先生逃难的张皇失措,躲进红房子见到局长"故作笑容"的尴尬等等,这些细节从各个不同的侧面,写出了潘先生在表面平静下的内心波澜,又揭示了军阀混战给人们带来的深重灾难。作者冷隽、朴实、客观、细腻的文风,达到了"不着一字,尽得风流"的境界。他又颇讲章法,在布局谋篇上,结构严谨,结尾含蓄,正如阿英所言:"往往在收束的地方,使人有悠然不尽之感。"

【延伸阅读文献】

  茅盾:《中国新文学大系·小说一集·导言》,良友图书公司 1935

年版。

沈从文:《论中国创作小说》,《叶圣陶研究资料》,北京十月文艺出版社 1988 年版。

杨义:《中国现代小说史》第一卷,人民文学出版社 1986 年版。

万嵩:《叶圣陶新论》,兰州大学出版社 1991 年版。

(王晓琴)

莎菲女士的日记(节选)

丁 玲

十二月二十四

今天又刮风!天还没亮,就被风刮醒了。伙计又跑进来生火炉。我知道,这是怎样都不能再睡得着了的。我也知道,不起来,便会头昏,睡在被窝里是太爱想到一些奇奇怪怪的事上去。医生说顶好能多睡,多吃,莫看书,莫想事,偏这就不能,夜晚总得到两三点才能睡着,天不亮又醒了。象这样刮风天,真不能不令人想到许多使人焦躁的事。并且一刮风,就不能出去玩,关在屋子里没有书看,还能做些什么?一个人能呆呆的坐着,等时间的过去吗?我是每天都在等着,挨着,只想这冬天快点过去;天气一暖和,我咳嗽总可好些,那时候,要回南便回南,要进学校便进学校,但这冬天可太长了。

太阳照到纸窗上时,我是在煨第三次的牛奶。昨天煨了四次。次数虽煨得多,却不定是要吃,这只不过是一个人在刮风天为免除烦恼的养气法子。这固然可以混去一小点时间,但有时却又不能不令人更加生气,所以上星期整整的有七天没玩它,不过在没想出别的法子时,是又不能不借重它来象一个老年人耐心着消磨时间。

报来了,便看报,顺着次序看那大号字标题的国内新闻,然后又看国外要闻,本埠琐闻……把教育界,党化教育,经济界,九六公债盘价……全看完,还要再去温习一次昨天前天已看熟了的那些招男女,编级新生的广告,那些为分家产起诉的启事,连那些什么六〇六,百零机,美容药水,开明戏,真光电影……都熟习了过后才懒懒的丢开报纸。自然,有时会发现点新的广告,但也除不了是些绸缎铺五年六年纪念的减价,恕讣不周的讣闻之类。

报看完,想不出能找点什么事做,只好一人坐在火炉旁生气。气的事,也是天天气惯了的。天天一听到从窗外走廊上传来的那些住客们喊伙计的声音,便头痛,那声音真是又粗,又大,又嘎,又单调;"伙计,开壶!"或是"脸水,伙计!"这是谁也可以想象出来的一种难听的声音。还有,那楼下电话也是不断的有人在那电机旁大声的说话。没有一些声息时,又会感到寂沉沉的可怕,尤其是那四堵粉垩的墙。它们呆呆的把你眼睛挡住,无论你坐在哪方;逃到床上躺着吧,那同样的白垩的天花板,便沉沉的把你压住。真找不出一件事是能令人不生嫌厌的心的;如同那麻脸伙计,那有抹布味的饭菜,那扫不干净的窗格上的沙土,那洗脸台上的镜子——这是一面可以把你的脸拖到一尺多长的镜子,不过只要你肯稍微一偏你的头,那你的脸又会扁的使你自己也害怕……这都是可以令人生气了又生气。也许这只我一人如是。但我却宁肯能找到些新的不快活,不满足;只是新的,无论好坏,似乎都隔得我太远了。

　　吃过午饭,苇弟便来了,我一听到他那特有的急遽的皮鞋声已从走廊的那端传来时,我的心似乎便从一种窒息中透出一口气来的感到舒适。但我却不会表示,所以当苇弟进来时,我只能默默的望着他;他反以为我又在烦恼,握紧我一双手,"姊姊,姊姊,"那样不断的叫着。我,我自然笑了! 我笑的什么呢,我知道。在那两颗只望到我眼睛下面的跳动的眸子中,我准懂得那收藏在眼睑下面,不愿给人知道的是些什么东西! 这是有多么久了,你,苇弟,你在爱我! 但他捉住过我吗? 自然,我是不能负一点责,一个女人是应当这样。其实,我算够忠厚了;我不相信会有第二个女人这样不捉弄他的,并且我还在的确实实的可怜他,竟有时忍不住想去指点他;"苇弟,你不可以换个方法吗? 这样是只能反使我不高兴的……"对的,假使苇弟能够再聪明一点,我是可以比较喜欢他些,但他却只能如此忠实的去表现他的真挚!

　　苇弟看见我笑了,便很满足。跳过床头去脱大氅,还脱下他那顶大皮帽来。假使他这时再掉过头来望我一下,我想他一定可以从我的眼睛里得些不快活去。为什么他不可以再多的懂得我些呢?

　　我总愿意有那末一个人能了解得我清清楚楚的,如若不懂得我,我要那些爱,那些体贴做什么? 偏偏我的父亲,我的姊姊,我的朋友都能如此盲目的爱惜我,我真不知他们所爱惜我的是些什么;爱我的骄纵,爱我的脾气,爱我的肺病吗? 有时我为这些生气,伤心,但他们却都更容让我,更爱我,说一些错到更能使我想打他们的一些安慰话。我真愿意在这种时候会有人懂得我,便骂我,我也可以快乐而骄傲了。

　　没有人来理我,看我,我是会想念人家,或恼恨人家,但有人来后,我不觉得又会给人一些难堪,这也是无法的事。近来为要磨练自己,常常话到口边便咽住,怕又在无意中竟刺着了别人的隐处,虽说是开玩笑。因为如此,所以这是可以想象出来的,我是拿一种什么样的心情在陪苇弟坐。但苇弟若站起身来喊走时,我是又会因怕寂寞而感到怅惘,而恨起他来。这个,苇弟是早就知道了的,所以他一直到晚上十点钟才回去。不过我却不骗人,并不骗自己,我清白,苇弟不走,不特于他没有益处,反只能让我更觉得他太容易支使,或竟更可怜他的太不会爱的技巧了。

一月一号

我不知道那些热闹的人们是怎样的过年法,我是只在牛奶中加了一个鸡子,鸡子还是昨天苇弟拿来的,一共是二十个,昨天煨了七个茶卤蛋,剩下的十三个,大约总够我两星期来吃它。若吃午饭时,苇弟会来,则一定有两个罐头的希望。我真希望他来。因为想到苇弟来,所以我便上单牌楼去买了四合糖,两包点心,一篓橘子和苹果,是预备他来时给他吃的。我是准断定在今天只有他才能来。

但午饭吃过了,苇弟却没来。

我一共写了五封信,都是用前几天苇弟买来的好纸好笔。但我想能接得几个美丽的画片,却不能。连几个最爱弄这个玩艺儿的姊姊们都把我这应得的一份儿忘了。不得画片,不希罕,单单只忘了我,却是可气的事。不过为了自己从不会给人拜过一次年,算了,这也是应该的。

晚饭还是我一人独吃,我烦恼透了。

夜晚毓芳、云霖却来了,还引来一个高个儿少年,我只想他们才真算幸福;毓芳有云霖爱她,她满意,他也满意。幸福不是在有爱人,是在两人都无更大的欲望。商商量量平平和和的过日子。自然,也有人将不屑于这平庸。但那只是另外那人的,却与我的毓芳无关。

毓芳是好人,因为她有云霖,所以她"愿天下有情人皆成眷属。"她去年曾替玛丽作过一次恋爱婚姻介绍者。她又希望我能同苇弟好。因此她一来便问苇弟。但她却和云霖及那高个儿把我给苇弟买的东西吃完了。

那高个儿可真漂亮,这是我第一次感觉到男人的美上面,从来我是没有留心到。只以为一个男人的本行是会说话,会看眼色,会小心就够了。今天我看了这高个儿,才懂得男人是另铸有一种高贵的模型,我看出那衬在他面前的云霖显得多么委琐,多么呆拙……我真要可怜云霖,假使他知道了他在这个人前所衬出的不幸时,他将怎样伤心他那些所有的粗丑的眼神,举止。我更不知,当毓芳拿着这一高一矮的男人相比时,是会起一种什么情感!

他,这生人,我将怎样去形容他的美呢?固然,他的颀长的身躯,白嫩的面庞,薄薄的小嘴唇,柔软的头发,都足以闪耀人的眼睛,但他却还另外有一种说不出,捉不到的丰仪来煽动你的心。如同,当我请问他的名字时,他是会用那种我想不到的不急遽的态度递过那只擎有名片的手来。我抬起头去,呀,我看见那两个鲜红的,嫩腻的,深深凹进的嘴角了。我能告诉人吗,我是用一种小儿要糖果的心情在望着那惹人的两个小东西。但我知道在这个社会里面是不会准许任我去取得我所要的来满足我的冲动,我的欲望,无论这是于人并不损害的事,所以我只得忍耐着,低下头去,默默的去念那名片上的字:

"凌吉士,新加坡……"

凌吉士,他是能那样毫无拘束的在我这儿谈话,象是在一个很熟的朋友处,难道我能说他这是有意来捉弄一个胆小的人?我是为要强迫的去拒绝引诱,从不敢把眼光抬平去一望那可爱慕的火炉的一角。并且害得两只从不知羞惭的破烂拖鞋,也逼着我不准走到桌前的灯光处。我并且生气我自己:怎么我只会那样拘束,不调皮的在应对?平日看不起别人的交际法,今天才知道自己是还只能显得又呆,又傻气。唉,他一定以为我是一个乡下才出来的姑娘了!

云霖同毓芳两人看见我木木的,以为我不喜欢这生人,常常去打断他的说话,不久带着他走了。这个我也能感激他们的好意吗?我望着那一高两矮的影子在楼下院子中消失时,我真不愿再回到这留得有那人的靴印,那人的声音,和那人吃剩的饼屑的屋子。

三月十三

好几天又不提笔,不知还是因为我心情不好,或是找不出所谓的情绪。我只知道,从昨天来我是更只想哭了。别人看到我哭,便以为我在想家,想到病,看见我笑呢,又以为我快乐了,还欣庆着这健康的光芒……但所谓朋友皆如是,我能告谁以我的不屑流泪,而又无力笑出的痴呆心境?并且因我看清了自己在人间的种种不愿舍弃的热望以及每次追求而得来的懊丧,所以连自己也不愿再同情这未能悟彻所引起的伤心。更哪能捉住一管笔去详细写出自怨和自恨呢!

是的,我好象又在发牢骚了。但这只是隐忍着在心头而反复向自己说,似乎还无碍。因为我并未曾有过那种胆量,给人看我的蹙紧眉头,和听我的叹气,虽说人们早已无条件的赠送过我以"狷傲""怪僻"等等好字眼。其实,我并不是要发牢骚,我只想哭,想有那末一个人来让我倒在他怀里哭,并告诉他:"我又糟蹋我自己了!"不过谁能了解我,抱我,抚慰我呢?是以我只能在笑声中咽住"我又糟蹋我自己了"的哭声。

我到底又为了什么呢,这真好难说!自然我是未曾有过一刻私自承认我是爱恋上那高个儿了的,但他之在我的心心念念中怎地又蕴蓄着一种分析不清的意义。虽说他那颀长的身躯,嫩玫瑰般的脸庞,柔软的嘴唇,惹人的眼角,是可以诱惑许多爱美的女子,并以他那娇贵的态度倾倒那些还有情爱的但我岂肯为了这些无意识的引诱而迷恋到一个十足的南洋人！真的,在他最近的谈话中,我懂得了他的可怜的思想;他需要的是什么？是金钱,是在客厅中能应酬他买卖中朋友们的年轻太太,是几个穿得很标致的白胖儿子。他的爱情是什么？是拿金钱在妓院中,去挥霍而得来的一时肉感的享受,和坐在软软的沙发上,拥着香喷喷的肉体,嘴抽着烟卷,同朋友们任意谈笑,还把左腿叠压在右膝上;不高兴时,便拉倒,回到家里老婆那里去。热心于演讲辩论会,网球比赛,留学哈佛,做外交官,公使大臣,或继承父亲的职业,做橡树生意,成资本家……这便是他的志趣！他除了不满于他父亲未曾给他过多的钱以外,便什么都是可使他在一夜不会做梦的睡觉;如有,便也只是嫌北京好看的女人太少,让他有时也会厌腻起游戏园,戏场,电影院,公园来……唉,我能说什么呢？当我明白了那使我爱慕的一个高贵的美型里,是安置着如此的一个卑劣灵魂,并且无缘无故还接受过他的许多亲密。这亲密,自然是还值不了在他从妓院中挥霍里剩余下的一半多！想起那落在我发际的吻来,真又使我悔恨到想哭了！我岂不是把我献给他任他来玩弄我来比拟到卖笑的姊妹中去！然而这又都只能把责备来加上我自己使我更难受的,因为假设只要我自己肯,肯把严厉的拒绝放到我眸子中去,我敢相信,他不会那样大胆,并且我也敢相信,他之所以不会那样大胆,是由于他还未曾有过那恋爱的火焰燃炽……唉！我应该怎样来诅咒我自己了！

三月二十一夜

在去年这时候,我过的是一种什么生活！为了有蕴姊千依百顺的疼我,我便装病躺在床上不肯起来。为了想受蕴姊抚摩我,便因那着急无以安慰我而流泪的滋味,我伏在桌上想到一些小不满意的事而哼哼唧唧的哭。便有时因在整日寂静的沉思里得了点哀戚,但这种淡淡的凄凉,却更令我舍不得去扰乱这情调,似乎在这里面我也可以味出一缕甜意一样的。至于在夜深了的法国公园,听躺在草地上的蕴姊唱《牡丹亭》,那又是更不愿想到的事了。假使她不会被神捉弄般的去爱上那苍白脸色的男人,她一定不会死去的这样快,我当然不会一人漂流到北京,无亲无爱的在病中挣扎,虽说有几个朋友,他们也很体惜我,但在我所感应得出的我和他们的关系能和蕴姊的爱在一个天平上相称吗？想起蕴姊,我是真应当象从前在蕴姊面前撒娇一样的纵声大哭,不过这一年来,因为多懂得了一些事,虽说时时想哭却又咽住了,怕让人知道了厌烦。近来呢,我更是不知为了什么只能焦急。而想得点空闲去思虑一下我所做的,我所想的,关于我的身体,我的名誉,我的前途的好处和歹处的时间也没有,整天把紊乱的脑筋只放到一个我不愿想到的去处,因为便是我想逃避的,所以越把我弄成焦烦苦恼得不堪言说!但是我除了说"死了也活该!"是不能再希冀什么了。我能求得一些同情和慰藉吗?然而我又似乎在向人乞怜了。

晚饭一吃过,毓芳便和云霖来我这儿坐,到九点我还不肯放他俩走。我知道,毓芳碍住面子只好又坐下来,云霖藉口要预备明天的课,执意一人走回去了。于是我隐隐的向毓芳吐露我近来所感得的窘状,我只想她能懂得这事,并且能硬自作主来把我的生活改变一下,做我自己所不能胜任的。但她完全把话听到反面去了,她忠实的告诫我:"莎菲,我觉得你太不老实,自然你不是有意,你可太不留心你的眼波了。你要知道,凌吉士他们比不得在上海同我们玩耍的那群孩子,他们很少机会同女人接近,受不起一点好意的,你不要令他将来感到失望和痛苦。我知道,你哪里会爱到他呢?"这错误是不是又该归到我,假设我不想求助于她而向她饶舌,是不是她不会说出这更令我生气,更令我伤心的话来?我噎着气又笑了:"芳姊,不要把我说得太坏了吓!"

毓芳愿意留下住一夜时,我又赶着她走了。

象那些才女们,因为得了一点点不很受用,便能"我是多愁善感呀","悲哀呀我的心……""……"做出许多新旧的诗。我呢,没出息的,白白被这些诗境困着,连想以哭代替诗句来表现一下我的情感的搏斗都不能。光在这上面,为了不如人,也应撇开一切去努力做人才对,便还退一千步说,为了自己的热闹,为了得一群浅薄眼光之赞颂,我总也不该拿不起笔或枪来。真的便把自己陷到比死还难忍的苦境里,单单为了那男人的柔发,红唇……

我又梦想到欧洲中古的骑士风度,这拿来比拟是不会有错,如其是有人看到凌吉士过的。他又能把那东方特长的温柔保留着。神把什么好的,都慨然赐给他了,但神为什么不再给他一点聪明呢?他还不懂得真的爱情呢,他确是不懂得,虽说他已有了妻(今夜毓芳告我的),虽说他,曾在新加坡乘着脚踏车追赶坐洋车的女人,因而恋爱过一小段时间,虽说他曾在韩家潭住过夜。但他真得到一个女人的爱过吗?他爱过一个女人吗?我敢说不曾!

一种奇怪的思想又在我脑中燃烧了。我决定来教教这大学生。这宇宙并不是象他所懂的那样简单的啊!

三月二十七晚

自从我赶走苇弟到这时已是整整五个钟头了。在这五点钟里,我应怎样才想得出一个恰合的名字来称呼它?象热锅上的蚂蚁在这小房子里不安的坐下,又站起,又跑到门缝边瞧,但是——他一定不来了,他一定不来了,于是我又想哭,哭我走得这样凄凉,北京城就没有一个人陪我一哭吗?是的,我是应该离开这冷酷的北京的,为什么我要舍不得这板床,这油腻的书桌,这三条腿的椅子……是的,明早我就要走了,北京的朋友们不会再腻烦莎菲的病。为了朋友们轻快的舒适,莎菲便为朋友们死在西山也是该的! 但都能如此的让莎菲一人看不着一点热情孤孤寂寂的上山去,想来莎菲便不死,也不会有损害或激动于人心吧……不想了! 不想! 有什么可想的? 假使莎菲不如此贪心在攫取感情,那莎菲不是便很可满足于那些眉目间的同情了吗? ……

关于朋友,我不说了。我知道永世也不会使莎菲感到满足这人间的友谊的!

但我能满足些什么呢? 凌吉士答应我来,而这时已晚上九点了。纵是他来了,我便会很快乐吗? 他会给我所需要的吗? ……

想起他不来,我又该痛恨自己了! 在很早的从前,我懂得对付那一种男人便应用那一种态度,而到现在反蠢了。当我问他还来不来时,我怎能显露出那希求的眼光,在一个漂亮人面前是不应老实,让人瞧不起……但我爱他,为什么我要使用技巧? 我不能直接向他表明我的爱吗? 并且我觉得只要于人无损,便吻人一百下,为什么便不可以被准许呢?

他既答应来,而又失信,显见得是在戏弄我。朋友,留点好意在莎菲走时,总不至于象是一种损失吧。

今夜我简直狂了。语言,文字是怎样在这时显得无用! 我心象被许多小老鼠啃着一样,又象一盆火在心里燃烧。我想把什么东西都摔破,又想冒着夜气在外面乱跑去,我无法制止我狂热的感情的激荡,我便躺在这热情的针毡上,反过去也刺着,翻过来也刺着,似乎我又是在油锅里听到那油沸的响声,感到浑身的灼热……为什么我不跑出去呢? 我等着一种渺茫的无意义的希望到来! 哈……想到红唇,我又癫了! 假使这希望是可能的话——我独自又忍不住笑,我再三再四反复问我自己;"爱他吗?"我更笑了。莎菲不会傻到如此地步去爱上南洋人。难道因了我不承认我的爱,便不可以被人准许做一点儿于人也无损的事?

假使今夜他竟不来,我怎能甘心便恝然上西山去……

唉! 九点半了!

九点四十分!

三月二十八晨三时

莎菲生活在世上,所要人们的了解她体会她的心太热太恳切了,所以长远的沉溺在失望的苦恼中,但除了自己,谁能够知道她所流出的眼泪的分量?

在这本日记里,与其说是莎菲生活的一段记录,不如直接算为莎菲眼泪的每一个点滴,是在莎菲心上,才觉得更切实。然而这本日记现在是要收束了,因为莎菲已无需乎此——用眼泪来泄愤和安慰,这原因是对于一切都觉得无意识,流泪更是这无意识的极深的表白。可是在这最后一页的日记上,莎菲应该用快乐的心情来庆祝,她是从最大的那失望中,蓦然得到了满足,这满足似乎要使人快乐得到死才对。但是我,我只从那满足中感到胜利,从这胜利中得到凄凉,而更深的认识我自己的可怜处,可笑处,因此把我这几月来所萦萦于梦想的一点"美"反缥缈了,——这个美便是那高个儿的丰仪!

我应该怎样来解释呢?一个完全癫狂于男人仪表上的女人的心理!自然我不会爱他,这不会爱,很容易说明,就是在他丰仪的里面是躲着一个何等卑丑的灵魂!可是我又倾慕他,思念他,甚至于没有他,我就失掉一切生活意义的保障了;并且我常常想,假使有那末一日,我和他的嘴唇合拢来,密密的,那我的身体就从这心的狂笑中瓦解去,也愿意。其实,单单能获得骑士一般的那人儿的温柔的一抚摩,随便他的手尖触到我身上的任何部分,因此就牺牲一切,我也肯。

我应当发癫,因为这些幻想中的异迹,梦似的,终于毫无困难的都给我得到了。但是从这中间,我所感到的是我所想象的那些会醉我灵魂的幸福吗?不啊!

当他——凌吉士——在晚间十点钟来到时候,开始向我嗫嚅的表白,说他是如何的在想我……还使我心动过好几次;但不久我看到他那被情欲燃烧的眼睛,我就害怕了。于是从他那卑劣的思想中所发出的更丑的誓语,又振起我的自尊心来!假使他把这串浅薄肉麻的情话去对别个女人说,一定是很动听的,可以得一个所谓的爱的心吧。但他却向我,就由这些话语的力,把我推得隔他更远了。唉,可怜的男子!神既然赋予你这样的一副美形,却又暗暗的捉弄你,把那样一个毫不相称的灵魂放到你人生的顶上!你以为我所希望的是"家庭"吗?我所欢喜的是"金钱"吗?我所骄傲的是"地位"吗?"你,在我面前,是显得多么可怜的一个男子啊!"我真要为他不幸而痛哭,然而他依样把眼光镇住我脸上,是被情欲之火燃烧得如何的怕人!倘若他只限于肉感的满足,那末他倒可以用他的色来摧残我的心;但他却哭声的向我说:"莎菲,你信我,我是不会负你的!"啊,可怜的人,他还不知道在他面前的这女人,是用如何的轻蔑去可怜他的使用这些做作,这些话!我竟忍不住而笑出声来,说他也知道爱,会爱我,这只是近于开玩笑!那情欲之火的巢穴——那两只灼闪的眼睛,不正在宣布他除了可鄙的浅薄的需要,别的一切都不知道吗?

"喂,聪明一点,走开吧,韩家潭那个地方才是你寻乐的场所!"我既然认清他,我就应该这样说,教这个人类中最劣种的人儿滚出去。然而,虽说我暗暗的在嘲笑他，但当他大胆的贸然伸开手臂来拥我时，我竟又忘记了一切，我临时失掉了我所有的一些自尊和骄傲，我是完全被那仅有的一副好丰仪迷住了，在我心中，我只想，"紧些！多抱我一会儿吧，明早我便走了。"假使我那时还有一点自制力，我该会想到他的美形以外的那东西，而把他象一块石头般，丢到房外去。

唉！我能用什么言语或心情来痛悔？他，凌吉士，这样一个可鄙的人，吻了我！我静静默默的承受着！但那时，在一个温润的软热的东西放到我脸上，我心中得到的是些什么呢？我不能象别的女人一样会晕倒在她那爱人的臂膀里！我是张大着眼睛望他，我想："我胜利了！我胜利了！"因为他所以使我迷恋的那东西，在吻我时，我已知道是如何的滋味——我同时鄙夷我自己了！于是我忽然伤心起来，我把他用力推开，我哭了。

他也许忽略了我的眼泪，以为他的嘴唇是给我如何的温软，如何的嫩腻，是把我的心融醉到发迷的状态里吧，所以他又挨我坐着，继续的说了许多所谓爱情表白的肉麻话。

"何必把你那令人惋惜处暴露得无遗呢？"我真这样的又可怜起他来。

我说："不要乱想吧，说不定明天我便死去了！"

他听着，谁知道他对于这话是得到怎样的感触？他又吻我，但我躲开了，于是那嘴唇便落到我手上……

我决心了，因为这时我有的是充足的清晰的脑力，我要他走，他带点抱怨颜色，缠着我。我想"为什么你也是这样傻劲呢？"他于是直挨到夜十二点半钟才走。

他走后，我想起适间的事情。我就用所有的力量，来痛击我的心！为什么呢，给一个如此我看不起的男人接吻？既不爱他，还嘲笑他，又让他来拥抱？真的，单凭了一种骑士般的风度，就能使我堕落到如此地步吗？

总之，我是给我自己糟蹋了，凡一个人的仇敌就是自己，我的天，这有什么法子去报复而偿还一切的损失？

好在在这宇宙间，我的生命只是我自己的玩品，我已浪费得尽够了，那末因这一番经历而使我更陷到极深的悲境里去，似乎也不成一个重大的事件。

但是我不愿留在北京，西山更不愿去了，我决计搭车南下，在无人认识的地方，浪费我生命的余剩；因此我的心从伤痛中又兴奋起来，我狂笑的怜惜自己：

"悄悄的活下来，悄悄的死去，啊！我可怜你，莎菲！"

（原载1928年2月《小说月报》第19卷第2号）

【作者介绍】

丁玲(1904—1986),女,原名蒋伟,字冰之,出生于湖南临澧一个名门望族。代表作有:短篇小说《莎菲女士的日记》、《在医院中》;获得苏联斯大林文学奖二等奖的长篇小说《太阳照在桑干河上》。作品收入《丁玲文集》(共4卷)。

【作品分析】

《莎菲女士的日记》通过知识女性莎菲与苇弟、凌吉士两个青年男子的爱情纠葛,揭示了"青年女子在性爱上的矛盾心理",发出了"心灵上负着时代苦闷的创伤的青年女性的叛逆的绝叫"。(茅盾:《女作家丁玲》)

莎菲接受了"五四"的洗礼,是一个走出家门的娜拉。她远离故乡,漂泊数年,已身心俱伤,因染上肺病独自寄寓北京。在百无聊赖的养病生活中,又燃起了追求"真的爱情"之火。面对两个男性追求者,她信任善良忠厚的苇弟,但厌恶他的平庸怯懦;迷恋英俊丰仪的凌吉士,但憎恶他沉迷金钱、肉欲的卑劣灵魂。因此,最终是灵战胜肉,推开追求者,独自搭车南下。可以说,莎菲是彻底摆脱旧家庭束缚,勇敢追求热烈痛快生活的新女性。她没有刚从铁屋子苏醒过来的女性的那种与旧家庭的藕断丝连,或在社会压力下的左顾右盼,始终表现出对社会的鄙视和自我的孤高倔强。她的愤世嫉俗、清高自负、骄纵狷傲甚至有些玩世不恭,都是对传统伦理道德的叛逆和挑战。

更为重要的是,莎菲不是在"性"的意义上,而是在"人"的意义上,寻求自我的生存价值。她的苦闷不是出自对"性"的需要,而是对"情"的要求,对一种心心相印的爱的渴望。她强烈祈求被人理解,"总愿意有那末一个人能了解得我清清楚楚的,如若不懂得我,我要那些爱,那些体贴做什么?"可是苇弟爱她却不理解她,凌吉士只是逢场作戏,亲戚朋友只能在生活上关心她,却不能与她心灵相通。她只有感叹:"莎菲活在世上,所要人们的了解她体会她的心太热太恳切了,所以长远的沉溺在失望的苦恼中,但除了自己,谁能够知道她所流出的眼泪的分量?"正因为她追求灵魂相通的爱,她才战胜肉欲的引诱,把凌吉士踢开。她也不屑做男人的附属品,哪怕是一个忠实可靠的男人,所以也离开了苇弟。这是一个在性爱上肯定女性"人"的地位与价值的惊世骇俗的形象。因此,小说发表后,不但"震惊了一代文艺界"(阿英《中国现代女作家》),而且震撼了广大青年男女的心。

作者采用便于倾吐心声、敞开灵魂的日记体,以莎菲的独语、自白,把具有叛逆性而又彷徨苦闷的女性心理表现得淋漓尽致,显示了心理描写的卓越才能。

【延伸阅读文献】

茅盾:《女作家丁玲》,《丁玲研究资料》,天津人民出版社1982年版。

杨义:《中国现代小说史》第二卷,人民文学出版社1988年版。

(王晓琴)

二 月（存目）

柔 石

【作者介绍】

柔石（1902—1931），原名赵平福，字少雄，浙江宁海人。1931年被国民党逮捕杀害，为左联五烈士之一。代表作有：中篇小说《二月》，短篇小说《为奴隶的母亲》。作品收入《柔石小说全集》。

【作品分析】

《二月》出版于1929年。作品以大革命失败前后为背景，通过知识青年萧涧秋在江南芙蓉镇的坎坷经历，再现了乡土中国社会死水一潭的面貌，同时反映了小资产阶级知识分子的苦闷和彷徨。

萧涧秋，正如鲁迅在《柔石作〈二月〉小引》中所指出的，"极想有为，怀着热爱，而有所顾惜，过于矜持"，是一个善良正直而清高孤傲、愤世嫉俗而软弱动摇的小资产阶级知识分子的典型。他幼年失去父母，忧郁孤寂，"喜欢长阴的秋云里飘零的黄叶"，六年中只身走遍大半个中国，但到处看到的都是黑暗。他憎恶污浊的社会，可又缺乏进击的勇气，于是产生对生活的厌倦和人生的悲哀，想到远离城市喧嚣的芙蓉镇安住几年，呼吸一下"美丽而自然的清新空气"。

但是芙蓉镇并非"世外桃源"。这里表面春光明媚，内中仍然是"死气沉沉"。萧涧秋刚踏上这里的土地，立刻被裹进复杂激烈的是非漩涡之中，成为无聊社会的众矢之的。他在船上邂逅"年轻的寡妇"文嫂,得知其丈夫为大革命英勇献身,出于对孤儿寡母的怜悯同情,他伸出了救援之手。这立时招来恶毒的流言蜚语和卑鄙的匿名信。他在学校结识"热情的女人"陶岚。两人一见钟情,被"爱丝缠住","失去主旨",又引来纨绔子弟的嫉妒和中伤。面对风刀霜剑严相逼的险恶社会,萧涧秋为保护孤儿寡母,决定牺牲自己的爱情,娶文嫂为妻,却又使陶岚陷入痛苦。善良的文嫂以自杀来消除四面含毒的声音,成全萧涧秋和陶岚的爱情。

  萧涧秋在小小的芙蓉镇,欲救人而不得,他不但未找到世外桃源,反而感觉"各方面竟如千军万马地围拢来",以致随时"有被这班箭手的乱箭所射死的可能性"。这一切化为精神上的大不安,大苦痛,压得他喘不过气来。他幸而还坚定,决不随波逐流,同流合污。但又"仍是两月前一个故我",未改"寻求安静"的初衷。面对浊浪飞沫的冲击,他只能"决心遁走",逃避到女佛山——上海。显而易见,生在浊浪滔天的时代,却要躲避水花飞沫的迸溅,就犹如用自己的手拔着自己的头发要离开地球一样,只能是心造的幻影。作品通过萧涧秋在偏远的小镇连安住几年也不可得的狼狈境遇,不仅揭示了在飞短流长、人言可畏的社会中人的生存困境,而且从反面启示人们,逃避现实只能成为"可怜的椒盐","给无聊的社会一些味道",只有敢于直面现实,做时代的"弄潮儿"才有出路。

  作品堪称艺术工妙之作。虽然没有大开大阖、曲折离奇的故事情节,但通过细腻的心理活动,复杂的感情冲突,使读者从表面的平静感受到潜藏的汹涌暗流,从而把近乎无事的悲剧表现得波澜起伏,富有韵致。作者成功运用白描手法和个性化语言,既写出人物鲜明的外部特征,亦勾画出人物深邃的精神气质,萧涧秋的矜持孤寂,陶岚的大胆热情,文嫂的温良愁戚,钱正兴的卑怯自私,陶慕侃的老诚忠厚,都栩栩如生,呼之欲出。小说穿插大量的独白、书信、乐曲和诗章,用抒情诗的语言,把叙事、抒情、议论有机融为一体,文字清新优美,充满诗情画意。

【延伸阅读文献】

鲁迅:《柔石作〈二月〉小引》,《鲁迅全集》第四卷,人民文学出版社1982年版。

杨义:《中国现代小说史》第二卷,人民文学出版社1988年版。

孔海珠:《血凝早春:柔石》,山东画报出版社1998年版。

郑择魁、盛钟健:《柔石的生平和创作》,浙江文艺出版社1985年版。

(王晓琴)

家(存目)

巴 金

【作者介绍】

巴金(1904—),原名李尧棠,字芾甘,四川成都人。生于封建官僚地主家庭,青年时代曾信仰无政府主义。代表作有:中篇小说《憩园》,长篇小说《激流三部曲》——《家》、《春》、《秋》和《寒夜》;散文集《随想录》。作品收入《巴金全集》(共19卷)。

【作品分析】

《家》出版于1933年。作品以"五四"新文化浪潮冲击下的四川成都为背景,真实地写出了封建大家庭的罪恶及其必然崩溃的历史命运。正如作者在"代序"中所说:"它使我更有勇气来宣告一个不合理的社会制度的死刑,我要向一个垂死的社会制度来叫出我的'我控诉'。"

高公馆是封建社会的一个缩影。这个家庭的最高统治者高老太爷,专横跋扈,主宰着全家人的生杀予夺。他表面上道貌岸然,诗礼传家,实际上荒淫无耻,满肚子男盗女娼。他用自己的权力和意志,随意扼杀青年的幸福,拼命维系摇摇欲坠的礼教传统和宗法制度。这个家庭戕害青年的罪恶,突出地表现在对待觉新身上。觉新是新旧交替时代充满矛盾的"作揖主义"者。"五四"新思潮的洗礼,使其对封建家庭产生不满。但是"长房长孙"的地位和自幼所受的封建教育，又使他逆来顺受、委曲求全，幻想用妥协退让换得一时苟安。可是这样做的结果，不但断送了自己留学深造的事业前程，而且先后夺去了他所最爱的梅和瑞珏的生命，只留下永远的痛苦与悲哀。

这个家庭勇敢的叛逆者中，觉慧最有光彩。巴金在"《激流》总序"中说："生活并不是悲剧。它是一场'搏斗'。"作品中青年一代的觉悟成长，就是通过觉慧的充满爱和恨、欢乐和痛苦的"搏斗"展现的。他在"五四"浪潮中，首先觉醒：在学校里，积极参加进步学生运动，在家里支持二哥觉民逃婚，同封建家长的专制展开"搏斗"；批评大哥觉新的怯懦妥协，同对旧势力躬行"作揖主义"、"不抵抗主义"展开"搏斗"；为鸣凤之死而深刻反省，同自身存在的幼稚、软弱展开"搏斗"。正是在"搏斗"中，他认识到："我们这个家庭，我们这个社会都是凶手！"他终于勇敢离家出走，去寻求新的生活，成长为"不顾忌、不害怕、不妥协"的"一股先进的激流"，"通过乱山碎石"，创造自己的道路，从而使这个封建家庭分崩离析，走向灭亡。

作品结构宏伟严谨。虽然人物众多，头绪纷繁，但组织得脉络清晰，主次分明。全书以觉慧回家始，离家终，着力描写高公馆内部纷争，又穿插觉新三兄弟的社会活动。作品常常通过心理剖析和内心活动，特别是长篇独白和梦境、幻想刻画人物，具有浓重抒情色彩。如鸣凤自杀前，字字含泪、句句含情的独白，宛如一首酣畅淋漓的抒情诗。另外采用了对比手法。小说通过不同性格的反比（如觉新的妥协退让与觉慧的大胆反抗），相近性格的类比（如觉慧的激情热烈与觉民的冷静理智），相同人物在不同境况中的自比（如觉慧在报社的充实与回家后的寂寞），使同一事件或场面中各人的不同表现得到展示，使不同性格或同一人物性格的不同侧面在相互映衬中更加鲜明。语言充满激情，有如燃烧的"灵魂的火焰"，热烈奔放，散发着青春的新鲜气息，猛烈叩击着读者的心扉，让你流泪，让你欢笑，也让你沉思。

【延伸阅读文献】

陈思和:《人格的发展·巴金传》,上海人民出版社 1992 年版。
杨义:《中国现代小说史》第二卷,人民文学出版社 1988 年版。

(王晓琴)

憩 园(存目)

巴 金

【作品分析】

《憩园》出版于1944年。作品以抗战时期的大后方为背景,描写作家"我"应邀到大公馆"憩园"客居期间,所目睹的前后两家主人走向没落的悲剧。正如作者在"内容说明"里所言:"这部中篇小说借着一所公馆的线索写出了旧社会中两家主人的故事,写出封建地主家庭的必然没落。在这里不劳而获的金钱成了家庭灾祸的原因和子孙堕落的机会。"

旧主人杨梦痴天资聪颖,颇有文采。然而富裕的寄生生活,使其丧失谋生能力,沉溺物欲享乐。他狂嫖滥赌,挥霍尽祖传家产,卖掉了憩园,他既骗取妻子钱财,又大街行窃。家门败落后,仍好逸恶劳,长子给谋了个办事员的差事,还嫌位卑薪薄"丢面子",不愿干。后被妻子逐出家门,流落街头,在破庙栖身。其幼子上进好学,事父至孝,常溜进公馆采摘茶花,来慰藉落魄的父亲。杨梦痴深受感动,更为自己恶习难改而愧疚,终隐姓埋名远去他乡。当他因再次偷盗而入狱后,为逃避劳动,竟装病以致染上霍乱,死后连尸体也下落不明。憩园的新主人姚国栋,留学归国当了几年教授和官员后,回到家乡靠着父亲田产,和更阔绰的岳母大人,终日无所用心,吃喝玩乐。他整天陪着岳母打牌解闷,任其溺爱纵容自己的儿子小虎,致使小虎沉迷于赌钱、看戏、摆阔、逃学,成了无所顾忌的"小皇帝"、"小老虎",同样走上纨绔子弟的道路。姚国栋的继室万绍华头脑清醒,常为教育小虎与丈夫争执,但身为后母,位卑言轻,只是带来更多的寂寞、苦恼和哀愁。最后虎少爷任性淹死江中,姚国栋痛苦之余,才有所醒悟。

小说通过杨、姚两家的悲剧,痛切地解剖了古老中国福荫后代、"长宜子孙"的封建大家庭模式,揭示其把祖宗财产变作套在子孙颈上的枷锁,使他们坐享其成,不思进取,实际是"长害子孙"。小说愈是加深对复杂人性的挖掘,愈是写出杨梦痴不可挽回的堕落中还未泯灭的良知,愈是揭示姚国栋面对贤内助的苦口良言的顽冥不化,就愈是在更深的层次上剖示出,正是中国封建大家庭模式使其子孙无可避免地堕落成杨式败家子或姚式寄生虫,从而必然走向腐朽没落。

小说构思新颖,布局谋篇颇具匠心。以一座易主的花园公馆,把杨、姚两家的命运绵密交织,两相映衬,始终叩打着人物的心扉,又沉痛揭示出人生的哲理。作品洋溢着浓郁的抒情气氛,这一方面来自"憩园"景物的诗情画意,另一方面来自散文的笔调。小说随着"我"重返故里客居"憩园",引进一个又一个人物,激起"我"一层又一层的思绪;"我"的所见、所闻、所感,有如行云流水,从容不迫,舒展自如。然而,这些似乎很随意的零散印象、琐碎事件,又汇聚成为对封建大家庭扭曲人性的深刻批判。由于每个人物的追述,都有各自的道德评判,彼此辩驳并呈,形成复调关系,带有一种悲凉的挽歌情调,更给人一种沧桑之感。这标志巴金已从"青春型"热情倾诉转向"中年型"成熟沉思。

【延伸阅读文献】

长之:《憩园》,《时与潮文艺》1944年第4卷第3期。

曼生:《别了,旧生活!新生活万岁!》,《文学评论丛刊》第15辑,中国社会科学出版社1982年版。

杨义:《中国现代小说史》第二卷,人民文学出版社1988年版。

(王晓琴)

子 夜(存目)

茅 盾

【作者介绍】

茅盾(1896—1981),原名沈德鸿,字雁冰,浙江桐乡乌镇人。1921年与郑振铎等发起成立文学研究会。代表作有:长篇小说《子夜》、《腐蚀》、《蚀》三部曲,短篇小说《林家铺子》、《农村三部曲》;散文《白杨礼赞》、《风景谈》。作品收入《茅盾全集》(共40卷)。

【作品分析】

《子夜》出版于1933年。为回答当时知识界关于社会性质的论战,作品全景式再现了20世纪30年代中国社会的全貌,形象地反映了中国民族资产阶级的悲剧命运。

民族资本家吴荪甫"魁梧刚毅",是"20世纪机械工业时代的英雄、骑士和'王子'",中国丝织业的"工业巨头"。他有发展中国民族工业的雄心壮志,又具有现代科学管理企业的理念和才干,精明强悍,顽强果断,有魄力敢冒险,讲求效率,是一个"铁腕"式人物。但是,他生不逢时。正当他如同"正要攫食的狮子"四面出击吞并小厂,大刀阔斧夺取中国丝织业霸权,并力图把中国变成欧美式资本主义王国的时候,却陷入半封建半殖民地社会的各种政治、经济的泥潭之中:以美国花旗银行为后台的买办资本家赵伯韬对其封锁、围剿,虎视眈眈;有实力的民族资本家,包括其姐夫杜竹斋,为维护各自利益,勾心斗角,甚至落井下石;工厂的工人、家乡的农民,不堪忍受其为转嫁危机而日益加重的残酷剥削,纷纷举行罢工、暴动;家庭亲属,包括其妻子林佩瑶、胞妹蕙芳、胞弟阿萱等,不满于他的专制粗暴、冷漠无情,亦众叛亲离。在这种种矛盾的合力下,他处于英雄末路、一败涂地的境地。很显然,吴荪甫的悲剧不是由于个人原因所致,而是社会历史使然。这就艺术地说明了,30年代国民党统治下的中国,依旧是半封建半殖民地社会,而且在帝国主义压迫下,更加殖民地化,中国民族资产阶级不能振兴民族工业,更不能领导中国革命,资本主义道路在中国绝对走不通。

《子夜》是"社会剖析小说"的经典之作。作品具有宏伟谨严的艺术结构。社会背景广阔,从大都市上海到农村双桥镇,从公馆别墅到工人棚户区,从大工厂到交易所到豪华饭店……三教九流,人物众多,从而全景式地展现了中国社会各阶级各阶层的生活图景。矛盾线索纷繁,围绕着吴荪甫与赵伯韬的斗法,各条战线的冲突错综交织,快速多变,形成蛛网式密集结构。而作者又匠心独运,在第二、三章通过给吴老太爷办丧事,安排主要人物全部登场亮相,把各种矛盾线索全面展示铺开,使全书脉络分明,缜密谨严。

作者善于在尖锐的矛盾冲突中刻画人物。吴荪甫一出场就被置于各种矛盾冲突的焦点,而且各条战线的斗争,都是一波未平,一波又起,使人感到应接不暇,他却始终指挥若定,从而凸现出他的"铁腕"性格、"英雄气概",进一步深化了主题。作者还极注重细腻的心理描写。吴荪甫在错综复杂的矛盾冲突中,内心活动丰富多变,充满内在的紧张与张力,诸如强悍背后的虚弱,果断背后的犹豫,自信背后的绝望……从而透露出其灵魂的复杂深邃,使人物更加血肉丰满,真实可信。

【延伸阅读文献】

茅盾:《〈子夜〉是怎样写成的》,《茅盾研究资料》(中册),中国社会科学出版社 1983 年版。

严家炎:《中国现代小说流派史》,人民文学出版社 1989 年版。

王晓明:《潜流与漩涡》,中国社会科学出版社 1991 年版。

（王晓琴）

春 蚕（存目）

茅 盾

【作品分析】

　　《春蚕》1932年发表于《现代》第2卷第1期。该作是茅盾系列短篇小说"农村三部曲"的第一部。它以1932年"一·二八"战争后的江南农村为背景，通过农民老通宝一家养蚕卖茧，"丰收成灾"的悲剧，深刻揭露了帝国主义侵略和国民党反动统治对农村经济的摧残，同时真实反映了农民逐渐觉醒的必然趋势。

　　父亲老通宝是传统农民的典型，勤俭忠厚，但又愚昧保守。他从其父那里继承了"永不灰心地做着，做着，终于创立了那份家当"的持家精神，认定"只要一次好收成，乡下人就可以翻身"，以百折不挠的坚忍的意志，率领全家拼命劳动。同时他又虔诚地信守祖训和神灵，用大蒜头卜卦，供奉蚕神，给灶君爷烧香……老通宝忍饥挨饿"连日连夜无休息"地"奋斗"一个月，又遇"蚕花二十四分"的好年景，终于夺得有生以来从没见过的蚕茧大丰收，雪白的蚕花遮得几乎连"缀头"都瞧不见。由于日军进攻上海的战事，"洋货"的倾销，造成"比露天茅坑还要多的"中国蚕厂一起关门倒闭，"不开秤"，好茧子卖不出去。再加上国民党政府的苛捐杂税，地主的高利贷剥削，结果家没有"发"起来，反倒"就此白赔上了十五担叶的桑地和三十块钱的债"。老通宝"气得生病了"。

　　儿子多多头属于新型农民典型。他既具有父辈勤劳质朴的传统美德，又有着青年农民的清醒和务实，早就"觉出来，人和人中间有什么地方永远弄不对"，并从父辈和自己的人生经历中悟出："单靠勤俭工作,即使做到脊骨折断也是不能翻身的"。尽管在蚕事劳动中竭尽全力付出血汗,但他十分清楚,可以夺得好收成,"想发财却是命里不曾来"。因此他总"抱怨老头子打错了主意",不相信父亲传统的思维方式和生活观念。具有这样朴素的但又坚实的思想基础,只要遇到适当的点拨,就会迅速觉醒。在《秋收》里,经革命者的鼓动,他终于走上抗租、抗税、"吃大户"的道路。

小说用科学理性的态度,及时反映并精密剖析社会现象及其成因。20世纪30年代的中国,浙东蚕农春蚕丰收,却相继破产的现象屡屡发生。如捷克汉学家普实克所指出的,茅盾以"特有的艺术审美的敏锐感受",抓住这一问题,像"一位毫不隐瞒真相的外科医生,准确无误地解剖着社会的肌体"。作品以"散点透视"的聚焦方式,再现时代风云,揭示出造成老通宝悲剧命运的社会关系中各种对立和冲突,从而借一斑窥全豹,以一目传精神,折射出中国社会的全貌和发展规律及动向。小说以细腻的心理描写,把老通宝复杂的心绪,矛盾的心态,朦胧的希望,无言的烦恼,巨大的悲哀表现得淋漓尽致,透视出人物复杂深邃的灵魂。结尾独具匠心,在春蚕丰收的狂喜气氛中,展现破产大悲剧的结局,更加深化主题,造成强烈的艺术震撼力。

【延伸阅读文献】

杨义:《中国现代小说史》第二卷,人民文学出版社1988年版。

唐弢:《且说〈春蚕〉》,《茅盾研究资料》(中册),中国社会科学出版社1983年版。

(王晓琴)

边　城(节选)

沈从文

一一

　　有人带了礼物到碧溪岨。掌水码头的顺顺,当真请了媒人为儿子向驾渡船的攀亲戚来了。老船夫看见杨马兵手中提了红纸封的点心,慌慌张张把这个人渡过溪口,一同到家里去。翠翠正在屋门前剥豌豆,来了客并不如何注意。但一听到客人进门说"贺喜贺喜",心中有事,不敢再蹲在屋门边,就装作追赶菜园地的鸡,拿了竹响篙唰唰的摇着,一面口中轻轻唱着,向屋后白塔跑去了。

　　来人说了些闲话,言归正传转述到顺顺的意见时,老船夫不知如何回答,只是很惊惶的搓着两只茧结的大手,好像这不会真有其事,而且神气中只像在说:"那好的,那妙的",其实这老头子却不曾说过一句话。

　　来人把话说完后,就问作祖父的意见怎么样。老船夫笑着把头点着说:"大老想走车路,这个很好。可是我得问问翠翠,看她自己主张怎么样。"来人被打发走后,祖父在船头叫翠翠下河边来说话。

　　翠翠拿了一簸箕豌豆下到溪边,上了船,娇娇的问她的祖父:"爷爷,你有什么事?"祖父笑着不说什么,只偏着个白发盈颠的头看着翠翠,看了许久。翠翠坐在船头,有点不好意思,低下头去剥豌豆,耳中听着远处竹篁里的黄鸟叫。翠翠想:"日子长咧,爷爷话也长了。"翠翠心轻轻的跳着。

　　过了一会,祖父说:"翠翠,翠翠,先前那个杨伯伯来作什么,你知道不知道?"

　　翠翠说:"我不知道。"说后脸同脖颈全红了。

　　祖父看看那种情景,明白翠翠的心事了,便把眼睛向远处望去,在空雾里望见了十六年前翠翠的母亲,老船夫心中异常柔和了。轻轻的自言自语说:"每一只船总要有个码头,每一只雀儿得有个窠。"他同时想起那个可怜的母亲过去的事情,心中有了一点隐痛,却勉强笑着。

翠翠呢,正从山中黄鸟、杜鹃叫声里,以及山谷中伐竹人嗦嗦一下一下的砍伐竹子声音里,想到许多事情,老虎咬人的故事,和人对骂时四句头的山歌,造纸作坊中的方坑,铁工场熔铁炉里泄出的铁汁,耳朵听来的,眼睛看到的,她似乎都要去温习温习。她所以这样作,又似乎全只为了希望忘掉眼前的一桩事件而起。但她实在有点误会了。

祖父说:"翠翠,船总顺顺家里请人来作媒,想讨你作媳妇,问我愿不愿。我呢,人老了,再过三年两载会过去的,我没有不愿意的事情。这是你自己的事,你自己想想,自己来说。愿意,就成了;不愿意,也好。"

翠翠不知如何处理这个崭新问题,装作从容,怯怯的望着老祖父。又不便问什么,当然也不好回答。

祖父又说:"大老是个有出息的人,为人又正直,又慷慨,你嫁了他,算是命好!"

翠翠弄明白了,人来做媒的是大老!不曾把头抬起,心忡忡的跳着,脸烧得厉害,仍然剥她的豌豆,且随手把空豆荚抛到水中去,望着它们在流水中从从容容的流去,自己也俨然从容了许多。

见翠翠总不作声,祖父于是笑了,且说:"翠翠,想几天不碍事。洛阳桥不是一个晚上造得好的,要日子咧。前次那个人来,就向我说起这件事,我已经告诉过他:车是车路,马是马路,各有规矩!想爸爸作主,请媒人正正经经来说是车路;要自己作主,站到对溪高崖竹林里为你唱三年六个月的歌是马路。——你若欢喜走马路,我相信人家会为你在日头下唱热情的歌,在月光下唱温柔的歌,像只杜鹃一样一直唱到吐血喉咙烂!"

翠翠不作声,心中只想哭,可是也无理由可哭。祖父再说下去,便引到死去了的母亲来了。老人话说了一阵,沉默了。翠翠悄悄把头摆过一些,见祖父眼中业已酿了一汪眼泪。翠翠又惊又怕,怯生生的说:"爷爷,你怎么的?"祖父不作声,用大手掌擦着眼睛,小孩子似的咕咕笑着,跳上岸跑回家中去了。

翠翠心中乱乱的,想赶去却不赶去。

雨后放晴的天气,日头炙到人肩上背上,已有了点儿力量。溪边芦苇水杨柳,菜园中菜蔬,莫不繁荣滋茂,带着一分有野性的生气。草丛里绿色蚱蜢各处飞着,翅膀搏动空气时窸窣作声。枝头新蝉声音虽不成腔,却已渐渐洪大。两山深深逼人的竹篁中,有黄鸟与竹雀、杜鹃交递鸣叫。翠翠感觉着,望着,听着,同时也思索着:

"爷爷今年七十岁……三年六个月的歌——谁送那只白鸭子呢?……得碾子的好运气,碾子得谁更是好运气……"

痴着,忽地站起,半簸箕豌豆便倾倒到水中去了。伸手把那簸箕从水中捞起时,隔溪有人喊过渡。

一二

翠翠第二天第二次在白塔下菜园地里,被祖父询问到自己主张时,仍然心儿忡忡的跳着,把头低下不作理会,只顾用手去掐葱。祖父笑着,心想:"还是等等看,再说下去这一畦葱会全掐掉了。"同时似乎又觉得这其间有点古怪,不好再说下去,便自己按捺住言语,用一个做作的笑话,把问题引到另外一件事情上去了。

天气渐渐的越来越热了。近六月时,天气热了些,老船夫把一个满是灰尘的黑陶缸子,从屋角隅里搬出。自己还匀出些闲工夫,拼了几方木板,作成一个圆盖;又锯木头作成一个三脚架子,且削刮了个大竹筒,用葛藤系定,放在缸边作为舀茶的家具。自从这茶缸移到屋门溪边后,每早上翠翠就烧一大锅开水,倒进那缸子里去。有时缸里加些茶叶,有时却只放下一些用火烧焦的锅巴,趁那东西还燃着时便抛进缸里去。老船夫且照例准备了些发痧肚痛、治疱疮疡子的草根木皮,把这些药搁在家当眼处,一见过渡人神气不对,就忙匆匆的把药取来,善意的勒迫这过路人使用他的药方,且告给人这许多救急丹方的来源(这些丹方自然全是他从城中军医同巫师学来的)。他终日裸着两只膀子,在溪中方头船上站定,头上还常常是光光的,一头短短白发,在日光下如银子。翠翠依然是个快乐人,屋前屋后跑着唱着,不走动时就坐在门前高崖树荫下,吹小竹管儿玩。爷爷仿佛把大老提婚的事早已忘掉,翠翠自然也似乎忘掉这件事情了。

可是那做媒的不久又来探口气了,依然同从前一样,祖父把事情成否全推到翠翠身上去,打发了媒人上路。回头又同翠翠谈了一次,也依然不得结果。

老船夫猜不透这事情在什么方面有个疙瘩,解除不去,夜里躺在床上便常常陷入一种沉思里去,隐隐约约体会到一件事情——翠翠爱二老不爱大老。想到了这里时,他笑了,为了害怕而勉强笑了。其实他有点忧愁,因为他忽然觉得翠翠一切全像那个母亲,而且隐隐约约便感觉到这母女二人共同的命运。一堆过去的事情蜂拥而来,不能再睡下去了,一个人便跑出门外,到那临溪高崖上去,望天上的星辰,听河边纺织娘和一切虫类如雨的声音,许久许久还不睡觉。

这件事翠翠自然是注意不及的。这女孩子日里尽管玩着,工作着,也同时为一些很神秘不易具体明白的东西驰骋在她那颗小小的心上,但一到夜里,却依旧甜甜的睡眠了。

不过一切都得在一份时间中变化。这一家安静平凡的生活,也因了一堆接连而来的日子,在人事上把那安静空气完全打破了。

船总顺顺家中一方面,天保大老的事已被二老知道了,傩送二老同时也让哥哥知道了弟弟的心事。这一对难兄难弟原来同时都爱上了那个撑渡船的外孙女。这事情在本地人说来也并不希奇。边地俗话说:"火是各处可烧的,水是各处可流的,日月各处可照的,爱情是各处可到的。"有钱船总儿子,爱上一个弄渡船的穷人家女儿,不能成为希罕的新闻。有一点困难处,只是这两兄弟到了谁应取得这个女人作媳妇时,是不是也还得照茶峒人规矩,来一次流血的挣扎?

兄弟两人在这方面是不至于动刀的,但也不作兴有"情人奉让",如大都市懦怯男子爱与仇对面时作出的可笑行为。

那哥哥同弟弟在河上游一个造船的地方,看他家中那只新船,在新船旁把一切心事全告给了弟弟;且附带说明,这点念头还是两年前植下根基的。弟弟微笑着,把话听下去。两人从造船处沿了河岸又走到王乡绅新碾坊去,那大哥就说:

"二老,你运气倒好,作了王团总女婿,有座碾坊。我呢,若把事情弄好了,我应当接那个老的手来划渡船了。我欢喜这个事情,我还想把碧溪岨两个山头买过来,在界线上种一片大楠竹,围着这一条小溪作为我的寨子!"

那二老仍然默默的听着,把手中拿的一把弯月形镰刀随意斫削路旁的草木,到了碾坊时,却站住了向他哥哥说:

"大老,你信不信这女子心上早已有了个人?"

"我相信。"

"大老,你信不信这碾坊将来归我?"

"我不信。"

两人于是进了碾坊。

二老又说:"你不必——大老,我再问你,假若我不想得到这座碾坊,却打量要那只渡船,而且这念头也是两年前的事,你信不信呢?"

那大哥听来真着了一惊,望了一下坐在碾盘横轴上的傩送二老,知道二老不是说谎,于是站近了一点,伸手在二老肩上拍打了一下,且想把二老拉下来。他明白了这件事,他笑了。他说:"我相信的,你说的全是真话!"

二老把眼睛望着他的哥哥,很诚实的说:

"大老,相信我,这是真事。我早就那么打算到了。家中不答应,那边若答应了,我当真预备去弄渡船的!——你告我,你呢?"

"爸爸已听了我的话,为我要城里的杨马兵做保山,向划渡船说亲去了!"大老说到这个求亲手续时,好像知道二老要笑他,又解释要保山去的用意,只是因为老的说车有车路,马有马路,我就走了车路。

"结果呢?"

"得不到什么结果,老的口上含李子,说不明白。"

"马路呢?"

"马路呢,那老的说若走马路,我得在碧溪岨对溪高崖上唱三年六个月的歌,把翠翠心子唱软,翠翠就归我了。"

"这并不是什么坏主张!"

"是呀,一个结巴人话说不出还唱得出。可是这件事轮不到我了,我不是竹雀,不会唱歌。鬼知道那老人家存心是要把孙女儿嫁个会唱歌的水车,还是预备规规矩矩嫁个人!"

"那你打算怎么样?"

"我想告那老的,要他说句实在话。只一句话。不成,我跟船下桃源去了;成呢,便是要我撑渡船,我也答应了他。"

"唱歌呢?"

"二老,这是你的拿手好戏,你要去做竹雀,你就赶快去呢,我不会捡马粪塞你嘴巴的。"

二老看到哥哥那种样子,便知道为这件事哥哥感到的是一种如何烦恼了。他明白他哥哥的性情,代表了茶峒人粗卤爽直一面,弄得好,掏出心子来给人也很慷慨作去;弄不好,亲舅舅也必一是一,二是二。大老何尝不想在车路上失败时走马路;但他一听得二老的坦白陈述后,他就知道马路只二老有分,他自己的事不能提了。因此他有点气恼,有点愤慨,自然是无从掩饰的。

二老想出了个主意,就是两兄弟月夜里同过碧溪岨去唱歌,莫让人知道是弟兄两个,两个轮流唱下去,谁得到回答,谁便继续用那张唱歌胜利的嘴唇,服侍那划渡的外孙女。大老不善于唱歌,轮到大老时也仍然由二老代替。两人凭命运决定自己的幸福,这么办可说是极公平了。提议时,那大老还以为他自己不会唱,也不想请二老替他作竹雀。但二老那种诗人性格,却使他很固执的哥哥实行这个办法。二老说必须是这样作,一切才公平。

大老把弟弟提议想想,作了一个苦笑。"×娘的,自己不是竹雀,还请老弟做竹雀?好,就是这样子,我们各人轮流唱,我也不要你帮忙,一切我自己来吧。树林子里的猫头鹰,声音不动听,要老婆时也仍然是自己叫下去,不请人帮忙的!"

两人把事情说妥当后,算算日子,今天十四,明天十五,后天十六,接连而来的三个日子,正是有大月亮天气。气候既到了中夏,半夜里不冷不热,穿了白家机布汗褂,到那些月光照及的高崖上去,遵照当地的习惯,很诚实与坦白去为一个"初生之犊"的黄花女唱歌。露水降了,歌声涩了,到应当回家了时,就趁残月赶回家去。或过那些熟识的整夜工作不息的碾坊里去,躺到温暖的谷仓里小睡,等候天明。一切安排都极其自然,结果是什么,两人虽不明白,但也看得极其自然。两人便决定了从当夜起始,来作这种为当地习惯认可的竞争。

一三

　　黄昏来时,翠翠坐在家中屋后白塔下,看天空被夕阳烘成桃花色的薄云。十四中寨逢场,城中生意人过中寨收买山货的很多,过渡人也特别多。祖父在溪中渡船上,忙个不息。天已快夜,别的雀子似乎都休息了,只杜鹃叫个不息。石头泥土为白日晒了一整天,草木为白日晒了一整天,到这时节各放散出一种热气。空气中有泥土气味,有草木气味,还有各种甲虫类气味。翠翠看着天上的红云,听着渡口飘来下乡生意人的杂乱声音,心中有些儿薄薄的凄凉。

　　黄昏照样的温柔、美丽和平静。但一个人若体念或追究到这个当前一切时,也就照样的在这黄昏中会有点儿薄薄的凄凉。于是,这日子成为痛苦的东西了。翠翠在成熟中的生命,觉得好像缺少了什么。好像眼见到这个日子过去了,想要在一件新的人事上攀住它,但不成。好像生活太平凡了,忍受不住。于是胡思乱想:

　　"我要坐船下桃源县过洞庭湖,让爷爷满城打锣去叫我,点了灯笼火把去找我。"

　　她便同祖父故意生气似的,很放肆的去想到这样一件不可能事情。且想象她出走后,祖父用各种方法寻觅她都无结果,到后无可奈何躺在渡船上。

　　"人家喊:'过渡,过渡,老伯伯,你怎么的!不管事!''怎么的?我家翠翠走了,下桃源县了!''那你怎么办?''怎么办吗,拿了把刀,放在包袱里,搭下水船去杀了她!'……"

　　翠翠仿佛当真听着这种对话,吓怕起来了,一面锐声喊着她的祖父,一面从坎上跑向溪边渡口去。见到了祖父正把船拉在溪中心,船上人喁喁说着话,小小心子还依然跳跃不已。

　　"爷爷,爷爷,你把船拉回来呀!"

那老船夫不明白她的意思,还以为是翠翠要为他代劳了,就说:
"翠翠,等一等,我就回来!"
"你不拉回来了吗?"
"我就回来!"

翠翠坐在溪边,望着溪面为暮色所笼罩的一切,且望到那只渡船上一群过渡人,其中有个吸旱烟的打着火镰吸烟,把烟杆在船边剥剥的敲着烟灰,就忽然哭起来了。

祖父把船拉回来时,见翠翠痴痴的坐在岸边,问她是什么事,翠翠不作声。祖父要她去烧火煮饭,想了一会儿,觉得自己哭得可笑,一个人便回到屋中去,坐在黑黝黝的灶边把火烧燃后,她又走到门外高崖上去,喊叫她的祖父,要他回家里来。在职务上毫不儿戏的老船夫,因为明白过渡人是要赶回城中吃晚饭的,人来一个就渡一个,不便要人站在那岸边呆等,故不上岸来。只站在船头告翠翠,不要叫他,且让他做点事,把人渡完事后,就会回家来吃饭。

翠翠第二次请求祖父,祖父不理会,她坐在悬崖上,很觉得悲伤。

天夜了,有一匹大萤火虫尾上闪着蓝光,很迅速的从翠翠身旁飞过去,翠翠想:"看你飞得多远!"便把眼睛随着那萤火虫的明光追去。杜鹃又叫了。

"爷爷,为什么不上来?我要你!"

在船上的祖父听到这种带着娇、有点儿埋怨的声音,一面粗声粗气的答道:"翠翠,我就来,我就来!"一面心中却自言自语:"翠翠,爷爷不在了,你将怎么样?"

老船夫回到家中时,见家中还黑黝黝的,只灶间有火光,见翠翠坐在灶边矮条凳上,用手蒙着眼睛。

走过去才晓得翠翠已哭了许久。祖父一个下半天来,都弯着个腰在船上拉来拉去,歇歇时手也酸了,腰也酸了,照规矩,一到家里就会嗅到锅中所焖瓜菜的味道,且可看见翠翠安排晚饭在灯光下跑来跑去的影子。今天情形竟不同了一点。

祖父说:"翠翠,我来慢了,你就哭,这还成吗?我死了呢?"

翠翠不作声。

祖父又说:"不许哭,做一个大人,不管有什么事都不许哭。要硬扎一点,结实一点,才配活到这块土地上!"

翠翠把手从眼睛边移开,靠近了祖父身边去。"我不哭了。"

两人吃饭时,祖父为翠翠述说起一些有趣味的故事。因此提到了死去了的翠翠的母亲。两人在豆油灯下把饭吃过后,老船夫因为工作疲倦,喝了半碗白酒,饭后兴致极好,又同翠翠到门外高崖上月光下去说故事。说了些那个可怜母亲的乖巧处,同时且说到那可怜母亲性格强硬处,使翠翠听来神往倾心。

翠翠抱膝坐在月光下,傍着祖父身边,问了许多关于那个可怜母亲的故事。间或吁一口气,似乎心中压上了些分量沉重的东西,想挪移得远一点,才吁着这种气,可是却无从把那种东西挪开。

月光如银子,无处不可照及,山上竹篁在月光下变成一片黑色。身边草丛中虫声繁密如落雨。间或不知道从什么地方,忽然会有一只草莺"落落落落嘘"啭着它的喉咙,不久之间,这小鸟儿又好像明白这是半夜,不应当那么吵闹,便仍然闭着那小小眼儿安睡了。

祖父夜来兴致很好,为翠翠把故事说下去,就提到了本城人二十年前唱歌的风气,如何驰名于川、黔边地。翠翠的父亲,便是当地唱歌的第一手,能用各种比喻解释爱与憎的结子,这些事也说到了。翠翠母亲如何爱唱歌,且如何同父亲在未认识以前在白日里对歌,一个在半山上竹篁里砍竹子,一个在溪面渡船上拉船,这些事也说到了。

翠翠问:"后来怎么样?"

祖父说:"后来的事当然长得很,最重要的事情,就是这种歌唱出了你。"

一四

老船夫做事累了,睡了,翠翠哭倦了,也睡了。翠翠不能忘记祖父所说的事情,梦中灵魂为一种美妙歌声浮起来了,仿佛轻轻的各处飘着,上了白塔,下了菜园,到了船上,又复飞窜过对山悬崖半腰——去作什么呢?摘虎耳草!白日里拉船时,她仰头望着崖上那些肥大虎耳草已极熟悉。崖壁三五丈高,平时攀折不到手,这时节却可以选顶大的叶子作伞。

一切全像是祖父说的故事,翠翠只迷迷糊糊的躺在粗麻布帐子里草荐上,以为这梦做得顶美顶甜。祖父却在床上醒着,张起个耳朵听对溪高崖上的人唱了半夜的歌。他知道那是谁唱的,他知道是河街上天保大老走马路的第一着,因此又忧愁又快乐的听下去。翠翠因为日里哭倦了,睡得正好,他就不去惊动她。

第二天,天一亮翠翠同祖父起身了,用溪水洗了脸,把早上说梦的忌讳去掉了,翠翠赶忙同祖父去说昨晚上所梦的事情。

"爷爷,你说唱歌,我昨天就在梦里听到一种顶好听的歌声,又软又缠绵,我像跟了这声音各处飞,飞到对溪悬崖半腰,摘了一大把虎耳草,得到了虎耳草,我可不知道把这个东西交给谁去了,我睡得真好,梦的真有趣!"

祖父温和悲悯的笑着,并不告给翠翠昨晚上的事实。

祖父心里想:"做梦一辈子更好,还有人在梦里作宰相中状元咧。"

昨晚上唱歌的,老船夫还以为是天保大老,日来便要翠翠守船,借故到城里去送药,探探情形。在河街见到了大老,就一把拉住那小伙子,很快乐的说:

"大老,你这个人,又走车路又走马路,是怎样一个狡猾东西!"

但老船夫却作错了一件事情,把昨晚唱歌人"张冠李戴"了。这两弟兄昨晚上同时到碧溪岨去,为了作哥哥的走车路占了先,无论如何也不拟先开腔唱歌,一定得让那弟弟先唱。弟弟一开口,哥哥却因为明知不是敌手,更不能开口了。翠翠同她祖父晚上听到的歌声,便全是那个傩送二老所唱的。大老伴弟弟回家时,就决定了同茶峒地方离开,驾家中那只新油船下驶,好忘却了上面的一切。这时正想下河去看新船装货。老船夫见他神情冷冷的,不明白他的意思,就用眉眼做了一个可笑的记号,表示他明白大老的冷淡处是装成的,表示他有好消息可以奉告。他拍了大老一下,翘起一个大拇指,轻轻的说:

"你唱得很好,别人在梦里听着你那个歌,为那个歌带得很远,走了不少的路!你是第一号,是我们地方唱歌的第一号。"

大老望着弄渡船的老船夫涎皮的老脸,轻轻的说:

"算了吧,你把宝贝孙女儿送给了会唱歌的竹雀吧。"

这句话使老船夫完全弄不明白他的意思。大老从一个吊脚楼甬道走下河去了,老船夫也跟着下去。到了河边,见那只新船正在装货,许多油篓子搁在河岸边。一个水手正用茅草扎成长束,备作船舷上挡浪用的茅把。还有人坐在河边石头上,用脂油擦抹桨板。老船夫问那个水手,这船什么日子下行,谁押船。那水手把手指着大老。老船夫搓着手说:

"大老,听我说句正经话,你那件事走车路,不对;走马路,你有份的!"

那大老把手指着窗口说:"伯伯,你看那边,你要竹雀做孙女婿,竹雀在那里啊!"

老船夫抬头望见二老,正在窗口整理一个鱼网。

回碧溪岨到渡船上时,翠翠问:

"爷爷,你同谁吵了架,面色那样难看!"

祖父莞尔而笑。他到城里的事情,不告给翠翠一个字。

一五

大老坐了那只新油船向下河走去了,留下傩送二老在家。老船夫方面还以为上次歌声既归二老唱的,在此后几个日子里自然还会听到那种歌声。一到了晚间就故意从别样事情上,促翠翠注意夜晚的歌声。两人吃完饭坐在屋里,因屋前滨水,长脚蚊子一到黄昏就嗡嗡的叫着,翠翠便把蒿艾束成的烟包点燃,向屋中角隅各处晃着驱逐蚊子。晃了一阵,估计全屋子里已为蒿艾烟气熏透了,方把烟包搁到床前地上去,再坐在小板凳上来听祖父说话。从一些故事上慢慢的谈到了唱歌,祖父话说得很妙。祖父到后发问道:

"翠翠,梦里的歌可以使你爬上高崖去摘那虎耳草,若当真有谁来在对溪高崖上为你唱歌,你预备怎么样?"祖父把话当笑话说着的。

翠翠便也当笑话答道:"有人唱歌我就听下去,他唱多久我也听多久!"

"唱三年六个月呢?"

"唱得好听,我听三年六个月。"

"这不大公平吧。"

"怎么不公平?为我唱歌的人,不是极愿意我长远听他唱歌吗?"

"照理说:'炒菜要人吃,唱歌要人听。'可是人家为你唱,是要你懂他歌里的意思!"

"爷爷,懂歌里的什么意思?"

"自然是他那颗想同你要好的真心!不懂那点心事,不是同听竹雀唱歌一样吗?"

"我懂了他的心又怎么样?"

祖父用拳头把自己腿重重的捶着,且笑着:"翠翠,你人乖巧,爷爷笨得很,话说得不温柔,也莫生气。我信口开河,说个笑话给你听,你应当当笑话听。河街天保大老走车路,请保山来提亲,我告诉过你这件事了,你那神气不愿意,是不是?可是,假若那个人还有个兄弟,想走马路,为你来唱歌,向你攀交情,你将怎么说?"

翠翠吃了一惊,低下头去。因为她不明白这笑话究竟有几分真,又不清楚这笑话是谁诌的。

祖父说:"你试告我,愿意哪一个?"

翠翠便勉强笑着,轻轻的带点儿恳求的神气说:

"爷爷,莫说这个笑话吧。"翠翠站起身了。

"我说的若是真话呢?"

"爷爷你真是个……"翠翠说着走出去了。

祖父说:"我说的是笑话,你生我的气吗?"

翠翠不敢生祖父的气,走近门限边时,就把话引到另外一件事情上去:"爷爷,看天上的月亮,那么大!"说着,出了屋外,便在那一派清光的露天中站定。站了一会儿,祖父也从屋中出到外边来了。翠翠于是坐到那白日里为强烈阳光晒热的岩石上去,石头正散发日间所储的余热。祖父就说:"翠翠,莫坐热石头,免得生坐板疮。"

但自己用手摸摸后,自己便也坐到那岩石上了。

月光极其柔和,溪面浮着一层薄薄白雾,这时节对溪若有人唱歌,隔溪应和,实在太美丽了。翠翠还记着先前祖父说的笑话。耳朵又不聋,祖父的话说得极分明,一个兄弟走马路,唱歌来打发这样的晚上,算是怎么回事? 她似乎为了等着这样的歌声,沉默了许久。

她在月光下坐了一阵,心里却当真愿意听一个人来唱歌。久之,对溪除了一片草虫的清音复奏以外,别无所有……

1933年冬至1934年春完成
(选自《边城》,生活书店1936年版)

【作者介绍】

沈从文(1902—1988),原名沈岳焕,湖南凤凰人,有苗族血统。1922年从湘西到北京,开始以写作谋生,后在高校任教。为京派代表作家。代表作有:短篇小说《萧萧》、《八骏图》,中篇小说《边城》,长篇小说《长河》;散文《湘行散记》、《湘西》。作品收入《沈从文文集》(共12卷)。

【作品分析】

《边城》以自然轻盈的湘西茶峒为背景,展开少男少女的浪漫爱情,构筑起一座供奉人性的希腊小庙。

作品中村野的化外之风,淳厚的人情之美,宛如乡野翠竹,远村牧笛,给人以美的享受。少女翠翠纯真美丽,活泼善良,与爷爷以摆渡为生,相依为命。端午节看赛龙舟,与英俊少年傩送一见倾心。但她对爱情的追求,并不外显为强烈行为,而是内化为美的梦境。她虽然羞于做大胆的爱情表白,但是对爱情纯洁而坚贞,不羡钱财权势,也不惧生活打击,始终守着溪流痴情等待,不管心上人何时归来,也不管他能不能归来。同时爱上翠翠的天保、傩送兄弟,虽然出身富门,父亲贵为船总,却"不骄惰,不浮华,不以势凌人"。特别是弟弟傩送,美甲一方,不为金钱所诱惑,不为门第所动摇,不受权势所胁迫,在有碾房作陪嫁的团总女儿和摆渡女之间,始终坚定地站在"渡船"一边,把全部爱情都倾注在翠翠身上。描写哥哥天保的笔墨不多,但他对翠翠始终如一的痴情,说明其外貌虽不如弟弟英俊,但心灵却一样美好。因此,当兄弟俩的爱情发生矛盾时,他们既不嫉妒成仇,"也不作兴情人奉让",而是按照当地习俗,以唱歌求爱方式公平竞争,让翠翠做出选择。当天保唱不过傩送,败下阵来后,即自动退让,离家出走。而傩送得知哥哥出事后,亦手足情深,千里寻尸。可以说,这些僻乡山野的少男少女都是人类爱与美的化身。尽管无法左右天意,承受悲剧的命运,但他们无怨无艾地顺乎融乎自然,组成一种化外之境的原始的生命形式,奏出一曲富有诗意的田园牧歌。正如作者所说:"我要表现的本是一种'人生形式',一种优美、健康、自然,而又不悖乎人性的人生形式。"

  作品是典型的诗化小说,抒情小说,不注意情节编织,人物塑造,而着力于"造境",抒情写意。秀丽的山水,古老的习俗,纯朴的民风,美好的人性,这一切交相融会,构成浓郁的诗化韵致,给人如幻似梦的美感。散文化的结构,也是《边城》的艺术特色。翠翠的爱情故事虽然是贯穿全篇的主要情节线索,但又有着大量从主要情节流离开去的风景画、风俗画以及其他的生活场景。即使写爱情,也很少写爱情过程,而侧重描绘人物微妙印象、纤细感情、朦胧梦境,这种结构方式,充溢着浪漫温馨。

  小说还具有鲜明的地方色彩。湘西边地特有的民俗风情,从溪边的白塔、绳渡、水磨、碾房,到端午赛龙舟、泅水捉鸭子、元宵放烟火、男女唱山歌定情等,以及当地独特的民歌、民谚、民间传说、方言土语,都散发出浓郁的湘西泥土气息和水乡气息。无怪刘西渭称此篇为:"是一首诗,是二老唱给翠翠的情歌","一部 idyllic(田园诗)杰作"。

【延伸阅读文献】

刘西渭:《边城》,《咀华集》,花城出版社 1984 年版。

汪曾祺:《又读〈边城〉》,《沈从文名作欣赏》,中国和平出版社 1993 年版。

凌宇:《从边城走向世界》,三联书店 1985 年版。

(王晓琴)

骆驼祥子(存目)

老 舍

【作者介绍】

老舍(1899—1966),原名舒庆春,字舍予。生于北京贫苦的旗人家庭。代表作有:长篇小说《二马》、《离婚》、《骆驼祥子》、《四世同堂》,中篇小说《我这一辈子》,短篇小说《月牙儿》;话剧《龙须沟》、《茶馆》。作品收入《老舍全集》(共19卷)。

【作品分析】

《骆驼祥子》出版于1937年。作品展现了一幅绚烂多彩的老北京的世态风俗画,以独特的文化眼光与心理深度,通过表现一个人力车夫美好心灵的毁灭,揭示旧中国的国民灵魂与人生悲剧。

破产农民祥子,从农村来到北京城里谋生,以乡间小伙子的足壮和诚实,选择了拉人力车为业。他勤劳善良,正直要强,虽然身为"臭拉车的",却有着自己的执著的人生目标和理想追求:不仅"不再受拴车的人的气",而且要买自己的车。

为此他像一只恶疯的野兽,用自己全部的体力和精力,拼命拉车挣钱。但是买车三起三落:风里雨里拉车,用三年血汗换来的新车,被军阀乱兵蛮不讲理地抢走;茶里饭里自苦,好不容易积攒的买车钱,被特务侦探顺手牵羊地掠空;使尽浑身解数,强迫虎妞拿出私房钱买的车,又因办丧事不得不卖掉……车就像个鬼影,他永远也抓不住,而只是空受辛苦和委屈。车场老板的女儿虎妞,粗野狡猾,设下性诱惑的陷阱,使他无法挣脱;人力车夫的女儿小福子,年轻秀美,勤俭要强,"是个最美的女人,美在骨头里",给他带来温馨和幸福,可贫苦的处境,又使他不能娶她,以致小福子被卖到下等妓院,上吊自杀。于是祥子精神崩溃,沦为吃喝嫖赌无恶不作,甚至出卖人命,将就着活下去的行尸走肉。"哀莫大于心死",精神上的毁灭,比肉体上的毁灭,具有更为震撼人心的艺术力量。让人们"由车夫的内心状态观察到地狱究竟是什么样子",从而悬起一面镜子和向人心掷去炸弹,以警示国人:只有彻底打破旧的社会体系,才能避免国民灵魂的堕落,才能摆脱失败命运的阴影。

作品在艺术风格上,具有强烈的悲喜剧色彩。正如老舍在《我怎样写〈骆驼祥子〉》中所说:"幽默是出自事实本身的可笑,而不是由文字硬挤出来的。"祥子乍一看挺可笑,在他的许多行为方式和思想心理上,都存在着古老乡下习惯和现代都市环境的反差,传统伦理信条与眼前物欲需求的冲突,美好幻想与残酷现实的矛盾,显得招笑风趣,使人读后忍俊不禁。但是在喜剧性外衣下,又包裹着悲剧性内核。祥子憨态可掬的行为,显示出善良的品性,他的荒诞不经的心理,又隐含着自我保护的合理需求。但是,美好的心灵,正当的要求,在黑暗社会里,受压抑被扭曲,不能正常向外发展,只能变态退回内心,以畸形虚幻方式予以发泄。诚如别林斯基所言:"当不合理显得合理而压倒合理的时候,喜剧性就含有悲剧性了。这样的笑是含泪的笑。"于是又使人油然产生永久的悲哀。

作品在写作手法上,融合了中西小说的艺术技巧。结构上,以祥子的不幸遭遇为主线,采用讲述方式,围绕买车三起三落,把不同阶层的生活图景,面目众多的人物形象,疏密有致地编织起来,线索清晰,情节曲折,故事跌宕,引人入胜。人物塑造上,采用多种手段,突出人物个性,使北京三教九流的人物,神情毕肖,呼之欲出。心理描写复杂深邃,特别是对祥子和虎妞的心理透视富有弹性与张力,可以看到弗罗伊德精神分析学说的影响。人物对话开口就响,都是性格的声音。性格各殊,谈吐亦异。每个人物的语言,活现出他的职业、身份、地位、经历、心理、处境,使人闻其声而知其人。

全书具有浓郁的北京地域色彩,"京味儿"醇厚。明丽的紫禁城、丹朱的城门、巍峨的白塔、玲珑的角楼、金碧的牌坊等景观,再现了古帝都特有的图画;热闹的过节、做寿民俗,烦琐的结婚、丧葬礼仪,俗常的风味小吃、胡同杂院等风习,渲染了旧北京古老的文明;地道的北京口语,所谓"京片子",仿佛小梆子一样清脆。

【延伸阅读文献】

樊骏:《论〈骆驼祥子〉的现实主义》,《老舍研究资料》(下册),北京十月文艺出版社1988年版。

杨义:《中国现代小说史》第二卷,人民文学出版社1988年版。

蓝棣之:《现代文学经典:症候式分析》,清华大学出版社1998年版。

(王晓琴)

月 牙 儿

老 舍

一

是的,我又看见月牙儿了,带着点寒气的一钩儿浅金。多少次了,我看见跟现在这个月牙儿一样的月牙儿;多少次了。它带着种种不同的感情,种种不同的景物,当我坐定了看它,它一次一次的在我记忆中的碧云上斜挂着。它唤醒了我的记忆,像一阵晚风吹破一朵欲睡的花。

二

那第一次,带着寒气的月牙儿确是带着寒气。它第一次在我的云中是酸苦,它那一点点微弱的浅金光儿照着我的泪。那时候我也不过是七岁吧,一个穿着短红棉袄的小姑娘。戴着妈妈给我缝的一顶小帽儿,蓝布的,上面印着小小的花,我记得。我倚着那间小屋的门垛,看着月牙儿。屋里是药味,烟味,妈妈的眼泪,爸爸的病;我独自在台阶上看着月牙,没人招呼我,没人顾得给我作晚饭。我晓得屋里的惨凄,因为大家说爸爸的病……可是我更感觉自己的悲惨,我冷,饿,没人理我。一直的我立到月牙儿落下去。什么也没有了,我不能不哭。可是我的哭声被妈妈的压下去;爸,不出声了,面上蒙了块白布。我要掀开白布,再看看爸,可是我不敢。屋里只有那么点点地方,都被爸占了去。妈妈穿上白衣,我的红袄上也罩了个没缝襟边的白袍,我记得,因为不断的撕扯襟边上的白丝儿。大家都很忙,嚷嚷的声儿很高,哭得很恸。可是事情并不多,也似乎值不得嚷:爸爸就装入那么一个四块薄板的棺材里,到处都是缝子。然后,五六个人把他抬了走。妈和我在后边哭。我记得爸,记得爸的木匣。那个木匣结束了爸的一切:每逢我想起爸来,我就想到非打开那个木匣不能见着他。但是,那木匣是深深的埋在地里,我明知在城外哪个地方埋着他,可又像落在地上的一个雨点,似乎永难找到。

三

妈和我还穿着白袍,我又看见了月牙儿。那是个冷天,妈妈带我出城去看爸的坟。妈拿着很薄的一落儿纸。妈那天对我特别的好,我走不动便背我一程,到城门口还给我买了一些炒栗子。什么都是凉的,只有这些栗子是热的;我舍不得吃,用它们热我的手。走了多远,我记不清了,总该是很远很远吧。在爸出殡的那天,我似乎没觉得这么远,或者是因为那天人多;这次只是我们娘儿俩,妈不说话,我也懒得出声,什么都是静寂的;那些黄土路静寂得没有头儿。天是短的,我记得那个坟:小小的一堆儿土,远处有一些高土岗儿,太阳在黄土岗儿上头斜着。妈妈似乎顾不得我了,把我放在一旁,抱着坟头儿去哭。我坐在坟头的旁边,弄着手里那几个栗子。妈哭了一阵,把那点纸焚化了,一些纸灰在我眼前卷成一两个旋儿,而后懒懒的落在地上;风很小,可是很够冷的。妈妈又哭起来。我也想爸,可是我不想哭他;我倒是为妈妈哭得可怜而也落了泪。过去拉住妈妈的手:"妈不哭!不哭!"妈妈哭得更恸了。她把我搂在怀里。眼看太阳就落下去,四外没有一个人,只有我们娘儿俩。妈似乎也有点怕了,含着泪,扯起我就走,走出老远,她回头看了看,我也转过身去:爸的坟已经辨不清了;土岗的这边都是坟头,一小堆一小堆,一直摆到土岗底下。妈妈叹了口气。我们紧走慢走,还没有走到城门,我看见了月牙儿。四外漆黑,没有声音,只有月牙儿放出一道冷光。我乏了,妈妈抱起我来。怎样进的城,我就不知道了,只记得迷迷糊糊的天上有个月牙儿。

四

刚八岁,我已经学会了去当东西。我知道,若有当不来钱,我们娘儿俩就不要吃晚饭;因为妈妈但凡有点主意,也不肯叫我去。我准知道她每逢交给我个小包,锅里必是连一点粥底儿也看不见了。我们的锅有时干净得像个体面的寡妇。这一天,我拿的是一面镜子。只有这件东西似乎是不必要的,虽然妈妈天天得用它。这是个春天,我们的棉衣都刚脱下来就入了当铺。我拿着这面镜子,我知道怎样小心,小心而且要走得快,当铺是老早就上门的。我怕当铺那个大红门,那个大高长柜台。一看见那个门,我就心跳。可是我必须进去,几乎是爬进去,那个高门坎儿是那么高。我得用尽了力量,递上我的东西,还得喊:"当当!"得了钱和当票,我知道怎样小心的拿着,快快回家,晓得妈妈不放心。可是这一次,当铺不要这面镜子,告诉我再添一号来。我懂得什么叫"一号"。把镜子搂在胸前,我拼命的往家跑。妈妈哭了;她找不到第二件东西。我在那间小屋里住惯了,总以为东西不少;及至帮着妈妈一找可当的衣物,我的小心里才明白过来,我们的东西很少,很少。妈妈不叫我去了。可是"妈妈咱们吃什么呢?"妈妈哭着递给我她头上的银簪——只有这一件东西是银的。我知道,她拔下过来几回,都没肯交给我去当。这是妈妈出门子时,姥姥家给的一件首饰。现在,她把这么一件银器给了我,叫我把镜子放下。我尽了我的力量赶回当铺,那可怕的大门已经严严的关好了。我坐在那门墩上,握着那根银簪。不敢高声的哭,我看着天,啊,又是月牙儿照着我的眼泪!哭了好久,妈妈在黑影中来了,她拉住了我的手,呕,多么热的手。我忘了一切的苦处,连饿也忘了,只要有妈妈这只热手拉着我就好。我抽抽搭搭的说:"妈!咱们回家睡觉吧。明儿早上再来!"妈一声没出。又走了一会:"妈!你看这个月牙,爸死的那天,它就是这么斜斜着。为什么她老这么斜斜着呢?"妈还是一声没出,她的手有点颤。

五

妈妈整天的给人家洗衣裳。我老想帮助妈妈,可是插不上手。我只好等着妈妈,非到她完了事,我不去睡。有时月牙儿已经上来,她还哼哧哼哧的洗。那些臭袜子,硬牛皮似的,都是买卖地的伙计们送来的。妈妈洗完这些"牛皮"就吃不下饭去。我坐在她旁边,看着月牙,蝙蝠专会在那条光儿底下穿过来穿过去,像银线上穿着个大菱角,极快的又掉到暗处去。我越可怜妈妈,便越爱这个月牙,因为看着它,使我心中痛快一点。它在夏天更可爱,它老有那么点凉气,像一条冰似的。我爱它给地上那点小影子,一会儿就没了;迷迷糊糊的不甚清楚,及至影子没了,地上就特别的黑,星也特别的亮,花也特别的香——我们的邻居有许多花木,那棵高高的洋槐总把花儿落到我们这边来,像一层雪似的。

六

妈妈的手起了层鳞,叫她给搓搓背顶解痒痒了。可是我不敢常劳动她,她的手是洗粗了的。她瘦,被臭袜子熏的常不吃饭。我知道要想主意了,我知道。她常把衣裳推到一边,愣着。她和自己说话。她想什么主意呢?我可是猜不着。

七

　　妈妈嘱咐我不叫我别扭,要乖乖的叫"爸":她又给我找到一个爸。这是另一个爸,我知道,因为坟里已经埋好一个爸了。妈嘱咐我的时候,眼睛看着别处。她含着泪说:"不能叫你饿死!"呕,是因为不饿死我,妈才另给我找了个爸! 我不明白多少事,我有点怕,又有点希望——果然不再挨饿的话。多么凑巧呢,离开我们那间小屋的时候,天上又挂着月牙。这次的月牙比哪一回都清楚,都可怕,我是要离开这住惯了的小屋了。妈坐了一乘红轿,前面还有几个鼓手,吹打的一点也不好听。轿在前边走,我和一个男人在后面跟着,他拉着我的手。那可怕的月牙放着一点光,仿佛在凉风里颤动。街上没有什么人,只有些野狗追着鼓手们咬;轿子走得很快,上哪去呢? 是不是把妈抬到城外去,抬到坟地去? 那个男人扯着我走,我喘不过气来,要哭都哭不出来。那男人的手心出了汗,凉得像个鱼似的,我要喊"妈",可是不敢。一会儿,月牙像个要闭上的一道大眼缝,轿子进了个小巷。

八

　　我在三四年里似乎没再看见月牙。新爸对我们很好,他有两间屋子,他和妈住在里间,我在外间睡铺板。我起初还想跟妈妈睡,可是几天之后,我反倒爱"我的"小屋了。屋里有白白的墙,还有条长桌,一把椅子。这似乎都是我的。我的被子也比从前的厚实暖和了。妈妈也渐渐胖了点,脸上有了红色,手上的那层鳞也慢慢掉净。我好久没去当当了。新爸叫我去上学。有时候他还跟我玩一会儿。我不知道为什么不爱叫他"爸",虽然我知道他很可爱。他似乎也知道这个,他常常对我那么一笑! 笑的时候他有很好看的眼睛。可是,妈偷偷告诉我叫爸,我也不愿十分的别扭。我心中明白,妈和我现在是有吃喝的,都因为有这个爸,我明白。是的,在这三四年里我想不起曾经看见过月牙儿;也许是看见过而不大记得了。爸死时那个月牙,妈轿子前面那个月牙,我永远忘不了。那一点点光,那一点寒气,老在我心中,比什么都亮,都清凉,像块玉似的,有时候想起来仿佛能用手摸到似的。

九

　　我很爱上学,我老觉得学校里有不少的花,其实并没有;只是一想起学校便想到花罢了，正像一想起爸的坟就想起城外的月牙儿——在野外的小风里歪歪着。妈妈是很爱花的，虽然买不起，可是有人送给她一朵，她就顶喜欢的戴在头上。我有机会便给她折一两朵来；戴上朵鲜花，妈的后影还很年轻似的。妈喜欢，我也喜欢。在学校里我也很喜欢。也许因为这个，我想起学校便想起花来？

一〇

当我要在小学毕业那年，妈又叫我去当当了。我不知道为什么新爸忽然走了。他上了哪儿，妈似乎也不晓得。妈妈还叫我上学，她想爸不久就会回来的。他许多日子没回来，连封信也没有。我想妈又该洗臭袜子了，这使我极难受。可是妈妈并没有这么打算。她还打扮着，还爱戴花；奇怪！她不落泪，反倒好笑；为什么呢？我不明白！好几次，我下学来，看见她在门口儿立着。又隔了不久，我在路上走，有人"嗨"我了："嗨！给你妈捎个信儿去！""嗨，你卖不卖呀？小嫩的！"我的脸红得冒出火来，把头低得无可再低。我明白，只是没办法。我不能问妈妈，不能。她对我很好，而且有时候极庄重的说我："念书！念书！"妈是不识字的，为什么这样催我念书呢？我疑心；又常由疑心而想到妈是为我才那样的事。妈是没有更好的办法。疑心的时候我恨不能骂妈妈一顿。再一想，我要抱住她，央告她不要再作那个事。我恨自己不能帮助妈妈。所以我也想到：我在小学毕业后又有什么用呢？我和同学们打听过了，有的告诉我，去年毕业的有好几个作姨太太的。有的告诉我，谁当了暗门子。我不大懂这些事，可是由她们的说法，我猜到这不是好事。她们似乎什么都知道，也爱偷偷的谈论她们明知是不正当的事——这些事叫她们脸红红的而显出得意。我更疑心妈妈了，是不是等我毕业好去作……这么一想，有时候我不敢回家，我怕见妈妈。妈妈有时候给我点心钱，我不肯花，饿着肚子去上体操，常常要晕过去。看着别人吃点心，多么香甜呢！可是我得省着钱，万一妈妈叫我去……我可以跑，假如我手中有钱。我最阔的时候，手中有一毛多钱！在这些时候，即使在白天，我也有时望一望天上，找我的月牙儿呢。我心中的苦处假若可以用个形状比喻起来，必是个月牙儿形的。它无依无靠的在灰蓝色的天上挂着，光儿微弱，不大会儿便被黑暗包住。

一一

叫我最难过的是我慢慢的学会了恨妈妈。可是每当我恨她的时候，我不知不觉的便想起她背我上坟的光景。想到了这个,我不能恨她了。我又非恨她不可。我的心像——还是像那个月牙儿,只能亮那么一会儿,而黑暗是无限的。妈妈的屋里常有男人来了,她不再躲避着我。他们的眼像狗似的看着我,舌头吐着,垂着涎。我在他们的眼中是更解馋的,我看出来。在很短的期间,我忽然明白了许多的事。我知道我得保护自己,我觉出我身上好像有什么可贵的地方,我闻得出我已有一种什么味道,使我自己害羞,多感。我身上有了些力量,可以保护自己,也可以毁了自己。我有时很硬气,有时候很软。我不知怎样才好。我愿爱妈妈,这时候我有好些必要问妈妈的事,需要妈妈的安慰;可是正在这时候,我得躲着她,我得恨她;要不然我自己便不存在了。当我睡不着的时节,我很冷静的思索,妈妈是可原谅的。她得顾我们俩的嘴。可是这个又使我要拒绝再吃她给我的饭菜。我的心就这么忽冷忽热,像冬天的风,休息一会儿,刮得更要猛;我静候着我的怒气冲来,没法儿止住。

一二

事情不容我想好方法就变得更坏了。妈妈问我,"怎样?"假若我真爱她呢,妈妈说,我应该帮助她。不然呢,她不能再管我了。这不像妈妈能说得出的话。但是她确是这么说了。她说得很清楚:"我已经快老了,再过二年,想白叫人要也没人要了!"这是对的,妈妈近来擦许多的粉,脸上还露出折子来。她要再走一步,去专伺候一个男人。她的精神来不及伺候许多男人了。为她自己想,这时候能有人要她——是个馒头铺掌柜的愿要她——她该马上就走。可是我已经是个大姑娘了,不像小时候那样容易跟在妈妈的轿后走过去了,我得打主意安置自己。假若我愿意"帮助"妈妈呢,她可以不再走这一步,而由我代替她挣钱。代她挣钱,我真愿意;可是那个挣钱方法叫我哆嗦。我知道什么呢,叫我像个半老的妇人那样去挣钱?!妈妈的心是狠的,可是钱更狠。妈妈不逼着我走哪条路,她叫我自己挑选——帮助她,或是我们娘儿俩各走各的。妈妈的眼没有泪,早就干了。我怎么办呢?

一三

我对校长说了。校长是个四十多岁的妇人,胖胖的,不很精明,可是心热。我是真没了主意,要不然我怎会开口述说妈妈的⋯⋯我并没和校长亲近过。当我对她说的时候,每个字都像烧红了的煤球烫着我的喉,我哑了,半天才能吐出一个字。校长愿意帮助我。她不能给我钱,只能供给我两顿饭和住处——就住在学校和老女仆作伴儿。她叫我帮助书记员写写字,可是不必马上就这么办,因为我的字还需要练习。两顿饭,一个住处,解决了天大的问题。我可以不连累妈妈了。妈妈这回连轿也没坐,只坐了辆洋车,摸着黑走了。我的铺盖,她给了我。临走的时候,妈妈挣扎着不哭,可是心底下的泪到底翻上来了。她知道我不能再找她去,她的亲女儿。我呢,我连哭都忘了怎哭了,我只咧着嘴抽达,泪蒙住了我的脸。我是她的女儿,朋友,安慰。但是我帮助不了她,除非我得作那种我决不肯作的事。在事后一想,我们娘儿俩就像两个没人管的狗,为我们的嘴,我们得受着一切的苦处,好像我们身上没有别的,只有一张嘴。为这张嘴,我们得把其余一切的东西都卖了。我不恨妈妈了,我明白了。不是妈妈的毛病,也不是不该长那张嘴,是粮食的毛病,凭什么没有我们的吃食呢?这个别离,把过去一切的苦楚都压过去了。那最明白我的眼泪怎流的月牙这回没出来。这回只有黑暗,连点萤火的光也没有。妈妈就在暗中像个活鬼似的走了,连个影子也没有。即使她马上死了,恐怕也不会和爸埋在一处了,我连她将来的坟在哪里都不知道。我只有这么个妈妈,朋友,我的世界里剩下我自己。

一 四

妈妈永不能相见了,爱死在我心里,像被霜打了的春花。我用心的练字,为是能帮助校长抄写些不要紧的东西。我必须有用,我是吃着别人的饭。我不像那些女同学,她们一天到晚注意别人,别人吃了什么,穿了什么,说了什么;我老注意我自己,我的影子是我的朋友。"我"老在我的心上,因为没人爱我。我爱我自己,可怜我自己,鼓励我自己,责备我自己;我知道我自己,仿佛我是另一个人似的。我身上有一点变化都使我害怕,使我欢喜,使我莫名其妙。我在我自己手中拿着,像捧着一朵娇嫩的花。我只能顾目前,没有将来,也不敢深想。嚼着人家的饭,我知道那是响午或晚上了,要不然我简直想不起时间来;没有希望,没有时间。我好像钉在个没有日月的地方。想起妈妈,我晓得我曾经活了十几年。对将来,我不像同学们那样盼望放假,过节,过年;假期,节,年,跟我有什么关系呢?可是我的身体是在往大了长呢,我觉得出。觉出我又长大了一些,我更渺茫,我不放心我自己。我越往大了长,我越觉得自己好看,这是一点安慰;美使我抬高了自己的身分。可是我根本没身分,安慰是先甜后苦的,苦到末了又使我自傲。穷,可是好看呢!这又使我怕:妈妈也不难看的!

一五

我又老没看月牙了,不敢去看,虽然想看。我已毕了业,还在学校里住着。晚上,学校里只有两个老仆人,一男一女。他们不知怎样对待我好,我既不是学生,也不是先生,又不是仆人,可有点像仆人。晚上,我一个人在院中走,常被月牙给赶进屋来,我没有胆子去看它。可是在屋里,我会想像它是什么样,特别是在有点小风的时候。微风仿佛会给那点微光吹到我的心上来,使我想起过去,更加重了眼前的悲哀。我的心就好像在月光下的蝙蝠,虽然是在光的下面,可是自己是黑的;黑的东西,即使会飞,也还是黑的,我没有希望。我可是不哭,我只常皱着眉。

一六

我有了点进款:给学生织些东西,她们给我点工钱。校长允许我这么办。可是进不了许多,因为她们也会织。不过她们急于要用,自己赶不来,或是给家中人打双手套或袜子,才来照顾我。虽然是这样,我的心似乎活了一点,我甚至想到:假若妈妈不走那一步,我是可以养活她的。一数我那点钱,我就知道这是梦想,可是这么想使我舒服一点。我很想看看妈妈。假若她看见我,她必能跟我来,我们能有方法活着,我想——可是不十分相信。我想妈妈,她常到我的梦中来。有一天,我跟着学生们到城外去旅行,回来的时候已经是下午四点多了。为是快点回来,我们抄了个小道。我看见了妈妈!在个小胡同里,有一家卖馒头的,门口放着个元宝筐,筐上插着个顶大的白木头馒头。顺着墙坐着妈妈,身儿一仰一弯的拉风箱呢。从老远我就看见了那个大木馒头与妈妈,我认识她的后影。我要过去抱住她,可是我不敢,我怕学生们笑话我,她们不许我有这样的妈妈。越走越近,我的头低下去,从泪中看了她一眼,她没看见我。我们一群人擦着她的身子走过去,她好像是什么也没看见,专心的拉她的风箱。走出老远,我回头看了看,她还在那儿拉呢。我看不清她的脸,只看到她的头发在额上披散着点。我记住这个小胡同的名儿。

一七

像有个小虫在心中咬我似的,我想去看妈妈,非看见她我心中不能安静。

正在这个时候,学校换了校长。胖校长告诉我得打主意,她在这儿一天便有我一天的饭食与住处,可是她不能保险新校长也这么办。我数了数我的钱,一共是两块七毛零几个铜子。这几个钱不会叫我在最近的几天中挨饿,可是我上哪儿呢?我不敢坐在那儿呆呆的发愁,我得想主意。找妈妈去是第一个念头。可是她能收留我吗?假若她不能收留我,而我找了她去,即使不能引起她与那个卖馒头的吵闹,她也必定很难过。我得为她想,她是我的妈妈,又不是我的妈妈,我们母女之间隔着一层用穷作成的障碍。想来想去,我不肯找她去了。我应当自己担着自己的苦处。可是怎么担着自己的苦处呢?我想不起。我觉得世界很小,没有安置我与我的小铺盖卷的地方。我还不如一条狗,狗有个地方便可以躺下睡;街上不准我躺着。是的,我是人,人可以不如狗,假若我扯着脸不走,焉知新校长不往外撵我呢?我不能等着人家往外推。这是个春天,我只看见花儿开了,叶儿绿了,而觉不到一点暖气,红的花只是红的花,绿的叶只是绿的叶,我看见些不同的颜色,只是一点颜色;这些颜色没有任何意义,春在我的心中是个凉的死的东西。我不肯哭,可是泪自己往下流。

一八

我出去找事了。不找妈妈,不依赖任何人,我要自己挣饭吃。走了整整两天,抱着希望出去,带着尘土与眼泪回来。没有事情给我作。我这才真明白了妈妈,真原谅了妈妈。妈妈还洗过臭袜子,我连这个都作不上。妈妈所走的就是唯一的。学校里教给我的本事与道德都是笑话,都是吃饱了没事时的玩艺。同学们不准我有那样的妈妈,她们笑话暗门子;是的,她们得这样看,她们有饭吃。我差不多要决定了:只要有人给我饭吃,我什么也肯干;妈妈是可佩服的。我才不去死,虽然想到过;不,我要活着。我年轻,我好看,我要活着。羞耻不是我造出来的。

一九

这么一想,我好像已经找到了事似的。我敢在院中走了,一个春天的月牙在天上挂着。我看出它的美来。天是暗蓝的,没有一点云。那个月牙清亮而温柔,把一些软光儿轻轻送到柳枝上。院中有点小风,带着南边的花香,把柳条的影子吹到墙角有光的地方来,又吹到无光的地方去;光不强,影儿不重,风微微的吹,都是温柔,什么都有点睡意,可又要轻软的活动着。月牙下边,柳梢上面,有一对星好像微笑的仙女的眼,逗着那歪歪的月牙和那轻摆的柳枝。墙那边有棵什么树,开满了白花,月的微光把这团雪照成一半儿白亮,一半儿略带点灰影,显出难以想到的纯净。这个月牙是希望的开始,我心里说。

二〇

我又找了胖校长去,她没在家。一个少年的男子把我让进去。他很体面,也很和气。我平素很怕男人,但是这个少年不叫我怕他。他叫我说什么,我便不好意思不说;他那么一笑,我心里就软了。我把找校长的意思对他说了,他很热心,答应帮助我。当天晚上,他给我送了两块钱来,我不肯收,他说这是他婶母——胖校长——给我的。他并且说他的婶母已经给我找好了地方住,第二天就可以搬过去。我要怀疑,可是不敢。他的笑脸好像笑到我心里去。我觉得我要疑心便对不起人,他是那么温和可爱。

二一

他的笑唇在我的脸上,从他的头发上我看着那也在微笑的月牙。春风像醉了,吹破了春云,露出月牙与一两对儿春星。河岸上的柳枝轻摆,春蛙唱着恋歌,嫩蒲的香味散在春晚的暖气里。我听着水流,像给嫩蒲一些生力,我想像着蒲梗轻快的往高里长。小蒲公英在潮暖的地上似乎正往叶尖花瓣上灌着白浆。什么都在溶化着春的力量,把春收在那微妙的地方,然后放出一些香味,像花蕊顶破了花瓣。我忘了自己,像四外的花草似的,承受着春的透入;我没了自己,像化在了那点春风与月的微光中。月儿忽然被云掩住,我想起来自己,我觉得他的热力压迫我。我失去那个月牙儿,也失去了自己,我和妈妈一样了!

二二

我后悔,我自慰,我要哭,我喜欢,我不知道怎样好。我要跑开,永不再见他;我又想他,我寂寞。两间小屋,只有我一个人,他每天晚上来。他永远俊美,老那么温和。他供给我吃喝,还给我作了几件新衣。穿上新衣,我自己看出我的美。可是我也恨这些衣服,又舍不得脱去。我不敢思想,也懒得思想,我迷迷糊糊的,腮上老有那么两块红。我懒得打扮,又不能不打扮,太闲在了,总得找点事作。打扮的时候,我怜爱自己;打扮完了,我恨自己。我的泪很容易下来,可是我设法不哭,眼终日老那么湿润润的,可爱。我有时候疯了似的吻他,然后把他推开,甚至于破口骂他;他老笑。

二三

我早知道,我没希望,一点云便能把月牙遮住,我的将来是黑暗。果然,没有多久,春便变成了夏,我的春梦作到了头儿。有一天,也就是刚晌午吧,来了一个少妇。她很美,可是美得不玲珑,像个磁人儿似的。她进到屋中就哭了。不用问,我已明白了。看她那个样儿,她不想跟我吵闹,我更没预备着跟她冲突。她是个老实人。她哭,可是拉住我的手:"他骗了咱们俩!"她说。我以为她也只是个"爱人"。不,她是他的妻。她不跟我闹,只口口声声的说:"你放了他吧!"我不知道怎么才好,我可怜这个少妇。我答应了她。她笑了。看她这个样儿,我以为她是缺个心眼,她似乎什么也不懂,只知道要她的丈夫。

二四

我在街上走了半天。很容易答应那个少妇呀,可是我怎么办呢?他给我的那些东西,我不愿意要;既然要离开他,便一刀两断。可是,放下那点东西,我还有什么呢?我上哪儿呢?我怎么能当天就有饭吃呢?好吧,我得要那些东西,无法。我偷偷的搬了走。我不后悔,只觉得空虚,像一片云那样的无倚无靠。搬到一间小屋里,我睡了一天。

二五

我知道怎样俭省,自幼就晓得钱是好的。凑合着手里还有那点钱,我想马上去找个事。这样,我虽然不希望什么,或者也不会有危险了。事情可是并不因我长了一两岁而容易找到。我很坚决,这并无济于事,只觉得应当如此罢了。妇女挣钱怎这么不容易呢!妈妈是对的,妇人只有一条路走,就是妈妈所走的路。我不肯马上就往那么走,可是知道它在不很远的地方等着我呢。我越挣扎,心中越害怕。我的希望是初月的光,一会儿就要消失。一两个星期过去了,希望越来越小。最后,我去和一排年轻的姑娘们在小饭馆受选阅。很小的一个饭馆,很大的一个老板;我们这群都不难看,都是高小毕业的女子们,等皇赏似的,等着一个破塔似的老板挑选。他选了我。我不感谢他,可是当时确有点痛快。那群女孩子们似乎很羡慕我,有的竟自含着泪走去,有的骂声"妈的"! 女子够多么不值钱呢!

二六

我成了小饭馆的第二号女招待。摆菜,端菜,算账,报菜名,我都不在行,我有点怕。可是"第一号"告诉我不用着急,她也都不会。她说,小顺管一切的事;我们当招待的只要给客人倒茶,递手巾把,和拿账条;别的不用管。奇怪!"第一号"的袖口卷起来很高,袖口的白里子上连一个污点也没有。腕上放着一块白丝手绢,绣着"妹妹我爱你"。她一天到晚往脸上拍粉,嘴唇抹得血瓢似的。给客人点烟的时候,她的膝往人家腿上倚;还给客人斟酒,有时候她自己也喝了一口。对于客人,有的她伺候得非常的周到,有的她连理也不理,她会把眼皮一搭拉,假装没看见。她不招待的,我只好去。我怕男人。我那点经验叫我明白了些,什么爱不爱的,反正男人可怕。特别是在饭馆吃饭的男人们,他们假装义气,打架似的让座让账;他们拚命的猜拳,喝酒;他们野兽似的吞吃,他们不必要而故意的挑剔毛病,骂人。我低头递茶递手巾,我的脸发烧。客人们故意的和我说东说西,招我笑;我没心思说笑。晚上九点多钟完了事,我非常的疲乏了。到了我的小屋,连衣裳没脱,我一直的睡到天亮。醒来,我心中高兴了一些,我现在是自食其力,用我的劳力自己挣饭吃。我很早的就去上工。

二七

"第一号"九点多才来,我已经去了两点多钟。她看不起我,可也并非完全恶意的教训我:"不用那么早来,谁八点来吃饭? 告诉你,丧气鬼,把脸别搭拉得那么长;你是女跑堂的,没让你在这儿送殡玩。低着头,没人多给酒钱;你干什么来了? 不为挣子儿吗? 你的领子太矮,咱这行全得弄高领子,绸子手绢,人家认这个!"我知道她是好意,我也知道设若我不肯笑,她也得吃挂落,少分酒钱,小账是大家平分的。我也并非看不起她,从一方面看,我实在佩服她，她是为挣钱。妇女挣钱就得这么着，没第二条路。但是，我不肯学她。我仿佛看得很清楚：有朝一日，我得比她还开通，才能挣上饭吃。可是那得到了山穷水尽的时候；"万不得已"老在那儿等我们女子，我只能叫它多等几天。这叫我咬牙切齿，叫我心中冒火，可是妇女的命运不在自己手里。又干了三天，那个大掌柜的下了警告：再试我两天，我要是愿意往长了干呢，得照"第一号"那么办。"第一号"一半嘲弄，一半劝告的说："已经有人打听你，干吗藏着乖的卖傻的呢？咱们谁不知道谁是怎着？女招待嫁银行经理的，有的是；你当是咱们低贱呢？闯开脸儿干呀，咱们也他妈的坐几天汽车！"这个，逼上我的气来，我问她："你什么时候坐汽车？"她把红嘴唇撇得要掉下去："不用你耍嘴皮子，干什么说什么，天生下来的香屁股，还不会干这个呢！"我干不了，拿了一块零五分钱，我回了家。

二八

最后的黑影又向我迈了一步。为躲它，就更走近了它。我不后悔丢了那个事，可我也真怕那个黑影。把自己卖给一个人，我会。自从那回事儿，我很明白了些男女之间的关系。女子把自己放松一些，男人闻着味儿就来了。他所要的是肉，他所给的也是肉。他咬了你，压着你，发散了兽力，你便暂时有吃有穿；然后他也许打你骂你，或者停止了你的供给。女子就这么卖了自己，有时候还很得意，我曾经觉到得意。在得意的时候，说的净是一些天上的话；过了会儿，你觉得身上的疼痛与丧气。不过，卖给一个男人，还可以说些天上的话；卖给大家，连这些也没法说了，妈妈就没说过这样的话，怕的程度不同，使我没法接收"第一号"的劝告；"一个"男人到底使我少怕一点，可是，我并不想卖我自己。我并不需要男人，我还不到二十岁。我当初以为跟男人在一块儿必定有趣，谁知道到了一块他就要求那个我所害怕的事。是的，那时候我像把自己交给了春风，任凭人家摆布；过后一想，他是利用我的无知，畅快他自己。他的甜言蜜语使我走入梦里；醒过来，不过是一个梦，一些空虚；我得到的是两顿饭，几件衣服。我不想再这样挣饭吃，饭是实在的，实在的去挣好了。可是，实在挣不上饭吃，女子得承认自己是女子，得卖肉！一个多月，我找不到事作。

二九

我遇见几个同学，有的升入了中学，有的在家里作姑娘。我不愿理她们。

可是一说起话来,我觉得我比她们精明。原先,在学校的时候,我比她们傻;现在,"她们"显得呆傻了。她们似乎还都作梦呢。她们都打扮得很好,像铺子里的货物。她们的眼溜着年轻的男子,心里好像作着爱情的诗。我笑她们。是的,我必定得原谅她们,她们有饭吃,吃饱了当然只好想爱情,男女彼此织成了网,互相捕捉;有钱的,网大一些,捉住几个,然后从容的选择一个。我没有钱,我连个结网的屋角都找不到。我得直接的捉人,或是被捉,我比她们明白一些,实际一些。

三〇

有一天,我碰见那个小媳妇,像磁人似的那个。她拉住了我,倒好像我是她的亲人似的。她有点颠三倒四的样儿。"你是好人!你是好人!我后悔了,"她很诚恳的说,"我后悔了!我叫你放了他,哼,还不如在你手里呢!他又弄了别人,更好了,一去不回头了!"在探问中,我知道她和他也是由恋爱而结的婚,她似乎还很爱他。他又跑了。我可怜这个小妇人,她也是还做着梦,还相信恋爱神圣。我问她现在的情形,她说她得找到他,她得从一而终。要是找不到他呢?我问。她咬上了嘴唇,她有公婆,娘家还有父母,她没有自由,她甚至于羡慕我,我没有人管着。还有人羡慕我,我真要笑了!我有自由,笑话!她有饭吃,我有自由;她没自由,我没饭吃,我俩都是女子。

三一

自从遇上那个小磁人,我不想把自己专卖给一个男人了,我决定玩玩了;换句话说,我要浪漫的挣饭吃了。我不再为谁负着什么道德责任,我饿。浪漫足以治饿,正如同吃饱了才浪漫,这是个圆圈,从哪儿走都可以。那些女同学与小磁人都跟我差不多,她们比我多着一点梦想,我比她们更直爽,肚子饿是最大的真理。是的,我开始卖了。把我所有的一点东西都折卖了,作了一身新行头,我的确不难看,我上了市。

三二

我想我要玩玩,浪漫。啊,我错了。我还是不大明白世故。男人并不像我想的那么容易勾引。我要勾引文明一些的人,要至多只赔上一两个吻。哈哈,人家不上那个当,人家要初次见面便摸我的乳。还有呢,人家只请我看电影,或逛逛大街,吃杯冰激凌;我还是饿着肚子回家。所谓文明人,懂得问我在哪儿毕业,家里作什么事。那个态度使我看明白,他若是要你,你得给他相当的好处;你若是没有好处可贡献呢,人家只用一角钱的冰激凌换你一个吻。要卖,得痛痛快快的,拿钱来,我陪你睡,我明白了这个。小磁人们不明白这个,我和妈妈明白,我很想妈了。

三三

据说有些女人是可以浪漫的挣饭吃,我缺乏资本;也就不必再这样想了。我有了买卖。可是我的房东不许我再住下去,他是讲体面的人。我连瞧他也没瞧,就搬了家,又搬回我妈妈和新爸爸曾经住过的那两间房。这里的人不讲体面,可也更真诚可爱。搬了家以后,我的买卖很不错。连文明人也来了。文明人知道了我是卖,他们是买,就肯来了;这样,他们不吃亏,也不丢身份。初干的时候,我很害怕,因为我还不到二十岁。及至作过了几天,我也就不怕了,身体上哪部分多运动都可以发达的。况且我不留情呢,我身上的各处都不闲着,手,嘴……都帮忙。他们爱这个。多咱他们像了一摊泥,他们才觉得上了算,他们满意,还替我作义务的宣传。干过了几个月,我明白的事情更多了,差不多每一见面我就能断定他是怎样的人。有的很有钱,这样的人一开口总是问我的身价,表示他买得起我。他也很嫉妒,总想包了我;逛暗娼他也想独占,因为他有钱。对这样的人,我不大招待。他闹脾气,我不怕,我告诉他,我可以找上他的门去,报告给他的太太。在小学里念了几年书,到底是没白念,他唬不住我。教育是有用的,我相信了。有的人呢,来的时候,手里就攥着一块钱,唯恐上了当。对这种人,我跟他细讲条件,干什么多少钱,干什么多少钱,他就乖乖的回家去拿钱,很有意思。最可恨的是那些油子,不但不肯花钱,反倒要占点便宜走,什么半盒烟卷呀,什么一小瓶雪花膏呀,他们随手拿去。这种人还是得罪不得,他们在地面上很熟,得罪了他们,他们会叫巡警跟我捣乱。我不得罪他们,我喂着他们;及至我认识了警官,才一个个的收拾他们。世界就是狼吞虎咽的世界,谁坏谁就占便宜。顶可怜的是那像中学学生样儿的,袋里装着一块钱,和几十铜子,叮当的直响,鼻子上出着汗。我可怜他们,可是也照常卖给他们。我有什么办法呢!还有老头子呢,都是些规矩人,或者家中已然儿孙成群。对他们,我不知道怎样好;但是我知道他们有钱,想在死前买些快乐,我只好供给他们所需要的。这些经验叫我认识了"钱"与"人"。钱比人更厉害一些,人是兽,钱是兽的胆子。

三 四

我发现了我身上有了病。这叫我非常的苦痛,我觉得已经不必活下去了。我休息了,我到街上去走;无目的,乱走。我想去看看妈。她必能给我一些安慰,我想像着自己已是快死的人了。我绕到那个小巷。希望见着妈妈;我想起她在门外拉风箱的样子。馒头铺已经关了门。打听,没人知道搬到哪里去。这使我更坚决了,我非找到妈妈不可。在街上丧胆游魂的走了几天,没有一点用。我疑心她是死了,或是和馒头铺的掌柜的搬到别处去,也许在千里以外。这么一想,我哭起来。我穿好了衣裳,擦上了脂粉,在床上躺着,等死。我相信我会不久就死去的。可是我没死。门外又敲门了,找我的。好吧,我伺候他,我把病尽力的传给他,我不觉得这对不起人,这根本不是我的过错。我又痛快了些,我吸烟,我喝酒,我好像已是三四十岁的人了。我的眼圈发青,手心很热,我不再管;有钱才能活着,先吃饱再说别的吧。我吃得并不错,谁肯吃坏的呢!我必须给自己一点好吃食,一些好衣裳,这样才稍微对得起自己一点。

三 五

一天早晨,大概有十点来钟吧,我正披着件长袍在屋中坐着,我听见院中有点脚步声。我十点来钟起来,有时候到十二点才想穿好衣裳,我近来非常的懒,能披着件衣服呆坐一两个钟头。我想不起什么,也不愿想什么,就那么独自呆坐。那点脚步声向我的门外来了,很轻很慢。不久,我看见一对眼睛,从门上那块小玻璃向里面看呢。看了一会儿,躲开了;我懒得动,还在那儿坐着。待了一会儿,那对眼睛又来了。我再也坐不住,我轻轻的开了门。"妈!"

三 六

我们母女怎么进了屋,我说不上来。哭了多久,也不大记得。妈妈已老得不像样儿了。她的掌柜的回了老家,没告诉她,偷偷的走了,没给她留下一个钱。她把那点东西变卖了,辞了房,搬到一个大杂院里去。她已找了我半个多月。最后,她想到上这儿来,并没希望找到我,只是碰碰看,可是竟自找到了我。她不敢认我了,要不是我叫她,她也许就又走了。哭完了,我发狂似的笑起来:她找到了女儿,女儿已是个暗娼!她养着我的时候,她得那样;现在轮到我养着她了,我得那样!女子的职业是世袭的,是专门的!

三七

我希望妈妈给我点安慰。我知道安慰不过是点空话,可是我还希望来自妈妈的口中。世上的妈妈都最会骗人,我们把妈妈的诓骗叫做安慰。我的妈妈连这个都忘了。她是饿怕了,我不怪她。她开始检点我的东西,问我的进项与花费,似乎一点也不以这种生意为奇怪。我告诉她,我有了病,希望她劝我休息几天。没有;她只说出去给我买药。"我们老干这个吗?"我问她。她没言语。可是从另一方面看,她确是想保护我,心疼我,她给我作饭,问我身上怎样,还常常的偷看我,像妈妈看睡着了的小孩那样。只是有一层她不肯说,就是叫我不用再干这行了。我心中很明白——虽然有一点不满意她——除了干这个,还想不到第二个事情作。我们母女得吃得穿——这个决定了一切。什么母女不母女,什么体面不体面,钱是无情的。

三八

妈妈想照应我,可是她得听着看着人家蹂躏我。我想好好的对待她,可是我觉得她有时候讨厌。她什么都要管管,特别是对于钱。她的眼已失去年轻时的光泽,不过看见了钱还能发点光。对于客人,她就自居为仆人,可是当客人给少了钱的时候,她张嘴就骂。这有时候使我很为难。不错,既干这个还不是为钱吗?可是干这个的也似乎不必骂人。我有时候也会慢待人,可是我有我的办法,使客人急不得恼不得。妈妈的方法太笨了,很容易得罪人,看在钱的面上,我们不应当得罪人。我的方法或者出于我还年轻,还幼稚;妈妈便不顾一切的单单站在钱上了,她应当如此,她比我大着好些岁。恐怕再过几年我也就这样了,人老心也跟着老,渐渐的老得和钱一样的硬。是的,妈妈不客气。她有时候劈手就抢客人的皮夹,有时候留下人家的帽子或值钱一点的手套与手杖。我很怕闹出事来,可是妈妈说的好:"能多弄一个是一个,咱们是拿着十年当一年活着的,等七老八十还有人要咱们吗?"有时候,客人喝醉了,她便把他架出去,找个僻静地方叫他坐下,连他的鞋都拿回来。说也奇怪,这种人倒没有来找账的,想是已人事不知,说不定也许病一大场。或者事过之后,想过滋味,也就不便再来闹了,我们不怕丢人,他们怕。

三九

　　妈妈是说对了:我们是拿十年当一年活着。干了二三年,我觉出自己是变了。我的皮肤粗糙了,我的嘴唇老是焦的,我的眼睛里老灰不溜的带着血丝。我起来的很晚,还觉得精神不够,我觉出这个来,客人们更不是瞎子,熟客渐渐的少起来。对于生客,我更努力的伺候,可是也更厌恶他们,有时候我管不住自己的脾气。我暴躁,我胡说,我已经不是我自己了。我的嘴不由得老胡说,似乎是惯了。这样,那些文明人已不多照顾我,因为我丢了那点"小鸟依人"——他们唯一的诗句——的身段与气味。我得和野鸡学了。我打扮得简直不像个人,这才招得动那不文明的人。我的嘴擦得像个红血瓢,我用力咬他们,他们觉得痛快。有时候我似乎已看见我的死,接进一块钱,我仿佛死了一点。钱是延长生命的,我的挣法适得其反。我看着自己死,等着自己死。这么一想,便把别的思想全止住了。不必想了,一天一天的活下去就是了,我的妈妈是我的影子,我至好不过将来变成她那样,卖了一辈子肉,剩下的只是一些白头发与抽皱的黑皮。这就是生命。

四〇

　　我勉强的笑,勉强的疯狂,我的痛苦不是落几个泪所能减除的。我这样的生命是没什么可惜的,可是它到底是个生命,我不愿撒手。况且我所做的并不是我自己的过错。死假如可怕,那只因为活着是可爱的。我决不是怕死的痛苦,我的痛苦久已胜过了死。我爱活着,而不应当这样活着。我想像着一种理想的生活,像作着梦似的;这个梦一会儿就过去了,实际的生活使我更觉得难过。这个世界不是个梦,是真的地狱。妈妈看出我的难过来,她劝我嫁人。嫁人,我有了饭吃,她可以弄一笔养老金。我是她的希望。我嫁谁呢?

四一

　　因为接触的男子很多了,我根本已忘了什么是爱,我爱的是我自己,及至我已爱不了自己,我爱别人干什么呢?但是打算出嫁,我得假装说我爱,说我愿意跟他一辈子。我对好几个人都这样说了,还起了誓;没人接受。在钱的管领下,人都很精明。嫖不如偷,对,偷省钱。我要是不要钱,管保人人说爱我。

四二

正在这个期间,巡警把我抓了去。我们城里的新官儿非常的讲道德,要扫清了暗门子。正式的妓女倒还照旧作生意,因为她们纳捐;纳捐的便是名正言顺的,道德的。抓了去,他们把我放在了感化院,有人教给我作工。洗,做,烹调,编织,我都会;要是这些本事能挣饭吃,我早就不干那个苦事了。我跟他们这样讲,他们不信,他们说我没出息,没道德。他们教给我工作,还告诉我必须爱我的工作。假如我爱工作,将来必定能自食其力,或是嫁个人。他们很乐观。我可没这信心。他们最好的成绩,是已经有十多个女的,经过他们感化而嫁了人。到这儿来领女人的,只须花两块钱的手续费和找一个妥实的铺保就够了。这是个便宜,从男人方面看;据我想,这是个笑话。我干脆就不受这个感化。当一个大官儿来检阅我们的时候,我唾了他一脸唾沫。他们还不肯放了我,我是带危险性的东西。可是他们也不肯再感化我。我换了地方,到了狱中。

四三

狱里是个好地方,它使人坚信人类的没有起色;在我作梦的时候都见不到这样丑恶的玩艺。自从我一进来,我就不再想出去,在我的经验中,世界比这儿并强不了许多。我不愿死,假若从这儿出去而能有个较好的地方;事实上既不这样,死在哪儿不一样呢。在这里,在这里,我又看见了我的好朋友,月牙儿!多久没见着它了!妈妈干什么呢?我想起来一切。

(原载 1935 年 4 月《国闻周报》12 卷 12—14 期)

【作品分析】

《月牙儿》以"我"的回忆,描写了母女两代沦为暗娼的悲惨遭遇,深刻揭露了旧社会的黑暗与罪恶。

"妈妈"原本勤劳朴实,正直善良,有着劳动人民的传统美德。她以最辛苦的劳动换取最低的生存需求而不可得,为了"两张嘴",为了女儿"念书",只能扭曲美好心灵、道德良知,顺应不合理社会冷酷的金钱关系法则,"上市"、"卖肉",把心变得和钱一样硬。最后,剩下的只是"白头发"、"抽皱的黑皮"和死了的心。"我"是知识女性,原本美丽纯真,善良要强,向往"一种理想的生活,像作梦似的"。为了圆理想的"梦",她"恨妈妈",独自顽强奋斗:先是在学校抄写和织毛衣,以解决食宿问题;后来"出去找事",被纨绔子弟诱骗失身,使"春梦作到了头儿";又到饭馆当女招待,想用自己的劳动"挣饭吃",因不肯卖笑承欢被辞退。现实的打击,使"我"从"梦"中猛醒,认识到学校里教的"本事与道德都是笑话","梦"越有"诗意",就越"滑稽",只有肚子饿才是最大的真理。在这个世界上,除了和母亲一样"卖肉",已别无选择。皮肉生涯,使"我"像母亲一样,"皮肤粗糙",嘴唇枯干,眼睛里带着血丝,成天吸烟、喝酒、暴躁、胡说。但是精神的炼狱却使"我"更加清醒,终于发出愤怒的诅咒:"这个世界不是个梦,是真的地狱",并大胆反抗,当大官来检阅时,"唾了他一脸吐沫"。"妈妈"和"我"金子一样的心,在这兽性的社会里受践踏,被吞噬,从而揭示出"黑暗的社会是惨剧的母亲","坏嘎嘎是好人削成的"。

作品在艺术形式上,以散文诗笔法,造成浓重的抒情氛围。作者匠心独运地采用串珠式结构,以月牙儿开头,以月牙儿收尾,以月牙儿统领43小节散文诗一样优美的文字。月牙儿既是自然景物,又是艺术象征,烘托着环境气氛,象征着人物命运;既是内心的写照,又是感情的物化,显示着心灵的历程,散发着浓郁的诗情。这样,就使得痛苦人生的回顾和饱蘸血泪的图画,以景生情,融情入景,产生醇浓似酒的意境和催人泪下的力量。

【延伸阅读文献】

樊骏:《老舍名作欣赏》,中国和平出版社1996年版。

范亦豪:《论〈月牙儿〉及其在老舍创作中的地位》,《文学评论》1984年第2期。

杨义:《中国现代小说史》第二卷,人民文学出版社1988年版。

(王晓琴)

山峡中(存目)

艾 芜

【作者介绍】

艾芜(1904—1992),原名汤耕道,四川新繁县人。代表作有:成名作短篇小说集《南行记》,短篇小说名篇《山峡中》,长篇小说《山野》。作品收入《艾芜文集》(共7卷)。

【作品分析】

《山峡中》1934年发表于《青年界》第5卷第3号。通过怀着理想茫然漂泊的知识分子"我"的所见所闻,展现了西南边陲"山贼"在社会最底层,为生存而挣扎的境遇,揭露了社会的黑暗和丑恶,讴歌了生命的顽强和美丽。

作者以浓烈的色彩,描绘了"我"所遇到的一群"山贼"的生活。他们"被社会抛却"出正常的生活轨道,陷入绝境只能铤而走险。凶险而苦难的生活磨炼了他们求生的意志,激发了他们满腔的仇恨,也铸成了他们铁石的心肠。以魏老头子为首领的这群"山贼",在"个个都对我们捏着拳头"的人世间,"不怕挨打就是本钱"。他们信奉的人生哲学是:"懦弱的人,一辈子只有给人踏着过日子","是不配活的"。为生存自卫,他们的人性被扭曲,异化为强悍残酷的野性。老实而忧郁的农民小黑牛,妻子遭张太爷霸占,被逼迫到这个强盗世界,但仍然怀恋着故乡的山地、小牛、女人。由于挨打受重伤,想离开同伙洗手不干,因知道得太多,就在黑夜里被抛进峡谷,葬身江心。作者通过这一幅令人颤栗的悲惨画面,从一个特殊的角度,暴露了畸形社会泯灭人性,把人变成兽的血腥罪恶。

魏老头子的爱女"野猫子",是作品中最有光彩的形象,历来为人所称道。由于受到父亲的百般娇宠,她在"自由之家"里,总是抱着木头人儿,做鬼脸,开玩笑,活泼、快乐,充满少女的纯真。但是从小"在刀上过日子"的处境,又使她出入集市偷盗,神态自若,计谋多端,狡黠泼辣,有着桀骜不驯的野性。在她的身上,善良、朴实的人性与粗犷、残忍的野性,和谐统一地融为一体,显示出充满生命力的性格美,具有迷人的真实性。正因为如此,最后她知恩图报,有情有义。当"我"决定要离开时,尽管她可以指使"山贼"杀人灭口,让我成为第二个"小黑牛",然而她却没有这样做。只是乘"我"酣睡之时悄悄离去,还给"我"留下三块银元做路费。由此又使这群"山贼"身上闪射出夺目的人性之光,从而揭示出他们的残忍是"叫人活不下去"的社会逼迫出来的,实质上,在他们的灵魂深处仍然潜藏着善良美丽的心灵。

作品充满浓烈的主观抒情色彩,作者直抒胸臆,畅言感受,字里行间,情真意切,感情酣畅淋漓。惨绝人寰的人间悲剧的叙写和雄阔壮丽的水光山色的描绘,形成现实丑与自然美的鲜明对比,使人简直难以相信"这样美好的地方"会发生"夜来那样可怕的事情",更增添了传奇性和罗曼蒂克情调,颇具一种迷人的神韵。

【延伸阅读文献】

王晓明:《沙汀艾芜的小说世界》,上海文艺出版社1987年版。
廉正祥:《流浪文豪:艾芜传》,四川文艺出版社1988年版。

(王晓琴)

春　阳

施蛰存

　　婵阿姨把保管箱锁上，走出库门，看见那个年轻的行员正在对着她瞧，她心里一动，不由的回过头去向那一排一排整整齐齐的保管箱看了一眼，可是她已经认不得那一只是三〇五号了。她望怀里一掏，刚才提出来的一百五十四元六角的息金好好地在内衣袋里。于是她走出了上海银行大门。

　　好天气，太阳那么大。这是她今天第一次感觉到的。不错，她一早从昆山乘火车来，一下火车，就跳上黄包车，到银行。她除了起床的时候曾经揭开窗帘看下不下雨之外，实在没有留心过天气。可是今天这天气着实好，近半个月来，老是那么样的风风雨雨，没得见着过好天气，今天却满街满屋的暖太阳了。到底是春天了，一晴就暖和。她把围在衣领上的毛绒围巾放松了一下。

　　这二月半旬的，好久不照到上海来的太阳，你别忽略了，倒真有一些魅力呢。倘若是像前两日一样的阴沉天气，当她从玻璃的旋转门中出来，一阵冷风扑上脸，她准是把一角围巾掩着嘴，雇一辆黄包车直到北火车站，在待车室里老等下午三点钟开的列车回昆山去。今天扑脸上的乃是一股热气，一片晃眼的亮，这使她平空添出许多兴致。她摸出十年前的爱尔琴金表来。十二点还差十分。这样早。还好在马路上走走呢。

　　于是，昆山的婵阿姨，一个儿走到了春阳和煦的上海的南京路上。来来往往的女人男人，都穿得那么样轻，那么样美丽，又那么样小玲玲的，这使她感觉到自己的绒线围巾和驼绒旗袍的累坠。早知天会这样热，可就穿了那件雁翎绉衬绒旗袍来了。她心里划算着，手却把那绒线围巾除下来，折叠了搭在手腕上。

　　什么店铺都在大廉价。婵阿姨看看绸缎，看看瓷器，又看看各式各样的化妆品，丝袜，和糖果饼干。她想买一点吗？不会的，这一点点主意她是拿得稳的。没有必需，她不会买什么东西。要不然，假如她舍得随便花钱，她怎么会牺牲了一生的幸福，肯抱牌位做亲呢？

春阳

她一路走,一路看。从江西路口走到三友实业社,已经过午时了。她觉得热,额角上有些汗。袋里一摸,早上出来没带着手帕。这时,她觉得有必需了。她走进三友实业社去买了一条毛巾手帕,带便在椅子上坐坐,歇歇力。

她隔着玻璃橱窗望出去,人真多,来来去去的不断。他们都不像觉得累,一两步就闪过了,走得快。愈看人家矫健,愈感觉到自己的孱弱了,她抹着汗,懒得立起来,她害怕走出门去,将怎样挤进这些人的狂流中去呢?

到这时,她才第一次奇怪起来:为什么,论年纪也还不过三十五岁,何以这样的不济呢?在昆山的时候,天天上大街,可并不觉得累,一到上海,走不了一条马路,立刻就像个老年人了。这是为什么?她这样想着,同时就埋怨着自己,不应该高兴逛马路玩,这是毫无意思的。

于是她勉强起身,挨出门。她想到先施公司对面那家点心店里去吃一碗面,当中饭。吃了面就雇黄包车到北火车站。可是,你得明白,这是婵阿姨刚才挨出三友实业社的那扇玻璃门时候的主意。要是她真的累得走不动,她也真会去吃了面上火车的。意料不到的却是,当她望永安公司那边走了几步路,忽然觉得身上又恢复了一种好像是久已消失了的精力,让她混合在许多呈着喜悦的容颜的年青人的狂流中,一样轻快地走……走。

什么东西让她得到这样重要的改变?这春日的太阳光,无疑的。它不仅改变了她的体质,简直还改变了她的思想。真的,一阵很骚动的对于自己的反抗心骤然在她胸中灼热起来。为什么到上海来不玩一玩呢?做人一世,没钱的人没办法,眼巴巴地要挨着到上海来玩一趟,现在,有的是钱,虽然还要做两个月家用,可是就使花完了,大不了再去提出一百块来。况且,算它住一夜的话,也用不了一二十块钱。人有的时候得看破些,天气这样好!

天气这样好,眼前一切都呈着明亮和活跃的气象。每一辆汽车刷过一道崭新的喷漆的光,每一扇玻璃橱上闪耀着各方面投射来的晶莹的光,远处摩天大厦的圆瓴形或方形的屋顶上辉煌着金碧的光,只有那先施公司对面的点心店,好像被阳光忘记了似的,呈现着一种抑郁的烟煤的颜色。

何必如此刻苦呢?舒舒服服地吃一顿饭。婵阿姨不想吃面了。但她想不出应当到什么地方去吃饭。她预备叫两个菜,两个上海菜。当然不要昆山吃惯了的东西,但价钱,至多两元,花两块钱吃一顿中饭,已经是很费的了,可是上海却说不来,也许两个菜得卖三块四块。这就是她不敢闯进任何一家没有经验的餐馆的理由。

她站在路角上,想,想。在西门的一个馆子里,她曾经吃过一顿饭,可是那太远了。其次,四马路,她记得也有一家;再有,不错,冠生园,就在大马路。她不记得有没有走过头,但在她记忆中,似乎冠生园是最适宜的了,虽则稍微

161

有点憎嫌那儿的饭太硬。她思索了一下,仿佛记得冠生园是已经走过了,她怪自己一路没有留心。

婵阿姨在冠生园楼上拣了个座位,垫子软软的,当然比坐在三友实业社舒服。侍者送上茶来,顺便递了张菜单给她。这使她稍微有一点窘,因为她虽然认得字,可并不会点菜。她费了十分钟,给自己斟酌了两个菜,一共一块钱。她很满意,因为她知道在这样华丽的菜馆里,是很不容易节省的。

她饮着茶,一个人占据了四个人的座位。她想趁这空暇打算一下,吃过饭到什么地方去呢?今天要不要回昆山去?倘若不回去的话,那么,今晚住到什么地方去?惠中旅馆,像前年有一天因为银行封关而不得不住一夜那情形一样吗?再说,玩,怎样玩?她都委决不下。

一溜眼,看见旁座的圆桌子上坐着一男一女,和一个孩子。似乎是一个小家庭呢?但女的好像比男的年长得多。她大概也有三十四五岁了吧?婵阿姨刚才感觉到一种获得了同僚似的欢喜,但差不多是同时的,一种常常沉潜在她心里而不敢升腾起来的烦闷又冲破了她的欢喜的面具。这是因为在她的餐桌上,除了她自己之外,更没有第二个人。丈夫?孩子?

十二三年前,婵阿姨的未婚夫忽然在吉期以前七十五天死了。他是一个拥有三千亩田的大地主的独子,他的死,也就是这许多地产失去了继承人。那时候,婵阿姨是个康健的小姐,她有着人家所称赞为"卓见"的美德,经过了二日二夜的考虑之后,她决定抱牌位做亲而获得了这大宗财产的合法的继承权。

她当时相信自己有这样大的牺牲精神,但现在,随着年岁的增长,她逐渐地愈加不相信自己何以会有这样的勇气。翁姑故世了,一大注产业都归她掌管了,但这有什么用处呢?她忘记了当时牺牲一切幸福以获得这产业的时候,究竟有没有想到这份产业对于她将有多大的好处?族中人的虎视眈眈,在指望她死后好公分她的产业,她也不会有一个血统的继承人。算什么呢?她实在只是一宗巨产的暂时的经营人罢了。

虽则她有时很觉悟到这种情形,她却还不肯浪费她的财产,在她是以为既然牺牲了毕生的幸福以获得此产业,那么惟有刻意保持着这产业,才比较是实惠的。否则,假如她自己花完了,她的牺牲岂不更是徒然的吗?这就是她始终节俭持家的缘故。

但是,对于那被牺牲了的幸福,在她现在的衡量中,却比从前的估价更高了。一年一年地阅历下来,所有的女伴都嫁了丈夫,有了儿女,成了家。即使有贫困的,但她们都另外有一种愉快足够抵偿经济生活的穷苦。而这种愉快,她是永远艳羡着,但永远没有尝味过,没有!

有时,当一种极罕有的勇气奔放起来,她会想——丢掉这些财富而去结婚罢。但她一揽起镜子来,看见了萎黄的一个容颜,或是想象出了族中人的诽笑和讽刺的投射,她也就沉郁下去了。

她感觉到寂寞,但她再没有更大的勇气,牺牲现有的一切,以冲破这寂寞的氛围。

她凝看着。旁边的座位上,一个年轻的漂亮的丈夫,一个兴高采烈的妻子,一个活泼的五六岁的孩子。她们商量吃什么菜肴。她们谈话。她们互相看着笑。他们好像是在自己家里。当然,他们并不怪婵阿姨这样沉醉地眈视着。

直等到侍者把菜肴端上来,才阻断了婵阿姨的视线。她看看对面,一个空的座位。玻璃的桌面上,陈列着一副碗筷,一副,不是三副。她觉得有点难堪。她怀疑那妻子是在看着她。她以为我是何等样人呢?她看得出我是个死了的未婚夫的妻子吗?不仅是她看着,那丈夫也注目着我啊。他看得出我并不比他妻子年纪大吗?还有,那孩子,他那双小眼睛也在看着我吗?他看出来,以为我像一个母亲吗?假如我来抚养他,他会不会有这样活泼呢?

她呆看着坚硬的饭颗,不敢再溜眼到旁边去了。她怕接触那三双眼睛,她怕接触了那三双眼睛之后,它们会立刻给她一个否决的回答。

她于是看见一只文雅的手握着一束报纸。她抬起头来,看见一个人站在她桌子边。他好像找不到坐位,想在她对面那空位上坐。但他迟疑着。终于,他没有坐,走了过去。

她目送着他走到里间去,不知道心里该怎么想。如果他终于坐下在她对面,和她同桌子吃饭呢?那也没有什么不可以。在上海,这是普通的事。就使他坐下,向她微笑着,点点头,似曾相识地攀谈起来,也未尝不是坦白的事。可是,假如他真的坐下来,假如他真的攀谈起来,会有怎样的结局啊,今天?

这里,她又沉思着,为什么他对她看了一眼之后,才果决地不坐下来了呢?他是不是本想坐下来,因为对于她有什么不满意而翻然变计了吗?但愿他是简单地因为她是一个女客,觉得不太方便,所以不坐下来的。但愿他是一个腼腆的人!

婵阿姨找一面镜子,但没有如愿。她从盆子里捡起一块蒸气洗过的手巾,揩着脸,却又后悔早晨没有擦粉。到上海来,擦一点粉是需要的。倘若今天不回昆山去,就得在到惠中旅馆之前,先去买一盒粉,横竖家里的粉也快完了。

在旅馆里梳洗之后,出来,到那里去呢?也许,也许他——她稍微侧转身去,远远地看见那有一双文雅的手的中年男子已经独坐在一只圆玻璃桌边,他正在看报。他为什么独自个呢？也许他会得高兴说：
——小姐,他会得这样称呼吗？我奉陪你去看影戏,好不好？

可是,不知道今天有什么好看的戏,停会儿还得买一份报。他现在看什么？影戏广告？我可以去借过来看一看吗？假如他坐在这里,假如他坐在这里看……

——先生,借一张登载影戏广告的报纸,可以吗？
——哦,可以的,可以的,小姐预备去看影戏吗？……
——小姐贵姓？
——哦,敝姓张,我是在上海银行做事的。……

这样,一切都会很好地进行了。在上海。这样好的天气。没有遇到一个熟人。婵阿姨冥想有一位新交的男朋友陪着她在马路上走,手挽着手。和暖的太阳照在他们相并的肩上,让她觉得通身的轻快。

可是,为什么他在上海银行做事？婵阿姨再溜眼看他一下,不,他的确不是那个管理保管库的行员。那行员是还要年轻,面相还要和气,风度也比较的洒落得多。他不是那人。

一想起那年轻的行员,婵阿姨就特别清晰地看见了他站在保管库门边凝看她的神情。那是一道好像要说出话来的眼光,一个跃跃欲动的嘴唇,一副充满着热情的脸。他老是在门边看着,这使她有点烦乱,她曾经觉得不好意思摸摸索索地多费时间,所以匆匆地锁了抽屉就出来了。她记得上一次来开保管箱的时候,那个年老的行员并不这样仔细地监视她的。

当她走出那狭窄的库门的时候,她记得她曾回过头去看一眼。但这并不单为了不放心那保管箱,好像这里边还有点避免他那注意的凝视的作用。她的确觉得,当她在他身边挨过的时候,他的下颔曾经碰着了她的头发。非但如此,她还疑心她的肩膀也曾经碰着他的胸脯。

但为什么当时没有勇气抬头看他一眼呢？

婵阿姨的自己约束不住的遐想,使她憧憬于那上海银行的保管库了。为什么不多耽搁一会呢？为什么那样匆急地锁了抽屉呢？那样地手忙脚乱,不错,究竟有没有把钥匙锁上呀？她不禁伸手到里衣袋去一摸,那小小的钥匙在着。但她恍惚觉得这是开了抽屉就放进袋里去的,没有再用它来锁上过。没有,绝对的没有锁上,不然,为什么她记忆中没有这动作啊？没有把保管箱锁上？真的？这是何等重要的事！

她立刻付了账。走出冠生园,在路角上,她招呼一辆黄包车：
——江西路,上海银行。
在管理保管库事情的行员办公的那柜台外,她招呼着：

——喂,我要开开保管箱。

那年轻的行员,他正在抽着纸烟和别一个行员说话,回转头来问:

——几号?

他立刻呈现了一种诧异的神气,这好像说:又是你,上午来开了一次,下午又要开了,多忙?可是这诧异的神气并不在他脸上停留得很长久,行长陈光甫常常告诫他的职员:对待主顾要客气,办事不怕麻烦。所以,当婵阿姨取出她的钥匙来,告诉了他三百零五号之后,他就捡取了同号码的副钥匙,殷勤地伺候她到保管库里去。

三百零五号保管箱,她审察了一下,好好地锁着。她沉吟着,既然好好地锁着,似乎不必再开吧?

——怎么,要开吗?那行员拈弄着钥匙问。

——不用开了。我因为忘记了刚才有没有锁上,所以来看看。她觉得有点歉疚地回答。

于是他笑了。一个和气的,年轻的银行职员对她微笑着,并且对她看着。他是多么可亲啊!假如在冠生园的话,他一定会坐下在她对面的。但现在,在银行的保管库里,他会怎样呢?

她被他看着。她期待着。她有点窘,但是欢喜。他会怎样呢?他亲切地说:

——放心罢,即使不锁,也不要紧的,太太。

什么?太太?太太!他称她为太太!愤怒和被侮辱了的感情奔涌在她眼睛里,她要哭了。她装着苦笑。当然,他是不会发觉的,他也许以为她是羞赧。她一扭身,走了。

在库门外,她看见一个艳服的女人。

——啊,密司陈,开保管箱吗?钥匙拿了没有?

她听见他在背后问,更亲切地。

她正走在这女人身旁。她看了她一眼。密司陈,密司!

于是她走出了上海银行大门。一阵冷。眼前阴沉沉地,天色又变坏了。西北风。好像还要下雨。她迟疑了一下,终于披上了围巾:

——黄包车,北站!

在车上,她掏出时表来看。两点十分,还赶得上三点钟的快车。在藏起那时表的时候,她从衣袋里带出了冠生园的发票。她困难地,但是专心地核算着:菜,茶,白饭,堂彩,付两块钱,找出六角,还有几个铜元呢?

(原载《良友图画杂志》,选自《黑牡丹》)

【作者介绍】

施蛰存(1905—2003),原籍浙江杭州。8岁时随家迁居上海。在上海大学学习期间,开始文学创作。代表作有:《梅雨之夕》、《鸠摩罗什》、《春阳》。主要作品收入短篇小说集《善女人行品》、《梅雨之夕》。

【作品分析】

《春阳》出版于1933年。作品揭示了都市中年富婆蝉阿姨隐秘而曲折的心理流程,性渴望的萌动与幻灭。十二三年前,"蝉阿姨是个康健的小姐",为获得大宗财产,在未婚夫病故后,怀着"卓见"手抱牌位举行婚礼。后来公婆去世,她以牺牲青春为代价,终于掌管了产业。到上海银行取钱后,走在繁华街道上,春日的阳光,诱发了她内心的骚动。她要反抗自己,去挥霍一次,"玩一玩"。她不想再吃省钱的面条,而步入了华丽的"冠生园",决定"花两块钱吃一顿中饭"。邻桌漂亮的年轻夫妇,带着活泼的孩子,有说有笑,其乐融融。这使得结婚成家的欲念,在她胸中灼烧起来。于是她幻想站在桌边"一只文雅的手握着一束报纸"的中年男子,坐下来和她同桌吃饭,"向她微笑着,点点头,似曾相识地攀谈起来",她问一句,他连答三句,大献殷勤,还邀请去看影戏,两人"手挽着手","和暖的太阳照在他们相并的肩上"。接着她眼前又清晰浮现出年轻的银行职员,面相更和气,风度也更洒脱,眼睛"好像要说出话来",嘴唇"跃跃欲动",脸上"充满着热情"。这使她约束不住地憧憬那银行,悔恨当时匆忙离去。她立刻走出冠生园,又回到了银行,那个年轻男职员依然和气可亲,面带微笑。她"期待着",非常"欢喜",可是他只是有礼貌地称她为"太太"。而当另一个年轻艳服女人进来后,这年轻男职员,马上迎上前去,更亲切地称呼其"密司"(小姐),服务亦更殷勤周到。被冷落的蝉阿姨如梦初醒,怅然离去,从阳光下转到雨天中,迅速退回原来的生活轨道,命定地"刻意保持着这产业",充当这"巨产的暂时的经营人"。显而易见,作者通过都市女性以幸福换取财产的悲剧,揭露了封建礼教对人性的压抑扭曲。

作品采用意识流手法,不注意故事情节,而按照弗洛伊德心理学,挖掘人物的潜意识,性心理,以人物的心理的流动,造成现实生活图景的流动。如蝉阿姨在冠生园吃饭的一幕,邻桌幸福家庭的兴高采烈,站在桌边中年男客文雅的手,这样互无联系的现实生活图景,经过她心理滤化后,由产生的印象、幻觉、联想,重新组合而成。作者虽未勾画她的面貌、身材、举止、说话腔调,但是她的连绵思绪、心理历程,却使其长期受压抑被扭曲的性心理表现得淋漓尽致。作者还善于细节描写。诸如蝉阿姨每次来上海都吃最省钱的面条;这次虽要挥霍一次,"舒舒服服地吃一顿饭",但定的标准仍是"至多两元";最后乘车离去时,还在专心核算记账。这些都揭示出被金钱锁住心灵的她的吝啬。

【延伸阅读文献】

吴福辉:《带着枷锁的笑》,浙江文艺出版社1991年版。
杨义:《中国现代小说史》第二卷,人民文学出版社1988年版。

(王晓琴)

上海的狐步舞

（一个断片）

穆时英

　　上海。造在地狱上面的天堂！

　　沪西，大月亮爬在天边，照着大原野，浅灰的原野，铺上银灰的月光，再嵌着深灰的树影和村庄的一大堆一大堆的影子。原野上，铁轨画着弧线，沿着天空直伸到那边儿的水平线下去。

　　林肯路。（在这儿，道德给践在脚下，罪恶给高高地捧在脑袋上面。）

　　拎着饭篮，独自个儿在那儿走着，一只手放在裤袋里，看着自家儿嘴里出来的热气慢慢儿地飘到蔚蓝的夜色里去。

　　三个穿黑绸长褂，外面罩着黑大褂的人影一闪。三张在呢帽底下只瞧得见鼻子和下巴的脸遮在他前面。

　　"慢着走，朋友！"

　　"有话尽说。朋友！"

　　"咱们冤有头，债有主，今儿不是咱们有什么跟你过不去，各为各的主子，咱们也要吃口饭，回头您老别怨咱们不够朋友。明年今儿是你的周年，记着！"

　　"笑话了！咱也不是那么不够朋友的——"一扔饭篮，一手抓住那人的枪，就是一拳过去。

　　碰！手放了，人倒下去，按着肚子。碰！又是一枪。

　　"好小子！有种！"

　　"咱们这辈子再会了，朋友！"

　　"黑绸长裙"把呢帽一推，叫搁在脑勺上，穿过铁路，不见了。

　　"救命！"爬了几步。

　　"救命！"又爬了几步。

　　嘟的吼了一声儿，一道弧灯的光从水平线底下伸了出来。铁轨隆隆地响着，铁轨上的枕木像蜈蚣似地在光线里向前爬去，电杆木显了出来，马上又隐没在黑暗里边，一列"上海特别快"突着肚子，达达达，用着狐步舞的拍，含着颗夜明珠,龙似地跑了过去,绕着那条弧线。又张着嘴吼了一声儿,一道黑烟直拖到尾巴那儿,弧灯的光线钻到地平线下,一会儿便不见了。

又静了下来。

铁道交通门前,交错着汽车的弧灯的光线,管交通门的倒拿着红绿旗,拉开了那白脸红嘴唇,带了红宝石耳坠子的交通门。马上,汽车就跟着门飞了过去,一长串。

上了白漆的街树的腿,电杆木的腿,一切静物的腿……revue 似地,把擦满了粉的大腿交叉地伸出来的姑娘们……白漆的腿的行列。沿着那条静悄的大路,从住宅的窗里,都会的眼珠子似地,透过了窗纱,偷溜了出来淡红的,紫的,绿的,处女的灯光。

汽车在一座别墅式的小洋房前停了,叭叭的拉着喇叭。刘有德先生的西瓜皮帽上的珊瑚结子从车门里探了出来,黑毛葛背心上两只小口袋里挂着的金表链上面的几个小金镑叮当地笑着,把他送出车外,送到这屋子里。他把半段雪茄扔在门外,走到客室里,刚坐下,楼梯的地毯上响着轻捷的鞋跟,嗒嗒地。

"回来了吗?"活泼的笑声,一位在年龄上是他的媳妇,在法律上是他的妻子的夫人跑了进来,扯着他的鼻子道。"快!给我签张三千块钱的支票。"

"上礼拜那些钱又用完了吗?"

不说话,把手里的一叠账交给他,便拉他的蓝缎袍的大袖子往书房里跑,把笔送到他手里。

"我说……"

"你说什么?"堵着小红嘴。

瞧了她一眼便签了。她就低下脑袋把小嘴凑到他的大嘴上。"晚饭你独自个儿吃吧,我和小德要出去。"便笑着跑了出去,碰的阖上门。他掏出手帕来往嘴上一擦,麻纱手帕上印着 tangee。倒像我的女儿呢,成天的缠着要钱。

"爹!"

一抬脑袋,小德不知多咱溜了进来,站在他旁边,见了猫的耗子似地。

"你怎么又回来啦?"

"姨娘打电话叫我回来的。"

"干吗?"

"拿钱。"

刘有德先生心里好笑,这娘儿俩真有他们的。

"她怎么会叫你回来问我要钱?她不会要不成?"

"是我要钱。姨娘叫我伴她去玩。"

忽然门开了，"你有现钱没有？"刘颜蓉珠又跑了进来。

"只有……"

一只刚用过蔻丹的小手早就伸到他口袋里把皮夹拿了出来！红润的指甲数着钞票：一五，一十，二十……三百。"五十留给你，多的我拿去了。多给你晚上又得不回来。"做了个媚眼，拉了他法律上的儿子就走。

儿子是衣架子，成天地读着给 gigolo 看的时装杂志，把烫得有粗大明朗的折纹的褂子穿到身上，领带打得在中间留了个涡，拉着母亲的胳膊坐到车上。

上了白漆的街树的腿，电杆木的腿，一切静物的腿……revue 似地，把擦满了粉的大腿交叉地伸出来的姑娘们……白漆腿的行列。沿着那条静悄的大路，从住宅区的窗里，都会的眼珠子似地，透过了窗纱，偷溜了出来淡红的，紫的，绿的，处女的灯光。

开着一九三二的新别克，却一个心儿想一九八零年的恋爱方式。深秋的晚风吹来，吹动了儿子的领子，母亲的头发，全有点儿觉得凉。法律上的母亲偎在儿子的怀里道：

"可惜你是我的儿子。"嘻嘻地笑着。

儿子在父亲吻过的母亲的小嘴上吻了一下，差点儿把车开到人行道上去啦。

Neon light 伸着颜色的手指在蓝墨水似的夜空里写着大字。一个英国绅士站在前面，穿了红的燕尾服，挟着手杖，那么精神抖擞地在散步。脚下写着："Johnny Walker: Still Going Strong"。路旁一小块草地上展开了地产公司的乌托邦，上面一个抽吉士牌的美国人看着，像在说："可惜这是小人国的乌托邦；那片大草原里还放不下我的一只脚呢？"

汽车前显出个人的影子，喇叭吼了一声儿，那人回过脑袋来一瞧，就从车轮前溜到行人道上去了。

"蓉珠，我们上哪去？"

"随便哪个 cabaret 里去闹个新鲜吧；礼查，大华我全玩腻了。"

跑马厅屋顶上，风针上的金马向着红月亮撒开了四蹄。在那片大草地的四周泛滥着光的海，罪恶的海浪，慕尔堂浸在黑暗里，跪着，在替这些下地狱的男女祈祷，大世界的塔尖拒绝了忏悔，骄傲地瞧着这位迂牧师，放射着一圈圈的灯光。

蔚蓝的黄昏笼罩着全场，一只 saxophone 正伸长了脖子，张着大嘴，呜呜地冲着他们嚷。当中那片光滑的地板上，飘动的裙子，飘动的袍角，精致的鞋跟，鞋跟，鞋跟，鞋跟，鞋跟。蓬松的头发和男子的脸。男子的衬衫的白领和女子的笑脸。伸着的胳膊,翡翠坠子拖到肩上。整齐的圆桌子的队伍,椅子却是零乱的。暗角上站着白衣侍者。酒味,香水味,英腿蛋的气味,烟味……独身者坐在角隅里拿黑咖啡刺激着自家儿的神经。

舞着:华尔兹的旋律绕着他们的腿,他们的脚站在华尔兹旋律上飘飘地,飘飘地。

儿子凑在母亲的耳朵旁说:"有许多话是一定要跳着华尔兹才能说的,你是顶好的华尔兹的舞侣——可是,蓉珠,我爱你呢!"

觉得在轻轻地吻着鬓脚,母亲躲在儿子的怀里,低低地笑。

一个冒充法国绅士的比利时珠宝掮客,凑在电影明星殷芙蓉的耳朵旁说:"你嘴上的笑是会使天下的女子妒忌的——可是,我爱你呢!"

觉得轻轻地在吻着鬓脚,便躲在怀里低低地笑,忽然看见手指上多了一只钻戒。

珠宝掮客看见了刘颜蓉珠,在殷芙蓉的肩上跟她点了点脑袋,笑了一笑。小德回过身来瞧见了殷芙蓉也 gigolo 地把眉毛扬了一下。

舞着:华尔兹的旋律绕着他们的腿,他们的脚践在华尔兹上面,飘飘地,飘飘地。

珠宝掮客凑在刘颜蓉珠的耳朵旁,悄悄地说:"你嘴上的笑是会使天下的女子妒忌的——可是,我爱你呢!"

觉得轻轻地在吻着鬓脚,便躲在怀里低低地笑,把唇上的胭脂印到白衬衫上面。

小德凑在殷芙蓉的耳朵旁,悄悄地说:"有许多话是一定要跳着华尔兹才能说的,你是顶好的华尔兹舞侣——可是,芙蓉,我爱你呢!"

觉得在轻轻地吻着鬓脚,便躲在怀里,低低地笑。

独身者坐在角隅里拿黑咖啡刺激着自家儿的神经。酒味,香水味,英腿蛋的气味,烟味……暗角上站着白衣侍者。椅子是凌乱的,可是整齐的圆桌子的队伍。翡翠坠子拖到肩上,伸着的胳膊。女子的笑脸和男子衬衫的白领。男子的脸和蓬松的头发。精致的鞋跟,鞋跟,鞋跟,鞋跟,鞋跟。飘荡的袍角,飘荡的裙子,当中是一片光滑的地板。呜呜地冲着人家嚷,那只 saxophone 伸长了脖子,张着大嘴。蔚蓝的黄昏笼罩着全场。

推开了玻璃门,这纤弱的幻景就打破了。跑下扶梯,两溜黄包车停在街旁,拉车的分班站着,中间留了一道门灯光照着的路,争着"Ricksha?"奥斯汀孩车,爱山克水,福特,别克跑车,别克小九,八汽缸,六汽缸……大月亮红着脸蹒跚地走上跑马厅的大草原上来了。街角卖《大美晚报》的用卖大饼油条的嗓子嚷:

"Evening Post！"

电车当当地驶进布满了大减价的广告旗和招牌的危险地带去。脚踏车挤在电车的旁边瞧着也可怜。坐在黄包车上的水兵挤簇着醉眼，瞧准了拉车的屁股踹了一脚便哈哈地笑了。红的交通灯，绿的交通灯，交通灯的柱子和印度巡捕一同地垂直在地上。交通灯一闪，便涌着人的潮，车的潮。这许多人，全像没了脑袋的苍蝇似的！一个 fashion model 穿了她铺子里的衣服来冒充贵妇人。电梯用十五秒钟一次的速度，把人货物似地抛到屋顶花园去。女秘书站在绸缎铺的橱窗外面瞧着全丝面的法国 crêpe，想起了经理的刮得刀痕苍然的嘴上的笑劲儿。主义者和党人挟了一大包传单踱过去，心里想，如果给抓住了便在这里演说一番。蓝眼珠的姑娘穿了窄裙，黑眼珠的姑娘穿了长旗袍儿，腿股间有相同的媚态。

街旁，一片空地里，竖起了金字塔似的高木架，粗壮的木腿插在泥里，顶上装了一盏弧灯，倒照下来，照到底下每一条横木板上的人。这些人吆喝着："嗳嗳呀！"几百丈高的木架顶上的木桩直坠下来，碰！把三抱粗的大木柱撞到泥里去，四角上全装着弧灯，强烈的光探照着这片空地。空地里：横一道，竖一道的沟，钢骨，瓦砾堆。人扛着大木柱在沟里走，拖着悠长的影子。在前面的脚一滑，摔倒了，木柱压到脊梁上。脊梁断了，嘴里哇的一口血……弧灯……碰！木桩顺着木架又溜了上去……光着身子在煤屑路滚铜子的孩子……大木架顶上的弧灯在夜空里像月亮……捡煤渣的媳妇……月亮有两个……月亮叫天狗吞了——月亮没有了。

死尸给搬了开去。空地里：横一道竖一道的沟，钢骨，瓦砾，还有一堆他的血。在血上，铺上了士敏土，造起了钢骨，新的饭店造起来了！新的舞场造起来了！新的旅馆造起来了！把他的力气，把他的血，把他的生命压在底下，正和别的饭店一样地，和刘有德先生刚才跨进去的华东饭店一样地。

华东饭店里——

二楼：白漆房间，古铜色的鸦片香味，麻雀牌，《四郎探母》，《长三骂淌白小娼妇》，古龙香水和淫欲味，白衣侍者，娼妓捐客，绑票匪，阴谋和诡计，白俄浪人……

电梯把他吐在四楼，刘有德先生哼着《四郎探母》踏进了一间响着骨牌声的房间，点上了茄立克，写了张局票，不一会，他也坐到桌旁，把一张中风，用熟练的手法，怕碰伤了它似地抓了进，一面却："怎么一张好的也抓不进来，"一副老抹牌的脸，一面却细心地听着因为不束胸而被人家叫做沙利文面包的宝月老八的话："对不起，刘大爷，还得出条子，等回来抹完了牌请过来坐。"

"到我们家坐坐去哪！"站在街角，只瞧得见黑眼珠子的石灰脸，躲在建筑物的阴影里,向来往的人喊着,拍卖行的伙计似地;老鸹尾巴似地拖在后边儿。

"到我们家坐坐去哪!"那张瘪嘴说着,故意去碰在一个扁脸身上。扁脸笑,瞧了一瞧,指着自家儿的鼻子,探着脑袋:"好寡老,碰大爷?"

"年纪轻轻,朋友要紧!"瘪嘴也笑。

"想不到我这印度小白脸儿今儿倒也给人家瞧上咧,"手往她脸上一抹,又走了。

旁边一个长头发不刮胡须的作家正在瞧着好笑,心里想到了一个题目:第二回巡礼——都市黑暗面检阅 sonata;忽然瞧见那瘪嘴的眼光扫到自家儿脸上来了,马上就慌慌张张地往前跑。

石灰脸躲在阴影里,老鸹尾巴似地拖在后边儿——躲在阴影里的石灰脸,石灰脸,石灰脸……

(作家心里想:)

第一回巡礼赌场第二回巡礼街头娼妓第三回巡礼舞场第四回巡礼再说《东方杂志》《小说月报》《文艺月刊》第一句就写大马路北京路野鸡交易所……不行——

有人拉了拉他的袖子:"先生!"一看是个老婆儿装着苦脸,抬起脑袋望着他。

"干吗?"

"请您给我看封信。"

"信在哪儿?"

"请您跟我到家里去拿,就在这胡同里边。"

便跟着走。

中国的悲剧这里边一定有小说资料一九三一年是我的年代了《东方小说》《北斗》每月一篇单行本日译本俄译本各国译本都出版诺贝尔奖金又伟大又发财……

拐进了一条小胡同,暗得什么都看不见。

"你家在哪儿?"

"就在这儿,不远儿,先生。请您看封信。"

胡同的那边儿有一支黄路灯,灯下是个女人低着脑袋站在那儿。老婆儿忽然又装着苦脸,扯着他的袖子道:"先生,这是我的媳妇。信在她那儿。"走到女人那地方儿,女人还不抬起脑袋来。老婆儿说:"先生,这是我的媳妇。我的儿子是机器匠,偷了人家东西,给抓进去了,可怜咱们娘儿们四天没吃东西啦。"

（可不是吗那么好的题材技术不成问题她讲出来的话意识一定正确的不怕人家再说我人道主义咧……）

"先生,可怜儿的,你给几个钱,我叫媳妇陪你一晚上,救救咱们两条命!"

作家愕住了。那女人抬起脑袋来,两条影子拖在瘦腮帮儿上,嘴角浮出笑劲儿来。

嘴角浮出笑劲儿来。冒充法国绅士的比利时珠宝掮客凑在刘颜蓉珠的耳朵旁,悄悄的说:"你嘴上的笑是会使天下的女子妒忌的——喝一杯吧。"

在高脚玻璃杯上,刘颜蓉珠的两只眼珠子笑着。

在别克里,那两只浸透了 cocktail 的眼珠子,从外套的皮领上笑着。

在华懋饭店的走廊里,那两只浸透了 cocktail 的眼珠子,从披散的头发边上笑着。

在电梯上,那两只眼珠子在紫眼皮下笑着。

在华懋饭店七层楼上一间房间里,那两只眼珠子,在焦红的腮帮儿上笑着。

珠宝掮客在自家儿的鼻子底下发现了那对笑着的眼珠子。

笑着的眼珠子!

白的床巾!

喘着气……

喘着气动也不动地躺在床上。

床巾,溶了的雪。

"组织一个国际俱乐部吧!"猛的得了这么个好主意,一面淌着细汗。

淌着汗,在静寂的街上,拉着醉水手往酒排间跑。街上,巡捕也没有了,那么静,像个死了的城市。水手的皮鞋搁到拉车的脊梁盖儿上面,哑嗓子在大建筑物的墙上响着:

啦得儿……啦得——

啦得儿

啦得……

拉车的脸上,汗冒着;拉车的心里,金洋钱滚着,飞滚着。醉水手猛的跳了下来跌到两扇玻璃门后边儿去啦。

"Hullo, Master! Master!"

那么地嚷着追到门边。印度巡捕把手里的棒冲着他一扬,笑声从门缝里挤出来,酒香从门缝里挤出来,Jazz 从门缝里挤出来……拉车的拉了车扛,摆在他前面的是十二月的江风,一个冷月,一条大建筑物中间的深巷。给扔在欢乐外面,他也不想到自杀,只"妈妈的"骂了一声儿,又往生活里走去了。

空去了这辆黄包车,街上只有月光啦。月光照着半边街,还有半边街浸在黑暗里边,这黑暗里边蹲着那家酒排,酒排的脑门上一盏灯是青的,青光底下站着个化石似的印度巡捕。开着门又关着门,鹦鹉似地说着:

"Good-bye, Sir."

从玻璃门里走出个年青人来,胳膊肘上挂着条手杖。他从灯光下走到黑暗里,又从黑暗里走到月光下面,叹息了一下,悉悉地向前走去,想到了睡在别人床上的恋人,他走到江边,站在栏杆旁边发怔。

东方的天上,太阳光,金色的眼珠子似地在乌云里睁开了。

在浦东,一声男子的最高音:

"嗳……呀……嗳……"

直飞上半天,和第一线的太阳光碰在一起,接着便来了雄伟的合唱。睡熟了的建筑物站了起来,抬着脑袋,卸了灰色的睡衣,江水又哗啦哗啦地往东流,工厂的汽笛也吼着。

歌唱着新的生命,夜总会里的人们的命运!

醒回来了,上海!

上海,造在地狱上的天堂。

(选自《公墓》,现代书局 1933 年版)

【作者介绍】

穆时英(1912—1939),浙江省慈溪人。幼年随银行家父亲迁往上海。毕业于上海光华大学中文系。被誉为"中国新感觉派的圣手"。作品多描写大都会爱情生活,代表作有:短篇小说集《公墓》、《白金的女体塑像》,其中尤以《夜总会里的五个人》、《上海的狐步舞》、《被当作消遣品的男子》著名。作品收入《穆时英小说全集》(共2卷)。

【作品分析】

《上海的狐步舞》在 1932 年《现代》第 2 卷第 1 期发表时,编者施蛰存即指出,这"是他从去年起就计划着的一个长篇中的一个断片,所以是没有故事的。但是……就是论技巧,论章法,也已经是一篇很可看看的东西了"。

作品采用电影蒙太奇的手法,组接了八个生活片断。场所变幻在街道、洋房、汽车、舞厅、工地、饭店等之间,时间集中于从黄昏到第二天黎明。其一:林肯路上,三个枪手进行暗杀。其二:富豪刘有德回到别墅式洋房,他的像女儿一样年轻的太太刘颜蓉珠,缠着要走了3000块支票和250块现金。其三:刘颜蓉珠和刘有德前妻之子小德,"开着一九三三的新别克",卿卿我我。在舞厅里,小德向继母刘颜蓉珠求爱,又把同样的言辞献给电影明星殷芙蓉。冒充法国绅士的比利时珠宝掮客向殷芙蓉调情,又以同样的方式讨好刘颜蓉珠。其四:街旁工地上,工人不堪重负摔倒,被木柱压断脊梁而死。其五:刘有德来到华东饭店打牌,这里充溢着"鸦片香味"、"古龙香水和淫欲味"。其六:街角上,老鸨们在拉客。一个正在搜集素材的作家被老婆子拉住,要让儿媳妇陪他,以换取几个救命钱。其七:比利时珠宝掮客把刘颜蓉珠勾引到手,在华懋饭店的房间里疯狂寻欢作乐。其八:街上,汗流浃背的车夫一边拉着喝醉的水手跑,一边做着发财梦。但到酒吧后,醉水手不给钱就走了。这些片断组接在一起,形成生与死、贫与富、哀与乐的强烈对比,这里只有欲望,没有灵魂,"道德给践踏在脚下,罪恶给高高地捧在脑袋上面",从而揭示出主题:"上海,造在地狱上的天堂"。

作者在结构上,借鉴电影艺术,采用片断联缀式空间化结构。小说没有贯穿始终的情节,有的只是一些生活片断。这些片断多无因果关系,只是按照主题的需要剪辑、组合在一起,彼此形成鲜明、强烈的对比。

在手法上,作者把主观的感觉、印象投射到描写对象上,使其生命化、个性化。如写舞厅里吹奏的萨克斯:"正伸长了脖子,张着大嘴,呜呜地冲着他们嚷"。写舞厅里的舞者:"华尔兹的旋律绕着他们的腿,他们的脚站在华尔兹旋律上飘飘地,飘飘地。"这些描写都强化了给人的感觉、印象,营造出一个可视、可听、可嗅、可触的混合的感觉世界。

在语言上,注意色彩,充满强烈的画面感。作者经常使用词或词组,而不是完整的句子,造成快速、跳跃的节奏感,如对舞会的描写,一个个画面快速变换,烘托了舞场动荡、刺激的气氛。

【延伸阅读文献】

严家炎:《中国现代小说流派史》,人民文学出版社1989年版。
杨义:《中国现代小说史》第二卷,人民文学出版社1993年版。

(王晓琴)

桥(存目)

废 名

【作者介绍】

废名(1901—1967),原名冯文炳,字蕴仲,湖北黄梅人。毕业于北京大学英文系。京派代表作家。代表作有:长篇小说《桥》、《莫须有先生传》,短篇小说《竹林的故事》、《桃园》。

【作品分析】

《桥》出版于1932年。《桥》可谓通往古朴乡村、淳朴人性的虹桥。作品没有总体的情节构思和连贯的故事框架,完全由片断性场景构成。上篇18章,描写农村少年小林放学途中,在树林河边草地邂逅农村少女史琴子,两人一见如故,玩耍嬉戏。自此常在一起习字谈天,赏花看灯。下篇25章,描写10年后小林辍学返乡,史琴子身边又增添一个形影不离的表妹细竹。小林既留恋温柔贤惠的琴子,更艳羡活泼飘逸的细竹。于是归隐田园后,整日与琴子、细竹看山赏塔,读书作画,抚琴吹箫,吟风弄月,谈禅论诗。三人以此为"天下之务",彼此产生极其美好而又微妙的感情,一切都是那样和谐恬静。这里的田畴、山水、树木、村庄、阴晴、朝夕,都有一层缥缈朦胧的色彩,似梦境又似仙境,构成乌托邦化的"世外桃源"。由此反映了作者对化外牧歌世界、人情纯美的向往。

作品的"文章之美"首先表现在意境的营构上。正如朱光潜所指出的:"《桥》里充满的是诗境,是画境,是禅趣。"废名受佛教禅宗的影响,造境追求理趣,有一种玄学意味。小说常常穿插禅语,把普通生活情景化为空灵意境,以具体人生世相,作为体悟生命的象征图示,充满对彼岸世界的哲学思考,具有出世般的色彩。沈从文所谓的"努力为仿佛我们世界以外即一个被人疏忽遗忘的世界加以详细的注解,使人有对于那另一世界憧憬以外的认识",故而也常被人称为晦涩难懂。

其次表现在文体别具一格,不注意故事情节架构,也不注意人物性格塑造,而注意抒情写意,渲染氛围和情调,是典型的"诗体小说"。每章可以离开前后自成一境,展现田园风光、古朴民俗、淳美人情,充溢着浓重的诗情画意,正如评论家灌婴所言:"读者从本书所得的印象,有时像读一首诗,有时像一幅画,很少的时候觉得是在'听故事',所以有人说这本书里诗的成分多于小说的成分,是不错的。"

再有,"文章之美"还表现在小说语言深受中国古典诗文的影响,极其凝练含蓄。废名讲:"我写小说,乃很像古代陶潜、李商隐写诗","就表现的手法说,我分明地受了中国诗词的影响,我写小说同唐人写绝句一样"。如"一匹白马,好天气,仰天打滚,草色青青",写景中充满了跳跃、省略和空白。古典诗词的文字、意境,亦常常被巧妙移植文中,如"琴子心里纳罕茶铺门口一棵大柳树,树下池塘生春草",既精练、浓缩,又自然、妥帖,可以唤起读者对东方遥远年代的古朴、宁静的田园风光的追溯和向往。

【延伸阅读文献】

朱光潜:《桥》,《文学杂志》1937 年第 1 卷第 3 期。

周作人:《枣和桥的序》,《苦雨斋序跋文》,天马书店 1934 年版。

吴晓东:《背着"语言的筏子"——废名小说〈桥〉的诗学解读》,《中国现代文学研究丛刊》2001 年第 1 期。

(王晓琴)

华威先生(存目)

张天翼

【作者介绍】

张天翼(1906—1985),原名张元定,祖籍湖南湘乡。代表作有:短篇小说《包氏父子》、《华威先生》,长篇小说《鬼土日记》;童话《大林和小林》、《宝葫芦的秘密》。作品收入《张天翼文集》(共10卷)。

【作品分析】

《华威先生》1938年发表于《文艺阵地》第1卷第1期。作品选取华威先生的生活片断,由表及里地塑造了这个"挂着抗战的招牌,但是不干实际抗战的事情,专门闹摩擦"的国民党官僚、党棍的典型形象。

首先,通过华威先生每天乘着跑得最快的黄包车,"一天要开几十个有关抗战的会",总是叫嚷"时间不够支配",以至声明:"恨不得取消晚上睡觉的制度",表现了他"挂着抗战的招牌","包揽一切",表面上的"忙"。

其次,通过华威先生在每个会议上,摆官派、打官腔的表演,揭示出他对抗战工作"包而不办",实际的"滑"。他每次都要"会场里的人全到齐了坐在那里等着他",下车时必定踏铃,走到会场门口还需稍作伫立,然后眼睛"只看着天花板"走进去。坐下后他又点雪茄烟又看表,大声地限制这个的时间,粗暴地打断那个的发言,总是装腔作势地强调"要认定一个领导中心"。尔后把皮包一夹,挺着肚子走出去。别人只要一提具体工作困难,他马上用食指顶着对方的胸脯说:"唔,唔,唔。我知道我知道。我没有多余的时间来谈这件事。"——暴露了他权迷心窍,"不干实际抗战的事情"的"滑"。

再有,通过华威先生力图插手和控制一切抗日团体,说明他对爱国民众"防范破坏",骨子里的"狠"。他认为抗日群众"很危险",到处抓领导权,甚至连妇女组织的"战时保婴会"也要挤进去挂个委员。由于新组织的"难民读书会"没让他插手,就瞪着眼睛骂人家"秘密行动",还气急败坏地要追查人家"背景",甚至咬牙切齿地威胁人家"小心",暗示要采取特务手段镇压。——充分暴露出他破坏人民抗日,"专门闹摩擦的"的"狠"。

最后,通过华威先生对青年的训斥,揭示出他"色厉内荏",内心里的"虚"。他虽然飞扬跋扈,以"一个领导中心"自居,但是对于他的空洞的演讲,没有人肯听,连被派去拖人来听的人自己也不来了。他暴跳如雷,大吼大叫,而这两个学生模样的属下,也"动了火",毫不客气地反唇相讥。在众叛亲离的处境中,他表面上霸气十足,狠命摔雪茄、捶桌子,但内心极为恐惧,"嘴唇在颤抖",害怕地环顾四周,感到束手无策,只能打着寒噤,没命地喝酒。——淋漓尽致地勾画出他灵魂深处的极度虚弱。

作品正是以华威先生的自我表演,层层深入,剔肤见骨,成功地塑造了一个国民党官僚、党棍的典型形象,从而有力地揭露了国民党以抗日之名行反人民之实的丑恶面目。

作者擅长漫画夸张的讽刺手法,以深邃的社会观察力和敏锐的政治洞察力,抓住官僚、党棍的外形特点和心理特质,予以粗线条的勾勒,诸如拿雪茄烟的兰花指,看天花板的动作,嘴巴抽得歪着的表情等,都劲捷明快,峭拔犀利。

【延伸阅读文献】

杜元明:《张天翼小说论稿》,宁夏人民出版社 1985 年版。
韩作黎、田增科:《张天翼名作欣赏》,中国和平出版社 1993 年版。

(王晓琴)

在其香居茶馆里(存目)

沙 汀

【作者介绍】

沙汀(1904—1992),原名杨朝熙,又名杨子青,四川安县人。代表作有:短篇小说《法律外的航线》、《在其香居茶馆里》,长篇小说《淘金记》;报告文学《随军散记》。作品收入《沙汀文集》(共7卷)。

【作品分析】

《在其香居茶馆里》1940年发表于《抗战文艺》第6卷第4期。作品采用双线结构,通过四川边野乡镇茶馆里,一场火暴激烈的狗咬狗的闹剧,揭露了国民党兵役制度的腐败,同时也暴露了国民党政权的黑暗。

明线描写联保主任方治国与劣绅邢幺吵吵在其香居茶馆里的打斗。方治国是国民党在农村基层的当权者,由于没有根基后台,不敢得罪实力派,只能察言观色、顺风使舵,是个"软硬人"。邢幺吵吵是乡村的实力派,大哥是县里豪绅,舅子是县财务委员,所以横行乡里,"不忌生冷"。矛盾发生,是由于前县长为壮丁问题被撤职,新县长一上任便接连公布了要严惩兵役舞弊的命令。因摸不清新县长的底细,方治国为保乌纱帽,只好把邢幺吵吵已缓役四次的儿子征了兵。于是邢幺吵吵不依不饶,在茶馆里向方治国发起进攻。他先是用粗鲁下流语言指桑骂槐,旁敲侧击,待方治国忍不住站起来后,就大声嚷嚷着揭发他在兵役问题上贪赃枉法,"两眼墨黑,见钱就拿","比土匪头子萧大个子还厉害"。方治国无可奈何只好迎战,一方面赌咒发誓地洗清自己,一方面阴险诡秘地揭发邢幺吵吵在公债上营私舞弊。这时,"说话还是同团总一样有效"的新老爷出面调停,提出邢幺吵吵出钱,方治国找人的解决方案。可是胆小怕事的方治国不敢冒这危险。最后"火炮性子"的邢幺吵吵,扭住他的领口大打出手。正当双方打得鼻青脸肿,不可开交之时,被派去打探消息的蒋门神忽然挤进来,报告说"人已经出来了"。

　　暗线是通过蒋门神之口,交代出"天下乌鸦一般黑",新县长"其实很好说话",邢大老爷前天请客,两人在酒席上即达成交易。第二天以点名报错数,"没有资格打国仗"为由,就把邢幺吵吵的儿子"开革了",其实就是开后门放了。茶馆里的这场闹剧,不仅辛辣讽刺了国民党兵役制度的腐败,而且深刻揭露出整个国民党政权的黑暗。

　　本篇结构精巧,台前是方、邢争斗,矛盾尖锐,波澜横生,随着双方互相揭发,大打出手,闹剧激化到顶点。而幕后新县长的出场,又使高潮突然跌落,冲突在哑场中戛然而止。结尾洁俏,耐人咀嚼,收到了意味深长的讽刺效果。描绘四川边野乡镇的生活,可谓作者的"绝活"。他以不动声色的白描笔法,活灵活现地展现了四川泡茶馆、吃"讲茶"的人情世态、社会风习。凭着对四川民间口语的谙熟,提炼当地土语方言,而又驱遣自如,特别是火辣辣的争吵,生动风趣,简洁明快,又川味儿十足。叙事状人,字里行间,无不散发出浓重的蜀乡泥土气息。

【延伸阅读文献】

　　王晓明:《沙汀艾芜的小说世界》,上海文艺出版社 1987 年版。
　　吴福辉:《沙汀传》,北京十月文艺出版社 1990 年版。

(王晓琴)

鬼 恋(节选)

徐 訏

　　…………
　　她没有说什么,窗外月色很好,我们大家沉默了。沉默了半晌,她说:
　　"那么请你把空气换换吧。"她向钢琴走着:"我来奏一曲琴你听吧。"
　　她在奏琴,我站起来到窗口望窗外的月光,我的心不知为什么终是凝结着。
　　曲终了,她悄悄的过来,在我的肩右站了一回,最后她说:
　　"你怎么不能换去这种自寻苦恼的空气呢?"
　　"我已经答应了遵从你的意志,不过这不是立刻可以办到的事,但是我想我就会自然起来的。"
　　她忽然对着窗外说:
　　"外面月色很好,让我们到草地上去散散步吧。"
　　我沉默着,无异议的跟她下楼,从过廊中穿到草地去。
　　在草地上走着,我还是同刚才一样迷忽,我脱不下心头的重负。我心里有两种矛盾,一种是我立志要遵守对她诺言,同她做个永久的朋友,但是我对这友谊还是不能够满足;另外一种是我还不相信她是鬼,可是我又信仰她对我说的事实,因为在事实上看来,她对我一定不是没有一点感情,而且她的确并没有丈夫,那么除了相信她是鬼以外,似乎没有理由可以说明她要同我保持这样的距离。没有这样的感情可以使一男一女维持着友谊的,但是她要这样做!这两种矛盾,使我的态度改变不过来,我始终不自然的在沉默之中,只有一二句无关轻重的话,泻在这白凄凄的月色之中。
　　最后我们又回到她的房间里了,吃一点茶点,时候已经不早,我忽然有所感触似的,到她书房里,我在假作看书的当儿,把我袋里一只Omega的表偷放在书架上面一本圣经的旁边。
　　东方微白的时候,她叫我走,我说:
　　"为什么我不能在这里等候天亮呢?"

"这因为我是鬼,白天与我是没有缘的。"

我不再说什么,悄悄的出来;但是我并不回家,又到昨天休息过的茶馆里打个瞌盹,在太阳光照着人世的时候,我又去闯她的门,但是许久没有人开,于是我又去敲那天老婆婆出来的大门。

许久许久有人来开门了,是一位五十岁左右的仆人,我就说:

"我想见你们的主人。"

"我们主人?你见他作什么?你认识他么?"

"我同她做朋友好久了。"我心里认为她是这屋的主人。

"那么,我怎么老没有见过你。"

"对不起,你到里面去替我去回一声就是了。"

于是他进去了,不一会他同一位六十多岁的老绅士出来。

"他来看谁的?"老绅士看看我,问他的仆人。

"他说同你是老朋友。"

"同我是老朋友?喂,先生,你到底是找谁?"

"我找住在你们这里的一位小姐。"

"小姐?我们这里并没有小姐。"

"实在不瞒你老先生说,她是我的朋友,她告诉我她就住在这里西面的楼上,而且我楼上也去过,我记得我一只表还忘在那面一只书架的上面。"

"我们这里实在没有小姐。"

"那么那西楼到底作什么用呢?"

"空着。"

"老先生,请你详详细细告诉我好不好,我决不是坏人,而且同那间房子的小姐是朋友。"

"的确空着,不过以前是住过一位小姐,现在是死去有两三年了。"

"她什么病死的呢?"

"她是肺病死的,颗粒性肺结核,来不及进医院就死了,现在我们把这房子空着,留着,纪念着她。"

"不过,我实在最近还见过她,她爱穿黑的衣服可是?爱吸一种叫 Era 香烟可是?"

"是的,可是这是她生前的嗜好了。"

"这间房子,老先生,可以让我进去看看么?"

"你要看看?"

"是的,老先生,我是她的朋友,我记得我是来过的。中间房间很大,左面是间书房,右面是间套间,是不是?家具都是红木的,靠书房前面有沙发,近套间门前有一架钢琴是不是?……"

"什么都是,可是帐子是白的。"

"白的?"

"等她死后,我们怕帐子弄黑,所以才套一个黑套子在那里。那么你一定不是她生前来过的了。"

"老先生,不要这样细究我,我是她的朋友,这是一句真话,无论是她生前或是死后,我只想到那间楼上去看看。请你允许我吧!"

这样总算得了他的允许,一同登了楼,门开进去,屋内阴沉沉的,的确好像久久无人似的,但是我将我昨夜以及前些天夜里所坐过,所看过,所用过的种种抚摸了许久许久,我起了难解的惊异,忽然我到了书房里望那红木的书架,用很迫急的调子对那老绅士说:

"你相信不相信,在那书架上的圣经的旁边有一只表,这只表正是我的,后面还刻有我的名字,而且,而且现在还在走。"

我说得很兴奋,可是老绅士和缓地说:

"这是不可能的,先生。"

我把空手给他看了,再伸上去,但是的确没有,我摸了许久,颓伤地把手放下来。

老先生并不希罕,拍拍我的背说:"你真是太动情了,就算你有表在这里放过,现在也是多年了,锈了,坏了,你看像她这样的人都死了,表还能不停的么?"

"老先生,请你告诉我,她是你的什么人呢?"

"总算是我女儿!唉。现在什么都依你,你也看过这房子,我们下去吧!"

我被邀下楼来,被送出门外,我们间大家都没有说一句话。我怅然不释的回家。

到下一个所约的夜里,她于我临别时把表交给我说:

"上次你把表忘在这里了,我替你开着,现在还在走呢!"

正常的友谊我们从那时开始,虽然我对她的爱恋并不心死,但是我在这样友谊之中,的确已感到非常快乐,这样过了一年,一年中我们没有谈到友谊以外的话,一直到有一夜,不知怎么说起的,我忽然说:

"鬼,(我现在叫'鬼'字,好像是叫'亲爱的'一样的亲热而自然。)我们的约会可不可以改到白天?"

"白天?你以为鬼在白天可随便同人交往么?假如你觉得夜里常常这样来是辛苦的,那么,你可以一个月或者半个月来一次,再或者是两个月来一次。"

"不过你晓得我在爱你。"

"你又说这句话了,这句话总是属于人世的。假如人可以同鬼恋爱,那么也可以同狗同猫恋爱了。"

"有的,人世间常有这样的事。记得春秋时有卫懿公,不是爱鹤同爱姨太太一样么?"

"不过这是无意识的,同时是属于精神的。"

"那么我们的相爱难道一定要……"

"属于精神来说,我也爱着你,不过既然属于精神,说在嘴里就有点离题了。"

"但是这些话都空的,爱鹤的人都把鹤像姨太太般坐在车子里满街招摇。"

"那么你,你知道,这是唯一的人,在我的房里随便的进出。"

"不过,……"我说着就把头向着她的头低下去。她是坐着的,这时候她站起来避开我,她说:

"用这种行动来表示爱,这实在不是美的举动。你看,"她于是用铅笔在纸上画了两只牛两只鸭的接吻,说:"你以为这是美么?"

我笑了。我说:

"不过,你知道,在人世中不一定一切都要美。现在我深感到整个的人世间决没有一个人像你一样令我倾倒的。所以如果无害于你精神与肉体,为什么我们不能结合呢?"

"这是一个大笑话!"话其实有什么可笑,可是她笑了。于是夜又平淡地过去。我陷于极不自然的情感中回来。

这不自然的感情使我几天不敢再去看她,我在那时候会见了一些久未会到的亲友们,但是——

"你瘦了?"朋友们都对我这样说。

"你枯瘦了!"亲戚们都对我说。

"你怎么变成这样了?"父老们都对我说。

我想起聊斋上许多人被鬼迷的故事,但是她可没有迷我,而我还是不确信她一定是鬼。我想我的憔悴枯瘦或者只是熬夜的缘故,所以我并不想因此同她断绝友谊,但是我的不自然情感已使我不能有这种友谊,我不得不向她求友谊以上的情爱。

几次失败以后,我忽然病倒了,这病还不十分要紧,但是医生劝我要注意自己。在病中清静的床上想想,觉悟到这样下去终不是办法,除了我同她结合以外,只有完全忘记她。现在前者既然没有希望,那么只有不再去看她了。

这，事实上我在病后是实行了，可是我的心始终惦念着她。我无法打发我这份情绪，我开始在凡庸的都市里追寻刺激：痛饮，狂舞，豪赌，我把生命就在那些刺激里消耗。

这样有一月之久，我似乎什么都感到乏味了。我常常想再去看她，但终于抑制下来。可是有一次我在一个酒吧间喝酒，醉得一点不省人事的时候，恍恍惚惚的登上一辆汽车，我想不起我曾告诉过车夫地址，大概是我下意识在醉中活动指挥了他，他竟将车子径驶到那个村庄的面前。

我忘了我是怎么跳下车，怎么到她的家门，怎么样敲门的，我只记得我跄跄踉踉的跟她登上了楼，在她的房内的沙发上躺下了。

冷手巾在我的头上，柠檬茶在我的唇边，我清醒过来，是她在我旁边，没有说一句话，用一种阴冷而亲切的眼光望着我。我说：

"我怎么又到这里来了？"

"都是我的不好。"

"不。"我想支起来说："是我不好，我是什么都变了。"

"但是还把我作你的朋友。"她又说："你还是多躺一会。"

我感到头晕，依照她下半句的话躺下了，我回答她上半句的话说：

"不。为此，我要忘掉你，我堕落了。"

"那么为什么还来看我呢？"

"我不知道。"我说："我醉了，不知道是魔还是神把我指使到这里来。"

"唉！"一声悠长的叹息以后，她沉默了。

我在沉默之中享受她对我的看护与友谊，最后我闭着眼睛入睡了。

不知隔了多少的辰光她叫醒了我，告诉我天已经亮了，她已经为我叫了汽车等在村口，我起来，她用一条纯白的羊毛毡子，披在我的身上，扶我下来，一直送我到村外。

我上车的时候，她说：

"烦恼的时候，请带着你的友谊来看我，让我伴你喝酒。"

这样，我放弃了一切无聊的刺激，我放弃了不去会她的决心，我在无可奈何的情绪之中，将我心底的情爱升华成荒谬的友谊而天天去访她。

一种新的节目充实了我因抑郁而空虚的情绪，那是对坐在灯下干我们桌上的酒杯。

日子悄悄地过去了，我除了醉时有一点慰藉以外，整个的心灵像浸在苦液里一般的，没有人知道我心灵过着什么样的生活！

这种蕴积在心中的哀苦，使我性情变成沉默，面孔变成死板。在一切绝望之中，我唯一的希冀是想证明她不是鬼而是人。所以在一天夜里，我在她房内恣意地饮过了我力量以外的酒量,我整个的失了知觉,在沙发上躺下了,我希望我在阳光中醒来,看她是否还在我的身边。

但是一觉醒来,窗外的阳光正浓,院里夹竹桃的影子直压在我的身上,有似曾相识的声音在门外;原来我正躺在自己的寓所,我起来,问寓所的仆人才知道天微明的时候一个穿西装的少年送我到门口的。

我正在思索那位少年是谁的当儿,仆人拿进了一封浅紫色的信来。

封外的字迹使我意识到一定是她写的,我的心突然紧缩了,在我胸中象急于跳到人世般的跳跃。

我急忙的撕开那信,先入我眼帘的是两张照相,一张是全身,一张是男装的半身。信里写着这样的话:

人:为你的健康与正当的生活,我陪你到你的寓所后,就离开这个古旧的寓所了。这一次旅行的地点与时期都没一定,他日或者有重会的时候,但是我希望你对我有纯正的友谊。假如你肯听我的劝告,那么也去旅行一次吧,高山会改变你被我狭化了的胸襟,大川会矫正你被我歪曲了的心灵,如果我的友谊于你有用的话,二张古旧的照相你可以带着,再会了,祝你:好。

鬼。

我读完这封信自然茫然所失了,但是这种完全空虚的心境抬头的时候,使我冷静的分析到她的行动。起初我疑心她是撒谎,她或者还住在那里,后来我觉得这是不会的。那么她为什么要旅行?正如她所说的是为我的健康与正当的生活么?是的,但是最究竟的或者还是对自己情感的逃避。这时候使我顿悟到她内心的痛苦是有过于我了。因为我对于自己的爱,可以无底的追求,而她则只能无可奈何的违避,其中痛苦的分量我同她是难以比拟的。我可以对她倾诉,而她则没有一个人可以谈及,只能幽幽的埋在自己的心中。

这样想时,我的心开朗了,我对她有一种远超过哀怜自己的同情,虽然空虚,但不再为我的抑郁所缚。我决定接受她信中的劝告,到遥远的山水间去洗濯我自私的俗念。

二个月的旅行生活的确使我心境开朗安静不少,但我无法停止对她的思念,在湖边山顶静悄悄旅店中,我为她消瘦为她老,为她我失眠到天明,听悠悠的鸡啼,寥远的犬吠,附近的渔舟在小河里滑过,看星星在天河中零落,月儿在树梢上逝去,于是白云在天空中掀起,红霞在山峰间涌出,对着她的照相,回忆她房内的清谈,对酌,月下的浅步漫行。我后悔我自己意外的贪图与不纯洁的爱欲,最后我情不自禁地滴下我脆弱的泪珠。

后来我回到了上海,多少次都想去探访她,但是我似乎失去了勇气,因为我私信有一种不可压抑的情热会在她的面前溃决的。

可是,在我到上海一星期以后,大概是星期日的上午吧,被几个朋友拉到龙华去探桃花。我忽然想到今晚有去探访"鬼"的必要,所以在傍晚他们要回来的时候,我托辞留下了。

那时候辰光还早,我又回到寺里盘桓,不意出来的时候,看见一个尼姑从一二丈外走来,她的行动,我似乎熟识似的,引起了我的注意。果然她越走越近了,我不禁大吃一惊,原来她就是"鬼"!我于是躲在不识的人群中等她过去,在一丈的距离后追随着她。跟她进了村落,跟她转弯,跟她到了她的门首。正在她开门进去的当儿,我赶上去抢进了门。我说:

"你怎么在白天里满街去跑去。"

她吃了一惊,可是随即她就严肃庄重的镇静下来,她平静地上楼,我就跟她上去。她把帽子脱去,可是里面还有一顶紧帽,她走进套间,换了衣裳出来,极其迟缓的问我:

"你什么时候追随我的?"

"你没有看见我在许多人中间吗?"

"鬼是不注意人事的。"她非常迟缓的说,眼睛俯视着地上。

"今天你必须告诉我你是人。"

"但是我的确是鬼。"她抬起头来,带着一种无限诚意的眼光来回答我,用这个眼光撒什么谎都会成功,可是这个谎实在太大一点,固然我仍有几分动摇,不过我还是说:

"我不会相信你的撒谎了。你是人!你起初不让我知道你的家,我以为你的家是坟墓,可是当我发现你的家时,你又叫别人故弄这些玄虚。后来你说白天不能入世,可是今天,你必须承认你是人。至少对我你必须承认,你实在骗我太厉害了。"我那时情感很激昂,话说得很响亮,很急躁。

她先伏在椅背上哭了,于是她说:

"为什么你不能原谅我呢?一定要说我是人,一定要把埋在坟墓里的我拉到人世上去,一定要我在这鬼怪离奇的人间做凡人呢?"

我第一次看见她哭,第一次听见她用这样的口吻——半感伤半愤激的口吻——说话,我感动得跪在她的面前:

"因为我是凡人,而我爱你。"

"但是我不想做人。"

"今天不是说这些话的时候了,请你不要感伤;告诉我,到底为什么你要把自己算作了鬼,离开了人世而这样地生存呢?"

"我不想回忆,不想谈。你走出去!以后请不要来扰乱我,这是我的世界,我一个人的世界。"这句话已经没有感伤的成份了。

"但是,我爱你,我在人世上不知道爱,而现在,世外的你把我弄成疯了。"我说话有点颤动,因为我心在跳。

她这时突然冷下来,一点愤激的情调都没有了,微微的一笑,笑得比冰还冷,用云一般的风度走到桌边,拿一支烟,并且给我一支:

"人,抽支烟,平静点吧,不要太脆弱了。"她替我点了火以后,一口烟喷在我的脸上,她忽然走到窗口去,嘴含着烟,我看见一口烟象灵魂一般的飞出了窗口飞上天去,她的手已经把深厚的窗帘放下来了,于是她又放另外一处,等房间变成了黑漆,她缓缓地在沙发上坐下来。这沙发后面是一盏深黄色的灯,她一回手就发出光来,于是她说:

"假使我是人,你也应当相信我立刻可以变成鬼,即使是你所想象的鬼。"我看见她手是正颠弄着一把发光的小剑。——这剑常常看见而拿到,往日我只当它是件美术品,今天我才知道它也是凶器。

"假如环境或人力不允许我自己承认为鬼,它可以立刻使我成鬼。人与鬼原只有隔着一点。"她的话非常阴冷犀利,深黄色灯光照着她的脸她的手以及手上的剑,还有是沁人心胸的眼睛,在我的眼前发出逼人的声色,我嘴上的烟不自觉的掉了,神经似乎迷失了,这一刹那,我突然意识到,那里面是包含着巫女的魔术,或者是催眠术的技术的。我眼睛离开她眼睛看到她的脚,我倒在她的脚下,我还想着:"或者她真是鬼,即使是人,至少她有点魔术。"这样大概有一分钟之久,我的意识才比较清楚一点,头脑也比较理智起来。

"让我们同过去夜里一样,你去坐在那里。把心境按捺得同环境灯光一样静,我们谈些离人世较远的东西吧。"她忽然放下了小剑,平静地说。

"那么你先告诉我,为什么你要离开人世而这样生存?为什么明明是人,而要当作鬼呢?又为什么不允许我来爱你?"这时我已经立起来,把那小剑握在我的手中,我说这句话的时候,是用整个的精神集中在眼睛上来注视她的。她那时的目光避开了我,把头低下去,头发掩去了她的脸,沉静着大概有抽半支烟的工夫。这使我不得不坐在她对面的安乐椅上,但是我的手肘支在膝上,身子倾在前面,眼睛还是注视着她,她与我的距离大概不满二尺,我两手敲弄着这半尺长的小剑,等她的回答。

"自然我以前也是人,"她说:"而且我是一个最入世的人,还爱过一个比你要入世万倍的人。"

"那么……?"

"我们做革命工作,秘密地干,吃过许多许多苦,也走过许多许多路。……!"她用很沉闷的调子讲这句话,可是立刻改成了轻快的调子:"人,我倒要知道你到底爱我什么?"

"爱是直觉的。我只是爱你,说不出理由,我只是偶像地感到你美。"

"你感到我美;那你有没有冷静地分析你自己的感觉?到底我的美在什么地方呢?"

"我感到你是超人世的,没有烟火气:你动的时候有仙一般的活跃与飘逸,静的时候有佛一般的庄严。"

"但是假如你所说的是真的,这个超人世的养成我想还是根据最入世的磨练。"

"……?"我听不懂她的意思。

"我暗杀人有十八次之多,十三次成功,五次不成功;我从枪林里逃越,车马缝里逃越,轮船上逃越,荒野上逃越,牢狱中逃越。你相信么,这些磨练使你感到我的仙气。"她微笑,是一种讪笑:"但是我的牢狱生活,在潮湿黑暗里的闭目静坐,一次一次,一月一月的,你相信么?这就是造成了我的佛性。"她换了一种口吻又说:

"你或者不相信,比较不相信我鬼还要不相信的,我杀过人,而且用这把小剑我杀过三个男的一个女的。"于是隔了一个恐怕的寂静,她又说:

"后来我亡命在国外,流浪,读书,一连好几年。一直到我回国的时候,才知道我们一同工作的,我所爱的人已经被捕死了。当时我把这悲哀的心消磨在工作上面。"她又换一种口吻说:"但是以后种种,一次次的失败,卖友的卖友,告密的告密,做官的做官,捕的捕,死的死,同侪中只剩我孤苦的一身!我历遍了这人世,尝遍了这人生,认识了这人心。我要做鬼,做鬼。"她兴奋的站起来又坐下,口气又慢下来:

"但是我不想死,——死会什么都没有,而我可还要冷观这人世的变化,所以我在这里扮演鬼活着。"

"那么下面住的是你的父母?"

"不是的。"她突然又变了语气说:"是我爱人的家,她的父母为他的儿子搬到这里来的。他同情他的儿子还同情我,所以我可以像他女儿般的搬住在这里;他们并且还依我的要求,以鬼来待我,而这,现在也习惯了好久,正如他们所说的,这间房子不过是留着已死的女儿一样。……"她又说:

"现在我在这里又住了不少年了。起初我从来不出去,每天读书过日子,后来我夜里出去走走,再后来我打扮出家人在白天也出来了,我好像我玩世似的。"

我记不起我听的时候忽涨忽落的心潮,总之我听完后,我好像长期的疯癫症一旦痊愈了一般,好像从数年来迷惑我的迷宫一旦走出了一般。眼前都是光明,浑身都是力气。她那时忽然立起来说:

"人,现在我什么都告诉你了,我要一个人在这世界里,以后我不希望你再来扰我,不希望你再来这里。"她一面说,一面离我远了,我追过去说:

"但是我爱你,这是真的;我听你的种种,光明成份比我惊奇成份多,这等于你为我思索得一个久未解决的学理上的问题,我心头轻了许多,我满眼是光明,是爱,你是我发光之体,我不要再叫你鬼,我要你做人,而我要做你的人。"

"你要我做人,做个什么样的人呢? 我什么样的人都做过了。"她还用冷冰的口气说。可是我,或者因为心头的迷魔已经解除了,我一心是火,一身是热,我疯狂一般的说:

"做个享乐的人,我要你享受,享受。在这人生里,在这社会中,为它的光明,你的力已经尽了不少,你现在的享受也是应该的。我知道你是爱我的,听我的话。爱,今朝有酒今朝醉!"架上大概是白兰地吧,我倒了两杯,一杯给了她,我说:"爱,大家尽了这杯,我看重我们这一段人生,这一段爱,我们要努力享受这一段的快乐。"

当她干杯的时候,我的唇已经在她的唇上;一种无比的力与勇气我感到,这个吻到现在还时常在我唇上浮现着。但是就这样一个吻呀。我说:

"告诉我,你爱我。"

"或者是的,我想要是不,我的生活不会让你接近的。现在你去,我心灵需要安安静静耽一会。"

"那么以后怎么样呢?"

"以后么? 你明天晚上来,让我有一点精神同你再谈。"

我看她把身子斜倚到床上后,我就出来了。

这一夜又一天的时间我不知道是怎么熬过的,我的心与我的四肢,以及我全身的细胞,都没有一分钟安静过,我幻想将来,计划将来,我想到同居,我想到旅行,想到生活,想到久久的以后,茫茫的未来。一到黄昏我就赶去,路上我猜想她今天的态度与打扮,以及说话的语调,我的心好像长了翅膀,时时想飞,好容易熬到了她的家门。

开门的是位女仆,这是很使我惊疑的,我刚想不问她就跑进去,可是她先开口了:

"先生,小姐今天一早就出远门了。"

"谁出远门?"

"就是小姐,她有信留给你。"

我心跳得厉害,把信拆开了,可是天色已不能让我看出字迹。等我拿出我抽烟用的打火灯来,这才把这封信看了清楚:

人:这一段不是人生,是一场梦;梦不能实现,也无需实现,我远行,是为逃避现实,现实不逼我时,我或者再回来,但谁能断定是三年四年。以后我还是过着鬼的日子,希望你好好做人。

鬼

…………

(选自《徐訏全集》,台湾正中书局1966年版)

【作者介绍】

徐訏(1908—1980),原名伯訏,浙江慈溪人。北京大学哲学系毕业,后赴法国留学。代表作有:长篇小说《风萧萧》,中篇小说《鬼恋》、《吉布赛的诱惑》,短篇小说《阿拉伯海的女神》。作品收入《徐訏全集》(共18卷)。

【作品分析】

《鬼恋》出版于1939年。作品通过"我"与自称为"鬼"的冷艳美女的爱情传奇,表现出超脱的人生态度和独特的体悟生命的方式。

作品情节扑朔迷离,怪诞阴郁。"我"留学归来,在冬夜的上海街头遇到黑衣女子,对她的"仙一般的活跃与飘逸"一见钟情。自此三夜一会于郊外的斜土坡,从形而上谈到形而下,从天文谈到昆虫学,"我"被她的聪敏博学所深深吸引。但是交往一年之久,她始终自称为"鬼",并以人鬼不能恋爱为由,冷然拒绝"我"的求爱。直到有一回,"我"发现她装扮成尼姑游龙华,即尾随其回家,证明她确实是人不是鬼。这时,她才承认自己原是一位热血青年,"还爱过一个比你还要入世万倍的人。……我们做革命工作,秘密地干,吃过许多许多苦……我暗杀人有十八次之多,十三次成功,五次不成功；我从枪林里逃越，牢狱中逃越。……后来我亡命在国外，流浪，读书……一直到我回国的时候，才知道我们一同工作的，我所爱的人已经被捕死了……但是以后种种，一次次的失败，卖友的卖友，告密的告密，做官的做官，捕的捕，死的死，同侪中只剩我孤苦的一身！我历遍了这人世，尝遍了这人生，认识了这人心"，于是无意做"人"苟活世间，而愿做"鬼"冷眼旁观。"我"劝她一同做个享乐的人，她却不辞而别，杳无音信。

  作品中的人物，特别是"鬼"，超凡脱俗宗教式的人格带出一种圣洁的艺术氛围，没有人间烟火气，寄寓着作者对理想化人性的向往和追求。小说具有通俗性，情节奇谲怪异，充满异域情调和超现实的浪漫气息，疑团百结的悬念散发出浓烈的神秘色彩，曲折离奇的故事渗透着几分华美，给读者带来几分紧张的期待，令人难以释怀；小说又具有先锋性，"人"与"鬼"坐而论道，沉思历史，探索生命，颇多意味隽永的人生感悟和哲学玄思，从而使作品的境界得到升华，透露出吟味生命的凝重深刻，因而又充溢着玄奥色彩。作者在解剖人物心灵方面也颇见功力，再加上抒情而典雅的语言，飞动而奇丽的想像，都使作品产生了巨大的艺术魅力。

【延伸阅读文献】

  杨义：《中国现代小说史》第三卷，人民文学出版社1993年版。
  严家炎：《中国现代小说流派史》，人民文学出版社1989年版。

（王晓琴）

呼兰河传(存目)

萧 红

【作者介绍】

萧红(1911—1942),女,黑龙江呼兰县人。为反抗家庭的包办婚姻,1930年离家出走,绝境中得到萧军援救。1934年他们一起到上海,得到鲁迅的指点和帮助。代表作是《生死场》、《马伯乐》、《呼兰河传》等。

【作品分析】

《呼兰河传》出版于1941年。回忆或许是对现实的一种解脱,不然它何以能让身处痛苦之中的萧红刹那间获得一种精神上的解脱,带她飞到了北国的呼兰河城。在萧红尽情的回忆中,她找到了宁静,饱经沧桑的心获得了一种诗性的自由。

这种诗性回忆的描写,使《呼兰河传》更像一首散文,一首诗。在萧红这里小说被散文化、诗化了。茅盾曾说过:"要点不在《呼兰河传》不像是一部严格意义的小说,而在于它这'不像'之外,还有些别的东西——一些比'像'一部小说更为诱人的东西:它是一篇叙事诗,一幅多彩的风土画,一串凄婉的歌谣。"(茅盾《〈呼兰河传〉序》)萧红用诗性的思维,散文化的语言,把呼兰河城的生活娓娓道来,在这种全身心的回忆中,她暂时忘掉了现实中的痛苦,从繁华的香港回到北国的小城,所以尽管条件所迫,《呼兰河传》辗转三年才完成,可萧红却一直没有放弃这本书的写作,只有在对童年的皈依中,她才可以循着自己走过的路回到最幸福的源点。

《呼兰河传》回忆的中心是后园、祖父和"我"。后园是萧红童年的栖息地,这里有樱桃树,有黄瓜,有狗尾草,还有蜻蜓、蝴蝶和蚂蚱。它们在萧红眼中都是有生命的,孩子时的萧红把它们与自己完全融合到了一起,达到了一种"不隔"的状态。一到后园,她就不分对象地奔了过去,好像这个园子里边无论什么都是活的,这是儿童与自然的合一,因为他们在天性上本来就是相通的,这种自然的交融是不受理性支配的,它是潜意识的。《圣经》上说,人是由泥土造的,人与土地天生就有一种割不断的血肉联系,这种联系最充分地体现在儿童对土地的热爱上。成年的萧红依然保持着孩子气,所以她对土地的诠释才会那么鲜活,充满了生命的力量。与后园联系在一起的,是祖父。祖父是慈祥的,他对儿时的萧红是宠爱的,是宽容和纵容的,所以只有在祖父那里,萧红才得以完全伸展儿童的天性。

《呼兰河传》也写到了呼兰河这座小城的人的生存状态,这里的人不会去想人为什么而活,他们对这个问题不会感到茫然,因为在他们看来,生活就是穿衣吃饭这么简单,即使死了,也不过就是"完了"而已。对于这种生存状态,萧红没有加以评判,她只是平静地把它们写出来,任由读者去评判。

萧红的一生都是由创伤和孤寂串联起来的,《呼兰河传》是她短暂的人生中最美的回忆,美得令读者难以释怀。正如茅盾所说:"开始读时有轻松之感,然而愈读下去心头就会一点一点沉重起来,可是,仍然有美,即使这美有点病态,也仍不能不使你眩惑。"

【延伸阅读文献】

季红真:《萧红传》,北京十月文艺出版社 2000 年版。
〔美〕葛浩文:《萧红评传》,北方文艺出版社 1985 年版。

(任文惠)

金锁记(节选)

张爱玲

　　七巧带着儿子长白,女儿长安另租了一幢屋子住下了,和姜家各房很少来往。隔了几个月,姜季泽忽然上门来了。老妈子通报上来,七巧怀着鬼胎,想着分家的那一天得罪了他,不知他有什么手段对付。可是兵来将挡,她凭什么要怕他?她家常穿着佛青实地纱袄子,特地系上一条玄色铁线纱裙,走下楼来。季泽却是满面春风的站起来问二嫂好,又问白哥儿可是在书房里,安姐儿的湿气可大好了,七巧心里便疑惑他是来借钱的,加意防备着,坐下笑道:"三弟你近来又发福了。"季泽笑道:"看我像一点儿心事都没有的人。"七巧笑道:"有福之人不在忙!你一向就是无牵无挂的。"季泽笑道:"等我把房子卖了,我还要无牵无挂呢!"七巧道:"就是你做了押款的那房子,你还要卖吗?"季泽道:"当初造它的时候,很费了点心思,有许多装置都是自己心爱的,当然不愿意脱手。后来你是知道的,那边地皮值钱了,前年把它翻造了衖堂房子,一家一家收租,跟那些住小家的打交道,我实在嫌麻烦,索性打算卖了它,图个清静。"七巧暗地里说道:"口气好大!我是知道你的底细的,你在我跟前充什么阔大爷!"

　　虽然他不向她哭穷,但凡谈到银钱交易,她总觉得有点危险,便岔了开去道:"三妹妹好么?腰子病近来发过没有?"季泽笑道:"我也有许久没见过她的面了。"七巧道:"这是什么话?你们吵了嘴么?"季泽笑道:"这些时我们倒也没吵过嘴。不得已在一起说两句话,也是难得的,也没那闲情逸致吵嘴。"七巧道:"何至于这样?我就不相信!"季泽两肘撑在藤椅的扶手上,交叉着十指,手搭凉棚,影子落在眼睛上,深深地唉了一声。七巧笑道:"没有别的,要不就是你在外头玩得太厉害了。自己做错了事,还唉声叹气的仿佛谁害了你似的。你们姜家就没有一个好人!"说着,举起白团扇,作势要打。季泽把那交叉着的十指往下移了一移,两只大拇指按在嘴唇上,两只食指缓缓抚摸着鼻梁,露出一双水汪汪的眼睛来。那眼珠却是水仙花缸底的黑石子,上面汪着水，下面冷冷的没有表情。看不出他在想什么。七巧道："我非打你不可！"季泽的眼睛里突然冒出一点笑泡儿，道："你打，你打！"七巧待要打，又擎回手去，重新一鼓作气道："我真打！"抬高了手，一扇子劈了下来，又在半空中停住了，吃吃笑将起来。季泽带笑将肩膀耸了一耸，凑了上去道："你倒是打我一下罢！害得我浑身骨头痒痒着，不得劲儿！"七巧把扇子向背后一藏，越发笑得格格的。

季泽把椅子换了个方向，面朝墙坐着，人向椅背上一靠，双手蒙住了眼睛，又是长长地叹了口气。七巧啃着扇子柄，斜瞟着他道："你今儿是怎么了？受了暑吗？"季泽道："你哪里知道？"半响，他低低的一个字一个字说道："你知道我为什么跟家里的那个不好，为什么我拼命的在外头玩，把产业都败光了？你知道这都是为了谁？"七巧不知不觉有些胆寒，走得远远的，倚在炉台上，脸色慢慢地变了。季泽跟了过来。七巧垂着头，肘弯撑在炉台上，手里擎着团扇，扇子上的杏黄穗子顺着她的额角拖下来。季泽在她对面站住了，小声道："二嫂！……七巧！"

七巧背过脸去淡淡笑道："我要相信你才怪呢！"季泽便也走开了，道："不错。你怎么能够相信我？自从你到我家来，我在家一刻也待不住，只想出去。你没来的时候我并没有那么荒唐过，后来那都是为了躲你。娶了兰仙来，我更玩得凶了，为了躲你之外又要躲她，见了你，说不了两句话我就要发脾气——你哪儿知道我心里的苦楚？你对我好，我心里更难受——我得管着我自己——我不得平白的坑坏了你！家里人多眼杂，让人知道了，我是个男子汉，还不打紧，你可了不得！"七巧的手直打颤，扇柄上的杏黄须子在她额上苏苏磨擦着。季泽道："你信也罢，不信也罢！信了又怎样？横竖我们半辈子已经过去了，说也是白说。我只求你原谅我这一片心。我为你吃了这些苦，也就不算冤枉了。"

七巧低着头，淋浴在光辉里，细细的音乐，细细的喜悦……这些年了，她跟他捉迷藏似的，只是近不得身，原来还有今天！可不是，这半辈子已经完了——花一般的年纪也经过去了。人生就是这样的错综复杂，不讲理。当初她为什么嫁到姜家来？为了钱么？不是的，为了要遇见季泽，为了命中注定她要和季泽相爱。她微微抬起脸来，季泽立在她跟前，两手合在她扇子上，面颊贴在她扇子上。他也老了十年了，然而人究竟还是那个人呵！他难道是哄她么？他想她的钱——她卖掉她的一生换来的几个钱？仅仅这一转念便使她暴怒起来。就算她错怪了他，他为她吃的苦抵得过她为他吃的苦么？好容易她死了心了，他又来撩拨她。她恨他。他还在看着她。他的眼睛——虽然隔了十年，人还是那个人呵！就算他是骗她的，迟一点儿发现不好么？即使明不行！她不能有把柄落在这厮手里。姜家的人是厉害的,她的钱只怕保不住。她得先证明他是真心不是。七巧定了一定神,向门外瞧了一瞧,轻轻惊叫道:"有人!"便三脚两步赶出门去,到下房里吩咐潘妈替三爷弄点心去,快些端了来,顺便把芭蕉扇进来替三爷打扇。七巧回到屋里来,故意皱着眉道:"真可恶,老妈子在门口探头探脑的,见了我抹过头去就跑,被我赶上去喝住了。若是关上了门说两句话,指不定造出什么谣言来呢！饶是独门独户住了,还没个清净。"潘妈送了点心与酸梅汤进来,七巧亲自拿筷子替季泽拣掉了蜜层糕上的玫瑰与青梅,道:"我记得你是不爱吃红绿丝的。"有人在跟前,季泽不便说什么,只是微笑,七巧似乎没话找话说似的,问道:"你卖房子,接洽得怎样了?"季泽一面吃,一面答道:"有人出八万五,我还没打定主意呢。"七巧沉吟道:"地段倒是好的。"季泽道:"谁都不赞成我脱手,说还要涨呢。"七巧又问了些详细情形,便道:"可惜我手头没有这一笔现款,不然我倒想买。"季泽道:"其实呢,我这房子倒不急,倒是咱们乡下你那些田,早早脱手的好。自从改了民国,接二连三的打仗,何尝有一年闲过？把地面上糟踏得不成样子,中间还被收租的,师爷,地头蛇一层一层勒掯着,莫说这两年不是水就是旱,就遇着了丰年,也没有多少进账轮到我们头上。"七巧寻思着,道:"我也盘算过来,一直挨着没有办。先晓得把它卖了,这会子想买房子,也不至于钱不凑手了。"季泽道:"你那田要卖趁现在就得卖了,听说直鲁又要开仗了。"七巧道:"急切间你叫我卖给谁去?"季泽顿了一顿道:"我去替你打听打听,也成。"七巧耸了耸眉毛笑道:"得了,你那些狐群狗党里头,又有谁是靠得住的?"季泽把咬开的饺子在小碟子里蘸了点醋,闲闲说出两个靠得住的人名,七巧便认真仔细盘问他起来,他果然回答得有条不紊,显然他是筹之已熟的。

七巧虽是笑吟吟的,嘴里发干,上嘴唇黏在牙仁上,放不下来。她端起盖碗来吸了一口茶,舐了舐嘴唇,突然把脸一沉,跳起身来将手里的扇子向季泽头上滴溜溜掷过去,季泽向左偏了一偏,那团扇敲在他肩膀上,打翻了玻璃杯,酸梅汤淋淋漓漓溅了他一身,七巧骂道:"你要我卖了田去买你的房子？你要我卖田？钱一经你的手,还有得说么？你哄我——你拿那样的话来哄我——你拿我当傻子——"她隔着一张桌子探身过去打他,然而她被潘妈下死劲抱住了。潘妈叫唤起来,祥云等人都奔了来,七手八脚按住了她,七嘴八舌求告着。七巧一头挣扎,一头叱喝着,然而她的一颗心直往下坠——她很明白她这举动太蠢——太蠢——她在这儿丢人出丑。

季泽脱下了他那湿濡的白香云纱长衫,潘妈绞了手巾来代他揩擦,他理也不理,把衣服夹在手臂上,竟自扬长出门去了,临行的时候向祥云道:"等白哥儿下了学,叫他替他母亲请个医生来看看。"祥云吓糊涂了,连声答应着,被七巧兜脸给了她一个耳刮子。

季泽走了。丫头老妈子也都给七巧骂跑了。酸梅汤沿着桌子一滴一滴朝下滴,像迟迟的夜漏——一滴,一滴……一更,二更……一年,一百年。真长,这寂寂的一刹那。七巧扶着头站着,倏地掉转身来上楼去,提着裙子,性急慌忙,跌跌绊绊,不住地撞到那阴暗的绿粉墙上,佛青袄子上沾了大块的淡色的灰。她要在楼上的窗户里再看他一眼。无论如何,她从前爱过他。她的爱给了她无穷的痛苦。单只这一点,就使他值得留恋。多少回了,为了要按捺她自己,她进得全身筋骨与牙根都酸楚了。今天完全是她的错。他不是个好人,她又不是不知道。她要他,就得装糊涂,就得容忍他的坏。她为什么要戳穿他?人生在世,还不就是那么一回事?归根究底,什么是真的,什么是假的?

她到了窗前,揭开了那边上缀有小绒球的墨绿洋式窗帘,季泽正在弄堂里往外走,长衫搭在臂上,晴天的风像一群白鸽子钻进他的纺绸裤褂里去,哪儿都钻到了,飘飘拍着翅子。

七巧眼前仿佛挂了冰冷的珍珠帘,一阵热风来了,把那帘子紧紧贴在她脸上,风去了,又把帘子吸了回去,气还没透过来,风又来了,没头没脸包住她——一阵凉,一阵热,她只是淌着眼泪。

…………

这天晚上,七巧躺着抽烟,长白盘踞在烟铺跟前的一张沙发椅上嗑瓜子,无线电里正唱着一出冷戏,他捧着戏考,一个字一个字跟着哼,哼上了劲,甩过一条腿去骑在椅背上,来回摇着打拍子。七巧伸出脚去踢了他一下道:"白哥儿你来替我装两筒。"长白道:"现放着烧烟的,偏要支使我!我手上有蜜是怎么着?"说着,伸了个懒腰,慢腾腾移身坐到烟灯前的小凳上,卷起了袖子。七巧笑道:"我把你这不孝的奴才!支使你,是抬举你!"她眯缝着眼望着他,这些年来她的生命里只有这一个男人,只有他,她不怕他想她的钱——横竖钱都是他的。可是,因为他是她的儿子,他这一个人还抵不了半个……现在,就连这半个她也保留不住——他娶了亲。他是个瘦小白皙的年轻人,背有点驼,戴着金丝眼镜,有着工细的五官,时常茫然地微笑着,张着嘴,嘴里闪闪发着光的不知道是太多的唾沫水还是他的金牙。他敞着衣领,露出里面的珠羔里子和白小褂。七巧把一只脚搁在他肩膀上,不住的轻轻踢着他的脖子,低声道:"我把你这不孝的奴才!打几时起变得这么不孝了?"长安在旁笑道:"娶了媳妇忘了娘吗!"七巧道:"少胡说!我们白哥儿倒不是那样的人!我也养不出那样的儿子!"长白只是笑。七巧斜着眼看定了他,笑道:"你若还是我从前的白哥儿,你今儿替我烧一夜的烟!"长白笑道:"那可难不倒我!"七巧道:"盹着了,看我捶你!"

起坐间的帘子撤下送去洗濯了。隔着玻璃窗望出去,影影绰绰乌云里有个月亮,一搭黑,一搭白,像个戏剧化的狰狞的脸谱。一点,一点,月亮缓缓的从云里出来了,黑云底下透出一线炯炯的光,是面具底下的眼睛。天是无底洞的深青色。久已过了午夜了。长安早去睡了,长白打着烟泡,也前仰后合起来。七巧斟了杯浓茶给他,两人吃着蜜饯糖果,讨论着东邻西舍的隐私。七巧忽然含笑问道:"白哥儿你说,你媳妇儿好不好?"长白笑道:"这有什么可说的?"七巧道:"没有可批评的,想必是好的了?"长白笑着不做声。七巧道:"好,也有个怎么个好呀!"长白道:"谁说她好来着?"七巧道:"她不好?哪一点不好?说给娘听。"长白起初只是含糊对答,禁不起七巧再三盘问,只得吐露一二。旁边递茶递水的老妈子们都背过脸去笑得格格的,丫头们都掩着嘴忍着笑回避出去了。七巧又是咬牙,又是笑,又是喃喃咒骂,卸下烟斗来狠命磕里面的灰,敲得托托一片响。长白说溜了嘴,止不住要说下去,足足说了一夜。

次日清晨,七巧吩咐老妈子取过两床毯子来打发哥儿在烟榻上睡觉。这时芝寿也已经起了身,过来请安。七巧一夜没合眼,却是精神百倍,邀了几家女眷来打牌,亲家母也在内。在麻将桌上一五一十将她儿子亲口招供的她媳妇的秘密宣布了出来,略加渲染,越发有声有色。众人竭力地打岔,然而说不上两句闲话,七巧笑嘻嘻地转了个弯,又回到她媳身上来了。逼得芝寿的母亲脸皮紫涨,也无颜再见女儿,放下牌,乘了包车回去了。

七巧接连着教长白为她烧了两晚上的烟。芝寿直挺挺躺在床上,搁在肋骨上的两只手蜷曲着像死去的鸡的脚爪。她知道她婆婆又在那里盘问她丈夫,她知道她丈夫又在那里叙说一些什么事,可是天知道他还有什么新鲜的可说!明天他又该涎着脸到她跟前来了。也许他早料到她会把满腔的怨毒都结在他身上,就算她没本领跟他拼命,不至于也得质问他几句,闹上一场。多半他准备先声夺人,借酒盖住了脸,找点碴子,摔上两件东西。她知道他的脾气。末后他会坐到床沿上来,耸起肩膀,伸手到白绸小褂里面去抓痒,出人意料之外地一笑。他的金丝眼镜上抖动着一点光,他嘴里抖动着一点光,不知道是唾沫还是疯狂的世界。丈夫不像个丈夫,婆婆也不像个婆婆。不是他们疯了,就是她疯了。今天晚上的月亮比哪一天都好,高高的一轮满月,万里无云,像是漆黑的天上一个白太阳。遍地的蓝影子,帐顶上也是蓝影子,她的一双脚也在那死寂的蓝影子里。

芝寿待要挂起帐子来，伸手去摸索帐钩，一只手臂吊在那铜钩上，脸偎住了肩膀，不由得就抽噎起来。帐子自动地放了下来。昏暗的帐子里除了她之外没有别人，然而她还是吃了一惊，仓皇地再度挂起了帐子。窗外还是那使人汗毛凛凛的反常的明月——漆黑的天上一个灼灼的小而白的太阳。屋里看得分明那玫瑰紫绣花椅披桌布，大红平金五凤齐飞的围屏，水红软缎对联，绣着盘花篆字。梳妆台上红绿丝网络着银粉缸，银漱盂，银花瓶，里面满满盛着喜果。帐檐上垂下五彩攒金绕绒花球，花盆，如意粽子，下面滴溜溜坠着指头大的琉璃珠和尺来长的桃红穗子。偌大一间房里充塞着箱笼，被褥，铺陈，不见得她就找不出一条汗巾子来上吊。她又倒到床上去。月光里，她的脚没有一点血色——青，绿，紫，冷去的尸身的颜色。她想死，她想死。她怕这月亮光，又不敢开灯。明天她婆婆说："白哥儿给我多烧了两口烟，害得我们少奶奶一宿没睡觉，夜半三更点着灯等他回来——少不了他吗！"芝寿的眼泪顺着枕头不停地流，她不用手帕去擦眼睛，擦肿了，她婆婆又该说了："白哥儿一晚上没回房去睡，少奶奶就把眼睛哭得桃儿似的！"

七巧虽然把儿子媳妇描摹成这样热情的一对，长白对于芝寿却不甚中意，芝寿也把长白恨得牙痒痒的。夫妻不和，长白渐渐又往花街柳巷里走动。七巧把一个丫头绢儿给了他做小，还是牢笼不住他。七巧又变着方儿哄他吃烟。长白一向就喜欢玩两口，只是没上瘾，现在吸得多了，也就收了心不大往外跑了，只在家守着母亲与新姨太太。

他妹子长安二十四岁那年生了痢疾，七巧不替她延医服药，只劝她抽两筒鸦片，果然减轻了不少痛苦，病愈之后，也就上了瘾。那长安更与长白不同，未出阁的小姐，没有其它的消遣，一心一意的抽烟，抽的倒比长白还要多。也有人劝阻，七巧道："怕什么！莫说我们姜家还吃得起，就是我今天卖了两顷地给他们姐儿俩抽烟，又有谁敢放半个屁？姑娘赶明儿聘了人家，少不得有她这一份嫁妆。她吃自己的，喝自己的，姑爷就是舍不得，也只好干望着她罢了！"

话虽如此，长安的婚事毕竟受了点影响。来做媒的本就不十分踊跃，如今竟绝迹了。长安到了近三十的时候，七巧见女儿注定了是要做老姑娘的了，便又换了一种论调，道："自己长得不好，嫁不掉，还怨我做娘的耽搁了她！成天挂搭着个脸，倒像我该她二百钱似的。我留她在家里吃一碗闲茶闲饭，可没打算留她在家里给我气受！"

姜季泽的女儿长馨过二十岁生日，长安去给她堂房妹子拜寿。那姜季泽虽然穷了，幸喜他交游广阔，手里还算兜得转。长馨背地里向她母亲道："妈想法子给安姐姐介绍个朋友罢，瞧她怪可怜的。还没提起家里的情形，眼圈儿就红了。"兰仙慌忙摇手道:"罢!罢!这个媒我不敢做!你二妈那脾气是好惹的?"长馨年少好事,哪里埋会得?歇了些时,偶然同学们说起这件事,恰巧那同学有个表叔新从德国留学回来,也是北方人,仔细攀认起来,与姜家还沾着点老亲。那人名唤童世舫,叙起来比长安略大几岁。长馨竟自作主张,安排了一切,由那同学的母亲出面请客。长安这边瞒得家里铁桶相似。

七巧身子一向硬朗,只因她媳妇芝寿得了肺痨,七巧嫌她乔张做致,吃这个、吃那个,累又累不得,比寻常似乎多享了一些福,自己一赌气便也病了。起初不过是气虚血亏,却也将合家支使得团团转,哪儿还能够兼顾到芝寿?后来七巧认真得了病,卧床不起,越发鸡犬不宁。长安乘乱里便走开了,把裁缝唤到她三叔家里,由长馨出主意替她制了新装。赴宴的那天晚上,长馨先陪她到理发店去用钳子烫了头发,从天庭到鬓角一路密密贴着细小的发圈。耳朵上戴了二寸来长的玻璃翠宝塔坠子,又换上了苹果绿乔琪纱旗袍,高领圈,荷叶边袖子,腰以下是半西式的百褶裙。一个小大姐蹲在地上为她扣揿钮,长安在穿衣镜里端详着自己,忍不住将两臂虚虚地一伸,裙子一踢,摆了个葡萄仙子的姿势,一扭头笑了起来道:"把我打扮得天女散花似的!"长馨在镜子里向那小大姐做了个媚眼,两人不约而同也都笑了起来。长安妆罢,便向高椅上端端正正坐下了。长馨道:"我去打电话叫车。"长安道:"还早呢!"长馨看了看表道:"约的是八点,已经八点过五分了。"长安道:"晚个半个钟头,想必也不碍事。"长馨猜她是存心要搭点架子,心中又好气又好笑,打开银丝手提包来检点了一下,借口说忘了带粉镜子,径自走到她母亲屋里来,如此这般告诉了一遍,又道:"今儿又不是姓童的请客,她这架子是冲着谁搭的?我也懒得去劝她,由她挨到明儿早上去,也不干我事。"兰仙道:"瞧你这糊涂!人是你约的,媒是你做的,你怎么卸得了这干系?我埋怨过你多少回了——你早该知道了,安姐儿就跟她娘一样的小家子气,不上台盘。待会儿出乖露丑的,说起来是你姐姐,你丢人也是活该,谁叫你把这些是是非非,揽上身来,敢是闲疯了?"长馨咕嘟着嘴在她母亲屋里坐了半晌,兰仙笑道:"看这情形,你姐姐是等着人催请呢!"长馨道:"我才不去催她呢!"兰仙道:"傻丫头,要你催,中什么用?她等那边来电话哪!"长馨失声笑道:"又不是新娘子,要三请四催的,逼着上轿!"兰仙道:"好歹你打个电话到饭店里去,叫他们打个电话来,不就结了?快九点了,再挨下去,事情可真要崩了!"长馨只得依言做去,这边方才动了身。

长安在汽车里还是兴兴头头,谈笑风生的,到菜馆子里,突然矜持起来,跟在长馨后面,悄悄掩进了房间,怯怯地褪去了苹果绿鸵鸟毛斗篷,低头端坐,拈了一只杏仁,每隔两分钟轻轻啃去了十分之一,缓缓咀嚼着。她是为了被看而来的。她觉得她浑身装束，无懈可击，任凭人家多看两眼也不妨事，可是她的身体完全是多余的，缩也没处缩。她始终缄默着，吃完了一顿饭。等着上甜菜的时候，长馨把她拉到窗子跟前去观看街景，又托故走开了，那童世舫便踱到窗前，问道："姜小姐这儿来过么？"长安细声道："没有。"童世舫道："我也是第一次。菜倒是不坏，可是我还是吃不大惯。"长安道："吃不惯？"世舫道："可不是！外国菜比较清淡些，中国菜要油腻得多。刚回来，连着几天亲戚朋友们接风，很容易的就吃坏了肚子。"长安反复地看她的手指，仿佛一心一意要数数一共有几个指纹是螺形的，几个是畚箕……

玻璃窗上面，没来由开了小小的一朵霓虹灯的花——对过一家店面里反映过来的，绿心红瓣，是尼罗河祀神的莲花，又是法国王室的百合徽章……

世舫多年没见过故国的姑娘，觉得长安很有点楚楚可怜的韵致，倒有几分喜欢。他留学以前早就定了亲，只因他爱上了一个女同学，抵死反对家里的亲事，路远迢迢，打了无数的笔墨官司，几乎闹翻了脸，他父母曾经一度断绝了他的接济，使他吃了不少的苦，方才依了他，解了约。不幸他的女同学别有所恋，抛下了他，他失意之余，倒埋头读了七八年的书。他深信妻子还是旧式的好，也是由于反应作用。

和长安见了这一面之后，两下里都有了意。长馨想着送佛送到西天，自己再热心些，也没有资格出来向长安的母亲说话，只得央及兰仙。兰仙执意不肯道："你又不是不知道，你爹跟你二妈仇人似的，向来是不见面的。我虽然没跟她红过脸，再好些也有限。何苦去自讨没趣？"长安见了兰仙，只是垂泪，兰仙却不过情面，只得答应去走一遭。妯娌相见，问候了一番，兰仙便说明了来意。七巧初听见了，倒也欣然，因道："那就拜托了三妹妹罢！我病病哼哼的，也管不得了，偏劳了三妹妹。这丫头就是我的一块心病。我做娘的也不能说是对不起她了，行的是老法规矩，我葑她裹脚，行的是新派规矩，我送她上学堂——还要怎么着？照我这样扒心扒肝调理出来的人，只要她不疤不麻不瞎，还会没人要吗？怎奈这丫头天生的是扶不起的阿斗，恨得我只嚷嚷：多咱我一闭眼去了，男婚女嫁，听天由命罢！"

当下议妥了，由兰仙请客，两方面相亲。长安与童世舫只做没见过面模样，又会晤了一次。七巧病在床上，没有出场，因此长安便风平浪静的订了婚。在筵席上，兰仙与长馨强行拉着长安的手，递到童世舫手里，世舫当众替她套上了戒指。女家也回了礼。文房四宝虽然免了，却用新式的丝绒文具盒来代替，又添上了一只手表。

订婚之后，长安遮遮掩掩竟和世舫单独出去了几次。晒着秋天的太阳，两人并排在公园里走着，很少说话，眼角里带着一点对方的衣服与移动着的脚,女子的粉香,男子的淡巴菰气,这单纯而可爱的印象便是他们身边的栏杆,栏杆把他们与众人隔开了。空旷的绿草地上,许多人跑着,笑着,谈着,可是他们走的是寂寂的绮丽的回廊——走不完的寂寂的回廊。不说话,长安并不感到任何缺陷。她以为新式的男女间的交际也就"尽于此矣"。童世舫呢,因为过去的痛苦的经验,对于思想的交换根本抱着怀疑的态度。有个人在身边,他也就满足了。从前,他顶讨厌小说上的男人,向女人要求同居的时候,只说:"请给我一点安慰。"安慰是纯粹精神上的,这里却做了肉欲的代名词。但是他现在知道精神与物质的界限不能分得这么清。言语究竟没有用。久久的握着手,就是较妥帖的安慰,因为会说话的人很少,真正有话说的人还要少。

有时在公园里遇着了雨,长安撑起了伞,世舫为她擎着。隔着半透明的蓝绸伞,千万粒雨珠闪着光,像一天的星。一天的星到处跟着他们,在水珠银烂的车窗上,汽车驰过了红灯,绿灯,窗子外营营飞着一窠红的星,又是一窠绿的星。

长安带了点星光下的乱梦回家来,人变得异常沉默了,时时微笑着。七巧见了,不由得有气,便冷言冷语道:"这些年来,多多冷慢了姑娘,不怪姑娘难得开个笑脸。这下子跳出了姜家的门,趁了心愿了,再快活些,可也别这么摆在脸上呀——叫人寒心!"依着长安素日的性子,就要回嘴,无如长安近来像换了个人似的,听了也不计较,自顾自努力去戒烟。七巧也奈何她不得。

长安订婚那天,大奶奶玳珍没去,隔了些天来补道喜。七巧悄悄唤了声大嫂,道:"我看咱们还得在外头打听打听哩,这事可冒失不得!前天我耳朵里仿佛刮着一点,说是乡下有太太,外洋还有一个。"玳珍道:"乡下的那个没过门就退了亲。外洋那个也是这样,说是做了几年的朋友了,不知怎么又没成功。"七巧道:"那还有个为什么?男人的心,说声变,就变了。他连三媒六聘的还不认账,何况那不三不四的歪辣货?知道他在外洋还有旁人没有?我就只这一个女儿,可不能糊里糊涂断送了她的终身,我自己是吃过媒人的苦的!"

长安坐在一旁用指甲去掐手掌心,手掌心掐红了,指甲却挣得雪白。七巧一抬眼望见了她,便骂道:"死不要脸的丫头,竖着耳朵听呢!这话是你听得的么?我们做姑娘的时候,一声提起婆婆家,来不迭地躲开了。你姜家枉为世代书香,只怕你还要到你麻油店的外婆家去学点规矩哩!"长安一头哭一头奔了出去。七巧拍着枕头嗐了一声道:"姑娘急着要嫁,叫我也没法子。腥的臭的往家里拉。名为是她三姊给找的人,其实不过是拿她三姊做个幌子。多半是生米煮成了熟饭了,这才挽了三姊出来做媒。大家齐打伙儿糊弄我一个人……糊弄着也好！说穿了，叫做娘的做哥哥的脸往哪儿去放？"

又一天，长安托辞溜了出去，回来的时候，不等七巧查问，待要报告自己的行踪，七巧叱道："得了，得了，少说两句罢！在我面前糊什么鬼？有朝一日你让我抓着了真凭实据——哼！别以为你大了，订了亲了，我打不得你了！"长安急了道："我给馨妹妹送鞋样子去，犯了什么法了，娘不信，娘问三婶去！"七巧道："你三婶替你寻了汉子来，就是你的重生父母，再养爹娘！也没见你这样的轻骨头！……一转眼就不见你的人了。你家里供养了你这些年，就只差买个小厮来伺候你，哪一处对你不住了，你在家里一刻也坐不稳？"长安红了脸，眼泪直掉下来。七巧缓过一口气来，又道："当初多少好的都不要，这会子去嫁个不成器的人，人家拣剩下来的，岂不是自己打嘴？他若是个人，怎么活到三十来岁，飘洋过海的，跑上十万里地，一房老婆还没弄到手？"

然而长安一味的执迷不悟。因为双方的年纪都不小了，订了婚不上几个月，男方便托了兰仙来议定婚期。七巧指着长安道："早不嫁，迟不嫁，偏赶着这两年钱不凑手！明年若是田上收成好些，嫁妆也还整齐些。"兰仙道："如今新式结婚，倒也不讲究这些了。就照新派办法，省着点也好。"七巧道："什么新派旧派？旧派无非排场大些，新派实惠些，一样还是娘家的晦气！"兰仙道："二嫂看着办就是了，难道安姐儿还会争多论少不成？"一屋子的人全笑了，长安也不觉微微一笑。七巧破口骂道："不害臊！你是肚子里有了搁不住的东西是怎么着？火烧眉毛，等不及的要过门！嫁妆也不要了——你情愿，人家倒许不情愿呢？你就拿准了他是图你的人？你好不自量，你有哪一点叫人看得上眼？趁早别自骗自了！姓童的还不是看上了姜家的门第！别瞧你们家轰轰烈烈，公侯将相的，其实全不是那么回事！早就是外强中干，这两年连空架子也撑不起了。人呢，一代坏似一代，眼里哪儿还有天地君亲？少爷们是什么都不懂，小姐们就知道霸钱要男人——猪狗都不如！我娘家当初千不该万不该跟姜家结了亲，坑了我一世，我待要告诉那姓童的趁早别像我似的上了当！"

自从吵闹过这一番，兰仙对于这头亲事便洗手不管了。七巧的病渐渐痊愈，略略下床走动，便逐日骑着门坐着，遥遥的向长安屋里叫喊道："你要野男人尽管去找，只别把他带上门来认我做丈母娘，活活的气死了我！我只图个眼不见，心不烦。能够容我多活两年，便是姑娘的恩典了！"颠来倒去几句话，嚷得一条街上都听得见。亲戚中自然更将这事沸沸扬扬传了开去。

七巧又把长安唤到跟前，忽然滴下泪来道："我的儿，你知道外头人把你怎么长怎么短糟蹋得一个钱也不值！你娘自从嫁到姜家来，上上下下谁不是势利，狗眼看人低，明里暗里我不知受了他们多少气。就连你爹，他有什么好处到我身上,我要替他守寡?我千辛万苦守了这二十年,无非是指望你姐儿俩长大成人,替我争回一点面子来,不承望今日之下,只落得这等的收场!"说着,呜咽起来。

长安听了这话,如同轰雷掣顶一般。她娘尽管把她说得不成人,外头人尽管把她说得不成人,她管不了这许多。唯有童世舫——他——他该怎么想?他还要她么?上次见面的时候,他的态度有点改变么?很难说……她太快乐了,小小的不同的地方她不会注意到……被戒烟期间身体上的痛苦与这种种刺激两面夹攻着,长安早就有点受不了,可是硬撑着也就撑了过去,现在她突然觉得浑身的骨骼都脱了节。向他解释么?他不比她的哥哥,他不是她母亲的儿女,他决不能彻底明白她母亲的为人。他果真一辈子见不到她母亲,倒也罢了,可是他迟早要认识七巧。这是天长地久的事,只有千年做贼的,没有千年防贼的——她知道她母亲会放出什么手段来?迟早要出乱子,迟早要决裂。这是她的生命里顶完美的一段,与其让别人给它加上一个不堪的尾巴,不如她自己早早结束了它。一个美丽而苍凉的手势……她知道她会懊悔的,她知道她会懊悔的,然而她抬了抬眉毛,做出不介意的样子,说道:"既然娘不愿意结这头亲,我去回掉他们就是了。"七巧正哭着,忽然住了声,停了一停,又抽搭抽搭哭了起来。

长安定了定神,就去打了个电话给童世舫,世舫当天没有空,约了明天下午。长安所最怕的就是中间隔的这一晚,一分钟,一刻,一刻,啃进她心里去。次日,在公园里的老地方,世舫微笑着迎上前来,没跟她打招呼——这在他是一种亲昵的表示。他今天仿佛是特别的注意她,并肩走着的时候,屡屡地望着她的脸。太阳煌煌的照着,长安越发觉得眼皮肿得抬不起来了,趁他不在看她的时候把话说了罢。她用哭哑的喉咙轻轻唤了一声"童先生"。世舫没听见。那么,趁他看她的时候把话说了罢。她诧异她脸上还带点笑,小声道:"童先生,我想——我们的事也许还是——还是再说罢。对不起得很。"她褪下戒指来塞在他手里,冷涩的戒指,冷湿的手。她放快了步子走去,他愣了一会,便追上来,问道:"为什么呢? 对于我有不满意的地方么?"长安笔直向前望着,摇了摇头。世舫道:"那么,为什么呢?"长安道:"我母亲……"世舫道:"你母亲并没有看见过我。"长安道:"我告诉过你了,不是因为你。与你完全没有关系。我母亲……"世舫站定了脚。这在中国是很充分的理由了罢?他这么略一踌躇,她已经走远了。

园子在深秋的日头里晒了一上午又一下午,像烂熟的水果一般,往下坠着,坠着,发出香味来。长安悠悠忽忽听见了口琴的声音,迟钝地吹出了"Long, Long Ago"——"告诉我那故事,往日我最心爱的那故事。许久以前,许久以前……"这是现在,一转眼也就变了许久以前了,什么都完了。长安着了魔似的,去找那吹口琴的人——去找她自己。迎着阳光走着,走到树底下,一个穿着黄短裤的男孩骑在树桠枝上颠颠着,吹着口琴,可是他吹的是另一个调子,她从来没听见过的。不大的一棵树,稀稀朗朗的梧桐叶在太阳里摇着像金的铃铛。长安仰面看着,眼前一阵黑,像骤雨似的,泪珠一串串的披了一脸。世舫找到了她,在她身边悄悄站了半晌,方道:"我尊重你的意见。"长安举起了她的皮包来遮住了脸上的阳光。

他们继续来往了一些时。世舫要表示新人物交女朋友的目的不仅限于择偶,因此虽然与长安解除了婚约,依旧常常的邀她出去。至于长安呢,她是抱着什么样的矛盾的希望跟着他出去,她自己也不知道——知道了也不肯承认。订着婚的时候,光明正大的同出去,尚且要瞒了家里,如今更成了幽期密约了。世舫的态度始终是坦然的。固然,她略略伤害了他的自尊心,同时他对于她多少也有点惋惜,然而"大丈夫何患无妻?"男子对于女子最隆重的赞美是求婚。他割舍了他的自由,送了她这一份厚礼,虽然她是"心领璧还"了,他可是尽了他的心。这是惠而不费的事。

无论两人之间的关系是怎样的微妙而尴尬,他们认真的做起朋友来了。他们甚至谈起话来。长安的没见过世面的话每每使世舫笑起来,说:"你这人真有意思!"长安渐渐的也发现了她自己原来是个"很有意思"的人。这样下去,事情会发展到什么地步,连世舫自己也会惊奇。

然而风声吹到了七巧耳朵里。七巧背着长安盼咐长白下帖子请童世舫吃便饭。世舫猜着姜家是要警告他一声,不准他和他们小姐藕断丝连,可是他同长白在那阴森高敞的餐室里吃了两盅酒,说了一回话,天气、时局、风土人情,并没有一个字沾到长安身上,冷盘撤了下去,长白突然手按着桌子站了起来。世舫回过头去,只见门口背着光立着一个小身材的老太太,脸看不清楚,穿一件青灰团龙宫织缎袍,双手捧着大红热水袋,身旁夹峙着两个高大的女仆。门外日色昏黄,楼梯上铺着湖绿花格子漆布地衣,一级一级上去,通入没有光的所在。世舫直觉地感到那是个疯人——无缘无故的,他只是毛骨悚然。长白介绍道:"这就是家母。"

世舫挪开椅子站起来,鞠了一躬。七巧将手搭在一个佣妇的胳膊上,款款走了进来,客套了几句,坐下来便敬酒让菜。长白道:"妹妹呢?来了客,也不帮着张罗张罗。"七巧道:"她再抽两筒就下来了。"世舫吃了一惊,睁眼望着她。七巧忙解释道:"这孩子就苦在先天不足,下地就得给她喷烟。后来也是为了病,抽上了这东西。小姐家,够多不方便哪!也不是没戒过,身子又娇,又是由着性儿惯了的,说丢,哪儿就丢得掉呀?戒戒抽抽,这也有十年了。"世舫不由得变了色。七巧有一个疯子的审慎与机智。她知道,一不留心,人们就会用嘲笑的,不信任的眼光截断了她的话锋,她已经习惯了那种痛苦。她怕话说多了要被人看穿了。因此及早止住了自己,忙着添酒布菜。隔了些时,再提起长安的时候,她还是轻描淡写的把那几句话重复了一遍。她那平扁而尖利的喉咙四面割着人像剃刀片。

长安悄悄地走下楼来,玄色花绣鞋与白丝袜停留在日色昏黄的楼梯上。停了一会,又上去了。一级一级,走进没有光的所在。

七巧道:"长白你陪童先生多喝两杯,我先上去了。"佣人端上一品锅来,又换上了新烫的竹叶青。一个丫头慌里慌张站在门口将席上伺候的小厮唤了出去,嘀咕了一会,那小厮又进来向长白附耳说了几句,长白仓皇起身,向世舫连连道歉,说:"暂且失陪,我去去就来。"三脚两步也上楼去了,只剩下世舫一人独酌。那小厮也觉过意不去,低低地告诉了他:"我们绢姑娘要生了。"世舫道:"绢姑娘是谁?"小厮道:"是少爷的姨奶奶。"

世舫拿上饭来胡乱吃了两口,不便放下碗来就走,只得坐在花梨炕上等着,酒酣耳热。忽然觉得异常的委顿,便躺了下来。卷着云头的花梨炕,冰凉的黄藤心子,柚子的寒香……姨奶奶添了孩子了。这就是他所怀念着的古中国……他的幽娴贞静的中国闺秀是抽鸦片的!他坐了起来,双手托着头,感到了难堪的落寞。

他取了帽子出门,向那小厮道:"待会儿请你对上头说一声,改天我再面谢罢!"他穿过砖砌的天井,院子正中生着树,一树的枯枝高高印在淡的青天上,像瓷上的冰纹。长安静静的跟在他后面送了出来。她的藏青长袖旗袍上有着浅黄的雏菊。她两手交握着,脸上现出稀有的柔和。世舫回过身来道:"姜小姐……"她隔得远远的站定了,只是垂着头。世舫微微鞠了一躬,转身就走了。长安觉得她是隔了相当的距离看这太阳里的庭院,从高楼上望下来,明晰,亲切,然而没有能力干涉,天井,树,曳着萧条的影子的两个人,没有话——不多的一点回忆,将来是要装在水晶瓶里双手捧着看的——她的最初也是最后的爱。

…………

(选自《传奇》,上海杂志社1944年版)

【作者介绍】

张爱玲(1920—1995),女,原名张瑛,原籍河北丰润县,生于上海。祖母是晚清重臣李鸿章的女儿,祖父是晚清名臣张佩纶。代表作为小说集《传奇》,其中包括名篇《倾城之恋》、《金锁记》。作品收入《张爱玲文集》(共 4 卷)。

【作品分析】

《金锁记》出版于 1944 年。女主人公曹七巧,被誉为"新文学中最复杂、最深刻、最成功的女性形象之一"。她是一个被封建男权家庭锁住一生,并被砍杀了妻性和母性的女人。她本为麻油店老板的女儿,活泼俊俏,招人喜欢。只因父兄贪图钱财,被嫁到簪缨望族姜公馆做二奶奶,受尽上下的鄙薄歧视。丈夫是个患骨痨的残废人。她为争得"正头奶奶"的地位,以分到家产,用血气充盈的青春殉了这堆"没有生命的肉体",但又暗恋上风流倜傥的小叔子季泽。十年过去,总算熬到丈夫病故,婆婆去世,她成了黄金的主人,但长期被压抑的女性本体亦扭曲变态。为了保住"卖掉她的一生换来的几个钱",把登门重叙旧情的小叔子,这个她多年"等待"的男人,愤然逐出门外。她让女儿裹脚退学,吸毒学坏,有意耽搁、破坏其婚事。当青春已逝"注定是要做老姑娘"的女儿,在亲友帮助下订婚后,她竟然在女儿理想的求婚者面前恶毒挑拨中伤,最终断送了女儿"最初也是最后的爱"。只有儿子,"她不怕他想她的钱——横竖钱都是他的",为了羁留住这个惟一可亲近的男人,她刺探并散布儿媳的床笫隐私,放纵儿子嫖妓纳妾,吸食鸦片,折磨死其妻妾。可以说,七巧是被男权家庭带上"黄金的枷锁",锁住了心灵与肉体的爱和幸福,而她又用加倍的疯狂进行报复,埋葬了所有家人包括嫡亲儿女的爱和幸福,"用那沉重的枷角劈杀了几个人,没死的也送了半条命"。作者以此揭示出中国传统男权社会的千疮百孔,从而彻底否定其存在的合理性。

作者擅长把传统笔调和现代手法有机结合,具有古老的新鲜和新鲜的古老的神奇风采。在叙事上,采用了类似传统说书的全知视角,情节跌宕起伏,错综曲折。而在苍凉的铺叙中,又特别注重心灵的挖掘,把客观物事"内化"于心头,又将内心动作"外化"为言行，使七巧的每一句话语，每一个动作，每一缕思绪，每一丝表情，都袒露出令人毛骨悚然的病态灵魂。而在文字上，亦是采用光润圆熟的笔触，交错着新旧意境，杂糅着新旧文采，无论写人叙事，绘景抒情，都既带有传统小说腔，而又轻倩灵活，潇洒自如。其韵致正如周瘦鹃所言："很像英国名作家 Somerset Maugham（毛姆）的作品，而受一些《红楼梦》的影响"。传统与现代交织，通俗与先锋掩映，具有一种特殊的情调。

作者还潜心营造绚丽多彩的视觉意象，构成无所不在的情绪氛围，给人以悠然不尽的回味。诸如以月亮贯穿全篇，开头是："三十年前的月亮，该是铜钱大的一个红黄的湿晕，像朵云轩信笺上落了一滴泪珠，陈旧而迷惘"，渲染了凄凉的气氛；结尾为："三十年前的月亮早已沉了下去，三十年前的人也死了，然而三十年前的故事还没完——完不了"，又充满了苍茫的情调。

【延伸阅读文献】

黄修已：《张爱玲名作欣赏》，中国和平出版社 1998 年版。

子通、亦清主编：《张爱玲评说六十年》，中国华侨出版社 2001年版。

（王晓琴）

财主底儿女们（存目）

路 翎

【作者介绍】

路翎（1923—1995），原名徐嗣兴，江苏南京人。抗日战争期间发表小说《饥饿的郭素娥》、《蜗牛在荆棘上》。《财主底儿女们》上、下卷分别于1945年和1948年出版。50年代曾经到过朝鲜战场，创作了饱受非议的小说《洼地上的战役》。1955年受"胡风案件"牵涉入狱，后来精神失常。

【作品分析】

与同时代高亢的革命口号和凌厉的斥责之声不同的是，路翎并不注重对人物进行类型的塑造，而是执著于对人物内心的扭曲与抗争的抒写。他对人的各种生命动力——病态人生对理想崇高的反作用力，精神追求者挣脱苦闷又重回苦闷的无法解脱的力，被不可知力量扼住而蓄势待发的张力等等，都给予了穷形尽相的描绘。由此读者会惊叹他对人类心灵的洞察力，并惊悉人的灵魂是怎样经受着各种力量的挤压和打磨的。这就是他对原始力量的不遗余力地挖掘展现出来的效果，似乎他从事这一项事业的精力也像生命原动力一样永不衰竭。在《财主底儿女们》中，人物仿佛都生活在悬崖边上。王桂英在做出极端激烈的举动（压死自己的女儿）后，似乎还有可怕的举动积蓄在她的阴郁中；蒋蔚祖在疯狂地折磨自己后还没有全疯，不知还有什么更疯狂的行为。这些都牵动着读者的神经,使读者想到,为什么她还不行动？他还不疯？因为崩溃前已是惊天动地,在他(她)们的千疮百孔的心上,即使阳光照上去也不知要经过多少反射,当它碎裂时更不知会如何。

谈到这种"心灵辩证法"式的心理现实主义手法,不得不想到路翎对世界文学的汲取。他自己专门谈过这个问题。托尔斯泰对他产生了很大影响,而苏联作家,如高尔基、法捷耶夫、肖洛霍夫,乃至波兰作家都对他产生了影响。"将社会人生斗争结构为人性美、人类美、人民美的内容和形式,这便是美学;将人生各形态的向前的、肯定的、和伦理联结着的美感的内容结构为形式,这便是美学。"这是他对高尔基创作的总结,他的小说《财主底儿女们》正可以用这种美学观进行透视。

小说的故事时间与创作时间相去不远,作者把全部的创作热情倾注到作品中,呈现出变乱(战争和思潮纷起)中的中国社会。蒋氏家族,像其他现代文学作品中的家族一样,作为一个符号,既是一种国家民族的代表,又"连接着生活复杂性的判断和寻求"。也许它落入了这类题材的窠臼,但它确实集结了各种社会人生的斗争。金素痕和蒋纯祖是两个不安定的因素。金素痕对财产疯狂的追求——表现为矫饰、放荡、恶毒、仇恨,来自于邪恶的本能驱动力,是一种堕落的力量;蒋纯祖在精神之路上的探求——表现为发现、审视、疑惧、认同、投入,来自于向往光明的生命原动力,是一种向上的冲力。这两种追求和力量对这个家庭进行了强烈的否定。前者在于经济上,后者在于精神上。虽然蒋纯祖最后是死去了,但他仍然是胜利了,从他灼热的心和悲壮的行程中,读者看到了那时的知识分子的勇气——向中国的大灾难碰个你死我亡。这种勇气来自于他的幼稚和诚实,他在二十多年的战斗中,真诚地体验着大痛苦、大悲凉和大快乐,用轻蔑和反抗对抗着卑污和虚伪。他的精神的胜利在于真正地做了一回人。

【延伸阅读文献】

张业松:《路翎印象》,学林出版社1997年版。

杨义编:《路翎研究资料》,北京十月文艺出版社1993年版。
刘挺生:《一个神秘的文学天才》,华东师范大学出版社1997年版。

（曹颖新）

围 城(存目)

钱钟书

【作者介绍】

钱钟书(1910—1998),字默存,生于江苏无锡的一个书香之家。曾在清华大学外国语文系学习,后就读于牛津大学。1944年创作的长篇小说《围城》是他的代表作。他还出版有短篇小说集《人·兽·鬼》;散文集《写在人生边上》。学术著作《管锥编》、《谈艺录》等使他成为蜚声中外的学术大师。

【作品分析】

《围城》1946年连载于《文艺复兴》第1卷第2—6期。"围城"的喻义何在?喻爱情?喻婚姻?喻事业?或者说,比喻人生万事?人生万事为何如同一座围城呢?钱钟书在小说中这样写道:"适才火铺后那个破门倒是好象征。好像个进口,背后藏着深宫大厦,引得人进去了,原来什么也没有,一无可进的进口,一无可去的去处。"以一扇破门为喻,作者所道破的是人的一种生存困境——人们总是从一座围城跳入另一座围城,却始终无法超越围城。除非人类抛弃欲望与理性,否则人类将永远处在围城之中,可是没有了欲望与理性,人也就不能称之为人了。人类是软弱的,它总是在永不停息的追求中挣扎,即使失败了,又在希冀着新的重来,如此循环往复,永无终局。所以,它注定摆脱不了被围城围困的命运。

在小说中,"围城"这个意象出现在主人公方鸿渐的每一段人生旅途中。乡下的老宅子是一座围城,上海是一座围城,三闾大学又是一座围城,恋爱、婚姻、家庭、事业统统都是一座围城。在所有的追求都幻灭以后,方鸿渐"沉沉地睡去,这种睡是死的样本",可是他仍然期待着明天可以去重庆,重新走进另一座围城。方鸿渐对于围困他的城堡没有意识到吗?不,方鸿渐不是傻瓜,他意识到了,他曾对赵辛楣说:"我还记得那一个褚慎明还是苏小姐讲的什么'围城',我近来对人生万事,都有这个感想。"但可悲之处就在于即使他意识到了这一点,也无力甚至可以说是不愿摆脱这张无情的网,正是在体验——觉醒——绝望——麻木这一循环之中,作者把"围城意识"上升到哲学的高度。

钱钟书在《围城》的序文中曾这样表明他的写作意图:"在这本书里,我想写现代中国某一部分社会,某一类人物。写这类人,我没忘记他们是人类,只是人类,具有无毛两足动物的基本根性。"对于高层知识分子,钱钟书无疑是非常熟悉的,所以小说中的主要人物就是一群高级知识分子,但是他们都变成了被嘲弄者,被命运嘲弄,被社会嘲弄,被作者嘲弄,甚至被他们自己嘲弄。作者剥去了他们知识的外衣,把他们还原为无毛两足动物,把他们的灵魂暴露于光天化日之下,将他们的本质彻底滑稽化,在这种还原和裸露中,我们看到了人性真实的一面——虚伪、贪婪、自私……

尽管《围城》所展示的是人的一种生存困境,但读者读起来却并不感到沉重,这得益于钱钟书式的幽默。钱钟书认为:"真正幽默的人能笑,我们跟着他笑;假充幽默的小花脸可笑,我们对着他笑。"一个真正读进《围城》的人,你会发现他的脸上自始至终都带着笑。钱钟书的笔触是轻松的,在该激动愤怒的时候,他总是轻松地写出来,嬉笑怒骂皆成文章。这种举重若轻的写作方式,最能体现出一位作家的功底。阅读《围城》,你可以把它当做一次生命体验,也可以去体会大作家的智慧,或者,去玩味一种纯粹的幽默。

【延伸阅读文献】

李洪岩:《智者的心路历程:钱钟书的生平与学术》,河北教育出版社 1995 年版。

陈子谦:《钱学论:1992》,四川文艺出版社 1992 年版。

(任文惠)

小二黑结婚

赵树理

一　神仙的忌讳

　　刘家峧有两个神仙,邻近各村无人不晓:一个是前庄上的二诸葛,一个是后庄上的三仙姑。二诸葛原来叫刘修德,当年作过生意,抬脚动手都要论一论阴阳八卦,看一看黄道黑道。三仙姑是后庄于福的老婆,每月初一十五都要顶着红布摇摇摆摆装扮天神。

　　二诸葛忌讳"不宜栽种",三仙姑忌讳"米烂了"。这里边有两个小故事:有一年春天大旱,直到阴历五月初三才下了四指雨。初四那天大家都抢着种地,二诸葛看了看历书,又掐指算了一下说:"今日不宜栽种。"初五日是端午,他历年就不在端午这天做什么,又不曾种;初六倒是个黄道吉日,可惜地干了,虽然勉强把他的四亩谷子种上了,却没有出够一半。后来直到十五才又下雨,别人家都在地里锄苗,二诸葛却领着两个孩子在地里补空子。邻家有个后生,吃饭时候在街上碰上二诸葛便问道:"老汉!今天宜栽种不宜?"二诸葛翻了他一眼,扭转头返回去了,大家就嘻嘻哈哈传为笑谈。
　　三仙姑有个女孩叫小芹。一天,金旺他爹到三仙姑那里问病,三仙姑坐在香案后唱,金旺他爹跪在香案前听。小芹那年才九岁,晌午做捞饭,把米下进锅里了,听见她娘哼哼得很中听,站在桌前听了一会,把做饭也忘了。一会,金旺他爹出去小便,三仙姑趁空子向小芹说:"快去捞饭!米烂了!"这句话却不料就叫金旺他爹听见,回去就传开了。后来有些好玩笑的人,见了三仙姑就故意问别人"米烂了没有?"

二　三仙姑的来历

　　三仙姑下神,足足有三十年了。那时三仙姑才十五岁,刚刚嫁给于福,是前后庄上第一个俊俏媳妇。于福是个老实后生,不多说一句话,只会在地里死受。于福的娘早死了,只有个爹,父子两个一上了地,家里就只留下新媳妇一个人。村里的年轻人们觉着新媳妇太孤单,就慢慢自动的来跟新媳妇作伴,不几天就集合了一大群,每天嘻嘻哈哈,十分哄伙。于福他爹看见不像个样子,有一天发了脾气,大骂一顿,虽然把外人挡住了,新媳妇却跟他闹起来。新媳妇哭了一天一夜,头也不梳,脸也不洗,饭也不吃,躺在炕上,谁也叫不起来,父子两个没了办法。邻家有个老婆替她请了一个神婆子,在她家下了一回神,说是三仙姑跟上她了,她也哼哼唧唧自称吾神长吾神短,从此以后每月初一十五就下起神来,别人也给她烧起香来求财问病,三仙姑的香案便从此设起来了。

青年们到三仙姑那里去,要说是去问神,还不如说是去看圣像。三仙姑也暗暗猜透大家的心事,衣服穿得更新鲜,头发梳得更光滑,首饰擦得更明,宫粉搽得更匀,不由青年们不跟着她转来转去。

这是三十来年前的事。当时的青年,如今都已留下胡子,家里大半又都是子媳成群,所以除了几个老光棍,差不多都没有那些闲情到三仙姑那里去了。三仙姑却和大家不同,虽然已经四十五岁,却偏爱当个老来俏,小鞋上仍要绣花,裤腿上仍要镶边,顶门上的头发脱光了,用黑手帕盖起来,只可惜宫粉涂不平脸上的皱纹,看起来好像驴粪蛋上下上了霜。

老相好都不来了,几个老光棍不能叫三仙姑满意,三仙姑又团结了一伙孩子们,比当年的老相好更多,更俏皮。

三仙姑有什么本领能团结这伙青年呢?这秘密在她女儿小芹身上。

三 小 芹

三仙姑前后共生过六个孩子,就有五个没有成人,只落了一个女儿,名叫小芹。小芹当两三岁时候,就非常伶俐乖巧,三仙姑的老相好们,这个抱过来说是"我的",那个抱起来说是"我的",后来小芹长到五六岁,知道这不是好话,三仙姑教她说:"谁再这么说,你就说'是你的姑姑'。"说了几回,果然没有人再提了。

小芹今年十八了,村里的轻薄人说,比她娘年轻时候好得多。青年小伙子们,有事没事,总想跟小芹说句话。小芹去洗衣服,马上青年们也都去洗;小芹上树采野菜,马上青年们也都去采。

吃饭时候,邻居们端上碗爱到三仙姑那里坐一会,前庄上的人来回一里路,也并不觉得远。这已经是三十年来的老规矩,不过小青年们也这样热心,却是近二三年来才有的事。三仙姑起先还以为自己仍有勾引青年的本领,日子长了,青年们并不真正跟她接近,她才慢慢看出门道来,才知道人家来了为的是小芹。

不过小芹却不跟三仙姑一样:表面上虽然也跟大家说说笑笑,实际上却不跟人乱来,近二三年,只是跟小二黑好一点。前年夏天,有一天前晌,于福去地,三仙姑去串门,家里只留下小芹一个人,金旺来了,嘻皮笑脸向小芹说:"这会可算是个空子吧?"小芹板起脸来说:"金旺哥!咱们以后说话要规矩些!你也是娶媳妇大汉了!"金旺撇撇嘴说:"咦!装什么假正经?小二黑一来管保你就软了!有便宜大家讨开点,没事;要正经除非自己锅底没有黑!"说着就拉住小芹的胳膊悄悄说:"不用装模作样了!"不料小芹大声喊道:"金旺!"金旺赶紧放手跑出来。一边还咄念道:"等得住你!"说着就悄悄溜走了。

四　金旺弟兄

提起金旺来,刘家峧没有人不恨他,只有他一个本家兄弟名叫兴旺跟他对劲。

金旺他爹虽是个庄稼人,却是刘家峧一只虎,当过几十年老社首,捆人打人是他的拿手好戏。金旺长到十七八岁,就成了他爹的好帮手,兴旺也学会了帮虎吃食,从此金旺他爹想要捆谁,就不用亲自动手,只要下个命令,自有金旺兴旺代办。

抗战初年,汉奸敌探溃兵土匪到处横行,那时金旺他爹已经死了,金旺兴旺弟兄两个,给一支溃兵作了内线工作,引路绑票,讲价赎人,又做巫婆又做鬼,两头出面装好人。后来八路军来,打垮溃兵土匪,他两人才又回到刘家峧。

山里人本来就胆子小,经过几个月大混乱,死了许多人,弄得大家更不敢出头了。别的大村子都成立了村公所、各救会、武委会,刘家峧却除了县府派来一个村长以外,谁也不愿意当干部。不久,县里派人来刘家峧工作,要选举村干部,金旺跟兴旺两个人看出这又是掌权的机会,大家也巴不得有人愿干,就把兴旺选为武委会主任,把金旺选为村政委员,连金旺老婆也被选为妇救会主席,其他各干部,硬捏了几个老头子出来充数,只有青抗先队长,老头子充不得。兴旺看见小二黑这个小孩子漂亮好玩,随便提了一下名就通过了,他爹二诸葛虽然不愿,可是惹不起金旺,也没有敢说什么。

村长是外来的,对村里情形不十分了解,从此金旺兴旺比前更厉害了,只要瞒住村长一个人,村里人不论那个都得由他两个调遣。这几年来,村里别的干部虽然调换了几个,而他两个却好像铁桶江山。大家对他两个虽是恨之入骨,可是谁也不敢说半句话,都恐怕扳不倒他们,自己吃亏。

五　小二黑

小二黑,是二诸葛的二小子,有一次反"扫荡"打死过两个敌人,曾得到特等射手的奖励。说到他的漂亮,那不只在刘家峧有名,每年正月扮故事,不论去到那一村,妇女们的眼睛都跟着他转。

小二黑没有上过学,只是跟着他爹识了几个字。当他六岁时候,他爹就教他识字。识字课本既不是五经四书,也不是常识国语,而是从天干、地支、五行、八卦、六十四卦名等学起,进一步便学些"百中经"、"玉匣记"、"增删卜易"、"麻衣神相"、"奇门遁甲"、"阴阳宅"等书。小二黑从小就聪明,像那些算属相、卜六壬课、念大小流年或"甲子乙丑海中金"等口诀,不几天就都弄熟了,二诸葛也常把他引在人前卖弄。因为他长得伶俐可爱,大人们也都爱跟他玩;这个说:"二黑,算一算十岁属什么?"那个说:"二黑,给我卜一课!"后来二诸葛因为说"不宜栽种"误了种地,老婆也埋怨,大黑也埋怨,庄上人也都传为笑谈,小二黑也跟着这事受了许多奚落。那时候小二黑十三岁,已经懂得好歹了,可是大人们仍把他当成小孩来玩弄,好跟二诸葛开玩笑的,一到了家,常好对着二诸葛问小二黑道:"二黑!算算今天宜不宜栽种?"和小二黑年纪相仿的孩子们,一跟小二黑生了气,就连声喊道:"不宜栽种不宜栽种……"小二黑因为这事,好几个月见了人躲着走,从此就和她娘商量成一气,再不信他爹的鬼八卦。

小二黑跟小芹相好已经二三年了,那时候他才十六七,原不过在冬天夜长时候,跟着些闲人到三仙姑那里凑热闹,后来跟小芹混熟了,好像是一天不见面也不能行。后庄上也有人愿意给小二黑跟小芹做媒人,二诸葛不愿意,不愿意的理由有三:第一小二黑是金命,小芹是火命,恐怕火克金;第二小芹生在十月,是个犯月;第三是三仙姑的声名不好。恰巧在这时候彰德府来了一伙难民,其中有个老李带来个八九岁的小姑娘,因为没有吃的,愿意把姑娘送给人家逃个活命。二诸葛说是个便宜,先问了一下生辰八字,掐算了半天说:"千里姻缘一线牵",就替小二黑收作童养媳。

虽然二诸葛说是千合适万合适,小二黑却不认账。父子俩吵了几天,二诸葛非养不行,小二黑说:"你愿意养你就养着,反正我不要!"结果虽把小姑娘留下了,却到底没有说清楚算什么关系。

六　斗争会

金旺自从碰了小芹的钉子以后,每日怀恨,总想设法报一报仇。有一次武委会训练村干部,恰巧小二黑发疟疾没有去。训练完毕之后,金旺就向兴旺说:"小二黑是装病,其实是被小芹勾引住了,可以斗争他一顿。"兴旺就是武委会主任,从前也碰过小芹一回钉子,自然十分赞成金旺的意见,并且又叫金旺回去和自己的老婆说一下,发动妇救会也斗争小芹一番。金旺老婆现任妇救会主席,因为金旺好到小芹那里去,早就恨得小芹了不得。现在金旺回去跟她说要斗争小芹,这才是巴不得的机会,丢下活计,马上就去布置。第二天,村里开了两个斗争会,一个是武委会斗争小二黑,一个是妇救会斗争小芹。

小二黑自己没有错,当然不承认,嘴硬到底,兴旺就下命令,把他捆起来送交政权机关处理。幸亏村长脑筋清楚,劝兴旺说:"小二黑发疟是真的,不是装病,至于跟别人恋爱,不是犯法的事,不能捆人家。"兴旺说:"他已是有了女人的。"村长说:"村里谁不知道小二黑不承认他的童养媳。人家不承认是对的;男不过十六女不过十五,不到订婚年龄。十来岁小姑娘,长大也不会来认这笔账。小二黑满有资格跟别人恋爱,谁也不能干涉。"兴旺没话说了,小二黑反要问他:"无故捆人犯法不犯?"经村长双方劝解,才算放了完事。

兴旺还没有离村公所,小芹拉着妇救会主席也来找村长,她一进门就说:"村长!捉贼要赃,捉奸要双,当了妇救会主席就不说理了?"兴旺见拉着金旺的老婆,生怕说出这事与自己有关,赶紧溜走。后来村长问了问情由,费了好大一会唇舌,才给她们调解开。

七　三仙姑许亲

两个斗争会开过以后,事情包也包不住了,小二黑也知道这事是合理合法的了,索性就跟小芹公开商量起来。

三仙姑却着了急。她跟小芹虽是母女,近几年来却不对劲。三仙姑爱的是青年们,青年们爱的是小芹。小二黑这个孩子,在三仙姑看来好像鲜果,可惜多一个小芹,就没了自己的份儿。她本想早给小芹找个婆家推出门去,可是因为自己声名不正,差不多都不愿跟她结亲。开罢斗争会以后,风言风语都说小二黑要跟小芹自由结婚,她想要真是那样的话,以后想跟小二黑说句笑话都不能了,那是多么可惜的事,因此托东家求西家要给小芹找婆家。

"插起招军旗,就有吃粮人。"有个吴先生是在阎锡山部下当过旅长的退职军官,家里很富,才死了老婆。他在奶奶庙大会上见过小芹一面,愿意续她,媒人向三仙姑一说,三仙姑当然愿意。不几天过了礼帖,就算定了,三仙姑以为了却一宗心事。

小芹已经和小二黑商量得差不多了,如何肯听她娘的话?过礼那一天,小芹跟她娘闹起来,把吴先生送来的首饰绸缎扔了一地。媒人走后,小芹跟她娘说:"我不管!谁收了人家的东西谁跟人家去!"

三仙姑愁住了,睡了半天,吃饭以后,说是神上了身,打了两个呵欠就唱起来。她起先责备于福管不了家,后来说小芹跟吴先生是前世姻缘,还唱些什么"前世姻缘由天定,不顺天意活不成……"于福跪在地下哀求,神非教他马上打小芹一顿不可。小芹听了这话,知道跟这个装神弄鬼的娘说不出什么道理来,干脆躲了出去,让她娘一个人胡说。

小芹一个人悄悄跑到前庄上去找小二黑,恰在路上碰上小二黑去找她,两个就悄悄拉着手到一个大窑里去商量对付三仙姑的法子。

八　拿　双

小芹把她娘怎样主婚怎样装神,唱些什么,从头至尾细细向小二黑说了一遍,小二黑说:"不用理她!我打听过区上的同志,人家只要男女本人愿意,就能到区上登记,别人谁也作不了主……"说到这里,听见外边有脚步声,小二黑伸出头来一看,黑影里站着四五个人,有一个说:"拿双拿双!"他两人都听出是金旺的声音,小二黑起了火,大叫道:"拿?没有犯了法!"兴旺也来了,下命令道:"捉住捉住!我就看你犯法不犯法,给你操了好几天心了!"小二黑说:"你说去那里咱就去那里,到边区政府你也不能把谁怎么样!走!"兴旺说:"走!便宜了你!把他捆起来!"小二黑挣扎了一会,无奈没有他们人多,终于被他们七手八脚打了一顿捆起来了。兴旺:"里边还有个女的,也捆起来!捉奸要双,这是她自己说的!"说着就把小芹也捆起来了。

前庄上的人都还没有睡,听见有人吵架,有些人就跑出来看,麻秆火把下看见捆着的两个人,大家不问就都知道了八九分。二诸葛也出来了,见小二黑被人家捆起来,就跪在兴旺面前哀求道:"兴旺!咱两家没有什么仇!看在我老汉面上,请你们诸位高高手……"兴旺说:"这事情,我们管不了,送给上级再说吧!"小二黑说:"爹!你不用管!送到那里也不犯法!我不怕他!"兴旺说:"好小子!要硬你就硬到底!"又逼住三个民兵说:"带他们走!"一个民兵问:"带到村公所?"兴旺说:"还到村公所干什么?上一回不是村长放了的?送给区武委会主任按军法处理!"说着就把他两个人拥上走了。

九　二诸葛的神课

邻居们见是兴旺弟兄们捆人,也没有人敢给小二黑讲情,直等到他们走后,才把二诸葛招呼回家。

二诸葛连连摇头说:"唉!我知道这几天要出事啦:前天早上我上地去,才上到岭上,碰上个骑驴媳妇,穿了一身孝,我知道坏了。我今年是罗睺星照运,要谨防带孝的冲了运气,因此那里也不敢去,谁知躲也躲不过?昨天晚上二黑他娘梦见庙里唱戏。今天早上一个老鸦落在东房上叫了十几声……唉!反正是时运,躲也躲不过。"他啰哩啰嗦念了一大堆,邻居们听了有些厌烦,又给他说了一会宽心话,就都散了。

有人那里睡得着?人散了之后,二诸葛家里除了童养媳之外,三个人谁也没有睡。二诸葛摸了摸脸,取出三个制钱占了一卦,占出之后吓得他面色如土。他说:"了不得呀了不得!丑土的父母动出午火的官鬼,火旺于夏,恐怕有些危险了。唉!人家把他选成青年队长,我就说过不叫他当,小杂种硬要充人物头!人家说要按军法处理,要不当队长那里犯得了军法?"老婆也拍手跺脚道:"小爹呀!谁知道你要闯这么大的事啦?"大黑劝道:"不怕!事已经出下了,由他去吧!我想又不是人命事,也犯不了什么大罪!既然他们送到区上了,我先到区上打听打听!你们都睡吧!"说着点了个灯笼就走了。

二诸葛打发大黑去后,仍然低头细细研究方才占的那一卦。停了一会,远远听着有个女人哭,越哭越近,不大一会就来到窗下,一推门就进来了。二诸葛还没有看清是谁,这女人就一把把他拉住,带哭带闹说:"刘修德!还我闺女!你的孩子把我的闺女勾引到那里了?还我……"二诸葛老婆正气得死去活来,一看见来的是三仙姑,正赶上出气,从炕上跳下来拉住她道:"你来了好!省得我去找你!你母女两个好生生把我个孩子勾引坏,你倒有脸来找我!咱两人就也到区上说说理!"两个女人滚成一团,二诸葛一个人拉也拉不开,也再顾不上研究他的卦。三仙姑见二诸葛老婆已经不顾了命,自己先胆怯了几分,不敢恋战,少闹了一会挣脱出来就走了。二诸葛老婆追出门来,被二诸葛拦回去,还骂个不休。

十　恩典恩典

　　二诸葛一夜没有睡,一遍一遍念:"大黑怎么还不回来,大黑怎么还不回来。"第二天天不明就起程往区上走,走到半路,远远看见大黑、三个民兵已都回来了,还来了区上一个助理员,一个交通员。他远远就喊叫道:"大黑! 怎么样? 要紧不要紧?"大黑说:"没有事! 不怕!"说着就走到跟前,助理员跟三个民兵先走了。大黑告交通员说:"这就是我爹!"又向二诸葛说:"区上添传你跟于福老婆。你去吧,没有事! 二黑跟小芹两个人,一到区上就放开了。区上早就听说兴旺和金旺两个人不是东西,已经把他两个人押起来了,还派助理员到咱村开大会调查他们横行霸道的证据。我赶到那里人家就问罢了,听说区上还许咱二黑跟小芹结婚。"二诸葛说:"不犯罪就好,结婚可不行,命相不对! 你没有听说添传我做什么?"大黑说:"不知道,大约也没有什么大事。你去吧,我先回去告我娘说。"交通员说:"老汉! 这就算见了你了! 你去吧,我再传那一个去!"说了就跟大黑相跟着走了。

　　二诸葛到了区上,看见小二黑跟小芹坐在一条板凳上,他就指着小二黑骂道:"闯祸东西! 放了你你还不快回去? 你把老子吓死了! 不要脸!"区长道:"干什么? 区公所是骂人的地方?"二诸葛不说话了。区长问:"你就是刘修德?"二诸葛答:"是!"问:"你给刘二黑收了个童养媳?"答:"是!"问:"今年几岁了?"答:"属猴的,十二岁了。"区长说:"女不过十五岁不能订婚,把人家退回娘家去,刘二黑已经跟于小芹订婚了!"二诸葛说:"她只有个爹,也不知逃难逃到那里去了,退也没处退。女不过十五不能订婚,那不过是官家规定,其实乡间七八岁订婚的多着哩。请区长恩典恩典就过去了……"区长说:"凡是不合法的订婚,只要有一方面不愿意都得退!"二诸葛说:"我这是两家情愿!"区长问小二黑道:"刘二黑! 你愿意不愿意?"小二黑说:"不愿意!"二诸葛的脾气又上来了,瞪了小二黑一眼道:"由你啦?"区长道:"给他订婚不由他,难道由你吗? 老汉! 如今是婚姻自主,由不得你了,你家养的那个小姑娘,要真是没有娘家,就算成你的闺女好了。"二诸葛道:"那也可以,不过还得请区长恩典恩典,不能叫他跟于福这闺女订婚!"区长说:"这你就管不着了!"二诸葛发急道:"千万请区长恩典恩典,命相不对,这是一辈子的事!"又向小二黑道:"二黑! 你不要糊涂了! 这是你一辈子的事!"区长道:"老汉! 你不要糊涂了;强逼着你十九岁的孩子娶上个十二岁的小姑娘,恐怕要生一辈子气! 我不过是劝一劝你,其实只要人家两个人愿意,你愿意不愿意都不相干。回去吧! 童养媳没处退就算成你的闺女!"二诸葛还要请区长"恩典恩典",一个交通员把他推出来了。

十一　看看仙姑

　　三仙姑去寻二诸葛,一来为的是逗逗闹气的本领,二来为的是遮遮外人的耳目,其实小芹吃一吃亏她很高兴,所以跟二诸葛老婆闹了一阵之后,回去就睡了。第二天早上,她起得很迟,于福虽比她着急,可是自己既没有主意,又不敢叫醒她,只好自己先去做饭,饭快成的时候,三仙姑慢慢起来梳妆,于福问她道:"不去打听打听小芹?"她说:"打听她做甚啦?她的本领多大啦?"于福也再没有敢说什么,把饭菜做成了放在炉边等,直等到她梳妆罢了才开饭。

　　饭还没有吃罢,区上的交通员来传她。她好像很得意,嗓子拉得长长的说:"闺女大了咱管不了,就去请区长替咱管教管教!"她吃完了饭,换上新衣服、新手帕、绣花鞋、镶边裤,又擦了一次粉,加了几件首饰,然后叫于福给她备上驴,她骑上,于福给她赶上,往区上去。

　　到了区上。交通员把她引到区长的房子里,她趴下就磕头,连声叫道:"区长老爷,你可要给我作主!"区长正伏在桌上写字,见她低着头跪在地下,头上戴了满头银首饰,还以为是前两天跟婆婆生了气的那个年轻媳妇,便说道:"你婆婆不是有保人吗?为什么不找保人?"三仙姑莫名其妙,抬头看了看区长的脸。区长见个擦着粉的老太婆,才知道是认错人了。交通员道:"认错人了!这就是于小芹的娘!"区长又打量了她一眼道:"你就是小芹的娘呀?起来!不要装神弄鬼!我什么都清楚!起来!"三仙姑站起来了。区长问:"你今年多大岁数?"三仙姑说:"四十五。"区长说:"你自己看看你打扮得像个人不像?"门边站着老乡一个十来岁的小闺女嘻嘻嘻笑了。交通员说:"到外边耍!"小闺女跑了。区长问:"你会下神是不是?"三仙姑不敢答话。区长问:"你给你闺女找了个婆家?"三仙姑答:"找下了!"问:"使了多少钱?"答:"三千五!"问:"还有些什么?"答:"有些首饰布匹!"问:"跟你闺女商量过没有?"答:"没有!"问:"你闺女愿意不愿意?"答:"不知道!"区长道:"我给你叫来你亲自问问她!"又向交通员道:"去叫于小芹!"

　　刚才跑出去那个小闺女,跑到外边一宣传,说有个打官司的老婆,四十五了,擦着粉,穿着花鞋。邻近的女人们都跑来看,挤了半院,唧唧哝哝说:"看看!四十五了!""看那裤腿!""看那鞋!"三仙姑半辈没有脸红过,偏这会撑不住气了,一道道热汗在脸上流。交通员领着小芹来了。故意说:"看什么?人家也是个人吧,没有见过?闪开路!"一伙女人们哈哈大笑。

把小芹叫来,区长说:"你问问你闺女愿意不愿意!"三仙姑只听见院里人说"四十五""穿花鞋",羞得只顾擦汗,再也开不得口。院里的人们忽然又转了话头,都说"那是人家的闺女","闺女不如娘会打扮",也有人说"听说还会下神",偏又有个知道底细的断断续续讲"米烂了"的故事,这时三仙姑恨不得一头碰死。

区长说:"你不问我替你问!于小芹,你娘给你找的婆家你愿意跟人家结婚不愿意?"小芹说:"不愿意!我知道人家是谁?"区长向三仙姑道:"你听见了吧?"又给她讲了一会婚姻自主的法令,说小芹跟小二黑订婚完全合法,还吩咐她把吴家送来的钱和东西原封退了,让小芹跟小二黑结婚。她羞愧之下,一一答应了下来。

十二　怎么到底

三个民兵回到刘家峧,一说区上把兴旺金旺二人押起来,又派助理员来调查他们的罪恶,真是人人拍手称快。午饭后,庙里开一个群众大会,村长报告了开会宗旨,就请大家举他两个人的作恶事实。起先大家还怕扳不倒人家,人家再返回来报仇,老大一会没有人说话,有几个胆子太小的人,还悄悄劝大家说:"忍事者安然。"有个被他两人作践垮了的年轻人说:"我从前没有忍过?越忍越不得安然!你们不说我说!"他先从金旺领着土匪到他家绑票说起,一连说了四五款,才说道:"我歇歇再说,先让别人也说几款!"他一说开了头,许多受过害的人也都抢着说起来:有给他们花过钱的,有被他们逼着上过吊的,也有产业被他们霸了的,老婆被他们奸淫过的。他两人还派上民兵给他们自己割柴,拨上民夫给他们自己锄地;浮收粮,私派款,强迫民兵捆人,……你一宗他一宗,从晌午说到太阳落,一共说了五六十款。

区上根据这些罪状把他两人送到县里,县里把罪状一一证实之后,除叫他们赔偿大家损失外,又判了十五年徒刑。

经过这次大会之后,村里人也都敢出头了。不久,村干部又经过大改选,村里人再也不敢乱投坏人的票了。这其间,金旺老婆自然也落了选。偏她还变了口吻,说:"以后我也要进步了。"

两个神仙也有了变化:

三仙姑那天在区上被一伙妇女围住看了半天,实在觉得不好意思,回去对着镜子研究了一下,真有点打扮得不像话;又想到自己的女儿快要跟人结婚,自己还卖什么老俏?这才下了个决心,把自己的打扮从顶到底换了一遍,弄得像个当长辈人的样子,把三十年来装神弄鬼的那张香案也悄悄拆去。

二诸葛那天从区上回去,又向老婆提起二黑跟小芹的命相不对,他老婆道:"把你的鬼八卦收起吧!你不是说二黑这回了不得吗?你一辈子放个屁也要卜一课,究竟抵了些什么事?我看小芹满不错,能跟咱二黑过就很好!什么命相对不对?你就不记得'不宜栽种'?"二诸葛见老婆都不信自己的阴阳,也就不好意思再到别人跟前卖弄他那一套了。

小芹和小二黑各回自家,见老人们的脾气都有些改变,托邻居们趁势和说和说,两位神仙也就顺水推舟同意他们结婚。后来两家都准备了一下,就过门。过门之后,小两口都十分得意,邻居们都说是村里第一对好夫妻。

夫妻们在自己卧房里有时候免不了说玩话:小二黑好学三仙姑下神时候唱"前世姻缘由天定",小芹好学二诸葛说"区长恩典,命相不对"。淘气的孩子们去听窗,学会了这两句话,就给两位神仙加了新外号:三仙姑叫"前世姻缘",二诸葛叫"命相不对"。

1943年5月写于太行

(选自《李有才板话》,华北新华书店1943年版)

【作者介绍】

赵树理(1906—1970),原名赵树礼,生于山西沁水县农民家庭。代表作有:短篇小说《小二黑结婚》,中篇小说《李有才板话》,长篇小说《李家庄的变迁》、《三里湾》。作品收入《赵树理文集》(共4卷)。

【作品分析】

《小二黑结婚》出版于1943年。作品通过农村青年争取婚姻自由的斗争,反映了解放区农村历史变革中复杂激烈的政治和思想斗争,歌颂了新社会、新农民的胜利。

作品塑造了历史变革中的农民特别是"新人"形象,小二黑和小芹即是代表。这两个青年农民代表了农村觉醒的新一代,他们大胆追求爱情幸福,努力掌握自我命运,敢于挣脱封建枷锁,具有"新人"的精神素质。

为了争取婚姻自由,小二黑和小芹与封建恶霸势力进行了坚决斗争。金旺、兴旺原是当地的地头蛇,捆人、打人是他们的拿手好戏,在他们篡夺了村政权后,更是横行霸道,为所欲为。他们垂涎小芹的美貌,调戏遭拒,就进行报复,破坏小二黑和小芹的婚姻。他们是几千年来压在农民头上的封建恶霸势力的化身。小二黑和小芹同他们进行了坚决斗争,在他们把持的斗争会上,小二黑义正辞严,"嘴硬到底",大声质问:"无故捆人犯法不犯。"小芹理直气壮,拉着金旺的老婆找人评理,当面指斥:"当了妇救会主席就不说理了?"甚至小二黑和小芹被五花大绑捆送区里时,仍然面无惧色,高声呼喊:"送到那里也不犯法!我不怕他!"显示出中国传统农民从未有过的乐观、自信。

为了争取婚姻自由,小二黑和小芹与封建落后意识也进行了坚决斗争。二诸葛是小二黑的父亲,一个受封建思想精神戕害的老农民,愚昧落后,胆小迷信,"抬手动脚都要论一论阴阳八卦,看一看黄道黑道"。他根据生辰八字,认为小二黑和小芹"命相不对",不能结婚,就收了个八九岁的小姑娘做童养媳。三仙姑是小芹的母亲,一个被封建思想扭曲变态的旧农村妇女,游手好闲,卖弄风骚,喜欢"勾引青年","每月初一十五都要顶着红布摇摇摆摆装扮天神"。她把英俊的小二黑,看成是"鲜果",怕他与小芹结婚,"没了自己的份儿",就硬把小芹许配给才死了老婆的退职军官。这"两个神仙"尽管思想动机不同,但都维护封建包办婚姻,反对自由恋爱,是几千年来禁锢农民精神的封建落后意识的化身。小二黑和小芹同他们也进行了坚决斗争,小二黑对收养童养媳"不认账",与父亲"吵了几天",毫不含糊地说:"你愿意养你就养,反正我不要!"小芹跟娘"闹起来",把聘礼扔了一地,明确表示道:"谁收了人家的东西谁跟人家去!"

最后在民主政权支持下,小二黑和小芹终于取得斗争胜利。金旺、兴旺被逮捕法办,二诸葛、三仙姑思想转变。小二黑和小芹幸福结合,成为"村里第一对好夫妻"。显然,作者以此歌颂了新社会、新农民的胜利,以及民主政权推翻封建压迫,移风易俗的伟大力量。

作品具有鲜明的民族化、大众化风格。采用现代评书体小说形式,讲究情节的连贯性和完整性。汲取通俗故事写法,将人物塑造及景物描写融化在故事叙述中,带有民间口头文学的生动活泼。语言采用山西农民的口语,质朴明快,富有幽默感,散发出泥土的气息。

【延伸阅读文献】

戴光中:《赵树理传》,北京十月文艺出版社1987年版。
秦弓:《荆棘上的生命》,春风文艺出版社2002年版。

(王晓琴)

荷 花 淀

——白洋淀纪事之二

孙 犁

月亮升起来,院子里凉爽得很,干净得很,白天破好的苇眉子潮润润的,正好编席。女人坐在小院当中,手指上缠绞着柔滑修长的苇眉子。苇眉子又薄又细,在她怀里跳跃着。

要问白洋淀有多少苇地？不知道。每年出多少苇子？不知道。只晓得,每年芦花飘飞苇叶黄的时候,全淀的芦苇收割,垛起垛来,在白洋淀周围的广场上,就成了一条苇子的长城。女人们,在场里院里编着席。编成了多少席？六月里,淀水涨满,有无数的船只,运输银白雪亮的席子出口,不久,各地的城市村庄,就全有了花纹又密、又精致的席子用了。大家争着买：

"好席子,白洋淀席！"

这女人编着席。不久在她的身子下面,就编成了一大片。她像坐在一片洁白的雪地上,也像坐在一片洁白的云彩上。她有时望望淀里,淀里也是一片银白世界。水面笼起一层薄薄透明的雾,风吹过来,带着新鲜的荷叶荷花香。但是大门还没关,丈夫还没回来。

很晚丈夫才回来了。这年青人不过二十岁,头戴一顶大草帽,上身穿一件洁白的小褂,黑单裤卷过了膝盖,光着脚。他叫水生,小苇庄的游击组长,党的负责人。今天领着游击组到区上开会去来。女人抬头笑着问：

"今天怎么回来的这么晚？"站起来要去端饭。水生坐在台阶上说：

"吃过饭了,你不要去拿。"

女人就又坐在席子上。她望着丈夫的脸,她看出他的脸有些红涨,说话也有些气喘。她问：

"他们几个哩？"

水生说：

"还在区上。爹哩？"

女人说：

"睡了。"

"小华哩?"

"和他爷爷去收了半天虾篓,早就睡了。他们几个为什么还不回来?"

水生笑了一下。女人看出他笑的不像平常。

"怎么了,你?"

水生小声说:

"明天我就到大部队上去了。"

女人的手指震动了一下,想是叫苇眉子划破了手,她把一个手指放在嘴里吮了一下。水生说:

"今天县委召集我们开会。假若敌人再在同口按上据点,那和端村就成了一条线,淀里的斗争形势就变了。会上决定成立一个地区队。我第一个举手报了名的。"

女人低着头说:

"你总是很积极的。"

水生说:

"我是村里的游击组长,是干部,自然要站在头里,他们几个也报了名。他们不敢回来,怕家里人拖尾巴。公推我代表,回来和家里人们说一说。他们全觉得你还开明一些。"

女人没有说话。过了一会,她才说:

"你走,我不拦你,家里怎么办?"

水生指着父亲的小房叫她小声一些。说:"家里,自然有别人照顾。可是咱的庄子小,这一次参军的就有七个。庄上青年人少了,也不能全靠别人,家里的事,你就多做些,爹老了,小华还不顶事。"

女人鼻子里有些酸,但她并没有哭。只说:

"你明白家里的难处就好了。"

水生想安慰她。因为要考虑准备的事情还太多,他只说了两句:

"千斤的担子你先担吧,打走了鬼子,我回来谢你。"

说罢,他就到别人家里去了,他说回来再和父亲谈。

鸡叫的时候,水生才回来。女人还是呆呆的坐在院子里等他,她说:

"你有什么话嘱咐嘱咐我吧。"

"没有什么话了,我走了,你要不断进步,识字,生产。"

"嗯。"

"什么事也不要落在别人后面!"

"嗯,还有什么?"

"不要叫敌人汉奸捉活的。捉住了要和他拼命。"这才是那最重要的一句,女人流着眼泪答应了她。

第二天,女人给他打点好一个小小的包裹,里面包了一身新单衣,一条新毛巾,一双新鞋子。那几家也是这些东西,交水生带去。一家人送他出了门。父亲一手拉着小华,对他说:

"水生,你干的是光荣事情,我不拦你,你放心走吧。大人孩子我给你照顾,什么也不要惦记。"

全庄的男女老少也送他出来,水生对大家笑一笑,上船走了。

女人们到底有些藕断丝连。过了两天,四个青年妇女集在水生家里来,大家商量:

"听说他们还在这里没走。我不拖尾巴,可是忘下了一件衣裳。"

"我有句要紧的话得和他说说。"

水生的女人说:

"听他说鬼子要在同口按据点。……"

"哪里就碰得那么巧,我们快去快回来。"

"我本来不想去,可是俺婆婆非叫我再去看看他,有什么看头啊!"

于是这几个女人偷偷坐在一只小船上,划到对面马庄去了。

到了马庄,她们不敢到街上去找,来到村头一个亲戚家里。亲戚说:你们来的不巧,昨天晚上他们还在这里,半夜里走了,谁也不知开到那里去。你们不用惦记他们,听说水生一来就当了副排长,大家都是欢天喜地的……

几个女人羞红着脸告辞出来,摇开靠在岸边上的小船。现在已经快到晌午了,万里无云,可是因为在水上,还有些凉风。这风从南面吹过来,从稻秧上苇尖吹过来。水面没有一只船,水像无边的跳荡的水银。

几个女人有点失望,也有些伤心,各人在心里骂着自己的狠心贼。可是青年人,永远朝着愉快的事情想,女人们尤其容易忘记那些不痛快。不久,她们就又说笑起来了。

"你看说走就走了。"

"可慌(高兴的意思)哩,比什么也慌,比过新年,娶新——也没见他这么慌过!"

"拴马桩也不顶事了。"

"不行了,脱了缰了!"

"一到军队里,他一准得忘了家里的人。"

"那是真的,我们家里住过一些年轻的队伍,一天到晚仰着脖子出来唱,进去唱,我们一辈子也没那么乐过。等他们闲下来没有事了,我就傻想:该低下头了吧。你猜人家干什么？用白粉子在我家映壁上画上许多圆圈圈，一个一个蹲在院子里，托着枪瞄那个，又唱起来了！"

她们轻轻划着船，船两边的水哗，哗，哗。顺手从水里捞上一个菱角来，菱角还很嫩很小，乳白色。顺手又丢到水里去。那个菱角就又安安稳稳浮在水面上生长了。

"现在你知道他们到了哪里？"

"管他哩，也许跑到天边上去了！"

他们都抬起头往远处看了看。

"唉呀！那边过来一只船。"

"唉呀！日本，你看那衣裳！"

"快摇！"

小船拼命往前摇。她们心里也许有些后悔，不该这么冒冒失失走来，也许有些怨恨那些走远了的人。但是立刻就想，什么也别想了，快摇，大船紧紧追过来。

大船追的很紧。

幸亏是这些青年妇女，白洋淀长大的，她们摇的小船飞快。小船活像离开了水皮的一条打跳的梭鱼。她们从小跟这小船打交道，驶起来，就像织布穿梭，缝衣透针一般快。

假如敌人追上了，就跳到水里去死吧！

后面大船来的飞快。那明明白白是鬼子！这几个青年妇女咬紧牙制止住心跳，摇橹的手并没有慌，水在两旁大声的哗哗，哗哗，哗哗哗！

"往荷花淀里摇，那里水浅，大船过不去。"

她们奔着那不知道有几亩大小的荷花淀去，那一望无边际的密密层层的大荷叶，迎着阳光舒展开，就像铜墙铁壁一样，粉色荷花箭高高的挺出来，是监视白洋淀的哨兵吧！

她们向荷花淀里摇，最后，努力的一摇，小船窜进了荷花淀。几只野鸭扑棱棱飞起，尖声惊叫，掠着水面飞走了。就在她们的耳边响起一排枪！

整个荷花淀全震荡起来。她们想，陷在敌人的埋伏里了，一准要死了，一齐翻身跳到水里去。渐渐听清楚枪声只是向着外面，她们才又扒着船帮露出头来。她们看见不远的地方，那宽厚肥大的荷叶下面，有一个人的脸，下半截身子长在水里。荷花变成了人？那不是我们的水生吗？又往左右看去，不久各人就找到了各人丈夫的脸，啊，原来是他们！

但是那些隐蔽在大荷叶下面的战士们，正在聚精会神瞄着敌人射击，半眼也没有看她们。枪声清脆,三五排枪过后,他们投出了手榴弹,冲出了荷花淀。

手榴弹把敌人那只大船击沉,一切都沉下去了。水面上只剩下一团烟硝火药气味。战士们就在那里大声欢笑着,打捞战利品。他们又开始了沉到水底捞出大鱼来的拿手戏。他们争着捞出敌人的枪枝、子弹带,然后是一袋子一袋子叫水浸透了的面粉和大米。水生拍打着水去追赶一个在水波上滚动的东西,是一包用精致纸盒装着的饼干。

妇女们带着浑身水,又坐到她们的小船上去了。

水生追回那个纸盒子,一只手高高举起,一只手用力拍打着水,好使自己不沉下去。对着荷花淀吆喝:

"出来吧,你们!"

好像带着很大的气。

她们只好摇着船出来。忽然从她们的船底下冒出一个人来,只有水生的女人认得那是区小队的队长。这个人抹一把脸上的水问她们:

"你们干什么去来呀?"

水生的女人说:

"又给他们送了一些衣裳来!"

小队长回头对水生说:

"都是你村的?"

"不是她们是谁,一群落后分子!"说完把纸盒顺手丢在女人们的船上,一沔,又沉到水底下去了,到很远的地方才钻出来。

小队长开了个玩笑,他说:

"你们也没有白来,不是你们,我们的伏击不会这么彻底。可是,任务已经完成,该回去晒晒衣裳了。情况还紧的很!"

战士们已经把打捞出来的战利品,全装在他们的小船上,准备转移。一人摘了一片大荷叶顶在头上,抵挡正午的太阳。几个青年妇女把掉在水里又捞出来的小包裹,丢给了他们,战士们的三只小船就奔着东南方向,箭一样飞去了。不久就消失在中午水面上的烟波里。

几个青年妇女划着她们的小船赶紧回家,一个个像落水鸡似的。一路走着,因过于刺激和兴奋,她们又说笑起来,坐在船头脸朝后的一个撅着嘴说:

"你看他们那个横样子,见了我们爱搭理不搭理的!"

"啊,好像我们给他们丢了什么人似的。"

她们自己也笑了,今天的事情不算光彩,可是:

"我们没枪,有枪就不往荷花淀里跑,在大淀里就和鬼子干起来!"

"我今天也算看见打仗了。打仗有什么出奇,只要你不着慌,谁还不会趴在那里放枪呀!"

"打沉了,我也会浮水捞东西,我管保比他们水式好,再深点我也不怕!"

"水生嫂,回去我们也成立队伍,不然以后还能出门吗!"

"刚当上兵就小看我们,过二年,更把我们看得一钱不值了,谁比谁落后多少呢!"

这一年秋季,她们学会了射击。冬天,打冰夹鱼的时候,她们一个个登在流星一样的冰船上,来回警戒。敌人围剿那百顷大苇塘的时候,她们配合子弟兵作战,出入在那芦苇的海里。

1945 年于延安
(原载 1945 年 5 月 15 日《解放日报》)

【作者介绍】

孙犁(1913—2002),原名孙树勋,生于河北省平安县农村。代表作有:短篇小说《荷花淀》、《嘱咐》,中篇小说《铁木前传》,长篇小说《风云初记》。作品收入《孙犁文集》正续集(共 8 卷)。

【作品分析】

《荷花淀》通过冀中白洋淀人民的抗日斗争,歌颂了中国农民,特别是农村妇女的人情美和人性美。作品没有展示炮火硝烟、金戈铁马的战争场面,而是以充满诗意的笔致,描绘了散发着浓郁水乡气息的日常生活图景。一开头就把人们引入湖畔月下的清凉世界,把千顷水淀的荷香、清风和物产,都融进一个农家小院。在诗意氤氲的境界里,水生嫂编着席,"像坐在一片洁白的云彩上",静静等待丈夫回来。

由于日本鬼子侵入家乡,村游击组长水生和村里几位青年报名参军,当他告诉妻子自己"第一个举手报了名"时,妻子心中涌起波澜,"手指震动了一下,想是叫苇眉子划破了手,她把一个手指放在嘴里吮了一下",低着头说:"你总是很积极的。"没有热情鼓励,没有豪言壮语,仿佛带有一丝嗔怪,然而这一丝嗔怪却包含着难舍难分的似水柔情。但是这儿女情又与时代风云相通,在民族大义面前,她很快把对丈夫、对乡土的爱,升华为对民族、国家的爱,需要的只是理解:"你明白家里的难处就好了。"丈夫深知妻子的情意,千言万语只化为两句:"千斤的担子你先担吧,打走了鬼子,我回来谢你。"这普通的家常对话,把妻子的深明大义,丈夫的舍家保国,夫妻依依深情,表达得淋漓尽致,使美丽的心灵与秀美的景致交相辉映,放出夺目的光彩。

接着,"藕断丝连"的几个女人,借口送衣服,摇着小船去看望丈夫,岂料在荷花淀遇上敌船。她们努力一摇,窜进"一望无际的密密层层的大荷叶"后,"荷花变成了人",他们的丈夫伏在宽厚肥大的荷叶下面,只三五排枪,几个手榴弹就把敌船炸沉。水生争着打捞敌人的枪支弹药,顺手将一包用精致纸盒装着的饼干丢在女人船上,称她们是"一群落后分子"。这看似批评责怪,其实却深藏着对妻子冒险行为的担忧。在出于爱心的嗔语中,渗透着他对妻子的一片深情。归途中,女人们受战斗胜利的鼓舞,精神世界产生新的飞跃。她们不甘示弱,决心要与丈夫比翼齐飞,在这年冬天,她们就拿起枪,投入了战斗,"出入在那芦苇的海里"。

作者巧妙通过日常生活中的家务事、儿女情,展现了战争中广大农民,特别是妇女的坚强意志和英雄主义精神,使她们的高尚情操、美好心灵熠熠生辉。景物描写清新秀丽,不仅起着交代环境、渲染气氛、烘托人物的作用,而且充满诗情画意,营造出诗的意境、美的世界。语言散发浓厚的泥土气息,却又优美清雅,细腻传神,简洁明净。

【延伸阅读文献】

郭志刚、章无忌:《孙犁传》,北京十月文艺出版社1990年版。

赵园:《论小说十家》,浙江文艺出版社1987年版。

林焕标、卢斯飞:《孙犁作品欣赏》,广西人民出版社1984年版。

(王晓琴)

第二编 诗歌

鸽　子

胡　适

云淡天高,好一片晚秋天气!
有一群鸽子,在空中游戏。
看他们,三三两两,
　　回环来往,
　　夷犹如意,
忽地里,翻身映日,白羽衬青天,鲜明无比!

(原载1918年1月《新青年》第4卷第1号)

【作者介绍】

　　胡适(1891—1962),字适之,安徽绩溪人。1910年赴美国留学。1917年1月在《新青年》上发表《文学改良刍议》一文。1920年出版了我国现代文学史上第一部白话诗集《尝试集》。主要著作有《胡适文存》、《白话文学史》等。

【作品分析】

　　初读小诗《鸽子》,展现眼前的是一幅极具动感的图画:一群鸽子,三三两两,在晚秋的天空中自由地飞翔着、嬉戏着。既无固定的队伍,也不需"翁翁央央的替人家飞",而是随心所欲、无拘无束地回环来往。飞到兴奋时,翻身腾舞,洁白的羽毛,如片片白云,飘浮在碧蓝的晴空,在阳光的照耀下,鲜丽无比。再细一想,小诗分明传达出一种心情,一种因自由而畅快、因飞翔而刺激的心情。诗人因情生景，读者因景生情。

联系此诗创作背景，便会觉得诗人的这种欢快心情是有道理的。1918年初，胡适从美国归来，与陈独秀、刘半农、钱玄同等共同发起文学革命。在新旧两个阵营交锋不到一年的时间里，民主自由、个性解放的思想启蒙运动日趋高涨，新文化、新道德、新文学便以不可阻挡的势头发展着。胡适也告别了"黄蝴蝶"的寂寞无奈的心情，感到了万事均可"尝试"获得成功的喜悦。自信和欢快的心情油然而生。《鸽子》一诗便是这种心情的外化。

《鸽子》一诗看似信手拈来，但结构紧凑顺势，富有动感；语言晓畅，但色彩感强，读之给人一种明快鲜丽的美感。此外，诗人对音韵的和谐也很在意，本诗初发表时，最后一句是："忽地里，翻身映日，白羽衬青天，鲜明无比！"收入《尝试集》时，将"鲜明无比"四字改为"十分鲜丽"。这一改动，不但使全诗的韵脚都以"去声"收束，读起来更有气势，而且更口语化、更通俗化。

【延伸阅读文献】

胡适：《谈新诗》，《中国新文学大系·建设理论卷》，良友图书公司1935年版。

祝宽：《五四新诗史》，陕西师范大学出版社1987年版。

（谢昌咏）

月　夜

沈尹默

霜风呼呼的吹着，
　　月光明明的照着。
我和一株顶高的树并排立着，
　　却没有靠着。

1917

（原载 1918 年 1 月《新青年》第 4 卷第 1 号）

【作者介绍】

　　沈尹默（1883—1971），原名君默，浙江吴兴人。早年留学日本。五四运动时任北京大学教授，为《新青年》编辑之一。发表过白话诗，《月夜》、《三弦》是代表作。其白话新诗显示出旧体诗词的功力。

【作品分析】

　　小诗《月夜》只有四句，前两句写环境，那环境虽说不上恶劣，但绝对是冷清的。呼呼的霜风，明明的月光，单是那"呼呼"和"明明"两个叠词，足以使人感受到氛围的悲凉。后两句写"我"的状态，尽管你高我矮，但并不影响"我"依然是独立存在的个体，依然不影响"我"与"顶高的树"并排而立的状态。最后一句，换个角度，斩钉截铁一个"却"字，昭示世界"我"没有"靠着"他者，而是"立着"，且是"并排"站立着。

诗人通过托物寄情的手法,表达了对社会人生的感悟,对个性解放、人格独立的思索。

本诗虽短,但诗画合一,意蕴含蓄,韵律和谐。愈反复咀嚼,其味愈浓。难怪新诗人康白情见此诗时大呼:"其妙处可以意会,而不可言传。"后来朱自清也说《月夜》是中国现代"第一首散文诗而具备新诗美德"。当我国新诗创作还处于尝试期时,《月夜》是令新诗坛骄傲的成果。

【延伸阅读文献】

朱自清:《选诗杂话》,三联书店1984年版。

骆寒超:《论五四时期的诗体大解放》,《文学评论》1993年第5期。

(谢昌咏)

相隔一层纸

刘半农

屋子里拢着炉火,
老爷分付开窗买水果,
说"天气不冷火太热,
别任它烤坏了我。"
屋子外躺着一个叫化子,
咬紧了牙齿对着北风喊"要死"!
可怜屋外与屋里,
相隔只有一层薄纸!

1917年10月,北京
(原载1918年1月《新青年》第4卷第1号)

【作者介绍】

　　刘半农(1891—1934),名复,江苏江阴人。"五四"文学革命的闯将,《新青年》杂志的编辑。1920年赴英国、法国学习语言学,1925年获法国巴黎大学文学博士学位。回国后任北京大学等院校教授。诗集有《扬鞭集》、《瓦釜集》等。

【作品分析】

　　在中国现代新诗史上,刘半农功不可没。他是最早发表白话诗的诗人之一,也是最早提出新诗改革的具体意见的人,为证实其"增多诗体"的主张,他几乎尝试了各种诗体的写作。更难得的是,他的诗作题材广泛,人力车夫、小商小贩、农民、失业者、叫化子都是他描写的对象,为此,他被称为"平民诗人"。

小诗《相隔一层纸》采用对比手法,通过对贫富不均的生活小景的描画,揭露了社会的黑暗,诉说了下层人民的苦难,透露出诗人渴望变革现实的愿望。诗的前四句写屋内,老爷因炉火太旺怕烤坏自己,让人来开窗,让人去买水果败火,寥寥几字,富人的丑态尽现。接着写屋外,叫化子咬紧牙齿,冻得要死。屋内屋外,一个热得要命,一个冻得要死,形成鲜明对比。以"相隔只有一层薄纸"结句,表达了诗人对穷苦人的极大同情,对富有者的愤怒。

诗人以平实质朴的白话语言,将传统诗词中的"朱门酒肉臭,路有冻死骨"的人道主义精神作了新的诠释、新的表现,使《相隔一层纸》这首小诗成为现代新诗史上具有鲜明的反抗意识的第一声呐喊。

【延伸阅读文献】

徐瑞岳:《刘半农评传》,上海文艺出版社1990年版。
徐瑞岳:《刘半农研究》,江苏古籍出版社1987年版。

(谢昌咏)

凤 凰 涅 槃

（一名"菲尼克司的科美体"）

郭沫若

天方国古有神鸟名"菲尼克司"（Phoenix），满五百岁后，集香木自焚，再从死灰中更生，鲜美异常，不再死。

按此鸟即吾国所谓凤凰也：雄为凤，雌为凰。《孔演图》云："凤凰火精，生丹穴。"《广雅》云："凤凰……雄鸣曰即即，雌鸣曰足足。"

序　　曲

除夕将近的空中，
飞来飞去的一对凤凰，
唱着哀哀的歌声飞去，
衔着枝枝的香木飞来，
飞来在丹穴山上。
山右有枯槁了的梧桐，
山左有消歇了的醴泉，
山前有浩茫茫的大海，
山后有阴莽莽的平原，
山上是寒风凛冽的冰天。

天色昏黄了，
香木集高了，
凤已飞倦了，
凰已飞倦了，
他们的死期将近了。

凤啄香木,
一星星的火点迸飞。
凰扇火星,
一缕缕的香烟上腾。
凤又啄,
凰又扇,
山上的香烟弥散,
山上的火光弥满。

夜色已深了,
香木已燃了,
凤已啄倦了,
凰已扇倦了,
他们的死期已近了!

啊啊!
哀哀的凤凰!
凤起舞,低昂!
凰唱歌,悲壮!
凤又舞,
凰又唱,
一群的凡鸟,
自天外飞来观葬。

凤　歌

即!即!即!
即!即!即!
茫茫的宇宙,冷酷如铁!
茫茫的宇宙,黑暗如漆!
茫茫的宇宙,腥秽如血!

宇宙呀,宇宙,
你为什么存在?

凤凰涅槃

你自从哪儿来？
你坐在哪儿在？
你还是个有限大的空球？
你还是个无限大的整块？
你若是个有限大的空球，
那拥抱着你的空间
他从哪儿来？
你的外边还有些什么存在？
你若是个无限大的整块，
这被你拥抱着的空间
他从哪儿来？
你的当中为什么又有生命存在？
你到底还是个有生命的交流？
你到底还是个无生命的机械？

昂头我问天，
天徒矜高，莫有点儿知识。
低头我问地，
地已死了，莫有点儿呼吸。
伸头我问海，
海正扬声而鸣唈。

啊啊！
生在这样个阴秽的世界当中，
便是把金刚石的宝刀也会生锈！
宇宙呀，宇宙，
我要努力地把你诅咒：
你脓血污秽着的屠场呀！
你悲哀充塞着的囚牢呀！
你群鬼叫号着的坟墓呀！
你群魔跳梁着的地狱呀！
你到底为什么存在？
我们飞向西方，
西方同是一座屠场。

我们飞向东方,
东方同是一座囚牢!
我们飞向南方,
南方同是一座坟墓!
我们飞向北方,
北方同是一座地狱!
我们生在这样个世界当中,
只好学着海洋哀哭!

凰 歌

足!足!足!
足!足!足!
五百年来的眼泪倾泻如瀑!
五百年来的眼泪淋漓如烛!
流不尽的眼泪!
洗不尽的污浊!
浇不息的情炎!
荡不去的羞辱!
我们这缥缈的浮生
到底要向哪儿安宿?

啊啊!
我们这缥缈的浮生
好像那大海里的孤舟!
左也是漶漫,
右也是漶漫,
前不见灯台,
后不见海岸,
帆已破,
樯已断,
楫已飘流,
柁已腐烂,
倦了的舟子只是在舟中呻唤,

怒了的海涛还是在海中泛滥。

啊啊!
我们这缥缈的浮生
好像这黑夜里的酣梦!
前也是睡眠,
后也是睡眠,
来得如飘风,
去得如轻烟,
来如风,
去如烟,
眠在后,
睡在前,
我们只是这睡眠当中的
一刹那的风烟!

啊啊!
有什么意思?
有什么意思?
痴!痴!痴!
只剩些悲哀,烦恼,寂寥,衰败,
环绕着我们活动着的死尸,
贯串着我们活动着的死尸。

啊啊!
我们年轻时候的新鲜哪儿去了?
我们年轻时候的甘美哪儿去了?
我们年轻时候的光华哪儿去了?
我们年轻时候的欢爱哪儿去了?
去了!去了!去了!
一切都已去了!
一切都要去了!
我们也要去了!
你们也要去了!

悲哀呀！烦恼呀！寂寥呀！衰败呀！

啊啊！
火光熊熊了。
香气蓬蓬了。
时期已到了。
死期已到了。
身外的一切！
身内的一切！
一切的一切！
请了！请了！

群 鸟 歌

岩　鹰
　　哈哈！
　　凤凰！凤凰！
　　你们枉为这禽中的灵长！
　　你们死了么？
　　你们死了么？
　　我才欢喜！
　　我才欢喜！
　　从今后该我为空界的霸王！
孔　雀
　　哈哈！
　　凤凰！凤凰！
　　你们枉为这禽中的灵长！
　　你们死了么？
　　你们死了么？
　　我才欢喜！
　　我才欢喜！
　　从今后请看我花翎上的威光！
鸱　枭
　　哈哈！

凤凰!凤凰!
你们枉为这禽中的灵长!
你们死了么?
你们死了么?
我才欢喜!
我才欢喜!
哦!是哪儿来的鼠肉馨香?

家　鸽

哈哈!
凤凰!凤凰!
你们枉为这禽中的灵长!
你们死了么?
你们死了么?
我才欢喜!
我才欢喜!
从今后请看我们驯良百姓的安康!

鹦　鹉

哈哈!
凤凰!凤凰!
你们枉为这禽中的灵长!
你们死了么?
你们死了么?
我才欢喜!
我才欢喜!
从今后请听我们雄辩家的主张!

白　鹤

哈哈!
凤凰!凤凰!
你们枉为这禽中的灵长!
你们死了么?
你们死了么?
我才欢喜!
我才欢喜!
从今后请看我们高蹈派的徜徉!

凤凰更生歌

鸡　鸣
　　昕潮涨了！
　　昕潮涨了！
　　死了的光明更生了！

　　春潮涨了！
　　春潮涨了！
　　死了的宇宙更生了！

　　生潮涨了！
　　生潮涨了！
　　死了的凤凰更生了！

凤凰和鸣
　　我们更生了！
　　我们更生了！
　　一切的一，更生了！
　　一的一切，更生了！
　　我们便是"他"，他们便是我！
　　我中也有你，你中也有我！
　　　　我便是你！
　　　　你便是我！
　　　　火便是凰！
　　　　凤便是火！
　　　　翱翔！翱翔！
　　　　欢唱！欢唱！

　　我们光明呀！
　　我们光明呀！
　　一切的一，光明呀！
　　一的一切，光明呀！

光明便是你,光明便是我!
光明便是"他",光明便是火!
　　火便是你!
　　火便是我!
　　火便是"他"!
　　火便是火!
　　翱翔!翱翔!
　　欢唱!欢唱!

我们新鲜呀!
我们新鲜呀!
一切的一,新鲜呀!
一的一切,新鲜呀!
新鲜便是你,新鲜便是我!
新鲜便是"他",新鲜便是火!
　　火便是你!
　　火便是我!
　　火便是"他"!
　　火便是火!
　　翱翔!翱翔!
　　欢唱!欢唱!

我们华美呀!
我们华美呀!
一切的一,华美呀!
一的一切,华美呀!
华美便是你,华美便是我!
华美便是"他",华美便是火!
　　火便是你!
　　火便是我!
　　火便是"他"!
　　火便是火!
　　翱翔!翱翔!
　　欢唱!欢唱!

我们芬芳呀!
我们芬芳呀!
一切的一,芬芳呀!
一的一切,芬芳呀!
芬芳便是你,芬芳便是我!
芬芳便是"他",芬芳便是火!
　　火便是你!
　　火便是我!
　　火便是"他"!
　　火便是火!
　　翱翔! 翱翔!
　　欢唱! 欢唱!

我们和谐呀!
我们和谐呀!
一切的一,和谐呀!
一的一切,和谐呀!
和谐便是你,和谐便是我!
和谐便是"他",和谐便是火!
　　火便是你!
　　火便是我!
　　火便是"他"!
　　火便是火!
　　翱翔! 翱翔!
　　欢唱! 欢唱!

我们欢乐呀!
我们欢乐呀!
一切的一,欢乐呀!
一的一切,欢乐呀!
欢乐便是你,欢乐便是我!
欢乐便是"他",欢乐便是火!
　　火便是你!

火便是我！
　　火便是"他"！
　　火便是火！
　　　翱翔！翱翔！
　　　欢唱！欢唱！

我们热诚呀！
我们热诚呀！
一切的一，热诚呀！
一的一切，热诚呀！
热诚便是你，热诚便是我！
热诚便是"他"，热诚便是火！
　　火便是你！
　　火便是我！
　　火便是"他"！
　　火便是火！
　　　翱翔！翱翔！
　　　欢唱！欢唱！

我们雄浑呀！
我们雄浑呀！
一切的一，雄浑呀！
一的一切，雄浑呀！
雄浑便是你，雄浑便是我！
雄浑便是"他"，雄浑便是火！
　　火便是你！
　　火便是我！
　　火便是"他"！
　　火便是火！
　　　翱翔！翱翔！
　　　欢唱！欢唱！

我们生动呀！
我们生动呀！

一切的一,生动呀!
一的一切,生动呀!
生动便是你,生动便是我!
生动便是"他",生动便是火!
　　火便是你!
　　火便是我!
　　火便是"他"!
　　火便是火!
　　翱翔!翱翔!
　　欢唱!欢唱!

我们自由呀!
我们自由呀!
一切的一,自由呀!
一的一切,自由呀!
自由便是你,自由便是我!
自由便是"他",自由便是火!
　　火便是你!
　　火便是我!
　　火便是"他"!
　　火便是火!
　　翱翔!翱翔!
　　欢唱!欢唱!

我们恍惚呀!
我们恍惚呀!
一切的一,恍惚呀!
一的一切,恍惚呀!
恍惚便是你,恍惚便是我!
恍惚便是"他",恍惚便是火!
　　火便是你!
　　火便是我!
　　火便是"他"!
　　火便是火!

翱翔！翱翔！
　　　欢唱！欢唱！

我们神秘呀！
我们神秘呀！
一切的一，神秘呀！
一的一切，神秘呀！
神秘便是你，神秘便是我！
神秘便是"他"，神秘便是火！
　　　火便是你！
　　　火便是我！
　　　火便是"他"！
　　　火便是火！
　　　翱翔！翱翔！
　　　欢唱！欢唱！

我们悠久呀！
我们悠久呀！
一切的一，悠久呀！
一的一切，悠久呀！
悠久便是你，悠久便是我！
悠久便是"他"，悠久便是火！
　　　火便是你！
　　　火便是我！
　　　火便是"他"！
　　　火便是火！
　　　翱翔！翱翔！
　　　欢唱！欢唱！

我们欢唱！
我们欢唱！
一切的一，常在欢唱！
一的一切，常在欢唱！
是你在欢唱？是我在欢唱？

是"他"在欢唱？
　　是火在欢唱？
　　　　欢唱在欢唱！
　　　　只有欢唱！
　　　　只有欢唱！
　　　　只有欢唱
　　　　欢唱！
　　　　　欢唱！
　　　　　　欢唱！

（选自《女神》，泰东图书局1921年版）

【作者介绍】

　　郭沫若（1892—1978），原名郭开贞，字鼎堂，四川乐山人。1914年赴日本留学。五四运动后与郁达夫等组织创造社。1921年出版的诗集《女神》蜚声文坛。之后出版了《星空》、《瓶》、《前茅》和《恢复》等诗集。抗日战争期间写有《屈原》等多部历史剧，以及《战声集》等诗集。著作收入《郭沫若全集》。

【作品分析】

　　《凤凰涅槃》写于1920年1月。此时郭沫若正留学日本，但伟大的五四运动依然唤起他强烈的爱国主义情感，他以诗歌抒发着埋藏心底的"民族的郁积"、"个人的郁积"，抒发着对"美的中国"的向往和憧憬。长诗《凤凰涅槃》便是最具代表性的作品。

　　长诗取材于神话传说，诗人将这传说改造加工，赋予新的思想内容，以凤凰的更生象征中国和诗人旧我的新生，表达了对"美的中国"的热切追求。

　　长诗在"序曲"中展示的是一种衰败、阴森、凄凉的景象：梧桐枯槁、醴泉消歇、寒风凛冽。诗人借此景象征现实，为凤凰涅槃制造了环境气氛。

接着诗人以凤歌与凰歌的形式,对黑暗的现实和灾难的历史进行了彻底的否定。凤歌以粗犷、雄健的男性歌唱,诅咒茫茫的宇宙"冷酷如铁"、"黑暗如漆"、"腥秽如血",把整个宇宙比成屠场、囚牢、坟墓和地狱。愤怒地唱出:"生在这样个阴秽的世界当中,/便是把金刚石的宝刀也会生锈!"凰歌则以哀婉、凄楚的女性哭诉,倾诉了凤凰五百年"眼泪倾泻如瀑、淋漓如烛"的一生,以此象征中华民族灾难深重的历史。长诗展示的凤与凰的彻底否定精神和自焚的绝决态度,充分体现了"五四"时期狂飙突进的时代精神。

　　"群鸟歌"的插入烘托了凤凰涅槃的悲壮宏伟的气势,同时诗人还以群鸟的庸俗卑劣反衬出凤凰的高洁,讽喻和鞭挞了种种丑恶的社会情态,也使长诗的节奏有了起伏变化。

　　最后,"凤凰更生歌"如协奏曲中的华彩乐章掀起高潮,诗人以热烈奔腾的激情,瑰丽华美的词藻,明快急促的旋律,反复不断地赞颂经过烈火焚烧后终于更生了的凤凰,欢呼那新鲜、净朗、华美、芬芳、热诚、挚爱、欢乐、和谐、生动、自由、雄浑、悠久的新世界、新生活。凤凰在春光融融的黎明时分,尽情地翱翔着,欢唱着,整个宇宙也随之万象更新,呈现出大和谐、大欢乐的辉煌景象。诗人自我也与自然界的一切相通,"我便是你!/你便是我!/火便是凰!/凰便是火!"达到了物我无间、物我合一的艺术境界,充分显示了诗人渴望祖国新生的满腔激情。

　　诗人曾说过:"'五四'以后的中国,在我的心目中就像一位很葱俊的有进取气象的姑娘,她简直就和我的爱人一样。我的那篇《凤凰涅槃》便是象征着中国的再生。"长诗不仅表现了诗人彻底否定现存世界的决心,更展示了诗人追求理想社会的执著精神,是诗人理想中的"美的中国"的诗意写照,洋溢着向往光明、渴求变革的激情,闪烁着浪漫主义的思想光辉。

　　在艺术上,《凤凰涅槃》显示出浓郁的浪漫主义特色。

　　首先诗人选取了蕴涵丰富的中外神话传说,借助奇特的想像和大胆夸张的艺术手法,塑造了火精灵——凤凰的艺术形象,并以此将抽象的理想具体化、形象化,以唤起读者为理想奋斗的热情。

　　其次,《凤凰涅槃》结构恢宏,开合自如。诗人既面对茫茫的宇宙,又回顾漫漫的历史,纵横交错,古今相通,并以高亢激越的格调描绘出光明灿烂的未来。

最后,长诗在格式上完全冲破旧体诗的陈规戒律,以急湍奔突的旋律,任诗人奔腾的情感酣畅淋漓地喷涌而出,正如诗人所言,在诗歌的形式上,他是取"绝端的自由,绝端的自主"的态度,诗的旋律便是诗人命泉中流出的旋律,是诗人心琴上弹出的乐曲,是"生的颤动,灵的喊叫"。可以毫不夸张地说,《凤凰涅槃》是我国新诗创作中浪漫主义的光辉杰作。

【延伸阅读文献】

黄侯兴:《郭沫若文艺思想论稿》,天津人民出版社 1982 年版。

郭沫若、宗白华、田寿昌(田汉):《三叶集》,上海书店 1982 年版。

郭沫若:《我的作诗的经过》,《郭沫若论创作》,上海文艺出版社 1983 年版。

(谢昌咏)

炉 中 煤

——眷念祖国的情绪

郭沫若

啊,我年青的女郎!
我不辜负你的殷勤,
你也不要辜负了我的思量。
我为我心爱的人儿
燃到了这般模样!

啊,我年青的女郎!
你该知道了我的前身?
你该不嫌我黑奴卤莽?
要我这黑奴的胸中,
才有火一样的心肠。

啊,我年青的女郎!
我想我的前身
原本是有用的栋梁,
我活埋在地底多年,
到今朝总得重见天光。

啊,我年青的女郎!
我自从重见天光,
我常常思念我的故乡,
我为我心爱的人儿,
燃到了这般模样!

1920年1、2月间作

(选自《女神》,泰东图书局1921年版)

【作品分析】

《炉中煤》写于1920年初，最初发表在1920年2月3日《时事新报·学灯》上。当时作者虽留学日本，却深受五四运动的影响，关注着祖国的命运，渴望报效祖国。诗人在《创造十年·学生时代》中写道："'五四'以后的中国，在我的心目中就像一位很葱俊的有进取气象的姑娘，她简直就和我的爱人一样……'眷念祖国的情绪'的《炉中煤》便是我对于她的恋歌。"诗人把"眷念祖国的情绪"化为两个意象，即"炉中煤"和"年青的女郎"，并以"炉中煤"对"年青的女郎"的思念与倾诉作为抒情线索，将两个诗歌意象连接一起，这一巧妙的构思，使爱国之情表达得炽烈如火。

诗人首先将五四运动后的中国比喻为"年青的女郎"，以此象征经过五四运动洗礼后的祖国青春焕发、生机勃勃。然后诗人又以"炉中煤"自喻，借煤熊熊燃烧的火红景象，表达炽热的爱国情感和奉献精神，同时采用比拟中的拟人手法，把"炉中煤"拟人化、人格化，赋予"炉中煤"人的情感。炉中煤过去长时间深埋地下，象征诗人报效祖国的热烈情怀长时间埋藏心底；而如今的熊熊燃烧，燃到了这般模样，则象征新生了的诗人愿为祖国奉献满腔情热的急切心情。

诗人将比喻、拟人、象征等手法综合运用，以"托物言志"的艺术手段，使"眷念祖国的情绪"表达得既蕴藉深厚又热烈奔腾。

《炉中煤》一诗形式大体整齐。反复咏叹手法的运用造成了回环往复的音乐效果。"啊，我年青的女郎！"一句，反复四次，成为诗节和诗人情感层次的标志。首尾两节末两句的重复，强化了全诗的主旋律，升华了诗人的情感。而"燃到了这般模样"的二度出现，则给读者留下了较大的自我想像空间。

【延伸阅读文献】

王富仁：《他开辟了一个新的审美境界——论郭沫若的诗歌创

作》,《郭沫若研究》第 7 辑。

蓝棣之:《论郭沫若新诗创作方法与艺术个性》,《北京师范大学学报》1983 年第 2 期。

(谢昌咏)

蕙的风

汪静之

是那里吹来
这蕙花的风——
温馨的蕙花的风?

蕙花深锁在园里,
伊满怀着幽怨。
伊底幽香潜出园外,
去招伊所爱的蝶儿。

雅洁的蝶儿,
薰在蕙风里:
他陶醉了;
想去寻着伊呢。

他怎寻得到被禁锢的伊呢?
他只迷在伊的风里,
隐忍着这悲惨然而甜蜜的伤心,
醺醺地翩翩地飞着。

1921,9,3

(选自《蕙的风》,亚东图书馆1922年版)

【作者介绍】

汪静之(1902—1996)安徽绩溪人。1922年与应修人、潘漠华、冯雪峰在杭州西湖边组织湖畔诗社,先后出版合集《湖畔》和《春的歌集》。同年,汪静之的个人诗集《蕙的风》出版。汪静之的爱情诗深受海涅爱情诗的影响,诗风清纯、细腻、委婉。此外另有诗集《寂寞的国》等。

【作品分析】

这首爱情诗妙在构思上。诗人将渴望幸福爱情的男女比做蝶儿和蕙花。蕙,即蕙兰,是一种香草,在诗中蕙成了怀春的少女,被锁在花园里,但是她却将她的幽香飘出园外,去招蜂引蝶,寻找自己的爱情。蝶儿虽找不到蕙,却陶醉在蕙风里,翩翩起舞,醉态盎然。这一构思巧妙地表现了青年男女对美好自由爱情的向往与执著追求的精神。

诗人通过对蕙与蝶两个意象的刻画,将人类的爱情回归到自然之中。而这种放情率真地歌唱至情至性的爱情,大胆袒露地表现柔情蜜意的男欢女爱,无疑是对封建传统和伦理道德观念的一种大胆挑战。朱自清说,汪静之的诗有"孩子们洁白的心声,坦率的少年的气度!而表现法简单明了,少宏深,幽渺之致,也正显出作者底本色"。

【延伸阅读文献】

朱自清:《蕙的风·序》,《朱自清全集》第四卷,江苏教育出版社1990年版。

废名:《谈新诗》,人民文学出版社1984年版。

汪静之:《蕙的风·自序》,人民文学出版社1957年版。

(谢昌咏)

繁　星（四首）

冰　心

一

繁星闪耀着——
　　深蓝的太空，
　　　　何曾听得见他们对语？
沉默中，
　　微光里，
　　　　他们深深的互相颂赞了。

五五

成功的花，
　　人们只惊慕她现时的明艳！
　　　　然而当初她的芽儿，
　　　　　　浸透了奋斗的泪泉，
　　　　　　洒遍了牺牲的血雨。

六一

风啊！
不要吹灭我手中的蜡烛，
我的家还在这黑暗长途的尽处。

一三一

大海啊,
　那一颗星没有光?
　那一朵花没有香?
　那一次我的思潮里
　　没有你波涛的清响?

(选自《繁星》,商务印书馆 1923 年版)

春　水(二首)

冰　心

三三

墙角的花,
你孤芳自赏时,
　天地便小了。

一〇五

造物者——
　倘若在永久的生命中
　　只容有一次极乐的应许。
我要至诚地求着:
"我在母亲的怀里,
母亲在小舟里,

小舟在月明的大海里。"

(选自《春水》,新潮社1923年版)

【作者介绍】

冰心(1900—1999),女,原名谢婉莹,福建长乐人。五四运动后即开始文学创作。1921年参加文学研究会。主要作品有:20年代出版的小说集《超人》;诗集《繁星》、《春水》;散文集《往事》、《山中杂记》、《寄小读者》等。建国后出版有《再寄小读者》、《小橘灯》等。

【作品分析】

冰心称自己的小诗是些"小杂感"式的"零碎的思想",读者却赞美说这是"情绪的珍珠"。的确,这些小诗有如颗颗闪光的珠贝,是诗人徜徉艺术海洋时随手采拾得来,是诗人对人生感触爆出的火花,闪烁着哲理的光彩。她告诫人们莫只惊慕花朵的艳丽,更应关注"奋斗的泪泉,牺牲的血雨"。成功是奋斗甚至牺牲的结果,天底下没有不努力就可获得成功的。诗人在"墙角的花"中又提醒人们不可离群索居、孤芳自赏,只有把自己融于集体中,才能找到恰当的位置。诗人将这些抽象的人生哲理加以诗化,使其既有格言式的高度凝练,又有着诗的形象,是诗与哲理的完美结合。

冰心的《繁星》与《春水》更多的是抒写诗人心中的"爱的哲学",母爱、童真和自然(大海)是冰心吟咏不断的主题。"大海啊"一首是她对自然的情思,"造物者"一首则是把母爱、童真和大海巧妙地联系在一起,以层层推进的写法,将读者带进了异常恬静而略带宗教氛围的爱的世界里。冰心的小诗清新隽丽,蕴意深远,格调温婉。在诗歌的语言形式上,冰心既吸收了中国古典诗词、散曲的韵味,又受到印度诗人泰戈尔《飞鸟集》等小诗的影响,形成了一种自然流畅、和谐动听的旋律。

【延伸阅读文献】

曾华鹏:《冰心评传》,人民文学出版社 1983 年版。
范伯群编:《冰心研究资料》,北京出版社 1984 年版。
徐荣街:《冰心"小诗"论》,《中国文学研究》1988 年第 2 期。

(谢昌咏)

我是一条小河

冯 至

我是一条小河,
我无心由你的身边绕过——
你无心把你彩霞般的影儿
投入了我软软的柔波。

我流过一座森林,
柔波便荡荡地
把那些碧翠的叶影儿
裁剪成你的裙裳。

我流过一座花丛,
柔波便粼粼地
把那些凄艳的花影儿
编织成你的花冠。

无奈呀,我终于流入了,
流入那无情的大海——
海上的风又厉,浪又狂,
吹折了花冠,击碎了裙裳!

我也随着海潮漂漾,
漂漾到无边的地方——
你那彩霞般的影儿
也和幻散了的彩霞一样!

1925年

(选自《昨日之歌》,北新书局1927年版)

【作者介绍】

冯至(1905—1993),原名冯承植,河北涿县人。在北京大学求学时期参与组织浅草社、沉钟社,并先后出版诗集《昨日之歌》、《北游及其他》。40年代出版诗集《十四行集》。1949年后出版诗集《西郊集》、《冯至诗选》等。

【作品分析】

《我是一条小河》呈现出一种如梦如幻的哀愁,一种无可奈何的惆怅。诗人自比小河,"无心由你身边绕过",而你也"无心把你彩霞般的影儿投入了我软软的柔波"。"我"与"你"的相依相恋,就如同小河和影儿一样,随意自然,形影相伴。然而愈是无心,愈见真情。接着,诗人以小河流过森林、流过花丛、流入大海的流程为抒情线索,描画出小河对影儿柔情蜜意、相恋依依的情状:流过森林,小河把那些碧翠的叶影儿,裁剪成影儿的裙裳;流过花丛,小河把那些凄艳的花影儿,编成影儿的花冠。诗人借对小河与影儿的关系的娓娓叙述,婉约地表达了对恋人如醉如痴的爱恋。

诗的前三节,诗人将爱情写得轻柔妙曼、迷人动人,充溢着欢悦甜蜜的情调。诗的后两节,当小河流入无情的大海,海风把花冠吹折,海浪把裙裳击碎,小河漂漾到无边的地方,影儿也被海潮幻散。爱情破灭了,留下的只是绵绵无尽的惆怅与哀怨。

诗人在《冯至诗选·序》中说:"诗里抒写的是狭窄的情感、个人的哀愁,如果说它们还有一点意义,那就是从中可以看出'五四'以后一部分青年的苦闷。"但它何尝不是古今中外爱情悲剧的诗意诠释!也许正是在这个意义上,再加之幽婉的格调,才使得这首诗具有了超越时空的艺术魅力。

冯至的诗作充满浪漫主义气息,风格柔婉缠绵,感情真挚细腻,被鲁迅称为"中国最为杰出的抒情诗人"。冯至的诗作很少采用直抒胸臆的方式表达感情,他追求的是一种中国传统诗词中"哀而不伤,乐而不淫"的抒情模式。这样,就使他的诗作表现出一种情感的节制。

【延伸阅读文献】

冯至:《冯至诗选·序》,四川人民出版社 1980 年版。

鲁迅:《中国新文学大系·小说二集·序》,《鲁迅全集》第六卷,人民文学出版社 1981 年版。

(谢昌咏)

蛇

冯 至

我的寂寞是一条蛇,
静静地没有言语。
你万一梦到它时,
千万啊,不要悚惧!

它是我忠诚的侣伴,
心里害着热烈的乡思:
它想那茂密的草原——
你头上的、浓郁的乌丝。

它月影一般轻轻地
从你那儿轻轻走过;
它把你的梦境衔了来,
像一只绯红的花朵。

——1926

(选自《昨日之歌》,北新书局1927年版)

【作品分析】

《蛇》也是一首爱情诗,说它是一首失恋诗也许更准确些。这首诗的特色是诗人将内心炽热的情感外化为客观的形象上。而用蛇这一形象传达爱情,又是那么出人意外。

诗人把自己的寂寞喻为一条蛇之后,"寂寞"这种抽象的情感便被具象化了,诗人便有了宣泄寂寞情感的载体。蛇的静默无语,蛇的执著纠缠，蛇行时的悄无声息，蛇的外表冷冰，乃至蛇的故乡草原，都负载了或暗示着诗人寂寞的种种情状。

诗人以新鲜的譬喻、奇特的想像，将炽热而执著的情思寄寓在冰冷而寂寞的蛇的形象中，于是诗篇便产生了一种神秘色彩，平添了一种朦胧的诗意，同时也给读者提供了极具张力的想像空间。冯至的这首爱情诗，呈现出一种沉思幽婉的风格。诗的节奏舒缓柔和，有内在的音韵美。诗行大体整齐，大致押韵。冯至的确是"五四"后新诗人中的佼佼者。

【延伸阅读文献】

朱自清：《诗话》，上海文艺出版社1981年版（影印本）。
蓝棣之：《现代诗的情感与形式》，人民文学出版社2002年版。

（谢昌咏）

雪花的快乐

徐志摩

假如我是一朵雪花,
翩翩的在半空里潇洒,
　我一定认清我的方向——
　　飞飏,飞飏,飞飏,——
这地面上有我的方向。

不去那冷寞的幽谷,
不去那凄清的山麓,
　也不上荒街去惆怅——
　　飞飏,飞飏,飞飏,——
你看! 我有我的方向!

在半空里娟娟的飞舞,
认明了那清幽的住处,
　等着她来花园里探望——
　　飞飏,飞飏,飞飏,——
啊,她身上有朱砂梅的清香!

那时我凭借我的身轻,
盈盈的,沾住了她的衣襟,
　贴近她柔波似的心胸——
　　消溶,消溶,消溶——
溶入了她柔波似的心胸!

(选自《志摩的诗》,中华书局 1925 年版)

【作者介绍】

徐志摩(1896—1931),浙江海宁人。曾经赴美国和英国学习,回国后于1923年组织新月社,成为新月诗派的代表诗人。1931年因飞机失事罹难。诗集有《志摩的诗》、《翡冷翠的一夜》、《猛虎集》等;散文集主要有《落叶》、《巴黎的鳞爪》、《自剖》等。其诗受英国浪漫主义诗风影响。茅盾称他是中国资产阶级"开山"的诗人,同时又是"末代"的诗人。

【作品分析】

雪花是快乐的,那是因为诗人是快乐的。

诗人以雪花自喻,并抓住雪花的两个特质:一是"飞飏";二是"消溶"。借助这一比喻,诗人追寻着性灵深处的情感,抒发着对"爱、自由和美"的"单纯信仰"的追求和向往。

飞飏中的雪花是"翩翩的",是"潇洒的",飞飏是一种自由自在、无拘无束的状态,惟其自由,才有快乐可言。飞飏时,雪花又自有方向而不迷离,冷寞的幽谷、凄清的山麓、惆怅的荒街,都不是雪花要去的地方。花园里的"清幽的住处",发散着"朱砂梅的清香"的她,才是雪花飞飏的方向。"消溶"则是一种全心身的投入,是一种为爱而陶醉而牺牲的快乐。雪花"盈盈的,沾住了她的衣襟","贴近她柔波似的心胸","溶入了她柔波似的心胸"。诗中的"她",是诗人想像中的恋人,是爱与美的象征。这是一种升华了的圣洁爱情,更是诗人"爱、自由和美"的理想境界的人格化和诗化。

徐志摩的高足陈梦家曾说:"志摩的诗是温柔的,多情、自由奔放的,更多一些个人的感情。"《雪花的快乐》便最能体现此种特征。诗人借助飞飏的雪花这一客观物象,将性灵深处温柔多情、自由奔放的情怀淋漓尽致地挥洒而出,使诗作主体的内在神韵和客体的外在形态达到了自然的契合。

这种契合既源于诗人自由洒脱的个性,也得力于诗人对诗歌音乐美的关注。《雪花的快乐》一诗共四小节,每小节的前三行都是三顿,每顿二至四字,节奏曼妙舒缓。每节诗的第四行或用"飞飏",或用"消溶",词句反复,节奏富于跳跃,且韵脚上扬响亮。每节诗的最后一行都以肯定的语气表达出诗人情感的指向,执著坚定。这样,诗人"原动的诗意"即"诗感"便找到恰当而且切合实际的节奏和旋律,表现出徐志摩诗作极富个性的风格,呈现出一种轻柔曼妙、飘逸飞动的艺术美。

【延伸阅读文献】

茅盾:《徐志摩论》,《现代》1933年第2卷第4期。

赵遐秋:《徐志摩传》,中国人民大学出版社1989年版。

(谢昌咏)

再别康桥

徐志摩

轻轻的我走了,
　　正如我轻轻的来;
我轻轻的招手,
　　作别西天的云彩。

那河畔的金柳,
　　是夕阳中的新娘;
波光里的艳影,
　　在我的心头荡漾。

软泥上的青荇,
　　油油的在水底招摇;
在康桥的柔波里,
　　我甘心做一条水草!

那榆荫下的一潭,
　　不是清泉,是天上虹;
揉碎在浮藻间,
　　沉淀着彩虹似的梦。

寻梦?撑一支长篙,
　　向青草更青处漫溯;
满载一船星辉,
　　在星辉斑斓里放歌。

但我不能放歌,
　　悄悄是别离的笙箫;
夏虫也为我沉默,
　　沉默是今晚的康桥!

悄悄的我走了,
　　正如我悄悄的来;
我挥一挥衣袖,
　　不带走一片云彩。

11月6日中国海上
(原载1928年12月《新月》第1卷第10期)

【作品分析】

　　《再别康桥》是徐志摩的代表作。"康桥"现通译为"剑桥",即英国的剑桥大学。徐志摩在此度过了两年多快乐的时光,他曾说:"我的眼睛是康桥叫我睁开的,我的求知欲是康桥给我拨动的,我的自我的意识是康桥给我胚胎的。"(《我所知道的康桥》)视康桥为第二故乡的徐志摩在1928年探访康桥后,便写下了这首脍炙人口的诗篇。

　　抒发依依不舍的离别之情是此诗的主旨。古今中外此类诗可谓多矣,但用现代白话汉语,将这种纯真而又复杂的情感蕴含在意境深邃的诗句中,将这种依恋的情绪流淌在轻吟漫唱的旋律中的好诗却不多见。

　　诗的起势轻灵、悄然,诗人连用三个"轻轻的",看似重复,然而正是在这种回环往复的韵律中,表露出难以言状的离别之情,且渲染出日暮黄昏之时的康桥宁静的氛围,颇有几分"近乡情怯"的味道。接着诗人抓住康桥最具特征的景物——康河,作为抒情的客体,把对康桥的依恋之情融入康河的美景之中。河畔的金柳被比喻成新嫁娘,美艳绝伦,荡起诗人心海的涟漪;河底的青荇被拟人化之后,也在油油的招手,诗人甘心做柔波中的一条水草;榆荫下的清泉,沉淀着彩虹般的梦。显然,此诗的第二、三、四小节,既非康河真实具体的景物,也非诗人情感的详尽描摹,而是融情于景,情景交融的意象,并由这意象推进到全诗的高潮。

"寻梦?撑一支长篙,/向青草更青处漫溯,/满载一船星辉,/在星辉斑斓里放歌。"寻梦令诗人喜悦兴奋,浮想联翩,因为康桥给他太多的梦幻。独倚桥栏,聆听教堂晚钟齐鸣;悠然闲步,寻找泥土里渐次苏醒的花草;仰卧于织锦似的草坪,看高天行云,搂抱大地的温软;面对冉冉暗淡的夕阳,长跪不起。康桥宁静和谐优美的自然,唤醒了诗人久蛰心中的诗情。诗人用"一船星辉"这样一个极富个性特色的诗歌意象,写尽"在星辉斑斓里放歌"的豪情。

梦幻毕竟不是现实,现实令诗人心酸。高潮过后,笔锋陡转,诗人以夏虫和康桥的沉默、别离笙箫的惆怅,把那种事过境迁,旧梦如烟如雾般飘忽消散的失落感表达得淋漓尽致。

最后一节,诗人以复沓的句式,"悄悄的"一词的重复使用,使其既与第一小节遥相呼应,形成诗歌旋律的整体美感,又将依依惜别之情随着诗人的离去而缓缓扩散着,造成一种微波似的、轻烟似的灵动的艺术美。

【延伸阅读文献】

徐志摩:《猛虎集·虚文》,新月书店 1931 年版。

朱自清:《中国新文学大系·诗集·导言》,良友图书公司 1935 年版。

(谢昌咏)

死　水

闻一多

这是一沟绝望的死水，
清风吹不起半点漪沦。
不如多扔些破铜烂铁，
爽性泼你的剩菜残羹。

也许铜的要绿成翡翠，
铁罐上锈出几瓣桃花；
再让油腻织一层罗绮，
霉菌给他蒸出些云霞。

让死水酵成一沟绿酒，
飘满了珍珠似的白沫；
小珠笑一声变成大珠，
又被偷酒的花蚊咬破。

那么一沟绝望的死水，
也就夸得上几分鲜明。
如果青蛙耐不住寂寞，
又算死水叫出了歌声。

这是一沟绝望的死水，
这里断不是美的所在，
不如让给丑恶来开垦，
看他造出个什么世界。

1925 年 4 月

（选自《死水》，新月书店 1928 年版）

【作者介绍】

闻一多(1899—1946),原名家骅,湖北浠水人。曾赴美国留学。1923年出版诗集《红烛》。1925年回国后加入新月社,倡导新诗格律化,对中国新诗的发展作出了重要贡献。1928年出版第二本诗集《死水》。1946年因参加民主运动被国民党特务暗杀。

【作品分析】

《死水》是闻一多最具代表性的诗篇,诗人把1928年出版的诗集定名为《死水》,便是诗人对此诗特别看中的证明。闻一多的诗友饶孟侃在《诗词二题》中说:"《死水》一诗,即君偶见(北京)西单二龙坑南端一臭水沟有感而作。"《闻一多年谱长编》云:"先生当时所居的西京畿道原名沟头,有长沟,沟内常积有死水。"据此可见,闻一多的《死水》一诗是借助对一个具体的、污秽的臭水沟的描绘,抒发对腐败黑暗的旧中国的愤懑之情。

全诗共五节,第一节从死水入笔,概括了死水总的情状,用"绝望"、"半点"等词汇,描绘出死水的腐臭死寂的程度。而"不如"、"爽性"等口语词语的使用,则表达了诗人的愤慨,使诗篇的起势充满浓烈的感情色彩。在接下来的第二至第四小节诗中,诗人以丰富而奇特的想像,从多个角度对死水发生奇异变化的细微情景作了具体形象的诗意描绘。第二节描绘死水的静态色彩,绿的翡翠、红的桃花、变幻的罗绮和艳丽的云霞,并与铜绿、铁锈、油腻、霉菌等丑陋肮脏的形象构成对比,从而将死水奇异纷繁的色彩表现得淋漓尽致。第三节对死水作动态的描绘,发酵蒸发,小珠变大珠,又被花蚊咬破,死水是蚊虫的天堂,使丑类喧闹滋生的死水引起人们的憎恶之感。第四节随着诗人想像的延续与深入,诗人以青蛙的鼓噪,形容死水的歌声,从而反衬出死水的纷乱和阴森可怖。在这三节诗中,诗人从色彩到声响,从静态到动态,层次清晰地描绘出死水的状态和特质,再现了死水的腐败霉臭、不可救药的景象,诗人的悲愤厌恶之情在对具体客观物象的描绘中得以发泄。

诗的最后一节与第一节遥相呼应,诗人以"断不是"的果决口气,宣布死水不是"美的所在",而是丑恶的世界。正如朱自清所言:"这不是'恶之花'的赞颂,而是索性让'丑恶'恶贯满盈,'绝望'里才有希望。"所以诗的最后两句便以反诘的语气,表达了对统治者愤恨到极点的诅咒,这诅咒中分明又包含着诗人对祖国极度热爱的情分,这是一种"爱之愈深,恨之愈切"的情感,一种"爱极了的憎恶"。

此诗集中体现了闻一多新诗"三美"的理论主张。从"音乐的美"来看,全诗每行都由三个二音尺和一个三音尺构成,每节一韵,二四行押韵。结尾又多用双音词,读起来朗朗上口,形成一种和谐动听的音乐美。连诗人自己都说:"我觉得这首诗是我第一次在音节上最满意的试验。"从"建筑的美"来看,每行诗的字数相等,每小节的行数也相等,真正做到了"节的匀称和句的均齐",在视觉上造成整齐化一的建筑美。至于"绘画的美",诗人在词藻的选择和运用上,注意色彩的鲜明和反差对比的强烈,注意体现象形文字状形绘声的优长,使不长的诗中呈现出色彩斑驳、繁复浓重的绘画美感。《死水》也因此成为新格律诗中的经典篇章。

【延伸阅读文献】

刘煊:《闻一多评传》,北京大学出版社1983年版。

闻一多:《诗的格律》,《闻一多全集》第二卷,湖北人民出版社1994年版。

朱自清:《新诗杂话》,三联书店1984年版。

(谢昌咏)

发　现

闻一多

我来了,我喊一声,迸着血泪,
"这不是我的中华,不对,不对!"
我来了,因为我听见你叫我;
鞭着时间的罡风,擎一把火,
我来了,不知道是一场空喜。
我会见的是噩梦,那里是你?
那是恐怖,是噩梦挂着悬崖,
那不是你,那不是我的心爱!
我追问青天,逼迫八面的风,
我问,拳头擂着大地的赤胸,
总问不出消息,我哭着叫你,
呕出一颗心来,——在我心里!

(选自《死水》,新月书店1928年版)

【作品分析】

抒情短诗《发现》发表于1927年6月25日《时事新报·学灯》,署名"屠龙",后收入《死水》。1944年闻一多将它与《一个观念》合题为《诗两首》编入自选的《现代诗钞》。

从内容上看,此诗当写于闻一多从美国归来后不久。在美国留学时,闻一多饱尝了离乡离国之苦,热切盼望早日回到祖国。但当希望变为事实,他却坠入了一个可怕的深渊,他日思夜想的"如花的祖国"却满目疮痍、黑暗残破。梦想破灭了,他悲伤愤慨,他高歌当哭,于是失望悲痛的强烈情感就化成了撼人心灵的诗篇——《发现》。

这首诗的开头震撼力极强,诗人把感情的酝酿和发展过程压缩掉,直接从感情爆发点起笔,用"来"、"喊"、"迸"三个连续动作,将失望、悲痛之情喷射而出:

> 我来了,我喊一声,迸着血泪,
> "这不是我的中华,不对,不对!"

喊话中倒装句式和反复手法的运用,使诗人失望、悲痛的情感有了更巨大的张力,给人以"高山坠石,不知其来"的心灵震撼。接着在第三行至第八行中,诗人又连用两个"我来了"的排比句式和几个暗喻,把自己归心似箭的急切心情和"一场空喜"之后的深切悲痛一古脑地推到了读者的面前,如郁结已久的火山突然喷发,产生一种灼人的美。诗人以"噩梦挂着悬崖"对黑暗现象的深刻概括,将恐怖绝望的情绪推向极至,正是对"爱之愈深,恨之愈切"的最好诠释。

最后四行诗,诗人问苍天,问疾风,问大地,一连串带有强烈动作感的发问,倾吐着诗人赤诚的心声。呕心沥血之后,诗人终于发现,祖国在自己的心里。全诗以迸血泪开始,以呕赤心收束,前后呼应,一气呵成,以真为幻,以幻为真,使诗人的痴迷悲愤、披肝沥胆的爱国主义情感得到了淋漓尽致的宣泄。

【延伸阅读文献】

季镇淮主编:《闻一多研究四十年》,清华大学出版社 1988 年版。

闻一多:《闻一多论新诗》,武汉大学出版社 1985 年版。

(谢昌咏)

弃 妇

李金发

长发披遍我两眼之前，
遂隔断了一切羞恶之疾视，
与鲜血之急流，枯骨之沉睡。
黑夜与蚊虫联步徐来，
越此短墙之角，
狂呼在我清白之耳后，
如荒野狂风怒号：
战栗了无数游牧。

靠一根草儿，与上帝之灵往返在空谷里。
我的哀戚惟游蜂之脑能深印着；
或与山泉长泻在悬崖，
然后随红叶而俱去。

弃妇之隐忧堆积在动作上，
夕阳之火不能把时间之烦闷
化成灰烬，从烟突里飞去，
长染在游鸦之羽，
将同栖止于海啸之石上，
静听舟子之歌。

衰老的裙裾发出哀吟，
徜徉在丘墓之侧，
永无热泪，
点滴在草地

为世界之装饰。

(选自《微雨》,北新书局1925年版)

【作者介绍】

李金发(1900—1976),原名李淑良,广东梅县人。著有诗集《微雨》、《食客与凶年》、《为幸福而歌》,诗文合集《异国情调》。译诗集有《古希腊恋歌》、《范伦纳诗选》等。

【作品分析】

李金发被称为"诗怪",在很多人眼中,他的诗怪异奇丽、晦涩难懂,因而容易使人误读。为了更好地理解《弃妇》这首诗,我们最好先了解一下该诗的创作背景。1919年去法国学习雕刻艺术的李金发在学习艺术之余,接受了当时在法国颇为盛行的象征派诗的影响,有一段时间,他几乎沉醉于象征派诗的空气中,拼命地进行写作,在两三年时间里,就连续创作并且编成了三本诗集。当时他将一部分诗作寄给国内的周作人,这些作品被刊登在《语丝》上。周作人将李金发的诗称为国内新诗中没有的"别开生面"之作。自此,中国新诗的国土上,开始飘起异域象征主义的诗风,中国新诗结出了新鲜而苦涩的果实。因而,朱自清在30年代回顾第一个十年的中国新诗的创作时,称李金发是把法国象征派诗的手法介绍到中国诗里的"第一个诗人",并且认为,他是与20世纪20年代的自由派诗、格律派诗鼎足并立而"异军"突起的象征派诗的代表人物。《弃妇》即是典型的象征主义诗作,该诗意象显然富有多义性和不确定性,蕴涵着丰富的深层含义。

从表层看,这是一首写被遗弃的妇女的诗篇。全诗四节,前两节主要写弃妇自身,诗中的"我"就是弃妇本人。弃妇遭受抛弃后,内心十分痛苦,更为不幸的是,她必须承受周围人投来的羞辱和厌恶,为此,她将长发披在眼前,试图阻挡来自外界的压力与不理解,但这一切却无法消除她内心深处的悲凉和凄清之情。后两节则转变了叙述主体,弃妇的独白变成了诗人直接的叙述。诗人通过为弃妇造型,刻画了她的隐忧和烦闷。诗歌最后一节,十分沉重而绝望,弃妇在极度哀戚中,独自到墓地上徘徊,想向那永诀的人和世间倾诉自己痛苦的心境:"永无热泪,/点滴在草地/为世界之装饰。"诗人对弃妇内心绝望的心情写得十分深刻入微,而弃妇这一意象包含着深层的象征意义。诗人借助弃妇这个意象寄寓了他自身漂泊不定、孤独寂寞的命运,该诗成为诗人为自身命运感慨的象征之作,亦如全诗萦绕着的神秘而阴郁的色调。

【延伸阅读文献】

周良沛:《李金发诗集·"诗怪"李金发——序》,四川文艺出版社1987年版。

周红兴主编:《现代诗歌名篇选读》,作家出版社1986年版。

孙玉石:《中国初期象征派诗歌研究》,北京大学出版社1983年版。

(孙晓娅)

雨　巷

戴望舒

撑着油纸伞，独自
彷徨在悠长，悠长
又寂寥的雨巷，
我希望逢着
一个丁香一样地
结着愁怨的姑娘。

她是有
丁香一样的颜色，
丁香一样的芬芳，
丁香一样的忧愁，
在雨中哀怨，
哀怨又彷徨；

她彷徨在这寂寥的雨巷
撑着油纸伞
像我一样，
像我一样地
默默彳亍着
冷漠，凄清，又惆怅。

她静默地走近
走近，又投出
太息一般的眼光，
她飘过

像梦一般地,
像梦一般地凄婉迷茫。

像梦中飘过
一枝丁香地,
我身旁飘过这女郎;
她静默地远了,远了,
到了颓圮的篱墙,
走尽这雨巷。

在雨的哀曲里,
消了她的颜色,
散了她的芬芳,
消散了,甚至她的
太息般的眼光,
丁香般的惆怅。

撑着油纸伞,独自
彷徨在悠长,悠长
又寂寥的雨巷,
我希望飘过
一个丁香一样地
结着愁怨的姑娘。

(原载《小说月报》1928 年 8 月号)

【作者介绍】

戴望舒(1905—1950),原名戴朝寀,浙江杭州人。著有诗集《我的记忆》、《望舒草》、《望舒诗稿》、《灾难的岁月》;译有《洛尔迦诗抄》等。

【作品分析】

1928 年 8 月出版的《小说月报》上,发表了戴望舒自松江寄来的新作《诗六首》,其中的一篇就是使他名噪一时的《雨巷》。《雨巷》是戴望舒的成名作,当时的《小说月报》代理编辑叶圣陶对此诗极为赞赏,说这首诗替新诗的音节开了一个新的纪元。这首诗在读者中反应极好,戴望舒也因此得到"雨巷诗人"的雅号。

曾经有很多研究者对这首诗进行过不同层面、各有侧重的解读:有的将这首诗看作对当时青年知识分子的一种心态的记录;有的则从诗人爱情失落后的哀伤情绪入手;有的强调诗人在诗中寄寓的诗歌美学追求和艺术手法……其实,欲全面深入地解读《雨巷》,上述几种观点都不应该忽略。《雨巷》创作于大革命失败之后,作为一个曾经怀抱光明的理想而投入革命的青年诗人,戴望舒在历史的困境中陷入了痛苦、绝望甚至是怅惘徘徊的状态。诗中那"悠长"、"寂寥"的雨巷,和主人公的"彷徨"、"冷漠"、"凄清"、"寂寥"的情绪,都是诗人所感受到的黑暗而沉闷的时代气氛的一种象征。抒情主人公是孤独而软弱、高洁而忧悒的寻梦者,他期待着一位具有美好素质的姑娘的出现,渴望与她邂逅在细雨连绵的雨巷之中。在这位结着愁怨的姑娘身上,诗人象征性地积蓄了他的美好的理想。像梦一般,姑娘出现了,但她的步履、她的身影,连同她的"太息般的眼光",无不带有诗人主体对理想可望而不可即的心态的描写。借此,诗人也表达出其追求美好理想信念的执著而徒劳、得而复失、失而复得的尴尬处境,使全诗笼罩在抑郁不舒的悲剧诗情之中。如此一来,全诗的感伤情调在具体而缥缈的意境——雨巷之中得以深隽地展现,那悠长的雨巷既是诗人内心复杂情绪的隐喻,同时,它也形象地展露出诗人美好、纯洁的爱情信念破灭时的痛苦心情。

作为现代诗潮的代表诗人,戴望舒在艺术方面的尝试给中国新诗注入了蓬勃的生机。施蛰存曾这样评析《雨巷》的艺术特征:"这首诗,精神还是中国旧诗,形式却是外国诗。"《雨巷》在意象、语言、音节、意境等方面,取得了相当的成功。"青鸟不传云外信,丁香空结雨中愁",这是南唐中主李璟的著名诗句,《雨巷》融化了它的意境;而彷徨于雨巷的姑娘与丁香凝结为一个意象的两个方面,这强化了诗歌的情感张力,突出了诗歌内在含量。《雨巷》的诗歌意境和诗歌形象借鉴于中国古典诗词,但诗人又超越于古典诗词,它们是诗人源于生活经验而创造出来的诗歌艺术。与此同时,传统与现代的融合是戴望舒自觉、不自觉的尝试。在现代诗歌观念的基础之上,诗人还从容地运用了富有现代气息的现代语言,在这些诗歌语言中,诗人承载了截然不同于古典诗词的新时代的气息。

《雨巷》全诗共七节,每节六行,每行字数长短不一,押韵的位置也错综变化,使全诗回环着一种深沉优美的旋律,暗示并传达出诗人低回而迷惘求索的心境,这是传统诗与现代诗两相结合的成功。诚如人们所言,《雨巷》是新诗中一颗发光的明珠,值得我们珍惜。

【延伸阅读文献】

孙玉石:《〈雨巷〉浅谈》,《中国现代诗歌名作赏析》,山西人民出版社1985年版。

孙玉石主编:《中国现代诗导读(1917—1938)》,北京大学出版社1990年版。

(孙晓娅)

我用残损的手掌

戴望舒

我用残损的手掌
摸索这广大的土地:
这一角已变成灰烬,
那一角只是血和泥;
这一片湖该是我的家乡,
(春天,堤上繁花如锦障,
嫩柳枝折断有奇异的芬芳)
我触到荇藻和水的微凉;
这长白山的雪峰冷到彻骨,
这黄河的水夹泥沙在指间滑出;
江南的水田,你当年新生的禾草
是那么细,那么软……现在只有蓬蒿;
岭南的荔枝花寂寞地憔悴,
尽那边,我蘸着南海没有渔船的苦水……
无形的手掌掠过无限的江山,
手指沾了血和灰,手掌沾了阴暗,
只有那辽远的一角依然完整,
温暖,明朗,坚固而蓬勃生春。
在那上面,我用残损的手掌轻抚,
像恋人的柔发,婴孩手中乳。
我把全部的力量运在手掌
贴在上面,寄与爱和一切希望,
因为只有那里是太阳,是春,
将驱逐阴暗,带来苏生,
因为只有那里我们不像牲口一样活,

蝼蚁一样死……那里,永恒的中国!

1942年7月3日
(选自《灾难的岁月》,星群出版社1948年版)

【作品分析】

1941年12月15日,香港英国当局向日本侵略军投降。日军占领香港后,大肆搜捕抗日分子。1942年春,在香港从事抗战文艺活动的戴望舒也被日本宪兵逮捕入狱。在狱中,酷刑的折磨并没有使他屈服。在牢狱里他写下几首诗,显示了一个现代派诗人悲壮的民族情怀和爱国主义者的凛然大义。后来这些诗都收入诗集《灾难的岁月》里,《我用残损的手掌》就是其中的一首。诗中,诗人饱含深情地抒发了他对祖国的热爱、思念和深挚的民族忧患意识。

从诗歌情感方面,可以将这首诗分为两部分:第一部分集中表现了诗人对祖国灾难命运的关注和痛惜。虽然诗人自己的手掌已经"残损",但他却忧思着祖国遭受蹂躏的破碎的土地。诗人对广袤祖国每一个角落的熟谙浸透着他对这片土地的赤诚之情。满目悲凉的诗人用他的"残损"的手掌触摸到的只是"血和灰",他处处感到"冷到彻骨"和"寂寞地憔悴",这些从实处着笔、浸染着凄清色调的画面与诗人记忆中"繁花如锦幛"的家乡形成截然的反差。借此,诗人暗示了祖国上空所笼罩的苦难和诗人内心无法挥去的悲痛。第二部分,诗人将视线落在"依然完整"的"那辽远的一角",诗人的情绪从低迷中走出,对他心目中"永恒的中国"的土地发出了深情的赞美。一连串洋溢着亲切温馨气息的比喻,透现出诗人内心深处蕴蓄的对祖国未来所怀有的信念。

不难看出,这首诗是诗人爱国精神的升华,它也标志诗人自觉地转变其早期浓郁的现代派诗风。在艺术手法上,这首诗并不回避直接抒发情感和对事物进行直接评价的表达方式,同时,诗人注意通过形象来结构诗歌情感。该诗较独特之处是,诗人运用幻觉的手法,展开想像的翅膀,仿佛祖国广阔的土地就在眼前,他不仅可以真切地看到它的形状、颜色,还可以感触到它的芬芳。这种虚拟的写法既加强了全诗的感染力、表现力,又深化了诗人的内在情感,使该诗成为抗战诗中不朽的名篇。亦如袁可嘉在评价这首诗时所说:诗人用的是"幻中见真的超现实主义手法",来写现实生活的诗情,"这在新诗向现代派借鉴的道路上,应该是一个突破"。

不难看出,在这首诗中,一个现代派诗人以其独特的方式抒发了其悲壮动人的情怀。这里没有响亮的政治术语和口号,但诗歌切实地吻合着时代的脉搏,体现着抗战时代精神。这首诗与诗人同期创作的其他诗篇一样,在一定程度上为现代主义诗歌拓宽内容领域提供了依据,而且为现代主义诗歌抒写革命提供了话语方面的合理性的逻辑基础。所以说,在某种程度上,诗人对当时普遍存在的由于政治意识的进步而带来的抒情艺术的滑坡现象给予了切实的纠正。

【延伸阅读文献】

卞之琳:《戴望舒诗集·序》,四川人民出版社1981年版。
蓝棣之:《现代诗的情感与形式》,人民文学出版社2002年版。

(孙晓娅)

别了, 哥哥

殷 夫

(算作是向一个"阶级"的告别词吧!)

别了,我最亲爱的哥哥,
你的来函促成了我的决心,
恨的是不能握一握最后的手,
再独立地向前途踏进。

二十年来手足的爱和怜,
二十年来的保护和抚养,
请在这最后的一滴泪水里,
收回吧,作为恶梦一场。

你诚意的教导使我感激,
你牺牲的培植使我钦佩,
但这不能留住我不向你告别,
我不能不向别方转变。

在你的一方,哟,哥哥,
有的是,安逸,功业和名号,
是治者们荣赏的爵禄,
或是薄纸糊成的高帽。

只要我,答应一声说,
"我进去听指示的圈套,"
我很容易能够获得一切,

从名号直到纸帽。

但你的弟弟现在饥渴,
饥渴着的是永久的真理,
不要荣誉,不要功建,
只望向真理的王国进礼。

因此机械的悲鸣扰了他的美梦,
因此劳苦群众的呼号震动心灵,
因此他尽日尽夜地忧愁,
想做个普罗米修士偷给人间以光明。

真理和愤怒使他强硬,
他再不怕天帝的咆哮,
他要牺牲去他的生命,
更不要那纸糊的高帽。

这,就是你弟弟的前途,
这前途满站着危崖荆棘,
又有的是黑的死,和白的骨,
又有的是砭人肌筋的冰雹风雪。

但他决心要踏上前去,
真理的伟光在地平线下闪照,
死的恐怖都辟易远退,
热的心火会把冰雪溶消。

别了,哥哥,别了,
此后各走前途,
再见的机会是在,
当我们和你隶属着的阶级交了战火。

1929 年 4 月 12 日

(选自《殷夫诗文选集》,人民文学出版社 1954 年版)

【作者介绍】

殷夫(1909—1931),原名徐祖华,又名白莽,浙江象山人。1930年加入中国左翼作家联盟。1931年1月被捕,2月7日深夜与22名革命者被国民党反动派秘密杀害,时年仅22岁。殷夫作品散佚不全,现存《孩儿塔》、《伏尔加的黑浪》、《一百零七个》三本诗集;解放后有《殷夫诗选》、《殷夫诗文选集》等出版。

【作品分析】

《别了,哥哥》写于"四一二"政变两周年之际,在诗中诗人要与其划清敌我界限的"哥哥",是诗人的大哥徐培根。20世纪20年代末到30年代初,徐培根曾任国民党政府航空署署长、南京总司令部参谋长。殷夫少年丧父,是这位大哥照料他长大。长大后的殷夫投身革命,多次被捕入狱,大哥又多次将他保释并阻止他从事革命活动。于是殷夫怀着向旧阶级绝决的态度写下了这首感人至深的政治抒情诗。

这首诗感人之处,其一是诗人将自身的人生体验和情感经历交融其中。诗的前三节,回忆了哥哥对自己的"爱和怜"、"保护和抚养"、"教导"与"培植"。回忆中并不历数哥哥的罪恶,而是充满手足情、兄弟谊。然而又极明确地表示这种兄弟情谊绝不能阻挠他革命。这样既表现了诗人浓浓的人情味,又表明了诗人爱憎分明的立场。

其二是诗人追求真理的激情。诗的中间四节写与哥哥相离别的原因,诗人以对比的方式写出了自己与哥哥的追求截然不同。哥哥有的是安逸、功业和名号;而诗人追求的是真理,是"做个普罗米修士偷给人间以光明"。诗人与哥哥分别是两个阶级的成员,而这两个阶级是没有协调的可能。

其三是坚定的革命信念。诗的最后四节集中写了诗人明知前途艰险,充满危崖荆棘,冰雹风雷、黑的死和白的骨,但诗人却决心踏上前去,因为他相信真理的伟光终将闪照,兄弟再见的机会将在两个阶级短兵相接的时候。

《别了,哥哥》是"向一个'阶级'的告别词",诗中爱恨交织,是非分明,显示了诗人与反动统治阶级彻底决裂的决心,表明了诗人坚定的政治立场,展现了诗人愿为真理赴汤蹈火的无畏精神,读之令人振奋。

【延伸阅读文献】

丁景唐、瞿广熙编:《左联五烈士研究资料编目》,上海文艺出版社1981年版。

丁景唐、陈长歌:《诗人殷夫的生平及其创作》,浙江人民出版社1981年版。

(谢昌咏)

预 言

何其芳

这一个心跳的日子终于来临！
呵，你夜的叹息似的渐近的足音，
我听得清不是林叶和夜风私语，
麋鹿驰过苔径的细碎的蹄声！
告诉我，用你银铃的歌声告诉我，
你是不是预言中的年青的神？

你一定来自那温郁的南方，
告诉我那里的月色，那里的日光，
告诉我春风是怎样吹开百花，
燕子是怎样痴恋着绿杨。
我将合眼睡在你如梦的歌声里，
那温暖我似乎记得，又似乎遗忘。

请停下，你疲劳的奔波，
进来，这里有虎皮的褥你坐！
让我烧起每一个秋天拾来的落叶，
听我低低地唱起我自己的歌。
那歌声将火光一样沉郁又高扬，
火光一样将我的一生诉说。

不要前行！前面是无边的森林，
古老的树现着野兽身上的斑纹，
半生半死的藤蟒一样交缠着，
密叶里漏不下一颗星星。

你将怯怯地不敢放下第二步，
当你听见了第一步空寥的回声。

一定要走吗？请等我和你同行！
我的脚步知道每一条平安的路径，
我可以不停地唱着忘倦的歌，
再给你，再给你手的温存。
当夜的浓黑遮断了我们，
你可以不转眼地望着我的眼睛。

我激动的歌声你竟不听，
你的脚竟不为我的颤抖暂停！
像静穆的微风飘过这黄昏里，
消失了，消失了你骄傲的足音！
呵，你终于如预言中所说的无语而来
无语而去了吗，年青的神？

1931年秋天

（选自《汉园集》，商务印书馆1936年版）

【作者介绍】

何其芳（1912—1977），原名何永芳，四川万县人。与卞之琳、李广田合著有诗集《汉园集》，另有《夜歌》、《预言》、《夜歌和白天的歌》等诗集；散文集有《画梦录》、《刻意集》、《还乡杂记》；杂文集有《星火集》等；文艺论文集有《关于现实主义》、《西苑集》、《关于写诗和读诗》、《论〈红楼梦〉》、《诗歌欣赏》等。

【作品分析】

30年代初期，正在北京大学哲学系学习、年仅19岁的何其芳步入诗坛，《预言》即创作于1931年秋。该诗最初被诗人收录在他与卞之琳、李广田合集出版的《汉园集》中，日后又收入他的第一本诗集《预言》里。

19岁是一个充满幻想富有浪漫色彩的多梦的花季,刚刚从爱的风暴中走出,正处于诗情爆发期的诗人将他对爱的神往追求、对友谊的渴慕交织在一个凄清而又甜蜜、优雅而又温馨的梦里。诗歌开篇起笔就为我们展现了一个曼妙轻柔的意境:"这一个心跳的日子终于来临",当幻想中的爱情之神与现实世界中的诗人即将相遇之际,诗人再也无法抑制内心的急切欢愉,一句设问的句式真切地倾诉了他对预言中女神的渴慕和期待。随后,诗人描写了女神所生活的诗化的环境,那里几乎汇集了世界一切美好的事物,诗人沉浸其中而忘记自己的存在,仿佛他就是那"痴恋着绿杨"的燕子,沐着春风的百花。正在此时,女神匆忙离开的脚步惊醒了沉醉的诗人,诗人试图用生命的歌吟、涌自心中的爱将女神挽留于身旁,并殷切地提醒她前方有万般险恶和危难。但女神却不顾诗人的善意劝说,她执意要走,诗人遂吐露出他准备自告奋勇与女神同行,给她指出"平安的路径",抚慰其可能遭遇的疲倦的心灵。诗人的真诚和深情浸润在他的歌声中,回环反复。不过,女神还是离开了,在诗歌最末一节中,诗人再度运用了悲凄的设问句式表达出他的苦闷和伤痛。

我们完全可以将《预言》理解为诗人对现实中刚刚经历的爱情的追求、回述。年轻的女神是爱神的象征,它也象征诗人怅惘的心路历程,诗歌寄寓了诗人对爱神的热情和失落后的伤感。当然,我们也可以将年轻的女神看作青春的神,它象征着青春的美好、无常和易逝。年轻的女神来去匆匆,如同戴望舒笔下的丁香一般的姑娘,不过,与戴望舒在《雨巷》中略显颓唐比较,《预言》洋溢着诗人期待进取之情。

该诗构思可谓匠心独运,开篇第一章是全诗的序曲,末一章近于尾声,中间的四个乐章由不同音部组合成情感的交响。如此一来,全诗首尾合一,给人留下无限余韵。在艺术上,何其芳综合了多个诗歌流派的创作手法,从格律的追求方面看,他显然有意向新月派靠近,而从意象的摄取来讲,又受到了法国象征派诗人的影响,全诗充溢着浓郁的现代派诗风。这在他日后创作的《脚步》、《花环》等诗篇中都有所体现。

【延伸阅读文献】

孙玉石:《梦中升起的小花》,《中国现代诗导读》,北京大学出版社1990年版。

蓝棣之:《何其芳:倾听飘忽的心灵语言》,《现代诗的情感与形式》,人民文学出版社2002年版。

(孙晓娅)

断　章

卞之琳

你站在桥上看风景，
看风景人在楼上看你。

明月装饰了你的窗子，
你装饰了别人的梦。

10月3日(1935年)
（选自《鱼目集》，文化生活出版社1935年版）

【作者介绍】

卞之琳（1910—2001），江苏海门人。著有诗集《三秋草》、《鱼目集》、《慰劳信集》、《十年诗草》、《雕虫纪历》，另有与何其芳、李广田合著的诗集《汉园集》；译作有《西窗集》、《哈姆雷特》等。

【作品分析】

《断章》创作于1935年10月3日，按诗人自己所说，这四行诗原在一首长诗中，因仅有这四行诗句令他满意，方从长诗中抽取出来独立成章，由此，该诗命名为"断章"。这首诗的句式和语言极为简单、纯透，但意味隽永，内蕴深厚，承载着丰富的哲理内涵和优美立体的画境。

《断章》描绘了两组画面，一组是：当你站在桥上将周围万物的存在当风景看时，你却成为风景的一部分，被站在楼上同样看风景的人视作一道风景来观看；另一组是：当明月的清辉点缀了你的窗子，成为你的装饰品时，你却在别人的梦中装饰了他的梦境。两组画面中的人物和风景既可以整合为同一存在，也可以分别独立开。诗中时空和人物的不确定性、互换关系、相对性都强化了全诗情感意绪和诗意盎然的思辨色彩以及全诗的和谐性。

　　李健吾先生当年评论《断章》时，重点强调"装饰"两个字，他说，这首诗暗示了人生互相装饰，富有"无限的悲哀"情怀。而卞之琳不同意这种评价，他强调这首诗存在着一种"相对的关系"。两种解释均各有道理，并互有补充，它们都是以承认该诗的哲理思绪为前提的。卞之琳善于在许多象征的事物中发现并暗示其哲理思辨的果实，而相对的观念几乎成为该诗哲理内涵的精髓。这在其诗作《归》、《距离的组织》、《雨同我》中都不同程度、不同方面地给予体现。在《断章》中，诗人选择了日常生活中两组普通的画面中主客位置的互换和变动性，寄寓其关于人生、事物、生命、存在的相对关联关系的普遍性和哲理的思考。"绝对"是在无数的"相对"中呈现的，一切事物都相互关联，绝非孤立存在，事物相对关联，互有转换的变化是永恒的规律。这种相对观念在其经典诗作《圆宝盒》中再次得到体现。

　　在艺术手法上，该诗通过意象的组接、调换来结构全诗，从而达到情融于景，理见于形的艺术效果。同时，诗人运用了类似修辞上的"顶针"手法，强化了诗歌的逻辑关系，令人无限深思，给读者开启一片深奥的阅读空间。

【延伸阅读文献】

　　卞之琳：《关于〈鱼目集〉》，1936年4月12日天津《大公报·文艺》。

　　袁可嘉等编：《卞之琳与诗艺术》，河北教育出版社1990年版。

（孙晓娅）

寂　寞

卞之琳

　　乡下小孩子怕寂寞，
　　枕头边养一只蝈蝈；
　　长大了在城里操劳，
　　他买了一个夜明表。

　　小时候他常常羡艳
　　墓草做蝈蝈的家园；
　　如今他死了三小时，
　　夜明表还不曾休止。

10月26日（1935年）

（选自《十年诗草》，未名书屋明日社1942年版）

【作品分析】

　　卞之琳的诗多富有哲理色彩，《寂寞》一诗也不例外。诗人以一个乡下人从童年到去世前的寂寞和孤独的人生体验为该诗的主线，发出了一个现代主义诗人对人生存在价值和人的生命复杂性的深层思考，并对现代文明进行了审慎的反省。

　　短诗仅有两节，每节四行，但字字浸透着忧郁和无奈的情感色彩。寂寞难耐，尤其是对于一个追求热闹、灿烂生活的儿童而言。"乡下小孩子怕寂寞"，为了驱走内心的恐惧，他养了一只蝈蝈，放在枕边，倾听它的叫声，与它为伴，以此来安慰内心的孤独。儿童的天性是纯真自由的，在与自然生命的融合中，他得到无限的乐趣。但是，当童年消逝，乡下的孩子长大成人，进入机械的都市生活中谋生,失去了童年的天真、乐趣及生命的依存感,他又回复到从前的寂寞,为排解这种心境,他买了一块夜明表相伴。令人备感悲哀的是,如果说乡下孩子在童年尚存有对自由和美好生活的渴望的话,那么,在剥蚀人性的都市社会中,他的精神已经被压榨得近乎麻木,在诗歌的结尾处,诗人写道:"如今他死了三小时,/夜明表还不曾休止。"寂寞地来,寂寞地走,与夜明表未曾停止的指针相比,乡下人的生命流程何其短暂无常。诗人在对现代文化和都市生活进行深度反省的同时,将这一人生悲剧冷峻而深刻地呈现出来。

【延伸阅读文献】

江弱水:《卞之琳诗艺研究》,安徽教育出版社2000年版。

蓝棣之:《卞之琳:一颗水银掩有全世界的色相》,《现代诗的情感与形式》,人民文学出版社2002年版。

(孙晓娅)

老 马

臧克家

总得叫大车装个够,
它横竖不说一句话,
背上的压力往肉里扣,
它把头沉重地垂下!

这刻不知道下刻的命,
它有泪只往心里咽,
眼里飘来一道鞭影,
它抬起头望望前面。

1932 年 4 月
(选自《烙印》,1933 年自印版)

【作者介绍】

　　臧克家(1905—2004),山东诸城人。青少年时期一直生活在农村,为日后的创作打下了深厚的基础。在青岛大学学习期间,在诗歌创作上得到闻一多的指导。1933 年出版诗集《烙印》,接着又出版了《罪恶的黑手》等诗集。后有《臧克家诗选》出版。

【作品分析】

　　臧克家的新诗,多表现农村和农民生活,故有"农民诗人"之称。其诗风含蓄、朴素、凝练,注重遣词造句,在新诗发展史上作出了较大的贡献。由于较长时间生活在农村,臧克家对中国农村和农民有着深切的了解,他不粉饰现实,也不逃避现实,以沉重的笔触写下了关于农村、关于农民的许多诗篇,短诗《老马》便是其中的佳作。

这首诗虽然只有短短八句,但诗人却以凝练的诗句写出了中国农民的勤劳和坚忍、苦难与不幸,使我们在对诗句的咀嚼和回味中,体会了诗人对中国农民的深沉的情感。诗中吟咏的是一匹老马,这老马任人驱使,负载着过多的重量,"背上的压力往肉里扣",却始终默默地承受,晃动的鞭影是对它不停的鞭打,它只抬起头看漫漫长路。老马的生活与命运象征性地概括了中国农民千百年来的苦难与厄运;老马的形象就是中国农民形象的诗意写照。

诗歌语言朴素凝练,字字句句都作过苦心推敲。诗行整齐,间行押韵,音调沉重厚实而又不流于板滞,从中我们可以看到诗人极认真的生活态度和受到的中国传统诗歌中"苦吟"派艺术的明显影响。

【延伸阅读文献】

茅盾:《一个青年诗人的"烙印"》,《茅盾全集》第十九卷,人民文学出版社1991年版。

闻一多:《〈烙印〉序》,《闻一多全集》第二卷,湖北人民出版社1994年版。

臧克家:《〈罪恶的黑手〉序》,《臧克家文集》第一卷,山东文艺出版社1985年版。

(谢昌咏)

大堰河——我的保姆

艾 青

大堰河,是我的保姆。
她的名字就是生她的村庄的名字,
她是童养媳,
大堰河,是我的保姆。

我是地主的儿子;
也是吃了大堰河的奶而长大了的
大堰河的儿子。
大堰河以养育我而养育她的家,
而我,是吃了你的奶而被养育了的,
大堰河啊,我的保姆。

大堰河,今天我看到雪使我想起了你:
你的被雪压着的草盖的坟墓,
你的关闭了的故居檐头的枯死的瓦菲,
你的被典押了的一丈平方的园地,
你的门前的长了青苔的石椅,
大堰河,今天我看到雪使我想起了你。

你用你厚大的手掌把我抱在怀里,抚摸我;
在你搭好了灶火之后,
在你拍去了围裙上的炭灰之后,
在你尝到饭已煮熟了之后,
在你把乌黑的酱碗放到乌黑的桌子上之后,
在你补好了儿子们的为山腰的荆棘扯破的衣服之后,

在你把小儿被柴刀砍伤了的手包好之后,
在你把夫儿们的衬衣上的虱子一颗颗的掐死之后,
在你拿起了今天的第一颗鸡蛋之后,
你用你厚大的手掌把我抱在怀里,抚摸我。

我是地主的儿子,
在我吃光了你大堰河的奶之后,
我被生我的父母领回到自己的家里。
啊,大堰河,你为什么要哭?

我做了生我的父母家里的新客了!
我摸着红漆雕花的家具,
我摸着父母的睡床上金色的花纹,
我呆呆地看着檐头的我不认得的"天伦叙乐"的匾,
我摸着新换上的衣服的丝的和贝壳的钮扣,
我看着母亲怀里的不熟识的妹妹,
我坐着油漆过的安了火钵的炕凳,
我吃着碾了三番的白米的饭,
但,我是这般忸怩不安!因为我
我做了生我的父母家里的新客了。

大堰河,为了生活,
在她流尽了她的乳液之后,
她就开始用抱过我的两臂劳动了;
她含着笑,洗着我们的衣服,
她含着笑,提着菜篮到村边的结冰的池塘去,
她含着笑,切着冰屑悉索的萝卜,
她含着笑,用手掏着猪吃的麦糟,
她含着笑,扇着炖肉的炉子的火,
她含着笑,背了团箕到广场上去
　　晒好那些大豆和小麦,
大堰河,为了生活,
在她流尽了她的乳液之后,
她就用抱过我的两臂,劳动了。

大堰河,深爱着她的乳儿;
在年节里,为了他,忙着切那冬米的糖,
为了他,常悄悄地走到村边的她的家里去,
为了他,走到她的身边叫一声"妈",
大堰河,把他画的大红大绿的关云长
　贴在灶边的墙上,
大堰河,会对她的邻居夸口赞美她的乳儿;
大堰河曾做了一个不能对人说的梦:
在梦里,她吃着她的乳儿的婚酒,
坐在辉煌的结彩的堂上,
而她的娇美的媳妇亲切地叫她"婆婆"
…………
大堰河,深爱她的乳儿!

大堰河,在她的梦没有做醒的时候已死了。
她死时,乳儿不在她的旁侧,
她死时,平时打骂她的丈夫也为她流泪,
五个儿子,个个哭得很悲,
她死时,轻轻地呼着她的乳儿的名字,
大堰河,已死了,
她死时,乳儿不在她的旁侧。

大堰河,含泪的去了!
同着四十几年的人世生活的凌侮,
同着数不尽的奴隶的凄苦,
同着四块钱的棺材和几束稻草,
同着几尺长方的埋棺材的土地,
同着一手把的纸钱的灰,
大堰河,她含泪的去了。

这是大堰河所不知道的:
她的醉酒的丈夫已死去,
大儿做了土匪,

第二个死在炮火的烟里,
第三,第四,第五
在师傅和地主的叱骂声里过着日子。
而我,我是在写着给予这不公道的世界的咒语。
当我经了长长的飘泊回到故土时,
在山腰里,田野上,
兄弟们碰见时,是比六七年前更要亲密!
这,这是为你,静静的睡着的大堰河
所不知道的啊!

大堰河,今天,你的乳儿是在狱里,
写着一首呈给你的赞美诗,
呈给你黄土下紫色的灵魂,
呈给你拥抱过我的直伸着的手,
呈给你吻过我的唇,
呈给你泥黑的温柔的脸颜,
呈给你养育了我的乳房,
呈给你的儿子们,我的兄弟们,
呈给大地上一切的,
我的大堰河般的保姆和她们的儿子,
呈给爱我如爱她自己的儿子般的大堰河。

大堰河,
我是吃了你的奶而长大了的
你的儿子,
我敬你
爱你!

1933 年 1 月 14 日,雪朝
(原载 1934 年 5 月《春光》第 3 卷第 1 期)

【作者介绍】

艾青(1910—1996),原名蒋正涵,号海澄,浙江金华人。幼时寄养在农妇大叶荷("大堰河"是她名字的谐音)家。1929 年赴法国勤工俭学,学习绘画,同时广泛涉猎西方现代诗歌和俄罗斯文学。1932年回国后不久被捕入狱,在狱中写下了成名作《大堰河——我的保姆》。抗战爆发后创作日丰,奠定其20世纪中国杰出诗人的地位。主要诗集有《大堰河》、《北方》、《向太阳》、《旷野》、《他死在第二次》、《火把》、《黎明的通知》及《归来的歌》等。

【作品分析】

《大堰河——我的保姆》是艾青的成名作,1933年写于狱中。当时,国民党反动派对人民实行法西斯统治,革命作家惨遭迫害、拘禁和暗杀,诗人艾青被捕入狱,在狱中诗人见景生情,回忆起自己的乳母大堰河悲惨的一生,写下了这首感情深切的抒情诗。诗中塑造了一个普通的劳动妇女形象,热情讴歌了大堰河勤劳、乐观、善良和充满爱心的高贵品质,抨击了造成大堰河悲惨命运的黑暗制度,同时也抒发着诗人与劳动人民血肉相连的浓浓深情,这是献给大堰河的赞美诗,同时也是"呈给大地上一切的,我的大堰河般的保姆和她们的儿子"的赞美诗。

在艺术上本诗表现出独特的魅力。首先是情感真挚深切,以情动人。应该说这首抒情诗具有较明显的自传色彩和叙事意味。作为抒情主体的"我"在诗中贯穿始终,艾青出生后即被认为"克父母"而寄养在大堰河的家中,这一特殊的经历毫无疑问将影响诗人的情感特质,使他对大堰河的爱是发自灵魂深处的自然流泻,具有人性的本质特征。而在经历了"长长的飘泊"重又回到故乡后的诗人,已将这种爱升华为理性的、对劳动人民的赞美。作为诗中抒情客体的大堰河,诗人既铺叙了她平凡生活的种种细节,又介绍了她四十几年凄苦的悲剧人生,还交代了其丈夫和儿子们的悲惨命运,正是这种叙事意味,增添了本诗扣人心弦的魅力。

其次注重细节的凸现和排比、反复等修辞手法的运用,以加强感情抒发的力度。艾青是学绘画的,对形象有特殊的敏感,表现上也有特殊之处。回忆大堰河时,诗人用大量生活的细节以排比句式推出,给人以具体可感的视觉冲击和情感冲击。赞美大堰河时,诗人则采用类似雕塑艺术的手法,突出其细部特征,将最能传达人类情感的灵魂、手、唇、脸颜、乳房等部位放大凸现,造成读者心灵上的强大震撼,留下刀砍斧削的强烈印象。诗中大量排比和反复等修辞手法,使诗歌产生或沉郁、或哀婉、或愤激的节奏变化,收到回肠荡气、一唱三叹的艺术效果。

最后,这首诗在诗歌形式上属于典型的自由诗体,自由诗体的基本特征是不受拘束地表达诗人对外部世界的感受,诗中诗句、诗节的长短,完全服从感情表达的需要,无须押韵,不讲究形式上的整齐化一,诗句的节奏依据散文韵律,具有口语化、民族化的特色。

【延伸阅读文献】

杨匡汉、杨匡满:《艾青传论》,上海文艺出版社1984年版。

叶橹:《艾青诗歌欣赏》,广西教育出版社1991年版。

骆寒超:《艾青论》,浙江人民出版社1982年版。

蓝棣之:《艾青:从欧洲带回了一支芦笛》,《现代诗的情感与形式》,人民文学出版社2002年版。

(谢昌咏)

手　推　车

艾　青

在黄河流过的地域
在无数的枯干了的河底
手推车
以唯一的轮子
发出使阴暗的天穹痉挛的尖音
穿过寒冷与静寂
从这一个山脚
到那一个山脚
彻响着
北国人民的悲哀

在冰雪凝冻的日子
在贫穷的小村与小村之间
手推车
以单独的轮子
刻画在灰黄土层上的深深的辙迹
穿过广阔与荒漠
从这一条路
到那一条路
交织着
北国人民的悲哀

1938年初

(选自《北方》,文化生活出版社1942年版)

【作品分析】

　　1937年抗日战争爆发后,艾青满怀抗战热情,走遍中国北方大地,这使他更多地接触到中国北方苦难的现实,于是一组以表现北方人民苦难生活的"北方组诗"便产生了,其中短诗《手推车》便是众口交誉的佳作。

　　手推车,这种中国北方农民常年使用的工具在诗中已不是单纯的咏物对象,而是一种富于象征性的诗歌意象,是"北国人民的悲哀"的诗意表现。小诗的第一节抓住手推车行进时发出的尖音:刺耳而令"阴暗的天穹痉挛的尖音",这"尖音"在山与山之间"彻响"。第二节则展示手推车行进后留下的辙迹:单调而"刻画在灰黄土层上的深深的辙迹",这辙迹在路与路之间"交织"。刺耳的尖音似北国人民悲哀的呐喊;交错的辙迹好像北国人民苦难的长路。全诗视听结合,第一节诗给人听觉上的冲击,第二节诗给人视觉上的震惊。诗人忧国忧民的爱国情感便借助手推车这一诗歌意象得到了准确而具体的表现,从而引起读者的回味与思索。

　　艾青擅长运用美术因素凸现诗歌形象,此诗通过"黄河流过的地域"、"枯干了的河底"、"阴暗的天穹"、"灰黄土层"等色泽和光彩,渲染出一种暗淡、灰黄而苍凉的色调,又通过"寒冷与静寂"、"冰雪凝冻"和"广阔与荒漠"营造出令人窒息的氛围,再利用"从这一个山脚到那一个山脚"、"从这一条路到那一条路"所形成的音响空间和辙迹线条,使诗中的意象更加显豁,同时也有力烘托了"悲哀"的主调。

　　在诗歌形式上,艾青主张自由体诗应"在一定规律里自由或者奔放"。这首自由体抒情诗音韵和谐、形式整齐。特别是两节诗的对应句式大致相同,这就形成了感情上和音节上的回环往复,读之给人以绵长不绝的悲哀意味。

【延伸阅读文献】

晓雪:《生活的牧歌——论艾青的诗》,作家出版社 1957 年版。
叶橹:《艾青诗歌欣赏》,广西教育出版社 1990 年版。

(谢昌咏)

我爱这土地

艾 青

假如我是一只鸟,
我也应该用嘶哑的喉咙歌唱:
这被暴风雨所打击着的土地,
这永远汹涌着我们的悲愤的河流,
这无止息地吹刮着的激怒的风,
和那来自林间的无比温柔的黎明……
——然后我死了,
连羽毛也腐烂在土地里面。

为什么我的眼里常含泪水?
因为我对这土地爱得深沉……

1938年11月17日

(原载1938年11月《十日文萃》旬刊)

【作品分析】

土地,是艾青诗作中常常吟咏的意象。在"土地"的意象里,凝聚着诗人对祖国——大地母亲深沉的爱。《我爱这土地》便将这种情感表达得淋漓尽致、真切感人。

诗人把自己比做一只鸟,她用自己嘶哑了的喉咙歌唱着土地、河流、风、黎明。诗人将这些被歌唱的对象分别赋予深刻的思想内涵:被暴风雨打击过的土地,分明是多灾多难、满目疮痍的祖国的别名;悲愤的河流和激怒的风,无疑是中华民族不屈不挠抗争的象征;而林间无比温柔的黎明则是祖国光明未来的诗意写照。至此,土地、河流、风、黎明便都满含着诗人强烈的主观情感,形成意蕴深刻的诗歌意象。这些意象,令人遐思不断。鸟死了以后,"连羽毛也腐烂在土地里面",则把诗人那份刻骨铭心、至死不渝的爱国主义情感表达得酣畅淋漓。

然而诗人还意犹未尽,在诗的最后两行,突然升腾起一个意念,将对土地——祖国的深挚情感喷发而出,喊出了:"为什么我的眼里常含泪水?/因为我对这土地爱得深沉……"这发自肺腑的朴素诗句,以千钧之力,撼动人心,同时把诗人的爱国主义情感升华到极处。

【延伸阅读文献】

胡风:《吹芦笛的诗人》,《胡风评论集》(上),人民文学出版社1984年版。

骆寒超:《艾青论》,浙江人民出版社1982年版。

(谢昌咏)

街头诗二首

田 间

一、假使我们不去打仗

假使我们不去打仗,
敌人用刺刀
杀死了我们,
还用手指着我们的骨头说:
"看,
这是奴隶!"

1938 年作

(选自《抗战诗抄》,新华书店 1950 年版)

二、义勇军

在长白山一带的地方,
中国的高粱
正在血里生长。
在大风沙里
一个义勇军
骑马走过他的家乡,
他回来了:
敌人的头,
挂在铁枪上。

1938 年作

(选自《抗战诗抄》,新华书店 1950 年版)

【作者介绍】

　　田间(1916—1985),原名童天鉴,安徽无为人。1935年出版第一部诗集《未明集》。抗日战争爆发后,投入火热的斗争,奔赴延安。先后出版诗集《呈在大风沙里奔走的岗卫们》、《给战斗者》、《她也要杀人》、《抗战诗抄》,并致力于"街头诗"运动。

【作品分析】

　　田间写在抗日战争时期的大量街头诗,短小精悍、通俗锐利,富于现实性和战斗性,在抗战中曾发挥了很好的鼓舞作用。街头诗《假使我们不去打仗》虽只寥寥数语,但诗人充满思辨意识的构思,形象深切地揭示了必须与敌人斗争到底,必须为民族解放而战的道理。

　　《义勇军》则勾画出一幅色彩丰富、意境深远的画面,并用形象性的语言启示人们,"正在血里生长"的不仅仅是中国的红高粱,而且还有中国人民的仇恨。那骑着战马"走过他的家乡",胜利归来的义勇军,既是现实战斗中的抗日英雄的形象,又是中国人民希望的象征。

　　正如闻一多所说:"只是一句句朴实、干脆、真诚的话(多么有斤两的话!),简短而坚实的句子,就是一声声的'鼓点',单调,但是响亮而沉重,打入你的耳中,打在你的心上。"多么令人震惊,令人感奋。田间的诗作富于战斗激情,诗句短促、坚实,节奏急骤有力,犹如催征的鼓点,极富鼓动性。闻一多称他是"时代的鼓手"。

【延伸阅读文献】

　　茅盾:《叙事诗的前途》,《茅盾论中国现代作家作品》,北京大学出版社1980年版。

　　朱自清:《新诗杂话·抗战与诗》,《朱自清全集》第二卷,江苏教育出版社 1988 年版。

闻一多:《时代的鼓手》,《闻一多全集》第二卷,湖北人民出版社 1994 年版。

（谢昌咏）

无 题

阿 垅

不要踏着露水——
因为有过人夜哭。……

哦,我底人啊,我记得极清楚,
在白鱼烛光里为你读过《雅歌》。

但是不要这样为我祷告,不要!
我无罪,我会赤裸着你这身体去见上帝。……

但是不要计算星和星间的空间吧
不要用光年;用万有引力,用相照的光。

要开作一枝白色花——
因为我要这样宣告,我们无罪,然后我们凋谢。

1944,9,9。蜗居。

(选自《白色花》,人民文学出版社1981年版)

【作者介绍】

阿垅(1907—1967),原名陈守梅,又名陈亦门,浙江杭州人。1939年到延安。1955年因所谓"胡风案件"被捕,1967年病逝于狱中。著有诗集《无弦琴》、《无题》;报告文学集《第一集》;诗论集《人与诗》、《诗与现实》、《诗是什么》等。

【作品分析】

　　抗战初期,阿垅创作的诗作主要是抒写和歌颂中国人民在抗战初期奋起抗日救亡的情感,及人民那"惊天地而泣鬼神的英雄行动",并着重揭示和抨击那段时期社会生活中的污秽和无耻的现象。前者以《纤夫》为代表,后者以《雾》、《犹大》为代表。阿垅在解放战争期间创作的《写于悲愤的城》、《去国》等上品诗篇基本延续了其前期的创作风格。

　　创作于1944年的《无题》是阿垅解放前众多诗篇中最为独特的一首。这是一首典型的情诗,是诗人为悼念含冤自杀的妻子而写的。诗人采用了对话式的抒情手法,以两个分处不同世界的灵魂的对话方式回忆起以往的事情,展开了情感的独白。踏着草叶上的露水,诗人联想起妻子夜哭的泪珠,开篇起笔,他提醒自己"不要踏着露水",他不忍心在妻子伤心处再踏上一脚。他回忆起与妻子一起度过的美好时光,"在白鱼烛光里"为妻子读《雅歌》的情形至今仍历历在目。诗人已故的妻子在留下的遗书里说:我是没有罪的,你不要为我祷告! 我是贞洁的……而如今,妻子已经在另外一个世界里,但对于诗人而言,他不想承认事实上的分离,所以他写道:"但是不要计算星和星间的空间吧"。这是诗人倾诉给他的已经在天上的妻子的话,亦是他的自我安慰,在情感上,诗人并没有与妻子远离。诗歌的最后一节,是诗人和他的妻子两个人共同的告白:他们的爱情是纯洁忠贞的,以彼此相知的赤诚之心遥相照应,因为无论是谁,都将安眠于地下,如同那必将凋谢的白色花。

　　该诗在写作手法上也与诗人其他诗作有所差异,诗人有意回避过于明晰的表述,采取朦胧的、曲隐的手法将情感蕴蓄在意象中,从而增强了感情的凝练度,扩大了诗作的含量。因此,它虽然是一首情诗,但呈现出丰富性和多意性。20世纪80年代初期,绿原和牛汉为"七月派"诗人编辑诗歌集时,曾借用阿垅《无题》中白色花的意象为诗集命名,他们借自该诗中的"要开作一枝白色花——/因为我要这样宣告,我们无罪,然后我们凋谢"这两句诗,表达了这些经过苦难人生的诗人们走过沧桑后的真实感想,即他们所言:"我们曾经为诗而受难,然而我们无罪!"

【延伸阅读文献】

李怡:《七月派作家评传》,重庆出版社2000年版。

孙玉石:《梦中升起的小花》,《中国现代诗导读》,北京大学出版社1990年版。

(孙晓娅)

诗 与 真

绿 原

> 诗没有技术
> 真理没有衣服
> 人没有世故

一

在人生的课堂
我选择了诗
一个执拗的儿童
要一个严厉的老师

在人生的考场
诗替我帮了大忙
虽然我到处吃亏
我却没有失去希望

我曾是一个热情的蠢货
在教师面前我一再犯过
我常挥霍昂贵的青春
为了一点低廉的快乐

我曾是一个会思想的甲虫
诗领我去崇拜许多英雄
当真理用难题向我抽考
我轻快的翅膀忽然那么沉重

我曾是一个人生的流浪汉
我的跑步非常缓慢
我和诗从没有共过安乐
我和它却长久共着患难

我曾是一个少年浮士德
我被抛进了伟大的疑惑
世界原来比眼睛更大更大
诗呀诗,你这可爱的梅菲斯特

二

我曾悲哀于我的童年
它既单调而又惨淡
诗教我在黑暗中学习大胆
诗教我永远追赶时间
我的童年原来是最好的一种
它使我能够忍耐,习惯平凡

我永远学做一个新人
我永远在错误中前进
我儿时栽过一棵树
我总想和它较量青春
但诗不能有庸俗的胜利
理想和果实最后总归可能

诗是人类底兄长
它指责生活底幻想
诗给人以高度的自由
人必须有海水的方向
诗和真理都很平常
诗决不歌颂疯狂

人必须用诗找寻理性的光
人必须用诗通过丑恶的桥梁
人必须用诗开拓生活的荒野
人必须用诗战胜人类的虎狼
人必须同诗一路勇往直前
即使中途不断受伤

1948 年 10 月
(选自《白色花》,人民文学出版社 1981 年版)

【作者介绍】

绿原(1922—),原名刘仁甫,曾用笔名刘半九,湖北黄陂人。出版的诗集有《童话》、《又是一个起点》、《集合》、《从一九四九年算起》、《人之诗》等。译有勃兰兑斯的《十九世纪文学主潮》、《德国浪漫派》、《浮士德》、《里尔克诗选》等。1962 年以后,以"刘半九"笔名从事外国文学译介工作。

【作品分析】

虽然 40 年代初期,经历苦难童年的绿原以一个"童话"诗人的形象登上诗坛,虽然研究者常常忽略绿原当时诗作中流露出的野性反叛精神,但是,诗人在他的艺术世界中对人的文化精神品格的探讨、对诗歌本身的执著探索却深深地浸润在他的诗作中,《诗与真》即是此类比较富有代表性的作品。"在人生的课堂上/我选择了诗"。绿原满怀浪漫的憧憬走上文坛的同时,又带着直面人生的政治抒情诗的呼喊步入诗坛,并最终成为后期"七月诗派"最富影响力的诗人之一。

《诗与真》诗意凝练深邃,表现出诗人对人生、对诗歌艺术的真与美的执著追求。全诗分为两章。第一章中,诗人将自己与诗主动作了对比:"我"是"一个执拗的儿童","诗"是"一个严厉的老师";"我"是"一个热情的蠢货","一个会思想的甲虫",而"诗"是"领我去崇拜许多英雄"的"真理"……诗人以崇敬和倾慕之情对待诗歌,并用诗作为战斗命运、战斗人生、战斗黑暗社会的武器。诗人在人生的旅途中历尽坎坷,诗歌也随之饱经沧桑,所以,诗人发自肺腑地感喟道:"我和诗从没有共过安乐/我和它却长久共着患难"。

如果说第一章是写"诗"和"我"的关系,那么第二章主要写了诗人对诗歌真谛和内涵的切身感受。在此需特别指出,陀思妥耶夫斯基的《罪与罚》和歌德的《浮士德》是出现在绿原诗中的给人留下深刻印象的意象,前者映照着诗人在痛苦中奋起厮杀的灵魂,后者又喻示了他的永不停息的进取跃进和自我改造。可以说,陀思妥耶夫斯基气质与歌德性格的重叠,便代表了绿原追求的最重要的方式,也是"七月派"文学精神的特征,诗人写道:"我永远学做一个新人/我永远在错误中前进/我儿时栽过一棵树/我总想和它较量青春/但诗不能有庸俗的胜利/理想和果实最后总归可能"。继而,诗人率真地承认"诗是人类底兄长",诗是人类生存和精神发展的良师益友,诗人用多个排比句式表达出他对诗的理解和虔诚推崇的特殊情感。惟其有如此认识,诗人方能在诗坛上孜孜不倦地耕耘了半个多世纪。

【延伸阅读文献】

刘扬烈:《诗神·炼狱·白色花》,北京师范学院出版社1991年版。

周燕芬:《执守 反拨 超越——七月派史论》,中华书局2003年版。

(孙晓娅)

在 牢 狱

牛 汉

春天
菜花正飘香,
我被关进牢狱。

母亲
穿一身黑布衣裳,
从老远的西北高原,
带着收尸的棺材钱,
独自赶来看我:
　　听说
　　我死了,
　　脑壳被砸烂……
我并没有死。

母亲
到牢狱看我,
我和母亲中间
站着一个狱卒,
隔着两道密密的铁栅栏,
母亲向我伸出
　　颤颤的手,
我握不到,握不到……

但母亲和我
都没有哭泣。

母亲问我：
　　狱里
　　受罪了吧！
我无言……

母亲懂得我的心，
狱里，狱外
同样是狂暴的迫害，
同样有一个不屈的
　　敢于犯罪的意志。

1946年春，汉中—上海。
（选自《彩色的生活》，泥土出版社1951年版）

【作者介绍】

牛汉（1923—　　），原名史成汉，山西定襄县人。40年代开始发表诗作。主要作品集有《彩色的生活》、《祖国》、《在祖国面前》、《爱与歌》、《温泉》、《海上的蝴蝶》、《蚯蚓和羽毛》、《沉默的悬崖》、《学诗手记》、《滹沱河和我》、《牛汉诗选》、《牛汉散文》、《命运的档案》、《梦游人说诗》等。

【作品分析】

1946年3月，牛汉被捕入狱，由于奋力反抗，他的头部被枪托砸伤，脑内淤血，留下梦游的后遗症。《在牢狱》、《控诉上帝》、《死》、《我憎恶的声音》等诗篇都是诗人对狱中生活的描写，它们诞生于牢狱。特殊的生活境遇一改诗人以往侧重情感张扬的诗风，诗人有意识地由情绪的兴奋转向沉炼的描写，将个体对现实的理性思考融入诗中。《在牢狱》一诗比较有代表性。

诗中，诗人描绘了勇敢的母亲涉山跋水探望儿子的一幕：牛汉被捕后，他的情况很快传到家中，他的父亲不敢来探牢，母亲却抱着给儿子收尸的沉痛心情冒险赶来。诗人选取了母子见面感人挚深的一幕,意境的选取与细节的刻画催人泪下。母亲既激动又痛惜、既庆幸又愤怒的复杂心情全部体现在伸出的"颤颤"的手上:她激动庆幸于儿子还健壮地立在面前,她哀痛于纯洁、年轻的孩子所陷入的悲惨处境,她愤怒于暴虐者的残酷,她更骄傲儿子的勇敢,坚强的母亲没有"哭泣",仅仅用关切的询问表达了对儿子的支持和理解。母亲什么都没说,"我"也什么都没说,母子同心、同仇敌忾。在狱中,母亲的探视更坚定了诗人坚持战斗的决心。

1947年,牛汉出狱后又创作了诗歌《爱》,再次献给赋予他反抗的非奴隶性格的母亲。《爱》不仅表达了诗人对母亲强烈的热爱与敬佩以及母子间的酽酽亲情,同时也渗透了诗人自身的价值追求与人格取舍。在感性与理性交织互渗间,一个立体丰满、未沾染几千年"精神奴役创伤"的女性跳脱出来。在此我们需要注意,无论选取什么题材,从整体看,牛汉的诗歌中都充斥着强劲的情感张力,如果说《在牢狱》与《爱》侧重于抒发浓烈的爱意,那么,诗句的字里行间却渗透着诗人强烈的憎恶,爱有多么炽热,憎就有多么刻骨。这正是诗人牛汉的精神风采。

【延伸阅读文献】

孙晓娅:《跋涉的梦游者——牛汉诗歌研究》,北方妇女儿童出版社2003年版。

刘扬烈:《诗神·炼狱·白色花》,北京师范学院出版社1991年版。

(孙晓娅)

我 的 家

牛 汉

我要远行……

妻子痛苦,
她不能同我一道
离开郁闷的南方。

我们生命相连,
离别
好像一把刀子
将一颗圆润的苹果
　　　切成两半。

哎,哎,
各人坚守着各人的种子吧!
暴风雨来了,
我们同时出芽。

妻子希望
我把出世十个月的孩子带上,
她一再说:
　孩子诞生在地狱,
　让她到一个
　　自由的旷野生长去吧!

我没有带孩子,

我知道
地狱就要倒塌了，
而我，很快就回来。

1947年12月，上海
（选自《彩色的生活》，泥土出版社1951年版）

【作品分析】

在解读这首诗之前，我们最好先回视一下"七月诗派"的一种创作现象：很多"七月派"诗人手中都掌握着两副笔墨，他们可以根据现实斗争和人生体验的需要而变换手法。如阿垅既写得来严峻犀利的政治抒情诗，又创作了为世人传诵的爱情诗；绿原施展童话的妙笔时，也创作了激愤凄厉的政治诗；此外还有曾卓、冀汸……牛汉与他们相比虽然两副笔墨比例相差较大，但是，在创作《西中国的长剑》、《草原牧歌》、《鄂尔多斯草原》等雄强奔腾、辽阔壮美的富有史诗色彩的生命草原的同时，他也创作了不少蕴蓄着情思爱意的诗作，其代表作是《我的家》。

1947年夏，牛汉准备从上海奔赴浙南，考虑到孩子的弱小和战争环境的动荡，他只身先走，于是刚团聚几天的小家庭又分开了，以此为素材，他写下《我的家》。诗中，生命、家庭和革命紧密地融合在普通贴切的诗的意象中，诗人确信革命必胜，诗中苹果和种子的意象明确地表达了诗人对美好圆满家庭生活的向往。种子的每一半都连带着一个生命的种子，那也是信念的种子，它潜埋在诗人心中。革命的伴侣出于革命斗争的需要必须天各一方，就如同一个苹果被分成两半，战斗的种子却不会因为家庭的分离而停止滋长，它们仍然孕育在各自的肌体内，会各自发芽，迎接春天。

可见，诗人的想像既贴切又含蓄，感情浓郁而又意味深长，形象的比喻增强了诗歌的感染力，也突出了诗人的主体性体验，诗人做到了既听命于时代又执著于个人，既有政治意识形态，又坚持了创作的独立个性和诗歌的艺术美。《我的家》标志着诗人"自我斗争"的诗学观念的形成，诗人没有用悲壮的诗歌境界来反映他生活的动荡和革命的艰辛,他选取形象贴切的意象进行比喻,诗中充溢着爱的浓情和革命必胜的坚定信心。这种真情的自然流露是诗歌成功的关键,对于诗人来说,惟有真心才能唤起真情,惟有真情才能打动人心。牛汉已经意识到真实情感在诗歌中的主导作用,他逐渐抛开空泛的或理想式的浪漫主义抒情,不再游离于战斗的现实,而是主动把握生活的精神实感,有意识地将情感与火热的生活融为一体,真正走上现实主义的创作道路。

【延伸阅读文献】

李怡:《七月派作家评传》,重庆出版社2000年版。

孙晓娅:《跋涉的梦游者——牛汉诗歌研究》,北方妇女儿童出版社2003年版。

(孙晓娅)

在寒冷的腊月的夜里

穆 旦

在寒冷的腊月的夜里，风扫着北方的平原，
北方的田野是枯干的，大麦和谷子已经推进了村庄，
岁月尽竭了，牲口憩息了，村外的小河冻结了，
在古老的路上，在田野的纵横里闪着一盏灯光，
　　　一副厚重的、多纹的脸，
　　　　他想什么？他做什么？
　　　在这亲切的，为吱哑的轮子压死的路上。

风向东吹，风向南吹，风在低矮的小街上回旋，
木格的窗纸堆着沙土，我们在泥草的屋顶下安眠，
谁家的儿郎吓哭了，哇——呜——呜——从屋顶传过屋顶，
他就要长大了，渐渐和我们一样地躺下，一样地打鼾，
　　　从屋顶传过屋顶，风
　　　这样大，岁月这样悠久，
　　　我们不能够听见，我们不能够听见。

火熄了么？红的炭火拨灭了么？一个声音说，
我们的祖先是已经睡了，睡在离我们不远的地方，
所有的故事已经讲完了，只剩下灰烬的遗留，
在我们没有安慰的梦里，在他们走来又走去以后，
　　　在门口，那些用旧了的镰刀，
　　　锄头，牛轭，石磨，大车，
　　　静静地，正承接着雪花的飘落。

1941年2月

（选自《穆旦诗集》，中国文联出版公司1996年版）

【作者介绍】

穆旦(1918—1977),原名查良铮,浙江海宁人。著有诗集《探险队》、《旗》和《穆旦诗集(1939—1945)》。译作有《青铜骑士》、《文学原理》、《拜伦抒情诗选》、《普希金抒情诗集》、《欧根·奥涅金》、《雪莱抒情诗选》、《济慈诗选》、《云雀》、《别林斯基论文学》和《唐璜》等。

【作品分析】

这首诗创作于1941年,当时中国正处于抗战艰苦卓绝时期,每一个有良知的中国人无不关注着民族和国家的前途,每一个有正义感的知识分子都开始将个人意识最大限度地投入到时代的、历史的情怀之中,从人民和生活中寻找战斗的热力。与热诚关注民族命运的"七月派"诗人、解放区诗人相同,"中国新诗派"诗人群也通过创作投身于抗战的现实之中,比如唐湜的长诗《骚动与城》,唐祈的长诗《时间与旗》,杜运燮的《滇缅公路》等,他们用诗笔分别从不同侧面推动了抗战的洪流。

这一阶段,穆旦创作了不少抗战的诗篇,有的热情赞美了觉醒的劳动人民(《赞美》),有的则发出了坚持理想、战胜困难的信念(《控诉》)……其中,《在寒冷的腊月的夜里》一诗比较富有历史流动感,蕴蓄着诗人对现实、未来和历史的深切的思考和反省。诗人在诗中讴歌了那些在苦难中顽强抵抗、坚韧生存的人民,他们在寒冷的腊月的夜里收获了果实,他们在历史的长河中承受着各种灾难。与诗歌中描写的残酷、贫瘠的生存环境比照,他们是伟大的。

全诗共分三节,每一节中的时间与人物的意象共同构成了一个民族的生命流程。第一节侧重写实,第二节中"孩子"象征了未来,第三节从祖先延续至今的生活引人回溯到过去。在第一节中,诗人首先展示了被寒风侵袭的北方平原满目疮痍的情景,然而,就在这可怕的沉寂、静默的背后,我们却看到了一个劳动者不屈地行走的身影。"他想什么?""他做什么?"这些并不是诗人真正想提问和解答给读者的,诗人的本意是引起我们思考:他在想着什么,他在勤苦地做着什么,他仍然在行动着、劳作着。这位劳动者何尝不是饱经战乱的中华民族的象征呢?第二节中,哭泣的孩子将我们的视线延伸到了远方,"他就要长大了",孩子也许会重复现在的生活,也许不会,未来有待于我们的开拓。诗人对未来秉持着切实的信念,并为我们勾画出一幅未来的前景图。第三节中,诗人用现实的气氛象征了其内心的情绪:"在我们没有安慰的梦里,在他们走来又走去以后,/在门口,那些用旧了的镰刀,/锄头,牛轭,石磨,大车,/静静地,正承接着雪花的飘落。"薪尽火传,历史不会摧毁顽强者的生命,文明仍在延续,人类还要发展。至此,诗人将其高远的历史视野、厚重的历史感、悲苦的现实遭遇、扑朔迷离而又不乏希望的理想交织一体,使全诗充满了张力,给人以心灵的震撼。

【延伸阅读文献】

　　杜运燮等编:《一个民族已经起来——怀念诗人翻译家穆旦》,江苏人民出版社1987年版。

　　杜运燮等编:《丰富和丰富的痛苦——穆旦逝世二十周年纪念文集》,北京师范大学出版社1997年版。

(孙晓娅)

诗 八 首

穆 旦

一

你底眼睛看见这一场火灾,
你看不见我,虽然我为你点燃,
唉,那烧着的不过是成熟的年代,
你底,我底。我们相隔如重山!

从这自然底蜕变程序里,
我却爱了一个暂时的你。
即使我哭泣,变灰,变灰又新生,
姑娘,那只是上帝玩弄他自己。

二

水流山石间沉淀下你我,
而我们成长,在死底子宫里。
在无数的可能里一个变形的生命
永远不能完成他自己。

我和你谈话,相信你,爱你,
这时候就听见我底主暗笑,
不断地他添来另外的你我
使我们丰富而且危险。

三

你底年龄里的小小野兽,
它和青草一样地呼吸,
它带来你底颜色,芳香丰满,
它要你疯狂在温暖的黑暗里。

我越过你大理石的理智殿堂,
而为它埋藏的生命珍惜;
你我底手底接触是一片草场。
那里有它底固执,我底惊喜。

四

静静地,我们拥抱在
用言语所能照明的世界里,
而那未形成的黑暗是可怕的,
那可能的和不可能的使我们沉迷。

那窒息着我们的
是甜蜜的未生即死的言语,
它底幽灵笼罩,使我们游离,
游进混乱的爱底自由和美丽。

五

夕阳西下,一阵微风吹拂着田野,
是多么久的原因在这里积累。
那移动了景物的移动我底心,
从最古老的开端流向你,安睡。

那形成了树林和屹立的岩石的,

将使我此时的渴望永存，
一切在它底过程中流露的美，
教我爱你的方法，教我变更。

六

相同和相同溶为怠倦，
在差别间又凝固着陌生；
是一条多么危险的窄路里，
我驱使自己在那上面旅行。

他存在，听我底指使，
他保护，而把我留在孤独里，
他底痛苦是不断的寻求
你底秩序，求得了又必须背离。

七

风暴，远路，寂寞的夜晚，
丢失，记忆，永续的时间，
所有科学不能祛除的恐惧
让我在你底怀里得到安憩——

呵，在你底不能自主的心上，
你底随有随无的美丽形象，
那里，我看见你孤独的爱情
笔立着，和我底平行着生长！

八

再没有更近的接近，
所有的偶然在我们间定型；
只有阳光透过缤纷的枝叶
分在两片情愿的心上，相同。

等季候一到就要各自飘落，
而赐生我们的巨树永青，
它对我们不仁的嘲弄
（和哭泣）在合一的老根里化为平静。

1942年2月

（选自《穆旦诗全集》，中国文学出版社1996年版）

【作品分析】

《诗八首》创作于1942年，是穆旦极负盛名的代表作，这既是一首爱情诗，也是一首哲理诗。诗人用超越表象生活的智慧，将抽象的概念、深奥的哲学玄思与从生活中提炼出的形象紧密地结合起来，使该诗的蕴蓄深醇，厚重而有创新。

《诗八首》中，每首诗均为两节，每一节四行，形成整齐匀称、结构精巧的诗歌形式。全组诗贯穿着三种力量的斗争："你"、"我"和代表主宰命运的"上帝"。"你"和"我"这对情人之间既相互吸引又存在着无法抵御的阻碍，而"上帝"常常插入和作弄这一对情人，这就使得该诗像戏剧一样具有相当的冲突性和较大的情感张力。在对爱情进行描写过程中，诗人渗入了他对现代人生真谛的哲理性探索。下面，我们就逐一分析《诗八首》中每首诗的内涵，及上面指出的三种力的对峙、兼容的关系。

第一首，主要写在初恋阶段双方不同的情感处境，一方爱得热烈，一方则冷漠地感受不到对方的热烈。因此，"我"、"你"之间"相隔如重山"，"我"为此而绝望，但"我"知道勉强地追求是毫无用处的。这里"上帝玩弄他自己"，是指造物主赐予人类"情感"和"爱"的同时，又亲手制造了矛盾，而它在玩弄它所创造的生命的同时也玩弄了他自己，在这样一个复杂的网中，事情也变得复杂了。

第二首，时间消逝，"你"、"我"的爱日渐成熟，在上帝的嘲弄中摆脱了理性的控制，开始呈现出热烈的情感碰撞。其中，"死的子宫"，象征一件事物（情感）在一定的时间中孕育而出。第三首，"你"、"我"完全超越了理性的自我控制之后，进入了火热的情感交流的热恋阶段，尽情享受着美好的生命旋律。其中，"你底年龄里的小小野兽"，暗示"你"的由爱而生的狂热情感，"它和青草一样地呼吸"则预示了女性示爱的方式。第四首，写深化后的两个人的情感，在短暂的沉静中，在爱的迷醉里，两个人捕捉到了前方隐藏的危险，诗歌笼罩在不祥的气氛里。第五首，"我"在独白中表述了对美好时刻永久的怀念和永久的期待。第六首，诗歌思绪进入一种更深入的哲理性思考，诗人将变化无常的爱和宇宙不停运转的规律联系起来，表达了爱的永恒性和无奈。这首诗的诗眼是"背离"一词，造物主让人得到爱后又必须"背离"这爱，但这"背离"是使爱进入更高境界的关键环节，而非造成悲剧结局的原生意义上的背叛。

第七首，诗歌的情绪回到低沉，孤独、恐惧的"我"企望在"你"那里得到平息，并最终在"你"身上找到了战胜危险的精神支柱。第八首是全诗爱情交响的尾声，由于"所有的偶然在我们间定型"，"我"和"你"所能共享的命运短暂，两人更多的接近已经无望，上帝对爱人们发出残酷的诅咒，但诗人仍对人类的爱情以及自我的爱情唱出了永恒的赞歌。

这八首诗具有内在的紧密联结性，三种力的复杂和纠结关系贯穿全诗。诗人从爱情的诸种矛盾关系中思考人生，我们最终看到了抒情主人公从孤独的心境中摆脱出来，对爱情、对人生大彻大悟，表现出超然的心态。该组诗深刻地揭示出人生是充满欢乐与痛苦，人生既圆满又存在缺陷的内涵，这种生命体验出自二十刚出头的诗人之手，令人惊叹。

【延伸阅读文献】

孙玉石：《穆旦的〈诗八首〉解读》，《中国现代主义诗潮史论》，北京大学出版社1999年版。

李怡：《论穆旦与中国新诗的现代特征》，《文学评论》1997年第5期。

唐湜：《穆旦论》，《中国新诗》1948年第3期、第4期。

（孙晓娅）

金黄的稻束

郑 敏

金黄的稻束站在
割过的秋天的田里,
我想起无数个疲倦的母亲,
黄昏路上我看见那皱了的美丽的脸,
收获日的满月在
高耸的树巅上,
暮色里,远山
围着我们的心边,
没有一个雕像能比这更静默。
肩荷着那伟大的疲倦,你们
在这伸向远远的一片
秋天的田里低首沉思,
静默。静默。历史也不过是
脚下一条流去的小河,
而你们,站在那儿,
将成为人类的一个思想。

(选自《诗集 1942—1947》,上海文化生活出版社 1949 年版)

【作者介绍】

郑敏(1920—),女,福建闽侯人。主要作品有诗集《诗集(1942—1947)》、《寻亮集》、《早晨我在雨里采花》;论著《诗歌与哲学是近邻》。

【作品分析】

　　20世纪80年代初期,被研究者称为"九叶派"的九位诗人,在40年代初期,大多数都还是二三十岁的年轻人,他们由于对诗与现实的关系和诗歌艺术的风格、表现手法等方面有相当一致的看法,后来便围绕当时国统区颇有影响而最终被国民党反动派查禁了的诗刊《诗创造》和《中国新诗》,在风格上形成了一个流派。当时这个流派被称为"中国新诗派","九叶派"仅仅是后人的追加。

　　在"九叶派"的队伍中,有两位很有影响的女诗人,郑敏和陈敬容。与势头快而猛,粗犷而有力的陈敬容诗风不同的是,郑敏深受德国诗人里尔克的影响和西方音乐、绘画的熏陶,她善于由客观事物引起深思,通过生动丰富的形象,展开浮想联翩的画面,把读者引入深沉的境界,这在《金黄的稻束》一诗中体现得最为显明。从整体看,该诗写的是秋天稻田里一片静穆的画面,但是,诗人却将田地上的稻束与"无数个疲倦的母亲"联系起来,将稻束比喻成"肩荷着那伟大的疲倦"的母亲,它们"站在那儿,/将成为人类的一个思想"。这里"雕像"是理解该诗的一把钥匙,诗人善于以雕塑或油画的手法结构画面,以连绵不断的新颖意象表达蕴藉含蓄的意念,给读者留下细微、持久而又留有想像余地的阅读空间。

　　在此需要指出的是,诗人并未停滞于对表面现象的描绘,她要探究出时代的精神和本质,力求将个人情感和人民情感紧密沟通,在正视现实生活的基础上,表现真情实感,强调艺术的独创精神与风格的新颖鲜明,《金黄的稻束》正是诗人诗歌观念比较成功的实践。

【延伸阅读文献】

　　唐湜:《郑敏静夜里的祈祷》,《新意度集》,三联书店1989年版。

　　王圣思编:《"九叶诗人"评论资料》,华东师范大学出版社

1995年版。

游友基:《九叶诗派研究》,福建教育出版社 1997 年版。

(孙晓娅)

王贵与李香香(存目)

李 季

【作者介绍】

李季(1922—1980),原名李振鹏,河南唐河人。1938年到延安,毛泽东《在延安文艺座谈会上的讲话》发表后开始从事文艺创作。1946年发表了长篇叙事诗《王贵与李香香》。1949年后有长篇叙事诗《菊花石》、《杨高传》、《玉门儿女出征记》等多部诗作出版。

【作品分析】

叙事长诗《王贵与李香香》共分三部,全诗以1930年前后陕北农民在中国共产党领导下的土地革命战争为背景,以王贵与李香香的悲欢离合的爱情故事为线索,生动地展现了农村土地革命的壮丽图景,歌颂了劳动人民英勇不屈的斗争精神和忠贞不渝的爱情,令人信服地说明了"咱们闹革命,革命也是为了咱"的道理。

长诗故事完整,情节生动曲折。王贵十三岁时父亲被地主崔二爷打死,他做了长工。几年后与一起长大的李香香相爱,地主崔二爷欲霸占香香。陕北起了革命,王贵暗中参加了赤卫队。崔二爷吊打王贵,香香找到赤卫军,救下王贵。王贵与李香香成婚,三天后王贵参加了游击队。崔二爷还乡,逼死了香香父亲李老汉,又强迫香香与他成婚。王贵带领游击队,解放了死羊湾,与李香香重又团圆。全诗按照故事的顺序依次写来,层次清楚,有头有尾,但又跌宕起伏,引人入胜。

长诗还成功地塑造了生动感人的人物形象。王贵由一个贫苦农民成长为革命战士的过程令人信服,苦大仇深使他自觉投身革命,革命使他明白了真理,在生命危在旦夕时也决不动摇,在获得解放后仍马不停蹄,投身新的战斗,表现了革命者的忠诚与坚毅。而王贵对爱情的真挚与纯朴,使他的形象更加丰满立体。李香香的形象富有诗意,发散着陕北山丹丹花的芬芳。她美丽健康,对爱情专注如一,忠贞无比。对崔二爷的金钱引诱和毒刑拷打,她都嗤之以鼻,宁死不屈,表现了劳动妇女的优秀品质。

长诗最大的成功是对"信天游"创造性的运用。"信天游"是流行于陕北、晋西北和内蒙古西部一带的民歌,这种民歌两句一节,可以无限制地连唱下去,而且喜用比兴手法表情达意。长诗七百多行,通体采用信天游民歌体,表现了波澜壮阔的革命斗争,塑造出栩栩如生的人物形象,不能不说是诗人李季对中国诗歌走向民族化、大众化做出的贡献。长诗中比兴手法的运用通俗新颖、形象性强,如:"山丹丹开花红姣姣,香香人材长得好。""烟锅锅点灯半炕炕明,酒盅盅量米不嫌哥哥穷。"这些诗句韵味十足,感染力强,且朗朗上口,经久不忘。

长诗在语言上大量运用叠字和口语,使诗歌平添了浓郁的泥土气息和地方色彩,展示出鲜明的民族气派和民族风格。总之,《王贵与李香香》是新诗民族化、大众化的成功之作。

【延伸阅读文献】

贾芝:《从〈王贵与李香香〉谈学习民歌》,《诗刊》1958年6月号。

俞元桂:《谈〈王贵与李香香〉》,《语文教学》1957年4月号。

(谢昌咏)

第三编

散　文

阿长与《山海经》

鲁 迅

长妈妈,已经说过,是一个一向带领着我的女工,说得阔气一点,就是我的保姆。我的母亲和许多别的人都这样称呼她,似乎略带些客气的意思。只有祖母叫她阿长。我平时叫她"阿妈",连"长"字也不带;但到憎恶她的时候,——例如知道了谋死我那隐鼠的却是她的时候,就叫她阿长。

我们那里没有姓长的;她生得黄胖而矮,"长"也不是形容词。又不是她的名字,记得她自己说过,她的名字是叫作什么姑娘的。什么姑娘,我现在已经忘却了,总之不是长姑娘;也终于不知道她姓什么。记得她也曾告诉过我这个名称的来历:先前的先前,我家有一个女工,身材生得很高大,这就是真阿长。后来她回去了,我那什么姑娘才来补她的缺,然而大家因为叫惯了,没有再改口,于是她从此也就成为长妈妈了。

虽然背地里说人长短不是好事情,但倘使要我说句真心话,我可只得说:我实在不大佩服她。最讨厌的是常喜欢切切察察,向人们低声絮说些什么事,还竖起第二个手指,在空中上下摇动,或者点着对手或自己的鼻尖。我的家里一有些小风波,不知怎的我总疑心和这"切切察察"有些关系。又不许我走动,拔一株草,翻一块石头,就说我顽皮,要告诉我的母亲去了。一到夏天,睡觉时她又伸开两脚两手,在床中间摆成一个"大"字,挤得我没有余地翻身,久睡在一角的席子上,又已经烤得那么热。推她呢,不动;叫她呢,也不闻。

"长妈妈生得那么胖,一定很怕热罢?晚上的睡相,怕不见得很好罢?……"

母亲听到我多回诉苦之后,曾经这样地问过她。我也知道这意思是要她多给我一些空席。她不开口。但到夜里,我热得醒来的时候,却仍然看见满床摆着一个"大"字,一条臂膊还搁在我的颈子上。我想,这实在是无法可想了。

但是她懂得许多规矩;这些规矩,也大概是我所不耐烦的。一年中最高兴的时节,自然要数除夕了。辞岁之后,从长辈得到压岁钱,红纸包着,放在枕边,只要过一宵,便可以随意使用。睡在枕上,看着红包,想到明天买来的小鼓,刀枪,泥人,糖菩萨……。然而她进来,又将一个福橘放在床头了。

"哥儿,你牢牢记住!"她极其郑重地说。"明天是正月初一,清早一睁开眼睛,第一句话就得对我说:'阿妈,恭喜恭喜!'记得么? 你要记着,这是一年的运气的事情。不许说别的话! 说过之后,还得吃一点福橘。"她又拿起那橘子来在我的眼前摇了两摇,"那么,一年到头,顺顺流流……。"

梦里也记得元旦的,第二天醒得特别早,一醒,就要坐起来。她却立刻伸出臂膊,一把将我按住。我惊异地看她时,只见她惶急地看着我。

她又有所要求似的,摇着我的肩。我忽而记得了——

"阿妈,恭喜……。"

"恭喜恭喜! 大家恭喜! 真聪明! 恭喜恭喜!"她于是十分喜欢似的,笑将起来,同时将一点冰冷的东西,塞在我的嘴里。我大吃一惊之后,也就忽而记得,这就是所谓福橘,元旦辟头的磨难,总算已经受完,可以下床玩耍去了。

她教给我的道理还很多,例如说人死了,不该说死掉,必须说"老掉了";死了人,生了孩子的屋子里,不应该走进去;饭粒落在地上,必须拣起来,最好是吃下去;晒裤子用的竹竿底下,是万不可钻过去的……。此外,现在大抵忘却了,只有元旦的古怪仪式记得最清楚。总之:都是些烦琐之至,至今想起来还觉得非常麻烦的事情。

然而我有一时也对她发生过空前的敬意。她常常对我讲"长毛"。她之所谓"长毛"者,不但洪秀全军,似乎连后来一切土匪强盗都在内,但除却革命党,因为那时还没有。她说得长毛非常可怕,他们的话就听不懂。她说先前长毛进城的时候,我家全都逃到海边去了,只留一个门房和年老的煮饭老妈子看家。后来长毛果然进门来了,那老妈子便叫他们"大王",——据说对长毛就应该这样叫,——诉说自己的饥饿。长毛笑道:"那么,这东西就给你吃了罢!"将一个圆圆的东西掷了过来,还带着一条小辫子,正是那门房的头。煮饭老妈子从此就骇破了胆,后来一提起,还是立刻面如土色,自己轻轻地拍着胸脯道:"阿呀,骇死我了,骇死我了……。"

我那时似乎倒并不怕,因为我觉得这些事和我毫不相干的,我不是一个门房。但她大概也即觉到了,说道:"像你似的小孩子,长毛也要掳的,掳去做小长毛。还有好看的姑娘,也要掳。"

"那么,你是不要紧的。"我以为她一定最安全了,既不做门房,又不是小孩子,也生得不好看,况且颈子上还有许多灸疮疤。

"那里的话?!"她严肃地说。"我们就没有用么? 我们也要被掳去。城外有兵来攻的时候,长毛就叫我们脱下裤子,一排一排地站在城墙上,外面的大炮就放不出来;再要放,就炸了!"

这实在是出于我意想之外的,不能不惊异。我一向只以为她满肚子是麻烦的礼节罢了,却不料她还有这样伟大的神力。从此对于她就有了特别的敬意,似乎实在深不可测;夜间的伸开手脚,占领全床,那当然是情有可原的了,倒应该我退让。

这种敬意,虽然也逐渐淡薄起来,但完全消失,大概是在知道她谋害了我的隐鼠之后。那时就极严重地诘问,而且当面叫她阿长。我想我又不真做小长毛,不去攻城,也不放炮,更不怕炮炸,我惧惮她什么呢?

但当我哀悼隐鼠,给它复仇的时候,一面又在渴慕着绘图的《山海经》了。这渴慕是从一个远房的叔祖惹起来的。他是一个胖胖的,和蔼的老人,爱种一点花木,如珠兰,茉莉之类,还有极其少见的,据说从北边带回去的马缨花。他的太太却正相反,什么也莫名其妙,曾将晒衣服的竹竿搁在珠兰的枝条上,枝折了,还要愤愤地咒骂道:"死尸!"这老人是个寂寞者,因为无人可谈,就很爱和孩子们往来,有时简直称我们为"小友"。在我们聚族而居的宅子里,只有他书多,而且特别。制艺和试帖诗,自然也是有的;但我却只在他的书斋里,看见过陆玑的《毛诗草木鸟兽虫鱼疏》,还有许多名目很生的书籍。我那时最爱看的是《花镜》,上面有许多图。他说给我听,曾经有过一部绘图的《山海经》,画着人面的兽,九头的蛇,三脚的鸟,生着翅膀的人,没有头而以两乳当作眼睛的怪物,……可惜现在不知道放在那里了。

我很愿意看看这样的图画,但不好意思力逼他去寻找,他是很疏懒的。问别人呢,谁也不肯真实地回答我。压岁钱还有几百文,买罢,又没有好机会。有书买的大街离我家远得很,我一年中只能在正月间去玩一趟,那时候,两家书店都紧紧地关着门。

玩的时候倒是没有什么的,但一坐下,我就记得绘图的《山海经》。

大概是太过于念念不忘了,连阿长也来问《山海经》是怎么一回事。这是我向来没有和她说过的,我知道她并非学者,说了也无益;但既然来问,也就都对她说了。

过了十多天,或者一个月罢,我还很记得,是她告假回家以后的四五天,她穿着新的蓝布衫回来了,一见面,就将一包书递给我,高兴地说道:

"哥儿,有画儿的'三哼经',我给你买来了!"

我似乎遇着了一个霹雳,全体都震悚起来;赶紧去接过来,打开纸包,是四本小小的书,略略一翻,人面的兽,九头的蛇,……果然都在内。

这又使我发生新的敬意了,别人不肯做,或不能做的事,她却能够做成功。她确有伟大的神力。谋害隐鼠的怨恨,从此完全消灭了。

这四本书,乃是我最初得到,最为心爱的宝书。

书的模样,到现在还在眼前。可是从还在眼前的模样来说,却是一部刻印都十分粗拙的本子。纸张很黄;图像也很坏,甚至于几乎全用直线凑合,连动物的眼睛也都是长方形的。但那是我最为心爱的宝书,看起来,确是人面的兽;九头的蛇;一脚的牛;袋子似的帝江;没有头而"以乳为目,以脐为口",还要"执干戚而舞"的刑天。

此后我就更其搜集绘图的书,于是有了石印的《尔雅音图》和《毛诗品物图考》,又有了《点石斋丛画》和《诗画舫》。《山海经》也另买了一部石印的,每卷都有图赞,绿色的画,字是红的,比那木刻的精致得多了。这一部直到前年还在,是缩印的郝懿行疏。木刻的却已经记不清是什么时候失掉了。

我的保姆,长妈妈即阿长,辞了这人世,大概也有了三十年了罢。我终于不知道她的姓名,她的经历;仅知道有一个过继的儿子,她大约是青年守寡的孤孀。

仁厚黑暗的地母呵,愿在你怀里永安她的魂灵!

三月十日。

(原载1926年3月25日《莽原》半月刊第1卷第6期)

【作品分析】

《朝花夕拾》代表鲁迅散文非常独特的一面。像《阿长与山海经》这样回忆童年经历的文章,往往带着儿童的口气,用着亲切的态度,怀着略带伤感的心情,述说童年少年的人事沧桑。

儿时的鲁迅对长妈妈的感情经历了曲折的变化。先是"不大佩服"、"非常麻烦",后来"发生了空前的敬意",又"逐渐淡薄起来",之后又有"新的敬意了"。在文章的最后,作为回忆者的鲁迅对长妈妈发出了最深的感叹。文章的韵味在于,这些感情的变迁都是通过儿童的口吻表现出来,读者在体味一个儿童的心态过程中,既可以把自己当成儿童,回到单纯又有趣的童年世界,又可以脱离出来观察鲁迅的内心世界。

对长妈妈的感情的变化是一个明显的线索。这个主线连缀了鲁迅与长妈妈间的若干琐事。具有感情色彩的语感词汇是关键之点。开始他回忆了长妈妈对自己不利的行为,对"我"管得很严,拿母亲的权威压"我"。夏天"占了满床",母亲说了也不管用。鲁迅用了很不堪的词来形容她的"劣行",最后实在是"无法可想了"。这在一个儿童的心中一定是把她当成一个讨厌的家伙:妨害着自己的自由,却无法对她怎么样,因为她很胖,一个小孩儿在她面前没办法,"推他呢,不动;叫她呢,也不闻"。这实在是很无奈,也许这是让鲁迅在童年就体验到的一种心境,和成年的无奈相比,自有一番滋味。长妈妈对他的"恭喜"很在意,完全是出于对顺利(还没有奢求幸福)的希望。然而在鲁迅眼里,这却是一场"辟头的磨难",因为他对元旦的理解大概只有"小鼓,刀枪,泥人,糖菩萨……",而长妈妈却添了福橘这麻烦的东西。这真是一场磨难,以至于过去多年,长妈妈的动作神态还能一一呈现:"摇了两摇","立刻伸出臂膊","一把将我按住","惶急地看着我","摇着我的肩","十分喜欢似的"。"我"只得任凭摆布。

　　鲁迅对长妈妈产生空前的敬意是在她讲"长毛"时。虽然听了很可怕的故事,"我那时似乎倒并不怕"。鲁迅似乎对长妈妈的神力更感兴趣,不排除有震慑的目的,但长妈妈能让小孩子佩服有加,主要是自己深信不疑,她是很严肃地叙述这段事情的,像说书人一样,自己是秉承着公心的,不但自娱或树立自己权威的身份,还要作为历史叙述者和评论者宣讲道义。鲁迅从小就被民间言论包围着,以至于在他的思想中总是萦绕着民间的气味,具有一种消解主流文化的不自觉的倾向。

　　与长妈妈的故事一样,《山海经》又是鲁迅一生挥之不去的一种情结。带画的神话集在儿童鲁迅的眼前展现了异常新鲜的天地,他以后对美术的热爱和对远古祖先的钟情恐怕就源于此。

　　虽然鲁迅总是在探讨国民劣根性的问题,总是以穷追猛打的姿态出现(当然也对自己)。可《朝花夕拾》却展现了他无限温情的一面。尽管有许多不好的方面,长妈妈却给了一个儿童温暖的关爱,尽量满足他的希望,这些就足够了。因为回忆起童年总是美好的事情多,那时不必怀着功利之心奔波劳苦,而是世上的一切都是面对好奇心和求知欲正在打开的秘密。而长妈妈经常给予着"知识",成为启蒙老师。甚至那位远房的叔祖也是一位良师兼挚友。

老人与孩子的关系很好,说明他是正直友善的。因为他无法从孩子身上取得利益,只能在这种无利益的交往中获得乐趣。

文章的最后,鲁迅发出了最深的叹息。这在他所有作品中几乎是难得的。可见他对人间是怀着多么深沉的爱,而不像有的论者所说,他是一个苛刻的人。惟其爱得深切,苛责也更深。作为一个清醒的人,他的爱也总是沉重的,因此他对长妈妈的祝福是那样动人心魄。虽然有"仁厚"、"魂灵"这样的字眼,却毫不矫情,而是让人触摸到他的温厚的心灵。

【延伸阅读文献】

卢今:《论鲁迅散文及其美学特征》,湖南文艺出版社 1987 年版。

施建伟:《鲁迅美学风格谈篇》,黄河文艺出版社 1987 年版。

(曹颖新)

女 吊

鲁 迅

  大概是明末的王思任说的罢:"会稽乃报仇雪耻之乡,非藏垢纳污之地!"这对于我们绍兴人很有光彩,我也很喜欢听到,或引用这两句话。但其实,是并不的确的;这地方,无论为那一样都可以用。

  不过一般的绍兴人,并不像上海的"前进作家"那样憎恶报复,却也是事实。单就文艺而言,他们就在戏剧上创造了一个带复仇性的,比别的一切鬼魂更美,更强的鬼魂。这就是"女吊"。我以为绍兴有两种特色的鬼,一种是表现对于死的无可奈何,而且随随便便的"无常",我已经在《朝花夕拾》里得了介绍给全国读者的光荣了,这回就轮到别一种。

  "女吊"也许是方言,翻成普通的白话,只好说是"女性的吊死鬼"。其实,在平时,说起"吊死鬼",就已经含有"女性的"的意思,因为投缳而死者,向来以妇人女子为最多。有一种蜘蛛,用一枝丝挂下自己的身体,悬在空中,《尔雅》上已谓之"蜆,缢女",可见在周朝或汉朝,自经的已经大抵是女性了,所以那时不称它为男性的"缢夫"或中性的"缢者"。不过一到做"大戏"或"目连戏"的时候,我们便能在看客的嘴里听到"女吊"的称呼,也叫作"吊神"。横死的鬼魂而得到"神"的尊号的,我还没有发见过第二位,则其受民众之爱戴也可想。但为什么这时独要称她"女吊"呢?很容易解:因为在戏台上,也要有"男吊"出现了。

  我所知道的是四十年前的绍兴,那时没有达官显宦,所以未闻有专门为人(堂会?)的演剧。凡做戏,总带着一点社戏性,供着神位,是看戏的主体,人们去看,不过叨光。但"大戏"或"目连戏"所邀请的看客,范围可较广了,自然请神,而又请鬼,尤其是横死的怨鬼。所以仪式就更紧张,更严肃。一请怨鬼,仪式就格外紧张严肃,我觉得这道理是很有趣的。

  也许我在别处已经写过。"大戏"和"目连",虽然同是演给神,人,鬼看的戏文,但两者又很不同。不同之点:一在演员,前者是专门的戏子,后者则是临时集合的 Amateur——农民和工人;一在剧本,前者有许多种,后者却好歹总只演一本《目连救母记》。然而开场的"起殇",中间的鬼魂时时出现,收场的好人升天,恶人落地狱,是两者都一样的。

　　当没有开场之前,就可看出这并非普通的社戏,为的是台两旁早已挂满了纸帽,就是高长虹之所谓"纸糊的假冠",是给神道和鬼魂戴的。所以凡内行人,缓缓的吃过夜饭,喝过茶,闲闲而去,只要看挂着的帽子,就能知道什么鬼神已经出现。因为这戏开场较早,"起殇"在太阳落尽时候,所以饭后去看,一定是做了好一会了,但都不是精彩的部分。"起殇"者,绍兴人现已大抵误解为"起丧",以为就是召鬼,其实是专限于横死者的。《九歌》中的《国殇》云:"身既死兮神以灵,魂魄毅兮为鬼雄",当然连战死者在内。明社垂绝,越人起义而死者不少,至清被称为叛贼,我们就这样的一同招待他们的英灵。在薄暮中,十几匹马,站在台下了;戏子扮好一个鬼王,蓝面鳞纹,手执钢叉,还得有十几名鬼卒,则普通的孩子都可以应募。我在十余岁时候,就曾经充过这样的义勇鬼,爬上台去,说明志愿,他们就给在脸上涂上几笔彩色,交付一柄钢叉。待到有十多人了,即一拥上马,疾驰到野外的许多无主孤坟之处,环绕三匝,下马大叫,将钢叉用力的连连刺在坟墓上,然后拔叉驰回,上了前台,一同大叫一声,将钢叉一掷,钉在台板上。我们的责任,这就算完结,洗脸下台,可以回家了,但倘被父母所知,往往不免挨一顿竹篠(这是绍兴打孩子的最普通的东西),一以罚其带着鬼气,二以贺其没有跌死,但我却幸而从来没有被觉察,也许是因为得了恶鬼保佑的缘故罢。

　　这一种仪式,就是说,种种孤魂厉鬼,已经跟着鬼王和鬼卒,前来和我们一同看戏了,但人们用不着担心,他们深知道理,这一夜决不丝毫作怪。于是戏文也接着开场,徐徐进行,人事之中,夹以出鬼:火烧鬼,淹死鬼,科场鬼(死在考场里的),虎伤鬼……孩子们也可以自由去扮,但这种没出息鬼,愿意去扮的并不多,看客也不将它当作一回事。一到"跳吊"时分——"跳"是动词,意义和"跳加官"之"跳"同——情形的松紧可就大不相同了。台上吹起悲凉的喇叭来,中央的横梁上,原有一团布,也在这时放下,长约戏台高度的五分之二。看客们都屏着气,台上就闯出一个不穿衣裤,只有一条犊鼻裈,面施几笔粉墨的男人,他就是"男吊"。一登台,径奔悬布,像蜘蛛的死守着蛛丝,也如结网,在这上面钻,挂。他用布吊着各处:腰,胁,胯下,肘弯,腿弯,后项窝……一共七七四十九处。最后才是脖子,但是并不真套进去的,两手扳着布,将颈子一伸,就跳下,走掉了。这"男吊"最不易跳,演目连戏时,独有这一个脚色须特请专门的戏子。那时的老年人告诉我,这也是最危险的时候,因为也许会招出真的"男吊"来。所以后台上一定要扮一个王灵官,一手捏诀,一手执鞭,目不转睛的看着一面照见前台的镜子。倘镜中见有两个,那么,一个就是真鬼了,他得立刻跳出去,用鞭将假鬼打落台下。假鬼一落台,就该跑到河边,洗去粉墨,挤在人丛中看戏,然后慢慢的回家。倘打得慢,他就会在戏台上吊死;洗得慢,真鬼也还会认识,跟住他。这挤在人丛中看自己们所做的戏,就如要人下野而念佛,或出洋游历一样,也正是一种缺少不得的过渡仪式。

这之后,就是"跳女吊"。自然先有悲凉的喇叭;少顷,门幕一掀,她出场了。大红衫子,黑色长背心,长发蓬松,颈挂两条纸锭,垂头、垂手,弯弯曲曲的走一个全台,内行人说:这是走了一个"心"字。为什么要走"心"字呢?我不明白。我只知道她何以要穿红衫。看王充的《论衡》,知道汉朝的鬼的颜色是红的,但再看后来的文字和图画,却又并无一定颜色,而在戏文里,穿红的则只有这"吊神"。意思是很容易了然的;因为她投缳之际,准备作厉鬼以复仇,红色较有阳气,易于和生人相接近,……绍兴的妇女,至今还偶有搽粉穿红之后,这才上吊的。自然,自杀是卑怯的行为,鬼魂报仇更不合于科学,但那些都是愚妇人,连字也不认识,敢请"前进"的文学家和"战斗"的勇士们不要十分生气罢。我真怕你们要变呆鸟。

她将披着的头发向后一抖,人这才看清了脸孔:石灰一样白的圆脸,漆黑的浓眉,乌黑的眼眶,猩红的嘴唇。听说浙东的有几府的戏文里,吊神又拖着几寸长的假舌头,但在绍兴没有。不是我袒护故乡,我以为还是没有好;那么,比起现在将眼眶染成淡灰色的时式打扮来,可以说是更彻底,更可爱。不过下嘴角应该略略向上,使嘴巴成为三角形:这也不是丑模样。假使半夜之后,在薄暗中,远处隐约着一位这样的粉面朱唇,就是现在的我,也许会跑过去看看的,但自然,却未必就被诱惑得上吊。她两肩微耸,四顾,倾听,似惊,似喜,似怒,终于发出悲哀的声音,慢慢地唱道:

"奴奴本是杨家女,
呵呀,苦呀,天哪!……"

下文我不知道了。就是这一句,也还是刚从克士那里听来的。但那大略,是说后来去做童养媳,备受虐待,终于弄到投缳。唱完就听到远处的哭声,这也是一个女人,在衔冤悲泣,准备自杀。她万分惊喜,要去"讨替代"了,却不料突然跳出"男吊"来,主张应该他去讨。他们由争论而至动武,女的当然不敌,幸而王灵官虽然脸相并不漂亮,却是热烈的女权拥护家,就在危急之际出现,一鞭把男吊打死,放女的独去活动了。老年人告诉我说:古时候,是男女一样的要上吊的,自从王灵官打死了男吊神,才少有男人上吊;而且古时候,是身上有七七四十九处,都可以吊死的,自从王灵官打死了男吊神,致命处才只在脖子上。中国的鬼有些奇怪,好像是做鬼之后,也还是要死的,那时的名称,绍兴叫作"鬼里鬼"。但男吊既然早被王灵官打死,为什么现在"跳吊",还会引出真的来呢?我不懂这道理,问问老年人,他们也讲说不明白。

而且中国的鬼还有一种坏脾气,就是"讨替代",这才完全是利己主义;倘不然,是可以十分坦然的和他们相处的。习俗相沿,虽女吊不免,她有时也单是"讨替代",忘记了复仇。绍兴煮饭,多用铁锅,烧的是柴或草,烟煤一厚,火力就不灵了,因此我们就常在地上看见刮下的锅煤。但一定是散乱的,凡村姑乡妇,谁也决不肯省些力,把锅子伏在地面上,团团一刮,使烟煤落成一个黑圈子。这是因为吊神诱人的圈套,就用煤圈炼成的缘故。散掉烟煤,正是消极的抵制,不过为的是反对"讨替代",并非因为怕她去报仇。被压迫者即使没有报复的毒心,也决无被报复的恐惧,只有明明暗暗,吸血吃肉的凶手或其帮闲们,这才赠人以"犯而勿校"或"勿念旧恶"的格言,——我到今年,也愈加看透了这些人面东西的秘密。

九月十九——二十日。

(原载1936年10月5日《中流》半月刊第1卷第3期)

【作品分析】

周作人曾说:"鲁迅的一卷《朝花夕拾》,真是古今少有的书,……我读过已有多年,有些也还记得,但是最不能忘记是那篇讲活无常,又有晚年所写的《女吊》,虽然收在别的集子里,却也原是同这一类的。"《女吊》写于鲁迅死前的一个月,是他生前最后的文字之一。虽然写《女吊》距离写《无常》(《朝花夕拾》中的一篇)已有整整十年的时间了,但二者风格极其相似,研究者也经常把二者相提并论,所以读者不妨将两篇文章放在一起阅读。

鲁迅的文风冷峻、辛辣,很少温情,像《朝花夕拾》这类的作品在他的全部创作中占很少的一部分。他时时抗拒着怀旧的心理,像一位决绝的斗士,去和一切抗争。弓张得太满总有箭射出后松弛之时,人也不免有时颓唐失落。在写作《朝花夕拾》的1926年间,鲁迅正处于流离、放逐之中,"目前是这么离奇,心里是这么芜杂"。人在苦闷的时候是容易去触发童年的回忆的,因为那时大半还没有染上生而为人的痛苦吧。于是鲁迅努力"在纷扰中寻出一点闲静来",暂时沉醉于对故乡、对童年的义无反顾的回忆之中,《女吊》也就由是而产生。写到童年的往事时,鲁迅的笔调也是轻松和幽默的。比如写他小时候在戏台上充演义勇鬼,由于这么做不免是要挨父母打的,所以不能让父母察觉,鲁迅就庆幸他从未被察觉,他归之为恶鬼保佑的结果。

《女吊》不仅仅是鲁迅对于童年的反顾,更是由于他对于人与鬼,人的世界与鬼的世界的深刻洞见所致。鲁迅笔下的鬼的世界,如学者汪晖所言:"这是一个没有用公众和君子的眼光过滤的世界:人面的兽、九头的蛇、一脚的牛、袋子似的帝江、执干戚而舞的无头的刑天、既如怨鬼又绚美异常的女吊,还有那雪白的莽汉——蹩美的无常,……这是一个感情鲜明的世界,一个疯狂的、怪诞的、颠覆了等级秩序的世界,一个把个体孤独感的阴暗悲剧色彩烘托成为节日狂欢的世界,一个民间想像的、原始的、具有再生能力的世界。……'鬼'所报复的、讽刺的、调侃的不是现实的个别现象和个别的人物,而是整个的世界整体。现实世界在'鬼'的视野中失去了它的稳定性、合理性,失去了它的自律性、它的道德基础。在'鬼'世界的强烈的、绚丽的、分明的、诙谐的氛围中,我们生存的世界呈现了,它的暧昧、恐怖、异己无所依傍的状态。'鬼'世界的激进性表现为它所固有的民间性和非正统性:生活、思想和世界观里的一切成规定论,一切庄严与永恒,一切被规划了的秩序都与之格格不入。"鲁迅是深爱这个鬼的世界的,鲁迅的思想也深深地扎根于这种民间文化传统之中,他是一位叛逆的勇士,他要像女吊一样,即使死了也要"做厉鬼以复仇"。

鲁迅崇尚复仇精神,女吊就多有他的自喻,所以他喜欢女吊去复仇,厌恶她们的"讨替代",但是他又认为"被压迫者即使没有报复的毒心,也决无被报复的恐惧",只有"明明暗暗,吸血吃肉的凶手或其帮闲们"才会赠人以"犯而勿校"或"勿念旧恶"的格言,乞求别人的宽恕,鲁迅正是看清了他们"这些人面东西的秘密"才说出"一个都不宽恕"的话来的。

【延伸阅读文献】

汪晖:《反抗绝望——鲁迅的精神结构与〈呐喊〉〈彷徨〉研究》,上海人民出版社1991年版。

吴中杰:《论鲁迅的杂文创作》,江苏文艺出版社1988年版。

(任文惠)

影 的 告 别

鲁　迅

　　人睡到不知道时候的时候,就会有影来告别,说出那些话——

　　有我所不乐意的在天堂里,我不愿去;有我所不乐意的在地狱里,我不愿去;有我所不乐意的在你们将来的黄金世界里,我不愿去。
　　然而你就是我所不乐意的。
　　朋友,我不想跟随你了,我不愿住。
　　我不愿意!
　　呜乎呜乎,我不愿意,我不如彷徨于无地。

　　我不过一个影,要别你而沉没在黑暗里了。然而黑暗又会吞并我,然而光明又会使我消失。
　　然而我不愿彷徨于明暗之间,我不如在黑暗里沉没。

　　然而我终于彷徨于明暗之间,我不知道是黄昏还是黎明。我姑且举灰黑的手装作喝干一杯酒,我将在不知道时候的时候独自远行。
　　呜乎呜乎,倘若黄昏,黑夜自然会来沉没我,否则我要被白天消失,如果现是黎明。

　　朋友,时候近了。
　　我将向黑暗里彷徨于无地。
　　你还想我的赠品。我能献你甚么呢? 无已,则仍是黑暗和虚空而已。但是,我愿意只是黑暗,或者会消失于你的白天;我愿意只是虚空,决不占你的心地。

　　我愿意这样,朋友——

我独自远行,不但没有你,并且再没有别的影在黑暗里。只有我被黑暗沉没,那世界全属于我自己。

一九二四年九月二十四日。
(原载 1924 年 12 月 8 日《语丝》周刊第 4 期)

【作品分析】

　　《影的告别》是鲁迅的散文诗集《野草》中的一篇。鲁迅自称《野草》"大半是废弛的地狱边缘的惨白色小花"。由此可见鲁迅写作野草时的心境。有的学者称《野草》是"心灵的炼狱中熔铸的鲁迅诗,是'人生苦'的体验,探索中升华出来的鲁迅哲学"。从《野草》的整个基调去读《影的告别》或许能进入鲁迅内心世界一二。

　　《影的告别》首先宣告了个人与他人之间的排斥,即"影"决绝地和"你"告别,"我不想跟随你了,我不愿住","我将在不知道的时候独自远行"。这个"你"可以看作一个群体,影是想和群体告别。鲁迅时时感到"人人之间各有一道高墙,将各个分离,使大家的心无从相印"。因此鲁迅时常会有一种孤独感,孤独虽有时不免让人落寞,可惟有在孤独中个体才会从人类中分离出来,真真切切地体验到个体生命的存在,成为纯粹的个人。惟有在孤独中个体才能暂时远离外界的喧嚣,卸掉自己的面具,坦然地面对自己。所以鲁迅喜欢在深夜写作,因为"夜里造化所织的幽寂的天衣,普覆一切,使他们温暖,安心,不知不觉的自己渐渐脱去人造的面具和衣裳,赤条条地裹在这无边际的黑絮似的大块里"。所以"影"是属于黑夜的,他惟有在黑夜才得以生存,孤独是他惟一的外衣。鲁迅高度自觉于人的生命之群体性,但他不愿个体生命消融于群体之中,因此他要告别群体,"独自远行",去一个"不但没有你,并且再没有别的影在黑暗里"的世界,那个世界全属于他自己。

　　但是,个体与群体社会不是割裂的,个体需要通过他者和社会来体现自己。所以,鲁迅所极力否定、极力批判的有时就是他自己,因为他毕竟不能脱离这个世界而单独存在,每个个体于社会都是有责任的。于是,虽然"影"极力想告别,但他不得不徘徊于明暗之间,摆脱不了世界对他的限制。其实他怎么能摆脱呢?就连"影"这个称呼都是群体赋予他的。鲁迅自己也意识到了这一点,他说:"他不愿将自己的思想传染给别人。何以不愿,则因为我的思想太黑暗,而自己终不能确知是否正确之故。"所以"影"说他的赠品惟"黑暗"和"虚空"而已。但是"影"又不愿意只是黑暗,因为这黑暗会消失于白天;"影"愿意只是"虚空",因为虚空不会去占领别人的心地。"影"决绝地作别,带着黑暗和虚空独自远行,让别人自去活在他们的天堂或世界里。

谁也不知道"影"此去的命运会怎么样,因为我们和"影"同属于这个世界。尽管"影"也有许多悲哀和无奈,但却是活得明白的,活得清醒的,活得属于他自己的。他知道了什么是个体,什么是世界,即使消失,也消失得明明白白。

【延伸阅读文献】

钱理群:《心灵的探寻》,北京大学出版社 1999 年版。

孙玉石:《现实的与哲学的——鲁迅〈野草〉重释》,上海书店出版社 2001 年版。

(任文惠)

过 客

鲁 迅

时：
　　或一日的黄昏。
地：
　　或一处。
人：
　　老翁——约七十岁，白须发，黑长袍。
　　女孩——约十岁，紫发，乌眼珠，白地黑方格长衫。
　　过客——约三四十岁，状态困顿倔强，眼光阴沉，黑须，乱发，黑色短衣裤皆破碎，赤足著破鞋，胁下挂一个口袋，支着等身的竹杖。

东，是几株杂树和瓦砾；西，是荒凉破败的丛葬；其间有一条似路非路的痕迹。一间小土屋向这痕迹开着一扇门；门侧有一段枯树根。

　　（女孩正要将坐在树根上的老翁搀起。）
　　翁——孩子。喂，孩子！怎么不动了呢？
　　孩——（向东望着，）有谁走来了，看一看罢。
　　翁——不用看他。扶我进去罢。太阳要下去了。
　　孩——我，——看一看。
　　翁——唉，你这孩子！天天看见天，看见土，看见风，还不够好看么？什么也不比这些好看。你偏是要看谁。太阳下去时候出现的东西，不会给你什么好处的。……还是进去罢。
　　孩——可是，已经近来了。阿阿，是一个乞丐。
　　翁——乞丐？不见得罢。

　　（过客从东面的杂树间跄跄走出，暂时踌躇之后，慢慢地走近老翁去。）
　　客——老丈，你晚上好？

翁——阿,好!托福。你好?

客——老丈,我实在冒昧,我想在你那里讨一杯水喝。我走得渴极了。这地方又没有一个池塘,一个水洼。

翁——唔,可以可以。你请坐罢。(向女孩)孩子,你拿水来,杯子要洗干净。

(女孩默默地走进土屋去。)

翁——客官,你请坐。你是怎么称呼的。

客——称呼?——我不知道。从我还能记得的时候起,我就只一个人。我不知道我本来叫什么。我一路走,有时人们也随便称呼我,各式各样地,我也记不清楚了,况且相同的称呼也没有听到过第二回。

翁——阿阿。那么,你是从那里来的呢?

客——(略略迟疑,)我不知道。从我还能记得的时候起,我就在这么走。

翁——对了。那么,我可以问你到那里去么?

客——自然可以。——但是,我不知道。从我还能记得的时候起,我就在这么走,要走到一个地方去,这地方就在前面。我单记得走了许多路,现在来到这里了。我接着就要走向那边去,(西指,)前面!

(女孩小心地捧出一个木杯来,递去。)

客——(接杯,)多谢,姑娘。(将水两口喝尽,还杯,)多谢,姑娘。这真是少有的好意。我真不知道应该怎样感激!

翁——不要这么感激。这于你是没有好处的。

客——是的,这于我没有好处。可是我现在很恢复了些力气了。我就要前去。老丈,你大约是久住在这里的,你可知道前面是怎么一个所在么?

翁——前面?前面,是坟。

客——(诧异地,)坟?

孩——不,不,不的。那里有许多许多野百合,野蔷薇,我常常去玩,去看他们的。

客——(西顾,仿佛微笑,)不错。那些地方有许多许多野百合,野蔷薇,我也常常去玩过,去看过的。但是,那是坟。(向老翁,)老丈,走完了那坟地之后呢?

翁——走完之后?那我可不知道。我没有走过。

客——不知道?!

孩——我也不知道。

翁——我单知道南边;北边;东边,你的来路。那是我最熟悉的地方,也许倒是于你们最好的地方。你莫怪我多嘴,据我看来,你已经这么劳顿了,还不如回转去,因为你前去也料不定可能走完。

客——料不定可能走完?……(沉思,忽然惊起,)那不行!我只得走。回到那里去,就没一处没有名目,没一处没有地主,没一处没有驱逐和牢笼,没一处没有皮面的笑容,没一处没有眶外的眼泪。我憎恶他们,我不回转去!

翁——那也不然。你也会遇见心底的眼泪,为你的悲哀。

客——不。我不愿看见他们心底的眼泪,不要他们为我的悲哀!

翁——那么,你,(摇头,)你只得走了。

客——是的,我只得走了。况且还有声音常在前面催促我,叫唤我,使我息不下。可恨的是我的脚早经走破了,有许多伤,流了许多血。(举起一足给老人看,)因此,我的血不够了;我要喝些血。但血在那里呢?可是我也不愿意喝无论谁的血。我只得喝些水,来补充我的血。一路上总有水,我倒也并不感到什么不足。只是我的力气太稀薄了,血里面太多了水的缘故罢。今天连一个小水洼也遇不到,也就是少走了路的缘故罢。

翁——那也未必。太阳下去了,我想,还不如休息一会的好罢,像我似的。

客——但是,那前面的声音叫我走。

翁——我知道。

客——你知道?你知道那声音么?

翁——是的。他似乎曾经也叫过我。

客——那也就是现在叫我的声音么?

翁——那我可不知道。他也就是叫过几声,我不理他,他也就不叫了,我也就记不清楚了。

客——唉唉,不理他……。(沉思,忽然吃惊,倾听着,)不行!我还是走的好。我息不下。可恨我的脚早经走破了。(准备走路。)

孩——给你!(递给一片布,)裹上你的伤去。

客——多谢,(接取,)姑娘。这真是……。这真是极少有的好意。这能使我可以走更多的路。(就断砖坐下,要将布缠在踝上,)但是,不行!(竭力站起,)姑娘,还了你罢,还是裹不下。况且这太多的好意,我没法感激。

翁——你不要这么感激,这于你没有好处。

客——是的,这于我没有什么好处。但在我,这布施是最上的东西了。你看,我全身上可有这样的。

翁——你不要当真就是。

客——是的。但是我不能。我怕我会这样:倘使我得到了谁的布施,我就要像兀鹰看见死尸一样,在四近徘徊,祝愿她的灭亡,给我亲自看见;或者咒诅她以外的一切全都灭亡,连我自己,因为我就应该得到咒诅。但是我还没有这样的力量;即使有这力量,我也不愿意她有这样的境遇,因为她们大概总不愿意有这样的境遇。我想,这最稳当。(向女孩,)姑娘,你这布片太好,可是太小一点了,还了你罢。

孩——(惊惧,退后,)我不要了!你带走!

客——(似笑,)哦哦,……因为我拿过了?

孩——(点头,指口袋,)你装在那里,去玩玩。

客——(颓唐地退后,)但这背在身上,怎么走呢?……

翁——你息不下,也就背不动。——休息一会,就没有什么了。

客——对咧,休息……。(默想,但忽然惊醒,倾听。)不,我不能!我还是走好。

翁——你总不愿意休息么?

客——我愿意休息。

翁——那么,你就休息一会罢。

客——但是,我不能……。

翁——你总还是觉得走好么?

客——是的。还是走好。

翁——那么,你也还是走好罢。

客——(将腰一伸,)好,我告别了。我很感谢你们。(向着女孩,)姑娘,这还你,请你收回去。

(女孩惊惧,敛手,要躲进土屋里去。)

翁——你带去罢。要是太重了,可以随时抛在坟地里面的。

孩——(走向前,)阿阿,那不行!

客——阿阿,那不行的。

翁——那么,你挂在野百合野蔷薇上就是了。

孩——(拍手,)哈哈!好!

客——哦哦……。

(极暂时中,沉默。)

翁——那么,再见了。祝你平安。(站起,向女孩,)孩子,扶我进去罢。你看,太阳早已下去了。(转身向门。)

客——多谢你们。祝你们平安。(徘徊,沉思,忽然吃惊,)然而我不能!我只得走。我还是走好罢……(即刻昂了头,奋然向西走去。)

(女孩扶老人走进土屋,随即阖了门。过客向野地里跄踉地闯进去,夜色跟在他后面。)

一九二五年三月二日。

(原载 1925 年 3 月 9 日《语丝》周刊第 17 期)

【作品分析】

《过客》是以诗剧的独特形式创作的散文诗。《野草》收鲁迅1924年至1926年所作的24篇散文诗(23篇作品加"题辞"),于1927年由北京北新书局出版。《野草》是鲁迅所有创作中最具个性化色彩的作品,是作者在心灵的炼狱里提炼出来的诗,它们熔铸了作者从苦难人生中获得的生命哲学。《野草》不是以抽象的概念演绎鲁迅的生命哲学,而是用繁复的意象诗性地传达生命体验和哲思,在这些意象里,梦的朦胧与奇诡、鬼魂的阴森与凄艳互为表里,怪异的感觉、突兀的想像、荒诞的情节互相交响,构成了一幅幅奇幻的艺术图景。

出现在读者面前的主人公有着这样的外表:他"约三四十岁,状态困顿倔强,眼光阴沉,黑须,乱发,黑色短衣裤皆破碎,赤足著破鞋,胁下挂一个口袋,支着等身的竹杖",总之,从外观上看,他很容易被人当做乞丐。当他迎面走来时,人们或许要问:他是谁?他叫什么?他从什么地方来?又要到什么地方去?过客从小就孤身一人在小路上走着,他没有姓名,没有籍贯,不知自己从何处来,也不清楚自己将走向何方,他只知道自己要去的目的地就在前方。过客向老翁打听前面是什么去处,老翁告诉他那是坟地,而老翁的小孙女却说前方不是坟地,而是盛开着野百合、野蔷薇的乐园。过客不管前方是坟地还是乐园,他决定不接受老翁让他"回转去"的忠告,当他喝足了小女孩给他的水,稍事休息后,又听从"前面的声音"的召唤,跟跟跄跄地向西边的荒原深处走去。

作品主人公过客行走在一条"似路非路的痕迹"上,这让我们想起了鲁迅在小说《故乡》中对"路"富于哲理的表达:"其实地上本没有路,走的人多了,也便成了路。"作为执著地探寻生命意义的思想者,鲁迅赋予了"路"的意象深刻的哲学意味,他的创作与中国古代的"路"文化意象传统相承接,又不断超越着这一传统。鲁迅曾以屈原《离骚》的诗句"路漫漫其修远兮,吾将上下而求索",作为自己小说集《彷徨》扉页的导引词。鲁迅对中国古代两个著名的"路"

的典故进行了创作性的超越:"走'人生'的长途,最易遇到的有两大难关。其一是'歧路',倘是墨翟先生,相传是恸哭而返的。但我不哭也不返,先在歧路头坐下,歇一会,或者睡一觉,于是选一条似乎可走的路再走,……其二便是'穷途'了,听说阮籍先生也大哭而回,我却也像在歧路上的办法一样,还是跨进去,在刺丛里姑且走走。"(《两地书·二》)鲁迅还曾经说过:"倘说为别人引路,那就更不容易了,因为连我自己还不明白应当怎样走。……我只很确切地知道一个终点,那就是:坟。"(《写在〈坟〉后面》)

在前路渺茫的荒野上,老翁给出了"还不如回转去"的劝告,过客自己也明白前方就是坟地。濒临死亡之地,许多人可能会停止探索的脚步;但过客与他的创造者鲁迅一样选择了继续前行,"从我还能记得的时候起,我就是这么走"。在生命的意义有可能被"虚无之虫"蛀空之前,"走",成了过客惟一有意义的选择。在此层面上,美籍华裔学者李欧梵把鲁迅的《过客》与贝克特的荒诞剧《等待戈多》进行了比较。李欧梵认为,《过客》的开头很容易让人误以为是荒诞剧的舞台,它与比它晚三十年左右创作出来的《等待戈多》的确有相似之处。但过客最终选择了继续行走,他的这一决定使他身上较少"存在主义的虚无";《等待戈多》的主人公到剧终时也没有作出离开的决定,他们还在原处继续等待着不可能等到的戈多。

"人生如过客"是中国古典文学中常见的母题。李白在《春夜宴诸从弟桃李园序》中感叹道:"夫天地者,万物之逆旅也;光阴者,百代之过客也。而浮生若梦,为欢几何?"从生命的短暂中,李白得出了及时行乐、珍惜生命的念头。鲁迅笔下的过客超越了李白对这一母题的表现,他更像是唐代的佛教圣僧玄奘,在他身上,人们依稀看到了唐代那位伟大的朝圣者为获得佛教真理,虽九死而不悔的探索精神。所不同的是:与玄奘这些原先曾经拥有过世俗的姓名和家乡的"出家人"相比,鲁迅笔下的这位没有名号、没有故乡的过客,才是真正哲学意义上的无家可归者;另外,玄奘这些朝圣者的目的地是明确的,那就是所谓的"西天净土"——天竺国印度,而过客的旅程根本没有一个最终的归宿地,他一辈子只知道必须不断地行走下去。

过客的永恒前行比起玄奘们的朝圣更深刻地触及了佛教的人类生存价值本体论——空观。空,就是鲁迅作品中常常出现的"无地"、"无物"等文学意象的哲学对应物;而《过客》比起很多宗教典籍更深刻地宣示了精神探索者的悲剧境遇,即是:永远行走,永世漂泊。

【延伸阅读文献】

孙玉石:《〈野草〉研究》,中国社会科学出版社1982年版。

〔日〕片山智行:《鲁迅〈野草〉全释》,吉林大学出版社1993年版。

〔美〕李欧梵:《〈野草〉:希望与失望之间的绝境》,《铁屋中的呐喊——鲁迅研究》,岳麓书社1999年版。

(王家平)

故乡的野菜

周作人

我的故乡不止一个,凡我住过的地方都是故乡。故乡对于我并没有什么特别的情分,只因钓于斯游于斯的关系,朝夕会面,遂成相识,正如乡村里的邻舍一样,虽然不是亲属,别后有时也要想念到他。我在浙东住过十几年,南京东京都住过六年,这都是我的故乡;现在住在北京,于是北京就成了我的家乡了。

日前我的妻往西单市场买菜回来,说起有荠菜在那里卖着,我便想起浙东的事来。荠菜是浙东人春天常吃的野菜,乡间不必说,就是城里只要有后园的人家都可以随时采食,妇女小儿各拿一把剪刀一只"苗篮",蹲在地上搜寻,是一种有趣味的游戏的工作。那时小孩们唱道,"荠菜马兰头,姊姊嫁在后门头。"后来马兰头有乡人拿来进城售卖了,但荠菜还是一种野菜,须得自家去采。关于荠菜向来颇有风雅的传说,不过这似乎以吴地为主。《西湖游览志》云,"三月三日男女皆戴荠菜花。谚云,三春戴荠花,桃李羞繁华。"顾禄的《清嘉录》上亦说,"荠菜花俗呼野菜花,因谚有三月三蚂蚁上灶山之语,三日人家皆以野菜花置灶陉上,以厌虫蚁。侵晨村童叫卖不绝。或妇女簪髻上以祈清目,俗号眼亮花。"但浙东却不很理会这些事情,只是挑来做菜或炒年糕吃罢了。

黄花麦果通称鼠麹草,系菊科植物,叶小,微圆互生,表面有白毛,花黄色,簇生梢头。春天采嫩叶,捣烂去汁,和粉作糕,称黄花麦果糕。小孩们有歌赞美之云:

黄花麦果韧结结,
关得大门自要吃:
半块拿弗出,一块自要吃。

清明前后扫墓时,有些人家——大约是保存古风的人家——用黄花麦果作供,但不作饼状,做成小颗如指顶大,或细条如小指,以五六个作一攒,名曰茧果,不知是什么意思,或因蚕上山时设祭,也用这种食品,故有是称,亦未可知。自从十二三岁时外出不参与外祖家扫墓以后,不复见过茧果,近来住在北京,也不再见黄花麦果的影子了。日本称作"御形",与荠菜同为春天的七草之一,也采来做点心用,状如艾饺,名曰"草饼",春分前后多食之,在北京也有,但是吃去总是日本风味,不复是儿时的黄花麦果糕了。

  扫墓时候所常吃的还有一种野菜,俗名草紫,通称紫云英。农人在收获后,播种日内,用作肥料,是一种很被贱视的植物,但采取嫩茎瀹食,味颇鲜美,似豌豆苗。花紫红色,数十亩接连不断,一片锦绣,如铺着华美的地毯,非常好看,而且花朵状若蝴蝶,又如鸡雏,尤为小孩所喜,间有白色的花,相传可以治痢,很是珍重,但不易得。日本《俳句大辞典》云,"此草与蒲公英同是习见的东西,从幼年时代便已熟识,在女人里边,不曾采过紫云英的人,恐未必有罢。"中国古来没有花环,但紫云英的花球却是小孩常玩的东西,这一层我还替那些小人们欣幸的。浙东扫墓用鼓吹,所以少年们常随了乐音去看"上坟船里的姣姣";没有钱的人家虽没有鼓吹,但是船头上篷窗下总露出些紫云英和杜鹃的花束,这也就是上坟船的确实的证据了。

十三年二月

(选自《雨天的书》,北新书局 1925 年 12 月版)

【作者介绍】

  周作人(1885—1967),笔名岂明、知堂、遐寿等,浙江绍兴人。散文作品有《雨天的书》、《谈龙集》、《谈虎集》、《泽泻集》、《秉烛谈》、《苦茶随笔》、《苦竹杂记》、《瓜豆集》等。

【作品分析】

  《故乡的野菜》是一篇记叙抒情散文,作于 1924 年 2 月,后收入《雨天的书》。

  在文中,周作人怀着欣悦的心情,热情地介绍了自己家乡春季的亦菜亦花的三种植物,渗透着作者对生活的倾心热爱和对幼时家乡风物的依恋之情。

  作品的情意蕴涵似淡而实浓。造成文章浓郁情韵的因素,既来自对人们采摘野菜、佩戴野花活动的记述,又有对充满了文化意味的悠久民俗的介绍,还有对别致的带有戏剧色彩的民间风情的展示。文中对每一种野菜的描述,无不与当地人民的生活紧密相连,而每一段文字又都充溢着亲切真实的情致。比如:"荠菜是浙东人春天常吃的野菜,乡间不必说,就是城里只要有后园的人家都可以随时采食,妇女小儿各拿一把剪刀一只'苗篮',蹲在地上搜寻,是一种有趣味的游戏的工作。那时小孩们唱道:'荠菜马兰头,姊姊嫁在后门头。'"这一段记述,写了春和景明之际,浙东百姓们采摘荠菜的带有"游戏"性质的活动,并且融进了在这样的时节,地方上嫁女迎亲的风俗。此外,像"三春戴荠花,桃李羞繁华"的俗谚,孩子们赞美黄花麦果糕的儿歌,人们在清明前后以茧果祭祀亲人的"作供"古风,以及扫墓时节"少年们常随了乐音去看'上坟船里的姣姣'"的别致风情,都令全文充溢着喜悦祥和的情致。

　　文章的知识性特点也是很突出的。在这篇短短的约一千三百字的作品中,读者获得了荠菜花可以厌虫蚁的知识,黄花麦果可以做成糕饼,日本也有类似的"草饼"的知识,紫云英既可作肥料,又可取茎煮食,白色花朵还可以入药止痢的知识,体现出了作者学养的深厚。

　　关于散文的语言,周作人向来主张最高的境界是本色和简单。他说:"写文章没有别的诀窍,只有一字曰简单。……若本色反是难。为什么呢?本色可以拿得出来,必须本来的质地形色可以站得住脚。"(《本色》)他说,散文语言要"以口语为基本,再加上欧化语,古文,方言等分子,杂糅调和,适宜地或舍嗇地安排起来,有知识与趣味的两重统制,才可以造出有雅致的俗语文来。"(《永日集·燕知草·跋》)这里,周作人实际上是在说,散文语言的最高境界是雅俗共赏。《故乡的野菜》基本上是符合他自己的语言要求的。的确文中以"谈话风"的口语为底色,文言句式,方言词汇,尽皆入文,造成的语言效果是通俗中带着涩涩的简单味儿,其艺术效果也是很不错的。

【延伸阅读文献】

张菊香主编:《周作人年谱》,南开大学出版社1985年版。

赵京华:《周作人审美理想与散文艺术综论》,《文学评论》1988年第4期。

钱理群:《周作人的散文艺术》,《周作人论》,上海人民出版社1991年版。

(霍秀全)

关于三月十八日的死者(存目)

周作人

【作品分析】

《关于三月十八日的死者》是周作人的一篇杂文,作于1926年3月23日,发表于《语丝》周刊1926年3月第72期。本文是为1926年的"三一八惨案"而作。1926年3月18日,北京各界爱国群众集会抗议日本帝国主义的侵略行径,结果突然遭到段祺瑞卖国政府有预谋的屠杀,当场死亡四十余人,受伤二百余人。这就是著名的"三一八惨案"。遇害人员中,有两人是周作人任教的北京女子师范大学的学生刘和珍与杨德群。

作为一名正直的知识分子,周作人在这篇文章中猛烈地谴责了卖国政府,对以"学者名流、新闻记者"身份出现的"帮闲文人"给予了尖锐抨击,特别是对为了国家民族慷慨赴死的弟子们表达了无比痛惜的感情。整篇文章的笔调是沉郁、苍凉和愤慨的,可以与鲁迅的《记念刘和珍君》、《无花的蔷薇》(之二)、朱自清的《执政府大屠杀记》等文互看。文章在结构上采用了"板块式"的安排。第一部分以无奈和讽刺的口吻讲述自己最初听说"三一八惨案"后的情形,特别是几天来听到有关惨案的说法,使他知道军阀当局的暴行是不会有人来管,被害的人最终"都是白死"的;第二部分是深深地哀悼无辜被害的年轻的生命;第三部分具体描述自己瞻仰刘、杨两弟子遗容时的情况,抒发了悲痛难抑的感情;第四部分是全文重心之所在,即声讨、抨击卖国政府的血腥暴行及无耻文人的卑劣构陷,以及自己只能用文字来纪念逝者的无奈,讽刺、愤怒之情溢于言表。

文章在语言运用方面有两个特点,一是平淡节制,二是口语性强。刘和珍是作者熟悉的学生,在女子师范大学学潮中,作者甚至是她们的坚定支持者,现在她们却遽然逝去,其震惊与痛惜之情是不难想见的。但作者始终不放纵笔墨,只是用平淡而简约的文字加以叙述,这就是周作人文章的特点,其感情的强烈又是读者能体会的。文中很少有其他文章经常掺杂的外来语、文言、方言的成分,只是平实地叙述,显得真实,也别有感动人的力量。

【延伸阅读文献】

张菊香、张铁荣编:《周作人研究资料》,天津人民出版社1986年版。

许杰:《周作人论》,《作家论》,人民文学出版社1984年版。

袁良骏:《鲁迅、周作人杂文比较论》,《北京社会科学》1993年第4期。

(霍秀全)

奴才礼赞

周作人

　　天下自古有奴隶,唯奴才为希有可贵。为什么呢? 你只要有强力,有财力,就可以弄到许多奴隶,在你的威武与契约之下,也只能低头给你服役,虽然心里不服或是正图谋反抗。至于奴才,那是甘心情愿替你做狗腿,无论你怎样待他,不要他,给他可以逃脱的机会,他总是非请安叩头或打屁股不行,一定要戴一顶空梁帽直站在门口,听候吩咐。总之,他是有奴瘾的,或说是奴性奴气,亦无不可。奴才与奴隶的不同,在于他是天生而非人为的(Born not-made),在这一点上奴才的确与诗人一样,一样难得的。

　　不过在别处难得的东西,在咱们中华大抵都是很平常的,奴才也不是例外。要严格的统计奴才全数与人口的比例,去和别国比较,还没有人这样办过,我不知道到底成绩如何,但略为玄学一点照我们的感觉说去,中国似乎当得起是最富于奴才的国。例呢,可以不别举吧? 姑且举远一点的,即如溥仪出宫时那班忠良的商民。喔,喔,这是何等的荣誉,我们有这许多像诗人一样难得的东西! 倘若奴才少几个,中国怎么会精神文明得像现在这个样子,怎么会这样的幸福安吉? 这的确是值得最高的顶礼的,最可尊重的了。

　　幼时听祖父说,有满洲武官朝见嘉庆皇帝,本应自称奴才的现在却口口声声称作奴家,嘉庆皇帝想笑,怕得他要得失仪之罪,勉强忍住,把下嘴唇都咬出血来了。我听了这个故事,觉得奴才这件物事不但是可贵而且也还有点可爱了。休哉!

(选自许杰编《周作人早期散文选》)

【作品分析】

　　《奴才礼赞》是一篇杂文,作于 1926 年。文章从分别"奴隶"与"奴才"的基本性格入手,尖锐地嘲讽和批判了国民性中的"奴性"。

文章仅三个自然段,先泛论奴隶和奴才,重点放在奴才上,为下文专谈中国的奴才与奴性作铺垫。次说中国是"最富于奴才的国",举溥仪出宫的例子,又以中国"精神文明得像现在这个样子","这样的幸福安吉"的历史来作证明。最后则以满族武官的表现作最有说服力的说明,从而揭示了批判主题。层次清晰,推演自如,论理严密。文题标明曰"礼赞",当然是反语,与文章讽刺风格相一致,而语言运用也多有简洁明快的反语,使文章的锋芒颇为犀利。

本文最突出的特点就是其无处不在的辛辣讽刺。在辨析"奴隶"与"奴才"之区别时,特别提出"唯奴才为希有可贵";在谈到奴才的本性时,将其"奴瘾,或说是奴性奴气"写得活灵活现;谈到清废帝溥仪被赶出故宫时,一班"忠良的商民"痛不欲生,其奴才本相,简直是值得给予"最高的顶礼"和"尊荣"了;尤其是清嘉庆帝时代,一位满族武官嫌自称"奴才"尚觉得"奴"得不够彻底,居然自称"奴家",其愚蠢颟顸简直就"有点可爱"了。在这里,作者对旧时代奴才们的讽刺达于极致,甚至可以说是对不可思议的奴性的种种丑恶表现作了入木三分的讽刺。

【延伸阅读文献】

钱理群:《周作人传》,北京十月文艺出版社1990年版。

舒芜:《周作人概观》,湖南人民出版社1986年版。

(霍秀全)

笑

冰 心

　　雨声渐渐的住了,窗帘后隐隐的透进清光来。推开窗户一看,呀!凉云散了,树叶上的残滴,映著月儿,好似萤光千点,闪闪烁烁的动着。——真没想到苦雨孤灯之后,会有这么一幅清美的图画!

　　凭窗站了一会儿,微微的觉得凉意侵人。转过身来,忽然眼花缭乱,屋子里的别的东西,都隐在光云里;一片幽辉,只浸着墙上画中的安琪儿。——这白衣的安琪儿,抱着花儿,扬着翅儿,向着我微微的笑。

　　"这笑容仿佛在那儿看见过似的,什么时候,我曾……"我不知不觉的便坐在窗口下想,——默默的想。

　　严闭的心幕,慢慢的拉开了,涌出五年前的一个印象。——一条很长的古道。驴脚下的泥,兀自滑滑的。田沟里的水,潺潺的流着。近村的绿树,都笼在湿烟里。弓儿似的新月,挂在树梢。一边走着,似乎道旁有一个孩子,抱着一堆灿白的东西。驴儿过去了,无意中回头一看。——他抱着花儿,赤着脚儿,向着我微微的笑。

　　"这笑容又仿佛是那儿看见过似的!"我仍是想——默默的想。

　　又现出一重心幕来,也慢慢的拉开了,涌出十年前的一个印象。——茅檐下的雨水,一滴一滴的落到衣上来。土阶边的水泡儿,泛来泛去的乱转。门前的麦陇和葡萄架子,都灌得新黄嫩绿的非常鲜丽。——一会儿好容易雨晴了,连忙走下坡儿去。迎头看见月儿从海面上来了,猛然记得有件东西忘下了,站住了,回过头来。这茅屋里的老妇人——她倚着门儿,抱着花儿,向着我微微的笑。

　　这同样微妙的神情,好似游丝一般,飘飘漾漾的合了拢来,绾在一起。

　　这时心下光明澄静,如登仙界,如归故乡。眼前浮现的三个笑容,一时融化在爱的调和里看不分明了。

(选自《冰心散文集》,北新书局1932年版)

【作品分析】

《笑》是一篇散文诗,发表于1921年初。《笑》所阐发的是一种以人道主义为基础的"泛爱"哲学。冰心自己将其称之为"爱的哲学"。这是"五四"时期冰心笃信的人生哲学。面对着当时纷扰混乱黑暗压抑的中国现实和人们——特别是青年们寂寞苦闷的处境,冰心希望通过宣传"爱的哲学"来使这些不幸多少能够得到一些改变。为此她在自己的文章中反复地阐述这个美丽的幻想。

冰心的"爱的哲学"包括母爱、童真、自然之美和来自于基督教的启示。在冰心看来,母爱是人世间最伟大最无私的爱,因为它发自于人类的天性本能,因此它可以化解一切苦难。试想,如果天下的母亲都像爱自己的孩子一样去爱别的孩子,天下孩子都像爱自己的母亲一样去爱别人的母亲,那么人间还会有什么矛盾纷争呢?冰心认为,儿童的心灵是最纯洁无瑕的,他们之间只有友爱与互助,因此,成年人应当向儿童学习,回归童真,不要杀伐竞争,互相倾陷。冰心觉得,美丽的大自然可以让疲惫的人们得到休息和苏醒,恢复他们善良的天性,因此人们应当到大自然中去陶冶自己。此外,冰心还从《圣经》的一些记述中得到启示,认为爱是可以化解一切矛盾苦闷的。在《笑》中,作者描写抱着花儿微笑的安琪儿、小孩子、老妇人和雨后美丽的风景,这些人和事都是在诠释着冰心"爱的哲学"的内涵。

冰心"爱的哲学"的宣传,一方面表现了她强烈的时代使命感和正义感,是她关注社会人生的表现;另一方面也显示了她当时思想的幼稚。应当说这种价值规范,只有在人类社会文明高度发达的时期才会被承认和实行,从这个意义上,冰心的理想又是超前的。

《笑》无论是意境,还是文字,都具有诗一样的韵致。细腻的描写,真诚的笔调,温馨的情致,清新的文字,处处显示着女作家特有的情怀。冰心后来的散文,也基本上都是这种风格,因此引起了文坛的广泛关注和一致称赞。阿英称冰心的这类散文为"冰心体"。

可以说,以《笑》为开端的作品,奠定了冰心在中国20世纪散文史上的地位。

【延伸阅读文献】

茅盾:《冰心论》,《作家论》,人民文学出版社1984年版。

佘树森:《冰心的"小诗"体》,《中国现当代散文研究》,北京大学出版社1993年版。

(霍秀全)

往 事(二)

冰 心

三

　　今夜林中月下的青山,无可比拟! 仿佛万一,只能说是似娟娟的静女,虽是照人的明艳,却不飞扬妖冶;是低眉垂袖,璎珞矜严。

　　流动的光辉之中,一切都失了正色:松林是一片浓黑,天空是莹白的,无边的雪地,竟是浅蓝色的了。这三色衬成的宇宙,充满了凝静,超逸与庄严;中间流溢着满空幽哀的神意,一切言词文字都丧失了,几乎不容凝视,不容把握!

　　今夜的林中,决不宜于将军夜猎——那从骑杂沓,传叫风生,会踏毁了这平整匀纤的雪地;朵朵的火燎,和生寒的铁甲,会缭乱了静冷的月光。

　　今夜的林中,也不宜于燃枝野餐——火光中的喧哗欢笑,杯盘狼藉,会惊起树上稳栖的禽鸟;踏月归去,数里相和的歌声,会叫破了这如怨如慕的诗的世界。

　　今夜的林中,也不宜于爱友话别,叮咛细语——凄意已足,语音已微;而抑郁缠绵,作茧自缚的情绪,总是太"人间的"了,对不上这晶莹的雪月,空阔的山林。

　　今夜的林中,也不宜于高士徘徊,美人掩映——纵使林中月下,有佳句可寻,有佳音可赏,而一片光雾凄迷之中,只容意念回旋,不容人物点缀。

　　我倚枕百般回肠凝想,忽然一念回转,黯然神伤⋯⋯

　　今夜的青山只宜于这些女孩子,这些病中倚枕看月的女孩子!

　　假如我能飞身月中下视,依山上下曲折的长廊,雪色侵围阑外,月光浸着雪净的衾绸,逼着玲珑的眉宇。这一带长廊之中:万籁俱绝,万缘俱断,有如水的客愁,有如丝的乡梦,有幽感,有彻悟,有祈祷,有忏悔,有万千种话⋯⋯

　　山中的千百日,山光松影重叠到千百回,世事从头减去,感悟逐渐侵来,已滤就了水晶般清澈的襟怀。这时纵是顽石钝根,也要思量万事,何况这些思深善怀的女子?

往者如观流水——月下的乡魂旅思:或在罗马故宫,颓垣废柱之旁;或在万里长城,缺堞断阶之上;或在约旦河边,或在麦加城里;或超渡莱茵河,或飞越落玑山;有多少魂销目断,是耶非耶?只她知道!

来者如仰高山,——久久的徘徊在困弱道途之上,也许明日,也许今年,就揭卸病的细网,轻轻的试叩死的铁门!

天国泥犁,任她幻拟:是泛入七宝莲池?是参谒白玉帝座?是欢悦?是惊怯?有天上的重逢,有人间的留恋,有未成而可成的事功,有将实而仍虚的愿望;岂但为我?牵及众生,大哉生命!

这一切,融合着无限之生一刹那顷,此时此地的,宇宙中流动的光辉,是幽忧,是彻悟,都已宛宛氤氲,超凡入圣——

万能的上帝,我诚何福?我又何辜?……

二,三〇夜,一九二四,沙穰

(选自《冰心散文集》,北新书局 1932 年版)

【作品分析】

这是一篇抒情散文,作于 1924 年 2 月 30 日,当时冰心在美国。她本是去美国威尔斯利女子大学(Wellesley College)留学的,但到校不久即生病住院医治和疗养。文末落款处的"沙穰",即她当年在美国生病时住得时间最长的疗养院。

浓郁的乡愁之苦,是本文的核心内容。很多人都有这样的体会,当自己羁旅异乡,孤单自处之时,极容易惹动故乡之思,这在古人的诗文中表现得实在太多了。冰心作为一名 23 岁的青年,她此前的生命之路,完全是在"爱"的天地中走过的,父母亲的挚爱,亲朋们的关爱,同学间的友爱,使她很少尝味离别与孤寂之苦。如今,远离故园,漂洋过海到那万里相隔的美利坚,偏偏又染上了重病,其思乡思亲之情的强烈是不难想像的。

当然,文章的后半部分描摹了多重纷乱繁复的意绪,可以说,作者如飞天女神般俯察寰宇,她的思绪,遍及亚非欧美,但重点描摹的,还是"万里悲秋常作客"的思乡思亲之苦。柔肠百转之间,仍是"如水的客愁,如丝的乡梦",最令人"黯然神伤"。

　　文章中的景物描写清丽典雅,显出一派清绝超凡、庄严神圣的气度,而作者的热烈情感就洋溢其中。作者用浓黑的松林、莹白的天空和浅蓝的雪地构成一幅三色相映的静物画,庄严凝静中透着凛然的神秘;然后又用"今夜的林中,决也不宜于……"格式的四句话组成四个排比段落,极端地强调了清夜林中月下的青山雪野的静谧与纯美,从而使读者感到,彼时彼刻的作者,在万籁俱寂之中,是在用自己沸腾的激情与宁静美丽的大自然作着交流,其中搏动着的是生命的韵律。而在对"天"和"上帝"的感叹呼唤中,溢满感动的心灵则完成了一次净化。本文的语言有着冰心散文惯有的清新俊朗、委婉多姿的特点,与文章其他艺术方面的特征一起,构成了整体的柔性之美。

【延伸阅读文献】

　　周明:《记冰心》,湖南人民出版社1987年版。
　　卓如:《冰心传》,上海文艺出版社1990年版。

(霍秀全)

零 余 者

郁达夫

"Arm am Beutel, krank am Herzen,
Schleppt ich meine langen Tage,
Armut ist die groesste Plage,
Reichtum ist das hoechste Gut."

不晓在什么时候什么地方看见过的这几句诗,轻轻的在口头念着,我两脚合了微吟的拍子,又慢慢的在一条城外的大道上走了。

袋里无钱,心头多恨。
这样无聊的日子,教我捱到何时始尽。
啊啊,贫苦是最大的灾星,
富裕是最上的幸运。

诗的意思,大约不外乎此,实际上人生的一切,我想也尽于此了。"不过令人愁闷的贫苦,何以与我这样的有缘?使人生快乐的富裕,何以总与我绝对的不来接近?"我眼睛呆呆的注视着前面空处,两脚一步一步踏上前去,一面口中虽在微吟,一面于无意中又在作这些牢骚的想头。

是日斜的午后,残冬的日影,大约不久也将收敛光辉了,城外一带的空气,仿佛要凝结拢来的样子。视野中散在那里的灰色的城墙,冰冻的河道,沙土的空地荒田,和几丛枯曲的疏树,都披了淡薄的斜阳,在那里伴人的孤独。一直前面大约在半里多路前的几个行人,因为他们和我中间距离太远了,在我脑里竟不发生什么影响。我觉得他们的几个肉体,和散在道旁的几家泥屋及左面远立着的教会堂,都是一类的东西,散漫零乱,中间没有半点联络,也没有半点生气,当然更没有一些儿的情感了。

"唉嘿,我也不知在这里干什么?"

微吟倦了,我不知不觉便轻轻的长叹了一声。慢慢的走去,脑里的思想,只往昏黑的方面进行；我的头愈俯愈下了。

——实在我的衰退之期，来得太早了。……像这样一个人在郊外独步的时候，若我的身子忽而能同一堆春雪遇着热汤似的消化得干干净净，岂不很好么？……回想起来，又觉得我过去二十余年的生涯是很长的样子……我什么事情没有做过？……儿子也生了，女人也有了，书也念了，考也考过好几次了，哭也哭过，笑也笑过，嫖赌吃着，心里发怒，受人欺辱，种种事情，种种行为，我都经验过了，我还有什么事情没有做过？……等一等，让我再想一想看，究竟有没有什么没有经验过的事情了，……自家死还没有死过；啊，还有还有，我高声骂人的事情还不曾有过，譬如气得不得了的时候，放大了喉咙，把敌人大骂一场的事情。就是复仇复了的时候的快感，我还没有感得过。……啊啊！还有还有，监牢还不曾坐过，……唉，但是假使这些事情，都被我经验过了，也有什么？结果还不是一个空么？……嘿嘿，嗯嗯。——到了这里，我的思想的连续又断了。

　　袋里无钱，心头多恨。
　　这样无聊的日子，教我捱到何时始尽。
　　啊啊，贫苦是最大的灾星，
　　富裕是最上的幸运。

微微的重新念着前诗，我抬起头来一看，觉得太阳好像往西边又落了一段，倒在右手路上的自己的影子，更长起来了。从后面来的几乘人力车，也慢慢的赶过了我。一边让他们的路，一边我听取了坐车的人和车夫在那里谈话的几句断片。他们的话题，好像是关于女人的事情。啊啊，可羡的你们这几个虚无主义者，你们大约是上前边黄土坑去买快乐去的吧，我见了你们，倒恨起我自家没有以前的生趣来了。

一边想一边往西北的走去，不知不觉已走到了京绥铁路的路线上。从此偏东北的再进几步，经过了白房子的地狱，便可顺了通万牲园的大道进西直门去的。苍凉的暮色，从我的灰黄的周围逼近拢来，那倾斜的赤日，也一步一步的低垂下去了。大好的夕阳，留不多时，我自家以为在冥想里沉没得不久，而四边的急景，却告诉我黄昏将至了。在这荒野里的物体的影子，渐渐的散漫了起来。不知从何处吹来的微风，也有些急促的样子，带着一种惨伤的寒意。后面踱踱踱踱的又来了一乘空的运货马车，一个披着光面皮里子的车夫，默默的斜坐在前头车板上吃烟，我忽而感觉得天寒岁暮，好像一个人飘泊在俄国的乡下。马车去远了，白房子的门外，有几乘黑旧的人力车停在那里。车夫大约坐在踏脚板上休息，所以看不出他们的影子来。我避过了白房子的地狱,从一块高墈上的地里,打算走上通西直门的大道上去。从这高处向四边一望,见了凋丧零乱排列在灰色幕上的野景,更使我感得了一种日暮的悲哀。

——唉唉,人生实在不知究竟是什么一回事?歌歌哭哭,死死生生,……世界社会,兄弟朋友,妻子父母,还有恋爱,啊呀,恋爱,恋爱,恋爱,……还有金钱,……啊啊……

  Armut ist die groesste Plage,
  Reichtum ist das hoechste Gut.
  好诗好诗!
  The curfew tolls the knell of parting day,
  The lowing herd winds slowly o'er the lea,
  The ploughman homeward plods his weary way,
  And leaves the world to darkness and to me.
  好诗好诗!
  And leaves the world to darkness and to me.

我的错杂的思想,又这样的弥散开来了。天空高处,寒风呜呜的响了几下,我俯倒了头,尽往东北的走去,天就快黑了。

远远的城外河边,有几点灯火,看得出来,大约紫蓝的天空里,也有几点疏星放起光来了吧?大道上断续的有几乘空马车来往,车轮的踥踥踥的声音,好像是空虚的人生的反响,在灰暗寂寞的空气中散了。我遵了大道,以几点灯火作了目标,将走近西直门的时候,模糊隐约的我的脑里,忽而起了一个霹雳。到这时候止,常在脑里起伏的那些毫无系统的思想,都集中在一个中心点上,成了一个霹雳,显现了出来。

"我是一个真正的零余者!"

这就是霹雳的核心,另外的许多思想,不过是些附属在这霹雳上的枝节而已。这样的忽而发见了思想的中心点,以后我就用了科学的方法推了下去:

——我的确是一个零余者,所以对于社会人世是完全没有用的。a superfluous man! a useless man! superfluous! superfluous……证据呢?这是很容易证明的……——

这时候,我的两只脚已经在西直门内的大街上运转。四边来往的人类,究竟比城外混杂得多。天也已经昏黑,道旁的几家破店和小摊,都点上灯了。

——第一……我且从远处说起吧……第一,我对于世界是完全没有用的。……我这样生在这里,世界和世界上的人类,也不能受一点益处;反之,我死了,世界社会,也没有一些儿损害,这是千真万真的。……第二,且说中国吧!对于这样混乱的中国,我竟不能制造一个炸弹,杀死一个坏人。中国生我养我,有什么用处呢?……再缩小一点,嗳,再缩小一点。第三,第三且说家庭吧!啊,对于我的家庭,我却是个少不得的人了。在外国念书的时候,已故的祖母听见说我有病,就要哭得两眼红肿。就是半男性的母亲,当我有一次醉死在朋友家里的时候,也急得大哭起来。此外我的女人,我的小孩,当然是少我不得的!哈哈,还好还好,我还是个有用之人。——

想到了这里,我的思想上又起了一个冲突。前刻发现的那个思想上的霹雳,几乎可以取消的样子,但迟疑了一会,我终究解决不了这个问题的矛盾性。抬起头来一看,我才知道我的身体已被我搬在一条比较热闹的长街上行动。街路两旁的灯火很多,来往的车辆也不少,人声也很嘈杂,已经是真正的黄昏时候了。

——像这样的时候,若我的女人在北京,大约我总不会到市上来飘荡的吧!在灯火底下,抱了自家的儿子,一边吻吻他的小嘴,一边和来往厨下忙碌的她问答几句,踱来踱去,踱去踱来,多少快乐啊!啊啊,我对于我的女人,还是一个有用之人哩!不错不错,前一个疑问,还没有解决,我究竟还是一个有用人么?——

这时候,我意识里的一切周围的印象,又消失了。我还是伏倒了头,慢慢的在解决我的疑问:

——家庭,家庭,……第三,家庭,……让我看,哦,啊,我对于家庭还是一个完全无用之人!……丝毫没有功利主义的存心,完全沉溺于盲目之爱的我的祖母,已经死了。母亲呢?……啊啊,我读书学术,到了现在,还不能做出一点轰轰烈烈的事业来,就是这几块钱……——

我那时候两只手却插在大氅的袋内,想到了这里,两只手自然而然的向袋里散放着的几张钞票捏了一捏。

——啊啊,就是这几块钱,还是昨天从母亲那里寄出来的,我对于母亲有什么用处呢?我对于家庭有什么用处呢?我的女人,我不去娶她,总有人会去娶她的;我的小孩,我不生他,也有人会生他的,我完全是一个无用之人呀,我依旧是一个无用之人呀!——

急转直下的想到了这里,我的胸前忽觉得有一块铁板压着似的难过得很。我想放大了喉咙,啊的大叫它一声,但是把嘴张了好几次,喉头终放不出音来。没有方法,我只能放大了脚步,向前同跑也似的急进了几步。这样的不知走了几分钟,我看见一乘人力车跑上前来兜我的买卖。我不问皂白,跨上了车就坐定了。车夫问我上什么地方去,我用手向前指指,喉咙只是和被热铁封锁住的一样,一句话也讲不出来。人力车向前面跑去,我只见许多灯火人类,和许多不能类列的物体,在我的两旁旋转。

"前进！前进！像这样的前进吧！不要休止,不要停下来！"

我心里一边在这样的希望,一边却在恨车夫跑得太慢。

十三年正月十五日

(选自《达夫散文集》,北新书局 1936 年版)

【作品分析】

《零余者》作于 1924 年初,后收入《达夫散文集》。

这是一篇倾诉型的散文。作品倾诉的是一位受过良好教育,极想为社会家庭做一点事情,从而实现自己人生价值的青年知识分子,却在现实人生中处处碰壁,找不到人生的出路何在而陷于苦闷。"唉嘿,我也不知在这里干什么？",一声喟叹,吐尽了这位年轻人有才华无处施展,有抱负无从实现的伤感无奈。长期的人生困境,终于使他产生并逐渐强化了一个观念,即自己是生活中的一个"零余者"——一个孤单飘零,于世界、中国和家庭都没有任何用处的"多余人"。

评论郁达夫的文学作品,人们总爱引用他的一句著名论断:"文学作品,都是作家的自叙传。"因此有人甚至以为郁达夫写的东西基本都是他亲身的经历。这当然是简单的想法。实际上,郁达夫强调的"自叙传",更重视的是作品中要渗透作者的主观感受。《零余者》肯定有作者自身的影子,但主要的还是他对生活的认识。他是通过对个人——更多的是对社会上一批青年知识分子——在生活中的困窘情况和思想苦闷的揭示,暴露黑暗社会戕害人才的现实,这就是文章命意之所在。

郁达夫早期散文包括《还乡记》、《还乡后记》系列和《一个人在途上》等,都属于倾诉型散文。其抒情方式就是"倾诉"——将一己的苦闷孤独、感伤、烦躁尽情地倾吐出来,甚至外在的自然景物也染上颓唐的类乎"世纪末"的色彩。由此带来的另一个问题就是这类散文的结构特点。粗看起来,这些文章很不好梳理其结构章法,与郁氏《故都的秋》那类结构谨严整饬的散文相比较,《零余者》类的倾诉散文似乎简直看不出章法,这完全是由散文表现不同的内容所带来的问题。《零余者》类文章,它宣泄的就是一股"情绪流"(或"情感流"),故文章不追求外在形态与结构的完整,而是重视和强调内在情绪的连贯一致和抑扬起伏。所以,这类文章不是没有章法,抓住了情绪发展演变的脉络这个"纲",那么文章的整个结构章法就一目了然了。

【延伸阅读文献】

桑逢康:《感伤的行旅——郁达夫传》,北岳文艺出版社1989年版。

许子东:《郁达夫的散文创作》,《郁达夫小说新论》,浙江文艺出版社1984年版。

张梦阳:《郁达夫散文创作漫论》,《中国现代文学研究丛刊》1984年第2辑。

(霍秀全)

北戴河海滨的幻想

徐志摩

他们都到海边去了。我为左眼发炎不曾去。我独坐在前廊,偃坐在一张安适的大椅内,袒着胸怀,赤着脚,一头的散发,不时的有风来撩拂。清晨的晴爽,不曾消醒我初起时睡态;但梦思却半被晓风吹断。我阖紧眼帘内视,只见一斑斑消残的颜色,一似晚霞的余赭,留恋地胶附在天边。廊前的马樱,紫荆,藤萝,青翠的叶与鲜红的花,都将他们的妙影映印在水汀上,幻出幽媚的情态无数;我的臂上与胸前,亦满缀了绿荫的斜纹。从树荫的间隙平望,正见海湾:海波亦似被晨曦唤醒,黄蓝相间的波光,在欣然的舞蹈。滩边不时见白涛涌起,迸射着雪样的水花。浴线内点点的小舟与浴客,水禽似的浮着;幼童的欢叫,与水波拍岸声,与潜涛呜咽声,相间的起伏,却报一滩的生趣与乐意。但我独坐的廊前,却只是静静的,静静的无甚声响。妩媚的马樱,只是幽幽的微展着,蝇虫也敛翅不飞。只有远近树里的秋蝉在纺纱似的捶引他们不尽的长吟。

在这不尽的长吟中,我独坐在冥想。难得是寂寞的环境,难得是静定的意境;寂寞中有不可言传的和谐,静默中有无限的创造。我的心灵,比如海滨,生平初度的怒潮,已经渐次的消失,只剩有疏松的海沙中偶尔的回响,更有残缺的贝壳,反映星月的辉芒。此时摸索潮余的斑痕,追想当时汹涌的情景,是梦或是真,再亦不须辨问。只此眉梢的轻皱,唇边的微哂,已足解释无穷奥绪,深深的蕴伏在灵魂的微纤之中。

青年永远趋向反叛,爱好冒险;永远如初度航海者,幻想黄金机缘于浩淼的烟波之外;想割断系岸的缆绳,扯起风帆,欣欣的投入无垠的怀抱。他厌恶的是平安,自喜的是放纵与豪迈。无颜色的生涯,是他目中的荆棘;绝海与凶獗,是他爱取由的途径。他爱折玫瑰:为她的色香,亦为她冷酷的刺毒。他爱搏狂澜:为他的庄严与伟大,亦为他吞噬一切的天才,最是激发他探险与好奇的动机。他崇拜冲动:不可测,不可节,不可预逆,起,动,消歇皆在无形中,狂飙似的倏忽与猛烈与神秘。他崇拜斗争:从斗争中求剧烈的生命之意义,从斗争中求绝对的实在,在血染的战阵中,呼嗷胜利之狂欢或歌败丧的哀曲。

幻象消灭是人生里命定的悲剧;青年的幻灭,更是悲剧中的悲剧,夜一般的沉黑,死一般的凶恶,纯粹的,猖狂的热情之火,不同阿拉亭的神灯,只能放射一时的异彩,不能永久的朗照;转瞬间,或许,便已敛熄了最后的焰舌,只留存有限的余烬与残灰,在未灭的余温里自伤与自慰。

流水之光,星之光,露珠之光,电之光,在青年的妙目中闪耀,我们不能不惊讶造化者艺术之神奇;然可怖的黑影,倦与衰与饱餍的黑影,同时亦紧紧的跟着时日进行,仿佛是烦恼,痛苦,失败,或庸俗的尾曳,亦在转瞬间,彗星似的扫灭了我们最自傲的神辉——流水涸,明星没,露珠散灭,电闪不再!

在这艳丽的日辉中,只见愉悦与欢舞与生趣,希望,闪烁的希望,在荡漾,在无穷的碧空中,在绿药的光泽里,在虫鸟的歌吟中,在青草的摇曳中——夏之荣华,春之成功。春光与希望,是长驻的;自然与人生,是调谐的。

在远处有福的山谷内,莲馨花在坡前微笑,稚羊在乱石间跳跃,牧童们,有的吹着芦笛,有的平卧在草地上,仰看幻想浮游的白云,放射下的青影在初黄的稻田中缥缈地移过。在远处安乐的村中,有妙龄的村姑,在流涧边照映她自制的春裙;口衔烟斗的农夫三四,在预度秋收的丰盈,老妇人们坐在家门外阳光中取暖,他们的周围有不少的儿童,手擎着黄白的钱花在环舞与欢呼。

在远——远处的人间,有无限的平安与快乐,无限的春光……在此暂时可以忘却无数的落蕊与残红;亦可以忘却花荫中掉下的枯叶,私语地预告三秋的情意;亦可以忘却苦恼的僵瘪的人间,阳光与雨露的殷勤,不能再恢复他们腮颊上生命的微笑;亦可以忘却纷争的互杀的人间,阳光与雨露的仁慈,不能感化他们凶恶的兽性;亦可以忘却庸俗的卑琐的人间,行云与朝露的丰姿,不能引逗他们刹那间的凝视;亦可以忘却自觉的失望的人间,绚烂的春时与媚草,只能反激他们悲伤的意绪。

我亦可以暂时忘却我自身的种种;忘却我童年期清风白水似的天真;忘却我少年期种种虚荣的希冀;忘却我渐次的生命的觉悟;忘却我热烈的理想的寻求;忘却我心灵中乐观与悲观的斗争;忘却我攀登文艺高峰的艰辛;忘却刹那的启示彻悟之神奇;忘却我生命潮流之骤转;忘却我陷落在危险的旋涡中之幸与不幸;忘却我追忆不完全的梦境;忘却我大海底里埋着的秘密;忘却曾经剀割我灵魂的利刃,炮烙我灵魂的烈焰,摧毁我灵魂的狂飙与暴雨;忘却我的深刻的怨与艾;忘却我的冀与愿;忘却我的恩泽与惠感;忘却我的过去与现在……

过去的实在,渐渐的膨胀,渐渐的模糊,渐渐的不可辨认;现在的实在,渐渐的收缩,逼成了意识的一线,细极狭极的一线,又裂成了无数不相联续的黑点……黑点亦渐次的隐翳？幻术似的灭了，灭了，一个可怕的黑暗的空虚……

(原载1924年6月21日《晨报·文学旬刊》)

【作品分析】

　　《北戴河海滨的幻想》最初发表于1924年《晨报·文学旬刊》，后收入《自剖》集。本文被有的评论者称之为"冥想类的散文"（傅德岷《中国现代散文发展史》），实际上，它的抒情性仍然是很突出的。

　　文章写的都是自己在北戴河海滨别墅内的"冥想"。面对着周围的树荫花影，不远处海边的银涛雪浪和欢乐嬉戏的人群，徐志摩胸中涌动的却是一派驳杂无序的幻想：青年人的反叛，冒险，好奇，冲动，斗争，幻灭，自伤，自慰……甚至是彻底的自我忘却，反映出的则是那时徐志摩思想的纷乱。徐志摩是个亲栉欧风美雨洗礼的知识分子，他向往的当然是欧美式的民主在中国的实现，在这个过程中也完成自己对于"爱，自由，美"的人生理想的追求。但是20世纪20年代徐志摩写作此文时的中国，无处不在的黑暗无情地摧折了他的梦想，使得他只能"忘却"一切："……忘却我童年期清风白水似的天真；忘却我少年期种种虚荣的希冀；忘却我渐次的生命的觉悟；忘却我热烈的理想的寻求；忘却我心灵中乐观与悲观的斗争……忘却我的过去与现在……"一连十六个"忘却"可以说都导源于一点，即如他在一首诗中所说："我不知道风是在那一个方向吹，／我是在梦中／在梦的轻波里依洄"。

　　《北戴河海滨的幻想》里充满的是纯意识的流动，是形而上的精神世界的一番自剖。作者呆在那里并没有动，但其思绪却巡礼着自己过去与现在三十余年的生命历程，无奈地面对着从未感受过的精神危机。意识流的写法最恰当不过地表现了文章的思想内容。

　　徐志摩的散文在语言的运用上十分铺排，而不加以节制。此特点在本文中体现得淋漓尽致。在谈说一种现象时,他经常调动起想像力,从不同的方面,用繁复的句法、堆砌的词藻,再三地加以申说,这是他受外国文风影响的结果,虽然使文章显得华丽,但也往往可能让人觉得疲劳和厌腻。

【延伸阅读文献】

茅盾:《徐志摩论》,《作家论》,人民文学出版社1984年版。
胡凌芝:《徐志摩新评》,学林出版社1989年版。

(霍秀全)

祝 土 匪

林语堂

莽原社诸朋友来要稿,论理莽原社诸先生既非正人君子又不是当代名流,当然有与我合作之可能,所以也就慨然允了他们。写几字凑数,补白。

然而又实在没有工夫,文士们(假如我们也可以冒充文士)欠稿债,就同穷教员欠房租一样,期一到就焦急。所以没工夫也得挤,所要者挤出来的是我们自己的东西,不是挪用,借光,贩卖的货物,便不至于成文妖。

于短短的时间,要做长长的文章,在文思迟滞的我是不行的。无已,姑就我要说的话有条理的或无条理的说出来。

近来我对于言论界的职任及性质渐渐清楚。也许我一时所见是错误的,然而我实还未老,不必装起老成的架子,将来升官或入研究系时再来更正我的主张不迟。

言论界,依中国今日此刻此地情形,非有些土匪傻子来说话不可。这也是祝莽原恭维莽原的话,因为莽原即非太平世界,莽原之主稿诸位先生当然很愿意揭竿作乱,以土匪自居。至少总不愿意以"绅士""学者"自居,因为学者所记得的是他的脸孔,而我们似乎没有时间顾到这一层。

现在的学者最要紧的就是他们的脸孔,倘是他们自三层楼滚到楼底下,翻起来时,头一样想到是拿起手镜照一照看他的假胡须还在乎?金牙齿没掉么?雪花膏未涂污乎?至于骨头折断与否,似在其次。

学者只知道尊严,因为要尊严,所以有时骨头不能不折断,而不自知,且自告人曰,我固完肤也,呜呼学者!呜呼所谓学者!

因为真理有时要与学者的脸孔冲突,不敢为真理而忘记其脸孔者则终必为脸孔而忘记真理,于是乎学者之骨头折断矣。骨头既断,无以自立,于是"架子",木脚,木腿来了。就是一副银腿银脚也要觉得讨厌,何况还是木头做的呢?

托尔斯泰曾经说过极好的话,论真理与上帝孰重。他说以上帝为重于真理者,继必以教会为重于上帝,其结果必以其特别教门为重于教会,而终必以自身为重于其特别教门。

　　就是学者斤斤于其所谓学者态度,所以失其所谓学者,而去真理一万八千里之遥。说不定将来学者反得让我们土匪做。

　　学者虽讲道德,士风,而每每说到自己脸孔上去;所以道德,士风将来也非由土匪来讲不可。

　　一人不敢说我们要说的话,不敢维持我们良心上要维持的主张,这边告诉人家我是学者,那边告诉人家我是学者,自己无贯彻强毅主张,倚门卖笑,双方讨好,不必说真理招呼不来,真理有知,亦早已因一见学者脸孔而退避三舍矣。

　　惟有土匪,既没有脸孔可讲,所以比较可以少作揖让,少对大人物叩头。他们既没有金牙齿,又没有假胡须,所以自三层楼上滚下来,比较少顾虑,完肤或者未必完肤,但是骨头可以不折,而且手足嘴脸,就使受伤,好起来时,还是真皮真肉。

　　真理是妒忌的女神,归奉她的人就不能不守独身主义,学者却家里还有许多老婆,姨太太,上炕老妈,通房丫头。然而真理并非靠学者供养的,虽然是妒忌,却不肯说话,所以学者所真怕的还是家里的老婆,不是真理。

　　惟其有许多要说的话学者不敢说,惟其有许多良心上应维持的主张学者不敢维持,所以今日的言论界还得有土匪傻子来说话。土匪傻子是顾不到脸孔的,并且也不想将真理贩卖给大人物。

　　土匪傻子可以自慰的地方就是有史以来大思想家都被当代学者称为"土匪""傻子"过。并且他们的仇敌也都是当代的学者,绅士,君子,士大夫……。自有史以来,学者,绅士,君子,士大夫都是中和稳健;他们的家里老婆不一,但是他们的一副面团团的尊容,则无古今中外东西南北皆同。

　　然而土匪有时也想做学者,等到当代学者夭灭殇亡之时。到那时候,却要请真理出来登极。但是我们没有这种狂想,这个时候还远着呢,我们生于草莽,死于草莽,遥遥在野外莽原,为真理喝彩,祝真理万岁,于愿足矣。

　　只不要投降!

一九二五,十二,二十八。

（选自林语堂《有不为斋文集》,人文书店1941年版）

【作者介绍】

　　林语堂(1895—1976),原名林和乐、林玉堂,福建平和人。主要作品有杂文集《翦拂集》、《大荒集》、《我的话》;小说《京华烟云》、

《风声鹤唳》、《朱门》、《红牡丹》等。

【作品分析】

《祝土匪》是一篇杂文,作于1925年,发表于《莽原》半月刊。

要想弄懂本文的内容与题旨,就应当先了解文章的写作背景及林语堂的思想倾向。简单说,此文产生的1925年,还是封建军阀统治的专制时代,对于一切进步的活动,军阀都要压制迫害。那时的情景是,虽然五四运动已经过去,但新旧势力的斗争都还在进行着。在文化界(包括文学界),以鲁迅等为代表的知识分子坚持五四运动的方向,以彻底不妥协的反封建的"五四精神"继续与多种旧势力进行着抗争,特别是与一批以"学者、绅士、正人君子"自居,但却若明若暗地为封建势力帮忙帮闲的文人进行着斗争。林语堂就是属于与"正人君子"抗争的一员斗士。

《祝土匪》最突出的特色,就是其强烈的战斗性。这也是一般杂文必然具有的属性。在文章中,作者将矛头毫不避讳地直指所谓"绅士、学者",揭露他们为了保持虚伪的"尊严",不惜折断骨头,却还要摆出一副"架子";揭露他们口口声声要讲"道德"和"士风",实际上根本不敢亮出自己的主张,只是虚伪地希望两面讨好。在发生"女师大学潮"后,"正人君子"派的"学者"们为当局的专制暴行辩解,林语堂的文章把矛头指向了他们。虽然自己被对方诬为"学匪"、"土匪"和"傻子",但林语堂自豪地以"土匪"、"傻子"自居,因为自己是相信真理的。在文章结尾,作者写道:"我们生于草莽,死于草莽,遥遥在野外莽原,为真理喝彩,祝真理万岁",显示了林语堂的豪情与豪气。

《祝土匪》的又一特点便是其辛辣的讽刺性,这同样是杂文的基本属性。林语堂毫不留情地嘲讽所谓"学者、绅士"们要"尊严"而不要"骨气";嘲讽他们"自己无贯彻强毅主张,倚门卖笑,双方讨好";嘲讽他们表面上讲"良心",实际上却不能坚守如一,而是暗地里藏着私货,好像"家里还有许多老婆,姨太太,上炕老妈,通房丫头",从而辛辣地揭露了其文人无行的本质。

《祝土匪》的语言峭拔劲健,坦直干脆,白话中间杂着文言句式,这一方面反映了白话文初期阶段的语言风貌,一方面也与全文的论战风格相一致。

【延伸阅读文献】

万平近:《林语堂论》,陕西人民出版社1987年版。
子通编:《林语堂评说七十年》,中国华侨出版社2003年版。

(霍秀全)

观　火

梁遇春

独自坐在火炉旁边,静静地凝视面前瞬息万变的火焰,细听炉里呼呼的声音,心中是不专注在任何事物上面的,只是痴痴地望着炉火,说是怀一种惆怅的情绪,固然可以,说是感到了所有的希望全已幻灭,因而反现出恬然自安的心境,亦无不可。但是既未曾达到身如槁木,心如死灰的地步,免不了有许多零碎的思想来往心中,那些又都是和"火"有关的,所以把它们集在"观火"这个题目底下。

火的确是最可爱的东西。它是单身汉的最好伴侣。寂寞的小房里面,什么东西都是这么寂静的,无生气的,现出呆板板的神气,惟一有活气的东西就是这个无聊赖地走来走去的自己。虽然是个甘于寂寞的人,可是也总觉得有点儿怪难过。这时若使有一炉活火,壁炉也好,站着有如庙里菩萨的铁炉也好,红泥小火炉也好,你就会感到宇宙并不是那么荒凉了。火焰的万千形态正好和你心中古怪的想像携手同舞,倘然你心中是枯干到生不出什么黄金幻梦,那么体态轻盈的火焰可以给你许多暗示,使你自然而然地想入非非。她好像但丁《神曲》里的引路神,拉着你的手,带你去进荒诞的国土。人们只怕不会做梦,光剩下一颗枯焦的心儿,一片片逐渐剥落。倘然还具有梦想的能力,不管做的是狰狞凶狠的噩梦,还是融融春光的甜梦,那么这些梦好比会化雨的云儿,迟早总能滋润你的心田。看书会使你做起梦来,听你的密友细诉衷曲也会使你做梦,晨曦、雨声、月光、舞影、鸟鸣、波纹、桨声、山色、暮霭……都能勾起你的轻梦,但是我觉得火是最易点着轻梦的东西。我只要一走到火旁,立刻感到现实世界的重压——消失,自己浸在梦的空气之中了。有许多回我拿着一本心爱的书到火旁慢读,不一会儿,把书搁在一边,却不转睛地尽望着火。那时我觉得心爱的书还不如火这么可喜。它是一部活书。对着它真好像看着一位大作家一字字地写下他的杰作,我们站在一旁跟着读去。火是一部无始无终,百读不厌的书,你哪回看到两个形状相同的火焰呢!拜伦说:"看到海而不发出赞美词的人必定是个傻子。"我是个沧海曾经的人,对于海却总是漠然地,这或者是因为我会晕船的缘故罢! 我总不愿自认为傻子。但是我每回看到火,心中常想唱出赞美歌来。若使我们真有个来生,那么我只愿下世能够做一个波斯人,他们是真真的智者,他们晓得拜火。

记得希腊有一位哲学家——大概是 Zeno 罢——跳到火山的口里去,这种死法真是痛快。在希腊神话里,火神(Hephaestus or Vulcan)是个跛子,他又是一个大艺术家。天上的宫殿同盔甲都是他一手包办的。当我靠在炉旁时候,我常常期望有一个黑脸的跛子从烟里冲出,而且我相信这位艺术家是没有留了长头发同打一个大领结的。

在《现代丛书》(*Modern Library*)的广告里,我常碰到一个很奇妙的书名,那是唐南遮(D'Annunzio)的长篇小说《生命的火焰》(*The Flame of Life*)。唐南遮的著作我一字都未曾读过,这本书也是从来没有看过的,可是我极喜欢这个书名,《生命的火焰》这个名字是多么含有诗意,真是简洁地说出人生的真相。生命的确是像一朵火焰,来去无踪,无时不是动着,忽然扬焰高飞,忽然消沉将熄,最后烟消火灭,留下一点残灰,这一朵火焰就再也燃不起来了。我们的生活也该像火焰这样无拘无束,顺着自己的意志狂奔,才会有生气,有趣味。我们的精神真该如火焰一般地飘忽莫定,只受里面的热力的指挥,冲倒习俗,成见,道德种种的藩篱,一直恣意干去,任情飞舞,才会迸出火花,幻出五色的美色。否则阴沉沉地,若存若亡地草草一世,也辜负了创世主叫我们投生的一番好意了。我们生活内一切值得宝贵的东西又都可以用火来打比。热情如沸的恋爱,创造艺术的灵悟,虔诚的信仰,求知的欲望,都可以拿火来做象征。Heracleitus 真是绝等聪明的哲学家,他主张火是宇宙万物之源。难怪得二千多年后的柏格森诸人对着他仍然是推崇备至。火是这么可以做人生的象征的,所以许多民间的传说都把人的灵魂当做一团火。爱尔兰人相信一个妇人若使梦见一点火花落在她口里或者怀中,那么她一定会怀孕,因为这是小孩的灵魂。希腊神话里,Prometheus 做了好人后,亲身到天上去偷些火下来,也是这种的意思。有些诗人心中有满腔的热情,灵魂之火太大了,倒把他自己燃烧成灰烬,短命的济慈就是一个好例子。可惜我们心里的火都太小了,有时甚至于使我们心灵感到寒战,怎么好呢?

我家乡有一句土谚:"火烧屋好看,难为东家。"火烧屋的确是天下一个奇观。无数的火舌越梁穿瓦,沿窗冲天地飞翔,弄得满天通红了,仿佛地球被掷到熔炉里去了,所以没有人看了心中不会起种奇特的感觉,据说尼罗王因为要看大火,故意把一个大城全烧了,他可说是知道享福的人,比我们那班做酒池肉林的暴君高明得多。我每次听到美国那里的大森林着火了,燃烧得一两个月,我就怨自己命坏,没有在哥伦比亚大学当学生。不然一定要告个病假,去观光一下。

　　许多人没有烟瘾，抽了烟也不觉得什么特别的舒服，却很喜欢抽烟，违了父母兄弟的劝告，常常抽烟，就是身上只剩一角小洋了，还要拿去买一盒烟抽，他们大概也是因为爱同火接近的缘故吧！最少，我自己是这样的。所以我爱抽烟斗，因为一斗的火是比纸烟头一点儿的火有味得多。有时没有钱买烟，那么拿一匣的洋火，一根根擦燃，也很可以解这火瘾。

　　离开北方已经快两年了，在南边虽然冬天里也生起火来，但是不像北方那样一冬没有熄过地烧着，所以我现在同火也没有像在北方时那么亲热了。回想到从前在北平时一块儿烤火的几位朋友，不免引起惆怅的心情，这篇文字就算做寄给他们的一封信吧！

十九年元旦试笔

（原载 1929 年 12 月 23 日《语丝》第 5 卷第 41 期）

【作者介绍】

　　梁遇春（1906—1932），原名梁驭聪，笔名秋心，福建闽侯人。毕业于北京大学。出版过《春醪集》和《泪与笑》两部散文集。

【作品分析】

　　《观火》是一篇随笔散文。在谈到梁遇春及其散文时，唐弢说过这样的话："我喜欢遇春的文章，认为文苑里难得有像他那样的才气，像他那样的绝顶聪明，像他那样顾盼多姿的风格。""遇春好读书，且又健谈，对西洋文学造诣极深。看的驳杂，写来也便纵横自如。"唐弢指出，梁遇春的散文走的是"一条快谈、纵谈、放谈的路"。（《晦庵书话·两本散文》）唐弢先生的这些话是我们打开《观火》以至整个梁遇春散文之门的钥匙。

　　《观火》一文，到处充盈着作者对"火"的热爱。在他的眼里，火不再是个无生命的自然物，它是"最可爱的东西"，是"单身汉的最好伴侣"，是生命的"引路神"，是写下杰作的"大作家"，是一部无始无终、百读不厌的书，是我们生活的意志，是恋爱，是灵悟，是信仰，是欲望，是人类的灵魂……可以说，在作者笔下所有的描述中，他已把全部倾心的热爱献给了"火"。而文章的这种写法,就是唐弢所说的"快谈、纵谈、放谈"的写法,也可以说是一种"絮语"笔调,所谓"絮语",是指作者在论列物事、阐述道理、抒发情感、袒露襟怀时,不疾不徐,从容不迫,舒卷自如,开阖任心地构思撰文,参差布局进退有序的一种风致。读这种文章,就像是与作者精神放松、情感融洽地在交流,听他随意地在娓娓而谈,不知不觉中得到了愉悦和享受。读《观火》,是会有这种感受的。

《观火》的这种风格,除了来自作者自己的写作追求外,也是由于受到了著名的英国随笔散文作家兰姆(Charles Lamb)《伊利亚随笔》的影响。"伊利亚"是兰姆的笔名。《伊利亚随笔》的文风,就是天上地下任意而读,笔调亲切隽永而又幽默风趣。梁遇春十分欣赏《伊利亚随笔》,还曾翻译过一部分章节,在写作上也认真地去学习,因而被称为"中国的爱利亚"(即"伊利亚"的另一音译)。

《观火》中作者思想的活跃,想像的丰富带来了文章语言的轻灵与飞动。巧妙的文思,以丰富的想像为动力,又以变换闪烁的语言为翅膀,如美丽的蝴蝶在人们面前翩飞,是那样的温馨和优美。比如:"火焰的万千形态正好和你心中古怪的想像携手同舞,倘然你心中是枯干到生不出什么黄金幻梦,那么体态轻盈的火焰可以给你许多暗示,使你自然而然地想入非非。她好像但丁《神曲》里的引路神,拉着你的手,带你走进荒诞的国土。"如此华美的语言,真有点让人目眩神迷,它正是梁遇春随笔散文整体风格的重要组成部分。

【延伸阅读文献】

佘树森:《梁遇春的随笔体》,《中国现当代散文研究》,北京大学出版社 1993 年版。

鲍霁:《现代散文史上风格独异的一家》,《中国现代散文艺术鉴赏论》,北京师范学院出版社 1988 年版。

(霍秀全)

暴风雨之前（存目）

瞿秋白

【作者介绍】

瞿秋白(1899—1935)，原名霜。本文署名"司马令"。江苏常州人。"司马令"是他生前使用过的众多笔名之一。瞿秋白是中国共产党早期的重要领导人，1935年被国民党逮捕，后遭杀害。他是位散文造诣颇高的作家，主要作品有《饿乡纪程》、《赤都心史》、《乱弹及其他》等，后来大都收在《瞿秋白文集》中。

【作品分析】

《暴风雨之前》是一篇散文诗，作于1931年12月，是瞿秋白总题为《水陆道场》的系列作品之一。文章以充满激情的笔致，描绘了"暴风雨"到来"前夕"，各种事物的"变态"反应：浓云弥漫，天色黑暗，太阳惨白，飞鸟乱窜，飞鱼惊跳……它们都显示着巨大的惊慌和恐惧，躲避着"暴风雨"的扫荡。但是也有对将至的"暴风雨"充满渴望的，那就是成群的蜻蜓，它们兴奋地飞来飞去，期待着"挂龙"这一自然界的伟大景观的出现，同时勇敢地向"青面獠牙的天日"示威，表达着不屈反抗的意志。作品的诗性主题就体现在暴风雨到来之前，对各种势力的尖锐对立、蓄势待战、杂沓不宁的情状描写中。

作者用象征的笔法，尽情地展示着自然界即将发生的这场决战。结合作者的政治身份和写作此文时的时代背景，"暴风雨"和

"蜻蜓"等显然是革命力量的化身,而"青面獠牙的天日"和"群鸟"、"飞鱼"等形象则是反动势力的代名词。作者在文中快意地欣赏着旧势力在革命潮流面前即将灭亡时的无力挣扎,深情地憧憬着革命即将以摧枯拉朽的雷霆万钧之力,像狂风暴雨一样彻底荡涤一切污泥浊水,从而淘洗出一个光华灿烂的新宇宙和新中国的未来。可以说,文中将象征笔法与抒情格调相结合,达到了自然现象与现实矛盾的统一,外在景观与内在思想的统一,"散文"的形式与"诗歌"的意蕴的统一,是现实主义与浪漫主义相融合的典范。

　　本文具有大气磅礴的抒情风格。它把作者对黑暗势力的刻骨铭心、势不两立的憎恨和对人民革命力量的赞美,对祖国光明美好前途的坚信,透过鲜明丰满的形象尽情地抒发出来,读后令人感奋。

　　此外,作品在形式上,段落大都比较短小,具有诗的外在特征。语言运用强调浓墨重彩的渲染,在夸张性的描述中,蕴含着蓬勃的张力,对于造成全文的豪壮风格发挥了重要作用。

【延伸阅读文献】

　　周永祥:《瞿秋白年谱》,广东人民出版社 1983 年版。
　　汪诚国:《瞿秋白散文比较研究》,《瞿秋白研究》第 7 辑。

(霍秀全)

威　尼　斯

朱自清

　　威尼斯(Venice)是一个别致地方。出了火车站,你立刻便会觉得;这里没有汽车,要到那儿,不是搭小火轮,便是雇"刚朵拉"(Gondola)。大运河穿过威尼斯像反写的 S;这就是大街。另有小河道四百十八条,这些就是小胡同。轮船像公共汽车,在大街上走;"刚朵拉"是一种摇橹的小船,威尼斯所特有,它那儿都去。威尼斯并非没有桥;三百七十八座,有的是。只要不怕转弯抹角,那儿都走得到,用不着下河去。可是轮船中人还是很多,"刚朵拉"的买卖也似乎并不坏。

　　威尼斯是"海中的城",在意大利半岛的东北角上,是一群小岛,外面一道沙堤隔开亚得里亚海。在圣马克方场的钟楼上看,团花簇锦似的东一块西一块在绿波里荡漾着。远处是水天相接,一片茫茫。这里没有什么煤烟,天空干干净净;在温和的日光中,一切都像透明的。中国人到此,仿佛在江南的水乡;夏初从欧洲北部来的,在这儿还可看见清清楚楚的春天的背影。海水那么绿,那么酽,会带你到梦中去。

　　威尼斯不单是明媚,在圣马克方场走走就知道。这个方场南面临着一道运河;场中偏东南便是那可以望远的钟楼。威尼斯最热闹的地方是这儿,最华妙庄严的地方也是这儿。除了西边,围着的都是三百年以上的建筑,东边居中是圣马克堂,却有了八九百年——钟楼便在它的右首。再向右是"新衙门";教堂左首是"老衙门"。这两溜儿楼房的下一层,现在满开了铺子。铺子前面是长廊,一天到晚是来来去去的人。紧接着教堂,直伸向运河去的是公爷府;这个一半属于小方场,另一半便属于运河了。圣马克堂是方场的主人,建筑在十一世纪,原是卑赞廷式,以直线为主。十四世纪加上戈昔式的装饰,如尖拱门等;十七世纪又参入文艺复兴期的装饰,如阑干等。所以庄严华妙,兼而有之;这正是威尼斯人的漂亮劲儿。教堂里屋顶与墙壁上满是碎玻璃嵌成的画,大概是真金色的地,蓝色或红色的圣灵像。这些像做得非常肃穆。教堂的地是用大理石铺的,颜色花样种种不同。在那种空阔阴暗的氛围中,你觉得伟丽,也觉得森严。教堂左右那两溜儿楼房,式样各别,并不对称;钟楼高三百二十二英尺,也偏在一边儿。但这两溜房子都是三层,都有许多拱门,恰与教堂的门面与圆顶相称;又都是白石造成,越衬出教堂的金碧辉煌来。教堂右边是向运河去的路,是一个小方场,本来显得空阔些,钟楼恰好填了这个空子。好像我们戏里的大将出场,后面一杆旗子总是偏着取势;这方场的建筑,节奏其实是和谐不过的。十八世纪意大利卡那来陀(Canaletto)一派画家专画威尼斯的建筑,取材于这方场的很多。德国德莱司敦画院中有几张,真好。

公爷府里有好些名人的壁画和屋顶画,丁陶来陀(Tintoretto,十六世纪)的大画"乐园"最著名;但更重要的是它建筑的价值。运河上有了这所房子,增加了不少颜色。这全然是戈昔式;动工在九世纪初,以后屡次遭火,屡次重修,现在的据说还是原来的式样。最好看的是它的西南两面;西面斜对着圣马克方场,南面正在运河上。在运河里看,真像在画中。它也是三层:下两层是尖拱门,一眼看去,无数的柱子。最下层的拱门简单疏阔,是载重的样子;上一层便繁密得多,为装饰之用;最上层却更简单,一根柱子没有,除了疏疏落落的窗和门之外,都是整块的墙面。墙面上用白的与玫瑰红的大理石砌成素朴的方纹,在日光里鲜明得像少女一般。威尼斯人真不愧着色的能手。这所房子从运河中看,好像在水里。下两层是玲珑的架子,上一层才是屋子;这是很巧的结构,加上那艳而雅的颜色,令人有惝恍迷离之感。府后有太息桥;从前一边是监狱,一边是法院,狱囚提讯须过这里,所以得名。拜伦诗中曾咏此,因而便脍炙人口起来,其实也只是近世的东西。

威尼斯的夜曲是很著名的。夜曲本是一种抒情的曲子,夜晚在人家窗下随便唱。可是运河里也有:晚上在圣马克方场的河边上,看见河中有红绿的纸球灯,便是唱夜曲的船。雇了"刚朵拉"摇过去,靠着那个船停下,船在水中间,两边挨次排着"刚朵拉"在微波里荡着,像是两只翅膀。唱曲的有男有女,围着一张桌子坐,轮到了便站起来唱,旁边有音乐和着。曲词自然是意大利语,意大利的语音据说是最纯粹,最清朗。听起来似乎的确斩截些,女人的尤其如此——意大利的歌女是出名的。音乐节奏繁密,声情热烈,想来是最流行的"爵士乐"。在微微摇摆的红绿灯球底下,颤着酽酽的歌喉,运河上一片朦胧的夜也似乎透出玫瑰红的样子。唱完几曲之后,船上有人跨过来,反拿着帽子收钱,多少随意。不愿意听了,还可摇到第二处去。这个略略像当年的秦淮河的光景,但秦淮河却热闹得多。

从圣马克方场向西北去,有两个教堂在艺术上是很重要的。一个是圣罗珂堂,旁边有一所屋子,墙上屋顶上满是画;楼上下大小三间屋,共六十二幅画,是丁陶来陀的手笔。屋里暗极,只有早晨看得清楚。丁陶来陀作画时,因地制宜,大部分只粗粗勾勒,利用阴影,教人看了觉得是几经琢磨似的。"十字架"一幅在楼上小屋内,力量最雄厚。佛拉利堂在圣罗珂近旁,有大画家铁沁(Titian,十六世纪)和近代雕刻家卡奴洼(Canova)的纪念碑。卡奴洼的,灵巧,是自己打的样子;铁沁的,宏壮,是十九世纪中叶才完成的。他的"圣处女升天图"挂在神坛后面,那朱红与亮蓝两种颜色鲜极了,全幅气韵流动,如风行水上。倍里尼(Giovanni Bellini,十五世纪)的"圣母像",也是他的精品。他们都还有别的画在这个教堂里。

从圣马克方场沿河直向东去,有一处公园;从一八九五年起,每两年在此地开国际艺术展览会一次。今年是第十八届;加入展览会的有意、荷、比、西、丹、法、英、奥、苏俄、美、匈、瑞士、波兰等十三国,意大利的东西自然最多,种类繁极了;未来派立体派的图画雕刻,都可见到,还有别的许多新奇的作品,说不出路数。颜色大概鲜明,教人眼睛发亮;建筑也是新式,简截不啰嗦,痛快之至。苏俄的作品不多,大概是工农生活表现,兼有沈毅和高兴的调子。他们也用鲜明的颜色,但显然没有很费心思在艺术上,作风老老实实,并不向牛犄角里寻找新奇的玩意儿。

威尼斯的玻璃器皿,刻花皮件,都是名产,以典丽风华胜,缂丝也不错。大理石小雕像,是著名大品的缩本,出于名手的还有味。

(选自朱自清《欧游杂记》,开明书店1934年版)

【作者介绍】

朱自清(1898—1948),原名自华,字佩弦,江苏扬州人。1920年北京大学毕业后在中学教书,1925年后始终执教于清华大学直到逝世。朱自清文学上的成就主要集中在诗和散文两方面,尤其是散文,其散文名篇《背影》、《荷塘月色》、《桨声灯影里的秦淮河》等,具有历久不衰的艺术魅力,为小品散文的成熟作出了突出贡献。

【作品分析】

《威尼斯》是一篇游记散文,作于1934年8月。1931年到1932

年朱自清赴欧洲读书并游历了很多地方,回国后陆续写下了一些游记散文,先后结集为《欧游杂记》和《伦敦杂记》出版。本篇即选自《欧游杂记》。

《威尼斯》一文的特色首先在于它结构严谨。威尼斯,人们都知道这是一座世界名城。它的有"名",不仅是因为莎士比亚写过名剧《威尼斯商人》,主要是因为它建在水上,"水城"的独特风貌为它赢得了举世声誉。应当说,要想把它的特点写好不是很容易的,因为可写的点太多了,稍微收不住笔便会写得凌乱,费力不讨好。而朱自清作为散文界的大手笔,当然不会犯低级错误,他在鸟瞰威尼斯全貌并点出其"海中的城"的基本特点的基础上,把他的艺术视镜对准了"圣马克方场"这一个"点",对准了威尼斯城这个"最热闹的"、"最华妙庄严的地方";然后分写方场东南侧的钟楼,圣马克教堂,"新衙门"和"老衙门",公爷府,写圣马克方场动人的夜曲演唱,又写圣马克方场西北方向上的圣罗珂教堂和佛拉利教堂的建筑风格及艺术价值,最后写圣马克方场正东方向的公园。于是,本不易写的繁多内容在这样严谨的安排下便进退有序、条分缕析了,确是颇具匠心。再加上作者从容不迫的描写,就好像是一位出色的导游引导着游客一一参观名胜古迹,并且以欣喜愉悦的心情在观赏,那一份喜悦的感情,也就分外透着一种气定神闲。

说到朱自清的散文,值得称道的是他的语言。朱自清是诗人出身,因此极重视散文中语言的诗性。他后来又转向在散文中注意运用北京人的口语,因而他的散文就别具一种活泼灵动的生气,本文就有这样的特点。比如开头儿写威尼斯由一群小岛组成,"在圣马克方场的钟楼上看,团花簇锦似的东一块西一块在绿波里荡漾着。……海水那么绿,那么酽,会带你到梦中去"。结尾写公园里的国际艺术展览会作品的繁多,"……未来派立体派的图画雕刻,都可见到,还有别的许多新奇的作品,说不出路数。颜色大概鲜明,教人眼睛发亮;建筑也是新式,简截不啰嗦,痛快之至。"这些语言既雅又俗,雅俗共赏,其活力也是充沛的。

【延伸阅读文献】

陈孝全:《朱自清传》,北京十月文艺出版社 1991 年版。

朱金顺:《朱自清散文琐谈》,《现代文学讲演集》,北京师范大学出版社 1984 年版。

刘锡庆:《略说朱自清和他的散文》,《散文新思维》,河北教育出版社 1998 年版。

(霍秀全)

梦　痕

丰子恺

我的左额上有一条同眉毛一般长短的疤。这是我儿时游戏中在门槛上跌破了头颅而结成的。相面先生说这是破相,这是缺陷。但我自己美其名曰"梦痕"。因为这是我的梦一般的儿童时代所遗留下来的唯一的痕迹。由这痕迹可以探寻我的儿童时代的美丽的梦。

我四五岁时,有一天,我家为了"打送"(吾乡风俗,亲戚家的孩子第一次上门来作客,辞去时,主人家必做几盘包子送他,名曰"打送")某家的小客人,母亲、姑母、婶母,和诸姊们都在做米粉包子。厅屋的中间放一只大匾,匾的中央放一只大盘,盘内盛着一大堆黏土一般的米粉,和一大碗做馅用的甜甜的豆沙。母亲和大家围坐在大匾的四周。各人卷起衣袖,向盘内摘取一块米粉来,捏做一只碗的形状;夹取一筷豆沙来藏在这碗内;然后把碗口收拢来,做成一个圆子。再用手法把圆子捏成三角形,扭出三条绞丝花纹的脊梁来;最后在脊梁凑合的中心点上打一个红色的"寿"字印子,包子便做成。一圈一圈地陈列在大匾内,样子很是好看。大家一边做,一边兴高采烈地说笑。有时说谁的做得太小,谁的做得太大;有时盛称姑母的做得太玲珑,有时笑指母亲的做得像个馎饨。笑语之声,充满一堂。这是年中难得的全家欢笑的日子。而在我,做孩子们的,在这种日子更有无上的欢乐;在准备做包子时,我得先吃一碗甜甜的豆沙。做的时候,我只要噪闹一下子,母亲们会另做一只小包子来给我当场就吃。新鲜的米粉和新鲜的豆沙,热热地做出来就吃,味道是好不过的。我往往吃一只不够,再噪闹一下子就得吃第二只。倘然吃第二只还不够,我可嚷着要替她们打寿字印子。这印子是不容易打的:蘸的水太多了,打出来一塌糊涂,看不出寿字;蘸的水太少了,打出来又不清楚;况且位置要摆得正,歪了就难看;打坏了又不能揩抹涂改。所以我嚷着要打印子,是母亲们所最怕的事。她们便会和我情商,把做圆子收口时摘下来的一小粒米粉给我,叫我"自己做来自己吃。"这正是我所盼望的主目的! 开了这个例之后,各人做圆子收口时摘下来的米粉,就都得照例归我所有。再不够时还得要求向大盘中扭一把米粉来,自由捏造各种黏土手工:捏一个人,团拢了,改捏一个狗;再团拢了,再改捏一只水烟管……捏到手上的龌龊都混入其中,而雪白的米粉变成了灰色的时候,我再向她们要一朵豆沙来,裹成各种三不像的东西,吃下肚子里去。这一天因为我噪得特别厉害些,姑母做了两只小玲珑的包子给我吃,母亲又外加摘一团米粉给我玩。为求自由,我不在那场上吃弄,拿了到店堂里,和五哥哥一同玩弄。五哥哥者,后来我知道是我们店里的学徒,但在当时我只知道他是我儿时的最亲爱的伴侣。他的年纪比我长,智力比我高,胆量比我大,他常做出种种我所意想不到的玩意儿来,使得我惊奇。这一天我把包子和米粉拿出去同他共玩,他就寻出几个印泥菩萨的小形的红泥印子来,教我印米粉菩萨。

后来我们争执起来,他拿了他的米粉菩萨逃。我就拿了我的米粉菩萨追。追到排门旁边,我跌了一跤,额骨磕在排门槛上,磕了眼睛大小的一个洞,便晕迷不省。等到知觉的时候,我已被抱在母亲手里,外科郎中蔡德本先生,正在用布条向我的头上重重叠叠地包裹。

自从我跌伤以后,五哥哥每天乘店里空闲的时候到楼上来省问我。来时必然偷偷地从衣袖里摸出些我所爱玩的东西来——例如关在自来火匣子里的几只叩头虫,洋皮纸人头,老菱壳做成的小脚,顺治铜钿磨成的小刀等——送给我玩,直到我额上结成这个疤。

讲起我额上的疤的来由,我的回想中印象最清楚的人物,莫如五哥哥。而五哥哥的种种可惊可喜的行状,与我的儿童时代的欢乐,也便跟了这回想而历历地浮出到眼前来。

他的行为的顽皮,我现在想起了还觉吃惊。但这种行为对于当时的我,有莫大的吸引力,使我时时刻刻追随他,自愿地做他的从者。他用手捉住一条大蜈蚣,摘去了它的有毒的钩爪,而藏在衣袖里,走到各处,随时拿出来吓人。我跟了他走,欣赏他的把戏。他有时偷偷地把这条蜈蚣放在别人的瓜皮帽子上,让它沿着那人的额骨爬下去,吓得那人直跳起来。有时怀着这条蜈蚣去登坑,等候邻席的登坑者正在拉粪的时候,把蜈蚣丢在他的裤子上,使得那人扭着裤子乱跳,累了满身的粪。又有时当众人面前他偷把这条蜈蚣放在自己的额上,假装被咬的样子而号啕大哭起来,使得满座的人惊惶失措,七手八脚地为他营救。正在危急存亡的时候,他伸起手来收拾了这条蜈蚣,忽然破涕为笑,一缕烟逃走了。后来这套戏法渐渐做穿,有的人警告他说,若是再拿出蜈蚣来,要打头颈拳了。于是他换出别种花头来:他躲在门口,等候警告打头颈拳的人将走出门,突然大叫一声,倒身在门槛边的地上,乱滚乱撞,哭着嚷着,说是践踏了一条臂膀粗的大蛇,但蛇是已经攒进榻底下去了。走出门来的人被他这一吓,实在魂飞魄散;但见他的受难比他更深,也无可奈何他,只怪自己的运气不好。他看见一群人蹲在岸边钓鱼,便参加进去,和蹲着的人闲谈。同时偷偷地把其中相接近的两人的辫子梢头结住了,自己就走开,躲到远处去作壁上观。被结住的两人中若有一人起身欲去,滑稽剧就演出来给他看了。诸如此类的恶戏,不胜枚举。

现在回想他这种玩耍,实在近于为虐的戏谑。但当时他热心地创作,而热心地欣赏的孩子,也不止我一个。世间的严正的教育者!请稍稍原谅他的顽皮!我们的儿时,在私塾里偷偷地玩了一个折纸手工,是要遭先生用铜笔套管在额骨上猛钉几下,外加在至圣先师孔子之神位面前跪一支香的!

况且我们的五哥哥也曾用他的智力和技术来发明种种富有趣味的玩意,我现在想起了还可以神往。暮春的时候,他领我到田野去偷新蚕豆。把嫩的生吃了,而用老的来做"蚕豆水龙"。其做法,用煤头纸火把老蚕豆荚熏得半熟,剪去其下端,用手一捏,荚里的两粒豆就从下端滑出,再将荚的顶端稍稍剪去一点,使成一个小孔。然后把豆荚放在水里,待它装满了水,以一手的指捏住其下端而取出来,再以另一手的指用力压榨豆荚,一条细长的水带便从豆荚的顶端的小孔内射出。制法精巧的,射水可达一二丈之远。他又教我"豆梗笛"的做法:摘取豌豆的嫩梗长约寸许,以一端塞入口中轻轻咬嚼,吹时便发嗜嗜之音。再摘取蚕豆梗的下段,长约四五寸,用指爪在梗上均匀地开几个洞,作成豆的样子。然后把豌豆梗插入这笛的一端,用两手的指随意启闭各洞而吹奏起来,其音宛如无腔之短笛。他又教我用洋蜡烛的油作种种的浇造和塑造。用芋艿或番薯镌刻种种的印版,大类现今的木版画。……诸如此类的玩意,亦复不胜枚举。

现在我对这些儿时的乐事久已缘远了。但在说起我额上的疤的来由时,还能热烈地回忆神情活跃的五哥哥和这种兴致蓬勃的玩意儿。谁言我左额上的疤痕是缺陷?这是我的儿时欢乐的佐证,我的黄金时代的遗迹。过去的事,一切都同梦幻一般地消灭,没有痕迹留存了。只有这个疤,好像是"脊杖二十,刺配军州"时打在脸上的金印,永久地明显地录着过去的事实,一说起就可使我历历地回忆前尘。仿佛我是在儿童世界的本贯地方犯了罪,被刺配到这成人社会的"远恶军州"来的。这无期的流刑虽然使我永无还乡之望,但凭这脸上的金印,还可回溯往昔,追寻故乡的美丽的梦啊!

一九三四年六月七日

(选自丰子恺《随笔二十篇》,1934年版)

【作者介绍】

丰子恺(1898—1975),浙江崇德人。他的文学创作主要集中于散文方面,有散文随笔集《缘缘堂随笔》、《中学生小品》、《车厢社会》、《缘缘堂再笔》等十余个集子。他的散文清新真挚,富有哲理,是现代散文一份不可多得的收获。

【作品分析】

《梦痕》是一篇叙事写人的忆旧散文,作于1934年。《梦痕》的"忆旧",乃是忆自己的儿时之事和儿时之友。儿时之事,一是自己当年贪吃米粉包子,一是自己额上的一道疤痕——被自己称为"梦痕"——的来历。在谈说之中,透出作者悠然神往的意态。儿时之友,乃是被称为"五哥哥"的自家店里的一个小学徒,在作者的叙述中,他分明就是作者幼年时最尊敬的老师,最崇拜的偶像。他制造的一个又一个的恶作剧,他种种新奇丰富的生活经验,都是让幼时的"我"格外钦佩的事情。作者在幽默的叙述中,还充溢着无尽的沉醉意味,虽然自己已是个成年人。

日本一位翻译家曾将丰子恺的散文译成日文出版,他在谈到丰子恺及其散文时感慨道:"丰子恺,是现代中国最像艺术家的艺术家……我所喜欢的,乃是他的像艺术家的真率,对于万物的丰富的爱,和他的气品,气骨。如果在现代要想找寻陶渊明、王维那样的人物,那么,就是他了罢。"这话确有其道理。仅以《梦痕》立论,他的面对浊世的不为流俗所染,不为势力所动,忘情于自己幼年的人事之中,确有超凡脱俗、飘然远举之态,其率性与纯真令人肃然起敬。此外,文章的语言流畅精熟,幽默生动,也颇见功力。

丰子恺是一位美术家,他的《梦痕》在叙事上就有绘画的流畅细腻、多姿多彩的特点,无论是介绍做"打送"的米粉包子,还是写"五哥哥"的种种恶作剧及吃豆或玩"蚕豆水龙",几件事的描写都如绘画的布局,远山近水,村舍田园,各得其所,参差有致。而写人又精致地描摹其专注的情态,形神兼具。语言幽默,极有感染力。

【延伸阅读文献】

林非:《现代六十家散文札记》,百花文艺出版社1982年版。

刘锡庆:《重评丰子恺散文——从两篇名作的赏析说起》,《散文新思维》,河北教育出版社1998年版。

(霍秀全)

独　语

何其芳

　　设想独步在荒凉的夜街上,一种枯寂的声响固执地追随着你,如昏黄的灯光下黑色影子,你不知该对它珍爱还是不能忍耐了:那是你脚步的独语。

　　人在孤寂时常发出奇异的语言,或是动作。动作也是语言的一种。

　　决绝地离开了绿蒂的维特,独步在阳光与垂柳的堤岸上,如在梦里。诱惑的彩色又激动了他作画家的欲望,遂决心试卜他自己的命运了。他从衣袋里摸出一把小刀子,从垂柳里掷入河水中。他想:若是能看见它的落下他就将成功一个画家,否则不。那寂寞的一挥手使你感动吗? 不了解吗?

　　我又想起了一个西晋人物,他爱驱车独游,到车辙不通之处就痛哭而返。

　　绝顶登高,谁不悲慨地一长啸呢? 是想以他的声音填满宇宙的寥廓吗? 等到追问时怕又只有沉默地低首了。我曾经走进一个古代的建筑物,画檐巨柱都争着向我有所诉说,低小的石栏也发出声息,像一些坚忍的深思的手指在上面呻吟,而我自己倒成了一个化石了。

　　或是昏黄的灯光下,放在你面前的是一册杰出的书,你将听见里面各个人物的独语。温柔的独语,悲哀的独语,或是狂暴的独语。黑色的门紧闭着:一个永远期待的灵魂死在门内,一个永远找寻的灵魂死在门外。每一个灵魂是一个世界,没有窗户。而可爱的灵魂都是倔强的独语者。

　　我的思想倒不是在荒野上奔驰。有一所落寞的古老的屋子,画壁漫漶,阶石上铺着白藓,像期待着最后的脚步:当我独自时我就神往了。

　　真有这样一个所在,或者是在梦里吗? 或者不过是两章宿昔嗜爱的诗篇的糅合,没有关联的奇异的糅合:幔子半掩,地板已扫,死者的床榻上长春藤影在爬;死者的灵魂回到他熟悉的屋子里,朋友们在聚餐,嬉笑,都说着"明天明天",无人记起"昨天"。

　　这是颓废吗? 我能很美丽地想着"死",反不能美丽地想着"生"吗?

　　我何以又太息:"去者日以疏,生者日以亲"? 是慨叹着我被人忘记了,还是我忘记了人呢?

"这里是你的帽子",或者"这里是你的纱巾,我们出去走走吧",我还能说这些惯口的句子。而我那位温和的沉默的朋友,我更记起他,他屋里有一个古怪的抽屉,精致的小信封,装着丁香花,或是不知名的扁形的叶子,像为着分我的寂寞而展示他温柔的记忆。墙上是一张小画片,翻过背面来,写着"月的渔女"。

唉。我尝自忖度,那使人类温暖的,我不是过分缺乏了它就是充溢了它。两者都足以致病的。

印度王子出游,看见生老病死,遂发自度度人的宏愿。我也倒想有一树菩提之荫,坐在下面思索一会儿。虽然我要思索的是另外一个题目。

于是,我的目光在窗上徘徊了。天色像一张阴晦的脸压在窗前,发出令人窒息的呼吸。这就是我抑郁的缘故吗? 而又,在窗格的左角,我发现一个我的独语的窃听者了。像一个鸣蝉蜕弃的躯壳,向上蹲伏着,嚓默地。嚓默地,和着它一对长长的触须,三对屈曲的瘦腿。我记起了它是我用自己的手描画成的一个昆虫的影子,当它迟徐地爬到我窗纸上,发出孤独的银样的鸣声,在一个过逝的有阳光的秋天里。

(选自《画梦录》,文化生活出版社1934年版)

【作品分析】

《独语》选自散文集《画梦录》。《画梦录》以其浓郁的诗意、优美的文笔在当时文坛产生了很大反响,并获得了1936年《大公报》的文艺奖金。

《独语》是一篇散文诗。何其芳当年在一本书中读到了德国诗人歌德的故事,从中受到了深深的触动,遂把自己的感受尽情地抒发出来,化作了一片深情的心灵"独语"。

作品的基调是感伤抑郁的。暂时放下少年维特的浪漫故事,冥想着诗人歌德的人生经历,又想到自己身处的环境,就像是置身于"一所落寞的古老的屋子,画壁漫漶,阶石上铺着白藓",屋子里则是"幔子半掩,地板已扫,死者的床榻上常春藤影在爬;死者的灵魂回到他熟悉的屋子里,朋友们在聚餐,嬉笑,都说着'明天明天',

无人记起'昨天'"。如此荒凉破败、鬼气森森的环境,实际是人生困境的写照。它令作者深深地感到了压抑:"天色像一张阴晦的脸压在窗前,发出令人窒息的呼吸。"这种孤寂凄哀的人生感受,代表了当时相当一批充满青春冲动却又无处施展抱负的青年知识分子的心境。

何其芳20世纪30年代就读北京大学时,受到西方现代主义文艺思潮的影响,在写作中也曾尝试着加以运用,所以他早期的诗文或多或少地都染上了现代主义色彩。《独语》也是如此,作品以跳动的意象,表现思绪的流动,展示的是在压抑的氛围中理智与情感的冲突与矛盾,抒发了内心深处强烈的孤独感,无助且又无奈的幻灭感,这种失落的情感多少带有灰暗甚至颓唐的意绪。很显然,这就是现代主义的具体表现。

何其芳《画梦录》的语言是优美凝练的抒情语言。在一定意义上,《画梦录》中的文章,是靠其纯美精致的语言而成为众所公认的现代美文的。就以《独语》为例,文中的叙述温婉而深情,曲折有致地展示着"独语者"孤寂而又倔强的灵魂,语言中还充满着深刻的思辨与哲理,令人反复吟味。比如这一段描述:"或是昏黄的灯光下,放在你面前的是一册杰出的书,你将听见里面各个人物的独语。温柔的独语,悲哀的独语,或是狂暴的独语。黑色的门紧闭着:一个永远期待的灵魂死在门内,一个永远找寻的灵魂死在门外。每一个灵魂是一个世界,没有窗户。而可爱的灵魂都是倔强的独语者。"

谈到散文写作,何其芳说过这样的话:"我的工作是在为抒情的散文发现一个新的园地,我企图以很少的文字制造出一种情调,有时叙述一个可以引起许多想像的小故事,有时是一阵伴着深思的情感的波动。"(《还乡杂记·代序》)《独语》以及《画梦录》中的每篇文章,都可以从这句话中得到注解。

【延伸阅读文献】

李健吾:《〈画梦录〉——何其芳先生作》,《李健吾创作评论选集》,人民文学出版社1984年版。

尹在勤:《何其芳评传》,四川人民出版社1980年版。

何其芳:《一个平常的故事》,百花文艺出版社1982年版。

(霍秀全)

鹰 之 歌

丽 尼

黄昏是美丽的。我忆念着那南方的黄昏。

晚霞如同一片赤红的落叶坠到铺着黄尘的地上,斜阳之下的山冈变成了暗紫,好像是云海之中的礁石。

南方是遥远的;南方的黄昏是美丽的。

有一轮红日沐浴着在大海之彼岸;有欢笑着的海水送着夕归的渔船。

南方,遥远而美丽的!

南方是有着榕树的地方,榕树永远是垂着长须,如同一个老人安静地站立,在夕暮之中作着冗长的低语,而将千百年的过去都埋在幻想里了。

晚天是赤红的。公园如同一个废墟。鹰在赤红的天空之中盘旋,作出短促而悠远的歌唱,嘹唳地,清脆地。

鹰是我所爱的。它有着两个强健的翅膀。

鹰的歌声是嘹唳而清脆的,如同一个巨人底口在远天吹出了口哨。而当这口哨一响着的时候,我就忘却我底忧愁而感觉兴奋了。

我有过一个忧愁的故事。每一个年青的人都会有一个忧愁的故事。

南方是有着太阳和热和火焰的地方。而且,那时,我比现在年青。

那些年头!啊,那是热情的年头!我们之中,像我们这样大的年纪的人,在那样的年代,谁不曾有过热情的如同火焰一般的生活?谁不曾愿意把生命当作一把柴薪,来加强这正在燃烧的火焰?有一团火焰给人们点燃了,那么美丽地发着光辉,吸引着我们,使我们抛弃了一切其他的希望与幻想,而专一地投身到这火焰中来。

然而,希望,它有时比火星还容易熄灭。对于一个年青人,只需一个刹那,一整个世界就会从光明变成了黑暗。

我们曾经说过:"在火焰之中锻炼着自己";我们曾经感觉过一切旧的渣滓都会被铲除,而由废墟之中会生长出新的生命,而且相信这一切都是不久就会成就的。

然而，当火焰苦闷地窒息于潮湿的柴草，只有浓烟可以见到的时候，一刹那间，一整个世界就变成黑暗了。

我坐在已经成了废墟的公园看着赤红的晚霞，听着嘹唳而清脆的鹰歌，然而我却如同一个没有路走的孩子，凄然地流下眼泪来了。

"一整个世界变成了黑暗；新的希望是一个艰难的生产。"

鹰在天空之中飞翔着了，伸展着两个翅膀，倾侧着，回旋着，作出了短促而悠远的歌声，如同一个信号。我凝望着鹰，想从它底歌声里听出一个珍贵的消息。

"你凝望着鹰么？"她问。

"是的，我望着鹰，"我回答。

她是我底同伴，是我三年来的一个伴侣。

"鹰真好，"她沉思地说了，"你可爱鹰？"

"我爱鹰的。"

"鹰是可爱的。鹰有两个强健的翅膀，会飞，飞得高，飞得远，能在黎明里飞，也能在黑夜里飞。你知道鹰是怎样在黑夜里飞的么？是像这样飞的，你瞧，"说着，她展开了两只修长的手臂，旋舞一般地飞着了，是飞得那么天真，飞得那么热情，使她底脸面也现出了夕阳一般的霞彩。

我欢乐底笑了，而感觉了兴奋。

然而，有一次夜晚，这年青的鹰飞了出去，就没有再看见她飞了回来。一个月以后，在一个黎明，我在那已经成了废墟的公园之中发现了她底被六个枪弹贯穿了的身体，如同一只被猎人从赤红的天空击落了下来的鹰雏，披散了毛发在那里躺着了。那正是她为我展开了手臂而热情地飞过的一块地方。

我忘却了忧愁，而变得在黑暗里感觉奋兴了。

南方是遥远的，但我忆念着那南方的黄昏。

南方是有着鹰歌唱的地方，那嘹唳而清脆的歌声是会使我忘却忧愁而感觉奋兴的。

一九三四年，十二月。

（原载 1935 年 3 月 16 日《文学季刊》第 2 卷第 1 期）

【作者介绍】

丽尼（1909—1968），本名郭安仁，湖北孝感人。20 世纪 30 年代在上海参加了中国左翼作家联盟。他的散文集主要有《黄昏之献》、《鹰之歌》和《白夜》。

【作品分析】

《鹰之歌》是一篇抒情散文,是丽尼的代表作。作品以深情感奋的笔调,记述了一个"忧愁的故事":在遥远而美丽的南方,一位与"我"相伴三年的女子,却在一天夜晚离开家门后,再也没有回来;一个月后"我"才发现了她被六颗枪弹贯穿了的身体。品读全文的意蕴,我们其实很容易弄懂,这位有着鹰一般"能在黎明里飞,也能在黑夜里飞"的坚强勇毅性格的女青年,实际上是一名反抗黑暗、争取光明的时代战士。她不愿意被黑暗窒息,为了世界,也为了自己,她宁可付出牺牲的代价,也要去战斗。因此,"鹰之歌",也就是这位女青年自己唱出的奋斗之歌,嘹唳而清脆;也是"我"为自己的伴侣唱出的赞美之歌,同样清脆而嘹唳。从这一角度看,文章采用的是象征的手法。

《鹰之歌》宛如一曲咏叹调,强烈地抒发了作者对那只年轻的雏鹰的敬佩、怀念及赞美的感情。全文以倒叙的格式对内容加以安排。开始部分是抒发自己身在北国,对遥远美丽南方的无尽思念,特别是对黄昏时分那只在赤红的天空中盘旋歌唱的鹰的思念,从而为全文定下了虽感伤但却更为昂奋的情感基调。接下来便是文章的核心内容,叙述那个"忧愁的故事",告诉人们自己的伴侣像鹰一样奋斗直至牺牲的壮举,使开头部分的情感得到了落实。最后,文章的内容又回到了开始,重点是突出"鹰"的歌唱,使情感得到了升华。这样的安排具有"一唱三叹"的效果,全文的情感抒发划出了一道感叹——歌咏——感叹的轨迹。强烈的情感抒发配上前面所述的象征手法,使全文充满了积极浪漫主义的气息,忧伤而不悲号,昂奋而又刚健,有鼓舞人向上的力量。

《鹰之歌》的语言服从于全文的抒情风格,具有诗一样清丽婉转的情韵。像文章的开头部分,写南方美丽的黄昏,写鹰的盘旋和歌唱,用了九个自然段,而这九个段落都相当短小简洁,就像诗行的排列;并且每句话中都蕴蓄深情,一下子就将读者带入特定的情境中,其魅力颇似鲁迅小说《伤逝》的开头部分,格外动人。

【延伸阅读文献】

佘树森:《丽尼的"独语"体》,《中国现当代散文研究》,北京大学出版社1993年版。

(霍秀全)

萤 火 虫

——生物素描之一

贾祖璋

  满天的繁星在树梢头辉耀着；黑暗中，四周都是黑魆魆的树影；只有东面的一池水，在微风中把天上的星，皱作一缕缕的银波，反映出一些光辉来。池边几丛芦苇和一片稻田，也是黑魆魆的；但芦苇在风中摇曳的姿态，却隐约可以辨认。这芦苇底下和田边的草丛，是萤火虫的发祥地。它们一个个从草丛中起来，是忽明忽暗的一点点的白光；好似天上的繁星，一个个在那里移动。最有趣的是这些白光虽然乱窜，但也有一些追逐的形迹：有时一个飞在前面，亮了起来，另一个就会向它一直赶去，但前面一个忽然隐没了，或者飞到水面上，与水中的星光混杂了；或者飞入芦苇或稻田里，给那枝叶遮住；于是追逐者失了目标，就迟疑地转换方向飞去。有时反给别个萤火虫作为追逐的目标了。而且这样的追逐往往不止一对，所以水面上，稻田上，一明一暗，一上一下的闪闪的白光与天上的星光同样的繁多；尤其是在水面的，映着皱起的银波，那情景是很感兴趣的。

  这是幼年时暑假期中在乡间纳凉时所见的情景。当时与弟妹等一边听着在烈日中辛苦了一日才得这片刻安闲休息的邻舍们的谈笑，一边向萤火虫唱着质朴的儿歌：

  萤火虫，
  夜夜红：
  飞到天上捉牙虫，
  飞到地上捉绿葱。

  在这样的歌声中，偶然有几个飞到身边，赶忙用芭蕉扇去拍，有时竟会把它拍在地上，有时它突然一暗，就飞到扇子所能拍到的范围以外去了，这时就是追了上去，也往往是不能再拍着的。被拍在地上的，它把光隐了，也着实难以寻觅；或又悄悄地飞起，才再现它的光芒，也往往给它逃去。被捉住的最初是用它来赌胜负,就是放在地上,用脚一拖,在地上画起一条发光的线,比较那个人画得长,就作为胜利。不消说,这是一种残酷的行为,真所谓"以生命为儿戏"的了。后来那些幸运的个体不会这样被牺牲,它们被闭入日间预备好的鸭蛋壳里,让它们一闪一闪,作为小灯笼。就睡时就携到枕边,颇有爱玩不忍释手的样子。但大人们以为萤火虫假如有机会钻入人的耳内,就会进去吃脑子,所以又往往被禁止携入房间里的。

萤火虫是怎样发生的,乡间没有谈起;但古书上却说它是野草所化成的。去年那号称中国第一家的老牌杂志,竟发表过罗广庭博士的生物化生说,所以腐草化萤,大概是可靠的。但罗博士经广东方面几位大学教授要求严密实验以后,一直到现在还未曾有过下文,至少那家老牌杂志,没有再把他的实验发表过,大抵罗博士已被他们戳穿西洋镜了;那么腐草为萤的传说也就有重行估定价值的必要。

原来萤有许多种数,全世界所产能够发光的萤有二千种,形态相像而不能发光的也有二千种。我们这里最常见的一种是身体黄色,而翅膀的尖端有些黑色的。它们也有雌雄,结婚以后,雄的以为责任已尽,随即死去;雌萤在水边的杂草根际产生微细的球形黄白色卵三、四百粒,也随即死去。这卵也能发一些微光,经过廿七、八天,就孵化为幼虫,幼虫的身体有十三个环节,长纺锤形,略扁平;头和尾是黑色的,体节的两旁也有黑点。尾端有一个能够吸附他物的附属器,可代足用。尾端稍前方的身体两侧还有一个特殊的发光器官,也能放青色的光。日中隐伏在泥土下,夜间出来觅食。它能吃一种做人类肺蛭中间宿主的螺类,所以有相当的益处。下一年的春天,长大成熟,在地下掘一个小洞,脱了皮化蛹。蛹淡黄色,夜间也能发光。到夏天就化作能够飞行的成虫,看了这一个简单的生活史,腐草为萤的传说,可以不攻自破了。

最令人感兴趣的萤火,是从那里来的呢? 在科学上的研究,以前有人以为是某种发光性细菌与萤火虫共栖的缘故,但近来经过详细的研究,确定并没有细菌的形迹可寻,还是说它是一种化学作用来的妥当。这种发光器的构造,随萤的种类和发育的时代而不同。幼虫和蛹大抵相似;在成虫普遍位于尾端的腹面,表面是一层淡黄色透明质硬的薄膜,下面排列着多数整齐的细胞,形成扁平的光盘,细胞里有多数黄色细粒,叫做"荧光体"(Luciferase),遇着氧气就起化学作用而发光。这些细胞的周围又满布毛细管,毛细管连接气管能送入空气,使荧光体可以接触氧气,又分布着许多神经,能随意调节空气的输送,所以现出忽明忽暗的样子。与发光细胞相对应的还有一层含有多数蚁酸盐或尿酸盐的小结晶的细胞,呈乳白色,好似一面镜子,能够把光反射到外方。

荧光不含赤外线(热线)和紫外线(化学线),所以只有光而没有热,是一种理想的照明用的光。但现在的人类还不能明白这些荧光体的内容;既不能直接利用它,也不能仿照它的化学成分来制出一种人造的荧光。人类所能利用的,在历史上有晋代的车胤,把它盛在袋里,以代烛火读书。在外国,墨西哥地方出产一种巨大的萤火虫,胸部有两个大发光器,放绿色的光;腹部下面也有一个发光器,放橙黄色的光;两色相映,极为美丽,妇人把它簪在发间,作为夜舞时的装饰品。还有,就是作为玩耍而已。至于在萤火虫的自身,借此可以引诱异性,又可以威吓敌害,对于它的生活上是很有意义的。

在电灯、煤气灯和霓虹灯交互辉煌的上海,是没有机会遇到萤火虫的。故乡的萤火虫更是一年,二年,几乎十年没有见过了。最近家中来信说:三月没有雨,田里的稻都已枯死,桑树也有许多枯萎了。那么往时所见的一池水,当然已经干涸,一片稻田,看去一定像一片焦土,那黑魆魆的树影,也必定很稀疏了。我那辛苦工作的邻舍们已经无工可作,他们可以做长期的休息了,但是在纳凉的时候,在他们的谈话中,未知还能闻到多少笑声。

因了萤火虫我记着了遭遇旱灾的故乡了。祝福我辛苦的邻人们,应该有一条生路可走。

(原载1934年9月20日《太白》第1卷第1期)

【作者介绍】

贾祖璋(1901—1988),浙江海宁人。《生物素描》是他的科学小品集,1936年由上海开明书店出版。

【作品分析】

这是一则"科学小品",属于系统介绍科学知识的散文。所谓"科学小品",出现于20世纪30年代前期和中期,是针对当时社会上一些人知识宣传中的谬误而作,譬如有人宣传蛤是雀入水变成,金鱼是蚕子变的,等等。贾祖璋和其他一些有识之士有感于青少年可能因此被谬说误导,才站出来力倡并撰写"科学小品",即以小品散文的形式和笔法系统介绍科学知识,并因此在当时形成了一股"科学小品热"。

《萤火虫》的写作缘起于有人散播"腐草化萤"的怪论。本文通过介绍萤火虫的种类、生活习性、生长过程、身体构造、与人的关系、发光的原因等,科学地回答了有关萤火虫的种种问题,从而使"腐草化萤"的谬论不攻自破。所以,"知识性"和"科学性"是本文的首要特点。

既然是"科学小品",那么除了其"科学"与"知识"的属性外,还应当具有"小品散文"的特点。而《萤火虫》的确有一般小品散文的讲究趣味、情致等优点。文中系统介绍科学知识,并非正襟危坐板起面孔一本正经地讲解,而是有机地融进儿歌,以及古代和外国人利用萤火虫照明读书甚至作装饰物的故事和习俗,从而使人感到情趣盎然,为文章增色不少。

在具体行文当中,作者注意尽可能地融进文学意味,增强文章的可读性。比如,一开始大段描写夏夜景色,渲染了略带神秘色彩的氛围,之后写萤火虫出现、飞舞所带给人的美好感受,就是真正的抒情小品的意味了。

【延伸阅读文献】

贾祖璋:《我写科学小品的经过》,《小品文艺术谈》,中国广播电视出版社1990年版。

高士其:《把科学和文艺结合起来》,《小品文艺术谈》,中国广播电视出版社1990年版。

(霍秀全)

一九三六年春在太原(存目)

宋之的

【作者介绍】

宋之的(1914—1956),原名宋汝昭,河北丰润人。主要作品有:三幕话剧《谁之罪》,五幕话剧《雾重庆》、《春寒》、《打击侵略者》等。

【作品分析】

《一九三六年春在太原》1936年发表于《中流》创刊号。这是一篇纪实体散文,亦称报告文学。文中描述了作者1936年春天在山西省会太原的一段亲身经历,有力地嘲讽批判了当年统治山西的阎锡山军阀政权的荒唐政治和反人民的本质。

《一九三六年春在太原》作为纪实性的文学作品,其成功在于以严峻的真实性来打动人,感染人。文中除真实地叙述当年太原地方当局居然以配发"好人证"的方式,挖空心思地力图加强对人民的控制之外,还剪辑了当地报纸的六则新闻报道嵌入进来,让当局的种种倒行逆施自暴其丑,从而让人们极为深刻地认识了军阀政权统治的反动性、专制性和荒唐性。

辛辣犀利的讽刺性和批判性是文章的又一突出特点。讽刺批判的对象一是反动当局,一是庸俗势利的小市民。对于当局配发"好人证"的可笑作法,作品用开玩笑表达轻蔑和不屑,也用飞机误炸放爆竹的娶亲村民造成惨重伤亡和诬告错捕无辜学生的事实来进行痛砭。对于小市民,则从"面"上写"一说杀人,很多老太婆,小孩子,年轻的媳妇,以及有闲的'男人',便从早晨起,守在街头了。人很多,有的且特别穿了新衣服,打扮得花团锦簇,像参与盛会那样的,等待着囚车",来解释人们的愚昧可悲;又从一个"点"——作者的厨子——来写他的势利眼和市侩心理:厨子得了个"一等好人"的方形证件,高兴地在"我"面前炫耀,得意地唱着淫荡小曲,精心地保养、装饰"好人证",没想到乐极生悲,因此被公安局抓走罚款五元。这就把对市侩们可悲可叹之奴性的嘲弄推到了极致。

在结构上,文章采用了"板块式"的组合,使主要内容和主题突出,既简括又完整,可谓颇具匠心。全文分为八个部分,叙写了作家1936年春天在太原度过的一段令人不可思议的难熬的日子,每一部分都有一个独立的内容,但又围绕着所谓"好人证"而展开,看似不相关联,读罢全文就知道它们组成了一个有机的整体。在有的部分中,又自然分作若干小单元,内容上同样关联密切,不可割裂。这种结构就像是一座大厦,里边分为功能各异的不同厅室,而有些大厅之中又细化为起居、休闲、工作等不同房间,他们共同构成了这种宏丽的大厦。这种结构,一层深似一层地完成了讽刺、批判、揭露当年封建军阀当局荒唐黑暗专制统治的主题,使文章在气势上相当浑厚。一首一尾的两句话:"春被关在城外了。"和"——我是多么的怀念春啊!"互相照应,表明了对光明温暖的民主社会的向往,也是构思上的精心结撰之笔。

【延伸阅读文献】

王友琴:《深沉辛辣　别具匠心——〈一九三六年春在太原〉赏析》,《时代的报告》1983年第8期。

(霍秀全)

囚 绿 记

陆 蠡

这是去年夏间的事情。

我住在北平的一家公寓里。我占据着高广不过一丈的小房间,砖铺的潮湿的地面,纸糊的墙壁和天花板,两扇木格子嵌玻璃的窗,窗上有很灵巧的纸卷帘,这在南方是少见的。

窗是朝东的。北方的夏季天亮得快,早晨五点钟左右太阳便照进我的小屋,把可畏的光线射个满室,直到十一点半才退出,令人感到炎热。这公寓里还有几间空房子,我原有选择的自由的,但我终于选定了这朝东房间,我怀着喜悦而满足的心情占有它,那是有一个小小理由。

这房间靠南的墙壁上,有一个小圆窗,直径一尺左右。窗是圆的,却嵌着一块六角形的玻璃,并且左下角是打碎了,留下一个大孔隙,手可以随意伸进伸出。圆窗外面长着常春藤。当太阳照过它繁密的枝叶,透到我房里来的时候,便有一片绿影。我便是欢喜这片绿影才选定这房间的。当公寓里的伙计替我提了随身小提箱,领我到这房间来的时候,我瞥见这绿影,感觉到一种喜悦,便毫不犹疑地决定下来,这样了截爽直使公寓里伙计都惊奇了。

绿色是多宝贵的啊!它是生命,它是希望,它是慰安,它是快乐。我怀念着绿色把我的心等焦了。我欢喜看水白,我欢喜看草绿。我疲累于灰暗的都市的天空,和黄漠的平原,我怀念着绿色,如同涸辙的鱼盼等着雨水!我急不暇择的心情即使一枝之绿也视同至宝。当我在这小房中安顿下来,我移徙小台子到圆窗下,让我的面朝墙壁和小窗。门虽是常开着,可没人来打扰我,因为在这古城中我是孤独而陌生。但我并不感到孤独。我忘记了困倦的旅程和已往的许多不快的记忆。我望着这小圆洞,绿叶和我对语。我了解自然无声的语言,正如它了解我的语言一样。

我快活地坐在我的窗前。度过了一个月,两个月,我留恋于这片绿色。我开始了解渡越沙漠者望见绿洲的欢喜,我开始了解航海的冒险家望见海面飘来花草的茎叶的欢喜。人是在自然中生长的,绿是自然的颜色。

我天天望着窗口常春藤的生长。看它怎样伸开柔软的卷须，攀住一根缘引它的绳索，或一茎枯枝；看它怎样舒开折叠着的嫩叶，渐渐变青，渐渐变老，我细细观赏它纤细的脉络，嫩芽，我以揠苗助长的心情，巴不得它长得快，长得茂绿。下雨的时候，我爱它淅沥的声音，婆娑的摆舞。

忽然有一种自私的念头触动了我。我从破碎的窗口伸出手去，把两枝浆液丰富的柔条牵进我的屋子里来，教它伸长到我的书案上，让绿色和我更接近，更亲密。我拿绿色来装饰我这简陋的房间，装饰我过于抑郁的心情。我要借绿色来比喻葱茏的爱和幸福，我要借绿色来比喻猗郁的年华。我囚住这绿色如同幽囚一只小鸟，要它为我作无声的歌唱。

绿的枝条悬垂在我的案前了。它依旧伸长，依旧攀缘，依旧舒放，并且比在外边长得更快。我好像发现了一种"生的欢喜"，超过了任何种的喜悦。从前我有个时候，住在乡间的一所草屋里，地面是新铺的泥土，未除净的草根在我的床下茁出嫩绿的芽苗，蕈菌在地角上生长，我不忍加以剪除。后来一个友人一边说一边笑，替我拔去这些野草，我心里还引为可惜，倒怪他多事似的。

可是每天早晨，我起来观看这被幽囚的"绿友"时，它的尖端总朝着窗外的方向。甚至于一枚细叶，一茎卷须，都朝原来的方向。植物是多固执啊！它不了解我对它的爱抚，我对它的善意。我为了这永远向着阳光生长的植物不快，因为它损害了我的自尊心。可是我囚系住它，仍旧让柔弱的枝叶垂在我的案前。

它渐渐失去了青苍的颜色，变成柔绿，变成嫩黄；枝条变成细瘦，变成娇弱，好像病了的孩子。我渐渐不能原谅我自己的过失，把天空底下的植物移锁到暗黑的室内；我渐渐为这病损的枝叶可怜，虽则我恼怒它的固执，无亲热，我仍旧不放走它。魔念在我心中生长了。

我原是打算七月尾就回南去的。我计算着我的归期，计算这"绿囚"出牢的日子。在我离开的时候，便是它恢复自由的时候。

卢沟桥事件发生了。担心我的朋友电催我赶速南归。我不得不变更我的计划；在七月中旬，不能再留连于烽烟四逼中的旧都，火车已经断了数天，我每日须得留心开车的消息。终于在一天早晨候到了。临行时我珍重地开释了这永不屈服于黑暗的囚人。我把瘦黄的枝叶放在原来的位置上，向它致诚意的祝福，愿它繁茂苍绿。

离开北平一年了。我怀念着我的圆窗和绿友。有一天，得重和它们见面的时候，会和我面生么？

(选自《囚绿记》，文化生活出版社1940年版)

【作者介绍】

陆蠡(1908—1942),原名陆圣泉,浙江天台人。1942年在上海被日本宪兵杀害。陆蠡的文学成就集中于散文写作方面,他给后人留下了三本散文集:《海星》、《竹刀》和《囚绿记》。

【作品分析】

《囚绿记》是一篇记叙抒情名文,约作于1938年秋,是陆蠡的代表作之一。它记的是"我在北平居住期间,热爱象征生命的绿色"的情感经历。"我"由于喜爱蓬勃的绿色,便将两根常春藤从窗洞牵进室内书桌畔为伴为友;但令人不快的是,每天早晨醒来,都发现这青藤的绿叶总是朝向有光的窗外,将它扭过来第二日依然如是。最终,藤变得萎黄娇弱了,我在回南方时,又将这"绿囚"放回原来的位置上,并祝愿它的生命重新获得繁茂翠绿。

这篇托物咏怀之文,其内蕴是极为丰富的,每一位读者都可以从中获得一分属于自己的启悟与哲理。但有一点恐怕是谁都能认同的,那就是它张扬了一种顽强不屈的生命精神。那两根常春藤,不顾也不惧外力的强制,悄悄地同时也是执著地向着光明生长,永不改变自己的初衷。它们的生命是平凡而脆弱的,但它们的生命意志是伟大而坚强的。这其实正是陆蠡个性精神的写照,因此他被日本强盗拘捕之后,绝不向侵略者低下自己高贵的头颅;这也是中华民族优秀分子的精神,陆蠡向敌人自豪地宣告:我们民族是不可征服的!陆蠡的生命之绿是永远囚禁不了的!

本文的语言温润而深情。作者在充满急切期待的叙述中,在字里行间蕴蓄着对生命、希望、慰安、快乐之绿的敬爱与崇仰,一句"我怀念着绿色把我的心等焦了"则把对绿色的挚爱渴盼之情抒发到了极致。而深邃隽永的哲理也借助朴素如璞玉般的文字,打动叩击着读者的心扉,留在他们的心灵深处。

结构上,本文采用了倒叙的方式,一方面使首尾相顾,让结构很完整,另一方面,更方便于抒发盼绿——囚绿——放绿——思绿的心情,使全文言虽尽而意悠长,是颇见匠心的结构安排。

说到陆蠡的散文,李健吾评论道:"他的世界不像鲁迅的世界那样大,然而当他以一个渺小的心灵去爱自己的幽暗的角落的时候,他的敦厚本身摄来一种光度,在文字娓娓叙谈之中,照亮了人性的朴厚。""他不放纵他的感情,他蕴藉力量于匀静。"(《陆蠡的散文》)李健吾以他印象式的优美评论和真知灼见,为陆蠡的作品在中国现代散文史上确立了不可移易的地位。

【延伸阅读文献】

李健吾:《陆蠡的散文》,《李健吾创作评论选集》,人民文学出版社 1984 年版。

鲍霁:《璞玉般心灵的流露——读陆蠡的散文》,《中国现代散文艺术鉴赏论》,北京师范学院出版社 1988 年版。

(霍秀全)

银　杏(存目)

郭沫若

【作品分析】

《银杏》是一篇散文诗,作于1942年5月。银杏,又称"白果树"和"公孙树",前者得名于其果实成熟后呈银白色,后者是因为它的成长慢,据说爷爷种植的树苗,到孙子时期才会开花结实。作者认为,它作为中国特有的树种,应当是"国树",因此对它有一种格外亲切的感情。

所有散文诗,可以说都是抒情作品;或者,抒情是散文诗最主要的特征,《银杏》自不例外。文章叙写了银杏树的果实、枝干、叶片,特别是品格秉性和气质,实质就如作者自己所说,是把它作为了中国文化的象征,作为了中国人文精神的象征,于是就构成了全文的诗意主题。

《银杏》的一个非常明显的特点就是在叙述上采用了"我——你"的第一人称与第二人称对话的方式,准确地说,是"我"对"你"的倾诉和赞美。这种方式更便于抒情叙意,给予读者的感觉则是"情"满胸中,已然到不吐不能的地步了。强烈的抒情正是文章诗性的最集中体现。

《银杏》一文还有一个鲜明特点,就是它所有的自然段落都很短小,一两句话就构成一个完整的意思,也就形成一个段落。这在形式上与诗歌就非常接近了。更主要的,这种形式在情感意义上,又造成了像大海涨潮,一波未平一波又起的态势,使抒情如波翻浪涌,层层叠起,达到一个又一个的新高潮。

文章的语言热烈明快,坦白质直,是典型的郭沫若抒情诗的语言,可与历史剧《屈原》中的《橘颂》相媲美。

【延伸阅读文献】

蔡震:《郭沫若与郁达夫比较论》,陕西师范大学出版社 1988 年版。

税模海:《郭沫若与中国传统文化》,四川大学出版社 1992 年版。

(霍秀全)

春 联 儿

叶圣陶

　　出城回家常坐鸡公车。十来个推车的差不多全熟识了,只要望见靠坐在车座上的影儿,或是那些抽叶子烟的烟杆儿,就辨得清谁是谁。其中有个老俞,最善于招揽主顾,见你远远儿走过去,就站起来打招呼,转过身,拍拍草垫,把车柄儿提在手里。这就叫旁的车夫不好意思跟他竞争,主顾自然坐了他的。

　　老俞推车,一路跟你谈话。他原籍眉州,苏东坡的家乡,五世祖放过道台,只因家道不好,到他手里流落到成都。他在队伍上当过差,到过雅州跟打箭炉。他做过庄稼,利息薄,不够一家子吃的,把田退了,跟小儿子各推一挂鸡公车为生。大儿子在前方打国仗,由二等兵升到了排长,隔个把月二十来天就来封信,封封都是航空挂。他记不清那些时时改变的地名,往往说:"他又调动了,调到什么地方——他信封上写得清清楚楚,下回告诉你老师吧。"

　　约摸有三四回出城没遇见老俞。听旁的车夫说,老俞的小儿子胸口害了外症,他娘听信邻舍妇人家的话,没让老俞知道请医生给开了刀,不上三天就呜呼了。老俞哭得好伤心,哭一阵子跟他老婆拚一阵子命。哭了大半天才想起收拾他儿子,把两口猪卖了买棺材。那两口猪本来打算腊月间卖,有了这本钱,他就可以做些小买卖,不再推鸡公车,如今可不成了。

　　一天,我又坐老俞的车。看他那模样儿,上下眼皮红红的,似乎喝过几两干酒,颧骨以下的面颊全陷了进去,左面一边陷进更深,嘴就见得歪斜。他改变了往常的习惯,只顾推车,不开口说话,呼呼的喘息声越来越粗,我的胸口也仿佛感到压迫。

　　"老师,我在这儿想,通常说因果报应,到底有没有的?"他终于开口了。

　　我知道他说这个话的所以然,回答他说有或者没有,一样的嫌啰嗦,就含胡其辞应接道:"有人说有的,我也不大清楚。"

　　"有的吗? 我自己摸摸心,我问自己,没占过人家的便宜,没糟蹋过老天爷生下来的东西,连小鸡儿也没踩死过一个,为什么处罚我这样的凶? 老师,你看见的,长得结实做得活儿的一个孩儿,一下子没有了!莫非我干了什么恶事,自己不知道。我不知道,可以显个神通告诉我,不能马上处罚我!"

这跟《伯夷列传》里的"天之报施善人其何如哉!""倘所谓天道是耶非耶?"是同类的调子,我想。我不敢多问,随口地说:"你把他埋了?"

"埋了,就在邻舍张家的地里。两口猪,卖了四千元,一千元的地价,三千元的棺材——只是几块薄板,像个火柴盒儿。"

"两口猪才卖得四千元?"

"腊月间卖当然不止,五千六千也卖得。如今是你去央求人家,人家买你的是帮你的忙,还论什么高啊低的。唉,说不得了,孩子死了,猪也卖了,先前想的只是个梦,往后还是推我的车子——独个儿推车子,推到老,推到死!"

我想起他跟我同年,甲午生,平头五十,莫说推到死,就是再推上五年六年,未免太困苦了。于是转换话头,问他的大儿子最近有没有信来。

"有,有,前五天接了他的信。我回复他,告诉他弟弟死了,只怕送不到他手里,我寄了航空双挂号。我说如今只剩你一个了,你在外头要格外保重。打国仗的事情要紧,不能叫你回来,将来把东洋鬼子赶了出去,你赶紧回来吧。"

"你明白,"我着实有些激动。

"我当然明白。国仗打不胜,谁也没有好日子过,第一要紧是把国仗打胜,旁的都在其次。——他信上说,这回作战,他们一排弟兄,轻机关枪夺了三挺,东洋鬼子活捉了五个,只两个弟兄受了伤,都在腿上,没关系。老师,我那儿子有这么一手,也亏他的。"

他又琐琐碎碎地告诉我他儿子信上其他的话,吃些什么,宿在哪儿,那边的米价多少,老百姓怎么样,上个月抽空儿自己缝了件小汗褂,鬼子的皮鞋穿上脚不如草鞋轻便,等等。我猜他把那封信总该看了几十遍,每个字让他嚼得稀烂,消化了。

他似乎暂时忘了他的小儿子。

新年将近,老俞要我替他拟副春联儿,由他自己来写,贴在门上。他说好几年没贴春联儿了,这会子非要贴一副,洗刷洗刷晦气。我就替他拟了一副:

      有子荷戈庶无愧
      为人推毂亦复佳

约略给他解释一下,他自去写了。

有一回我又坐他的车,他提起步子就说:"你老师替我拟的那副春联儿,书塾里老师仔细讲给我听了。好,确实好,切,切得很,就是我要说的话。有个儿子在前方打国仗,总算对得起国家。推鸡公车,气力换饭吃,比哪一行正经行业都不差。老师,你是不是这个意思?"

我回转身子点点头。

"你老师真是摸到了人家心窝里,哈哈!"

一九四四年五月二十二日

(选自《西川集》,文光书店1945年版)

【作品分析】

《春联儿》是叶圣陶记人叙事散文中的名篇之一。作品通过"我"与车夫老俞的交往,生动地刻画了老俞这位普通劳动者的感人形象,赞扬了他在国难当头之时,公而忘私,舍己为国的高尚品质。

叶圣陶进入文坛是从小说起步的,因此这篇散文自然就打上了小说的印痕。一是它的情节性较强。文中老俞推鸡公车的经历,他的生活理想与家庭突发的变故之间的激烈冲突,以及他支持大儿子打"国仗"的决心,都可以说是小说家写散文时精心选择的素材,这些素材的巧妙调度,几乎就是塑造了一位典型的城市普通劳动者的朴实憨厚的形象。二是注意细节的真实。比如开头写老俞善于招揽主顾:"见你远远儿走过去,就站起来打招呼,转过身,拍拍草垫,把车柄儿提在手里。这就叫旁的车夫不好意思跟他竞争,主顾自然坐了他的。"这就把老俞的精神和友善写活了。

《春联儿》的另一突出特色是语言的简洁含蓄,既恰到好处,又有丰富的内蕴。文中这样的例子俯拾即是,如:"老俞哭得好伤心,哭一阵子跟他老婆拚一阵子命,哭了大半天才想起收拾他儿子,把两口猪卖了买棺材。"这句话把老俞突遭丧子之祸的痛不欲生写到了极致,若换了别人千儿八百字也不一定收得住,而表现力则另当别论。

文章起名儿叫《春联儿》,可能有人出主意不如干脆改叫《老俞》好。其实,等读过了全文就会明白还是改不得。因为拟春联儿一节乃是为了突出老俞舍家为国的高尚品格,升华主题,正是画龙之后的一笔点睛。

【延伸阅读文献】

金梅:《论叶圣陶的文学创作》,上海文艺出版社 1985 年版。

(霍秀全)

孩　子

梁实秋

　　兰姆是终身未娶的,他没有孩子,所以他有一篇"未婚者的怨言"收在他的"伊利亚随笔"里。他说孩子没有什么希奇,等于阴沟里的老鼠一样,到处都有,所以有孩子的人不必在他面前炫耀。他的话无论是怎样中肯,但在骨子里有一点酸——葡萄酸。

　　我一向不信孩子是未来世界的主人翁,因为我亲见孩子到处在做现在的主人翁。孩子活动的主要范围是家庭,而现代家庭很少不是以孩子为中心的。一夫一妻不能成为家,没有孩子的家像是一株不结果实的树,总缺点什么;必定等到小宝贝呱呱坠地,家庭的柱石才算放稳,男人开始做父亲;女人开始做母亲,大家才算找到各自的岗位。我问过一个并非"神童"的孩子:"你妈妈是做什么的?"他说:"给我缝衣的。""你爸爸呢?"小宝贝翻翻白眼:"爸爸是看报的!"但是他随即更正说:"是给我们挣钱的。"孩子的回答全对。爹妈全是在为孩子服务。母亲早晨喝稀饭,买鸡蛋给孩子吃;父亲早晨吃鸡蛋,买鱼肝油精给孩子吃。最好的东西都要献呈给孩子,否则,做父母的心里便起惶恐,像是做了什么大逆不道的事一般。孩子的健康及其舒适,成为家庭一切设施的一个主要先决问题。这种风气,自古已然,于今为烈。自有小家庭制以来,孩子的地位顿形提高。以前的"孝子"是孝顺其父母之子,今之所谓"孝子"乃是孝顺其孩子之父母。孩子是一家之主,父母都要孝他!

　　"孝子"之说,并不偏激。我看见过不少的孩子,鼓噪起来能像一营兵;动起武来能像械斗;吃起东西来能像饿虎扑食;对于尊长宾客有如生番;不如意时撒泼打滚有如羊痫;玩得高兴时能把家具什物狼藉满室,有如惨遭洗劫;……但是"孝子"式的父母则处之泰然,视若无睹,顶多皱起眉头,但皱不过三四秒钟仍复堆下笑容,危及父母的生存和体面的时候,也许要狠心咒骂几声,但那咒骂大部分是哀怨乞怜的性质,其中也许带一点威吓,但那威吓只能得孩子的讪笑,因为那威吓是向来没有兑现过的。"孟懿子问孝,子曰:'无违。'"今之"孝子"深諳是说。凡是孩子的意志,为父母者宜多方体贴,勿使稍受挫阻。近代儿童教育心理学者又有"发展个性"之说,与"无违"之说正相符合。

体罚之制早已被人唾弃,以其不合儿童心理健康之故。我想起一个外国的故事:

一个母亲带孩子到百货商店。经过玩具部,看见一匹木马,孩子一跃而上,前摇后摆,踌躇满志,再也不肯下来。那木马不是为出售的,是商店的陈设。店员们叫孩子下来,孩子不听;母亲叫他下来,加倍不听;母亲说带他吃冰淇淋去,依然不听;买朱古力糖去,格外不听。任凭许下什么愿,总是还你一个不听;当时演成僵局,顿成胶着状态。最后一位聪明的店员建议说:"我们何妨把百货商店特聘的儿童心理学专家请来解围呢?"众谋佥同,于是把一位天生成有教授面孔的专家从八层楼请了下来。专家问明原委,轻轻走到孩子身边,附耳低声说了一句话,那孩子便像触电一般,滚鞍落马,牵着母亲的衣裙,仓皇遁去。事后有人问那专家到底对孩子说的是什么话,那专家说:"我说的是:'你若不下马,我打碎你的脑壳!'"

这专家真不愧为专家,但是颇有不孝之嫌。这孩子假如平常受惯了不兑现的体罚、威吓,则这专家亦将无所施其技了。约翰孙博士主张不废体罚,他以为体罚的妙处在于直截了当,然而约翰孙博士是十八世纪的人,不合时代潮流!

哈代有一首小诗,写孩子初生,大家誉为珍珠宝贝,稍长都夸做玉树临风,长成则为非作歹,终至于陈尸绞架。这老头子未免过于悲观。但是"幼有神童之誉,少怀大志,长而无闻,终乃与草木同朽"——这确是个可以普遍应用的公式。"小时聪明,大时未必了了。"究竟是知言,然而为父母者多属乐观。孩子才能骑木马,父母便幻想他将来指挥十万貔貅时之马上雄姿;孩子才把一曲抗战小歌哼得上口,父母便幻想着他将来喉声一啭彩声雷动时的光景;孩子偶然拨动算盘,父母便暗中揣想他将来或能掌握财政大权,同时兼营投机买卖;……这种乐观往往形诸言语,成为炫耀,使旁观者有说不出的感想。曾见一幅漫画:一个孩子跪在他父亲的膝头用他的玩具敲打他父亲的头,父亲眯着眼在笑,那表情像是在宣告"看看! 我的孩子! 多么活泼,多么可爱!"旁边坐着一位客人裂着大嘴做傻笑状,表示他在看着,而且感觉兴趣。这幅画的标题是:"演剧术"。一个客人看着别人家的孩子而能表示感觉兴趣,这真确实需要良好的"演剧术"。兰姆显然是不欢喜演这样的戏。

孩子中之比较最蠢,最懒,最刁,最泼,最丑,最弱,最不讨人欢喜的,往往最得父母的钟爱。此事似颇费解,其实我们应该记得"西游记"中唐僧为什么偏偏欢喜猪八戒。

谚云："树大自直"，意思是说孩子不需管教，小时恣肆些，大了自然会好。可是弯曲的小树，长大是否会直呢？我不敢说。

（选自《雅舍小品》，台湾正中书局1949年版）

【作者介绍】

梁实秋（1903—1987），原名梁治华，笔名秋郎，原籍浙江杭县，生于北京。20世纪二三十年代，作为新月社理论家的梁实秋与左翼文学界发生了激烈论争。抗战时期开始散文写作。一生著述颇丰，除代表作《雅舍小品》外，还有《看云集》、《槐园梦忆》、《雅舍杂文》等多部小品散文集。

【作品分析】

《孩子》是一篇随笔散文，选自《雅舍小品》。《孩子》一文，实际是从"否定"的角度——否定父母对孩子一味溺爱，任意娇纵，致令其野蛮愚蠢，不知礼数，表达了"肯定"的主题——孩子必须从小受到良好的必不可少的教育，长大后方能成人乃至成材，绝不能期待着"树大自直"。为了确证自己的观点，作者先是引述了中国和外国的例子，说明不施教育所造成的孩子无知无行的后果；又将"孝子"一词重新注解，解作"乃是孝顺其孩子之父母"，讽刺无知的父母将孩子"孝顺"成了"呆霸王"式的人物；同时，文章还抓住为人父母者通常的"望子成龙"的心态，写他们只知幻想着孩子日后出人头地，飞黄腾达，在日常生活中却不加正确引导，反而将娇纵当做正道，从而告诉人们，这就难免耽误孩子，正如英国诗人哈代所说："孩子初生，大家誉为珍珠宝贝，稍长都夸得玉树临风，长成则为非作歹，终至于陈尸绞架。"文章观点鲜明，论述严谨，层层展开，结论则堂堂正正，令今天的人们还值得深思。

梁实秋是一位学贯中西的学者，本文展示了他深厚的学养。无论是引兰姆的随笔，哈代的诗歌，还是孔子的语录，古人的论断，乃至民间的谚语，他都恰到好处地安置到自己的文章中，变成文章有机的组成部分，再加上自己对于生活现象的深刻观察与思考，从而加强了文章的文采与说服力。

幽默讽刺是文章的主要风格特点，而且也是梁实秋小品散文一贯的基本特点。读《孩子》，可以说触目都是幽默讽刺的实例。即如开头，引述兰姆《未婚者的怨言》，说孩子等于阴沟里的老鼠，到处都有，但因兰姆终身未婚，没有孩子，所以说"他的话无论是怎样中肯，但在骨子里有一点酸——葡萄酸"，在使人们想起伊索寓言里的故事的同时，幽默讽刺之意就非常清楚了。梁实秋的讽刺有时并不幽默，而是尖刻。可是如果多读些他的小品就会知道，即使他的嘲讽再刻薄，其本意也是出于善良的。因为他的目的是让人们知过而改，而非欲置人于死地。正是由于此，他的幽默讽刺的风格就具有一份雍容，他的《雅舍小品》整体上来说，是他豁达开朗的性格的反映，是典型绅士风格的文章。

【延伸阅读文献】

陈漱渝：《〈雅舍小品〉现象——我观梁实秋的散文》，《五四文坛鳞爪》，中国文史出版社1998年版。

陈子善编：《回忆梁实秋》，吉林文史出版社1992年版。

（霍秀全）

窗

钱钟书

又是春天,窗子可以常开了。春天从窗外进来,人在屋子里坐不住,从门里出去。不过屋子外的春天太贱了!到处是阳光,不像射破屋里阴深的那样明亮;到处是给太阳晒得懒洋洋的风,不像搅动屋里沉闷的那样有生气。就是鸟语,也似乎琐碎而单薄,需要屋里的寂静来做衬托。我们因此明白,春天是该镶嵌在窗子里看的,好比画配了框子。

同时,我们悟到,门和窗有不同的意义。当然,门是造了让人出进的。但是,窗子有时也可作为进出口用,譬如小偷或小说里私约的情人就喜欢爬窗子。所以窗子和门的根本分别,决不仅是有没有人进来出去。若据赏春一事来看,我们不妨这样说:有了门,我们可以出去;有了窗,我们可以不必出去。窗子打通了大自然和人的隔膜,把风和太阳逗引进来,使屋子里也关着一部分春天,让我们安坐了享受,无需再到外面去找。古代诗人像陶渊明对于窗子的这种精神,颇有会心。《归去来辞》有两句道:"倚南窗以寄傲,审容膝之易安。"不等于说,只要有窗可以凭眺,就是小屋子也住得么?他又说:"夏月虚闲,高卧北窗之下,清风飒至,自谓羲皇上人。"意思是只要窗子透风,小屋子可成极乐世界;他虽然是柴桑人,就近有庐山,也用不着上去避暑。所以,门许我们追求,表示欲望,窗子许我们占领,表示享受。这个分别,不但是住在屋里的人的看法,有时也适用于屋外的来人。一个外来者,打门请进,有所要求,有所询问,他至多是个客人,一切要等主人来决定。反过来说,一个钻窗子进来的人,不管是偷东西还是偷情,早已决心来替你做个暂时的主人,顾不到你的欢迎和拒绝了。缪塞(Musset)在《少女做的是什么梦》那首诗剧里,有句妙语,略谓父亲开了门,请进了物质上的丈夫(matériel époux),但是理想的爱人(idéal),总是从窗子出进的。换句话说,从前门进来的,只是形式上的女婿,虽然经丈人看中,还待博取小姐自己的欢心;要是从后窗进来的,才是女郎们把灵魂肉体完全交托的真正情人。你进前门,先要经门房通知,再要等主人出现,还得寒暄几句,方能说明来意,既费心思,又费时间,哪像从后窗进来的直捷痛快？好像学问的捷径,在乎书背后的引得,若从前面正文看起,反见得迂远了。这当然只是在社会常态下的分别,到了战争等变态的时期,屋子本身就保不住,还讲什么门和窗！

　　世界上的屋子全有门,而不开窗的屋子我们还看得到。这指示出窗比门代表更高的人类进化阶段。门是住屋子者的需要,窗多少是一种奢侈,屋子的本意,只像鸟窠兽窟,准备人回来过夜的,把门关上,算是保护。但是墙上开了窗子,收入光明和空气,使我们白天不必到户外去,关了门也可生活。屋子在人生里因此增添了意义,不只是避风雨、过夜的地方,并且有了陈设,挂着书画,是我们从早到晚思想、工作、娱乐、演出人生悲喜剧的场子。门是人的进出口,窗可以说是天的进出口。屋子本是人造了为躲避自然的胁害,而向四堵墙、一个屋顶里,窗引诱了一角天进来,驯服了它,给人利用,好比我们笼络野马,变为家畜一样。从此我们在屋子里就能和自然接触,不必去找光明,换空气,光明和空气会来找我们。所以,人对于自然的胜利,窗也是一个。不过,这种胜利,不如女子对于男子的胜利,表面上看来好像是让步——人开了窗让风和日光进来占领,谁知道来占领这个地方的就给这个地方占领去了！我们刚说门是需要,需要是不由人做得主的。譬如饿了就要吃,渴了就得喝。所以,有人敲门,你总得去开,也许是易卜生所说比你下一代的青年想冲进来,也许像德昆西《论谋杀后闻打门声》所说,光天化日的世界想攻进黑暗罪恶的世界,也许是浪子回家,也许是有人借债（更许是讨债）,你愈不知道,怕去开,你愈想知道究竟,愈要去开。甚至每天邮差打门的声音,也使你起了带疑惧的希冀,因为你不知道而又愿知道他带来的是什么消息。门的开关是由不得你的。但是窗呢？你清早起来,只要把窗幕拉过一边,你就知道窗外有什么东西在招呼着你,是雪,是雾,是雨,还是好太阳,决定要不要开窗子。上面说过窗子算得奢侈品,奢侈品原是在人看情形斟酌增减的。

　　我常想,窗可以算房屋的眼睛。刘熙《释名》说："窗,聪也；于内窥外,为聪明也。"正和凯罗(Gottfried Keller)《晚歌》(Abendlied)起句所谓："双瞳如小窗(Fensterlein),佳景收历历。"同样地只说着一半。眼睛是灵魂的窗户,我们看见外界,同时也让人看到了我们的内心；眼睛往往跟着心在转,所以孟子认为相人莫良于眸子,梅特林克戏剧里的情人接吻时不闭眼,可以看见对方有多少吻要从心里上升到嘴边。我们跟戴黑眼镜的人谈话,总觉得捉摸不住他的用意,仿佛他以假面具相对,就是为此。据爱戈门(Eckermann)记一八三〇年四月五日歌德的谈话,歌德恨一切戴眼镜的人,说他们看得清楚他脸上的皱纹,但是他给他们的玻璃片耀得眼花缭乱,看不出他们的心境。窗子许里面人看出去,同时也许外面人看进来,所以在热闹地方住的人要用窗帘子,替他们私生活做个保障。晚上访人,只要看窗里有无灯光,就约略可以猜到主人在不在家,不必打开了门再问,好比不等人开口,从眼睛里看出他的心思。关窗的作用等于闭眼,天地间有许多景象是要闭了眼才看得见的,譬如梦。假使窗外的人声物态太嘈杂了,关了窗好让灵魂自由地去探胜,安静地默想。有时,关窗和闭眼也有连带关系,你觉得窗外的世界不过尔尔,并不能给与你什么满足,你想回到故乡,你要看见跟你分离的亲友,你只有睡觉,闭了眼向梦里寻去,于是你起来先关了窗。因为只是春天,还留着残冷,窗子也不能镇天镇夜不关的。

(选自《写在人生边上》,开明书店1941年版)

【作品分析】

《窗》是一篇哲理散文。作品通过关于"窗"的种种联想,抒发了对人生、社会的种种不同认识和感受,揭示了生活的哲理。

《窗》这篇文章的确蕴涵着丰富的哲理,在阅读过程中它随时开启着你的心智,使你随时随地获得一份感悟。譬如:"世界上的屋子全有门,而不开窗的屋子我们还看得到。这指示出窗比门代表更高的人类进化阶段。""关窗的作用等于闭眼,天地间有许多景象是要闭了眼才看得见的,譬如梦。"这些话都是渗透着生活哲理的话。它们是作者将丰富的生活经验用渊博的知识和缜密的思考筛选后,滤出的闪着光彩的人生经验的结晶。

钱钟书是位学贯中西的大学者,是我国20世纪新兴的比较文学学科的奠基人之一。在《窗》中,他这方面的深厚学养就体现为随时随地信手拈来般地对中外古今的文人学者的有关记述加以引用,或是现成的句子,或是大致的意思,或是严谨的注释,或是抒情的诗行,都毫不勉强地化作自己文章中的有机部分,一方面有力地佐证了自己的想法,另一方面又使文章增添了无限的情趣。同时,它还显示了作者飘逸飞动的文思,在古今中外的文化时空中任意驰骋,让人感叹这才是大学者的风采。

文章的语言具有极强的思辨性,同时又妙趣横生。这也是钱钟书文章的一贯特点。作者把他对语言的熟练驾驭与深邃的思想、幽默的性格融合为一,使其语言既具有哲人极具穿透力的睿智思考,又呈现一派意出尘外的全新组合,总让你体会到不同凡俗的妙趣、机巧和新颖。

【延伸阅读文献】

孔庆茂:《钱钟书传》,江苏文艺出版社1992年版。

柯灵:《钱钟书的风格与魅力——读〈围城〉〈人·兽·鬼〉〈写在人生边上〉》,《读书》1983年第1期。

(霍秀全)

更 衣 记

张爱玲

  如果当初世代相传的衣服没有大批卖给收旧货的,一年一度六月里晒衣裳,该是一件辉煌热闹的事吧。你在竹竿与竹竿之间走过,两边拦着绫罗绸缎的墙——那是埋在地底下的古代宫室里发掘出来的甬道。你把额角贴在织金的花绣上。太阳在这边的时候,将金线晒得滚烫,然而现在已经冷了。

  从前的人吃力地过了一辈子,所作所为,渐渐蒙上了灰尘;子孙晾衣裳的时候又把灰尘给抖了下来,在黄色的太阳里飞舞着。回忆这东西若是有气味的话,那就是樟脑的香,甜而稳妥,像记得分明的快乐,甜而怅惘,像忘却了的忧愁。

  我们不大能够想象过去的世界,这么迂缓,安静,齐整——在满清三百年的统治下,女人竟没有什么时装可言! 一代又一代的人穿着同样的衣服而不觉得厌烦。开国的时候,因为"男降女不降",女子的服装还保留着显著的明代遗风。从十七世纪中叶直到十九世纪末,流行着极度宽大的衫裤,有一种四平八稳的沉着气象。领圈很低,有等于无。穿在外面的是"大袄"。在非正式的场合,宽了衣,便露出"中袄"。"中袄"里面有紧窄合身的"小袄",上床也不脱去,多半是娇媚的桃红或水红。三件袄子之上又加着"云肩背心",黑缎宽镶,盘着大云头。

  削肩,细腰,平胸,薄而小的标准美女在这一层层衣衫的重压下失踪了。她的本身是不存在的,不过是一个衣架子罢了。中国人不赞成太触目的女人。历史上记载的耸人听闻的美德——譬如说,一只胳膊被陌生男子拉了一把,便将它砍掉——虽然博得普通的赞叹,知识阶级对之总隐隐地觉得有点遗憾,因为一个女人不该吸引过度的注意;任是铁铮铮的名字,挂在千万人的嘴唇上,也在呼吸的水蒸气里生了锈。女人要想出众一点,连这样堂而皇之的途径都有人反对,何况奇装异服,自然那更是伤风败俗了。

  出门时裤子上罩的裙子,其规律化更为彻底。通常都是黑色,逢着喜庆年节,太太穿红的,姨太太穿粉红。寡妇系黑裙,可是丈夫过世多年之后,如有公婆在堂,她可以穿湖色或雪青。裙上的细褶是女人的仪态最严格的试验。家教好的姑娘,莲步珊珊,百褶裙虽不至于纹丝不动,也只限于最轻微的摇颤。不惯穿裙的小家碧玉走起路来便予人以惊风骇浪的印象。更为苛刻的是新娘的红裙,裙腰垂下一条条半寸来宽的飘带,带端系着铃。行动时只许有一点隐约的叮当,像远山上宝塔上的风铃。晚至一九二〇年左右,比较潇洒自由的宽褶裙入时了,这一类的裙子方才完全废除。

穿皮子,更是禁不起一些出入,便被目为暴发户。皮衣有一定的季节,分门别类,至为详尽。十月里若是冷得出奇,穿三层皮是可以的,至于穿什么皮,那却要顾到季节而不能顾到天气了。初冬穿"小毛",如青种羊、紫羔、珠羔;然后穿"中毛",如银鼠、灰鼠、灰脊、狐腿、甘肩、倭刀;隆冬穿"大毛",——白狐、青狐、西狐、玄狐、紫貂。"有功名"的人方能穿貂。中下等阶级的人以前比现在富裕得多,大都有一件金银嵌或羊皮袍子。

姑娘们的"昭君套"为阴森的冬月添上点色彩。根据历代的图画,昭君出塞所戴的风兜是爱斯基摩氏的,简单大方,好莱坞明星仿制者颇多。中国十九世纪的"昭君套"却是癫狂冶艳的,——一顶瓜皮帽,帽檐围上一圈皮,帽顶缀着极大的红绒球,脑后垂着两根粉红缎带,带端缀着一对金印,动辄相击作声。

对于细节的过分的注意,为这一时期的服装的要点。现代西方的时装,不必要的点缀品未尝不花样多端,但是都有个目的——把眼睛的蓝色发扬光大起来,补助不发达的胸部,使人看上去高些或矮些,集中注意力在腰肢上,消灭臀部过度的曲线……古中国衣衫上的点缀品却是完全无意义的,若说它是纯粹装饰性质的吧,为什么连鞋底上也满布着繁缛的图案呢?鞋的本身就很少在人前露脸的机会,别说鞋底了,高底的边缘也充塞着密密的花纹。袄子有"三镶三滚","五镶五滚","七镶七滚"之别,镶滚之外,下摆与大襟上还闪烁着水钻盘的梅花,菊花。袖上另钉着名唤"阑干"的丝质花边,宽约七寸,挖空镂出福寿字样。

这里聚集了无数小小的有趣之点,这样不停地另生枝节,放恣,不讲理,在不相干的事物上浪费了精力,正是中国有闲阶级一贯的态度。惟有世上最清闲的国家里最闲的人,方才能够领略到这些细节的妙处。制造一百种相仿而不犯重的图案,固然需要艺术与时间;欣赏它,也同样地烦难。

古中国的时装设计家似乎不知道,一个女人到底不是大观园。太多的堆砌使兴趣不能集中。我们的时装的历史,一言以蔽之,就是这些点缀品的逐渐减去。

当然事情不是这么简单。还有腰身大小的交替盈蚀。第一个严重的变化发生在光绪三十二三年。铁路已经不这么稀罕了,火车开始在中国人的生活里占一重要位置。诸大商港的时新款式迅速地传入内地。衣裤渐渐缩小,"阑干"与阔滚条过了时,单剩下一条极窄的。扁的是"韭菜边",圆的是"灯果边",又称"线香滚"。在政治动乱与社会不靖的时期——譬如欧洲的文艺复兴时代——时髦的衣服永远是紧匝在身上,轻捷利落,容许剧烈的活动,在十五世纪的意大利,因为衣裤过于紧小,肘弯膝盖,筋骨接榫处非得开缝不可。中国衣服在革命酝酿期间差一点就胀裂开来了。"小皇帝"登基的时候,袄子套在人身上像刀鞘。中国女人的紧身背心的功用实在奇妙——衣服再紧些,衣服底下的肉体也还不是写实派的作风,看上去不大像个女人而像一缕诗魂。长袄的直线延至膝盖为止,下面虚飘飘垂下两条窄窄的裤管,似脚非脚的金莲抱歉地轻轻踏在地上。铅笔一般瘦的裤脚妙在给人一种伶仃无告的感觉。在中国诗里,"可怜"是"可爱"的代名词。男子向有保护异性的嗜好,而在青黄不接的过渡时代,颠连困苦的生活情形更激动了这种倾向。宽袍大袖的,端凝的妇女现在发现太福相了是不行的,做个薄命的人反倒于她们有利。

那又是一个各趋极端的时代。政治与家庭制度的缺点突然被揭穿。年轻的知识阶级仇视着传统的一切,甚至于中国的一切。保守性的方面也因为惊恐的缘故而增强了压力。神经质的论争无日不进行着,在家庭里,在报纸上,在娱乐场所。连涂脂抹粉的文明戏演员,姨太太们的理想恋人,也在戏台上向他的未婚妻借题发挥,讨论时事,声泪俱下。

一向心平气和的古国从来没有如此骚动过。在那歇斯底里的气氛里,"元宝领"这东西产生了——高得与鼻尖平行的硬领,像缅甸的一层层叠至尺来高的金属项圈一般,逼迫女人们伸长了脖子。这吓人的衣领与下面的一捻柳腰完全不相称。头重脚轻,无均衡的性质正象征了那个时代。

民国初建立,有一时期似乎各方面都有浮面的清明气象。大家都认真相信卢骚的理想化的人权主义。学生们热诚拥护投票制度,非孝,自由恋爱。甚至于纯粹的精神恋爱也有人实验过,但似乎不曾成功。

时装上也显出空前的天真,轻快,愉悦。"喇叭管袖子"飘飘欲仙,露出一大截玉腕。短袄腰部极为紧小。上层阶级的女人出门系裙,在家里只穿一条齐膝的短裤,丝袜也只到膝为止,裤与袜的交界处偶然也大胆地暴露了膝盖。存心不良的女人往往从袄底垂下挑拨性的长而宽的淡色丝质裤带,带端飘着排穗。

民国初年的时装,大部分的灵感是得自西方的。衣领减低了不算,甚至被蠲免了的时候也有,领口挖成圆形,方形,鸡心形,金刚钻形。白色丝质围巾四季都能用。白丝袜脚跟上的黑绣花,像虫的行列,蠕蠕爬到腿肚子上。交际花与妓女常常有戴平光眼镜以为美的。舶来品不分皂白地被接受,可见一斑。

军阀来来去去,马蹄后飞沙走石,跟着他们自己的官员,政府,法律,跌跌绊绊赶上去的时装,也同样地千变万化。短袄的下摆忽而圆,忽而尖,忽而六角形。女人的衣服往常是和珠宝一般,没有年纪的,随时可以变卖,然而在民国的当铺里不复受欢迎了,因为过了时就一文不值。

时装的日新月异并不一定表现活泼的精神与新颖的思想。恰巧相反,它可以代表呆滞;由于其他活动范围内的失败,所有的创造力都流入衣服的区域里去。在政治混乱期间,人们没有能力改良他们的生活情形。他们只能够创造他们贴身的环境——那就是衣服。我们各人住在各人的衣服里。

一九二一年,女人穿上了长袍。发源于满洲的旗装自从旗人入关之后一直与中土的服装并行着,各不相犯,旗下的妇女嫌她们的旗袍缺乏女性美,也想改穿较妩媚的袄裤,然而皇帝下诏,严厉禁止了。五族共和之后,全国妇女突然一致采用旗袍,倒不是为了效忠于满清,提倡复辟运动,而是因为女子蓄意要模仿男子。在中国,自古以来女人的代名词是"三绺梳头,两截穿衣"。一截穿衣与两截穿衣是很细微的区别,似乎没有什么不公平之处,可是一九二〇年的女人很容易地就多了心。她们初受西方文化的熏陶,醉心于男女平权之说,可是四周的实际情形与理想相差太远了,羞愤之下,她们排斥女性化的一切,恨不得将女人的根性斩尽杀绝。因此初兴的旗袍是严冷方正的,具有清教徒的风格。

政治上,对内对外陆续发生的不幸事件使民众灰了心。青年人的理想总有支持不了的一天。时装开始紧缩。喇叭管袖子收小了。一九三〇年,袖长及肘,衣领又高了起来。往年的元宝领的优点在它的适宜的角度,斜斜地切过两腮,不是瓜子脸也变了瓜子脸,这一次的高领却是圆筒式的,紧抵着下颔,肌肉尚未松弛的姑娘们也生了双下巴。这种衣领根本不可恕。可是它象征了十年前那种理智化的淫逸的空气——直挺挺的衣领远远隔开了女神似的头与下面的丰柔的肉身。这儿有讽刺,有绝望后的狂笑。

当时欧美流行着的双排钮扣的军人式的外套正和中国人凄厉的心情一拍即合。然而恪守中庸之道的中国女人在那雄赳赳的大衣底下穿着拂地的丝绒长袍,袍叉开到大腿上,露出同样质料的长裤子,裤脚上闪着银色花边。衣服的主人翁也是这样的奇异的配搭,表面上无不激烈地唱高调,骨子里还是唯物主义者。

近年来最重要的变化是衣袖的废除。(那似乎是极其艰难危险的工作,小心翼翼地,费了二十年的工夫方才完全剪去。)同时衣领矮了,袍身短了,装饰性质的镶滚也免了,改用盘花钮扣来代替,不久连钮扣也被捐弃了,改用撳钮。总之,这笔账完全是减法——所有的点缀品,无论有用没用,一概剔去。剩下的只有一件紧身背心,露出颈项,两臂与小腿。

现在要紧的是人,旗袍的作用不外乎烘云托月忠实地将人体轮廓曲曲勾出。革命前的装束却反之,人属次要,单只注重诗意的线条,于是女人的体格公式化,不脱衣服,不知道她与她有什么不同。

我们的时装不是一种有计划有组织的实业,不比在巴黎,几个规模宏大的时装公司如 Lelong's, Schiaparelli's,垄断一切,影响及整个白种人的世界。我们的裁缝却是没主张的。公众的幻想往往不谋而合,产生一种不可思议的洪流。裁缝只有追随的份儿。因为这缘故,中国的时装更可以作民意的代表。

究竟谁是时装的首创者,很难证明,因为中国人素不尊重版权,而且作者也不甚介意,既然抄袭是最隆重的赞美。最近入时的半长不短的袖子,又称"四分之三袖",上海人便说是香港发起的,而香港人又说是上海传来的,互相推诿,不敢负责。

一只袖子翩翩归来,预兆形式主义的复兴。最新的发展是向传统的一方面走,细节虽不能恢复,轮廓却可尽量引用,用得活泛,一样能够适应现代环境的需要。旗袍的大襟采取围裙式,就是个好例子,很有点"三日入厨下"的风情,耐人寻味。

男装的近代史较为平淡。只有一个极短的时期,民国四年至八九年,男人的衣服也讲究花哨,滚上多道的如意头,而且男女的衣料可以通用,然而生当其时的人都认为那是天下大乱的怪现状之一。目前中国人的西装,固然是谨严而黯淡,遵守西洋绅士的成规,即使中装也长年地在灰色、咖啡色、深青里面打滚,质地与图案也极单调。男子的生活比女子自由得多,然而单凭这一件不自由,我就不愿意做一个男子。

衣服似乎是不足挂齿的小事。刘备说过这样的话:"兄弟如手足,妻子如衣服。"可是如果女人能够做到"丈夫如衣服"的地步,就很不容易。有个西方作家(是萧伯纳么?)曾经抱怨过,多数女人选择丈夫远不及选择帽子一般的聚精会神,慎重考虑。再没有心肝的女子说起她"去年那件织锦缎夹袍"的时候,也是一往情深的。

直到十八世纪为止,中外的男子尚有穿红着绿的权利。男子服色的限制是现代文明的特征。不论这在心理上有没有不健康的影响,至少这是不必要的压抑。文明社会的集团生活里,必要的压抑有许多种,似乎小节上应当放纵些,作为补偿。有这么一种议论,说男性如果对于衣着感到兴趣些,也许他们会安分一点,不至于千方百计争取社会的注意与赞美,为了造就一己的声望,不惜祸国殃民。若说只消将男人打扮得花红柳绿的,天下就太平了,那当然是笑话。大红蟒衣里面戴着绣花肚兜的官员,照样会淆乱朝纲。但是预言家威尔斯的合理化的乌托邦里面的男女公民一律穿着最鲜艳的薄膜质的衣裤,斗篷,这倒也值得做我们参考的资料。

因为习惯上的关系,男子打扮得略略不中程式,的确看着不顺眼,中装上加大衣,就是一个例子,不如另加上一件棉袍或皮袍来得妥当,便臃肿些也不妨。有一次我在电车上看见一个年轻人,也许是学生,也许是店伙,用米色绿方格的兔子呢制了太紧的袍,脚上穿着女式红绿条纹短袜,嘴里衔着别致的描花假象牙烟斗,烟斗里并没有烟。他吮了一会,拿下来把它一截截拆开了,又装上去,再送到嘴里吮,面上颇有得色。乍看觉得可笑,然而为什么不呢,如果他喜欢?……秋凉的薄暮,小菜场上收了摊子,满地的鱼腥和青白色的芦粟的皮与渣。一个小孩骑了自行车冲过来,卖弄本领,大叫一声,放松了扶手,摇摆着,轻倩地掠过。在这一刹那,满街的人都充满了不可理喻的景仰之心。人生最可爱的当儿便在那一撒手吧?

(原载 1943 年 12 月《古今》半月刊第 34 期)

【作品分析】

《更衣记》是一篇随笔散文。不夸张地说,该文完全可以看作从清朝建国到"五四"以后我国服装演变的一部简史。文章从清朝初年人们——特别是妇女——服装的式样、气度说起,一直说到"五四"新文化运动后服装款式颜色以及穿着方面的变化,其中蕴含了礼教、道德、社会思潮、习俗、风情等丰富复杂内容。从这个角度说,服装的展示,也是文化的展示;服装的变化,反映着时代的深刻变化,反映着人们观念由专制向民主,由标准化地被动接受向审美意识多元化的演变。这是文章最突出的特色。文章中这样描写清代近三百年间女子服装的单调:"我们不大能够想象过去的世界,这么迂缓,安静,齐整——在满清三百年的统治下,女人竟没有什么时装可言!一代又一代的人穿着同样的衣服而不觉得厌烦。""削肩,细腰,平胸,薄而小的标准美女在这一层层衣衫的重压下失踪了。她的本身是不存在的。不过是一个衣架子罢了。"从这里人们可以看出，单调划一的服装已经不仅仅是人们生活中须臾都不能缺少的蔽体之物，而且成了男女不平等、女性个人人格不被承认的象征；是森严的封建等级制度的具体表现。如果妇女的服装稍微穿得出众一点，简直就被认为是伤风败俗！

　　文章指出，随着清朝被推翻和民国的建立，西方思想渐渐浸润到中国文化中来，服装也得到了来自西方的灵感，于是女子的小腿膝盖可以适当地露出来了。到了1921年，女人服装又兴起旗袍热，那是因为女人们"初受西方文化的熏陶，醉心于男女平权之说，……她们排斥女性化的一切，恨不得将女人的根性斩尽杀绝"，因此穿上了清教徒式的严冷方正风格的旗袍。可以说，文章全篇都充满着对封建道德、礼教的清规戒律的否定，充满着尖锐的文化批判精神。

　　文章的另一突出特点是它的语言。机锋锐利的挑战性，含蕴丰富的哲理味都出之于跳跃灵动、巧妙搭配、不拘常形的语言，这常常让读者陷入对张爱玲语言美妙之处的品尝回味与思考中。比如："中国人不赞成太触目的女人……因为一个女人不该吸引过度的注意；任是铁铮铮的名字，挂在千万人的嘴唇上，也在呼吸的水蒸气里生了锈。"这就把封建时代纲常名教对于妇女压迫束缚的本质揭露出来。再比如："'小皇帝'登基的时候，袄子套在人身上像刀鞘。中国女人的紧身背心的功用实在奇妙——衣服再紧些，衣服底下的肉体也还不是写实派的作风，看上去不大像女人而像一缕诗魂。"这些奇妙的语句中，满含着揶揄嘲讽——光就语言本体说，确是意出尘外让人久久回味的隽永，从中也可看出作者的"才女"气质。

【延伸阅读文献】

　　萧南编：《贵族才女张爱玲》，四川文艺出版社1995年版。
　　贾平凹：《读张爱玲》，《散文研究》，河北大学出版社2001年版。

霍秀全:《论张爱玲散文的文化与艺术气质》,《首都师范大学学报》1997年第4期。

(霍秀全)

第四编
戏　剧

赵阎王(存目)

洪 深

【作者介绍】

洪深(1894—1955),江苏武进人。1916年赴美国留学,1919年以《为之有室》和《回去》两剧投入哈佛大学著名戏剧理论家贝克教授门下,学习戏剧编撰,成为从中国到国外专攻戏剧的"破天荒第一人",并获硕士学位。一生创作、改编、翻译的话剧、电影剧本有六十多部。30年代创作的《农村三部曲》是其代表作。主要作品收入《洪深文集》。

【作品分析】

1922年洪深回国,创作了九幕剧《赵阎王》。1923年洪深个人出资在上海笑舞台公演此剧。但这次演出是失败的,当时的一般观众无法欣赏这一"怪异"的戏剧,甚至有人讥笑亲自粉墨登场的洪深为"神经病"。而几年后,有一些学者则注意到《赵阎王》与美国剧作家奥尼尔表现主义作品《琼斯王》的相似处,例如新月社的张嘉铸、剧作家袁昌英都撰文探讨过这一问题。

1936年洪深为《中国新文学大系·戏剧集》撰写导言的时候,这样写道:"洪深的《赵阎王》,……第二幕以后,他借用了奥尼尔底《琼斯王》中的背景与事实——如在林子中转圈,神经错乱而见幻境,众人击鼓追赶等等——除了题材本身的意义外,别的无甚可观。"这里,洪深突出了《赵阎王》题材方面的中国特征,指出借鉴外来戏剧思想与融会中国社会现实的关系所在,他想通过《赵阎王》,"说明'社会对于个人的罪恶应负责任':世上没有天生好人或者天生恶人,好人恶人都是环境造成的"(《洪深选集·自序》)。在通过幻觉展示赵大(赵阎王)的精神历史背景时,该剧对社会作了全景剖析,揭露了从"拳乱"到军阀混战时期中国社会的黑暗,具有强烈的社会批判意义。在这个意义上,《赵阎王》正是洪深通过模仿而进行了"再创造"的一个优秀剧作。

事实上,直到今天,通过考察《赵阎王》与《琼斯王》乃至表现主义戏剧思潮的关系,仍是分析这部剧作很重要的一个参照。在阅读这一剧本时,大家应该格外注意各幕的舞台布景描写及声响效果,尤其是第二节中的铜鼓声,注意鼓声与人物赵大的心理活动之间的关联,体会鼓声带来的紧张感,以及赵大的幻觉与"现实"之间的瞬间转换,理解表现主义戏剧之"主观主义戏剧"的特征。

【延伸阅读文献】

洪深:《中国新文学大系·戏剧集导言》,上海良友出版公司1936年版。

袁昌英:《庄士皇帝与赵阎王》,《独立评论》1932年第27号。

孙庆升:《中国现代戏剧思潮史》之第六章"现代主义戏剧思潮之二——表现主义戏剧",北京大学出版社1992年版。

(李宪瑜)

一只马蜂

（独幕喜剧）

丁西林

人　物　吉老太太——年约五十余岁，身材细小，体质强健，淡素服装，非常的清洁。

吉先生——吉老太太的儿子，年约二十六七，强健活泼，极平常极自然的服装。

余小姐——年约二十五六，姿态美丽，面目富有表情，服装精致。

仆　人。

布　景　一间小小长方形房子，后面墙壁中间，两扇宽门。门的左边置一衣架，靠墙一小桌，桌上置鲜花。右边靠墙立一书柜，内藏成套的中西书籍。右壁的里边，开一独门，门前为短门大窗，窗边置写字桌，上置文具。房的左壁，后半亦开一门，前半靠壁置书架，架上置装饰品。壁上悬字画。房子中央略偏前与右，置一小圆桌，上置茶具，桌的右侧置大椅（即安乐椅），左侧置可坐两人的长椅，两椅之间一小椅，椅上皆置腰枕。

〔开幕时吉老太太睡卧在大椅上，脚下置高垫，手中报纸落地上。

吉先生　（将左门徐徐推开，见老太太睡卧椅上。轻步走至衣架，取了一件薄大衣，走至椅前，轻轻盖在老太太身上。老太太醒觉，吉先生含笑问）睡着了没有？

老太太　我本想闭了眼歇一会，不想一不留心，就睡着了。（坐起）

吉先生　老人家的眼睛，同小孩子的眼睛一样，闭不得。一闭了，就不由你做主。（将报纸拾起，坐在小椅上）

老太太　现在什么时候了？

吉先生　（由怀里取出一个表看了一看）三点一刻。

老太太　你在哪里一直到现在？

吉先生　在书房里写了两封信。

老太太　喔,不错,你替我把那封信写了吧。

吉先生　好,现在就写。(坐到写字桌,从抽屉里拿出信纸信封,瓶里倒了水,磨墨取笔,预备写字)怎样写法?

老太太　随便的写几句好了。你把我们动身的日子告诉他们,叫他们雇一只船到港口接一接。

吉先生　你一面说,我一面写吧。一定下星期二动身么?

老太太　喔,已经不是日子,还再不动身!

吉先生　(一面写,一面念,一面说)"……十九日起程回南。"(停笔用手指计算日期)十九,二十,二十一。(写)"二十一日到港。叫张宏同江妈雇一只船到港口接一接。"(问)是不是?

老太太　是,最好叫到李老四家的船,干净。要是李老四的船出了门,叫邓祥发家的也可以。

吉先生　(写)最好叫到李老四家的船。(一面写一面口中低声的念)……邓祥发家的也可以。(问)还有什么?

老太太　(自己想她的心思)这几天太阳已经很厉害,不如叫他们先把南房里的皮衣服拿出来晒一晒。

吉先生　好,还有什么?

老太太　没有什么。(自言自语)王妈回家,说过了节就回来,不知现在已经回来了没有?

〔吉先生继续的写信。

老太太　余小姐,应该送她点礼物才好。

吉先生　(先写完了信,然后答话,再接着写信封)你不是说送她一件衣料的么?(写完了信封)好了,写完了。

老太太　(被吉先生打破她的深思)写完了吗?

吉先生　(走至椅前,将这信送出)要不要看一遍?

老太太　你念一念吧。

吉先生　(念信)"二妹览:'已经不是日子,还再不动身!'母亲说……"

老太太　这是写的什么?

吉先生　这是写信的一个帽子。(继续一句一句的念信)"母亲定于十九日动身。二十一日到港。叫张宏同江妈雇一只船到港口接一接。最好叫到李老四家的船,干净,要是李老四的船出了门,叫邓祥发家的也可以。这几天太阳已经很厉害,不如叫他们先把南房里的皮衣,拿出来晒一晒。王妈回家,说过了节就回来,不知道现在已经回来

	了没有?""没有写错吧?
老太太	(笑)喔,你们现在写信,都是这样写么?
吉先生	这是最时行的直写式的白话文,有一句,说一句。你没有旁的话要说么?
老太太	没有。
吉先生	这下边是我的事。(继续念信)"这次母亲在京,一切都好。惟有两件事,不大称心。……"
老太太	我有什么事不称心?
吉先生	(不答,继续念信)"第一,她这次来京的目的,本想劝她的儿子,赶紧讨个媳妇,她可早点抱个孙儿,方头大耳,既肥且皙。哎!不想来京两月,绝少成绩。媳妇,毫有影响,孙子,渺无消息;第二,她满心满意,想亲上加亲,把姊妹改做亲家,侄儿变做女婿。不想她那不肖之女,又刚愎自用,不顺母意。因此上,这几日来,口中不言,心中闷闷。不过那位表侄先生,现已广托亲友,多方物色。夫诚能动神,勤能移山,况在佳人才子聚会之首都,求一称心合意之老婆乎!故数月之内,定有良缘。将来一杯喜酒,或能稍慰老年人。愿天下有情人无情人都成眷属之美情也。"说得对不对? 不要生气啊。
老太太	(稍有不快之意)我有这些闲工夫来同你们生气!你们的事,我老早就对你们讲过,由你们自己去,我一概不管。你们爱怎么说,就怎么说。
吉先生	(将信封好,贴了邮票,走至椅旁,一手放椅背上,一手理她的头发)妈,你是一个特殊的女人,你什么事都是非常。你是一个非常的贤妻,一个非常的良母。惟有这一件,你没有逃出了做母亲的公例。
老太太	把这件大衣挂起来。
	〔吉先生将衣挂原处。
老太太	(追想到她以前的生活)"贤妻良母",配不上这四个字!
	〔吉先生坐到原处。
老太太	你父亲死的时候,你只有八岁。云儿只有五岁。那个时候,我就不相信那私塾先生的教书方法。——也一半舍不得你们去受那野蛮的管束——所以我就拿定主意,自己教你们。一直把你教到十六岁。那时所有的产业,就是那分来的五十亩坏田。现在你们可以不愁穿,不愁吃。不是说大话,要是你们不是每年上千块钱的学费用费,现在大约十倍那么多都不止了。
吉先生	所以我说你是一个特殊的女人。
老太太	是的,贤妻良母,有什么稀奇? 现在的一般小姐们不是一天到晚所

一只马蜂

吉先生　鄙薄不屑得做的么?
吉先生　你要原谅她们。她们因为有几千年没有说过话,现在可以拿起笔来,做文章,她们只要说,说,说,连她们自己都不知道说的些什么。
老太太　现在这班小姐们,真教人看不上眼。不懂得做人,不懂得治家。我不知道她们的好处在什么地方?
吉先生　她们都是些白话诗,既无品格,又无风韵。旁人莫名其妙,然而她们的好处,就在这个上边。
老太太　我问你,这样的人也不好,那样的人也不好,旧的,你说她们是八股文,新的,你又说她们是白话诗,……
吉先生　是的,同样的没有东西,没有味儿。
老太太　那末你到底要怎样的一个人,你就愿意?
吉先生　(耸肩)坏的就是连我自己都不知道。要是找老婆如同找数学的未知数一样,能够列出一个代数方程式来,那倒容易办了。
老太太　怎么你们表兄弟两个,这样的不同! 那一个就请这个,托那个,差不多今天等不到明天。你是总不把它当一件正经事看。
吉先生　不把它当一件正经事看! 因为我把它看得太正经了,所以到今天还没有结婚。要是我把它当做配眼镜一样,那么你的孙子,已经进了中学。
老太太　(觉得对他没有办法)倒一杯茶给我。
　　〔吉先生倒了一杯茶送给老太太,自己亦倒了一杯,慢慢饮之。
老太太　(沉思半晌)你知道不知道,你的表兄已经同我说了几次,要我替他做媒?
吉先生　怎么不知道?
老太太　你知道他要说的是谁么?
吉先生　余小姐,是不是? 你问过了她没有?
老太太　(很慢的答)没有。
吉先生　为什么不问她?
老太太　为什么不问? (少顿)我想今天问她,——好不好? (语时视吉先生)
吉先生　很好,看护妇配医生,互助的原则,合作的精神,结婚时最好的演说资料。
　　〔老太太微微的叹了一口气。
　　〔仆人推开左门。
仆　人　老太太,余小姐来了。
老太太　请她进来。

〔仆人走出,吉先生放下茶杯,忙走至写字桌,整理笔砚,折好了桌上报纸。

〔仆人由外面推开左门让余小姐走进,自己随后收去了桌上的茶具。

余小姐　(带了帽子手套,一手提钱包,进来之后,一面与主人招呼,一面脱去手套,将钱包置门旁小桌上,解下帽子)老太太,吉先生。

老太太
吉先生　余小姐。

〔吉先生接过帽子,挂衣架上。

余小姐　老太太,对不住得很,劳你们等了。
老太太　没有什么,请坐。(让余小姐坐大椅)
余小姐　喔,老太太坐,老太太不用客气。我这儿坐好。

〔扶老太太坐大椅,自坐小椅。吉先生自坐长椅上。

余小姐　两点半钟就想来,忽然来了一个病人,要替他腾出一间房间来,忙了半天。还打算打电话,说不能来了,后来我想老太太就要回南,无论怎样忙,都要来陪老太太玩半天。
老太太　多谢你,我们也知道你医院里事情很忙,所以一向不常请你出来。今天是因为我们快要回南,想请你来,我们好当面向你道谢。这一次实在劳苦了你。起先是我们吉先生,住了两个星期,都是你招呼,后来又是我自己,我们实在感激你的了不得。
余小姐　老太太太客气,那是我们的职务。老太太这几天饮食可好一点?
老太太　胃口不强,我一向就是这样。这一次到北京来,因为在路上略微受了一点辛苦,所以觉得不大舒服,实在没有什么病。我们吉先生一定要我到医院去,说医院里怎样的舒服,怎样的干净。我总是不想去。后来他又说我精神不好,一定是睡觉不好,非得到一个清静的地方去静养几天不可。我被他说不过了,方才住到医院去。我出来的时候,他还要我再多住几天。
吉先生　我的母亲是不相信医院,不相信看护妇的。
老太太　我并没有说我不相信看护妇,我是因为常常听见讲医院里招呼不大周到。
吉先生　没有什么,你现在不但相信她们,并且喜欢她们。
余小姐　我们也知道,外面有很多的人说我们的坏话,现在不是我来替自己辩护,有时实在不是看护妇的疏忽,实在是这一班生病的太太小姐们的麻烦。我时常同其余的同事说着玩,说这些人什么事不会做,连生病也不会生。……

吉先生　要生病生得好,本来不是一件容易的事。

余小姐　她们第一,就不肯听医生的话,要这样要那样,一天要压几十次铃子。你对她们说,叫她们不要吃东西,她一会儿要到外边买些水果,一会儿想叫家里送点鸡汤。你想,要叫我们同平常人家的老妈子伺候太太小姐们一样,我们哪里有这么许多工夫?我们平均每人要招呼十个人。喔,说也是无用,她们哪里肯讲理?

吉先生　做看护妇本来是一种很苦的职业,因为世界上最不讲理的是醉汉,其次就要算病人。

余小姐　好笑得很,遇到一种奇怪的人,病快好的时候,他还要你陪他谈天。(看了吉先生一眼)

吉先生　那真是可想而知的讨厌。要是个男人,还没有什么,假若是个女人,那恐怕简直没有办法。

老太太　不过我终是不相信,其余的人能够同你一样。纵然有你这样的能干,也一定不会这样的和善,这样的体贴。

〔仆人由左门入,手里拿了一个盘,盘中置茶壶、茶杯、糖碟等物。

〔老太太欲倒茶。

余小姐　老太太请坐,让我自己来倒。(倒了一杯茶送老太太)

老太太　喔,谢谢你。

〔吉先生倒了一杯茶送余小姐。

余小姐　(受吉先生之茶)谢谢。(欲代吉先生倒茶)

吉先生　谢谢,我不喝茶。

余小姐　(一面喝茶)老太太为什么不在北京多住几天?有吉小姐在家,难道不放心么?

老太太　她倒什么都能够,不过我这次离家已经很久。我本是因为吉先生病了,所以来看看。

余小姐　我想吉小姐一定也是很能干。

老太太　什么叫能干。不过一个女孩子应该知道的事,我不容她们不知道。

余小姐　不过要想能同老太太一样的能干,恐怕不容易。

吉先生　做能干父母的子女,是一种很苦的事。暑假那么热的天,回到家,只有两个星期,两个星期一过,就一个赶到乡里去种田,一个赶到厨房里去烧饭。

老太太　(笑)我是一个很顽固的人,——我现在也有了年纪,也不怕人笑话,——我以为一个人多知道一点事,一定不会有坏处。我不相信,一个女人会做了饭,就不会做文章。

吉先生　不错,不过困难的不是会做了饭的女人不会做文章,是会做了文章的女人就不会做饭。

余小姐　吉小姐会到北京来么?我很想认识她,我想她一定是同老太太一样的和气,可爱。

老太太　她旁的没有什么好处,不过还直爽。就是我嫌她有点新的习气。

余小姐　(高兴)我想我们一定会变做好朋友,她来的时候,老太太一定要叫她写信给我。

老太太　(问吉先生)你有她的照片没有?

吉先生　有一张的,不知到哪里去了。

余小姐　(忆起)喔,吉先生信里说老太太要我一张照片,我今天带来了。(走向小桌)

老太太　(不解)我没有说要照片。(向吉先生)我几时……?

吉先生　你怎么没有讲?真是有了年纪的人,说过去的话不要几天就忘了。

余小姐　(装不听见,由钱包里取出一张小照片)这一张不大好,不十分像,等以后有了好的时候,再送老太太吧。(以照片送给老太太)

老太太　(看照片)你已经长得很好看,这张照片更加好。

吉先生　(向老太太取了照片,取笑老太太)你平常最讲究会说话的,怎么今天自己把话说差了?你应该说,这张照片固然很好看,但是总不及照片的主人好看。(与余小姐对看了一看)

老太太　我是说的老实话。

吉先生　你们还坐一会儿才去吧?(向老太太)我送你一个好看的照片框子。(带照片由左门走出)

〔两人不语者片刻。老太太对余小姐注视,余小姐不知所语,取了一块糖来吃。

老太太　余小姐,我有几句话,很久就想同你谈谈。(将椅移近)

〔余小姐忙将口里的糖吞下,理了一理裙子,坐直了身子,用心的听。

老太太　我想你一定以为我是一个很爱舒服的人,你知道我年青的时候,很过了些辛苦的日子。我们吉先生,从小就没了父亲,家里大大小小的事情,都全靠我一个人去问,连他们的书,也都是我自己教他们。差不多吃了二十年的苦,才把他们带到这么大。现在他们什么事都用不着我去担心。不过还有一件,我放不了心,就是他们都还没有成家。

〔余小姐的身子略微的颤动了一下。

老太太　这一层,我也同吉先生说过好几次,他都不把它当一件事。——我也不知道他到底是什么意思。现在子女的婚姻,本来也用不着父母去管,所以我也只好由他们自己去。(叹了一口气,略顿)我有一个表侄。

〔余小姐转了一转身子,恢复了自然的呼吸。

老太太 你大概也认识他,他到医院看过我。他虽然只看见过你几次,但是因为他时常听见我说你怎样的好,所以他很敬重你。他向我说了好多次,托我说媒,我都没有提过。因为我自己儿子的事,我都不管,我哪里有工夫去管旁人家的事!不过他说,他一来不知道你的意思,所以不好向你开口,二来就是想对你说,也没有个好的机会。他,人是一个很好的人,他学的是医道,现在预备自己挂牌行医。他的脾气很好。也是一点坏的嗜好都没有。——喔,我知道我是一个很腐败的老太婆,说媒的事,是你们现在最不欢喜的。要是这样,我请你不要生气。

余小姐 (如梦初觉)我很感谢老太太的好意,哪有生气的道理?

老太太 他还想在我回南之前,得一个回信。我想这也不是立刻就要怎样的一件事,你如要细细想一想,你回去写封信告诉我,我想也没有什么不可以。(略顿)你的意思怎么样?你有什么话,尽可对我说,你知道我差不多把你同自己的女儿一样的看待。

余小姐 (思索了一会,打定了主意)我想我们年青的人,一点经验没有,什么事都全靠年纪大一点的人到处指点教导。老太太的意思怎么样?

老太太 喔,这是你自己的事,总得你自己做主。

余小姐 老太太的意思,如果觉得很好,那自然不会有错。

老太太 那我就说你很愿意?

余小姐 不过我想总得写一封信回去,问问父母的意思。

老太太 不错,不错,自然应该这样。那你就写封信回去,等你接到家里回信之后,再说吧。

余小姐 我想单由我写信去,还不十分妥当。

老太太 那有什么不好?

余小姐 可以不可以请吉先生写一封详细的信,把老太太的意思告诉家里,我再另外写一封信,一齐寄去?

老太太 不错,不错,应该这样。回来我对吉先生说一说,叫他写起一封信来。写好了,我叫一个人送给你。你说好不好?

余小姐 老太太的主意很好。

老太太 我们还是坐一会,还是就到公园去?

余小姐 老太太意思怎么样?

老太太	我们就去好不好？我叫他们去请吉先生去。(走去压电铃)
余小姐	我借你们的电话用一用。
老太太	在那边院子里，你知道。

〔余小姐由右门出，仆人由左门入。

老太太	你去请吉先生，就说我们现在到公园去了。

〔仆人由左门出。老太太坐回原处。如有所思。吉先生由左门入。

吉先生	(手里拿了照片，装好了框子。进来之后，将照片放在书架上，看了一看，移动一回)余小姐哪儿去了？
老太太	(沉思中)打电话去了。
吉先生	(坐到小椅上，取了一块牛奶糖，慢慢去其外皮，随便的问)你的媒做得怎么样，问了她没有？
老太太	问过了。
吉先生	她怎么样讲？(将糖送至嘴边)
老太太	她很愿意。
吉先生	(将糖由嘴边拿回)她很愿意？她说很愿意吗？她怎样说？
老太太	她没有说什么。
吉先生	她没有说什么，你怎样知道她很愿意？
老太太	这用不着说的。
吉先生	喔，不错，这一类的事是用不着明说的，是不是？同天气一样，只要看看气色就知道了。

〔老太太对他严厉的看了一看。

吉先生	那么，已经定了？
老太太	她还要写封信回去，问问她的父母，要等……
吉先生	问问她的父母！(解悟)喔！(把一块糖投入口中)
老太太	你笑什么？你笑她把她的父母太看重了，是不是？我听了很欢喜。
吉先生	没有的事！我听了也很欢喜！(又拿了一块糖放进嘴去)她说了什么时候写信没有？
老太太	她要请你替她写。
吉先生	要我替她写！这真奇怪。我又不是她的亲兄弟，亲叔伯，她为什么要请我替她写信，这不是奇而又奇的事？
老太太	你看了奇怪吗？我看了一点也不奇怪。
吉先生	为什么不奇怪？
老太太	因为——因为你还没有认出她。她是一个大户人家出来的女孩子，知道什么是应说的，什么是不应说的。她知道害羞。

吉先生　喔喔！女孩子！害羞！（又拿了一块糖放进嘴去）
老太太　怎么你向来不吃糖的人，今天爱吃起糖来了？
吉先生　今天的糖特别有味儿！（高兴，跳起）你们现在就到公园去吗？
老太太　等余小姐打完了电话。
吉先生　（想了一想）你不换一件衣服？
老太太　不过是到公园去坐一坐，谁再去换衣服？
吉先生　可是天气很凉，不换，也应该加一件。——在哪里？我替你去拿，好不好？
老太太　我自己去，你不知道。
〔吉先生开右门让老太太走出，将门关好，走到书架，取照片在手，细细的审看。将照片放回，在房里走了两转。余小姐由右门入。
吉先生　电话打通没有？
余小姐　打通了。（注意老太太不在房内，两人对看了一看）
吉先生　（将长椅向前稍推）老太太到后面去换一换衣服，叫请你在这里等一会。请坐。
〔余小姐由女人的直觉，知将有有趣的谈判发生，为准备抵御起见，先摸了一摸头发，理了一理裙子，选了长椅离小椅远的一边坐了。吉先生坐小椅上。
余小姐　老太太真是一个很可佩服的人，那么大年纪，穿的衣服，比年青的小姐们还要讲究。
吉先生　一个人什么都可以不讲究，惟有衣服不可以不讲究。
余小姐　为什么？
吉先生　因为人是一个社会动物。一个人生在世上，所有的一切物质上的幸福，精神上的愉快，都是社会给他的。所以一个人对于社会，应当尽量的报答。
余小姐　那与着衣服有关系么？
吉先生　关系大得很！因为报答社会，有种种不同的方法。有职业的，借他的职业，有技能的，用他的技能。当兵的可以替我们杀人，做律师的可以替我们打官司，做医生的可以替我们治病。不过还有一种人，——就像我们——既无职业，又无技能，最少也应该著几件好看的衣服，才不至走到人家面前，叫人家看了难过。
余小姐　（笑）哈，我明白了。愈无用的人，愈应该著好看的衣服，对不对？
吉先生　对，不过有用的人，也不应该著不好看的衣服。社会上没有一种职业，我们可以承认他有不顾装束的专利。一个人，自生至死，也没有一个时期,我们可以承认他有无须修饰的特权。假若一个女人,因为她已经结了婚,就不管她头发的高低,因为她生了儿子,就不管她袖子的长短;或是一个男人,因为他能够诌得几句诗词歌赋,就不洗清他的面孔,因为他能够画得几笔山水草虫,就不剃光他的下巴,拉直了他的袜筒,那都是社会的罪人。

余小姐 这样讲,恐怕我们都是社会的罪人。

吉先生 你? 喔! (欲言而止)

余小姐 我怎么样?

吉先生 你? 两个月以前,你冤枉说我发烧的时候,我不是已经对你讲过么?

余小姐 我冤枉说你发烧?

吉先生 自然是冤枉。什么温度三十九,脉跳一百多,那都是你造的谣言,——是的,完全是谣言。——不过我很感激你,假使没有你的谣言,我如何能够住到两个星期! 喔! 那两个星期! 那是我一生最快乐的两个星期! (叹)嗳! 无论怎样,不会再有的。

余小姐 (回想到那时的景况)是的,也不知说了多少话! 从来没有看见过这样爱说话的病人。

吉先生 是的,那都是些极真诚,极平常,极正当的话。为什么平常我们不能讲? 为什么要男人装了病,方才可以讲? 为什么女人听了,一定要冤枉说他发烧? 要是现在我说你眼睛生得怎样的动人,嘴唇怎样的可爱,你会装做没有听见,把我的额角摸一摸,枕头拥一拥,说一声:"现在歇一会儿吧。你说话说得太多了!"社会真是一个不自然的东西! 这一类的话,有什么说不得? 为什么现在不能说?

余小姐 因为——因为你现在不发烧!

吉先生 你怎么知道我不发烧? 我一年到头,没有一天不发烧。你要不相信,你现在替我试一试。(伸手放在长椅边上)

〔余小姐从长椅那一边,移到这一边,先理了一理裙子,然后用右手把脉,同时看左手上的腕表。约数秒钟无语。

吉先生 我病的时候,说了很多的话,是不是?

〔余小姐点头。

吉先生 说了些什么?

余小姐 (将手缩回)你说中国是一个可怜的社会,男人尤其可怜。除了赌钱,遇不到人家的小姐、太太,除了生病,得不到女人的一点同情;所以你一个星期要打一次牌,一个月要装一次病。

吉先生 对呀! 这像生病的人讲的话吗? ——发烧不发烧?

余小姐　（犹豫）七十七次。
吉先生　可见得是说谎。
余小姐　为什么？
吉先生　因为你就没有数！
余小姐　喔，一个人可以随便说谎吗？
吉先生　自然不能随便。不过我们处在这个不自然的社会里面，不应该问的话，人家要问，可以讲的话，我们不能讲，所以只有说谎的一个方法，可以把许多丑事遮盖起来。
余小姐　我们从小就知道，说谎是不道德的。
吉先生　道德是没有标准的、随时代随个人而变的东西，平常所谓道德，不是多数人对于少数人的迷信，就是这班人对于那班人的偏见。
余小姐　这样说，世界上没有善恶好坏的标准了？
吉先生　世界上只有脏的习惯是坏习惯，丑的行为是恶行为。
余小姐　所以什么谎都可以说，只要说得好听。做贼，赌钱，都可以做，只要做得好看。
吉先生　一点都不错。不过世界上美神经发达的人很少。做贼同赌钱的时候，大半都是不大十分雅观。说谎，说得好的人很多，不过我最佩服的是你。
余小姐　我向来不说谎，你说我说谎，你有什么证据？
吉先生　对呀！所以佩服你的缘故，就是因为拿不出证据来。不过一个人说谎说得太多了，总有一天，转不过弯，要露出马脚来。
余小姐　我从来不喜欢说谎。
吉先生　好吧，白说是没有用的。我问你一件事。
余小姐　什么事？
吉先生　老太太替你做媒没有？
余小姐　（着急）你不应该问这句话。
吉先生　为什么不应该？
余小姐　因为这一类的话，连自己的父兄都不应该问，朋友更加不应该。
吉先生　喔，新文化！新文化！不过你知道不知道？一个人的婚事，从前，是父母专制，现在因为用不着父母去管，所以用不着父母去问。（吉先生的意见，以为婚姻的事如果不要人帮忙则已，如要帮忙，父母应该是最重要的人物，现在所以不要他们过问，一则因为他们专制，二则也因为他们不能帮忙，这一层似乎还没有人见到，所以附带声明）但是现在的婚姻是朋友专制，要想结婚，非靠朋友帮忙不可，所以你说朋友不应该过问，是完全错误。
余小姐　我去看看老太太去。（起立欲走）
吉先生　（起立阻之）不要走，不要走，我还有一件要紧的事，没有对你说。请坐。
〔两人同坐下。〕
吉先生　我不在这里的时候，老太太同你讲了很多的话，是不是？
余小姐　是的。
吉先生　她说到我不想结婚的话没有？
余小姐　说了很多。
吉先生　你知道，我不想结婚。
余小姐　为什么不想结婚？
吉先生　因为一个人最宝贵的是美神经，一个人一结了婚，他的美神经就迟钝了。
余小姐　这样说，还是不结婚的好。
吉先生　是的，你可以不可以陪我？
余小姐　陪你做什么？
吉先生　陪我不结婚。（走至余小姐前，伸出两手）陪我不要结婚！
余小姐　（为他两目的诚意与爱情所动）可以。（以手与之）
吉先生　给我一个证据。
余小姐　你要什么证据？
吉先生　你让我抱一抱！（释其手，作欲抱状）
余小姐　（走开）等你再生病的时候。
吉先生　不过我的母亲告诉我，说你已经答应了做她的侄媳妇，那怎么办？
余小姐　（得意）那没有什么，我的父母不愿意我嫁给医生！
吉先生　对，我知道，我们是天生的说谎一对！（趁其不防，双手抱之）
余小姐　（失声大喊）喔！
〔老太太由右门，仆人由左门，同时惊慌入。吉先生已释手。〕
老太太　什么事，什么事？
〔余小姐以一手掩面，面红不知所言。〕
吉先生　（走至余小姐前，将余小姐手取下，视其面）什么地方？刺了你没有？
老太太　什么事？怎么一回事？
余小姐　（呼了一口深气）喔，一只马蜂！（以目谢吉先生）

——闭幕

（原载1923年12月《太平洋》第4卷第3号）

【作者介绍】

丁西林(1893—1974),江苏泰兴人。在英国留学期间受到西方戏剧尤其是英法喜剧名作的感染与熏陶。回国后担任北京大学物理学教授,并且是新月社演剧活动中的中心人物之一。他创作了不少独幕喜剧,主要有《一只马蜂》、《亲爱的丈夫》、《酒后》、《压迫》、《三块钱国币》;多幕剧有《等太太回来的时候》、《妙峰山》。

【作品分析】

丁西林擅长写独幕剧。他说:"独幕剧在结构上贵乎精巧,它常常只是表现生活中的某个片段,有时,一个独幕剧的艺术使命,甚至只是为了突出地描写某种气氛,某种情调,或是抓住一两个人物的个性,表现出来些生动的生活情趣和感受。"丁西林说:"一个剧本的结尾可以紧收,也可以慢放。前者如交响乐,在最强烈的高潮时突然以千钧之力一下收住,霎时万籁俱寂,令人目瞪口呆,半响才如梦初醒;后者如迂缓潺湲的溪流,不知其所止,在一个曲幽之处悄然隐去,使人神思悠远,遗味无穷。"① 可借用这段话来分析《一只马蜂》。

丁西林擅长写"世态喜剧"。柏李《会见丁西林先生》一文就在丁西林剧作的不同题材里找出了共同点:"那就是全都采取最清淡,最朴素,最微渺的一点,来揭示了人生的真谛。喜剧而不夸张,这不仅是技术的炉火纯青,而是作者生活态度与世事观照的深静。"这一段话也可以用来分析《一只马蜂》。

此外,在阅读《一只马蜂》时,还有以下环节应予以注意。

关于"欺骗母题"。丁西林剧作存在一个共同的"母题",即"欺骗"。《一只马蜂》中,吉先生和余小姐以私下的爱情关系欺骗了吉老太太。戏剧的冲突都是围绕这个欺骗而展开,并在最后由余小

---

① 吴起文:《丁西林谈独幕剧及其他》,《剧本》1957年8月号。

姐的"喔,一只马蜂!"使得这一欺骗臻于一个喜剧"化境"。

关于戏剧结构。二元三人模式是丁西林最常使用的结构模式,《一只马蜂》也不例外。所谓二元三人,即三个人物在戏剧功能上形成二元对衬或对峙的格局。通常,三个人物基本不同时在场,而是两两相对,这样就使得"欺骗"往往是环环相扣的。而当第三者出场时,则会引动一个新的戏剧冲突,将戏剧一步步引向高潮。

关于戏剧语言。丁西林的剧本是以台词为中心的,他要通过人物对话来表现人物性格,揭示人物心理,推动戏剧发展。因此他在语言上格外讲究,通常似乎平平淡淡,但却蕴涵了大量的"潜台词"。可以分析吉先生与余小姐的对话,看他们是怎样从"穿衣服的讲究"这样的寻常话题"绕"到"陪我不要结婚"的"主题思想"的。另外,注意语言中表现出来的人物性格,比如吉先生对女性"八股文"与"白话诗"的比喻。

关于细节,尤其是细微的动作。如果仔细阅读《一只马蜂》,我们会发现剧中吉先生的吃糖动作有六次之多,余小姐理裙子也理了不下三回!这些"小动作"都是人物心理活动的外化,值得逐一分析。

最后,联系对《一只马蜂》的相关评价来理解"爱美剧"的有关问题。事实上,丁西林的剧作似乎只适宜于业余性质的学校(学生)演出。《一只马蜂》第一次公演是在庆祝北大25周年纪念会上,后来的几次演出均在学校活动中,并常常由丁西林本人担任导演。当时有人对这样的演出及剧本提出了批评,指出:"《一只马蜂》实在不大适宜于表演,因为动作太少,会话又太深,所以很不容易吸引观众的注意力。"[①] 也有人批评丁西林的趣味为无聊,说:"这样的剧本,是只能供给游荡阶级无聊时消遣,所有要好好地生活而把全精力放在人生的战争中的人是不要看的。"[②] 这样的批评有一定道理,不过对其中指出的问题,我们也可以放在"爱美剧"

---

① 琴心:《〈一只马蜂〉在舞台上的成绩并质西林先生》,1925年3月31日《京报副刊》。

② 培良:《中国戏剧概评》,1926年12月12日《狂飙》第10期。

或实验性"小剧场"话剧的框架之下来看待,那么戏剧是要以动作胜还是以台词胜,戏剧主旨是要"趣味"还是要"斗争",可能就不再是一个单一标准的问题了。

【延伸阅读文献】

孙庆升编:《丁西林研究资料》,中国戏剧出版社1986年版。

(李宪瑜)

获虎之夜

（独幕话剧）

田 汉

人　物　魏福生——富裕的猎户。
　　　　魏黄氏——魏福生妻。
　　　　莲　姑——魏福生独生女。
　　　　祖　母——莲姑的祖母。
　　　　李东阳——邻人，甲长。
　　　　何维贵——李的亲戚，农夫。
　　　　黄大傻——莲姑表兄。
　　　　屠大、周三、李二——魏家所雇的长工。
时　间　辛亥革命后某年的一个冬夜。
地　点　长沙东乡仙姑岭边一山村。
布　景　魏福生家的"火房"（即乡下人饭后的休息室，客人来时的应接室，冬夜一家人围炉向火处）。

〔开幕时魏福生坐炉旁吸水烟。其母老态龙钟坐在草围椅上吸旱烟。福生之妻正泡茶。莲姑，十八九岁，山家装束而不掩其美，将泡好的茶用盘子托着先奉其祖母，次奉其父，然后走出"火房"送给她家的佣工们。魏福生目送其女出去，对其妻低语。

魏福生　莲儿嫁到陈家里去不取第一也要取第二，他家那样多的媳妇，我都看见过，就人物讲，很少及得我们孩子的。

魏黄氏　（感着一种母亲的夸耀）前几天罗大先生也这样说呢。费去了好多心血总算替她挣了这点点陪奁。要不然，单只模样儿好，陪奁太少也还是要遭妯娌们看不起的。

魏福生　也当感谢仙姑娘娘，难得这几年运道还好，新近又一连打了两只虎。不然，事情哪有这样顺手？

魏黄氏　（因而想起）铳装好了没有？
魏福生　装好了，还没有上线。等再晚一点，把线上好，今晚准不会落空的。
魏黄氏　只要再打到一只，莲儿又可以多添一样嫁妆了。我还想替她到城里去买一幅锦缎被面和一个绣花帐檐子。没有多少日子就要过门了，不赶快办，怕来不及。
魏福生　若是再打到了一只大点儿的，也不必抬到城里去请赏了，就把皮剥下来替莲儿做一床褥子，倒也显得我们猎户人家的本色。我打第一只虎的时候，就有这个意思。莲儿，你……莲儿怎么不进来？
魏黄氏　（微笑）八成是听得说她的事，不好意思，回到自己房里去了吧。
魏福生　她这一向还好，从前她真是不听话，几乎把我气死了。
魏黄氏　我也何尝不气，只是听得她晚上那样哭，我又是恨，又是可怜她……到底是我身上的肉啊。（想了想）那颠子还在庙里吗？
魏福生　唔。还在庙里，还住在戏台下面。本想把他驱逐出境，可是地方上见他年纪轻，少爹没娘的，也并不为非作歹，都不肯赶他，我也不好把我的意思说出来。
魏黄氏　真是这些时候也没有见他打我们门口走过了。
魏福生　大约是挨了我那一次打，就不敢再来了。那种颠子单骂他一两句，他是不怕的。
祖　母　那孩子也真可怜啊。你骂他一两句，要他以后别来了，不就够了，打他做什么呢？
魏福生　你老人家哪里晓得，那孩子看去好像颠颠傻傻的，对莲儿可一点也不傻。起初我让他跟莲儿一块儿玩，不大管他，后来长大了，还天天来找莲儿，莲儿仿佛也离不开他，我才晓得坏了。那时颠子的娘刚死不久，我荐他到田家墩王家看牛。他说他不愿到那么远的地方去，又说他虽是无家可归的，但不愿离开仙姑岭。打那时候起，他就在庙里的戏台底下过日子。可怜也实在可怜，可一想到他害得莲儿不肯出嫁，怎么叫我不恼火！
魏黄氏　好了。现在也不必恨他了，反而叫我们给莲儿选了家好人家。
魏福生　（忽然想起）喂，前天莲儿到哪里去来？
魏黄氏　同下屋张二姑娘到拗背李大机匠家里去来。我要她送几斤虎肉给他，顺便问他那匹布织完了没有。
魏福生　以后要屠大爷送去好哪，姑娘家不要到外面跑。我仿佛看见她打那一边岭上下来的呢。
魏黄氏　你为什么问起这事？

魏福生	莲儿有好久没有出门,我怕她又跑到庙里去。
祖　母	到庙里去敬敬菩萨也不要紧啊。
魏福生	敬敬菩萨自然没有什么,就怕她又去会那颠子。
魏黄氏	有张二姑娘跟着她呢。再说,莲儿自从定了人家,早已把那颠子忘了。
魏福生	但愿那样就好。

〔此时外面有人声对语。李东阳带何维贵来访魏福生,屠大迎接他们。

屠　大	(在内)哦!李大公来了。请进。
李东阳	(在内)哦,大司务,福生在家吗?
屠　大	(在内)在火房里坐。请进。

〔屠大登场。

屠　大	客来了。(退场)

〔李东阳、何维贵登场,魏福生等起迎。

李东阳	魏老板!
魏福生	哦,甲长先生来了。请坐,请坐。这位是谁?
李东阳	这是舍亲,姓何,住在塅里。
魏福生	哦,何大哥。几时进坤来的?
何维贵	下午来的。
李东阳	他是今天下午进坤的。他们家几代住在塅里,难得到坤里来,他是我侄郎的哥哥。前回我到塅里去"散事",在他家住了一晚。谈起坤里柴火怎么多,坡土怎么好,怎样晚上可以听得老虎豹子叫,又谈起你们家新近打了两只老虎,于今一只抬到城里请赏去了,还有一只关在笼子里,他们家里人没有见过老虎,都想来看看。这位老哥,尤其动了意马心猿,非同我来不可。我只好带他来。
何维贵	(忽听得什么叫,忙着扯住李东阳手)嗳呀,这这是不是虎叫?

〔魏福生同家人皆笑。

魏福生	这不是虎叫,这是后面猪圈里猪叫。
李东阳	……第二次打的老虎也抬到城里去了吗?
魏福生	抬去四五天了。
李东阳	怎么你没有去?
魏福生	我没去,要老二去了,顺便办一些货回来。我在家里还有些事情。
李东阳	那么,维贵,你来得不凑巧。你那样要看老虎,好容易到坤里来,老虎又抬走了。

魏黄氏　（一面献茶与客）真是,何大哥,你早五六天来就好了。嗳哟,没有抬走的时候看的人真多啊!抬走之后两三天还有好些人赶来看,都扑个空回去了。周家新屋的三太太从城里回,也来看虎,她靠近笼子站着,听得虎一吼,身子往后一仰,两手这样往前一拍,手上一对玉钏子,啪!全砸碎了。

何维贵　嗳呀,好凶!

李东阳　（笑）你家捉了老虎的事,真传得远,连春华市那一边都知道了。那地方的都总太太都想来看一看呢,可惜你们急着把老虎送到城里去了。

魏福生　不要紧。今晚若是运气好,还可以打一只,就怕捉不到活的。

李东阳　为什么?又装了陷笼啦?

魏福生　不是陷笼,是抬枪,只等人静一点,就要上线呢。

李东阳　装在什么地方?

魏福生　装在后面岭上。

李东阳　那里没有人走吗?

魏福生　这么晚谁还跑那边岭上去,再说,谁都知道昨天已经发了山。

李东阳　那么恭喜你今晚上又打一只大老虎,该请我喝一杯喜酒吧。

魏福生　那自然哪。莲儿就是这几天要过门了。今晚上再打一只老虎,我一定把喜酒办得热热闹闹的,请甲长先生多喝几杯。

李东阳　哦,不错,听说莲姑娘就是这几天要出门子了。我还没有预备一点添箱的礼物哩。

魏黄氏　嗳呀,大公不要费心了。前天承大娭毑送来了一个布,两个被面,我们已经不敢当得很哩。

李东阳　哪里的话,正应,正应。陈家几时过礼?

魏黄氏　初一过礼。

李东阳　你们这头亲事真是门当户对,不要说在我们这门前上下,就是在全乡里也是少有的。

〔屠大登场。

屠　大　大老板,我们可以上线去了吧。

〔此时房里久已点灯。炉中柴火熊熊。

魏福生　（起视窗外）可以去了。你们得小心点啊。

屠　大　晓得。

李东阳　你们家这位屠司务真是个好人。

魏福生　哼。他做事靠得住。

魏黄氏	有一句讲一句,屠司务真是个老实人。他在我们家做了五六年长工,从来没和我们闹过半句嘴。哦……我记起来了,你们二姑娘不也要出阁了吗?
李东阳	嗯。明年三月安排把她嫁到金鸡坡侯家去。
魏黄氏	侯家!那真是好人家呀。三十几人吃茶饭,长工都请了七八个。二姑娘嫁到那样的人家真是享福啊。
李东阳	嗨,分得她有什么福享?不过可以不挨饿就是了。他家的儿媳妇是有名的不好当的:要起得早,睡得晚,纺纱绩麻,烹茶煮饭,浆衣洗裳不在讲,还得到坡里栽红薯,田里收稻子,一年到头忙得个要死,若是生了个一男半女就更麻烦了。
魏黄氏	不过这样的人家才是真正的好人家啊。越是一家人勤快,省俭,越是兴旺。
李东阳	是。我也正是取他们家这一点,才把二姑娘看到他家去的。她的娘疼爱女儿,听说侯家里是那样的人家,起初还不肯回红庚呢。
祖 母	福生,你叫胡二爷到柴屋里去弄些硬柴来。今晚若是打了老虎还有好一会耽搁呢。
魏福生	我自己去吧。(起身出门)
李东阳	娭毑,你老人家真健旺得很。
祖 母	咳,讲给大公听,到底上年纪了,不像从前那样结实了啊。
何维贵	你老人家今年高寿?
李东阳	你猜猜看。
何维贵	我看……跟我的娭毑上下年纪吧?
魏黄氏	你的娭毑有多大年纪了?
何维贵	今年七十五岁。
魏黄氏	那么比她老人家还小一岁。
李东阳	他的娭毑也健旺得很。我早几天在他家里,还见她老人家替孙子绣兜肚呢。
魏黄氏	我的娭毑眼睛不如从前了,可就是脚力好。仙姑殿那样陡的山坡,她老人家还爬得上去。
李东阳	我们后班子真不及老班子啊。
魏黄氏	是啊。
祖 母	我们算什么,没有见你的公公呢。他老人家八十岁那年,还跟后班子赌狠,推起两石谷子上山呢。
何维贵	嗳呀,好健旺!我怕都做不到。

祖　母　你们十八九岁的人,"出山虎子",正是出劲的时候,有什么做不到。
〔魏福生抱柴来,放在火炉弯里。
魏福生　你们讲什么?
李东阳　我们正谈起现在这班年轻人还不及老班子有气力。
魏福生　这是实在的话。就拿我们猎户讲,现在的人哪里及得老一辈,不过器械方法比从前精巧些罢了。
何维贵　魏老板,你府上从前那两只老虎是怎样打的呢?
魏福生　说起来,也有趣得很。我们去年也打过几只,可没有今年这两只来得容易。第一只尤其是意外之财,那时我家刚做好一只陷笼,还没有抬到山上去,就把它放在猪圈后面,把门子打开,只望万一关只把小野物。不料睡到半晚,忽然听得猪圈里乱动起来,接着是几声扯锯子似的吼叫。我们赶忙爬起来,拿了猎枪,虎叉,掌起灯,往猪圈后面一看时:原来笼子里关了一只大老虎。这老虎打我们屋边经过,听得猪叫,想来吃猪,没有别的路,就打笼子里钻进来,使劲爬猪圈,机关一动,啪嗒!后面的门就关下来了。有了这次的好处,后来我们又做了一个笼子,比前一个还要巧,装在那边岭上的树乱里,四周都用树枝子盖好,只留一条进路。笼子后面放些猪羊鸡鸭之类,都捆了腿子,让它们在里面乱踢乱叫。冬天里的饿老虎,打岭上经过,听得树乱里有生物叫,还有个不钻进去的?果然第三天晚上,我们又装了一只,这就是五天前抬到城里请赏的那一只。
何维贵　打虎这样容易吗?
魏福生　哪里会都这样容易!这不过是我走运罢了。你们走过的仙姑岭左边不是有一个长坡吗?那里原先不是像现在这样的光坡,是一带深山老林。近处的人知道那边有老虎窝,谁也不敢去砍柴,因为长远没有人砍伐,那一带林子就越长越密,深得不见天日。后来里面虎多了,常常出来侵害附近人家的牲口,到了晚上常听得有老虎吼叫,近边人家都不敢安心睡觉。后来把长坡易四聋子的儿子也咬去了。易四聋子是我们乡里有名的猎户,他们夫妇就单生这个儿子,宠得跟性命一样,一旦给虎咬去了,那还受得了?他发誓要杀尽这一坡的老虎。他有个朋友姓袁,也是个有名的猎户,人家叫他袁打铳,也愿意帮他给地方除害。易四聋子每天背着猎枪,提着刀,到坡里找,有一天果然被他找出了一条路,照那条路走进去,就到了老虎窝。一看,母虎不在,只剩下了四个小虎在窝里跳。虎窝旁边还有一堆小孩子的头腿,肉都啃没了。易四聋子不看犹可,一看见这堆骨头他又是伤心,又是冒火,一阵乱刀就将那几只小老虎都砍死在窝里。易四聋子知道母老虎一定要报复的。第二天就邀袁打铳跟许多猎户来围山。那天那母虎回来见小老虎都死了,整整吼了一夜。第二天他们围山的时候,它坐在窝里等着。……

〔忽闻许多猎犬声,屠大和二三伙友从山上回来。

〔屠大、周三登场。

魏福生 装好了吗,屠大?

屠　大 全都装好了。

魏福生 山上有人走吗?

屠　大 这个时候什么人会走到那样的岭上去?

魏黄氏 屠大爷,周三爷,快来烘一烘,今晚冷得哩。

周　三 也不怎么冷。

〔魏黄氏折些带叶的干柴,烧起熊熊的火来。屠大、周三二人烘着。

李东阳 屠大爷你的衣袖子烂得不成样子了。

魏黄氏 昨天我要他交给莲儿缝补缝补,他又不肯。

屠　大 我的衣哪里敢烦莲姑娘补呢?反正在山里干活的人别想穿一件好衣,就有件把好衣,到深山里跑个三两趟,也完了。

李东阳 我老早劝屠大爷讨一个老婆,他总不听,不然,不早有人替你缝补了?

屠　大 甲长老爷,你也得体恤民情呀。像我们这样连自己也养不活的人还能养得活老婆吗?

李东阳 话虽是这样说,老婆总是要讨的。也没有见单身汉子个个有了钱,也没有见讨了老婆的个个都饿死了。我还是替你做个媒吧。

周　三 我也替你做个媒吧。

屠　大 (笑向周三)你替我做个什么媒呀,你有什么姑子要嫁给我呢?

周　三 这姑娘你也见过的,就是后屋朱太太的大小姐。

屠　大 后屋有什么朱太太?

〔魏福生和魏黄氏早笑了。

屠　大 哦,(打周三)你这坏蛋。

魏福生 喂,屠大爷,你快去把器械安排好。等一会就要用呢。

屠　大 好。周三爷你赶快替我磨刀去。

〔屠大、周三下场。

李东阳 今晚上一定又该你发财呢。

魏福生 哈哈,这些事也要靠运气。法子总得想,能不能到手可说不定。这回叫"谋事在人,成事在天"哩。
何维贵 第二天又怎么样呢,魏老板?
魏福生 (突如其来,摸不着头脑)第二天?
何维贵 第二天他们去围山,捉到那只老虎没有呢?
魏福生 啊,你是说易四聋子打虎啊。对,第二天易四聋子就邀了袁打铳跟本地好几位有名的猎户去围山。易四聋子跟袁打铳奋勇当先,照着他昨天找到的那条路,一步步逼近老虎窝,等到相隔不远的时候,见那只母老虎正按着爪子等他,这真叫"仇人见面",他举起枪,瞄准老虎头上就是一枪。老虎听得枪一响,照着枪烟,一个蹿步扑过来。易四聋子本想趁势刺它的肚子,但是来不及了,老虎扑到他的头上来了。他丢了手里的东西一把抱住母老虎的腰,把头紧紧地顶住它的咽喉,把两只脚紧紧地撑住它的后腿,任凭它怎样的摆布,他只是死命地抱着它不放。易四聋子的好朋友袁打铳,跟其他猎户们,救也不好,不救也不好。袁打铳隔得近,爬到树上,对准那老虎打了两枪,老虎打急了。等到第三枪,它就地一滚,那枪子打在易四聋子的腿上,虽然没有打中要害,但痛得他把腿一缩,头上也不由得松下来。那老虎趁这工夫大吼了一声,把易四聋子的脑袋咬了半边,几跳几蹿地就跑出去了。因为势子太凶了,猎户们谁也不敢挡它的路。袁打铳一面收拾他朋友的遗体,一面发誓除掉那只老虎,替他朋友报仇。从此以后,他就时常一个人背着枪,去找那只老虎。后来也打了好几只虎,可始终不是咬他朋友的那一只。他有一个儿子,叫友和,十四五岁了。袁打铳怕他死了之后他朋友的仇不能报,常常把母老虎的样子对友和说,要他长大了也做一个猎户,务必找到这只老虎,把它打死,祭他朋友的灵,才算孝子,因此友和心目中也常常有这么一只虎。
何维贵 他的儿子后来打到这只虎没有呢?
魏福生 你听哪。第二年春二月间,友和跟几个小朋友到枫树坡去寻惊蛰菌,这个坡里也因为林子深,没有人敢去砍柴,地下树叶子落得厚,每年结的菌子也最多。这些小孩越取越多,越多越高兴,就不顾危险往林子深处钻。正拣得高兴的时候,忽然一个小孩吓得叫也不敢叫出来,拼命地扯起他们跑。他们问:"看见什么啦?"他说:"有虎!"听得有虎,大家都往外跑,把取下来的菌子撒满了一地。可是跑了好一阵,却没见什么东西追出来,瞧有虎的那边林子,一点响动也没有。他们都奇怪。内中有大胆的就再跑到林子里去偷看,袁友和也是一个。一看林子里有一块小小空地,空地上坐着一只刚才吓得他们乱跑的大老虎,嘴里还咬着一块什么东西,两只眼珠鼓得有茶杯那样大,可是它不动,连哼也不哼一声,听听,好像连气息也没有。袁友和胆子最大,拣起一块小石头照那老虎头上一扔,打个正着,可它还是不动。袁友和知道世界上没有这样好脾气的老虎,一看它头上还有一两处伤哩,心里早想起他爹爹时常对他说起的那只母老虎。他告诉那些小朋友,可是谁也不敢走近那老虎,还是友和跑过去把它一推,哗啦一声就倒了。原来那只母老虎自从咬了易四聋子,带了重伤逃出来,就藏在这林子里死了,如今只剩得皮包骨头,嘴里还衔着易四聋子的半边脑壳哩。

何维贵 那么为什么它还坐着呢?
魏福生 这就叫"虎死不倒威"嘛。后来友和回去把他老子喊来一看,果然是那只老虎。袁打铳把易四聋子那半边脑壳交给他家里跟遗体一起葬了;把老虎的皮骨祭了他的灵,才算完了他一桩心事。……
〔正说到这里忽听得山上抬枪一响。

魏福生 嚇!
屠　大 (在内)枪响了。大老板!我们快去吧。
李东阳 福生,你的财运真好。这次包你又打了一只大虎了。
祖　母 若真是只老虎,那么莲儿又多添一样陪奁了。
魏福生 但愿又是只老虎,不要打了一只什么小的野物,那就不值得了。
〔屠大携猎枪、虎叉之类登场。

屠　大 不会,一定是只大虎。小野物不走那条路的。
魏福生 我也这样想。
何维贵 我们也去看看吧。
魏福生 何大哥要去看看也好。
李东阳 我也同去看看。
魏福生 (对魏黄氏)你赶快去烧好一锅水,等一下有好一阵子忙呢。
魏黄氏 我早已预备好了。
周　三 (在内)喂! 去呀。
魏福生
屠　大 (同声)去呀。(各携器械退场)

魏黄氏 娭毑,你老人家睡去吧。
祖　母 还坐一会也好。等他们把虎抬回来再睡。又有好一阵子忙,我在这里烧烧火也是好的。

魏黄氏　啊呀,炊壶里没有水了。莲儿!
莲　姑　(在内)来了。
〔莲姑登场。
莲　姑　妈妈,什么事?
魏黄氏　你去添一壶水来。等一会儿他们回来了,要茶喝呢。
莲　姑　是。
〔莲姑携壶下场,旋即携一满壶水登场,依然把壶挂在火炉里的通火钩上。
莲　姑　妈,又打了一只老虎吗?
魏黄氏　屠大爷说一定是只老虎。别的野物,不走那条路的。再说,昨天不是发了山了吗?
祖　母　若是只虎,你爹爹不知该多喜欢。他说这次就不抬到城里去请赏了,要把皮剥了给你做一铺褥子。
魏黄氏　日子近了,你那双鞋还不赶快做好!
莲　姑　我不做。
魏黄氏　蠢孩子。你为什么不做?
莲　姑　我不要穿鞋了。
魏黄氏　蠢话!为什么不要穿鞋了?
莲　姑　我不要活了。(哭)
魏黄氏　胡说!为什么不要活了?
莲　姑　爹妈若是一定要我出嫁……
魏黄氏　你还嫌陈家里不好吗?
莲　姑　不是。
魏黄氏　嫌三少爷配不上你?
〔莲姑摇头不语。
魏黄氏　那么为什么又不愿意去了呢?
莲　姑　……不愿意去就是不愿意去嘛。
魏黄氏　好孩子,你先前说得好好的,怎么这会子又变卦了呢?这样的终身大事岂是儿戏得的!人家已经下了定了,你又不愿意去了。就是我肯,你爹爹肯吗?就是你爹爹肯,陈家里能答应吗?你总得懂事一点,你现在也不是七八岁的小姑娘了。放着陈家这样的人家不去,你还想到什么人家去?
祖　母　是呀。像陈家那样的人家在我们乡里是选一选二的。他家里肯要你,真是你的八字好呢。你不到他家去,还想到什么更好的人家去?

	就是有更好的人家，他不要你也是枉然哪。
莲　姑	我什么人家也不愿意去。我在家里伺候嬷驰、妈妈不好吗？
魏黄氏	你这话更蠢了。哪里有在娘边做一辈子女儿不出门子的呢？我劝你不要三心二意的了。你只赶快把鞋子做好，别的陪奁我也替你预备得有个八成了。只候你爹爹打了这只虎，替你做床虎皮褥子，还托二叔到城里买一幅绣花帐檐，锦缎被面子，就要过礼了。你刚才这些话我原晓得你是故意跟我淘气的，你要出嫁了，你妈还能把你怎样吗？只回头不要对你爹爹这样说，你爹爹若听见了这些话，你是晓得他的脾气的。
祖　母	是呀。你爹爹他若听说你不愿意，你看他会怎么样气吧。
莲　姑	我不管爹爹气不气，我只是不去就是了。
魏黄氏	好，你有本事等一下对你爹说去。我懒得跟你麻烦。我要到灶屋里去了。（下）
莲　姑	（走到祖母前）嬷驰，我……
祖　母	（抚之）傻孩子，你哭什么？你的命不是比你妈、你嬷驰都好吗？
莲　姑	不。嬷驰，我是一条苦命。

〔隐约闻外面人声嘈杂，猎犬吠声。

祖　母	你听，你爹爹跟屠大爷他们抬虎来了。你出阁的时候又要添一样好陪奁了。你也可以早些到陈家里去享福去了。你还不到大门口去看看去。
莲　姑	不，我不要去看。我怕这个老虎。
祖　母	你又不是才看见过老虎的。怕它做什么？以前捉了活的还不怕，此刻是打死了抬回来的，更不必怕了。
莲　姑	我怎么不怕它？它是催我的命的。
祖　母	瞧你，你又跟黄大傻一样地发起颠来了。
莲　姑	嬷驰，是的，我是跟他一样颠的，我怕我会变成他那一样的颠子呢。
祖　母	你越说越傻了。好好的人怎么会颠？

〔人声、狗声愈近。

祖　母	好。（站起来）

〔众声嘈杂中闻甲长之声："抬进去，抬进去。"

祖　母	你听，虎已经抬到门口来了。快去看看去。
莲　姑	不，我不要看。老虎进来，我就要出门子了。

〔人声，脚步声，猎犬吠声，已闹成一片了。

屠　大	（在内）顾三爷，你把大门推开些，推开些。

魏福生　（在内）堂屋里快安排一扇门板。
李东阳　（在内）你把脚好生抱着，抬进去。
祖　母　莲儿，虎抬进来了。快去看看。
莲　姑　不。我不要看。
　　　　〔人声、足步声愈近。
魏福生　（在内）抬到堂屋里去。
李东阳　（在内）不，抬到火房里去。
祖　母　你快去开门，虎要抬到火房里来了。
魏福生　（在内）何必抬到火房里去？
李东阳　（在内）天气冷，抬到火房里去吧。快去安置一下。
　　　　〔火房门开了，李二进来把左壁大竹床上的东西挪开，铺上一床棉褥，把衣服卷成一个枕头，放好。李东阳进来，把椅凳移开。在莲姑和她祖母的错愕中间，魏福生和屠大早半抬半抱的抬进一只"大虎"——一个十七八岁的褴褛少年。腿上打得鲜血淋漓，此时昏过去了。让他们把他尸骸般的抬起放在那大竹床上。

祖　母　怎么哪，打了人？
魏福生　有什么说的，倒楣嘛！
李东阳　你老人家快把火烧大一点。福生，你得赶快去请一个医生来。
魏福生　这时候到哪里去请医生呢？槐树屋梁六先生又上城去了。
李东阳　不，得立刻去请一个来，他伤得很重，弄出人命来不是玩的。
魏福生　屠大爷，那么你到文家坤文九先生那里去一趟，请他老人家务必今晚来一趟。李二爷，你也同去，好抬他的轿子。
　　　　〔屠大、李二匆匆退场。
　　　　〔魏黄氏急登场。
魏黄氏　打了人？打了谁呀？
魏福生　还有谁！还不是那个晦气。
　　　　〔魏黄氏与莲姑的眼光都转到那褴褛少年脸上。
魏福生　他晕过去了。快烧碗开水灌他一下。（忽注意到莲姑）莲儿快进去，不要呆在这里。
莲　姑　（目不转睛地望着那面色灰败的少年，似没有听得她父亲的话，旋疑其视觉有误，拭目，挨近一看）嗳呀，这不是黄大哥？黄大哥呀！（哭）
魏黄氏　当真是那孩子，怎么瘦到这样了。咳，真是想不到。（起身，烧水去）
魏福生　不识羞的东西，他是你什么黄大哥？还不给我滚进去！

祖　母　（起视）当真是那孩子吗？
魏福生　不是那个颠子，这个时候谁还跑到岭上去送死？背时人就碰上这样的背时东西。
祖　母　伤在哪里？
魏福生　伤了大腿。只要再打上一点，这家伙就没有命了。
李东阳　现在还是危险得很，血出的太多。我们走近他的时候还以为是只虎，仔细一看才知道是他在那里乱滚。
魏福生　他伤的那样重，见了我还跟我道恭喜呢。这个混账东西！
祖　母　快替他收血。把他喊转来。可怜这孩子已经是个颠子了，不要又弄成个残疾。
魏福生　（伏在少年腿边作法收血）工程太大了，不容易收。我去叫下屋李待诏来。甲长先生，请你替我招呼一下，我去一下就来。
李东阳　可以。你去。这里我招呼。
魏福生　谢谢你，甲长先生。（下去了）
莲　姑　（等他父亲走后，挨近少年身边，寻着伤处）哦呀，伤得这么重！（摸一手的血）出这样多的血！嗳呀，怎么得了！（哭。忽悟哭也无益，急起身进房）

〔闻撕布声。

李东阳　（对何维贵）今晚领你来看老虎，想不到看了这样一只虎。你先回去吧。我要等一下才能走。（送何维贵到门口）你出大门一直走，走到那株大樟树那里拐弯，进那个长坡，就看见我的家了。你看得见吗？拿个火把去吧。
何维贵　不消得，我看得见。
周　三　我带何大哥去好哪。我还要顺便到一下李家新屋，问他们家要些药来。他们有云南白药。
李东阳　那更好了。你对大娱馳说，我等一下就回来。

〔何维贵、周三退场。

〔莲姑携白布和棉花一卷登场，就黄大傻侧坐。替他洗去血迹，绷裹伤处。少年略转侧，微带呻吟之声。

莲　姑　（细声呼少年）黄大哥，黄大哥！
黄大傻　（从呻吟声中隐约吐出一种痛苦的答声）唔。
李东阳　壶里的水开了。快灌点开水。

〔黄氏冲一碗开水，俟略冷，端到黄大傻身边。祖母拿支筷子挑开他的口，徐徐灌下。

李东阳　好了,肚子里有点转动了。
祖　母　咳,这也是一种星数。
莲　姑　(微呼之)黄大哥,黄大哥。
黄大傻　(声音略大)唔。嗳哟。
祖　母　可怜的孩子,这一阵子他痛晕了呢。
黄大傻　(呻吟中杂着梦呓)嗳哟,莲姑娘,痛啊。
魏黄氏　这孩子这样痛,还没有忘记莲儿呢!
莲　姑　(抚之)黄大哥。
黄大傻　(睁开眼四望)哦呀。我怎么在这里?我怎么睡在这里?
李东阳　你刚才在山上被抬枪打了,我们把你抬到这来的。这会子清醒了一点没有?
黄大傻　好了一点。哦呀,李大公。哦呀,姑母,姑娱驰,莲姑娘。莲姑娘,我怎么刚才在山上看见你?我当我还倒在山上呢,嗳哟。(拭目)莲姑娘,我们不是在做梦吗?
莲　姑　黄大哥,不是做梦啊,是真的。你睡在我们家火房里的竹床上。
黄大傻　是真的?……我没想到今晚能再见你啊,莲姐!听说你要出嫁了。听说就是这几天要过门了。我想来跟你道喜,又没有胆子进这张门。我只想,只想到你出阁那天,陈家一定要招些叫化子来打旗子的。那时候我就去讨一面旗子打了,算是我跟你道喜。是,是哪一天?日子已经定了没有?
莲　姑　黄大哥……(哭不可抑)
〔魏福生急上。
魏福生　李待诏不在家,找了一个空,血止了一点没有?
李东阳　止了一点。莲姑娘替他裹好了。
魏福生　(见莲姑)莲儿还不进去。进去!
〔莲姑踌躇。
魏福生　还不进去,你这不识羞的东西!
莲　姑　爹爹,我今晚要看护他一晚。女儿这一辈子只求爹爹这一件事。
魏福生　他是你什么人?为什么要你看护他?他受了伤,我自然要想法子替他诊好的,不要你过问。你还不替我滚进去!
李东阳　福生,让她招呼一下何妨呢?病人总得姑娘们招呼好些。
魏福生　甲长先生,你不大晓得这个情形。……我是决不让我女儿看护他的。第一,我就不知道他这样晚为什么要跑到那样的岭上去送死?
李东阳　心里不大明白的人,总是这样的。

魏福生	不。你说他傻吗,他有时候说出话来一点也不傻。我真不懂他为什么老寻着我们家吵。
黄大傻	姑爹,以后我再也不要你老人家操心了。再也不到你老人家府上来了。今晚上是最末一次。真没想到今晚上又能到你老人家府上来的,更没有想到会真像受了重伤的野兽一样,倒在我小时候睡过的这张竹床上。我只想能在后山上隐隐约约地看得见这屋子里的灯光就够了。
魏福生	你为什么今晚要来看我们家的灯光?
黄大傻	不止今晚啊,姑爹,除了上两晚之外,我差不多每晚都来的。自从在庙里戏台下面安身以来,我每晚都是这样的。哪怕是刮风下雨的晚上都没有间断过。我只要一望见这家里的灯光,我就像见了亲人一样,把苦楚都忘记了。
祖　母	咳!没有爹娘的孩子真是可怜啊。
魏福生	你既然这样想到我家来,何不好好对我说呢?
黄大傻	姑爹,我晓得我就是好好地求你老人家,你老人家也不会要我到你家里来的。我是挨过你老人家的打骂的呀!
魏福生	我打你骂你,都是愿你学好。谁叫你那样不听话呢?我要你学木匠,你不去;要你学裁缝,你也不去;你偏要在这近边讨饭,我怎么不恨呢?
黄大傻	是的。我宁愿在这近边讨饭,我宁愿一个人睡在戏台底下,我不愿离开这个地方。哪怕你老人家通知团上要把我这个无家可归的孩子驱逐出境,我也不愿离开这个地方。
魏福生	我是怕你不务正业,才要驱逐你的呀。假如你是学好的,我何至如此?
黄大傻	嗨!穷孩子总是要被人家驱逐的。我讲好了替上屋张家看牛,你老人家硬叫张大公辞退了我。哪里是怕我不务正业,无非害怕我接近莲姑娘罢了。
魏福生	你们听!我早知道他是装疯卖傻的。
黄大傻	姑爹,我实在是个傻子,我明晓得没有爱莲姑娘的份儿,我偏舍不得她,我怎么不是个傻子呢?我跟莲姑娘从小就在一块儿。那时我家里还好,你老人家还带玩带笑地说过,将来这两个孩子倒是好一对。那时我们小孩子心里也早已模模糊糊地有这个意思了。后来我爹不幸去世,家里亏空不少,你老人家已经冷了一大半。及至我妈妈也死了,家里又遭了火烛,几亩地卖光,还不够还债的,我读书的机

会自然没有了。学手艺吗,也全由别人作主;今天要我学裁缝,我不愿意,逃出来,挨了一顿打骂,又拉我去学木匠。……我那时候早已晓得莲姑娘不是我的了。我去学木匠那天早晨,想找莲姑娘说几句话,都被你老人家禁止了。我只怨自己的命苦,几次想打断这个念头,可是怎么样也打不断。上屋里陈八先生可怜我,叫我同他到城里去学生意。我想这或者可以帮助我忘记莲姑娘,可是我同他走到离城不远的湖迹渡,我还是一个人折回来了。我不能忘记莲姑娘,我不能离开莲姑娘所住的地方。多亏仙姑庙的王道人可怜我,许我在庙里的戏台下面安身,我时常帮他做些杂事,碰上我讨不到饭的时候,他也把些吃剩的斋饭给我吃,我就是这样过了一年多的日子。

莲　姑　（哭）啊,大哥!

黄大傻　一个没有爹娘、没有兄弟、没有亲戚朋友的孩子,白天里还不怎样,到了晚上独自一个人睡在庙前的戏台底下,真是凄凉得可怕呀!烧起火来,只照着自己一个人的影子;唱歌,哭,只听得自己一个人的声音。我才晓得世界上顶可怕的不是豺狼虎豹,也不是鬼,是寂寞!

莲　姑　（泣更哀）大哥!

黄大傻　我寂寞得没有法子。到了太阳落山,鸟儿都回到窠里去了的时候,就独自一个人挨到这后山上,望这个屋子里的灯光,尤其是莲姑娘窗上的灯光,看见了她的窗子上的灯光,就好像我还是五六年前在爹妈身边做幸福的孩子,每天到这边山上喊莲妹出来同玩的时候一样。尤其是下细雨的晚上,那窗子上的灯光打远处望起来是那样朦朦胧胧的,就像秋天里我捉了许多萤火虫,莲妹把它装在蛋壳里。我一面呆看,一面痴想,身上给雨点打的透湿也不觉得,直等灯光熄了,莲妹睡了,我才回到戏台底下。

莲　姑　（啜泣）啊,大哥!

祖　母　可怜的孩子,那不会着凉吗?

黄大傻　没爹少娘的孩子谁管他着不着凉呢!寂寞比病还要可怕,我只要减少我心里的寂寞,什么也不顾得了。一年多的风霜饥饿,身体早已不成了;这几天又得上了一点寒热,所以有两个晚上没有看这边窗上的灯光了。我怕到我爹妈膝下去的时候不远了,又听说莲姑娘就是这几天要出嫁,所以我今晚又走到这边山上来,想再望望我两晚没有望见的,或许以后永远望不见的灯光,不想刚到山上便绊着药绳,挨了这一枪。……我只望那一枪把我打死了倒好,免得再受苦了,没想到还能活着见莲姑娘一面,我挨这一枪也值得,死也死得过了。

莲　姑　啊,大哥!

祖　母　可怜的孩子,不想他这样爱着莲儿。

魏黄氏　可怜病得这样子又受了这样重的伤。他的娘若在世,不知怎样的伤心呢!

莲　姑　(抚着黄大傻的手)大哥,你好好睡。我今晚招呼你。

黄大傻　(欣慰极了)啊,谢谢。

魏福生　(暴怒地)不能!莲儿,快进去,这里有我招呼,不要你管。你已经是陈家里的人,你怎么好看护他?陈家听见了成什么话!

莲　姑　我怎么是陈家里的人了?

魏福生　我把你许给陈家了,你就是陈家的人了。

莲　姑　我把自己许给了黄大哥,我就是黄家的人了!

魏福生　什么话!你敢顶嘴?你这不懂事的东西!(见莲姑还握着黄大傻的手)你还不放手,替我滚起进去!你想要招打?

莲　姑　你老人家打死我,我也不放手。

魏福生　(改用慈父的口吻)莲儿,仔细想想吧,爹不是因为爱你才把你许给陈家的吗?爹辛苦半辈子,只有你这一个女儿,不想把你随便给人家。好容易千挑万选地才攀上了陈家这门亲。陈家起先嫌我们猎户出身,后来看得你人物还不错,才应允了。只望你心满意足地到陈家去,生下一男半女,回门来喊我一声外公,也算我没有儿子的人的福分。不想你这不懂事的东西存心跟我为难,可是后来你妈再三劝你,你不是已经回心转意,亲口答应了吗?……

魏黄氏　是呀,莲儿你自己答应了的呀。

莲　姑　爹逼得我没有法子,只好权时答应了。原想找个机会跟黄大哥商量,在过门以前逃跑的。

魏福生　唔,你居然想逃跑!

莲　姑　想逃跑。我老早就想逃跑,只是没有机会。第一次打了老虎,到我家看的人很多,我就想趁那时候逃。刚走到半山碰了屠大爷,我只好回来。后来过门的日子越近,你老人家,越不肯叫我出去。前几天借着送虎肉才同张二姑娘到仙姑殿去了一回。因为有二姑娘跟着我,不好问人,没有找着黄大哥。

魏福生　找着他呢?

莲　姑　找着他,我就约个日子同他跑。

魏黄氏　你们安排跑到哪里去?

莲　姑　跑到城里去。
魏福生　找谁？
莲　姑　找张大姐介绍我到纱厂做工去。
魏福生　唔。
莲　姑　没有想到我没有找着他，他倒先到我家来了。像受了重伤的老虎似的抬到我们家来了。身体瘦成这个样子，腿上还打一个大洞。……流了这许多血。黄大哥，可怜的黄大哥，我是再也不离开你的了。死，活，我都不离开你！
魏福生　我偏要你离开他。偏不许你们在一块……你这不孝的东西！(猛力想扯开他们的手，但他们抓死不放)
莲　姑　爹！
祖　母　(同时)福生！
李东阳　(同时)福生！你——
魏黄氏　(同时)嗳呀，莲儿，你放手吧。
莲　姑　不。我死也不放。世界上没有人能拆开我们的手！
魏福生　我能够！(暴怒如雷，猛力扯开他们的手，拖着莲姑往房里走)你这畜生，不要脸的畜生，不打你如何晓得厉害！(拖进房里)
〔台上闻扑打声，抗争声。"哼！你还强嘴不？你还发疯不？你还喊黄大哥不？你还要气死我不？"每问一句，打一下。
大　家　(同时)福生，福生，嗳呀，不要打！(皆拥到后房去)
〔台上只剩黄大傻一人，尸骸似的倒在竹床上，闻里面打莲姑声，旧病新创一齐爆发。
黄大傻　嗳呀，我再不能受了。(忍痛回顾，强起，取床边猎刀)莲姑娘，我先你一步吧。(自刺其胸而死)
〔里面魏福生"你还不听说不？你还要喊黄大哥不？你做陈家里的人不？"之声与竹鞭响声，哀呼"黄大哥"之声益烈，劝解者、号哭者的声音伴奏之。

——幕徐闭
写于1921年

（原载1924年1月《南国》半月刊创刊号）

【作者介绍】

田汉(1898—1968)，湖南长沙人。在日本留学期间接受了西方戏剧艺术的影响,开始戏剧创作。1921年同郭沫若、郁达夫、成仿吾等共同发起组织创造社。主要作品有《获虎之夜》、《苏州夜话》、《名优之死》、《回春之曲》、《丽人行》。30年代他为电影《风云儿女》作的主题歌《义勇军进行曲》广为流传,后来成为中华人民共和国国歌。

【作品分析】

田汉早期作品集中表达的主题,一是"艺术"与"流浪",二是"美(艺术、爱情)的幻灭"。《获虎之夜》就是这样的作品。剧中黄大傻与莲姑的爱情悲剧,正是在与"阶级"、"门户"较量之中奏出的挽歌。1932年,田汉自己曾这样谈论他的《获虎之夜》:"我事实上有多少年也不曾重念过这个剧本了。到一九三二年的现在再检阅一过,觉得不必十分改动也可以的还算这一篇。尽管有幼稚的感伤的地方,而纯朴的青春时代的影像还可以从这作品中追寻出来,这就是使人难舍的地方了。并且这作品在题目上也接触了婚姻与阶级这一社会问题,一个浮浪儿童爱上了一个富农的女儿,在当时必然地会产生这种悲剧,在现在我们不免有些不满的是这浮浪儿童就那么自杀了,莲姑娘是那么父权底下宛转哀啼着,不曾暗示半点光明,这样的戏剧如同这样的事实一样,在……现在是不可能的。这里打着从一九二一———一九三二这十一年间时代进展的痕迹。"(《田汉戏曲集》第二集序文)田汉这段话给我们提示了阅读这一剧作的两个方面:一是"纯朴的青春时代的影像",一是"婚姻与阶级这一社会问题"。后者是后来诸多评论家都涉及到的,并据此指出田汉早期剧作也有较强的社会意义。而大家在阅读中,更应该注意的还是前一个方面。可以细细体会剧中黄大傻的台词,他关于"爱的寂寞"的诉说。这里,不要拘泥于"黄大傻这样的农村青年是否会说出这样诗意而感伤的台词"这种"真实性"的考虑,而将其视作田汉早期浪漫主义剧作的典型色彩,从而理解田汉一再宣称的"新浪漫主义",他所看重的"现实"背后的"真生命或根本义"(田汉《新罗曼主义及其他》)。

同时，这是一出称得上精致的剧本。我们可以从一个"插曲"来看看剧本对"节奏"的掌握。这个"插曲"就是易四聋子的故事。剧本将易四聋子的故事安置在"围炉夜话"中，在一个很轻松、很温暖的家庭气氛中，讲述一个有张有弛，又有着令人震惊的结局的传奇故事。这个故事表面上看与主体部分（"事件"）仿佛没有关系，但如果去掉了，整个剧本的"情调"就会大为减色；而且没有了"故事"与"事件"的比照，剧本的"张力"没有了，"节奏"也就失去了平衡。

最后看一下洪深编选《中国新文学大系·戏剧集》时的评论："《获虎之夜》是本集里最优秀的一个剧本；在题材的选择，在材料的处理，在个性的描写，在对话，在预期的舞台空气与效果，没有一样不是令人满意的。有些人以为田汉善于写感伤的富有诗意的悲剧，而不知道他底写实的手法，也是很结实的——像表现在《获虎之夜》这出戏里面的！"

【延伸阅读文献】

田汉：《新罗曼主义及其他》，《少年中国》1920 年第 1 卷第 12 期。

洪深：《中国新文学大系·戏剧集导言》，上海良友出版公司 1936 年版。

（李宪瑜）

雷 雨(节选)

曹 禺

序 幕

景——一间宽大的客厅。冬天,下午三点钟,在某教堂附设医院内。

屋中间是两扇棕色的门,通外面;门身很笨重,上面雕着半西洋化的旧花纹,门前垂着满是斑点,褪色的厚帷幔,深紫色的;织成的图案已经脱了线,中间有一块已经破了一个洞。右边——左右以台上演员为准——有一扇门,通着现在的病房。门面的漆已蚀了去。金黄的铜门钮放着暗涩的光,配起那高而宽,有黄花纹的灰门框,和门上凹凸不平,古式的西洋木饰,令人猜想这屋子的前主多半是中国的老留学生,回国后又富贵过一时的。这门前也挂着一条半旧,深紫的绒幔,半拉开,破成碎条的幔角拖在地上。左边也开一道门,两扇的,通着外间饭厅,由那里可以直通楼上,或者从饭厅走出外面,这两扇门较中间的还华丽,颜色更深老;偶尔有人穿过,它好沉重地在门轨上转动,会发着一种久磨擦的滑声,像一个经过多少事故,很沉默,很温和的老人。这前面,没有帷幔,门上脱落,残蚀的轮廓同漆饰都很明显。靠中间门的右面,墙凹进去如一个神像的壁龛,凹进去的空隙是棱角形的,划着半圆。壁龛的上大半满嵌着细狭而高长的法国窗户,每棱角一扇长窗,很玲珑的;下面只是一块较地板略起的半圆平面,可以放着东西,可以坐;这前面整个地遮上一面有折纹的厚绒垂幔,拉拢了,壁龛可以完全掩盖上,看不见窗户同阳光,屋子里阴沉沉的,有些气闷。开幕时,这帷幕是关上的。

墙的颜色是深褐,年久失修,暗得褪了色。屋内所有的陈设都很富丽,但现在都呈现着衰败的景色。——右墙近前是一个壁炉,沿炉嵌着长方的大理石,正前面镶着星形彩色的石块;壁炉上面没有一件陈设,空空地,只悬着一个钉在十字架上的耶稣。现在壁炉里燃着煤火,火焰熊熊地,照着炉前的一张旧圈椅,映出一片红光,这样,一丝丝的温暖,使这古老的房屋还有一些生气。壁炉旁边搁放一个粗制的煤斗同木柴。右边门左侧,挂一张画轴;再左,近后方,墙角抹成三四尺的平面,倚的那里,斜放着一个半人高的旧式紫檀小衣柜,柜门的角上都包着铜片。柜上放着一个暖水壶,两只白饭碗,都搁在旧黄铜盘上。柜前铺一张长方的小地毯;在上面,和柜平行的,放一条很矮的紫檀长几,以前大概是用来摆设瓷器、古董一类的精巧的小东西,现在堆着一叠叠的雪白桌布,白床单等物,刚洗好,还没有放进衣柜去。在正面,柜与壁龛中间立一只圆凳。壁龛之左(中门的右面),是一只长方的红木菜桌。上面放着两个旧烛台,墙上是张大而旧的古油画,中门左面立一只有玻璃的精巧的紫檀柜。里面原为放古董,但现在是空空的,这柜前有一条狭长的矮凳。离左墙角不远,与角成九十度,斜放着一个宽大深色的沙发,沙发后是只长桌,前面是一条短几,都没有放着东西。沙发左面立一个黄色的站灯,左墙靠前略凹进,与左后墙成一直角。凹进处有一只茶几,墙上低悬一张小油画。茶几旁,再略向前才是左边通饭厅的门。屋子中间有一张地毯。上面对放着,但是略斜地,两张大沙发;中间是个圆桌,铺着白桌布。

〔开幕时,外面远处有钟声。教堂内合唱颂主歌同大风琴声,最好是Bach:High Mass in B Minor Benedictus qui venait Domini Nomini——屋内寂静无人。

〔移时,中间门沉重地缓缓推开,姑奶奶甲(寺院尼姑)进来,她的服饰如在天主教堂里常见的尼姑一样,头束着雪白布巾,蓬起来像荷兰乡姑,穿一套深蓝的粗布制袍,衣袍几乎拖在地面。她胸前悬着一个十字架,腰间悬一串钥匙,走起路来铿铿地响着。她安静地走进来,脸上很平和的。她转过身子向着门外。

姑　甲　(和蔼地)请进来吧。

〔一位苍白的老年人走进来,穿着很考究的旧皮大衣。进门脱下帽子,头发斑白,眼睛沉静而忧郁,他的下颏有苍白的短须,脸上满是皱纹。他戴着一副金边眼镜,进门后,也取下来,放在眼镜盒内,手有些颤。他搓弄一下子,衰弱地咳嗽两声。外面乐声止。

姑　甲　(微笑)外面冷得很!

老　人　(点头)嗯——(关心地)她现在还好么?

姑　甲	（同情地）好。	
老　人	（沉默一时，指着头）她这儿呢？	
姑　甲	（怜悯地）那——还是那样。（低低地叹一口气）	
老　人	（沉静地）我想也是不容易治的。	
姑　甲	（矜怜地）您先坐一坐，暖和一下，再看她吧。	
老　人	（摇头）不。（走向右边病房）	
姑　甲	（走向前）您走错了，这屋子是鲁奶奶的病房。您的太太在楼上呢。	
老　人	（停住，失神地）我——我知道，（指着右边病房）我现在可以看看她么？	
姑　甲	（和气地）我不知道。鲁奶奶的病房是另一位姑奶奶管，我看您先到楼上看看，回头再来看这位老太太好不好？	
老　人	（迷惘地）嗯，也好。	
姑　甲	您跟我上楼吧。	

〔姑甲领着老人进左面的饭厅下。

〔屋内静一时。外面有脚步声。姑乙领两个小孩进。姑乙除了年轻些，比较活泼些，一切都与姑甲相同。进来的小孩是姊弟，都穿着冬天的新衣服，脸色都红得像个苹果，整个是胖圆圆的。姊姊有十五岁，梳两个小辫，在背后摆着；弟弟戴上一顶红绒帽。两个都高兴地走进来，二人在一起，姊姊是较沉着些。走进来的时节姊姊在前面。

姑　乙	（和悦地）进来，弟弟。（弟弟进来望着姊姊，两个人只呵手）外头冷，是吧。姐姐，你跟弟弟在这儿坐一坐好不好？
姊　姊	（微笑）嗯。
弟　弟	（拉着姊姊的手，窃语）姐姐，妈呢？
姑　乙	你妈看完病就来，弟弟坐在这儿暖和一下，好吧？

〔弟弟的眼望姊姊。

姊　姊	（很懂事地）弟弟，这儿我来过，就坐这儿吧，我给你讲笑话。

〔弟弟好奇地四面看。

姑　乙	（有兴趣地望着他们）对了，叫姐姐给你讲笑话，（指着火）坐在火旁边讲，两个人一块儿。
弟　弟	不，我要坐这个小凳子！（指中门左柜前的小矮凳）
姑　乙	（和气地）也好，你们就坐这儿。可是（小声地）弟弟，你得乖乖地坐着，不要闹！楼上有病人——（指右边病房）这旁边也有病人。
姊　姊 弟　弟	（很乖地点头）嗯。

弟　弟　（忽然，向姑乙）我妈就回来吧？
姑　乙　对了，就来。你们坐下，（姊弟二人共坐矮凳上，望着姑乙）不要动！（望着他们）我先进去，就来。
〔姊弟点头，姑乙进右边病房，下。
〔弟弟忽然站起来。
弟　弟　（向姊）她是谁？为什么穿这样衣服？
姊　姊　（很世故地）尼姑，在医院看护病人的。弟弟，你坐下。
弟　弟　（不理她）姐姐，你看，你看！（自傲地）你看妈给我买的新手套。
姊　姊　（瞧不起地）看见了，你坐坐吧。（拉弟弟坐下，二人又很规矩地坐着）
〔姑甲由左边厅进。直向右角衣柜走去，没看见屋内的人。
弟　弟　（又站起，低声，向姊）又一个，姐姐！
姊　姊　（低声）嘘！别说话。（又拉弟坐下）
〔姑甲打开右面的衣柜，将长几上的白床单，白桌布等物一叠叠放在衣柜里。
〔姑乙由右边病房进。见姑甲，二人沉静地点一点头，姑乙助姑甲放置洗物。
姑　乙　（向姑甲，简截地）完了？
姑　甲　（不明白）谁？
姑　乙　（明快地，指楼上）楼上的。
姑　甲　（怜悯地）完了，她现在又睡着了。
姑　乙　（好奇地询问）没有打人么？
姑　甲　没有，就是大笑了一场，把玻璃又打破了。
姑　乙　（呼出一口气）那还好。
姑　甲　（向姑乙）她呢？
姑　乙　你说楼下的？（指右面病房）她总是那样，哭的时候多，不说话，我来了一年，没听见过她说一句话。
弟　弟　（低声，急促地）姐姐，你给我讲笑话。
姊　姊　（低声）不，弟弟，听她们说话。
姑　甲　（怜悯地）可怜，她在这儿九年了，比楼上的只晚了一年，可是两个人都没有好。——（欣喜地）对了，刚才楼上的周先生来了。
姑　乙　（奇怪地）怎么？
姑　甲　今天是旧年腊月三十。
姑　乙　（惊讶地）哦，今天三十？——那么今天楼下的也会出来，到这房子里来。

姑 甲　怎么,她也出来?

姑 乙　嗯,(多话地)每到腊月三十,楼下的就会出来,到这屋子里;在这窗户前面站着。

姑 甲　干什么?

姑 乙　大概是望她儿子回来吧,她的儿子十年前一天晚上跑了,就没有回来。可怜,她的丈夫也不在了——(低声地)听说就在周先生家里当差,——一天晚上喝酒喝得太多,死了的。

姑 甲　(自己以为明白地)所以周先生每次来看他太太来,总要问一问楼下的。——我想,过一会儿周先生会下楼来见她来的。

姑 乙　(虔诚地)圣母保佑他。(又放洗物)

弟 弟　(低声,请求)姐姐,你给我就讲半个笑话好不好?

姊 姊　(听着有兴趣,忙摇头,压迫地,低声)弟弟!

姑 乙　(又想起一段)奇怪,周家有这么好的房子,为什么卖给医院呢?

姑 甲　(沉静地)不大清楚。——听说这屋子有一天夜里连男带女死过三个人。

姑 乙　(惊讶)真的?

姑 甲　嗯。

姑 乙　(自然想到)那么周先生为什么偏把有病的太太放在楼上,不把她搬出去呢?

姑 甲　说是呢,不过他太太就在这楼上发的神经病,她自己说什么也不肯搬出去。

姑 乙　哦。

〔弟弟忽然站起。

弟 弟　(抗议地,高声)姐姐,我不爱听这个。

姊 姊　(劝止他,低声)好弟弟。

弟 弟　(命令地,更高声)不,姐姐,我要你给我讲笑话!

〔姑甲、姑乙回头望他们。

姑 甲　(惊奇地)这是谁的孩子?我进来,没有看见他们。

姑 乙　一位看病的太太的,我领他们进来坐一坐。

姑 甲　(小心地)别把他们放在这儿。——万一把他们吓着。

姑 乙　没有地方;外头冷,医院都满了。

姑 甲　我看你还是找他们的妈来吧。万一楼上的跑下来,说不定吓坏了他们!

姑　乙　（顺从地）也好。（向姊弟，他们两个都瞪着眼望着她们）姐姐，你们在这儿好好地再等一下，我就找你们的妈来。

姊　姊　（有礼地）好，谢谢你！
　　　　〔姑乙由中门出。

弟　弟　（怀着希望）姐姐，妈就来么？

姊　姊　（还在怪他）嗯。

弟　弟　（高兴地）妈来了！我们就回家。（拍掌）回家吃年饭。

姊　姊　弟弟，不要闹，坐下。（推弟弟坐）

姑　甲　（关上柜门向姊弟）弟弟，你同姐姐安安静静坐一会儿，我上楼去了。
　　　　〔姑甲由左面饭厅下。

弟　弟　（忽然发生兴趣，立起）姐姐，她干什么去了？

姊　姊　（觉得这是不值一问的问题）自然是找楼上的去了。

弟　弟　（急切地）谁是楼上的？

姊　姊　（低声）一个疯子。

弟　弟　（直觉地臆断）男的吧？

姊　姊　（肯定地）不，女的——一个有钱的太太。

弟　弟　（忽然）楼下的呢？

姊　姊　（也肯定地）也是一个疯子。——（知道弟弟会愈问愈多）你不要再问了。

弟　弟　（好奇地）姐姐，刚才他们说这屋子死过三个人。

姊　姊　（心虚地）嗯——弟弟，我给你讲笑话吧！有一年，一个国王——

弟　弟　（已引上兴趣）不，你给我讲讲这三个人怎么会死的？这三个人是谁？

姊　姊　（胆怯）我不知道。

弟　弟　（不信，伶俐地）嗯！——你知道，你不愿意告诉我。

姊　姊　（不得已地）你别在这屋子里问，这屋子闹鬼。
　　　　〔楼上忽然有乱摔东西的声音，铁链声，足步声，女人狂笑，怪叫声。

弟　弟　（略惧）你听！

姊　姊　（拉着弟弟手紧紧地）弟弟！（姊弟抬头，紧张地望着天花板）
　　　　〔声止。

弟　弟　（安定下来，很明白地）姐姐，这一定是楼上的！

姊　姊　（害怕）我们走吧。

弟　弟　（倔强）不，你不告诉我这屋子怎么死了三个人，我不走。

姊　姊　你不要闹,回头妈知道打你!
弟　弟　(不在乎地)嗯!
〔右边门开,一位头发斑白的老妇人颤巍巍地走进来,在屋中停一停,眼睛像是瞎了。慢吞吞地踱到窗前,由帷幔隙中望一望,又踱至台上,像是谛听什么似的。姊弟都紧张地望着她。
弟　弟　(平常的声音)这是谁?
姊　姊　(低声)嘘!别说话。她是疯子。
弟　弟　(低声,秘密地)这大概是楼下的。
姊　姊　(声颤)我,我不知道。(老妇人躯干无力,渐向下倒)弟弟,你看,她向下倒。
弟　弟　(胆大地)我们拉她一把。
姊　姊　不,你别去!
〔老妇人突然歪下去,侧面跪倒在舞台中。台渐暗,外面远处合唱声又起。
弟　弟　(拉姊向前,看老太婆)姐姐,你告诉我,这屋子是怎么回事?这些疯子干什么?
姊　姊　(惧怕地)不,你问她,(指老妇人)她知道。
弟　弟　(催促地)不,姐姐,你告诉我,这屋子怎么死了三个人,这三个人是谁?
姊　姊　(急迫地)我告诉你问她呢,她一定都知道!
〔老妇人渐渐倒在地下,舞台全暗,听见远处合唱弥撒和大风琴声。
〔弟弟声:(很清楚地)姐姐,你去问她。
〔姊姊声:(低声)不,你问她,(幕落)你问她!
〔大弥撒声。

尾　声

〔开幕时舞台黑暗。只听见远处教堂合唱弥撒声同大风琴声,序幕姊弟的声音:
〔弟弟声:姐姐,你去问她。
〔姊姊声:(低声)不,弟弟你问她,你问她。
〔舞台渐明,景同序幕,又回到十年后腊月三十日的下午。老妇(鲁妈)还在台中歪倒着,姊弟在旁。
姊　姊　你问她,她知道。
弟　弟　我不,我怕,你,你去。(推姊姊,外面合唱声止)

〔姑乙由中门进，见老妇倒地上，大惊愕，忙扶起她。

姑　乙　(扶她)起来吧，鲁奶奶！起来吧！(扶她至右边火炉旁坐，忙走至姊弟前，安慰地)弟弟，你没有吓着吧！快去吧，妈就在外边等着你们。姐姐，你领弟弟去吧。

姊　　　谢谢您，姑奶奶。(替弟弟穿衣服)

姑　乙　外面冷得很，你们都把衣服穿好。

姊　　　嗯，再见！

姑　乙　再见。

〔姊领弟弟出中门。

〔姑乙忙走到壁炉前，照护老妇人。

〔姑甲由右门饭厅进。

姑　乙　嘘，(指鲁妈)她出来了。

姑　甲　(低声)周先生就下来看她，你照护照护。我要出去。

姑　乙　好，你等一等，(从墙角拿一把雨伞)外头怕要下雪，你要这一把伞吧。

姑　甲　(和蔼地)谢谢你。(拿着雨伞由中门出去)

〔老人由左边厅出，立门口，望着。

姑　乙　(指鲁妈，向老爷)她在这儿！

老　人　哦！

〔半晌。

老　人　(关心地，向姑乙)她现在怎么样？

姑　乙　(轻叹)还是那样！

老　人　吃饭还好么？

姑　乙　不多。

老　人　(指头)她这儿？

姑　乙　(摇头)不，还是不认识人。

〔半晌。

姑　乙　楼上您的太太，看见了？

老　人　(呆滞地)嗯。

姑　乙　(鼓励地)这两人，她倒好。

老　人　是的。——(指鲁妈)这些天没有人看她么？

姑　乙　您说她的儿子，是么？

老　人　嗯。一个姓鲁叫大海的。

姑　乙　(同情地)没有。可怜，她就是想着儿子。每到节期总在窗前望一晚上。

老　人　(叹气，绝望地，自语)我怕，我怕他是死了。

姑　乙　（希望地）不会吧？
老　人　（摇头）我找了十年了，——没有一点影子。
姑　乙　唉，我想她的儿子回家，她一定会明白的。
老　人　（走到炉前，低头）侍萍！
　　　　〔老妇回头，呆呆地望着他，若不认识，起来，面上无一丝表情，一时，她走向前窗。
老　人　（低声）侍萍！侍——
姑　乙　（向老人摆手，低声）让她走，不要叫她！
　　　　〔老妇至窗前，慢吞吞地拉开帷幔，痴呆地望着窗外。
　　　　〔老人绝望地转过头，望着炉中的火光，外面忽而闹着小孩们的欢笑声，同足步声。中门大开，姊弟进。
姊　姊　（向弟）在这儿？一定在这儿？
弟　弟　（落泪，点着头）嗯！嗯！
姑　乙　（喜欢他们来打破这沉静）弟弟，你怎么哭了？
弟　弟　（抽咽）我的手套丢了！外面下雪，我的手套，我的新手套丢了。
姑　乙　不要嚷，弟弟，我给你找。
姊　姊　弟弟，我们找。
　　　　〔三个人在左角找手套。
姑　乙　（向姊）有么？
姊　姊　没有！
弟　弟　（钻到沙发背后，忽然跳出来）在这儿，在这儿！（舞着手套）妈，在这儿！（跑出去）
姑　乙　（羡慕地）好了，去吧。
姊　姊　谢谢，姑奶奶！
　　　　〔姊由中门下，姑乙关上门。
　　　　〔半晌。
老　人　（抬头）什么？外头又下雪了？
姑　乙　（沉静地点头）嗯。
　　　　〔老人又望一望立在窗前的老妇，转身坐在炉旁的圈椅上，呆呆地望着火，这时姑乙在左边长沙发上坐下，拿了一本《圣经》读着。
　　　　〔舞台渐暗。

——幕落

（原载1934年7月《文学季刊》第1卷第3期）

【作者介绍】

曹禺(1910—1996),原名万家宝,出生于天津一个封建官僚家庭。1922年进入以演剧活动著名的南开中学,参加南开新剧团,开始演戏。1933年在清华大学读书期间写出《雷雨》。此后的几年成为曹禺创作的高峰时期,创作了《日出》、《原野》,抗战时期的剧本有《北京人》、《家》(据巴金同名小说改编)等。建国后的主要作品有《明朗的天》、《胆剑篇》、《王昭君》等。

【作品分析】

讨论《雷雨》可以从《雷雨》的接受说起。曹禺的友人巴金是《雷雨》的第一个接受者,他被这戏剧深深地打动。但此后一年间整个文坛的反应却冷淡得多。巴金说:"《雷雨》在《文学季刊》上发表后一年间,似乎没有一个批评家注意过它,或为它说过几句话。"倒是日本研究中国文学学者武田泰淳和竹内好将它推荐给在日本的中国留学生。1935年4月,"中华话剧同好会"在东京上演《雷雨》,并受到好评。1935年8月,天津市立师范学校孤松剧团在学校演出《雷雨》,是目前所知国内首次演出。同月,刘西渭在《大公报·小公园》发表《〈雷雨〉》一文,赞扬《雷雨》是"一出动人的戏,一部具有伟大性质的长剧",这是第一次权威评论。此后《雷雨》进入到辉煌的剧场演出时期。1935—1936年,许多大型剧社(团)如复旦剧社、中国旅行剧团、中国戏剧学会等都纷纷在大剧场演出《雷雨》,1936年中旅在上海卡尔登剧院的演出,连演三四个月,场场客满,据说观众连夜排队,甚至特地从外地赶来观看演出。这样的情形,已经构成了当年的"文化事件",大大推进了中国现代话剧职业化的进程。

但是,尽管《雷雨》的演出是如此的盛况空前,但社会对《雷雨》的接受却与曹禺的创作之间产生了不少微妙的缝隙。可以从这样两方面来看。一方面是人们对《雷雨》的评论及理解。诸多的评论文章中都指出,《雷雨》是一出"社会问题剧",反映了资产阶级家庭的丑恶与没落。这是 30 年代"意识形态化"了的读者与观众能够非常直截地抓住的问题。然而曹禺,却一再申说:"我写的是一首诗,一首叙事诗,这诗不一定是美丽的,但是必须给读诗的一个不断的新的感觉。这固然有写实际的东西在内(如罢工……),但决非一个社会问题剧。"另一方面可以从演出效果上着眼。由于《雷雨》的确情节曲折、气氛紧张,许多演出都将其处理为一个充分情绪化的戏,甚至可以说是"煽情"。这与曹禺强调的"含蓄"、"节制"、"距离"等当然是不一致的。最明显的一个例子,是对"序幕"与"尾声"的不同对待。曹禺写作"序幕"与"尾声"是大有深意的,其中蕴涵了他的审美追求乃至戏剧思想、戏剧理想。但演出往往是将这两部分删除殆尽。

　　这里选取了《雷雨》的"序幕"和"尾声",在阅读时,不妨从曹禺强调的"诗"与"含蓄"、"节制"的角度来理解。

　　"序幕"的开始对布景作了详尽的描写,用了不少诸如"褪色"、"暗涩"、"深老"、"衰败"、"残蚀"等词语,使得整个戏剧环境呈现出破败而又凝重的特征,以及"一丝丝的温暖";同时,"序幕"里的音乐提示出充分的宗教感:开幕时的颂主歌同大风琴声(巴赫)——闭幕时"舞台全暗,听见远处合唱弥撒和大风琴声"——幕落时的"大弥撒声"。同时,"序幕"是以两个孩子的视角来展开的,他们的懵懂幼稚,与老翁(即周朴园)的"沉静而忧郁"、老妇人(即鲁妈)的沉默与疯癫,构成了具有超越性的审视般的距离。"序幕"的这种处理,其主要功能在营造戏剧叙述的压抑这一整体氛围,同时将观众严格地"挡"在舞台之外:观众不过是在"看戏"。另外,在结构上,"序幕"是与"尾声"相呼应的。我们看到,"尾声"从激烈惊悚的戏剧冲突高潮中完全抽身而出,再一次回到"序幕"的宗教感的场景中,让观众的情绪得以缓和、平抑。这正是当年曹禺如此结构《雷雨》的用意:"是想送看戏的人们回家,带着一种哀静的心情。低着头,沉思地,念着这些在情热、在梦想、在计算里煎熬着的人们。荡漾在他们的心里应该是水似的悲哀,流不尽的;而不是惶惑的,恐怖的,回念着《雷雨》像一场噩梦,死亡,惨痛如一只钳子似的夹住人的心灵，喘不出一口气来。"——完整地阅读了《雷雨》，尤其是仔细品味了"序幕"和"尾声"之后，我们应该可以捉摸到曹禺所强调的"悲悯"。

【延伸阅读文献】

钱理群：《大小舞台之间：曹禺戏剧新论》，浙江文艺出版社1994年版。

孔庆东：《从〈雷雨〉的演出史看〈雷雨〉》，《文学评论》1991年第1期。

(李宪瑜)

北京人（节选）

曹 禺

第 二 幕

　　当天夜晚，约有十一点钟的光景，依然在曾宅小客厅里。

　　曾宅的近周，沉寂若死，远远在冷落的胡同里有算命的瞎子隔半天敲两下寂寞的铜钲，仿佛正缓步踱回家去。间或也有女人或者小孩的声音，这是在远远寥落的长街上凄凉地喊着的漫长的叫卖声。

　　屋内纱灯罩里的电灯，暗暗地投下一个不大的光圈，四壁的字画古玩，都隐隐地随着翳入黑暗里。墙上的墨竹也更显得模糊，有窗帷的地方都密密地拉严。从旧纱灯里一个宽缝露出一道灯光，正射在那通大客厅的门上。那些白纸糊的槅子门，每扇都已关好。从头至地，除了每个槅扇下半截有段极短的木质雕饰外，现在是整个成了一片雪白而巨大的纸幕，槅扇与槅扇的隙间泄进来一丝微光，纸幕上似乎有模糊的人影隐约浮动。偶尔听见里面(大客厅)有人轻咳和谈话的声音。

　　靠左墙长条案上放着几只蜡台，有一只插着半截残烬的洋蜡。屋正中添了一个矮几子，几上搁了一个小小的红泥火炉，非常洁净。炉上座着一把小洋铁水壶，炉火融融，在小炉口里闪烁着。水在壶里呻吟，象里面羁困着一个小人儿在哀哭。旁边有一张纤巧的红木桌，上面放着小而精致的茶具。围炉坐着苍白脸的文清，他坐在一张矮凳上出神。对面移过来一张小沙发，陈奶妈坐在那里，正拿着一把剪刀为坐在小凳上的小柱儿剪指甲。小柱儿打着盹。

　　书斋内有一盏孤零零的暗灯，灯下望见曾霆恹恹地独自低声诵读《秋声赋》。

　　远远在深巷的尽头有打更的声音。

陈奶妈　（一面剪着，一面念叨）真的，清少爷，你明天还是要走么？

　　〔文清领首。

陈奶妈	我看算了吧,既然误了一趟车,就索性在家里等两三天,看袁先生跟愫小姐这段事有了眉目再走。
	〔文清摇首。
陈奶妈	你说袁先生今天看出来不?
曾文清	(低着头勉强回答)我没留神。
陈奶妈	(笑着)我瞅袁先生看出来了,吃饭的时候他老望着愫小姐这边看。
	〔文清望着陈奶妈,仿佛不明白她的话。
陈奶妈	清少爷,你说这件事——
	〔文清不觉长叹一声。
	〔陈奶妈望了文清一眼,想说什么又没说。
	〔小柱儿一瞌头,突由微盹中醒来,打一个呵欠,嘴里不知道说了句什么,又昏昏忽忽地打起盹。
陈奶妈	(剪着小柱儿的指甲)唉,我也该回家的。(指小柱儿)他妈还在盼着我们今天晚上回去呢。(小柱儿头又往前一瞌,她扶住他说)别动,我的肉,小心奶奶剪着你!(怜爱地)唉,这孩子也真是累乏了,走了一早晨,又跟着这位袁小姐玩了一天。乡下的孩子不比城里的孩子,饿了就吃,累了就睡,真不象——(望着书斋内的曾霆,怜惜地,低声)孙少爷,孙少爷!
曾 霆	(一直在低诵)"……嗟夫,草木无情,有时飘零,人为动物,惟物之灵,百忧感其心,万事劳其形,有动乎中,必摇其精。而况思其力之所不及,忧其智之所不能……"
曾文清	让他读书吧,一会儿他爷爷要问他的。
	〔深巷的更声。
陈奶妈	这么晚了还念书!大八月节的。哎,打三更了吧。
曾文清	嗯,可不是打三更了。
陈奶妈	乡下孩子到了这个时候都睡了大半觉了。(剪完了最后一个手指)好啦,起来睡去吧,别在这儿受罪了。
小柱儿	(擦擦眼睛)我不,我不想睡。
曾文清	(微笑)不早了,快十一点钟啦。
小柱儿	(甩甩情神)我不困。
陈奶妈	(又是生气,又是爱)好,你就一晚上别睡。(对文清)真是乡下孩子进城,什么都新鲜,你看他就舍不得睡觉。
	〔小柱儿由口袋取出一块花生糖放在嘴里,不觉又把身旁那个"刮打嘴"抱起来看。

陈奶妈	唉,这个八月节晚上,又没有月亮。——怎么回子事?大奶奶怎么又不肯出来。(叫)大奶奶!(对文清)她这阵子在屋里干什么?(立起)大奶奶,大奶奶!
曾文清	别,别叫她。
陈奶妈	清少爷,那,那你就进去吧。
曾文清	(摇头,哀伤地低声独自吟起陆游的《钗头凤》)"……东风恶,欢情薄,一怀愁绪,几年离索,错,错,错!……"
陈奶妈	(叹一口气)哎,这也是冤孽,清少爷,你是前生欠了大奶奶的债,今生该她来磨你。可,可到底怎么啦,她这一晚上一句话也没说,——她要干什么?
曾文清	谁知道?她说胃里不舒服,想吐。
陈奶妈	(回头瞥见小柱儿又闲不住手,开始摸那红木矮几上的茶壶,叱责地)小柱儿,你放下,你屁股又痒痒啦! 〔小柱儿又规规矩矩地放好。
陈奶妈	(转对文清)也怪,姑老爷不是嚷嚷今天晚上就要搬出去么?怎么现在——
曾文清	哎,他也不过是说说罢了。(忽然口气里带着怨情)他也是跟我一样,我不说话,一辈子没有做什么;他吵得凶,一辈子也没有做什么。 〔文彩由书斋小门走进,手里拿着一支没点的蜡烛和一副筷子,一碟从稻香村买来的清酱肉、酱黄豆之类的小菜。
曾文彩	(倦怠地)妈妈,您还没有睡!
陈奶妈	没有,怎么姑老爷又要喝酒了?
曾文彩	(掩饰)不,他不,是我。
曾文清	你?——哎,别再让他喝了吧。
曾文彩	(叹了一口气,放下那菜碟子和筷子)哥哥,他今天晚上又对我哭起来了。
陈奶妈	姑老爷?
曾文彩	(忍不住掏出手帕,一眼眶的泪)他说他对不起我,他心里难过,他说他这一辈子都完了。我看他那个可怜样子,我就觉得是我累的他。哎,是我的命不好,才叫他亏了款,丢了事。(眼泪流下来)妈妈,洋火呢?
陈奶妈	让我找——
曾文清	(由红木几上拿起一盒火柴)这儿! 〔陈奶妈接下,走起替文彩点上洋蜡。

曾文彩　（由桌上拿起一个铜蜡台）他说闷得很，他想夜里喝一点酒。你想，哥哥，他心里又这么不快活，我——
曾文清　（长嘘一声）喝吧，一个人能喝酒也是好的。
陈奶妈　（把点好的蜡烛递给文彩）老爷子还是到十一点就关电灯么？
曾文彩　（把烛按在烛台里）嗯。（体贴地）给他先点上蜡好，别待会儿喝了一半，灯抽冷子灭了，他又不高兴。
陈奶妈　我帮你拿吧。
曾文彩　不用了。（拿着点燃的蜡烛和筷子菜碟，走进自己的房里）
陈奶妈　（摇头）唉，做女人的心肠总是苦的。
　　　　〔文彩放下东西，又忙忙自卧室走出。
曾文彩　江泰呢？
陈奶妈　刚进大客厅。
曾文清　大概正跟袁先生闲谈呢。
曾文彩　（已走到火炉旁边）哥哥，这开水你要不？
曾文清　（摇头，倦怠地）文彩，小心你的身体，不要太辛苦了。
曾文彩　（悲哀地微笑）不。（提着开水壶由卧室下）
　　　　〔文清又把一个宜兴泥的水罐放在炉上，慢吞吞地拨着火。
曾　霆　（早已拿起书本，立起）爹，我到爷爷屋里去了。
曾文清　（低头放着他的泥罐）去吧。
陈奶妈　（走上前）孙少爷！（低声）你爷爷要问你爹，你可别说你爹没有走成。
小柱儿　（正好好坐着，忽然回头，机灵地）就说老早赶上火车走了。
陈奶妈　（好笑）谁告诉你的？
小柱儿　（小眼一挤）您自个儿告诉我的。
陈奶妈　这孩子！（对曾霆）走吧，孙少爷你背完书就回屋睡觉去。老爷子再要上书，就说陈奶妈催你歇着呢！
曾　霆　嗯。（向书斋走）
曾文清　霆儿！
曾　霆　干嘛，爹？
曾文清　（关心地）你这两天怎么啦？
曾　霆　（闪避）没有怎么，爹。（由书斋小门快快下）
陈奶妈　（看曾霆走出去，赞叹的样子，不觉回首指着小柱儿）你也学学人家，人家比你也就大两岁，念的书比你吃的饭米粒还要多。你呢，一顿就四大碗干饭，肚子里尽装的是——

小柱儿　（突然）奶奶，您听，谁在叫我呢？
陈奶妈　放屁，你别当我耳朵聋，听不见。
小柱儿　真的，您听啊，这不是袁小姐——
陈奶妈　哪儿？
小柱儿　你听。
陈奶妈　（谛听）人家袁小姐帮她父亲画猴呢。
小柱儿　（故意捉弄他的祖母）真的，您听！"小柱儿！小柱儿！"这不是袁小姐。您听："小柱儿，你给我喂鸽子来！"（突然满脸顽皮的笑容）真的，奶奶，她叫我喂鸽子。（立刻撒"鸭子"就向大客厅跑）
陈奶妈　（追在后面笑着）这皮猴又想骗你奶奶。

〔小柱儿连笑带跑，正跑到那巨幕似的槅扇门前。按着曾宅到十一点就得灭灯的习惯，突然全屋黑暗。在那雪白而宽大的纸幕上由后面蓦地现出一个猿人的黑影，蹲伏在人的眼前。

小柱儿　（望见，吓得大叫）奶奶！（跑到奶奶怀里）
陈奶妈　哟！这是什么？
曾文清　（立起，对奶妈）点上蜡吧！
陈奶妈　嗯。（走去点蜡）
大客厅内袁任敢的声音　你看，这就是当初的北京人。那时候的人要爱就爱，要恨就恨，要哭就哭，要喊就喊，他们自由地活着，没有礼教来拘束，没有文明来捆绑，没有虚伪，没有欺诈，没有阴险，没有陷害，太阳晒着，风吹着，雨淋着，没有现在这么多人吃人的礼教同文明，而他们是非常快活的。

〔猛地槅扇打开了一扇，大客厅里的煤油灯洒进一片光，江泰拿着一根点好的小半截残蜡，和袁任敢走进来。江泰穿一件洋服坎肩，袁任敢还是那件棕色衬衣，袖口又掠起，口里叼着一个烟斗，冒出一缕缕的烟。

江　泰　（有些微醺，应着方才最后一句话，非常赞同地）他们是非常快活的。
大客厅内袁圆的声音　小柱儿，你来。
小柱儿　唉。（抽个空儿跑进大客厅）
江　泰　（兴奋地放下蜡烛，咀嚼方才那一段话的意味，不觉连连地）而他们是非常快活的。对！对！袁先生，你的话真对，简直是不可更对。你看看我们过的什么日子？成天垂头丧气，要不就成天胡发牢骚，整天是愁死，愁活，愁自己的事业没有发展，愁精神上没有出路，愁活着没有饭吃,愁死了没有棺材睡,成天的希望、希望,而永远没有希望,譬如,(指文清)他——

曾文清　别再发牢骚,叫袁先生笑话了。

江　泰　(肯定)不,不,袁先生是个研究人类的学者,他不会笑话我们人的弱点的。坐坐,袁先生! 坐坐,坐着谈。(与袁任敢围炉坐下,由红木几上拿起一支香烟,忽然)咦,刚才我说到哪里了?

袁任敢　(微笑)你说,(指着)譬如他吧!

江　泰　哦,譬如他吧,哦,(对文清,苦恼地)我真不喜欢发牢骚,可你再不让我说几句,可我,我还有什么? 我活着还有什么? (对袁任敢)好,譬如他,我这位内兄,好人,一百二十分的好人,我知道他就有情感上的苦闷。

曾文清　你别胡说啦。

江　泰　(黠笑)啊,你瞒不过我,我又不是傻子。(对袁任敢,指文清,爽快地)他有情感上的苦闷,他希望有一个满意的家庭,有一个真了解他的女人共处一生。(兴奋地)这点希望当然是自然的,对的,合理的,值得同情的,可是多少年前他就发现了一个了解他的女人。但是他就因为胆小,而不敢找她;找到了她,又不敢要她。他就让这个女人由小孩而少女,由少女而老女,象一朵花似的把她枯死、闷死,他忍心让自己苦、人家苦,一直到今天,现在这个女人还在——

曾文清　(忍不住)你真喝多了!

江　泰　(笑着摇手)放心,没喝多,我只讲到这点为止,决不多讲。(对袁任敢)你想,让这么个女人,成天在这样一个家庭里朽掉,象老坟里的棺材慢慢地朽,慢慢地烂,成天就知道叹气、做梦、忍耐、苦恼、懒、懒、懒得动也不动;爱不敢爱,恨不敢恨,哭不敢哭,喊不敢喊,这不是堕落,人类的堕落。那么,(指着自己)就譬如我——(划地一声点着了烟,边吸边讲)读了二十多年的书——

袁任敢　(叼着烟斗,微笑)我就猜着你一定还有一个"譬如我"的。

江　泰　(滔滔不绝)自然,我决不尽批评人家,不说自己。譬如我吧,我爱钱,我想钱,我一直想发一笔大财,我要把我的钱,送给朋友用,散给穷人花。我要象杜甫的诗说的,盖起无数的高楼大厦,叫天下的穷朋友白吃、白喝、白住、研究科学、研究美术、研究文学、研究他们每个人所喜欢的,为中国、为人类、谋幸福。可是,袁先生,我的运气不好,处处倒楣,碰钉子,事业一到我手里就莫名其妙地弄得一塌糊涂。我们成天在天上计划,而成天在地下妥协。我们只会叹气、做梦、苦恼，活着只是给有用的人糟蹋粮食，我们是活死人，死活人，活人死！一句话，你说的，(指着自己的胸)象我们这样的才真是(指那"北京人"的巨影)他的不肖的子孙！

袁任敢　(一直十分幽默地点着头，此时举起茶杯微笑)请喝茶！

江　泰　(接下茶杯)对了，譬如喝茶吧，我的这位内兄最讲究喝茶。他喝起茶来，要洗手、漱口、焚香、静坐。他的舌头不但尝得出这茶叶的性情、年龄、出身、做法，他还分得出这杯茶用的是山水、江水、井水、雪水还是自来水，烧的是炭火、煤火，或者柴火。茶对我们只是解渴的，可一到他口里，就会有无数的什么雅啦、俗啦的这些个道理。然而，这有什么用？他不会种茶，他不会开茶叶公司，不会做出口生意，就会一样："喝茶！"喝茶喝得再怎么精，怎么好，还不是喝茶，有什么用？请问，有什么用？

〔文彩由卧室出。

曾文彩　泰！

江　泰　我就来！

陈奶妈　(走去推他)快去吧，姑老爷！

江　泰　(立起，仍舍不得就走)譬如我吧——

陈奶妈　别老"譬如我"，"譬如我"地说个没完了，袁先生都快嫌你唠叨了。

江　泰　喂，袁博士，你不介意我再发挥几句吧。

袁任敢　(微笑)哦，当然不，请"发挥"！

江　泰　所以譬如——(文彩又走来拉他回屋，他对文彩几乎是恳求地)文彩，你让我说，你就让我说说吧！(对袁任敢)譬如我吧，我好吃，我懂得吃，我可以引你到各种顶好的地方去吃。(颇为自负，一串珠子似地讲下去)正阳楼的涮羊肉，便宜坊的挂炉鸭，同和居的烤馒头，东兴楼的乌鱼蛋，致美斋的烩鸭条。小地方哪，象灶温的烂肉面，穆家寨的炒疙瘩，金家楼的汤爆肚，都一处的炸三角，以至于——

曾文彩　走吧！

江　泰　以至于月盛斋的酱羊肉，六必居的酱菜，王致和的臭豆腐，信远斋的酸梅汤，三妙堂的合碗酪，恩元德的包子，沙锅居的白肉，杏花春的花雕，这些个地方没有一个掌柜的我不熟，没有一个掌灶的、跑堂的、站柜台的我不知道，然而有什么用？我不会做菜，我不会开馆子，我不会在人家外国开一个顶大的李鸿章杂碎，赚外国人的钱。我就会吃，就会吃！(不觉谈到自己的痛处，捶胸)我做什么就失败什么。做官亏款，做生意赔钱，读书对我毫无用处。(痛苦地)我成天住在丈人家里混,好说话,好牢骚,好批评,又好骂人,简直管不住自己,专说人家不爱听的话。

曾文彩　(插嘴)泰!

江　泰　(有些抽噎)成天叫人家看着我不快活,不成材,背后骂我是个废物,啊,文彩,我真是一个大废物,我从心里觉得对不起你!(突然不自禁地哭出)累赘也!

曾文彩　(连叫)泰,泰!别难过,是我不好,我累了你。

陈奶妈　进去吧,又喝多了。

江　泰　(摇头)我没有,我没有,我心里难过,我心里难过啊——

〔陈奶妈与文彩扶江泰由卧室下。

曾文清　(叹口气)您喝杯茶吧。

袁任敢　我已经灌了好几大碗凉开水了,我今天午饭吃多了,曾先生,我有一件事拜托你——

曾文清　是——

袁任敢　我——

〔愫方一手持一床毛毯,一手持蜡烛,由书斋小门上。

袁任敢　愫小姐。

〔愫方点头。

曾文清　爹睡着了?

〔愫方摇头。

曾文清　袁先生,您的事?

〔江泰又由卧室走出,手里握着半瓶白兰地。

江　泰　(笑着)袁先生进来喝两杯不?

袁任敢　不,(指巨影)他还在等着我呢!

江　泰　(举瓶)好白兰地,文清,你——

〔文清不语,望了望愫方。

江　泰　(莫名其妙)哦,怎么你们三位——

卧室内陈奶妈的声音　姑老爷!

江　泰　(摇头,叹了口气)唉,没有人理我,没有人理我的。(由卧室下)

曾文清　袁先生,你方才说——

大客厅内袁圆的声音　爹,爹!你快来看,"北京人"的影子,我剪好了。

袁任敢　(望望愫方与文清)回头说吧。(幽默而又懂事地)没有什么事,我的小猴子叫我呢。

〔袁任敢打开那巨幕一般的门扇走进去。跟着泄出一道光,又关上。

白纸幕上依然映现出那个巨大无比的"北京人"的黑影。寂静,远处更锣声。

曾文清 （期待地）奶妈把纸条给你了?
〔愫方默默点头。
曾文清 （低声）我,我就想再见你一面,我好走。
〔愫方无意中望着文清的卧室的门。
曾文清 （指门）她关上门睡觉呢。（低头）
〔愫方坐下。
曾文清 （突然）愫方!
〔愫方又立起。
曾文清 怎么?
愫　方 姨父叫我拿医书来的。
〔陈奶妈由文彩卧室走出。
陈奶妈 愫小姐,你来了。（立刻向书斋小门走）
曾文清 奶妈上哪儿去?
陈奶妈 （掩饰）我去瞅瞅孙少爷书背完了不?（由书斋小门下）
〔远远又是两下凄凉的更锣声。
曾文清 愫方,明天我一定走了,这个家（顿）我不想再回来了。
愫　方 （肯定地）不回来是对的。
曾文清 嗯,我决不回来了,今天我想了一晚上,我真觉得是我,是我误了你这十几年。害了人,害了己,都因为我总在想,总在想着有一天,我们——（望见愫方蹙起眉头,轻轻抚摸着前额）愫方,你怎么了?
愫　方 （疲倦地）我累的很。
曾文清 （恻然）可怜,愫方,我不敢想,我简直不敢再想你以后的日子怎么过。你就象那只鸽子似的,孤孤单单地困在笼子里,等,等,等到有一天——
愫　方 （摇头）不,不要说了!
曾文清 （伤心）为什么,为什么我们要东一个,西一个苦苦地这么活着?为什么我们不能长两个翅膀,一块儿飞出去呢?（摇着头）啊,我真是不甘心哪!
愫　方 （幽郁）这还不够么? 要怎么样才甘心呢!
曾文清 （突然）愫方,你跟我一道到南方去吧!（立刻眉梢又有些踌躇）走吧!
愫　方 （摇头,哀伤地）还提这些事干么?

曾文清　（悔痛，低头缓缓地）要不你就，你就答应今天早上那件事吧。
愫　方　（愣住）为——为什么？
曾文清　（望着愫方，嘴角痛苦地拖下来）这次我出去，我一辈子也不想回来的。愫方，我就求你这一件事，你就答应我吧。你千万不要再在这个家里住下去。（恳切地）想想这所屋子除了啃我们字画的耗子还有什么？（愫方的眼睛悲哀地凝视着他）你心里是怎么打算？等着什么？你别再不说话，你对我说呀，（蓦然鼓起勇气，冒然）愫方，你，你还是嫁，嫁了吧，你赶快也离开这个牢吧。我看袁先生人是可托的，你——
〔愫方缓缓立起。
曾文清　（也立起哀求）你究竟怎么打算，你说呀。
〔愫方向书斋小门走。
曾文清　（沉痛地）你不能不说就走，"是"，"不是"，你要对我说一句啊。
愫　方　（转身）文清！（递给他一封信，缓缓地走开）
〔文清昏惑地把信接在手里。
〔陈奶妈由书斋小门急上。
陈奶妈　（迫促地）老爷子来了，就在后面。（推着文清）进去，进去，省得麻烦。进去……
曾文清　奶妈，我——
〔陈奶妈嘴里唠唠叨叨地把文清推着进到他的卧室里，愫方呆立在那里。
〔曾皓由书斋小门上，他穿一件棉袍，围着一条绒围巾，趿着拖鞋，扶拐杖，提着一个小油灯走进。
曾　皓　（看见愫方，急切地）我等你好半天了——（对陈奶妈）刚才谁进去了？
陈奶妈　大奶奶。
曾　皓　（望见那红泥火炉）怎么，谁又在这里烧茶了？
陈奶妈　姑老爷，他刚才陪着袁先生在这里品茶呢。
曾　皓　（冁笑）哧，这两个人懂得什么品茶！（突然望见门上的巨影）这是什么？
陈奶妈　袁先生画那个"北京人"呢。
曾　皓　（鄙夷地）什么"北京人"，简直是闹鬼。
陈奶妈　老爷子，回屋睡去吧。
曾　皓　不，我要在这儿看看，你睡去吧。

愫　方	奶妈,我给您把被铺好了。
陈奶妈	嗯,嗯。(感动)哎,愫小姐,你——(欣喜)好,我看看去。(由书斋小门下)

〔曾皓开始每晚照例的巡视。

愫　方	(随着曾皓的后面)姨父,不早了,睡去吧,还看什么?
曾　皓	(一面在角落里探找,一面说)祖上辛辛苦苦留下来的房子,晚上火烛第一要小心,小心。(忽然)你看那地上冒着烟,红红的是什么?
愫　方	是烟头。
曾　皓	(警惕)你看这多危险! 这一定又是江泰干的。总是这样,烟头总不肯灭掉。

〔愫方拾起烟头,预备扔在火炉里。

曾　皓	这么长一节就不抽了,真是糟蹋东西! (回头嗅闻)愫方,你闻闻仿佛有什么香味没有?
愫　方	没有。
曾　皓	刚才没有人来过么?
愫　方	没谁。
曾　皓	(嗅闻)怪的很,仿佛有鸦片烟的味道。
愫　方	别是您今天水烟抽多了。
曾　皓	唉,老了,连鼻子都不中用了。(突然)究竟文清走了没有?
愫　方	走了。
曾　皓	你可不要骗我。
愫　方	是走了。
曾　皓	唉,走了就好。这一个大儿子也够把我气坏了,烟就戒了许多次,现在他好容易把烟戒了,离开了家——
愫　方	不早了,睡去吧。
曾　皓	(坐在沙发里怨诉)他们整天地骗我,上了年纪的人活着真是没意思。儿孙不肖,没有一个孩子替我想。(凄惨地)家里没有一个体恤我,可怜我,心疼我。我牛马也做了几十年了,现在倒个个人都盼我早死。
愫　方	姨父,您别这么想。
曾　皓	我晓得,我晓得。(怨恨地)我的大儿媳妇第一个不是东西,她就知道想法弄我的钱。今天正午我知道是她故意引这帮流氓进门,存心给我难堪。(切齿)你知道她连那寿木都不肯放在家里,父亲的寿木。这种不孝的人,这种没有一点心肝的女人,她还是书香门第的

闺秀,她还是——

〔外面风雨袭来,树叶飒飒地响着。

曾　皓　她自己还想做人的父母,她——
愫　方　(由书斋小窗谛听)雨都下下来了,姨父,睡吧,别再说了。
曾　皓　(摇头)不,我睡不着。老了,儿孙不肖,一个人真可怜,半夜连一个侍候我的人都没有。(痛苦地摸着腿)啊!
愫　方　怎么了?
曾　皓　(微呻)痛啊,腿痛的很!

〔外面更锣声。

愫　方　(拿来一个矮凳,放好曾皓的腿,把毛毯盖上,又拉过一个矮凳坐在旁边,为他轻轻捶腿)好点吧?
曾　皓　(呻吟)好,好。脚冷得象冰似的。愫方,你把我的汤婆子灌好了没有?
愫　方　灌好了。
曾　皓　(回忆)你姨妈生前顶好了,晚上有点凉,立刻就给我生起炭盆,热好了黄酒,总是老早把我的被先温好——(似乎突然记起来)我的汤婆子,你放在哪里了?
愫　方　(捶着腿)已经放在您的被里了。(呵欠)
曾　皓　(快慰)啊,老年人心里没有什么。第一就是温饱,其次就是顺心。你看,(又不觉牢骚起来)他们哪一个是想顺我的心?哪一个不是阴阳怪气?哪一个肯听我的话,肯为着老人家想一想?(望见愫方沉沉低下头去)愫方,你想睡了么?
愫　方　(由微盹中惊醒)没有。
曾　皓　(同情地)你真是累很了,昨天一夜没有睡,今天白天又侍候我一天,也难怪你现在累了。你睡去吧。(语声中带着怨望)我知道你现在听不下去了。
愫　方　(擦擦眼睛,微微打了一个呵欠)不,姨父,我不要睡,我是在听呢。
曾　皓　(又忍不住埋怨)难怪你,他们都睡了,老运不好,连自己的亲骨肉都不肯陪着我,嫌我烦厌——
愫　方　(低头)不,姨父,我没有觉得,我没有——
曾　皓　(唠叨)愫方,你不要骗我,我也晓得。他们就是不在你的面前说些话,我也知道你早就耐不下去了。(呻吟)哎哟,我的头好昏哪。
愫　方　没,并没有人在我面前说什么。我,我刚才只是有点困了。
曾　皓　(絮絮叨叨)你年纪轻轻的,陪着我这么一个上了年纪的人,你心里委屈,我是知道的。(长叹)唉,跟着我有什么好处?一个钱没有,眼前固然没有快乐可言,以后也说不上有什么希望。(嗟怨)我的前途就,就是棺材、棺材,我——(捶着自己的腿)啊!

愫　方　(捶重些,只好再解释)真的,姨父,我刚才就是一阵子有点困了。

曾　皓　(一眶眼泪,望着愫方)你瞒不了我,愫方,(一半责怨,一半诉苦)我知道你心里在怨我,你不是小孩子——

愫　方　姨父,我是愿意侍候您的。

曾　皓　(摇手)愫方,你别捶了。

愫　方　我不累。

曾　皓　(把她的手按住)不,别。你让我对你说几句话。(唠叨)我不是想苦你一辈子。我是在替你打算,你真的嫁了一个可靠的好人,我就是再没有人管,(愫方不觉把手抽出来)我也觉得心安,觉得对得起你,对得起你的母亲,我——

愫　方　不,姨父。(缓缓立起)

曾　皓　可是——(突然阴沉地)你的年纪说年轻也不算很——

愫　方　(低首痛心)姨父,您别说了,我并没有想离开您。

曾　皓　(狠心地)你让我说,你的年纪也不小了,一个老姑娘嫁人,嫁得再好,也不过给人做个填房,可是做填房如果遇见前妻的子女好倒也罢了,万一碰见尽是些不好的,你自己手上再没有钱,那种日子——

愫　方　(实在听不下去)姨父,我,我真是没有想过——

曾　皓　(苦笑)不过,给人做填房总比在家里待一辈子要好得多,我明白。

愫　方　(哀痛)我,我——

曾　皓　(絮烦)我明白,一个女人岁数一天一天地大了,高不成,低不就,人到了三十岁了,(一句比一句狠重)父母不在,也没有人做主,孤孤单单,没有一个体己的人,真是有一天,老了,没有人管了,没有孩子,没有孩子,没有亲戚,老,老,老得象我——

愫　方　(悲哀而恐惧的目光,一直低声念着)不,不,(到此地突然大声哭起来)姨父,您为什么也这么说话,我并没有想离开您老人家呀!

曾　皓　(苦痛地)我是替你想啊,替你想啊!

愫　方　(抽咽)姨父,不要替我想吧,我说过我是一辈子也不嫁人的呀!

曾　皓　(长叹一声)愫方,你不要哭,姨父也活不长了。

〔幽长的胡同内又有算命的瞎子寂寞地敲着铜钲走过去。

曾　皓　这是什么?

愫　方　算命的瞎子回家了。(默默擦着泪水)

曾　皓　不要哭啦,我也活不了几年了,我就是再麻烦你,也拖不了你几年了。我知道思懿、江泰他们心里都盼我死,死了好分我的钱,愫方,只有你是一个忠厚孩子!

愫　方　您,您不会的。(低泣起来)为什么您老是这么想,我今天没有冒犯您老人家啊!

曾　皓　(抚着愫方的手)不,你好,你是好孩子,可他们都以为姨父是有钱的,(愫方又缓缓把手抽回去)他们看着我脸上都贴的是钞票。我的肚子里装的不是做父母的心肠,都装的是洋钱元宝啊!(咳)他们都等着我死,哎,上了年纪的人活着真没有意思啊。(抚摩自己的头)头也这么痛。(想立起)

愫　方　(扶起他)睡去吧。

曾　皓　(坐起,在袋里四下摸索)可我早就没有钱。我的钱早为你的姨母出殡、修坟、修补房子,为着每年漆我的寿木早用光了。(从袋里取出一本红色的银行存折)这是思懿天天想偷看的银行存折。(递在愫方的眼前)你看这里还有什么? 愫方,可怜我死后连给你都没留多少钱(立起)——

愫　方　(哀痛地)姨父,我从来没有想过要您的钱哪!

〔瑞贞由书斋小门上。

曾瑞贞　爷爷,药煎好了,在您屋里。

曾　皓　哦!

〔更声。深巷的犬吠声。

曾　皓　走吧。

〔瑞贞和愫方扶着曾皓向书斋小门走。

〔曾霆拿着一本线装书由书斋小门走进。

曾　霆　爷爷,抄完了,您还讲吧?

曾　皓　(摇头)不早了,(转头对瑞贞)瑞贞也不要来了,你们两个都回屋睡去吧。

〔愫方扶曾皓由书斋小门下。瑞贞呆望着那炉火。曾霆走到那巨影的下面,望了一望,又复逡巡踱回。

曾　霆　(找话说)妈妈没有睡么?

曾瑞贞　大概睡了吧。

曾　霆　(犹疑)你怎么还不睡?

曾瑞贞　我刚给爷爷煎好药。(忽想呕吐,不觉坐下)

曾　霆　(有点焦急)你坐在这里干什么?

曾瑞贞 （手摸着胸口）没有什么。（失望地）要我走么？
曾　霆 （耐下）不,不。
〔淅沥的雨声,凄凉的"硬面饽饽"的叫卖声。
曾　霆 （望着窗外）雨下大了。
曾瑞贞 嗯,大了。
〔深巷中凄寂而沉重的声音喊着："硬面饽饽！"
曾　霆 （寂寞地）卖硬面饽饽的老头儿又来了。
曾瑞贞 （抬头）饿了么？
曾　霆 不。
曾瑞贞 （立起）你,你不要回屋去睡么？
曾　霆 我,我不。你累,你回去吧。
曾瑞贞 （低头）好。（缓缓向书斋小门走）
曾　霆 你哭,哭什么？
曾瑞贞 我没有。
曾　霆 （忽然同情地一句一顿）你要钱,——妈今天给我二十块钱——在屋里枕头上——你拿去吧。
曾瑞贞 （绝望地叹息）嗯。
曾　霆 （怜矜的神色,微微带着勉强）你,你要不愿一个人回屋,你就在这里坐会儿。
曾瑞贞 不,我是要回屋的。
〔曾霆打了半个喷嚏,又忍住。
曾瑞贞 （回头）你衣服穿少了吧？
曾　霆 我不冷。
〔瑞贞又向书斋小门走。
曾　霆 （忽然记起）哦,妈刚才说——
曾瑞贞 妈说什么？
曾　霆 妈说要你给她捶腿。
曾瑞贞 嗯。（转身向文清卧室走）
曾　霆 （突然止住她）不,你不要去。
曾瑞贞 （无神地）怎么？
曾　霆 （希望得着同感）你恨,恨这个家吧？
曾瑞贞 我？
曾　霆 （追问）你？
〔瑞贞抑郁地低下头来。

曾　霆　（失望，低声）你去吧。
曾瑞贞　（走了一半，忽然回头。一半希冀，一半担心）我想告诉你一件事。
曾　霆　什么事？
曾瑞贞　（有些赧然）我，我最近身上不大舒服。
曾　霆　（连忙）你为什么不早说？
曾瑞贞　我，我有点怕——
曾　霆　（爽快地）怕什么，你怎么不舒服？
曾瑞贞　（嗫嚅）我常常想吐，我觉得——
曾　霆　（懵懂）啊，就是吐啊，（立刻叫）妈！
曾瑞贞　（立刻止住他）你干什么？
曾　霆　妈屋里有八卦丹，吃点就好。
曾瑞贞　（埋怨地）你！
曾　霆　（莫名其妙）怎么，说吧，还有什么不舒服？
曾瑞贞　（失望）没有什么，我我——（向卧室走）
曾　霆　你又哭什么？
曾瑞贞　（止步）我，我没有哭。（突然抬头望曾霆，哀伤地）霆，你一点不知道你是个大人么？霆，我们是——
曾　霆　（急促地解释）我们是朋友。你跟我也说过我们是朋友，因为我们结婚不是自由的。你的女朋友说的对，我不是你的奴隶，你也不是我的奴隶。我们顶多是朋友，各人有各人的自由，各走各的路，你，你自己也相信这句话是吧？
曾瑞贞　（忽然坚决地）嗯，我相信！

右面卧室内思懿的喊声　瑞贞，瑞贞！

曾　霆　妈叫你。
曾瑞贞　（愣一愣，转对曾霆）那么，我去了。
曾　霆　嗯。
　　　　〔瑞贞走入右面卧室。
曾　霆　（望着瑞贞走出去，鼓起勇气，对着那槅扇门的隙缝，低声）袁圆！袁圆！
　　　　〔瑞贞又从思懿卧室走出。
曾　霆　（有些狼狈）怎么你——
曾瑞贞　妈叫我找愫姨。（由书斋小门下）
曾　霆　（有些犹豫，叹一口气，又——）袁圆！袁圆！
　　　　〔槅扇门打开，泄出一道灯光，袁圆走出来。

袁　圆　咦,你又来了?
曾　霆　袁家妹妹,你看到我给你的信没有?
袁　圆　(懵懂地)看到了。
曾　霆　(突然)你读了我给你的诗,我信里面的诗了么?
袁　圆　(点头,天真地)念了!
曾　霆　(欣喜)念了?
袁　圆　(点头)嗯,我爸爸说你的字比我写得好。
曾　霆　(出乎意料)你给你父亲看了?
袁　圆　(忽然聪明起来)别红脸,不要紧的,爸爸说你就写了两个别字,比我好。
曾　霆　那么,我给你的诗——
袁　圆　(点头)我给爸爸看了。
曾　霆　(更惊)也给他看了?
袁　圆　我看不懂。
曾　霆　那么你父亲——
袁　圆　(摇头)他说那诗古的很。(抱歉地)他也看不懂。
曾　霆　他还说什么?
　　　　〔瑞贞和愫方由书斋小门上。刚要走出书斋,瑞贞突然瞥见曾霆和袁圆,不由己地停住脚,呆立在书斋里。愫方手里握着一件婴儿的绒线衣服,也默然伫立。
袁　圆　他说——(冒然)他叫我以后别跟你一块儿玩了。不理他,明天我们俩还是一块儿放风筝去。
曾　霆　(低语)为什么不能在一块儿玩?
袁　圆　(随口)愫姨刚才找我爸爸来了。
曾　霆　(吃惊)干什么?
袁　圆　她说你的太太已经有了小娃娃了。
曾　霆　(晴天里的霹雳)什么?
袁　圆　你就快成父亲了。(好奇地)真的么?
曾　霆　(落在雾里)我?
袁　圆　我爸爸等愫姨走了,就跟我说,少领着你瞎玩了。
曾　霆　(依然晕眩)当父亲?
袁　圆　(忽然)我十五,你十几?
曾　霆　(发痴)十七。
袁　圆　啊,十七岁你就要当爸爸了。(拍手)啊,小爸爸,十七岁的小爸爸!

〔曾霆突然呜呜地哭起来。

袁　圆　别哭了,你再哭,我生气了。

〔曾霆依然痛苦着。

袁　圆　曾霆,别哭了,你看,我把我的鸽子都送给你。(把"孤独"在他的面前举起)

曾　霆　(摇头)不,不,我想哭啊!

袁任敢的声音　圆儿!圆儿!

袁　圆　(低声)我爸爸叫我了,明天见,我明天等你一块放风筝、钓鱼,好吧?

袁任敢的声音　圆儿!圆儿!

袁　圆　来了,爸。

〔袁圆打开槅扇门,跑进门又倏地关上。

〔斜风细雨,深巷里传来苍凉的"硬面饽饽"的叫卖声。

〔曾霆又扑倒,哭泣起来。

〔瑞贞缓缓由书斋走出来,愫方依然在书斋内发痴。

曾瑞贞　(走到曾霆的身后,略弯身,轻轻拍着他的肩膀,哀怜地)不要哭了,袁小姐走了。

曾　霆　(抬头)愫,愫姨的话是真的?

〔瑞贞望着他,深深一声叹气。

曾　霆　(大恸,怨愤地)哦,是哪个人硬要把我们俩拖在一起,(立起)我真是想(顿足)死啊!(向书斋小门跑去)

愫　方　霆儿!

〔曾霆头也不回,夺门而出。

〔瑞贞呆呆跌坐在凳子上。

愫　方　(走过来)瑞贞!

曾瑞贞　愫姨!

愫　方　(抚着她的头发)你,你别——

曾瑞贞　(猛然抱着愫方)我也真是想死啊!

愫　方　(温和地)瑞贞!我的妹妹。

曾瑞贞　(忍不住一面流泪,一面怨诉着)愫姨,你为什么要告诉袁家伯伯呢?为什么要叫袁家小姐不跟他来往呢?

愫　方　(悲哀地)瑞贞,我太爱你,我看你苦,我实在忍不下去了。(昏惑地)我不知道我怎么跑去说的,我象个傻子似的跑去见了袁先生。我简直不知道我说了些什么,我就跑出来了。瑞贞,如果霆儿从这以后能够——

曾瑞贞　（沉痛）你真傻呀，愫姨，他是不喜欢我的。你看不出来？他是一点也不喜欢我的！

愫　方　（哀伤地）不，他是个孩子，他有一天就会对你好的。唉，瑞贞，等吧，慢慢地等吧，日子总是有尽的。

曾瑞贞　（立起摇头，沉缓地）不，愫姨，我等不下去了。我要走，我已经等了两年了。

外面曾皓的声音　愫方！愫方！

愫　方　你上哪里去？

曾瑞贞　（痴望）我那女朋友告诉我，有这么一个地方，那里——

愫　方　（哀缓地）可是你的孩子。（把那小衣服递在瑞贞的眼前）

曾瑞贞　（接下看着）那孩子。（长叹一声，不觉把衣服掷落地上）

〔由书斋小门露出曾皓的上半身。

曾　皓　（举着蜡烛）愫方，汤婆子漏了，一床上都是水。

〔愫方与曾皓由书斋小门下。

〔思懿拿着账本由自己的卧室走出，瑞贞连忙从地上拾起小衣服藏起。

曾思懿　（瞥见愫方的背影）愫小姐！愫小姐！（对瑞贞）那不是你的愫姨么？

曾瑞贞　嗯。

曾思懿　怎么看见我又走了？

曾瑞贞　爷叫她有事。

曾思懿　（厉声）去找她来，说你爹找她有事。

〔瑞贞低头由书斋小门下。远处更声。文清由卧房走进。思懿走到八仙桌前数钱。

曾文清　（焦急地）你究竟要怎么样？

曾思懿　（翻眼）我不要怎么样。

曾文清　你要怎么样？你说呀，说呀！

曾思懿　（故意作出一种忍顺的神色）我什么都看开了。人活着没有一点意思。早晚棺材一盖，两腿一伸，什么都是假的。（走向自己的卧室）

曾文清　你要干什么？

曾思懿　（回头）干什么？我拿账本交账。（走进屋内）

曾文清　（对门）你这是何苦，你这是何苦？你究竟想怎么样？你说呀！

〔思懿拿着账本又由卧室走出。

曾思懿　（翻眼）我不想怎么样。我只要你日后想着我这个老实人待你的好处。明天一见亮，我就进尼姑庵，我已经托人送信了。

曾文清　哦,天哪,请你老实说了吧。你的真意思是怎么回子事?我不是外人,我跟你相处了二十年,你何苦这样?何苦这样?

曾思懿　(拿出方才愫方给文清的信,带着嘲蔑)哼,她当我这么好欺负,在我眼前就敢信啊诗啊地给你递起来。(突然狠恶地)还是那句话,我要你自己当着我的面把她的信原样退给她。

曾文清　(闪避地)我,我明天就会走了。

曾思懿　(严厉)那么就现在退给她。我已经替你请她来了。

曾文清　(惊恐)她,她来干什么?

曾思懿　(讽刺地)拿你写给她的情书啊!

曾文清　(苦闷地叫了一声)哦!(就想回转身跑到卧室)

曾思懿　(厉声)敢走!

　　　　〔文清停住脚。

曾思懿　(切齿)不会偷油的耗子,就少在猫面前做馋相。这一点颜色我要她——

　　　　〔幕地大客厅里的灯熄灭,那巨影也突然消失,袁圆换了睡衣,抱着那"孤独",举着蜡,打开一扇门走进来,手里拿着一张纸条。

袁　圆　(活泼地)哟,(递信给文清)曾伯伯,我爸爸给你的信!(转对思懿,指着)你们俩还没有睡,我们都要睡了。(转身就跳着进了屋,门侉地关上)

曾文清　(读完信,长叹一声)嗯。

曾思懿　怎么?

曾文清　(递信给她)袁先生说他的未婚妻就要到。

曾思懿　他有未婚妻?

曾文清　嗯,他请你替他找所好房子。

曾思懿　(读完,嘲讽地)哼,这么说,我们的愫小姐这次又——

　　　　〔愫方拿着蜡烛由书斋小门上。

愫　方　(低声)表哥找我?

曾文清　我——

曾思懿　是,愫妹。(把信递给文清)怎么样?

曾文清　哦。(想走)

曾思懿　(厉声)站住!你真的要逼我撒野?

曾文清　(哀恳地)愫方,你走吧,别听她。

　　　　〔愫方回头望思懿,想转身。

曾思懿　(对愫方)别动!(对文清,阴沉地)拿着还给她。

〔文清屈服地伸手接下。
〔愫方痛苦地望着文清,僵立不动。
曾思懿　(狞笑)这是愫妹妹给文清的信吧?文清说当不起,请你收回。
〔愫方颤抖地伸出手把文清手中的信接下。
〔文清低头。
〔静寂。
〔愫方默默地由书斋小门走出。
〔文清回头望愫方走出门,忍不住倒坐在沙发上哽咽。
曾思懿　(低声,狠恶地)哭什么,你爹死了?
曾文清　(摇头)你不要这么逼我,我是活不久的。
曾思懿　(长叹一声)隔壁杜家的账房晚上又来逼账了,老头拿住银行折子,一个钱也不拿出来。文清,我们看谁先死吧,我也快叫人逼疯了。(忙忙由书斋小门下)

…………

曾文彩　(同时一面跑向自己的卧室,一面喊着)天啊,江泰,你醒醒吧,你还没有闹够,你别再吓死我了!(开了门)
〔文彩立刻进了自己的卧室,把门推严,里面只听得江泰呻吟的声音。
〔立刻由书斋小门上来曾皓,披着一件薄薄的夹袍,提着灯笼,由愫方扶掖着,颤巍巍地打着寒战。
曾　皓　(慌张地)出了什么事?什么事?(低声对愫方)你,你让我看看是谁,是谁在吵。你快去给我拿棉袍来。
〔愫方由书斋小门下。江泰还在屋内低微地哼哼,曾皓瞥见文清卧室的灯光,悄悄走到他的门前,掀开帘子望去。
屋内文清的声音　(喑哑)谁?
曾　皓　谁?(不可想象的打击)你,没走?
〔文清吓昏了头,昏沉沉地竟然拿着烟枪走出来。
曾　皓　你怎么又,又——
曾文清　(低头)爹,我——
〔曾皓惊愕得说不出一句话,摇摇晃晃向文清身边走来,文清吓得后退,逼到八仙桌旁,曾皓突然对文清跪下。
曾　皓　(痛心地)我给你跪下,你是父亲,我是儿子。我请你再不要抽,我给你磕响头,求你不——(一壁就要磕下去)
曾文清　(突然意识到自己的罪恶,扔下烟枪)妈呀!(推开大客厅的门扇跑

出）

〔同时曾皓突然中了痰厥,瘫在沙发近旁。

〔同时愫方由书斋小门拿着棉袍忙上。

愫　方　（惊吓）姨父！姨父！（扶他靠在沙发上）姨父,你怎么了,姨父,你醒醒！姨父！

曾　皓　（睁开一半眼,细弱地）他,他走了么？

愫　方　（颤抖）走了。

曾　皓　（咬紧了牙）这种儿子怎么不（顿足）死啊？不（顿足）死啊！（想立起,舌头忽然有些弹）我舌头——麻——你——

愫　方　（颤声）姨父,您坐下,我拿参汤去,姨父！

〔曾皓口张目瞪不能应声,愫方慌忙由书斋小门跑下。

屋内文彩的声音　（哭泣）江泰！江泰！

屋内江泰的声音　（大吼）滚开呀,你！

屋内文彩的声音　江泰！

〔江泰猛然打开门,回身就把门反锁上。

屋内文彩的声音　你开门！开门！

江　泰　（在烛光摇曳中,看见了曾皓坐在那里,象入了定；他愤愤地）啊,你在这儿打坐呢？

〔曾皓目瞪口张。

江　泰　你用不着这么斜眼看我,我明天一定走了,一定走了,我再不走运,养自己一个老婆总还养得起。（怨愤）可我走以前,你得算账,算账。

屋内文彩的声音　（忽喊）开门！开门！你在跟谁说话？江泰！（捶门）开门,江泰,开门！（一直在江泰说话的间隔中喊着）

江　泰　你欠了我的,你得还。我一直没说过,你不能再装聋卖傻。我为了你才丢了我的官,为了你才亏了款。人家现在通缉我。我背了坏名声,我一辈子出不了头,这是你欠我的债,你得还,你不能不理！你得再给我一个出头日子。你不能再这样不言语。（大声）你看清楚没有？我叫江泰,叫江泰！认清楚！你的女婿,你欠了我的债！曾皓,曾皓,你听见没有？

屋内文彩的声音　（吓住）开门！开门！（一直大叫）爹！爹！别理他！他说胡话,他疯了。爹,爹,爹呀！开门,江泰！（夹在江泰的长话当中）开门！爹,爹！

江　泰　曾皓,你给不给,你究竟还不还？我知道你有的是存款,金子、银子、股票、地契,（忽然恳切地）哦,借给我三千块钱,就三千,我做了生意,我一定要还你,还给你利息,还给你本,你听见了没有?我要加倍还给你,江泰在跟你说话,曾老太爷,你留着那么多死钱干什么?你老了,你岁数不小了。你的棺材都预备好了,漆都漆了几百遍了,你——

屋内文彩的声音　(同时捶门)开门!开门!

〔思懿拿着曾皓方才拿出过的红面存折,气愤愤地由书斋小门急上,望了望曾皓,就急到文彩的卧室前开门。

江　　泰　(并未察觉有人进来,望着曾皓,厌恶地)你笑什么?你对我笑什么?(突然凶猛地)你怎么还不死啊?还不死啊!(疯了似地走到曾皓前面,推摇那已经昏厥过去的老人的肩膀)

〔文彩满面泪痕,蓦地由卧室跑出来。

曾文彩　(拖着江泰,力竭声嘶地)你这个鬼!你这个鬼!

江　　泰　(一面被文彩向自己的卧室拉,一面依然激动地嚷着)你放开我,放开我,我要杀人,我杀了他,再杀死我自己呀。

〔文彩终于把江泰拖入房内,门霍地关上。愫方捧着一碗参汤由书斋小门急上。思懿依然阴沉沉地立在那里。

愫　　方　(喂曾皓参汤)姨父!姨父!喝一点,姨父!

〔曾霆由书斋小门跑上。

曾　　霆　怎么了?

愫　　方　(喂不进去)爷爷不好了,赶快打电话,找罗太医。

曾　　霆　怎么?

愫　　方　中了风!姨父!姨父!

〔曾霆由大客厅门跑下,同时陈奶妈仓皇由书斋小门上,一边还穿着衣服。

陈奶妈　(颤抖地)怎么了老爷子?老爷子怎么了?

愫　　方　(急促地)您扶着他的头,我来灌。

〔老人喉咙里的痰涌上来。

陈奶妈　(扶着他)不成了,痰涌上来了。——牙关咬得紧,灌不下。

愫　　方　姨父!姨父!

〔文清由大客厅门上。

曾文清　(步到老人的面前,愧痛地连叫着)爹,爹!我错了,我错了。

〔文彩由自己的卧室跑出来。

曾文彩　(抱着老人的腿)爹,爹,我的爹!

愫　　方　姨父,姨父!

陈奶妈　老爷子！老爷子！
曾思懿　(突然)别再吵了，别等医生来，送医院去吧。
愫　方　(昂首)姨父不愿意送医院的。
曾思懿　(对陈奶妈)叫人来！
　　　　〔陈奶妈由大客厅门下。
曾文彩　(立刻匆促地)我到隔壁杜家借汽车去。(由大客厅跑下)
愫　方　姨父，姨父！
曾文清　(哽咽)怎么了？怎么了？
曾思懿　哼，怎么了？(气愤地)你看，(把手里曾皓的红面折子扔在文清的眼前)这才怎么了呢！
　　　　〔陈奶妈带着张顺由大客厅门上。曾霆随进。
曾思懿　张顺呢？
陈奶妈　这不是？
曾思懿　(对张顺)抬到汽车上。
　　　　〔张顺正要抱起老太爷。
愫　方　(忽然一把拉住曾皓)不能进医院，姨父眼看就不成了。
　　　　〔老人说不出话，眼睛苦痛地望着。
　　　　〔张顺望着愫方，停住手。
曾思懿　(拉开愫方，对张顺)抬！
　　　　〔张顺把曾皓抱起，向大客厅走。
曾　霆　(哭起来)爷！爷！
曾思懿　别哭了。
曾文清　(跟在后面)爹，我，我错了。
　　　　〔张顺走到门槛上。老人的苍白的手忽然紧紧抓着那门扇，坚不肯放。
曾　霆　(回头)走不了，爷爷的手抓着门不放。
曾思懿　用劲抬！
愫　方　(哀痛地)他不肯离开家呀！(大家又在犹疑)
曾思懿　抬！抬！救人要紧，听我的话还是听她的话？抬！
　　　　〔张顺硬向前走。
愫　方　他的手，他的手！
曾思懿　(对曾霆)把手掰开。
曾　霆　我怕。
曾思懿　笨，我来。

曾文清　爹！爹！
曾　霆　（恐怖地指着）爷爷的手，爷爷的手！
　　　　〔思懿强自掰开曾皓的手。
曾文清　（愤极）你这个鬼！你把父亲的手都弄出血来了。
曾思懿　抬！（低声，狠恶地）房子要卖，你愿意人死在家里？
　　　　〔大家随着张顺，由大客厅门走出，只有文清留在后面。
　　　　〔大梆声。
　　　　〔苍凉的"硬面饽饽"的叫卖声。
　　　　〔屋里醉人一声痛苦的呻吟。
　　　　〔文清进屋立刻走出。他拿着一件旧外衣和一个破帽子，臂里挟一轴画，长叹一声，缓缓地由通大客厅的门走出，顺手把门掩上。
　　　　〔风挟着秋雨吹入，门又悄悄自启，四壁烛影幢幢，墙上的画轴也被刮起来砰砰地响着。
　　　　〔远处一两声凄凉的更锣。

——幕徐落

（选自《北京人》，文化生活出版社1941年版）

【作品分析】

　　《雷雨》完成后，曹禺曾因其"太像戏了"而感到不满，并积极探索新的戏剧写作，希望能"平铺直叙地写点东西"，《日出》就是一个新的尝试。进入抗战后，曹禺自觉地靠近现实，"融入时代话语"，不仅身体力行地担任着导演工作，而且创作上有了较大变化，不再执著于"诗"，而是自觉写作"社会问题剧"，如《黑字二十八》、《蜕变》，就都是这样明确的剧本。直到《北京人》的写作完成，才算是他对自己的"剧场艺术"的一个"回归"。当然，这也与时代氛围的转变相关。抗战进入中期以后，话剧运动的重心再次转向后方城市，这就相应地再次要求戏剧的剧场化。《北京人》与《家》，成为这一时期"剧场艺术"中的代表作，也是曹禺剧作的第二次高峰。此外，这还是曹禺在40年代后最大程度地倾向契诃夫的结果，他借鉴了《三姊妹》等作品，加强了剧作的诗意与抒情性，强调了对日常生活的关注，将"戏剧化的戏剧"变为"生活化的戏剧"。

《北京人》写了曾家令人窒息的凡常生活,突出了曾文清、愫方等人无望而深刻的孤独,并由此审视传统文化没落乃至腐烂的一面。同时,借剧中"北京人"的意象,来呼吁一种大气磅礴的生命意识。这里选取的第二幕集中展现了剧中人物的"昏惑",文清、愫方、瑞贞、文彩、曾霆,每个人都深深地感受到窒息的痛苦,而且似乎没有出路。因此,这一幕整体上是相当压抑的,凄凉、哀婉是其基调。我们这里只从声响效果这一个方面来具体分析这一幕。从内容上,第二幕可以分为前后两部分。前一部分基本是安静的,其声音系统从开幕时的舞台提示就开始了,有这样一些,室外:"算命的瞎子隔半天敲两下寂寞的铜钲","漫长的叫卖声"("硬面饽饽");室内:偶尔"有人轻咳和谈话的声音",水壶里的水声("水在壶里呻吟,象里面羁困着一个小人儿在哀哭"),"曾霆怏怏地独自低声诵读《秋声赋》","深巷的尽头有打更的声音",文清吟诗的声音(《钗头凤》),秋风秋雨中树叶的飒飒声……此后在剧情进行过程中,打更的声音及"苍凉的"叫卖"硬面饽饽"的声音以及犬吠声一直不时传出,衬出了夜间的安静、人物心境的苍凉。

　　而后半部分的声音要喧闹得多,这就是思懿出场后的情况。她出场后,几乎每一句话都是"厉声"地说出,还有"狞笑";然后就是文彩与江泰间的吵闹喧哗,伴随着哭泣、叫喊、砸门声、摔东西声,一直到曾老太爷昏晕过去之后的喧嚣。这部分充满了争斗、紧张不安,戏剧冲突走向高潮,人物心境焦躁紧张。而最后,又再次以静谧的声音系统回到开幕时的情形:"木梆声","苍凉的'硬面饽饽'的叫卖声","屋里醉人一声痛苦的呻吟","风挟着秋雨吹入,门又悄悄自启,四壁烛影幢幢,墙上的画轴也被刮起来砰砰地响着","远处一两声凄凉的更锣"。这样一个声音系统的"轮回",不仅是戏剧的发展,而且是人物心理状态的变动轨迹,即人们在看似静谧的孤独与窒息中煎熬,随后有焦虑的爆发,最后再回到死气沉沉的生活中去。这样死水般的生命,对照的是袁任敢所说的"北京人":"那时候的人要爱就爱,要恨就恨,要哭泣就哭泣,要喊就喊……他们自由地活着,没有礼教来拘束……"

【延伸阅读文献】

孙庆升:《曹禺论》,北京大学出版社1986年版。

朱栋霖:《论曹禺的戏剧创作》,人民文学出版社1986年版。

(李宪瑜)

上海屋檐下(存目)

夏 衍

【作者介绍】

夏衍(1900—1996),浙江杭州人。20年代后期开始参与和领导左翼戏剧运动。30年代中后期创作的剧本有《都会的一角》、《赛金花》、《自由魂》(《秋瑾传》)、《上海屋檐下》等;抗战中后期的剧本有《法西斯细菌》、《芳草天涯》等。

【作品分析】

《上海屋檐下》出版于1937年。与《赛金花》的历史讽喻和《自由魂》的概念化相比,三幕剧《上海屋檐下》正确地处理了政治与艺术的关系,找到了属于自己的人物、主题和表达方式,即小市民知识分子的窘迫生活与心灵的痛苦。夏衍在《上海屋檐下·后记》中写道:"这是我写的第四个剧本,但也可以说这是我写的第一个剧本。因为,在这个剧本中,我开始了现实主义创作方法的探索。"正是秉承现实主义的写剧原则,《上海屋檐下》中展开的是上海弄堂生活的横断面——五户人家的悲欢离合与家务事。做小学教员的赵振宇与他自私狭隘的妻子,失业的洋行小职员黄家楣与他从乡下来的父亲,被迫卖身而落入流氓魔爪的风尘女子施小宝,孤苦无依的老报贩李陵碑,主角林志成、杨彩玉一家,在第一幕,已经将这五户人家平庸而苦痛的生活展开了。

《上海屋檐下》受到曹禺剧作的影响。其中较显著的是对环境的描写,及将天气与人物的内心活动结合起来的手法。如果说曹禺的《雷雨》中所谓第九个人物是"雷雨"的话,《上海屋檐下》中的一个重要人物则可以说是"梅雨"。在戏剧开始的舞台提示中我们看到夏衍对梅雨的重点处理:"这是一个郁闷得使人不舒服的黄梅时节。从开幕到终场,细雨始终不曾停过。……空气很重,这种低气压也就影响了这些住户们的心境。从他们的举动谈话里面,都可以知道他们一样的都很忧郁,焦躁,性急……所以有一点很小的机会,就会爆发出必要以上的积愤。"这一提示在我们阅读整个剧本中都应该时时注意。

　　相比一般剧作家的"舞台写作"而言,夏衍的《上海屋檐下》是一部"银幕写作"的剧本。夏衍在 1932 年进入上海电影界,1935 年才开始话剧创作。因此,在话剧创作过程中,他会自觉不自觉地受到电影艺术潜移默化的影响,也就是说,他进行剧本创作时,其潜在的表演模式是更适宜于电影表达的。比如,第一幕的前半部分可以说是一个全景,同时展开了几户人家的故事;而后半部分(匡复归来)则是一个室内景。更重要的是,我们在这部分里看到了大量的特写镜头,即林志成复杂多变的面部表情:"哑然如遭电击,不知所措","一瞬间,面色又惨变了","失神似的望着他",拿空热水瓶倒水时"手抖着","眼睛里露出恐怕的光","苦痛"的表情,直到下定决心说出真情时的"咬紧牙根"……这些舞台提示中的细致表情,其实在舞台表演时是很难为观众注意到的,但对银幕上的特写镜头而言,则是非常容易,也非常恰切的。也有研究者指出,就《上海屋檐下》的整体结构来说,同一时间,同一地点,而同时展开五股"生活流"的纵横交织,就已经打破了舞台的空间限制,是"剧作家巧妙地将他所熟悉的电影艺术的剪辑转换手法移用于戏剧艺术"。[①] 对话剧艺术而言,这无疑是巧妙而有益的尝试。

---

　　① 陈白尘、董健主编:《中国现代戏剧史稿》,第 631 页,中国戏剧出版社 1989 年版。

【延伸阅读文献】

陈白尘、董健主编:《中国现代戏剧史稿》,中国戏剧出版社1989年版。

夏衍:《上海屋檐下·后记》、《谈〈上海屋檐下〉的创作》,《夏衍剧作集》(一),中国戏剧出版社1984年版。

(李宪瑜)

放下你的鞭子(存目)

集体创作

【作品分析】

20世纪30年代,尤其是"九一八"事变爆发后,戏剧的"大众化"或者"广场化",成为中国现代戏剧发展中不可忽视的一个趋向。这里既有戏剧及其形式实验的摸索,也有时代的需要。为数众多的新型戏剧,如工厂剧、茶馆剧、活报剧、街头剧……纷纷出现;抗战爆发后,这种"潮流"更加兴盛,"广场戏剧"在从国统区到解放区的广大范围内得以大量上演。据统计,在抗战期间出版、发行的一千二百余部剧作中,街头剧就有近百部。人们在讨论"抗战戏剧"时都将街头剧、活报剧等作为最为切实可行的演剧形式。有人提倡:"为要配合当前的不断发展着的政治形势,'活报'是最适合的方式之一种,其次,'街头剧'也是必须发展的一种方法。"[①]著名戏剧家田汉、阳翰笙等也提出要开展"戏剧的游击战"。

大致而言,街头剧作为一种演剧方式,它最注重的是"演出",强调与形势、与观众的紧密结合,因而与一般戏剧相比,它具有很多的"不定性":演员、剧情、台词等都可能根据不同的演出时间、背景、对象等而临时变更,不仅演员的"即时发挥"相当重要,观众的临时"参与"也关系甚大。我们就以《放下你的鞭子》为例来说明。

抗战初期,街头剧中最著名的就是《放下你的鞭子》。其实,

---

① 舒非:《关于抗战演剧》,《抗战文艺论集》,文缘出版社1939年版。

《放下你的鞭子》在"九一八"后不久就开始在街头演出,最初的剧作者已经不能确定,只知道此剧战前就曾由陈鲤庭改编并演出过,后来又经崔嵬等修改加工,演遍了大江南北。此剧较为固定的剧本曾刊载于《生活知识》1936年9月第2卷第9期,后编入尤兢编《大众剧选》第一辑。在原"编者按"中这样解释为何作者署名为"一群戏剧家":"这剧本上演过不少次数,每次上演都经过一次修改。这里发表的是最近'实验小剧场'修改了准备在最近演出的。这已与原作者的初稿完全不同了,所以这剧本不是一个剧作者的创作,而是许多戏剧家从实验中产生出来的。"也正是因为这样,我们可以将这个剧本看作演出时的"脚本",它有一个发展的层次,即卖唱——鞭打——哭诉——宣传抗日,演出时只要遵循这个层次,大约即兴的调整会是很平常的。

阅读这个剧本,我们可以多注意一下其中与观众互动的因素。比如开始时的"江湖"口气,以及卖唱的曲目(《毛毛雨》等),都是为了聚集观众,然后汉子话锋一转:"如今正是国难当头,还尽唱这些个怪肉麻的调调儿真有些不对劲儿",将曲子转入《九一八小调》,向戏剧的"主旨"靠拢。还有,饰演青年工人的演员最初是混在普通观众中的,因此当他挺身而出怒斥汉子,要求"放下你的鞭子"时,就打破了演员与观众的界限(据说在某些演出中,有观众会自发地怒吼"放下你的鞭子",这应该是该剧所追求的最佳效果),从而起到鼓动作用。

【延伸阅读文献】

马彦祥:《关于抗战剧作》,《抗战戏剧》1938年第1卷第5期。

宋之的:《战时的演剧运动》,《文艺月刊·战时特刊》1938年第5期。

田汉、欧阳予倩等编著:《中国话剧运动五十年史料集(1907—1957)》,中国戏剧出版社1957年版。

(李宪瑜)

屈 原(存目)

郭沫若

【作品分析】

　　"五四"时期,郭沫若创作了《女神之再生》、《湘累》和《棠棣之花》三部诗剧。此外,他还创作有《三个叛逆的女性》系列剧本。抗战期间,他创作了系列历史剧:《虎符》、《屈原》、《棠棣之花》、《高渐离》、《南冠草》和《孔雀胆》。这些史剧,贯彻了郭沫若历史剧的"失事求似"的浪漫主义史剧观,即:对待史实,只要"大关节目"上不违背历史真实,某些细节或人物可以有所出入乃至虚构(失事);但对待历史精神,则要尽可能真实准确地把握(求似)。——当然,这里的"准确把握"乃是基于郭沫若对历史的理解。比如具体到战国时代,郭沫若认为那时的"历史精神"的真髓在于"悲剧精神",这也是同40年代的抗战背景直接关联的。

　　除了从"史剧"角度理解,我们还应从"诗剧"角度来阅读这些战国剧。郭沫若的诗与剧是血脉相连的,表现在剧作中,就是从整体结构的构思到人物的性格展现,从戏剧场景的安排到台词的运用,无不充满了象征意味的诗意。他曾以春夏秋冬四个季节来比喻他的四出战国剧:《棠棣之花》歌颂聂政、聂䒕为自由而战的精神,富于生气,"里面桃花正在开花,这儿我刻意孕育了一片和煦的春光";《屈原》"雷霆咆哮,虽云暮春,实近初夏,我刻意迸发了一片热烈的火花";《虎符》中魏国的宫廷正在庆贺中秋节,如姬心灵高洁,飒爽倜傥,有如秋月;《高渐离》表现的是"战国时代的结束",像是冬天。另外,我们还可以在剧中阅读到大量的诗歌台词、抒情独白,如《屈原》中的《橘颂》、《雷电颂》,以及大规模的歌舞场面,如《屈原》中南后郑袖排演的《九歌·礼魂》……这一切都帮助戏剧营造了诗剧的意境。

整个《屈原》一剧的结构是以屈原内心情绪的涌动而组织起来的,经过了前面四幕不同场景、不同情感的铺垫酝酿,到了第五幕,屈原的激烈情绪即将爆发,整个戏剧也发展到了最后的高潮,这时《雷电颂》的出现就具有了一种迸发的力量。可以通过充满感情的大声朗诵,来体会那种积聚已久的情感的释放,并且可以结合《女神》时代的一些诗篇,来比较郭沫若在不同时期对"宇宙"的诗歌表达。

此外,还要注意《屈原》中人物情绪的转换。比如第五幕第二景,在"大风渐息,雷电亦止,月光复出,斜照殿上"之后,屈原的情绪再度趋向平静:"啊,宇宙,你也恬淡起来了。真也奇怪,我现在的心境竟起了一个不可思议的变换。……"这一转换与第一幕屈原在橘园中吟诵《橘颂》形成呼应,使全剧不以悲愤而以希望告终,不仅使"情绪结构"显得更完整,也关照了抗战时期观众们的期待,这也是那一时期许多戏剧的收尾方式。

【延伸阅读文献】

郭沫若:《郭沫若论创作》,上海文艺出版社1983年版。

王瑶:《郭沫若的浪漫主义历史剧创作理论》,《文学评论》1983年第3期。

(李宪瑜)